À PROPOS DE L'AUTRICE

Lorraine de sang et de cœur, Tatiana Dublin lit et écrit depuis toujours. Autrice de romances historiques, elle s'essaie aux autres genres à ses heures perdues, à 2 ou 4 mains.

Insaisissable désir

Collection : VICTORIA

HARPERCOLLINS FRANCE
83-85, boulevard Vincent-Auriol, 75646 PARIS CEDEX 13
Service Clients — www.harlequin.fr
ISBN 978-2-2804-9701-5 — ISSN 2493-013X

Composé et édité par HarperCollins France.
Imprimé en janvier 2024 par CPI Black Print (Barcelone)
en utilisant 100% d'électricité renouvelable.
Dépôt légal : février 2024.

FSC www.fsc.org MIXTE Papier issu de sources responsables FSC® C159065

Pour limiter l'empreinte environnementale de ses livres, HarperCollins France s'engage à n'utiliser que du papier fabriqué à partir de bois provenant de forêts gérées durablement et de manière responsable.

TATIANA DUBLIN

Insaisissable désir

Victoria

HARLEQUIN

Pour tous ceux et celles qui croient sincèrement
que l'amour n'a pas d'âge.
Et pour mes « pom-pom girls » de la première heure...
Sans vous, je n'aurais pas pu y arriver !
Les filles, c'est parce que vous croyez en moi
que j'y ai finalement cru aussi !

Prologue

Août 1815, Blackson House, Yorkshire

Comment peut-on passer d'un tel bonheur à une angoisse si violente ? se demande Keir en s'arrêtant en bas de l'escalier, encore une fois. Il n'ose pas monter parce que les femmes le renvoient de l'étage. Mais il est incapable de rester tranquillement assis.

Sa dame hurle toujours, là-haut, d'une voix éraillée, presque brisée. Chacun de ses cris rauques lui broie le cœur, lui donne la nausée. Voilà dix-neuf heures qu'elle accouche. Dix-neuf heures qu'il souffre pour elle. Le plus dur est de ne pouvoir être avec elle…

— Oncle Keir ?

Il sursaute et se retourne. Annys, la jolie, si jolie Ann se frotte les yeux, en tenue de nuit. Les cris de la nouvelle baronne en plein travail ont perdu en puissance, mais Keir a préféré que la petite fille dorme au rez-de-chaussée plutôt qu'à l'étage.

Il s'agenouille devant sa nièce, orpheline au visage trop sérieux.

— Tout va bien, Ann. Retourne te coucher… Où est ta nurse ?

— Miss Roobs dort, mon oncle. Est-ce que tante Agatha va mourir, comme ma mère et tous les autres ?

Le sourire rassurant de Keir se fige, se morcelle tandis qu'il lutte pour cacher sa subite terreur à la fillette.

— Chut, Ann, retourne te coucher. Demain, à ton réveil, ton cousin ou ta cousine sera parmi nous !

Elle penche la tête sur le côté, le regarde gravement avant de s'éloigner.

Un cri, plus déchirant et rauque que les précédents, le fait se redresser en tremblant. Il s'arrête au bas des escaliers. Il voudrait être là-haut, avec *elle*, tenir sa main, l'aider sans savoir comment. Rien n'est pire que l'idée qu'elle soit seule à souffrir, allongée sur un lit pour mettre leur enfant au monde.

La veille encore, il rêvait que leur bébé soit une fille. Désormais, seul lui importe que la douleur d'Aggie cesse et que le bébé soit en vie et en bonne santé. Garçon ou fille, quelle importance, puisque cet enfant sera le leur ?

Le cri s'achève en gémissements. Son ventre se tord de terreur. Il a besoin d'être avec elle.

Je suis baron, bordel ! songe-t-il soudain, en se redressant. *Je ne vais pas me laisser chasser par une sage-femme et une gouvernante ! Je dois être avec elle et... Bon Dieu !*

Il monte les escaliers en courant, traverse les couloirs au pas de charge jusqu'à la porte de la chambre de la baronne. *Sa* dame. *Son* Agatha.

Deux paires d'yeux se tournent vers lui quand il ouvre le battant, mais il ne voit que sa dame, adossée à un amas d'oreillers. Elle est blême, exsangue même. Les yeux exorbités sous la douleur et l'épuisement, elle grimace de douleur et lutte, et oh, ce sang ! Tellement de sang...

— Sortez ! siffle Mrs Huntington, la gouvernante de Blackson House.

Sous le choc, il ne réagit pas quand Huntington le repousse d'une main sèche avant de claquer la porte. Il se retrouve dans le couloir, terrifié, horrifié.

Je ne la toucherai plus jamais ! Seigneur, je Vous le promets, je ne la toucherai plus jamais ! Je Vous en supplie, faites que tout aille bien pour elle !

Il se souvient soudain du jour où Huntington a annoncé à son frère Callum qu'il était père et veuf, le jour où Ann est née en tuant sa mère. La panique le submerge. Plus que jamais, il regrette l'absence de médecin sur le domaine.

Un cri, plus long, qui s'achève en gémissement, lui glace le sang. Est-ce parce que Keir se tient juste derrière la porte qu'il lui semble si insoutenable ?

Puis un silence. Terrifiant. Sur le point de défaillir, Keir ouvre la porte, entre et se fige.

Huntington et la sage-femme s'affairent en tournant le dos à sa dame. Lui ne voit qu'elle. Elle ouvre un œil, sourit difficilement en le voyant, tend une main faible vers lui.

— Aggie...

Il traverse la chambre, s'effondre sur le lit près d'elle, caresse son visage trop blême, trop frais.

— Milord, sortez, voyons !

Huntington attrape son bras et le tire en arrière. Il la toise avec colère.

— Venez, enfin ! Nous nous occupons de tout. Ce n'est pas un lieu pour un homme ! insiste-t-elle sèchement.

Il contient son envie de répliquer, échange un regard avec Agatha par-dessus l'épaule malingre de Huntington. Sa dame ferme brièvement les paupières en signe d'assentiment, forme les mots sur ses lèvres exsangues. *Je t'aime aussi*, articule-t-il en silence. Il cesse de résister, recule sans quitter son épouse des yeux.

— Tenez, milord, dit alors la sage-femme, en venant à lui.

Keir détache difficilement le regard de son adorée, fixe le paquet de linges que la sage-femme lui présente.

— Qu'est-ce que c'est ? demande-t-il, égaré.

— Votre fils, milord.

Son cœur se gonfle alors d'une joie violente, il se tourne vers Aggie, et...

Elle a fermé ses yeux, le pli de ses lèvres témoigne d'une douleur infinie. Dans la même seconde, il prend conscience que ni la sage-femme ni Huntington ne s'occupent de son épouse. Et que le sang s'écoule toujours, entre les jambes de son aimée.

Son cœur. Il s'arrête.

— Prenez votre fils, ordonne Huntington.

— Je veux voir ma femme, articule-t-il, d'une voix empreinte de douleur.

— Votre femme est perdue, milord, répond doucement la sage-femme.

— Elle était trop âgée, milord, renchérit Huntington, d'un ton calme. Mais Dieu soit loué, vous avez un fils !

Il repousse les femmes, le bébé vagissant.

— Milord, insiste Huntington. Pensez à votre fils, à votre nièce. Laissez-la partir en paix. Elle a accompli son œuvre sur cette Terre, vous a donné votre héritier. Elle a mérité son repos.

Horrifié, il dévisage la vieille gouvernante. Il la connaît depuis toujours, mais a-t-elle toujours été aussi froide, inhumaine ?

— Lâchez mon bras, Huntington, articule-t-il froidement. Ou je vous arrache la main.

Elle sursaute, mais obéit.

— Votre fils, milord...

— Quoi, mon fils ! rugit-il.

Il ne peut quitter sa dame des yeux. Elle papillonne des paupières, leurs regards se joignent, elle sourit.

— Eh bien... Je vais envoyer chercher le pasteur, milord. Il serait sage de baptiser votre héritier dès ce soir. Quels prénoms... ?

— Laissez-moi passer.

Il la repousse violemment et vient s'effondrer à genoux près d'Aggie, *son* Aggie.

— Chut, murmure-t-elle.

— Aggie, chérie... ma dame, ma jolie dame...

— Pourquoi pleures-tu ?

Oh Seigneur ! Comment le lui dire ? Comment... ?

— C'est un garçon, n'est-ce pas ? demande-t-elle, d'une voix affaiblie.

— Oui, articule-t-il difficilement.

— Je le savais... De quelle couleur sont ses cheveux ?

— Bruns, ment-il parce qu'il n'en sait rien. Comme les tiens.

— Quel... Quel dommage ! J'avais espéré qu'il... qu'il... qu'il serait aussi beau que toi.

— Aggie, je...

Elle ferme brièvement les yeux, avant de le regarder jusqu'au tréfonds de son âme.

— Je me meurs. Je le sais. Je suis désolée. Je t'aime.

Il laisse échapper un gémissement de douleur.

— Donne-lui un prénom écossais. Un nom de guerrier. En hommage à ta mère. S'il te plaît...

Il hoche la tête, incapable de parler.

— Milord, sortez à présent, dit Huntington, en s'arrêtant près d'eux.

— Reste avec moi, Aggie, chuchote-t-il. S'il te plaît, reste…

Il embrasse sa paume glacée avec fureur, passion et désespoir.

— Prends soin d'eux, d'accord, dit-elle en essayant de sourire. De lui et d'Ann.

— Milord !

Il se retourne vers Huntington, furieux.

— QUOI ? QUOI ENCORE ? rugit-il.

— Milord, votre place est auprès de votre héritier. Nous nous occupons de tout, ici.

— Disparaissez, Huntington !

Il se détourne de la gouvernante pour revenir à sa dame. Elle sourit doucement, mais ses yeux sont éteints.

Son cœur comprend avant son esprit et se broie longuement, douloureusement. Il lève une main tremblante vers les lèvres sans vie. Effleure ses joues, caresse ses cheveux, embrasse son front.

Incrédule, il se redresse, la dévisage.

Elle est morte.

Sa dame est morte.

Il est seul.

— Milord…

Quelque chose n'en finit plus de hurler et d'agoniser en lui.

— Milord !

— Rendez-la-moi, chuchote-t-il. Reviens, Aggie. Reviens… Je Vous en prie. Rendez-la-moi ! Ne me laisse pas, Aggie.

— Milord !

Une main secoue son épaule. Il bondit sur ses jambes, se tourne vers la gouvernante, ivre de douleur et de fureur.

— Disparaissez, Huntington ! Disparaissez de cette maison immédiatement ! Soyez maudites, vous et celles de votre engeance ! Vous m'avez volé ses derniers instants ! Je vous hais ! Laissez-moi ! Laissez-moi avec elle !

— Mais milord, votre héritier doit…

Pour la première fois de sa vie, il pourrait lever la main contre une femme.

— Disparaissez, gronde-t-il, au-delà de la rage. Blackson House n'aura plus jamais besoin de vos services ! Ni de gouvernante, d'ailleurs ! SORTEZ D'ICI !

Il se détourne des yeux écarquillés de la servante, rampe sur le lit pour soulever le buste inerte de sa dame et le serrer contre lui. Il veut oublier ses yeux vides et le métal écœurant de l'odeur du sang qui l'a tuée. Paupières closes, il dépose son front contre celui de son épouse.

La douleur et les larmes le submergent brutalement. Il entend une sorte de feulement sourd, le cri d'un félin blessé à mort. S'aperçoit qu'il s'échappe de ses lèvres.

Son cœur est mort dans sa poitrine. Et il a perdu son âme.

PARTIE 1

1

Août 1836, Yorkshire

— On entre sur l'domaine, Mrs Cross, crie Bill, le cocher.

Une brusque tension s'empare des épaules d'Abbie, qui prend une longue inspiration. Ses mains moites rangent en hâte les documents qu'elle était en train de lire.

— Courage, murmure-t-elle pour elle-même. Tu peux y arriver. Tu *vas* y arriver.

Depuis deux jours qu'elle décrypte les comptes rendus donnés par Miss Ann Blackson avant son départ de Londres pour le Yorkshire, elle a saisi que la tâche qui l'attend ne sera pas facile. Elle se penche à la fenêtre pour observer les terres du domaine Blackson, qu'ils traversent enfin. Et ne peut retenir une grimace. Les champs sont à l'abandon, les pâturages vides. Les quelques maisons qu'elle entrevoit semblent en grand besoin de soins et de réparations. Plus ils avancent, plus ses sourcils se froncent. Comment les choses ont-elles pu décliner si vite ? Aux dires de Miss Blackson, le précédent intendant du domaine, Horton, accomplissait sa tâche avec efficacité jusqu'à son décès, à la fin juin.

Or les bois ne sont pas entretenus, les rares têtes de moutons paissant dans les prés n'ont pas été tondues… À mesure qu'ils avancent, son incompréhension se mue en angoisse.

— Et dans quel état vais-je trouver la maison ? s'inquiète-t-elle.

Ce qu'elle a étudié dans ces comptes rendus ne reflète pas la réalité de ce qu'elle observe. Miss Blackson a-t-elle volontairement minimisé l'ampleur de sa tâche ? Ou Horton n'était-il pas aussi efficace qu'il le laissait croire à son employeur ?

— Impossible que tout se soit dégradé ainsi en moins de deux mois !

Miss Ann Blackson a probablement été flouée par le vieil intendant, car elle ne lui a pas fait l'effet d'être femme à déguiser les faits. Bien au contraire, elle lui a paru une femme de caractère à forte volonté. Certes, très froide, mais aussi extrêmement intelligente.

— Et elle a deviné que j'ai menti. Que je ne suis pas celle que je prétends être.

Le poste lui a pourtant été offert.

— Étrange jeune femme, vraiment... Et je dois absolument perdre cette habitude de parler seule à voix haute.

— On arrive ! crie Bill.

Elle se penche à la fenêtre, curieuse de découvrir la demeure où elle vivra et travaillera pendant de longues années. Si Dieu le veut. Et si elle en a la force. On ne peut pas dire que Miss Blackson ait négligé de la prévenir contre les humeurs et le caractère de son oncle.

Le lord du château. Car c'est un château qui s'étale devant ses yeux, au détour d'une courbe de la route. Un ouvrage immense, mais anarchique, empilage d'architectures, de styles et d'époques sans réelle harmonie. Deux ailes, un corps principal. Quatre étages. Trois tours dont une carrée très médiévale. Tandis que la voiture s'approche en ralentissant, elle observe les lucarnes côtoyant de grandes fenêtres vitrées. Des meurtrières percées ici et là rappellent l'âge vénérable de l'endroit. Le mélange de teintes sur les toitures donne à l'ensemble une touche plus désolée que farfelue.

— Je suis incapable de savoir si cet endroit est... beau. Mais imposant, ça oui !

En tout cas, c'est énorme, presque monstrueux. Elle craint soudain que la maison soit dans le même état que le domaine alentour.

— Mais dans quoi donc me suis-je engagée ?

La voiture s'arrête devant les marches du perron, elle s'inquiète du bien-fondé de sa décision d'accepter le poste d'intendante et de gouvernante des lieux. Bill ouvre sa portière, elle descend en affectant une assurance qu'elle ne ressent pas. Puis lève les yeux vers la façade et se sent écrasée par les pierres de Blackson House.

Blackson House…

Ce n'est pas une maison, mais un château. Quelle idée saugrenue de nommer cet endroit une *maison* !

— Le personnel sait-il que j'arrive aujourd'hui ? s'inquiète-t-elle auprès de Bill, qui descend ses bagages du toit.

— M'semble que oui, Mrs Cross.

Elle se tourne vers la lourde et imposante double porte de bois ouvragé.

— Que vais-je donc trouver ici ?

— Du travail, ça, pour sûr ! s'exclame Bill juste derrière elle.

Elle sursaute. Il faut qu'elle perde cette mauvaise habitude de parler tout haut au lieu de penser tout bas !

— Eh bien… allons-y.

Sur une profonde inspiration, elle relève ses jupes et monte les escaliers de pierre, gênée de se présenter à l'entrée principale. Empoignant le lourd marteau de bronze de la porte monumentale, elle distingue alors des inscriptions gravées dans les pierres du pourtour et les suit des yeux. Seigneur ! Mais c'est tout le tour de porte qui est ainsi gravé ! Un instant tentée de les lire, elle recouvre sa raison et laisse retomber l'anneau.

Le « bong » puissant qui retentit semble se réverbérer au travers des pierres de toute la bâtisse. Avec un frisson lui viennent les souvenirs des vieux romans d'épouvante qu'elle lisait, plus jeune. La maison lugubre, le maître inquiétant, les domestiques invisibles…

Elle repousse ces images fantasmagoriques, redresse le dos et les épaules. Elle doit absolument faire la meilleure des premières impressions aux domestiques qui seront sous ses ordres. Elle ne peut se permettre de prêter le flanc au moindre manque de considération de leur part.

Mais la porte ne s'ouvre pas. Sourcils froncés, elle soulève à nouveau le marteau. « Boooong ».

Bill pose son dernier sac en haut des marches, ôte son chapeau et s'arrête près d'elle pour se gratter le crâne.

— Pour sûr, fait une chaleur d'enfer…

Il se signe aussitôt. Elle a très chaud, elle aussi, et n'a guère envie de rester en plein soleil. Déjà, la peau trop pâle de sa nuque commence à la brûler. Elle soulève une troisième fois l'anneau.

— Bah, vous pouvez cogner comme vous voulez… Y viendront pas ouvrir.

— Comment cela ?

— Bah… Y a plus de majordome depuis la mort de Cosmo, y a dix ans.

— Pardon ? Et donc, s'il n'y a pas de majordome, personne ne vient ouvrir la porte aux visiteurs !

— Bah, des visiteurs, hein, y en a pas des masses… Personne a envie de v'nir se frotter au Baron Noir.

Allons bon ! Voilà qu'à mesure que passent les minutes, elle se sent s'enfoncer dans l'un des romans gothiques de sa jeunesse.

Le Baron Noir ?

Lord Keir… le Baron Noir !

Elle hésite entre s'indigner et éclater de rire.

— Et comment suis-je censée entrer ?

— Bah, poussez l'porte, Mrs Cross.

Elle le dévisage une seconde, éberluée, puis, ne le voyant faire aucun geste, entreprend de pousser le lourd battant, qui s'écarte lentement en grinçant. Elle se glisse dans la mince ouverture, fait quelques pas sur le marbre blafard du hall. Ses talons claquent et résonnent lugubrement dans le silence sépulcral qui règne sur les lieux. Ses yeux stupéfaits parcourent l'immense voûte qui s'élève au-dessus d'elle. Les colonnes à la grecque, gigantesques. La rotonde. L'immense escalier de cérémonie qui s'élance vers les étages, devant elle. Les portes qui percent les murs. Des toiles masquent les fenêtres, couvrent les meubles.

C'est monstrueusement immense. D'une saleté repoussante. L'ensemble dégage une atmosphère d'abandon.

— HÉ OH ! crie le cocher, en lâchant bruyamment les bagages près d'elle.

Elle sursaute méchamment, puis perçoit l'écho de pas. Une démarche traînante, un chuintement sur le marbre, et son imagination bien trop fertile lui renvoient l'image de l'horrible créature du Dr Frankenstein. Elle contient son réflexe de tourner les talons, tandis qu'à ses côtés, Bill s'avance vers un couloir sombre face à eux.

— Arun ! s'exclame-t-il. Vieux sagouin !

L'homme qui sort de l'ombre répond à Bill dans une langue étrangère, et Abbie écarquille les yeux en le découvrant.

Il porte une chose blanche enroulée sur la tête, une espèce de tunique à la couleur improbable et des pantalons larges en guise de vêtements. Et… il est pieds nus !

— Je suis dans un rêve. Ou plutôt dans un cauchemar… Ceci n'est pas réel, je…

— V'nez Mrs Cross ! lui lance Bill. Qu'j'vous présente Arun, l'valet de milord.

Un *valet* ?

Elle prend sur elle pour aller jusqu'aux deux hommes. De près, le fameux Arun est plus inquiétant encore. Il pose sur elle un profond regard noir. Par habitude, elle carre les épaules, relève le menton et hausse son sourcil. Avec sa peau très mate et ses pommettes hautes, il est l'être le plus exotique qu'elle ait jamais vu !

— Mrs Cross, bienvenue à Blackson House, dit-il, d'une voix mélodieuse et douce.

Il a un étrange accent chantant.

— Merci, Mr Arun.

— Juste Arun, sourit-il, en s'inclinant devant elle. Suivez-moi, je vais vous conduire à votre chambre.

— J'vous mène vos bagages de suite, ajoute Bill.

Elle emboîte le pas de l'étrange individu, qui repart dans les profondeurs de la maison. Ses pieds nus traînent un peu sur le marbre, et elle ne peut s'empêcher de les regarder, choquée, en le suivant.

— Voilà, Mrs Cross.

Il s'arrête devant une porte ouvragée dont il tourne la clé et pousse le battant avant de s'effacer. Avec un sourire de remerciement nerveux, Abbie entre dans la pièce, intriguée d'être logée au rez-de-chaussée, et non sous les toits.

— Je… Ce sont des appartements, pas une chambre de service, s'étonne-t-elle.

— C'est là que vivait Horton, précise Arun. Nous avons retiré ses effets personnels.

Elle pénètre plus avant dans une large pièce tenant autant du bureau de travail que du salon. Marche jusqu'à une porte sur la droite, derrière laquelle elle découvre une chambre de taille plus que respectable. Elle se dirige ensuite vers une porte sur la gauche, qui s'ouvre sur une sorte d'immense débarras vide.

— C'est là qu'Horton rangeait ses frusques, explique Bill, en posant une de ses malles par terre.

— Bill ?

— Oui, Mrs Cross.

— Quand comptez-vous repartir pour Londres ?

Elle surprend le bref échange de regards entre Bill et Arun.

— À vot' convenance. J'travaille pour Blackson House. D'main matin, si vous voulez.

Elle hoche pensivement la tête. Cette maison n'est peut-être pas l'antre de l'horreur qu'elle a un instant imaginé, même si elle n'en a pas tout vu. Malgré tout, le peu qu'elle a déjà observé établit clairement que le château est un endroit des plus négligés.

— J'aurai un courrier à vous confier pour Miss Blackson, murmure-t-elle. Pourriez-vous vous charger de le lui faire envoyer ou remettre ?

— Pour sûr. Bon, j'me dépêche d'finir d'ramener vos affaires. J'ai faim…

— Vous devez avoir envie d'une collation, Mrs Cross, intervient Arun, de sa voix chantante. Je vais demander à Shanti de vous préparer quelque chose.

— Euh… Merci… Arun ?

— Oui.

Elle tourne vers lui ses sourcils légèrement froncés.

— Pensez-vous qu'il me soit possible de rencontrer les membres du personnel de cette maison ?

— Bien sûr. Demain matin vous conviendra-t-il ?

— Cela conviendra parfaitement, répond-elle, avec la sensation de ne pas avoir le choix.

Il s'incline, puis la laisse seule. Frissonnante, elle marche jusqu'aux hautes fenêtres dont elle écarte en éternuant les lourdes tentures avant de repousser les vitres. La chaleur extérieure pénètre dans la pièce, lui rendant une impression de vie. Elle s'octroie quelques minutes pour admirer ce que sa croisée ouverte lui offre à voir : une large pelouse très mal entretenue s'étalant jusqu'aux bois, dans le lointain.

Les paroles de Miss Blackson lui reviennent en mémoire, que son salaire très élevé ne serait pas de l'argent facilement gagné.

— Je ne suis pas sûre d'être assez payée.

À l'époque, elle pensait que Miss Blackson évoquait le caractère emporté et difficile de Lord Keir, son oncle. Sans imaginer que c'était sans doute à l'état du domaine qu'elle faisait allusion.

Un bruit de galop la tire de ses pensées. Surprise, elle se penche par la fenêtre et voit débouler une énorme bête au poil roux. Elle recule par réflexe, alors que l'animal passe devant elle au triple galop. Il est si rapide qu'elle n'a que le temps d'entrapercevoir la forme du cavalier couché sur l'encolure.

— Milord Keir, intervient la voix d'Arun derrière elle, la faisant sursauter. Votre thé, Mrs Cross. Shanti vous a préparé quelques biscuits.

Il pose le plateau sur le bureau poudré de poussière, s'incline et sort cette fois en fermant la porte derrière lui. Interdite, elle fixe le plateau, puis regarde la fenêtre, et soupire.

— Que dois-je faire ?

Les choix qui s'offrent à elle sont plus que limités. À dire vrai, de choix, il n'y en a pas.

— Je *dois* y arriver.

Elle époussette une des chaises, se verse un thé, tout en préparant mentalement le courrier qu'elle compte envoyer à Londres dès le lendemain.

2

Blackson House, le 18 août 1836

Blackson House, le 18 août 1836

Miss Blackson,

Mon voyage s'est passé sans encombre, et je suis bien arrivée dans le Yorkshire.

Blackson House est un endroit majestueux, autant qu'un domaine gravement négligé. Le travail à accomplir est titanesque, aussi je souhaite que vous me rappeliez par écrit où commencent, et surtout, où s'arrêtent exactement mes prérogatives et pouvoirs. Pourriez-vous m'indiquer de quel budget je dispose pour accomplir ma tâche ?

Je compte me rendre rapidement chez vos métayers pour discuter de leurs manques et de leurs devoirs. Le domaine étant relativement étendu, je sollicite votre autorisation pour emprunter une voiture ou un cheval.

Je vous avoue ma surprise quant au manque de personnel dont semble souffrir Blackson House. On m'a appris qu'il n'y avait plus de majordome depuis une décennie. À voir l'état repoussant de saleté qui règne, il y a également pénurie de femmes de service. Mon bref aperçu du jardin montre l'étendue de la négligence à son endroit. Je me dois de demander votre accord avant de chercher à engager le personnel manquant, mais clairement nécessaire.

Je rencontrerai demain le reste de la domesticité de milord votre oncle, puis établirai la liste de ce dont manque Blackson House. J'espère que vous me permettrez de vous faire régulièrement parvenir l'état d'avancement de la remise en état de votre domaine familial.

Cordialement,

Mrs Cross

Blackson House, le 24 août 1836

Miss Blackson,

Je vous remercie de l'attention que vous avez portée à mon précédent courrier et de votre réponse si rapide. Je pense comme vous que feu Horton a enjolivé la réalité concernant l'état de Blackson House. Sans doute son grand âge a-t-il dû altérer son sens commun.

Je vous sais gré de la somme mensuelle plus que confortable que vous avez décidé d'allouer à la réfection de Blackson House et du domaine. Soyez assurée que cet argent sera toujours bien employé.

J'ai accompli le tour du domaine en compagnie de Ranjit, et ce que j'ai vu me désole. La plupart des métayers ont quitté vos terres au cours des dernières années, sans que personne puisse m'expliquer pourquoi. Les prés et les champs sont à l'abandon, il n'y a plus de bétail. Si vous m'en donnez l'autorisation, je remettrai en état les habitations des fermiers et du village avant de chercher à remplacer les paysans qui sont partis. Ai-je votre accord pour que Bill accompagne Heng à York ou Leeds afin d'embaucher les ouvriers nécessaires à ces réfections, en même temps qu'ils achèteront moutons et volailles pour relancer les cheptels ?

Concernant Blackson House proprement dite, je peux vous assurer que mes relations avec les autres domestiques sont cordiales et respectueuses, bien que j'avoue mes difficultés à parfois comprendre leurs usages. Oserai-je vous demander comment autant d'étrangers en sont venus à travailler chez votre oncle ? Bien que chacun d'eux me paraisse profondément bon et serviable, je sais que leur présence sera un frein à l'embauche des autres domestiques dont le château a besoin. Cet aspect de ma tâche prendra assurément plus de temps que je ne le pensais.

Cordialement,

Mrs Cross

Post-scriptum : en réponse à votre question, non, je n'ai à l'heure actuelle toujours pas officiellement rencontré votre oncle, Lord Keir. Je ne l'ai pour l'instant vu que de loin, essentiellement lorsqu'il part à cheval.

Blackson House, le 9 septembre 1836

Chère Miss Blackson,

Je suis heureuse de pouvoir annoncer la rapide avancée des travaux de remise en état des maisons des métayers, grâce aux dizaines d'ouvriers que vous nous avez envoyés. Nombre d'entre eux m'ont d'ailleurs fait part de leur souhait de rester sur le domaine pour y travailler. J'ignorais que tant d'honnêtes Londoniens désiraient retourner à la vie campagnarde et vous assure de mon plus profond respect quant à l'efficacité et la rapidité avec lesquelles vous avez répondu aux besoins de Blackson House. Ranjit m'est d'une aide précieuse. Il vit sur le domaine depuis si longtemps qu'il le connaît parfaitement.

Heng se révèle un expert et nous a ramené de Leeds de magnifiques brebis et poules. Il y a en outre rencontré un éleveur de bovins à qui acheter quelques têtes. Shanti se plaint de façon récurrente du manque de produits frais, notamment de lait et de fromage.

C'est par le plus grand des hasards que nous avons découvert les incroyables prédispositions du jeune Kishan au travail des plantes, et je l'ai nommé jardinier en chef de Blackson House. Il manque de mains sous ses ordres, mais œuvre sans faillir au débroussaillage de la roseraie de votre grand-mère. Accepteriez-vous de lui faire parvenir, par mon biais, quelques livres de botanique moderne, almanachs ou catalogues de plantes ? Ce jeune homme semble naturellement doué, mais manque cruellement d'expérience et de connaissances théoriques.

Ainsi que vous me l'aviez assuré, mon corps s'habitue à la cuisine de Shanti. Maintenant que les épices ne me brûlent plus la bouche, je puis en percevoir toute la délicatesse et les parfums et en suis venue à particulièrement apprécier son tandoori.

Je ne connais de Lord Keir que sa silhouette à cheval. Je crois que milord, votre oncle, s'arrange pour éviter de croiser mon chemin.

Bien cordialement,

Mrs Cross

Blackson House, le 30 septembre 1836

Chère Miss Blackson,

Tant de bonnes nouvelles à vous annoncer ! Heng m'a assuré que nous aurons de nombreuses naissances l'année prochaine : les béliers, taureaux, coqs et les deux verrats qu'il a achetés ont plus que rempli leurs fonctions. Les ouvriers métayers que vous aviez trouvés à Londres et envoyés sur le domaine se sont tous révélés d'excellents choix. La plupart de ces hommes sont nés sur des exploitations agricoles avant de migrer dans la capitale et sont particulièrement capables et compétents.

Les rénovations de Blackson House avancent moins vite que celles du domaine. Nanda, Ashmi et Lin font de leur mieux, mais le travail est titanesque, et nous ne pouvons progresser qu'une pièce après l'autre. Nous aurions besoin d'une quarantaine de personnes supplémentaires pour achever la réfection du château avant la fin de l'année. Mais vous savez comme moi que la main-d'œuvre refusera de venir travailler ici, tant que les employés de milord votre oncle s'y trouveront. Aussi, nous nous efforçons de parer au plus urgent. Le petit salon chinois et la salle à manger ont été entièrement nettoyés, leurs tentures changées, leurs usures réparées, leurs meubles remis en état et cirés. Ces deux pièces ainsi que les cuisines sont donc totalement opérationnelles. L'énergie juvénile de Sanjay est particulièrement précieuse, et les femmes de la maison apprécient toujours son aide. M'en voudrez-vous beaucoup si j'insiste, malgré tout, pour qu'il passe au moins quatre heures quotidiennes à étudier dans la bibliothèque ? Une intelligence aussi vive que la sienne mérite d'être nourrie. Je le sais trop âgé pour être envoyé au collège, mais ne pourrait-on lui trouver un précepteur avec de solides notions en mathématiques, sa science de prédilection ?

Kishan a accompli des miracles dans la roseraie, le prochain printemps sera fleuri et parfumé ! Sa réserve naturelle et son manque de goût pour les relations humaines le poussent à se complaire dans les jardins, pour lesquels il déborde de projets. Souhaitez-vous que je vous fasse parvenir une copie de ses plans pour transformer une partie de la pelouse arrière en jardin aromatique et médicinal ?

Milord votre oncle semble dépenser beaucoup d'énergie pour m'éviter. Ne croyez pas que je m'en plaigne. J'ai suffisamment de travail et n'ai pas l'impression que milord votre oncle ait besoin de qui que ce soit.

Bien cordialement,

Mrs Cross

Blackson House, le 25 octobre 1836

Très chère Miss Blackson,

Imaginez combien votre choix de précepteur a été judicieux : ce jeune monsieur Morrison n'est pas seulement un logicien d'exception ou un joueur d'échecs redoutable, mais surtout un garçon ouvert qui s'entend avec Sanjay, comme s'ils se connaissaient depuis des années ! Ce jeune professeur très attachant s'est adapté à la vie un peu particulière de Blackson House avec un naturel confondant !

Les choses se déroulent à merveille sur le domaine. Les nouveaux métayers ont fait assaut de charme auprès des célibataires des environs ; j'avoue que ces rapprochements amoureux me transportent de joie. Les noces annoncées attacheront les travailleurs à votre terre tout en rendant vie au village.

J'ai aussi l'immense plaisir d'annoncer la prochaine naissance du premier enfant de Lin et Heng ! Une nouvelle qui a donné lieu à une fabuleuse fête dans les cuisines.

L'hiver arrivant, je veille à remplir les celliers, et si mes stocks amusent Arun, Ranjit salue ma prudence. Shanti et moi échangeons enfin nos expériences culinaires. Je dois déplorer mon évident manque de talent face au défi d'un tandoori, d'autant plus flagrant que Shanti n'a aucun mal à réussir l'agneau à la menthe ou le black pudding.

Le croyez-vous ? Arun s'est mis en tête de m'enseigner un art du combat de son pays natal, qu'il appelle le bando[1] *! Je m'en sens honorée ; cette invitation signifie mon intégration définitive dans ce qui ressemble plus à une famille qu'à une domesticité !*

Kishan se plonge chaque jour avec plus de plaisir dans ses tâches, à plus forte raison depuis qu'il a reçu votre envoi de plants et d'oignons rares. Il redonne vie à l'orangerie, y passant le plus clair de son temps, depuis l'arrivée des premiers froids.

Bill et les métayers ayant nettoyé les sous-bois, nous avons plus de bois qu'il ne nous en faudra pour passer l'hiver.

Shanti me fait vous dire que nous arrivons au bout de notre réserve de riz. Auriez-vous la bonté de nous en faire ramener une centaine de livres ?

Milord votre oncle continue de m'éviter. Il se fait servir ses repas dans son bureau ou dans sa chambre, semble ne vivre qu'entre ces deux pièces – qui me sont totalement et expressément interdites –, n'en sort que pour partir galoper sur son cheval pendant des heures. Cette façon de vivre semble lui convenir. Ce qui me va également.

Sincèrement,

Mrs Abigail Cross

1. Art martial originaire de Birmanie et fondé sur le combat à mains nues.

Blackson House, le 19 novembre 1836

Chère Ann Blackson,

Le fenugrec, les différents anis, le serpolet et la lavande française que vous avez envoyés à Kishan ont été reçus comme des dons de Brahma et Vishnu ! Shanti vous remercie pour le riz et le masala. Sanjay a été très touché par l'échiquier que vous lui avez fait porter depuis votre maison londonienne pour remplacer le vieux jeu aux pièces manquantes qu'il utilisait jusqu'alors. Lin et Heng sont ravis des vêtements de bébé que vous avez fait confectionner par votre couturière.

Arun et Bill souhaitent votre autorisation pour couper un des sapins poussant près de Cristal Ground, pour en faire un arbre de Noël. Tous vos domestiques semblent attendre cet événement avec une franche impatience, ce qui me surprend, puisqu'aucun d'eux ne croit en Notre Seigneur. Viendrez-vous fêter la Nativité à Blackson House, Mr Angus et vous-même ? Ashmi, Nanda, Lin et moi venons d'achever la rénovation et le nettoyage de la chambre verte, dans l'aile droite. De ce fait, nous aurions la place pour vous recevoir décemment.

Il me semble avoir perçu un certain intérêt mutuel entre notre jeune monsieur Morrison et la jolie Nanda. Je crains que la famille de cette dernière, sa mère Shanti et son oncle Ranjit, n'accueille pas favorablement une idylle entre les deux jeunes gens, aussi vous serais-je très reconnaissante de me donner votre avis sur cette question.

Les cours de bando se passent bien, et Arun s'efforce de ne pas frapper trop fort ! Tant et si bien que Heng s'est proposé de m'instruire ce qu'il appelle taiji[1]*. Savez-vous de quoi il retourne ?*

Vous n'avez pas manqué de remarquer, à la lecture de la liste du linge de maison jointe à mon précédent courrier, combien nous manquons de draps et de couvertures. Tout l'existant était mangé par les mites ou ruiné. Sachant que les achats nécessaires

1. Le taiji ou tai chi est une discipline née dans les campagnes chinoises il y a plusieurs siècles, à mi-chemin entre le karaté et la méditation.

occasionneraient des frais gigantesques, j'ai eu une idée. Grâce à nos nouveaux métayers, le village est revenu à la vie. De nombreuses femmes s'y sont installées, dont des veuves avec ou sans enfants, sans guère de moyens de subsistance et dont je crois qu'elles ne sont venues ici que pour trouver des époux. Ne pourrions-nous pas leur offrir une alternative et remplir les coffres à linge de Blackson House en installant un métier à tisser dans le village pour les y employer ? Qu'en pensez-vous ?

Je ne perds pas espoir que milord votre oncle et moi finissions par nous rencontrer un jour.

Très sincèrement,

Abigail Cross

Blackson House, le 28 décembre 1836

Chère Ann,

Notre Noël a été une réussite, malgré vos absences, à Angus et vous, et en dépit du refus de votre oncle à se joindre à nous. Nous vous avons regrettés et espérons que vous viendrez bientôt nous visiter. Nous avons passé un moment délicieux et très convivial, quoique particulièrement étrange aux yeux de la Britannique de pure souche que je suis.

Bien qu'ayant dû renoncer cette année à l'ancestrale tradition, je ne désespère pas que pour Noël prochain, nous ayons eu le temps de préparer de petits cadeaux pour les enfants du domaine.

Les métiers à tisser viennent d'arriver au village. Arun, Bill et moi avons déjà commencé à en expliquer le fonctionnement aux femmes du cru. Si notre projet n'a pas soulevé l'enthousiasme espéré, toutes ont accepté d'y travailler.

Blackson House semble prise de léthargie, sans doute un effet de la neige qui tombe depuis plusieurs jours. Tout magnifique qu'il soit, ce manteau blanc a pour effet de nous cloîtrer à l'intérieur du château. Voilà pourquoi, sans doute, j'ai entendu la voix de milord votre oncle pour la première fois. Je le soupçonne de ne pas apprécier devoir renoncer à ses galops endiablés. Malgré cela, je ne l'ai toujours pas rencontré et, en toute honnêteté, les hurlements qui ont retenti dans Blackson House, ces derniers jours, ne me portent pas à souhaiter vivement cette rencontre !

Je joins à ce courrier la liste enfin établie de la vaisselle, argenterie, porcelaine et verrerie de Blackson House. Je suis soulagée : nous n'en avons trouvé que bien peu d'abîmées ou ébréchées. La réfection et le nettoyage des pièces du château se poursuivent, et nous venons de terminer le grand salon.

Tous les habitants de Blackson House vous souhaitent une heureuse nouvelle année ! Nous espérons tous que vous viendrez nous visiter en 1837.

Sincèrement,

Abigail

Blackson House, le 20 janvier 1837

Chère Ann,

J'espère que ce courrier vous trouvera en pleine santé.

Nous venons d'essuyer une attaque de flu[1] *dont certains d'entre nous peinent à se remettre. Fort heureusement, j'ai été épargnée par la maladie, mais Ranjit, Nanda, Daniel (je parle là du jeune monsieur Morrison) et Heng ne peuvent en dire autant. Les thés et bouillons fortifiants de Shanti ont fait des merveilles, vous pouvez imaginer la satisfaction de Kishan à nous fournir certaines des herbes médicinales dont nous avions besoin pour soigner nos malades ! Tout est rentré dans l'ordre, mais je trouve que notre cher Ranjit reste très fatigué. Les soins de Shanti ne lui rendent pas son énergie, et Arun pense que l'âge commence à peser sur ses épaules. J'espère ne pas outrepasser mes droits en vous suggérant que, peut-être, il faudrait songer à lui octroyer une pension et le délivrer de sa charge de travail. Je ne suis pas à Blackson House depuis longtemps, pourtant, j'ai le plus grand mal à imaginer le*

1. Grippe.

château sans la présence calme et sereine de Ranjit... Mais je crois, tout comme Arun, que notre cher Ranjit entre dans une période de sa vie où il a besoin de repos.

J'ai finalement croisé milord votre oncle. La rencontre fut fugace, et nous n'avons pas parlé, à peine échangé un salut. Je pense que milord votre oncle mettra un point d'honneur à m'éviter de nouveau soigneusement jusqu'à la fonte des neiges, moment où il pourra retourner avec joie galoper ventre à terre dans les bois.

Votre dévouée,

Abigail.

3

Abbie pose sa plume, soupire et se renverse sur sa chaise. Il est tard, elle n'a pas besoin de regarder sa petite montre à gousset pour le savoir. Son corps lui rappelle qu'elle devrait aller se coucher. Mais elle voulait absolument achever cette lettre à Ann Blackson avant de gagner sa chambre. Avec un soupir, elle relit une dernière fois sa prose.

Finit par y voir que ce qui n'y est pas écrit.

Que Ranjit a la peau tirée, des cernes noirs en permanence.

Que Daniel joue avec le feu et entraîne Nanda sur une piste glissante et déshonorante.

Que Lin semble trop fatiguée, trop pâle et qu'elle-même s'inquiète pour le bébé.

Que Sanjay a eu la stupidité de tomber amoureux d'une des jeunes filles du village (si tant est qu'un fougueux garçon de dix-sept ans puisse réellement tomber amoureux).

Qu'elle est, elle, Abbie Cross, physiquement épuisée par les journées de travail.

— Nous ne sommes pas assez nombreux.

Mais pas moyen de faire venir d'autres domestiques. Entre la réputation de milord et la présence des « serviteurs indigènes », les villageois locaux voient en Blackson House un antre du diable. Oh ! elle les entend, ces villageois et métayers, contents de gagner de quoi vivre grâce au Baron Noir, mais toujours à chuchoter sur ces choses abominables qui se passent dans le château...

Elle retire ses épingles avec un sourire désabusé, puis pousse un gémissement de plaisir quand ses cheveux s'effondrent sur ses épaules et dans son dos et masse doucement son cuir chevelu pour y apaiser la morsure des aiguilles.

Shanti trouve stupide qu'elle s'inflige une telle torture quotidienne. Abbie en a d'autant plus conscience qu'elle est la seule femme de cette maison à s'attacher les cheveux. Mais elle est incapable de sortir de ses appartements si ses cheveux ne sont pas soigneusement tirés en chignon.

— Je suis trop britannique, depuis trop longtemps.

L'encre sèche enfin. Elle plie le courrier, le scelle et le pose en évidence sur son bureau pour ne pas oublier de l'envoyer à Ann.

Ann Blackson… Une jeune femme étrange, mais subtile. Intelligente, redoutable même. Et les voilà toutes deux à s'appeler par leurs prénoms ! Abbie n'a certes pas cherché à nouer une quelconque relation autre que celle d'une employée vis-à-vis de son employeur, mais Ann est si… Ann que les choses ont évolué.

Toutefois, il y a toutes ces choses dont Abbie ne parle pas à son employeur. Toutes les choses dont elle ne peut parler à personne.

Elle rejoint sa chambre où brûle une agréable flambée, se change pour la nuit et souffle sa bougie, avant de se glisser en frissonnant sous le monceau de couvertures.

Elle va devoir à nouveau parler à Daniel.

Et à Sanjay.

Songer à trouver un médecin dans les environs. Il faut faire examiner Ranjit et Lin.

Et ne plus penser à *lui*.

Oh ! Seigneur !

Si Ann Blackson savait cela ! Si qui que ce soit savait cela !

Si *lui* le savait !

Il lui fait un peu peur. Mais n'importe qui en aurait un peu peur. Elle se souvient de sa première vision de lui lors de son arrivée à Blackson House, alors qu'il galopait à cru sur Flame. Pendant des mois, il est resté une ombre sans visage qu'elle apercevait à cheval, au loin. Elle s'est choquée elle-même en constatant combien l'observer, même dans le flou du lointain, faisait battre son cœur plus vite ou asséchait sa bouche.

— Il a cette façon de se tenir à cheval.

Elle a soudain très chaud à penser à la façon dont il monte à cheval, dont ses jambes solides enlacent les flancs de Flame, dont ses hanches épousent naturellement les mouvements cadencés de l'étalon roux. Et cela, c'était avant même de voir son visage ! Parce que maintenant, qu'elle l'a vu... Son souffle s'affole quand elle songe au regard glacial, d'un profond bleu de pierre précieuse qu'il a évité de poser sur elle, voilà deux jours.

La neige, le cloîtrant à la maison, les signes de l'existence de Lord Keir s'y multiplient. Le claquement agressif de ses bottes dans les couloirs, au rythme de sa boiterie. Les portes rageusement refermées à son étage, presque toutes les heures, comme s'il était incapable de rester tranquille plus de temps que cela. Et les cris. Elle n'a pas compris une seule fois ce qu'il disait. Ni même contre qui il criait.

Jusqu'à ce moment où ils se sont croisés. Cela fait deux jours qu'Abbie revit cet instant fugace, intense, en permanence dans sa tête !

— Si les gens savaient...

Traversant l'étage, les bras chargés de draps et de plaids, elle a failli tourner les talons en entendant le claquement des bottes du baron venant vers elle. Elle a ralenti malgré elle, pour mieux le voir, quand il passerait à son niveau.

Elle a à peine eu le temps de découvrir son visage, avant qu'il ne se détourne d'un geste si franc, si ostensible, qu'elle aurait dû s'en sentir offensée. Ce qu'elle a vu de lui a violemment coupé son souffle. Cela fut si rapide. Trop ! Et pourtant, elle a, depuis, l'impression que cette vision s'est gravée dans sa mémoire de façon indélébile... Incapable, sur le moment, de se souvenir qu'il était lord ni qu'elle aurait dû le saluer avec déférence ou en profiter pour se présenter à lui, elle n'avait été bonne qu'à se figer en béant stupidement.

Pourtant, en aurait-elle le talent, elle serait capable de dessiner chacun des traits de son visage austère. De sa bouche au pli amer et aux lèvres pincées, de ses pommettes hautes, de son front intelligent. Elle pourrait rendre la teinte exacte de ses yeux, d'un bleu saphir profond, celle de sa peau basanée par le grand air ou de ses cheveux, aile de corbeau, striés d'argent. Elle saurait reproduire le lacis de fines cicatrices et de rides sur son visage. Tracer la largeur de ses épaules, sa haute taille, si haute qu'elle avait dû lever la tête pour le regarder. Et elle avait enfin découvert de quelle jambe il boitait. La droite.

Elle avait cru sa propension à la rêverie éteinte avec Geoff et se sentait offusquée de sentir son esprit s'envoler ainsi. Elle avait fini par s'habituer à ne plus rêver. Car, après tout, une vie sans imagination ni fantasmes n'était rien en comparaison de la perte qu'elle avait subie. Et puis, elle avait perdu le goût de tout, après la mort de Geoff.

Découvrir qu'elle pouvait à nouveau rêver pour Lord Keir, alors que Geoff gisait froid sous la terre...

Elle grimace, se roule en boule. Elle s'en veut, a honte, se sent si coupable...

— Je ne veux pas revenir à la vie. Pas comme ça.

Elle veut rester dans ce brouillard paisible fait d'obligations quotidiennes, d'affection tiède, de respect lointain. Elle ne veut pas que la douleur la transperce à nouveau. Elle ne veut plus sentir son cœur se déchirer à chaque inspiration.

Mais Lord Keir a de ses yeux...

Abbie soupire, agacée de sentir son esprit revenir à lui, mais transportée par le souvenir de ces pupilles bleutées.

Elle trouvait les yeux d'Ann Blackson stupéfiants, avec leur nuance unique d'outremer violet. Un regard perçant, dérangeant, presque surnaturel. Mais le bleu froid des pupilles saphir de Lord Keir la trouble profondément. Un bleu qui n'a pourtant rien d'extraordinaire, hormis la manière dont il tranche violemment avec le bronze de sa peau hâlée. De sorte que, soudain, on ne voit plus que cela. Ses yeux, intelligents, incisifs, froids. Et sa bouche, dont la courbe dénote clairement une nature sensuelle, pourtant contrariée par un pli acrimonieux.

Abbie rougit violemment dans le noir de sa chambre. Allons, elle doit arrêter de se comporter comme une gamine énamourée de quatorze ans ! Comme si elle n'avait pas été mariée ! Comme si on ne l'avait jamais trahie ! Comme si c'était encore de son âge de se sentir troublée par un regard bleu, de larges épaules ou une âme tourmentée !

— Tu n'aurais jamais dû lire tous ces romans, quand tu étais jeune...

Elle soupire, s'enfouit plus profondément sous sa couette.

— Et ARRÊTE de parler toute seule !

4

Elle tend la main vers sa montre à gousset avant même d'ouvrir les yeux. Question d'habitude. Il fait si sombre qu'elle ne voit pas la montre, encore moins les aiguilles, mais c'est un geste réflexe qu'elle accomplit chaque matin. Elle n'a pourtant pas besoin de lire l'heure : elle se réveille tous les jours à six heures vingt précises depuis des années. Elle referme les yeux quelques instants, se laisse aller contre l'oreiller.

— Debout, ma fille !

Elle rejette les couvertures d'un coup de pied énergique. Une autre habitude, qu'elle n'a jamais pu perdre de son enfance. Bondissant du lit dans l'obscurité, elle se lave et s'habille chaudement, après avoir relancé le feu moribond. Comme tous les matins, elle va ensuite ouvrir la fenêtre du salon en grand pour savourer l'air froid et piquant de la nuit d'hiver. Au loin, on ne devine même pas les premières lueurs de l'aube. Après la longue et douloureuse séance de coiffage matinal, elle noue son chignon, attache un tablier à sa taille et attrape le trousseau de clés, symbole de sa fonction, qu'elle accroche à l'anneau autour de sa ceinture. Enfin prête, elle referme la fenêtre, prend l'enveloppe pour Ann et quitte ses appartements.

Comme il est étrange qu'elle se sente plus chez elle à Blackson House, où elle ne vit pourtant que depuis six mois, qu'elle ne l'ait jamais été dans sa véritable maison… Elle traverse d'un pas vif les couloirs labyrinthiques jusqu'aux cuisines qu'elle sait encore vides. Shanti, la première levée des autres domestiques, ne sera pas debout avant une bonne heure.

Elle prend le temps de raviver le foyer de l'immense cheminée de pierre de la cuisine principale, puis allume le plus petit des poêles pour y faire chauffer une bouilloire pleine. Chantonnant doucement, elle verse quelques feuilles dans la théière de fine porcelaine chinoise. Elle sait que ses nouveaux amis de Blackson House trouvent cela digne d'une hérésie, mais elle-même préfère le bon vieux mélange qu'elle a amené avec elle plutôt que ceux préparés par Lin ou par Shanti pour son premier thé du matin. Celui de neuf heures sera préparé par Shanti, celui de midi par Arun et, à dix-sept heures, ce sera celui de Lin.

Comme chaque matin, elle emporte son thé jusqu'à l'orangerie, l'un de ses endroits préférés. L'odeur des fleurs d'agrumes y est très puissante, en ce moment, presque entêtante ; elle adore s'y asseoir pour savourer un peu de tranquillité avant le maelstrom de la journée. Kishan y a installé pour elle une petite table de métal face à l'une des plus grandes baies vitrées.

Elle s'apprête à boire sa première gorgée, quand un bruit de pas approchant lui fait suspendre son geste.

— Daniel ? appelle-t-elle d'une voix fraîche.

— Ah, je... commence le précepteur, en venant lentement jusqu'à elle.

— Je me doute de l'endroit d'où tu viens, coupe Abbie, d'une voix de plus en plus froide pour qu'il prenne la mesure de son mécontentement. Avez-vous bien conscience de ce que vous faites, Nanda et toi ?

— Je...

Le précepteur hésite un moment, puis tire une chaise et s'assoit près d'elle. Elle lui coule un bref regard et s'oblige à froncer les sourcils, même si elle a plutôt envie de lisser les cheveux bruns en arrière et de lui assurer que tout ira bien. Elle aime beaucoup Daniel Morrison. Elle s'est prise d'affection pour lui dès qu'il a franchi la porte de Blackson House, voilà trois mois. C'est un bon garçon, peut-être trop intelligent pour son propre bien, mais avec un cœur d'or, et Abbie le sait incapable de faire sciemment du mal à quelqu'un. Or il s'apprête à faire souffrir plusieurs personnes, même sans le vouloir.

— Tu sais ce que vos entourages pensent de cela, Daniel, murmure-t-elle, d'une voix neutre en le regardant de côté.

— Oui... Oh ! Abigail, je...

Il soupire, appuie les coudes sur ses genoux et laisse tomber sa tête en avant. L'image même de l'abattement. Le cœur d'Abbie se serre, et elle peine à lutter contre son réflexe de tendre la main vers lui.

— As-tu reçu une réponse de tes parents ?

— Oui, soupire-t-il, d'un ton lugubre.

— Ton père refuse évidemment d'envisager cette union, n'est-ce pas ?

— Bien sûr. Qu'est-ce que je peux faire, Abigail ?

Une grande douleur a envahi les yeux noisette qu'il tourne vers elle.

— Il vous reste toujours Gretna Green[1], sourit-elle doucement.

— Tu sais bien que c'est hors de question. Cela amènera le déshonneur sur sa famille...

— Et Dieu sait que l'honneur de la famille compte pour Nanda.

Ils échangent un regard en silence. Abbie finit par tendre la main, prendre celle de Daniel pour la serrer. Elle a le cœur trop tendre, elle le sait bien.

— Veux-tu un thé ?

Il soupire lourdement, essaie de sourire.

— C'est gentil... Je vais plutôt aller me changer, avant de croiser quelqu'un qui pourrait s'étonner de me voir les mêmes vêtements qu'hier... Merci, Abigail.

— Ne me remercie pas, je n'ai malheureusement rien fait.

Il sourit, serre ses doigts, et elle soupire tristement en le regardant quitter l'orangerie. Elle aimerait tant que les choses se passent bien pour Daniel et Nanda... Elle apprécie Ranjit et sa

1. Village écossais rendu célèbre par la possibilité qu'il offrait aux couples mineurs de se marier sans l'autorisation des parents. Se renommée est notamment née après la divulgation du *Lord Hardwicke's Marriage Act*, stipulant que tout individu âgé de moins de 21 ans devait obtenir l'accord de ses parents pour se marier. Or, cette loi ne s'appliquait pas à l'Écosse.

sœur Shanti, l'oncle et la mère de Nanda, mais leur en veut un peu d'être si réfractaires à la demande de Daniel. Quant aux parents du garçon, eh bien... en bons Britanniques, leur refus d'avoir pour bru une métisse hindoue sans le sou est malheureusement sans surprise. Si les parents de Daniel avaient l'intelligence de prendre le temps de connaître Nanda, de voir à quel point Daniel et elle sont complémentaires, combien ils s'aiment ! Abbie a rarement vu couple mieux assorti que ces deux-là. Elle aimerait les aider, mais ne peut rien contre les préjugés...

Elle-même en était bourrée, avant son arrivée à Blackson House. Préjugés sur son futur travail. Sur son employeur, les étrangers et les ressortissants des colonies. Des préjugés sur tout.

Quelques mois à baigner dans l'étrange atmosphère exotique et multiraciale de Blackson House ont suffi pour que volent en éclats ces idées reçues. Abbie se ressert une tasse de thé, songe qu'il est facile de juger autrui et d'être raciste sans raison, lorsque l'on appartient à la masse dominante. Mais que c'est autre chose lorsqu'on est la seule personne britannique, blanche et anglicane, perdue dans un immense château au fin fond de la campagne du Yorkshire.

— Et c'est tant mieux.

Elle n'a guère eu le choix. Elle a dû observer, écouter, regarder. Et respecter. Que Dieu, Allah ou Vishnu en soient loués, elle a enfin ouvert cet esprit qu'elle pensait pourtant déjà très large. Elle ne connaît pas les histoires personnelles de chacun d'eux ni dans quelles circonstances ils sont arrivés à Blackson House. Pourtant, ce qu'elle sait d'eux, de leurs religions et croyances, de leurs traditions, de leurs différences lui est désormais si naturel qu'elle se demande de temps à autre si elle pourrait retourner à sa vie d'avant. Une vie sans cuisine épicée, sans thé chinois, sans entraînement à la boxe ni enseignements des yogis. Une vie qui paraît soudain terriblement uniforme, tristement engoncée dans les nombreux carcans de la bienséance, coincée entre les minces limites de ce que l'on peut faire. Une vie où elle s'insérait pourtant sans souci, autrefois.

— La meilleure des décisions.

Oui, la meilleure des décisions qu'elle ait jamais prises fut celle de venir travailler à Blackson House. Elle comprend pourquoi toutes les gouvernantes précédentes ont fui après quelques jours… Dire qu'elle pensait, lors de son entretien d'embauche avec Ann Blackson, que leur départ subit était dû au comportement du Baron Noir ! Quelle erreur ! Toutes les autres ont fui à cause des domestiques. Avec amusement, elle songe que la femme britannique peut être lâche. Certes, les employés du Baron Noir sont un peu… excentriques, exotiques, étranges… Mais ils sont surtout accueillants, simples, et vivent dans cette harmonie qui naît d'un besoin commun de paix et de tranquillité. Tous ont connu des horreurs, Abbie en a conscience sans qu'aucun ne lui en ait parlé. Ils ont tous cette petite fêlure dans le regard. Elle est heureuse de s'être intégrée si facilement, si rapidement, à la drôle de petite famille que la domesticité du baron formait avant son arrivée. Elle est fière qu'ils l'aient acceptée parmi eux.

Elle achève sa tasse, puis retourne aux cuisines, songeant qu'elle devra faire le tour du domaine et des métayers, dès que la neige se décidera à fondre un peu. Elle entend alors le claquement des bottes dans le couloir au-dessus d'elle, et marque le pas, le cœur battant. Elle sait que Lord Keir est un lève-tôt. Elle l'a déjà plusieurs fois entendu marcher, la nuit. Elle l'écoute retourner dans sa chambre, entend la porte claquer violemment, puis des éclats de voix, et se secoue pour reprendre sa route.

— Pire qu'une fillette, grommelle-t-elle. *Namaste*, Shanti.

Elle pose son plateau sur la table, joint les mains devant elle puis s'incline légèrement pour saluer la superbe quinquagénaire qui officie comme cuisinière. Cette dernière tourne la tête pour lui sourire, son visage aux traits fins éclairés de cette sérénité qui lui est habituelle. Sous la lumière du matin filtrant des fenêtres hautes, ses longs cheveux noirs, libres, prennent un éclat brillant presque bleuté, avivant les couleurs vives de son ghagra choli[1].

— *Namaste*, Abigail, répond Shanti, avec cet accent chantant qu'ils ont tous. Quel beau matin nous avons là !

1. Tenue féminine composée d'un choli (chemisier à découvert), d'un lhenga (jupe longue). Traditionnellement, ces vêtements s'accompagnent d'un dupatta (écharpe longue portée sur la tête).

— Oui, paisible et blanc, sourit Abbie. As-tu vu Arun ?

— Il est avec Keir, mais Ranjit est dans la réserve.

— *Shukryià*[1].

Alors que Shanti prépare les naans[2] pour le petit déjeuner de la tribu de Blackson House, elle va jusqu'au cellier, songeant qu'à une époque, elle aurait été profondément choquée d'entendre un membre du personnel appeler le maître par son seul prénom.

— *Namaste*, Ranjit.

Le plus vieux membre de la domesticité se tourne vers elle, la salue de la tête avec respect, et elle lui sourit. Elle aime énormément tous les habitants de la maison, mais certains touchent davantage son cœur que les autres. Ranjit est de ceux-là. Les ombres mouvantes au fond de ses yeux sombres blessent le cœur d'Abbie, autant que la mélancolie qui teinte ses sourires. Derrière un visage agréable aux traits marqués se cachent les souvenirs de souffrances passées mais pas oubliées, devine Abbie. Bien que la chevelure noire de Ranjit se teinte à peine de sel, la gouvernante constate subitement combien il semble accuser son âge. Il a l'air fatigué. Sous ses habituelles dhoti[3] et chemise claires, sa silhouette paraît si frêle aujourd'hui. La grippe qui a sévi sur le château semble lui avoir dérobé une énergie qu'Abbie croyait jusqu'alors inépuisable. Elle veille pourtant à ne pas montrer au fier Indien combien elle est inquiète pour lui.

— Avons-nous assez de provisions ? demande-t-elle, bien qu'elle le sache parfaitement.

— *Hàn*, sourit-il en venant vers elle. Qu'allons-nous faire, aujourd'hui ?

— Eh bien... Je comptais attaquer la chambre rose avec les autres femmes. Pourriez-vous, Arun et vous, aider Kishan à transplanter les arbres dans l'orangerie ?

1. « Merci bien », en hindi

2. Pain de farine de blé cuit dans un four tandoor - un four en terre cuite - ou à même la paroi d'un four.

3. La dhoti est un vêtement masculin constitué d'une longue pièce de tissu nouée autour de la taille et dont l'un des pans, passant entre les jambes, est noué à la ceinture.

Il hoche la tête, et ils quittent ensemble le cellier froid. Elle est heureuse de revenir dans la chaleur de la cuisine et accepte avec un grand sourire le thé que lui tend Shanti.

— Où sont les autres ? finit-elle par s'étonner.

D'ordinaire, à cette heure, la cuisine est l'endroit le plus vivant du château...

— Nanda va arriver, mais Ashmi ne se sentait pas très bien, hier au soir, répond Shanti.

Abbie fronce les sourcils, soucieuse.

— Avez-vous vu Heng ou Lin ? Et Bill ? Ou les garçons ?

— J'ai croisé Heng en venant tout à l'heure, répond Ranjit. Lin avait l'air fatiguée, mais elle devrait bientôt arriver.

— Quant aux garçons, poursuit Shanti, en haussant les épaules, qui peut savoir... ?

— Je vais aller voir Lin, je ne veux pas qu'elle en fasse trop, murmure Abbie, oubliant combien ce genre de réponses plus qu'évasives l'aurait horrifiée, avant. Si les garçons arrivent pendant mon absence, dites-leur de tous aller à l'orangerie. J'aimerais que les arbres soient rempotés avant ce soir, et Kishan ne peut pas le faire seul.

— Bien sûr, Abigail, sourit Shanti. Et les femmes ?

— J'avais pensé à la chambre rose... Mais je vais d'abord aller voir Lin et Ashmi.

Ce qui lui rappelle la nécessité de trouver un médecin, rapidement...

— Si vous croisez Bill, donnez-lui ce courrier pour Londres, ajoute-t-elle, en tendant la lettre pour Ann.

Le frère et la sœur s'inclinent avant qu'elle parte vers l'aile gauche, là où tous ont établi leurs quartiers. En chemin, elle croise Daniel, changé de frais, rasé, les cheveux encore humides. Ils échangent un rapide sourire de connivence.

Elle n'a que le temps de se plaquer contre le mur pour éviter d'être percutée par un jeune homme en pantalon de toile et chemise débraillée. La tignasse noire en désordre, il n'a visiblement que pris le temps de passer ses vêtements avant de quitter sa chambre.

— Sanjay ! s'exclame-t-elle, en essayant de prendre une voix sévère.

Le « garnement » de 17 ans la salue d'un sourire d'excuse sans s'arrêter de courir vers la cuisine. Comme à chaque fois qu'Abbie pose les yeux sur ce visage à l'incroyable beauté juvénile, son cœur se serre, puis s'exalte. Dieu sait qu'elle aime ce jeune garçon ! Impétueux, un peu fou, terriblement attachant…

Il suffit d'un regard d'Abbie sur Ashmi, lorsque cette dernière lui ouvre sa porte, pour comprendre que la grippe ne s'est pas éloignée du château.

— Retourne te coucher, dit Abbie à la jolie Népalaise.

Les traits défaits, le teint si blême que son ascendance exotique est à peine décelable, Ashmi ne ressemble plus à la voluptueuse et douce madone qu'Abbie a appris à connaître. Même sa luxuriante chevelure sombre semble terne sur ses épaules. Voyant Ashmi pincer brièvement les lèvres, la gouvernante hausse le sourcil pour couper court à toute réplique.

— Tu tiens à peine debout. Retire-moi cela et va te recoucher, ajoute Abbie en pointant le kurta clair et le shalwar[1] brun. C'est un ordre.

Se dirigeant vers la chambre de Heng et Lin, elle prie pour que la jeune Cantonaise soit simplement fatiguée par sa grossesse. Hélas, le regard fiévreux de Lin prouve que ses espoirs sont vains. Elle redescend en hâte aux cuisines, prévient Shanti.

— Je m'occupe des bouillons et des décoctions tout de suite.

— Je vais avertir Kishan qu'il nous faut des herbes, dit Abbie en ressortant.

Les hommes sont déjà en plein travail. Abbie attire l'attention de Kishan qui approche dès qu'elle lui fait signe. S'essuyant machinalement les mains sur son pantalon de toile grossière avant de recoiffer ses cheveux noirs, il laisse peser sur elle son regard sombre si profond. Abbie a beau le connaître depuis plusieurs mois, elle sent toujours cette brève sensation de malaise poindre au creux d'elle tandis que Kishan s'arrête près d'elle. Elle ne peut se l'expliquer ; il se dégage de lui un je-ne-sais-quoi qui rappelle

1. Le kurta est une longue chemise ample ; le shalwar un pantalon large de la taille aux genoux et moulant jusqu'aux chevilles.

un fauve. Il n'est pas bien grand, pourtant elle a comme toujours l'impression d'être toisée et dominée d'une bonne tête.

— Je cueille les bonnes herbes et les apporte en cuisine, dit-il de cette voix douce, trop douce pour un presque trentenaire aussi impressionnant.

— Arun est-il déjà redescendu ? demande Abbie à la cantonade.

Signe de dénégation général. Elle retourne au pas de course en cuisine, y découvre la fille de Shanti. Sa longue natte noire sur l'épaule, la jeune femme de presque vingt ans met une bouilloire pleine sur le poêle, le coton bleuté de son shalwar kameez[1] ondoyant autour de sa silhouette gracile.

— Nanda, peux-tu aller chercher Arun, à l'étage ?

Nanda tourne ses yeux verts vers sa mère avant qu'elle et Shanti fixent Abbie en silence. Cette dernière se sent rougir. Le silence perdure.

— D'accord, je vais y aller...

1. Le shalwar kameez est une tenue unisexe composée d'une tunique longue et d'un pantalon large de la taille aux genoux et moulant jusqu'aux chevilles.

5

Le regard conjoint de la mère et de la fille pèse sur son dos, alors qu'elle quitte la pièce en s'efforçant de marcher avec naturel. Voilà plusieurs jours déjà que les autres domestiques refusent de monter à sa place à l'étage. Elle a fini par comprendre que, pour eux, il est temps pour elle de rencontrer le maître. Elle a tergiversé tant qu'elle a pu pour éviter la confrontation, mais il semblerait que le personnel de Blackson House ait décidé que le moment était venu pour elle d'aller se présenter au Baron Noir. Elle va jusqu'aux marches de l'escalier de service, s'arrête et pose une main tremblante sur la rambarde. Son cœur commence déjà à s'accélérer.

— Une vraie gamine !

Elle inspire, puis monte d'une traite jusqu'à l'étage du maître avant de perdre tout courage. Elle se laisse guider par les éclats de voix et s'arrête devant la porte de la chambre du baron. L'un des endroits où elle n'a pas droit de visite. Au travers du battant, elle entend la voix calme d'Arun, puis une autre, plus rauque, gutturale, et sa peau frémit, alors que son cœur s'emballe. Ils parlent en… elle ne reconnaît pas les sonorités, ce doit donc être du birman, la langue maternelle d'Arun.

Elle prend une profonde inspiration, frappe au battant avant de manquer de courage, ouvre sans attendre de réponse, puis entre dans la chambre, le dos bien droit. Les deux hommes font aussitôt silence et se tournent vers elle. Arun vient à elle, qui fait de son mieux pour ignorer l'ombre menaçante du baron à quelques pas.

— Il faut aller chercher un médecin à Leeds, murmure-t-elle à Arun. Lin et Ashmi sont malades.

Le front d'Arun se plisse d'inquiétude, et Abbie sursaute, alors que le baron aboie soudain en langue étrangère. Arun répond, lui confirmant qu'il doit bien s'agir de birman. Et les voilà qui discutent à nouveau...

Comme si Abbie n'était pas là.

Elle fronce les sourcils. Relève la tête, se tourne vers lui et, avant de pouvoir maîtriser son impulsivité, elle s'entend l'apostropher d'une voix acerbe :

— À croire que vivre à l'étranger vous a fait oublier tout sens de la politesse !

Les deux hommes se tournent à nouveau vers elle. Cette fois, elle fixe Lord Keir et sent quelque chose frémir profondément en elle. Seigneur, qu'il est imposant ! Immense, en fait... Elle doit lever la tête pour regarder le visage sombre qui la foudroie. Quels yeux ! Elle manque de défaillir sous ce regard bleu, glacial. C'est tout juste s'il ne retrousse pas les babines pour gronder. Comme une espèce de fauve furieux. Son premier réflexe est de reculer, le second de s'excuser.

Mais elle se contient, ne bouge pas, redresse le menton. Ne jamais reculer devant un loup. Ne jamais baisser les yeux. Un calme assez surprenant l'envahit, alors qu'elle se sent enfin en confiance. Elle sait comment gérer les êtres en colère, animaux ou humains.

Histoire de bien faire comprendre au Baron Noir qu'elle ne reculera pas, elle lève un sourcil en le regardant droit dans les yeux, avant que, sans détourner le regard, elle s'adresse à Arun :

— Voyez avec Bill pour qu'il aille immédiatement à Leeds. Il nous faut ce médecin rapidement. Si les routes le permettent, il pourra partir pour Londres aussitôt après.

— Oui, Abigail, acquiesce Arun, avant de s'incliner et sortir.

Maintenant qu'elle est seule, elle se retient de déglutir. Ne pas montrer de peur ou de faiblesse.

— Abigail Cross, finit-elle par se présenter, sans le lâcher des yeux.

Elle ne lui tend pas la main ni ne fait de révérence et s'en félicite, quand il se contente de la regarder en silence sans se présenter ni répondre. De près, son visage paraît plus sévère encore. Comme découpé à grands coups de burin par un sculpteur particulièrement enragé. Ses cheveux noir et argent sont trop longs et lui font comme une crinière sauvage. Il contracte les mâchoires, ses narines se gonflent, puis, comme s'il avalait un médicament particulièrement nauséabond, il finit par parler.

— Qui est malade ?

Une voix basse, un peu rocailleuse. Elle lutte pour ne pas laisser voir combien sa voix l'émeut.

— Lin et Ashmi, répond-elle, le plus froidement possible.

Se rend-il compte combien conserver un seul sourcil en l'air est épuisant ? Les efforts que cela lui demande ? Surtout, s'admoneste-t-elle, ne pas baisser pavillon la première ! Face à un fauve, il faut se montrer le plus fort dès le départ. Que ce fauve soit un tigre, un loup ou un ours... Et quelque chose lui dit que l'homme devant elle est un peu des trois à la fois.

Il fronce brièvement les sourcils.

— Le bébé ?

— Je m'inquiète, admet-elle sans bouger.

Les mâchoires se contractent à nouveau sous les joues mal rasées.

— J'y vais à cheval. Je serai plus rapide que Bill.

Elle écarquille les yeux et a à peine le temps de se pousser qu'il passe à grandes enjambées devant elle. Tout juste si son boitement le ralentit. Elle doit presque courir derrière lui, tandis qu'il emprunte l'escalier de service et descend jusqu'aux cuisines. Là, elle l'entend parler à Shanti en hindi. Nanda secoue la tête, intervient, mais il réplique et semble leur imposer ses choix.

— Vous ! lance-t-il sèchement en se tournant vers Abbie.

— C'est à moi que vous vous adressez, milord ?

— Mon manteau.

— Abigail Cross, répète-t-elle seulement.

Elle a le plaisir de voir un léger mouvement dans la glace de ses yeux. Il boite jusqu'à elle, l'écrase de sa haute taille, mais elle lève la tête vers lui sans reculer.

— Mon manteau, répète-t-il.

Elle relève son sourcil. C'est plus fort qu'elle. Elle sait pourtant qu'ils sont pressés, qu'il doit partir chercher le médecin. Et pourtant, elle ne peut s'en empêcher. Elle s'inquiète même de se sentir une telle pugnacité.

Elle distingue finalement une légère hésitation dans le regard bleu qu'il darde sur elle.

— Mon manteau, demande-t-il encore d'une voix moins tranchante, avant d'ajouter visiblement à contrecœur : Cross.

Elle est stupéfaite qu'il ait cédé si vite. Et tolère qu'il s'arrête à son patronyme, en omettant son statut.

— Bien sûr, milord, dit-elle, allant aussitôt chercher ledit manteau dans le hall.

Elle le pose sur son bras et fait volte-face pour revenir dans la cuisine, mais il est là, à quelques pas à peine, et elle sursaute violemment. Comment a-t-il fait ? Elle ne l'a pas entendu boiter jusqu'ici ! Elle se recompose au plus vite un visage neutre et lui tend son lourd manteau de laine. Il se tient un moment sans bouger, la regarde. Puis prend le vêtement. L'enfile en silence. Sans la quitter des yeux un seul instant. Elle se sent minuscule, écrasée par sa présence.

— Besoin d'autre chose ? gronde-t-il soudain, puis : Cross.

Elle frémit. Elle ressent de la colère, de la rage dans sa voix. Et doit songer à Lin, à Ranjit, à Ashmi, combien ils ont besoin d'un médecin, pour se rappeler la raison qui l'a poussée à aller tirer la bête de son antre.

— Eh bien… nous allons bientôt manquer de salpêtre.

Il ne prend pas la peine de hocher la tête ou de dire quoi que ce soit, tourne les talons, s'enfonce dans les méandres de Blackson House. Seule dans le grand hall, Abbie expire bruyamment et déglutit, alors que ses mains commencent à trembler.

— Bon sang de bois ! jure-t-elle à mi-voix.

Elle ignore ce qui la met dans cet état : le sentiment d'avoir joué un bras de fer ou la réaction épidermique de son corps à celui du baron. Secouée d'un long frisson, elle se frotte les bras et retourne jusqu'aux cuisines. Les trouve vides, devine que Shanti et Nanda sont allées porter des infusions de plantes aux malades.

— Allons, secoue-toi !

Elle repart donc vers l'orangerie et propose ses services à Kishan, qui décline poliment son offre. Elle lui sourit, puis fait demi-tour, un peu mal à l'aise. Le jeune homme lui fait cet effet-là depuis le premier jour.

Il demeure une véritable énigme pour elle. En rencontrant les autres domestiques, Ranjit lui a murmuré de ne jamais toucher Kishan. Jamais. Pas le moindre contact physique. Elle s'est bien évidemment abstenue de poser la moindre question. Le croiser quotidiennement n'a fait que renforcer le flou qui entoure le jeune hindou. Elle l'a vu caresser des plantes, chanter pour un rosier tout en le taillant, apaiser de la voix Flame, l'étalon ombrageux de Lord Keir. Elle en a déduit que ce jeune homme singulier, un peu sauvage et peu prolixe, avait une sensibilité particulière en totale contradiction avec l'impression de violence brute qui se dégage de lui.

Se remémorant les lettres envoyées à Miss Blackson, notamment les passages où elle parle de Kishan, un sourire ironique lui monte aux lèvres. Car, en vérité, le « positif enchantement » ou son « enthousiasme » se limitent en tout et pour tout à une lueur dans le regard et un mince sourire un peu absent. Mais, partant du principe que Miss Blackson connaît Kishan aussi bien que les autres domestiques, elle est assurée que son employeur a correctement interprété ses mots.

Un peu désœuvrée, elle retourne en cuisine, y trouve Nanda.

— Ma mère est auprès de Lin, dit la jeune fille, en évitant le regard perspicace d'Abbie.

— Très bien... Nanda ?

La jeune métisse lui coule un regard en coin, et Abbie y lit clairement un mélange de crainte, de culpabilité et de tristesse.

— Soyez prudents, Daniel et toi, je vous en conjure, se contente-t-elle de murmurer, d'une voix douce.

La jeune fille se détourne en hochant imperceptiblement la tête.

— Que dirais-tu d'aller nous occuper de la chambre rose ? poursuit-elle, d'une voix plus forte. Ta mère nous y rejoindra si elle en a l'occasion, mais à nous deux, nous pouvons déjà abattre un beau travail.

— Bien sûr, Abbie !

Nanda essuie furtivement une joue, plaque un sourire sur son beau visage et suit Abbie à travers les couloirs.

6

Elle se demande pourquoi elle s'entête à nettoyer et à remettre en état toutes ces pièces. Tandis que Nanda et elle, couvertes de poussière, transpirent en nettoyant la chambre rose, elle songe que leur travail est inutile. Il n'y aura jamais assez de personnel pour entretenir les pièces qu'elles ont remises à neuf. Les cheminées n'ont toujours pas été ramonées, il est donc impensable de les chauffer. Et, de toute évidence, personne ne risque de passer suffisamment de temps à Blackson House pour profiter de leurs efforts.

— On le fait parce qu'il faut le faire, grommelle-t-elle, s'attirant un bref regard de Nanda.

Elle sent ses joues rosir, sourit malgré elle. À force de la côtoyer, les autres habitants de Blackson House ont fini par s'habituer au fait qu'elle parle toute seule et ne s'en inquiètent plus ni ne semblent l'en méjuger.

— Je crois que nous ne pourrons rien tirer de la literie, intervient Nanda en se redressant, les mains sur les reins.

Abbie la rejoint, jette un regard désolé sur le matelas défoncé et moisi.

— Un de plus à rajouter sur la liste, soupire-t-elle. Viens, sortons-le dans le couloir.

À deux, c'est bien moins facile et rapide que lorsqu'elles travaillent toutes ensemble, et lorsque ledit matelas repose enfin sur le tapis usé du couloir, elles sont en nage et sales à faire peur.

— Je ne sais pas ce que tu en penses, fait Abbie en soufflant. Mais je ne serais pas contre une tasse de thé brûlant et quelques naans.

La chaleur de la cuisine les enveloppe à leur entrée, elles mettent de l'eau à bouillir en silence. Tout en se lavant les mains, Abbie laisse mentalement libre cours à ses inquiétudes.

— Je vais voir nos malades, dit-elle. Pourras-tu vérifier où en sont les hommes, dans l'orangerie ? S'ils sont désœuvrés, ils pourront descendre le matelas et le jeter.

Nanda hoche la tête et Abbie retraverse les longs couloirs jusqu'aux chambres. Enfouie sous ses couvertures, Ashmi est rouge, en sueur et esquisse un sourire désolé en voyant Abbie entrer.

— Le médecin va bientôt arriver, murmure cette dernière, en s'assoyant au bord du lit.

— Comment vont les autres ? murmure Ashmi, d'une voix faible.

— Je vais aller voir Lin, mais ne t'inquiète de rien. As-tu bu toute la décoction que Shanti t'a montée ?

Ashmi hoche lentement la tête et referme les yeux. Abbie pose une main inquiète sur son front. La fièvre est forte.

— Abbie...

— Essaie de te reposer. Tu as besoin de garder tes forces.

— Où est Ranjit ?

Abbie garde le silence une brève seconde.

— Dans l'orangerie, avec les autres, répond-elle doucement. Veux-tu que je lui demande... ?

— Non. Non.

Ashmi rouvre ses yeux fiévreux, esquisse un pauvre sourire.

— Repose-toi, murmure Abbie, avant de sortir.

Fut une époque où elle aurait été choquée d'entendre une gouvernante tutoyer le personnel sous ses ordres. Et vice versa. Hormis qu'à Blackson House, la gouvernante n'est pas en haut de la hiérarchie domestique et qu'il n'y a d'ailleurs pas de hiérarchie.

— Et je ne tutoie pas tout le monde.

Pas moyen de tutoyer Kishan ou Arun. Ni même Ranjit.

Tout en se dirigeant vers la chambre de Lin, Abbie s'interroge une nouvelle fois sur les relations que semblent partager Ashmi et Ranjit. Ce n'est pas la première fois qu'elle se demande si ces deux-là ne sont pas engagés dans une liaison.

Shanti lui ouvre la porte de Lin, et un simple regard de l'Indienne suffit à Abbie. Shanti sort dans le couloir avant qu'elle ait pu entrer.

— Le médecin ? demande Shanti.

— Milord est parti le chercher, répond Abbie, à voix basse. Comment va-t-elle ?

— Pas très bien. Beaucoup de fièvre. Elle saigne.

Abbie n'a pas besoin d'en demander plus. Elle ferme les yeux malgré elle.

— Pauvre Lin, chuchote-t-elle.

— Et Ashmi ? s'inquiète Shanti.

— De la fièvre, elle aussi. Faible.

Shanti soupire, regarde un instant dans le vague, puis dévisage Abbie.

— Pourrais-tu rester avec Lin ? demande-t-elle, d'une voix légèrement hésitante.

Voilà qui n'est guère habituel. L'Indienne n'est d'ordinaire pas sujette aux hésitations ou aux doutes. C'est une femme de tête à la langue acérée et aux idées bien établies. L'entendre hésiter a quelque chose d'incongru.

— Bien sûr, répond Abbie.

— Merci, Abigail. Je... Cela m'est très difficile de la regarder perdre son enfant sans pouvoir rien faire.

Un éclat de souffrance brute traverse le regard noir de Shanti, avant qu'elle se détourne pour repartir vers la cuisine. *Aussi bien*, se dit Abbie. Shanti ne l'aura pas vue s'appuyer au mur pour soutenir sa propre peine. Elle prend quelques instants pour se remettre du choc, carre les épaules, plaque un sourire factice sur son visage et entre dans la chambre.

Lin paraît perdue au milieu des couvertures. D'une stature minuscule, la jolie Chinoise semble encore plus petite dans le grand lit. Son visage serait blafard sans les taches rouges sur ses joues que marbre la fièvre. Son regard de chat peine à fixer Abbie quand elle s'approche.

— Abigail...

— Chut, repose-toi, Lin.

Abbie lui touche le front, grimace intérieurement tant il brûle.

— Il est mort, lui aussi, il est mort...

La gorge d'Abbie se serre à lui faire mal. Lutter contre les larmes exige d'elle un effort monstrueux. Alors qu'elle ouvre la bouche pour calmer Lin, lui dire que ce n'est rien, qu'il y aura d'autres bébés, elle parvient à se taire. La semaine passée, sous le sceau du secret, Shanti lui a narré le malheur de Lin. Aux dires de Shanti, Lin a perdu tous ses bébés depuis qu'elle et son époux Heng sont arrivés à Blackson House, il y a seize ans ; à aujourd'hui 35 ans, elle n'a jamais réussi à mener une seule grossesse au-delà de cinq mois. Si elle l'avait su à l'époque, Abbie n'aurait pas écrit ce qu'elle pensait être une grande nouvelle à Ann Blackson.

— Je suis désolée, murmure Abbie parce qu'il n'y a rien d'autre à dire. Je suis tellement désolée.

Les lèvres de Lin tremblent, mais elle ne pleure pas. Parce qu'elle doit s'occuper pour ne pas penser, Abbie trempe un linge dans l'eau fraîche et baigne doucement le visage de Lin.

— Essaie de dormir, murmure-t-elle. Tu as besoin de repos.

Abbie passe et repasse le linge sur le visage enfiévré, puis, dès que Lin sombre dans le sommeil, elle prend son courage à pleines mains pour soulever les couvertures et changer les charpies ensanglantées que Shanti a glissées entre les cuisses de Lin. La pauvre saigne encore, mais moins qu'Abbie le craignait. Elle contient un sanglot, referme les couvertures sur le corps de la malade, va remettre un peu de bois dans la cheminée et, les larmes au bord des yeux, va se planter devant la fenêtre.

— Rien n'est pire que perdre un enfant.

Combien Lin en a-t-elle perdu ? se demande-t-elle. Quelle importance ! Un seul est déjà de trop. Shanti aussi en a perdu. Abbie l'a lu dans la souffrance du regard de l'Indienne.

— Quelle femme ne connaît pas cela ?

Elle n'en connaît pas, de ces chanceuses. Elle-même…

Non. Il est des choses auxquelles elle s'est promis de ne plus penser. Elle regarde sans vraiment le voir le paysage enneigé qui s'étale devant elle, sursaute quand on frappe doucement à la porte. Heng entre, les traits tirés, et son inquiétude pour Lin fait mal au cœur d'Abbie. Âgé d'une quarantaine d'années et à peine plus grand que son épouse, il a un visage marqué par les vicissitudes d'un passé dont Abbie ignore tout. Ses traits très typés d'ordinaire souriants et joyeux portent pour l'heure un masque d'angoisse, au point que l'amande de ses yeux sombres paraît presque fermée.

— Va manger, Abigail, dit-il, en s'assoyant au chevet de sa femme. Je reste avec elle.

Abbie hoche la tête, hésite à dire quoi que ce soit. Il n'y a malheureusement rien à dire en ces circonstances, aussi s'en retourne-t-elle lentement vers les cuisines, où Shanti et Nanda mettent la dernière main au repas de midi. Elle échange un bref regard avec Shanti, remercie Nanda qui lui tend une tasse de thé chaud et, parce qu'elle se sent incapable de rester à ne rien faire et refuse de laisser ses pensées la tourmenter, marche jusqu'à l'orangerie.

Kishan a les mains dans la terre, bien entendu. Non loin de lui, Ranjit achève de rempoter un pied de citronnier.

— Où sont les autres ? s'étonne Abbie.

— Arun et Bill sont allés jeter le matelas, répond Ranjit en la regardant. Quant à Sanjay et Daniel, ils sont dans la bibliothèque, je crois.

— Oh... très bien. Aurez-vous encore besoin d'aide, Kishan ?

Le jardinier relève les yeux à la mention de son nom, la regarde en silence pendant une longue seconde et secoue la tête. Lui, elle ne pourra jamais s'autoriser à le tutoyer. Avec une esquisse de sourire un peu nerveux, elle tourne les talons et va jusqu'à la bibliothèque que Daniel utilise également comme salle d'étude pour Sanjay. La salle de classe d'origine du château est située à l'autre bout de Blackson House, à l'étage des enfants, tout au fond d'une aile qu'Abbie n'est pas pressée de remettre en état. C'est un endroit désolé, lugubre pour dire la vérité.

— Je ne vois pas Miss Ann ou Mr Gus grandir là-dedans, marmonne-t-elle.

Si elle n'a que brièvement aperçu Gus, le fils de Lord Keir, lors de son entretien londonien avec Ann voilà quelques mois, Abbie peine à visualiser l'énergique jeune homme coincé entre les murs froids et tristes de la nursery de Blackson House. Pas plus qu'Ann, d'ailleurs. En fait, Abbie a du mal à imaginer qu'on ait pu obliger des enfants à y vivre.

Lorsqu'elle pousse la porte de la bibliothèque, Sanjay et Daniel se tournent vers elle dans un bel ensemble avant de reporter leur attention sur le livre ouvert devant eux. Assis côte à côte derrière le lourd bureau poli, ils sont si passionnés par leurs mathématiques que le monde pourrait s'effondrer autour d'eux sans qu'ils en aient conscience. Avec un petit sourire, Abbie va s'asseoir dans l'un des fauteuils près de la cheminée, sirote son thé en les regardant. Daniel, si britannique, aux traits presque aristocratiques, malgré sa basse extraction. Et Sanjay, terriblement exotique avec ses traits indiens. On pourrait pourtant les croire frères, tant ils se ressemblent dans leurs passions et leurs réactions.

À son arrivée à Blackson House, fier et nerveux d'avoir obtenu son premier poste de précepteur, Daniel sortait tout juste du collège. Se rappelant combien le jeune homme d'alors était désireux de bien faire et de se montrer digne de sa tâche, Abbie sourit avec amusement. Nul doute que Daniel pensait avoir à éduquer le fils de la famille Blackson au mieux, un fils illégitime du baron au pire. Vivant elle-même à Blackson House depuis quelques semaines et s'adaptant doucement à cette étrange maison, Abbie avait alors été persuadée que Daniel tournerait les talons en comprenant de qui il serait le maître. Mais non. Le jeune homme les a tous surpris, non seulement en s'installant, mais aussi en tissant d'authentiques liens avec Sanjay.

Abbie s'est interrogée, au début de son séjour, sur l'identité du jeune garçon, supposant qu'il était effectivement le fils illégitime du baron. Elle connaît suffisamment la vie pour savoir que les bâtards fleurissent à tout-va, sur le sol britannique comme ailleurs ; que Sanjay soit né de la cuisse gauche ne l'aurait pas choquée outre mesure. Autant l'avouer, elle s'est posé la même question à propos du jeune jardinier. Kishan et Sanjay ayant quasiment les âges de Miss Ann et Mr Angus, elle était en droit de le penser. Et que le baron offre un toit à ses bâtards était plutôt à son honneur, quoiqu'en disent les usages. Bon nombre d'aristocrates ne prennent pas la peine de nourrir leur progéniture illégitime. Mais après avoir côtoyé Nanda, dont le métissage est avéré, Abbie a fini par comprendre que ni Sanjay ni Kishan n'ont la moindre goutte de sang britannique dans les veines. Et le mystère de leur présence à Blackson House s'en est trouvé renforcé.

Elle souffle sur sa tasse, boit une autre gorgée. Leurs voix se font brouhaha de calculs et de logique à ses oreilles.

De ce qu'elle a pu apprendre par bribes des autres, Sanjay n'avait pas six ans à son arrivée à Blackson House. Elle ne sait rien de plus sur son passé. Pas plus que sur celui des autres résidents. Avec son visage expressif d'une étrange beauté et ses yeux à l'intelligence vivace, Sanjay n'a eu aucun mal à trouver le chemin du cœur d'Abbie, comme de celui de tous. C'est un jeune homme amusant, charmant et énergique, avec ce petit côté canaille qui lui apportera des ennuis dans quelques années, à n'en pas douter.

Elle porte son attention au-delà des silhouettes assises, vers les grandes fenêtres de la bibliothèque. La neige s'est remise à tomber. De gros flocons volettent au-dehors.

— Comme si nous en manquions, soupire-t-elle.

Les garçons relèvent la tête, la dévisagent une seconde, avant de se replonger dans leurs livres. Abbie se sent rougir. Il faut vraiment qu'elle perde cette fâcheuse habitude. Elle se lève, va lentement jusqu'à la fenêtre. Il neige de plus en plus fort, et la lumière courbe l'échine face à l'obscurité. Elle jette un regard sur sa montre à gousset, par acquit de conscience, même si elle sait très exactement l'heure qu'il est.

— Le repas sera bientôt servi, dit-elle.

— Oui, Abbie, répond Daniel, d'une voix absente.

Elle sourit. Ils l'amusent, ces deux-là. Mentalement, elle essaie de calculer le temps qu'il faudra à Lord Keir pour atteindre Leeds, trouver le médecin et revenir à Blackson House. Avec une pointe d'angoisse, elle comprend qu'ils n'auront pas de médecin avant le soir au mieux, plus certainement le lendemain.

— Surtout avec cette neige, marmonne-t-elle.

Elle termine son thé et s'apprête à retourner aux cuisines, lorsqu'elle perçoit une ombre se mouvoir dans le flou neigeux. Abbie plisse les yeux, distingue peu à peu la silhouette d'un cheval, d'un cavalier, puis reconnaît Flame. L'intense soulagement qui la prend au ventre la surprend, et elle est soudain contente de tourner le dos aux garçons.

Lord Keir est de retour.

7

Bon sang de bois ! Pour faire l'aller-retour depuis Leeds, il a dû aller à un train d'enfer ! Elle tourne les talons, pose sa tasse vide sur le bureau en passant et se dirige à pas rapides jusqu'à la porte latérale qui donne sur les écuries. Le vent polaire qui la gifle brutalement quand elle ouvre le battant lui rappelle qu'elle a oublié de passer son manteau, et elle hésite un instant à retourner au chaud. Mais l'inquiétude pour Ashmi et Lin se fait plus forte, et elle tire la porte derrière elle, enroule les bras autour de son buste, avant de courir comme elle peut dans la neige.

— Et flûte !

Elle n'a pas ses bottes non plus, tout juste une paire de chaussures usées qui ne la protègent ni du froid ni de l'épaisse couche de flocons qui lui monte presque aux genoux. Le temps qu'elle parvienne aux écuries, elle est transie, trempée et se fustige mentalement pour sa bêtise.

La chaleur de l'écurie la surprend, et elle y pénètre en claquant des dents. Le domaine ne possède pas beaucoup de chevaux en plus de Flame, mais tous se tournent vers elle à son entrée. Elle jette un regard vers l'extérieur, s'attendant presque à voir une autre monture sur laquelle serait juché un médecin, mais il n'y a personne. Le front barré d'inquiétude, elle tape des pieds pour en secouer la neige, puis marche rapidement jusqu'au box de Flame.

L'étalon roux est couvert de neige, ses flancs se soulèvent brutalement. De son poil humide s'élèvent des volutes de vapeur, et il tourne en rond dans le box en ronflant.

— Poussez-vous, gronde une voix sombre derrière elle.

Abbie sursaute avant de se retourner. Lord Keir la regarde à peine avant d'entrer dans le box, une fournée de paille dans les bras. Abbie ouvre la bouche, une main sur son cœur pour tenter d'en apaiser les battements, tandis qu'il commence à étriller énergiquement son cheval avec la paille.

Elle referme la bouche, soudain consciente qu'ils sont seuls tous les deux. À cette simple idée, voilà que son cœur se remet à battre pour une tout autre raison et qu'elle se trouve la tête vide !

Une enfant ! Pire qu'une fillette ! À son âge !

Le manteau de laine de Lord Keir est couvert d'une épaisse couche de neige qui craquelle en fondant peu à peu. Ses cheveux aussi.

— Vous n'avez pas mis de chapeau ! s'exclame-t-elle soudain.

Il lui lance un bref regard, mâchoires crispées, sans daigner lui répondre. Abbie croise les bras en frissonnant, tente de mettre un peu d'ordre dans sa tête, ce qui est loin de s'avérer chose aisée.

— Où est le docteur Vanger ? demande-t-elle, après s'être éclairci la gorge.

— Absent, répond Lord Keir, d'une voix fraîche. J'en ai trouvé un autre.

Abbie fronce les sourcils, se rapproche en hésitant de deux pas. Finalement, elle n'aurait pas dû sortir… Mais puisqu'elle est là…

— Et où est-il ? insiste-t-elle, en prenant soin que sa voix soit plus ferme que ses genoux.

Lord Keir soupire, sa main se fige sur le dos de Flame, et il lui lance un regard peu amical.

— Il a insisté pour prendre sa voiture, grogne-t-il.

Abbie réfléchit rapidement. Le médecin ne sera donc pas là avant le soir. Dans le meilleur des cas.

— Je vais lui faire préparer une chambre, dit-elle, pensant à voix haute.

Et sans doute ce docteur n'appréciera-t-il pas la nourriture de Shanti. Abbie va devoir se mettre aux fourneaux, histoire qu'il ait quelque chose de britannique à avaler après ses consultations. *Dommage*, soupire-t-elle intérieurement. Elle aime bien le docteur Vanger, patriarche qui aurait sans doute dû prendre sa retraite depuis une bonne dizaine d'années, mais aime trop son métier pour raccrocher. Il cumule les avantages d'avoir beaucoup d'humour, d'aimer le tandoori et de très bien connaître les habitants de Blackson House. Abbie se prend à espérer que ce nouveau médecin se montrera compétent, car ils ont bien besoin de...

— Vous prenez racine ? grommelle Lord Keir, sans la regarder.

Abbie rougit brutalement en le regardant.

— Je...

Elle pince les lèvres pour contenir ses bredouillis. Où sont passés son tempérament et son sens de la repartie quand elle a besoin d'eux ! Elle fait appel à sa hardiesse d'autrefois et redresse le dos jusqu'à le rendre rigide.

— Pardonnez-moi, milord, je réfléchissais.

Devoir faire preuve de respect envers un maître aussi grossier que séduisant lui est très difficile. Elle tourne les talons pour repartir.

— Laissez-moi deux minutes, grogne Lord Keir, comme malgré lui. Je vous raccompagne.

Elle se tourne vers lui, puis hausse un sourcil stupéfait en l'entendant ajouter, d'une voix agacée :

— Cross.

Dieu tout-puissant ! Il se souvient même de son nom ! Pour le coup, Abbie reste figée, croise nerveusement les bras en contenant de son mieux ses tremblements. Elle se détourne de Lord Keir et Flame, laisse errer son regard sur l'écurie, en ignorant comme elle le peut les filets de neige fondue qui dégoulinent à l'intérieur de ses chaussures. Ses jupes sont trempées jusqu'à mi-cuisses, et elle s'imagine le plaisir qu'elle va prendre, une fois rentrée dans la maison, à aller se changer devant le feu de sa chambre. Ses orteils commencent à se figer dans la glace, lorsqu'elle entend enfin la porte du box de Flame se refermer. Le temps qu'elle se retourne, il se tient à côté d'elle, gigantesque masse sombre dégoulinante d'eau froide. Abbie a un mouvement de recul ; il se borne à un bref mouvement du menton et s'en va à grandes enjambées vers la porte malgré sa boiterie.

De près, il est encore plus imposant et intimidant. Est-ce parce qu'ils sont seuls qu'elle a soudain l'impression d'être écrasée par sa présence, plus encore que dans la cuisine ou dans la chambre ? Elle se hâte de le suivre, serre les dents dès que ses pieds gelés s'enfoncent dans la neige pour leur éviter de claquer lamentablement. Il marche vite, comme si la neige n'entravait pas son avancée, pas plus que sa jambe blessée, le froid ou même la galanterie. Elle, dont les jambes sont nettement moins longues que celles de Lord Keir, doit lever haut les genoux à chaque pas pour se dépêtrer de ses jupes alourdies et humides. Le trousseau de clés tintinnabule follement à son côté et, lorsqu'elle atteint enfin la porte de la maison, elle se sent aussi soulagée qu'épuisée. La distance depuis les écuries n'est pourtant pas si longue que cela !

— Je me fais vieille, marmonne-t-elle en tapant ses pieds couverts de congères.

— Pardon ?

Bon sang de bois ! Il faut vraiment qu'elle arrête de penser tout haut !

— Souhaitez-vous que je vous fasse préparer un bain chaud ? se hâte-t-elle de demander.

Reprendre au plus vite son rôle de gouvernante est encore ce qu'elle trouve de mieux pour faire oublier les paroles malheureuses qu'il a sans doute entendues.

— Arun et Ranjit ont mieux à faire, grogne-t-il en boitant vers la cuisine sans plus faire attention à elle.

Elle attend que la haute silhouette sombre ait disparu au détour d'un couloir pour lâcher enfin le long soupir tremblant, qu'elle garde bloqué dans sa poitrine depuis qu'elle est arrivée devant le box de Flame, et s'appuie un instant contre le mur.

Bon sang de bois !

Elle a quarante-neuf ans, pas quatorze ! Qu'elle se comporte comme un tendron énamouré devant son employeur est tout bonnement impensable !

— Il va falloir que je remédie à ça !

Non qu'elle imagine croiser régulièrement Lord Keir. Elle est même persuadée qu'il se cloîtrera encore plus souvent dans ses appartements, maintenant qu'ils ont fait connaissance. N'empêche, sentir son cœur bondir dès qu'elle l'entend marcher à l'étage ou avoir le souffle coupé parce qu'elle aperçoit sa silhouette au loin va finir par devenir gênant. Pour elle.

Elle se redresse d'un coup d'épaule, puis, inquiète, monte à l'étage et frappe doucement à la porte d'Ashmi.

C'est Ranjit qui vient lui ouvrir et, à nouveau, elle se demande si ces deux-là n'ont pas une affaire ensemble. Le front de ce cher Ranjit est plissé d'appréhension, mais il étire ses lèvres en sourire quand il la voit.

— Comment va-t-elle ? demande doucement Abbie.

— Elle se repose, mais la fièvre est forte.

— Ashmi a-t-elle besoin de quelque chose ?

— D'un médecin avant tout, soupire Ranjit. Encore que j'ignore si la médecine anglaise peut vraiment quelque chose contre ce fléau.

Doutant elle-même, Abbie préfère garder le silence sur ce point.

— Milord est allé chercher le médecin, finit-elle par dire, en souriant. Il devrait être ici avant la nuit.

Ranjit acquiesce. Abbie ne peut s'empêcher de s'inquiéter aussi pour lui. Il a les épaules bien basses, et les cernes noirs sous ses yeux se sont encore creusés depuis le matin.

— Pourquoi n'iriez-vous pas vous reposer, vous aussi ?

Ranjit sourit à nouveau en lui lançant un regard vif.

— Les années commencent à se faire sentir, admet-il, avec un brin de tristesse dans la voix.

— Pour nous tous, renchérit-elle, en essayant encore de lui donner un âge.

Voilà bien un exercice où Abbie n'a jamais été très bonne, même quand elle était plus jeune. Quand elle plonge dans le regard noir et grave de Ranjit, elle lui donnerait cent ans, mais sa peau n'est pas aussi parcheminée que celle du docteur Vanger.

Abbie va jusqu'à la porte de Lin et Heng, frappe doucement.

— Au moins soixante ans, à n'en pas douter, marmonne-t-elle. Comment va Lin ? se reprend-elle, quand Nanda ouvre l'huis.

La bonne grimace malgré elle et ouvre la porte en grand pour qu'Abbie entre. Assis au bord du lit, Heng tient la main de Lin qui semble dormir.

— Et le médecin ? demande aussitôt Shanti, également présente dans la pièce. J'ai vu Keir revenir, par la fenêtre.

— Le docteur Vanger était absent, explique-t-elle, en allant poser la main sur le front de Lin. Mais il en a fait venir un autre qui sera là avant la nuit, avec de la chance. Nous devrons aller ouvrir la chambre verte et la chauffer ; ce médecin ne pourra pas repartir avant demain au plus tôt.

Shanti hoche la tête.

— Reste avec ton épouse, dit-elle à Heng. Nanda vous montera un plateau à tous les deux plus tard.

Les trois femmes finissent par sortir en silence, chacune pensant avec tristesse à la perte de Lin et Heng. C'est alors qu'elles redescendent vers les communs que Shanti note l'état d'Abbie.

— Mais tu es trempée !

— Oh... Oui, c'est vrai. J'avais oublié...

Le regard de Nanda se fait incrédule.

— Oublié ! s'exclame-t-elle. Abbie, tu dégoulines et tu claques des dents !

— Serais-tu sortie par ce temps ? s'étonne Shanti, sans ralentir, en secouant la tête. Va vite changer de vêtements avant de tomber malade à ton tour.

Abbie s'écarte de ses compagnes et va rapidement jusqu'à ses appartements. L'air y est glacial. Le feu s'est presque éteint, et elle tremble soudain si fort qu'elle met un temps fou à le raviver et le relancer. Elle le charge de bûches sèches et s'accroupit devant l'âtre pour se réchauffer les mains aux flammes renaissantes. Contre sa peau, ses bas et ses jupes mouillés la refroidissent jusqu'aux os.

— Bougre d'idiote.

Elle attend que le feu se mette à crépiter pour se redresser en grimaçant. Ranjit n'a pas tort, les années commencent à peser, et en ce qui la concerne, c'est dans le froid qu'elle se sent vieillir le plus rapidement.

Elle quitte les habits trempés aussi vite qu'elle le peut, debout devant la cheminée. Mais les bas se montrent récalcitrants, et ses dessous lui collent à la peau. Claquant des dents, les doigts gourds, elle finit par arracher le pantalon de baptiste qui s'entortille autour de ses cuisses et le jette au sol en grommelant. Glacée, elle finit de se déshabiller intégralement, et complètement nue, s'enroule dans une couverture, s'assoit près du feu et attend que la chaleur des flammes estompe le froid de ses os. Quand ses orteils peuvent à nouveau bouger, elle se frictionne et maugrée devant les plaques rouges que cet exercice fait apparaître sur sa peau trop pâle de rousse.

— Maudite carnation.

Enfin, elle enfile avec plaisir des dessous secs, glisse les jambes dans des bas de laine épaisse, qui lui procurent aussitôt un frisson de plaisir, puis passe plusieurs jupons. Elle termine de se vêtir rapidement et, tandis qu'elle achève de boutonner la lourde chemise amidonnée, sent quelques gouttes fraîches tomber de ses cheveux sur ses mains.

— Flûte de flûte !

Elle retire les épingles à la hâte, se frictionne les cheveux rapidement. Son ventre se met à gargouiller au même moment. Elle songe qu'elle a finalement manqué le déjeuner. Elle hésite un instant.

— Manger ou me coiffer ? Mmm... Choix cornélien, s'il en est...

Elle lève les yeux au ciel.

— Arrête de parler à voix haute !

Ses cheveux doivent ressembler à une tignasse hirsute, après le traitement qu'elle vient de leur infliger. Ce qui signifie... une bonne demi-heure à les peigner avant de pouvoir les nouer en chignon.

— Donc, manger d'abord !

Sauf qu'elle ne peut quand même pas apparaître en public les cheveux dénoués ! Pestant contre les ancêtres qui lui ont légué cette crinière de feu aux boucles indomptables, elle sépare au mieux sa tignasse en trois masses plus ou moins égales et se tresse rapidement les cheveux en cherchant des yeux sa seconde paire de chaussures.

Enfin au sec et réchauffée, presque présentable, elle prend une minute pour étaler devant le feu ses vêtements mouillés, remet une bûche dans l'âtre et rejoint la cuisine, bien qu'il lui paraisse étrange de manger si tard dans l'après-midi. Les événements de la journée ont bouleversé les habitudes auxquelles elle tient tant.

8

À l'exception des malades et de Heng, ils sont tous déjà à table lorsqu'elle arrive, et si elle sent peser sur ses cheveux nattés le regard surpris de chacun, aucun ne se risque à faire le moindre commentaire. Elle prend sa place à la tête de la tablée, seule concession des habitants de Blackson House à sa position de gouvernante, et se sert copieusement.

Elle adore le garam de Shanti.

Si, d'ordinaire, les repas bruissent de discussions en diverses langues, ce n'est pas le cas aujourd'hui, chacun semblant trop morose ou préoccupé. Ce n'est qu'une fois le dessert avalé que Bill lui demande si elle a un quelconque travail à lui confier.

— Il était prévu que tu partes pour Londres, aujourd'hui, lui rappelle-t-elle, mais avec cette neige…

— Pas d'souci, sourit Bill. J'vais laisser la voiture et y aller à ch'val, ça ira plus vite. D'autant que z'avez un courrier pour Miss Ann, me semble.

— Oui, en effet.

— Un peu de thé, Abbie ? offre Nanda.

— Merci, oui. Kishan, pourriez-vous aller cueillir… ?

— Je vais aller chercher de quoi préparer d'autres tisanes, coupe le jardinier en se levant.

— Nous mettrons le docteur dans la chambre verte, donc ? poursuit Shanti en quittant à son tour la table pour la débarrasser.

— Cela me semble une bonne idée, répond Abbie, en lui prêtant assistance. La pièce est suffisamment petite pour rester chaude, mais assez…

Elle cherche ses mots tout en posant les assiettes sales dans l'évier de pierre.

— Confortable ? propose Sanjay. Opulente ? Digne d'un château ?

Abbie lui lance un sourire affectueux.

— Va donc travailler ta grammaire ! lui dit-elle, alors qu'avec un petit rire, Daniel se charge de débarrasser les verres.

Abbie relève ses manches, alors qu'Arun soulève du poêle le broc d'eau bouillie pour le verser dans l'évier.

— Vous croyez qu'il ressemblera au docteur Vanger ? s'interroge Nanda à voix haute, en terminant de servir les thés brûlants.

— Espérons-le, soupire Shanti, en sortant de la réserve quelques sablés à la main.

— J'espère surtout qu'il connaît son affaire, murmure Ranjit.

— Il nous faut un médecin, pense soudain Abbie, les mains plongées dans l'eau savonneuse jusqu'aux coudes.

— Il va arriver, lui rappelle Sanjay en chipant un biscuit, avant de se faire taper sur les doigts par Daniel.

— Non… Enfin oui, mais non, soupire Abbie en fronçant les sourcils, immobile, une assiette dans la main. Je veux dire… il nous faut un médecin. Au village. Devoir courir à Leeds chaque fois que l'un de nous tombe malade prend du temps et… et nous ne sommes pas les seuls à en avoir la nécessité. Il faut penser aux métayers et aux gens du village. Depuis quand n'y a-t-il plus de médecin sur les terres Blackson ? demande-t-elle à la ronde.

Ranjit plisse le front, signe de réflexion, mais Arun est plus rapide que son vieil ami.

— Au moins douze ans. Quand le vieil Andersen est mort.

Abbie écarquille les yeux malgré elle.

— Douze ans ! C'est un miracle qu'aucun de vous ne soit mort ! s'exclame-t-elle étourdiment.

Arun esquisse un sourire amusé.

— Bah, il n'y aurait eu de toute façon personne pour nous enterrer dignement, renchérit soudain Shanti, de sa voix décidée.

— Seigneur, oui… soupire Abbie en reposant l'assiette au fond de l'évier. Depuis quand n'y a-t-il plus de pasteur non plus ?

— Dix-sept ans, répond aussitôt Ranjit. Keir aurait dû faire le nécessaire, mais…

Ranjit se tait brutalement, Abbie le voit échanger un rapide regard avec Arun et Shanti.

— Mais… insiste-t-elle, en tournant le dos au bac de vaisselle, laissant une traînée d'eau savonneuse sur le sol.

— Mais Keir n'apprécie pas plus les pasteurs que les gouvernantes, termine Arun, avec un sourire fin.

— Oh…

Abbie fronce les sourcils, croise les bras, sursaute quand elle s'aperçoit qu'elle a toujours les mains mouillées et retourne à sa vaisselle en réfléchissant.

— Je commence à comprendre pourquoi tout le monde a quitté le village, maugrée-t-elle pour elle-même.

— Ça a été pire encore quand Keir s'est fâché avec le gros Silverston, celui qui tenait le seul magasin du village, renchérit Shanti, en s'assoyant devant sa tasse de thé.

— Quel imbécile, celui-ci ! marmonne Ranjit.

— Je… commence Nanda.

— Et non, ma fille, ce n'était pas de ta faute, tranche Shanti.

Abbie jette un coup d'œil à la tablée par-dessus son épaule, croise le regard gêné de Nanda.

— Nanda avait six ou sept ans, explique alors Arun, en saisissant un linge pour essuyer l'assiette qu'Abbie vient de laver. Shanti et elle sont allées au magasin pour acheter des vivres, et Nanda est tombée folle d'une poupée.

— Une vraie poupée, souligne Ranjit avec un petit sourire. Avec la tête en porcelaine et des boucles brunes.

— Quand j'ai voulu la lui acheter, poursuit Shanti d'une voix énervée, cet idiot de Silverston a refusé de me la laisser. Soi-disant qu'elle était réservée pour la fille du boucher.

— Peuh, intervient Ranjit.

— Nanda était en larmes quand nous sommes rentrées à la maison, poursuit Shanti.

— Je…

— Non, tu n'y étais pour rien, tranche Shanti en regardant sa fille.

— Mais pas de chance pour Silverston, continue Arun. À cette époque-là, Keir était à Blackson House, pour une fois. Quand il a eu vent de l'histoire, il est monté au magasin comme un fou furieux et a chassé Silverston du village.

— Est-ce que tu as eu ta poupée, Nanda ? demande Abbie.

La jeune fille arbore un adorable sourire et, malgré elle, Abbie ne peut s'empêcher de surveiller Daniel du coin de l'œil. Ce pauvre benêt bave presque d'amour quand la joie irradie sur son visage.

— Pas ce jour-là, non, dit Nanda. De rage, Silverston l'avait brisée sur le sol. Mais Keir est allé jusqu'à Leeds pour m'en chercher une autre.

— Bien plus jolie, si tu veux mon avis, grommelle Shanti, en reposant sa tasse vide.

Abbie se prend à sourire aussi. Quoi de plus important qu'une poupée pour une petite fille ?

Elle termine la vaisselle, soulagée que les conversations redeviennent légères et chaleureuses et d'être seule face au bac d'eau savonneuse. Il suffit que soit prononcé le nom de Lord Keir, pour qu'elle se sente rougir, et elle sait Arun et Shanti trop perspicaces pour ne pas finir par comprendre l'intérêt déplacé qu'elle porte au maître de Blackson House !

Arun achève d'essuyer les couverts propres que Daniel et Sanjay rangent ensuite dans le vaisselier, Abbie se sèche les mains pour s'asseoir près de Nanda et Shanti et boire son thé. Il aura fallu qu'elle vienne à Blackson House pour saisir combien la notion de famille lui avait manqué. Issue d'une fratrie nombreuse, elle a grandi au milieu des brouhahas et des cavalcades incessantes. Entre ses parents, ses neuf frères et sœurs dont elle était l'aînée, les deux oncles, les trois tantes et les quatre grands-parents, la maison où elle a vécu jusqu'à son mariage n'a jamais été silencieuse ni tranquille. Ses vingt-huit années de vie maritale lui apparaissent soudain bien paisibles, presque feutrées. Et comme elle se sent bien à Blackson House, avec les bousculades permanentes de Sanjay, les discussions perpétuelles entre les gens et cette impression chaleureuse de n'être jamais seule. En postulant pour le poste de gouvernante, elle cherchait un emploi, mais n'escomptait pas trouver cette espèce de famille un peu bancale entre personnes estropiées par la vie.

— Je vais récupérer les plateaux des repas de nos malades, dit enfin Shanti en se levant.

— Allons-nous ouvrir la chambre verte, Abbie ? demande Nanda, en débarrassant les tasses de thé vides.

Abbie sourit aux garçons qui retournent vers la bibliothèque, prend un instant pour réfléchir.

— Commence sans moi, s'entend-elle répondre. Il y a quelque chose que je dois faire avant.

L'esquisse d'une idée née peu avant devient essentielle. Elle quitte la cuisine pour monter à l'étage du maître avant de renoncer.

Si ses paumes deviennent moites, que son cœur bat trop vite et que son souffle s'emballe, ce n'est certainement pas parce qu'elle va voir Lord Keir, tente-t-elle de se raisonner. Mais, les pieds rivés au sol devant la porte de la chambre du maître, brusquement incapable de lever la main pour frapper au battant, elle finit par s'avouer que si. Elle tremble, puis, avant de manquer définitivement de courage, frappe d'un coup sec. Un grognement s'élève depuis l'intérieur de la pièce pour l'inviter à entrer.

Assis dans son fauteuil devant la cheminée, un livre ouvert sur les genoux, Lord Keir ne relève pas la tête à son entrée. Il se contente de marmonner quelques mots en birman, la prenant visiblement pour Arun.

Elle est soudain si intimidée qu'elle en perd l'usage de la parole.

— Milord ? ose-t-elle finalement, d'une voix heureusement ferme.

Il grogne encore, elle voit la ligne de ses larges épaules se tendre, avant qu'il tourne vers elle un regard noir et une expression de franche hostilité.

— Qu'est-ce que vous foutez là ? grogne-t-il.

— Il nous faut un médecin, commence-t-elle.

— Vous perdez la tête ma parole, marmonne-t-il. Vous radotez.

Ayant attiré l'attention du dragon et vérifié qu'un repli rapide était possible par la porte ouverte, elle prend une profonde inspiration, mais ses poumons se dégonflent lorsqu'il fronce les sourcils en la fixant.

— Qu'est-ce qui est arrivé à vos cheveux ?

Elle rougit violemment, maudissant sa carnation de rousse

autant que les boucles folles qu'elle devine friser à qui mieux mieux en s'échappant de sa natte. Et préfère ignorer la question pour poursuivre sur sa lancée.

— Il nous faut un médecin à demeure. Au village. Leeds est trop loin. Et la population du village ne cesse de croître, c'est pourquoi...

Il grogne une nouvelle fois, reporte son attention sur son livre qu'il ferme avec un soupir agacé.

— C'est votre travail ça, non ? grince-t-il.

Pourquoi repense-t-elle alors à l'anecdote racontée plus tôt dans la cuisine ? Voilà qu'elle cherche sur ce visage austère aux traits trop marqués, quelque chose qui ne s'y trouve pas. Un peu de douceur peut-être, un peu de cette humanité qui l'a fait aller jusqu'à Leeds acheter une poupée à une fillette qui n'est pas de son sang. Mais en dépit de ses efforts, elle n'y voit rien de généreux ni même de bienveillant.

— Oui, répond-elle. Cependant, une demande émanant du baron Blackson aura plus de chances d'aboutir.

Il grommelle en hindi, se tourne à nouveau vers elle.

— Écrivez votre courrier, je le signerai, fait-il, tranchant.

— Fort bien.

Ses épaules se relâchent légèrement. Elle est surprise d'avoir eu gain de cause sur ce point. Bon... Étape suivante.

— Dans le même ordre d'idée, reprend-elle, alors qu'il a déjà rouvert son livre.

— Cross...

La voix est menaçante, et un long frisson glacé remonte le long du dos d'Abbie.

— Ce genre de questions fait partie de mon travail, réplique-t-elle sèchement. Donc, dans le même ordre d'idée, le village a besoin d'un nouveau pasteur et que des commerces s'y ouvrent.

— Cross, commence-t-il, en lui coulant un regard reptilien. Vous avez réussi à me foutre la paix pendant six mois, pourquoi décidez-vous, *aujourd'hui*, de venir m'emmerder ?

— Être grossier ne vous aidera pas à vous débarrasser de moi, rétorque-t-elle du tac au tac.

Il jette son livre par terre et se lève. Le cœur d'Abbie bat à coups redoublés. La bouche sèche et les mains moites, elle le regarde boiter sur elle, lutte pour ne pas reculer lorsqu'il s'arrête à un pas d'elle pour l'écraser de toute sa taille.

— Il nous faut un magasin général, poursuit-elle bravement, heureuse que sa voix ferme ne laisse transparaître son trouble. Un boulanger également et peut-être un boucher. Le village continue de s'étendre, je suppose qu'un maréchal-ferrant et une auberge seraient également les bienvenus et…

— Fermez-la.

Ses lèvres se murent toutes seules, et elle déglutit avec peine.

— Puisqu'*on* est persuadé que Blackson House a besoin d'une gouvernante, siffle-t-il d'une voix tranchante, qu'*on* pense que le domaine nécessite un intendant, et puisqu'*on* vous a donné ce foutu poste, je suppose qu'*on* comprendra aussi que vous vous débrouilliez seule pour gérer ce genre de choses. Non ?

Elle pince les lèvres. Sous la crainte et l'émoi, la colère commence à bouillonner.

— Je préférerais que vous ne parliez pas de Miss Blackson en ces termes, milord, dit-elle froidement. Croyez bien que j'aurais moi aussi préféré… Comment avez-vous dit ? Ah oui, *vous foutre la paix*. Ne craignez rien, je ne comptais pas vous demander plus fatigant ou difficile qu'un paraphe au bas de mes courriers. Ai-je votre accord sur mes propositions ? achève-t-elle, avant d'ajouter avec une ironie qui la surprend elle-même : milord.

Il garde le silence assez longtemps pour qu'Abbie souffre de devoir garder la tête levée vers lui.

— Donnez vos foutus courriers à Arun pour que je les signe, finit-il par grommeler sombrement. Et faites en sorte de ne pas recroiser mon chemin avant au moins six mois, sans quoi je vous botterai le cul jusqu'à Londres.

Elle sent ses yeux s'écarquiller sous le choc. Elle ouvre déjà la bouche pour répliquer, mais, d'un froncement de ses sourcils sombres, il lui fait comprendre qu'elle doit s'abstenir.

— Compris ?

— C'est très clair, milord.

— Foutez-moi le camp, Cross.

Elle sait qu'elle devrait lutter contre ces impulsions malignes qui sont siennes depuis l'enfance… Y céder ne lui apporte souvent que des ennuis. Et pourtant, c'est plus fort qu'elle. Relevant orgueilleusement son sourcil, menton pointé avec morgue, elle se permet d'esquisser une révérence moqueuse sans le quitter des yeux. Puis elle tourne les talons avec impertinence et insolence pour sortir de la chambre. Elle ne fait pas quatre pas dans le couloir avant de s'avachir contre le mur, horrifiée de son comportement.

Oh ! cela finira vraiment par lui attirer des soucis ! Il faut absolument qu'elle apprenne à se maîtriser ! À son âge, elle...

— Flûte de flûte !

Les jambes flageolantes, elle marche lentement jusqu'à la chambre verte, prenant le temps de se calmer et de se recomposer un visage.

Seigneur, qu'il est beau ! Mais Seigneur, qu'il est... odieux !

Abbie n'a jamais eu un caractère très docile. On ne peut pas grandir dans une famille comme la sienne sans développer un certain tempérament. Elle pensait cependant avoir dompté les plus farouches penchants de sa personnalité.

— Il semblerait que non, finalement.

À moins que ce ne soit l'agressivité de Lord Keir qui déclenche en elle cette nécessité de batailler pied à pied.

— Je ne suis pas si querelleuse, d'ordinaire.

Lord Keir semble éveiller en elle plus qu'un simple émoi physique...

— Abigail ? l'appelle Shanti, depuis la chambre verte.

— Je suis là, répond-elle en entrant dans la pièce.

Elle s'efforce de reléguer au loin le souvenir cuisant de sa *discussion* avec Lord Keir, tandis que Nanda, Shanti et elle entreprennent de préparer la pièce pour le médecin.

9

Le docteur Monroe n'a pas la quarantaine et un visage poupin surmonté de touffes de poils bruns. Sa voiture arrive après la nuit tombée, et il n'attend pas d'en être descendu pour ordonner à Abbie de le conduire à sa chambre, afin qu'il s'y repose.

Abbie reste coite dix bonnes secondes, plantée dans le hall glacial, pendant que le médecin secoue ses vêtements coûteux de la neige qui les macule. Puis elle fronce les sourcils, alors que la colère monte en elle.

— Il serait préférable que vous alliez immédiatement visiter nos malades, Docteur, réplique-t-elle fraîchement.

Monroe la toise d'un œil dur, ce qui ne lui est pas bien difficile, étant donné qu'il fait une bonne tête de plus qu'elle.

— Je viens de passer une partie de la journée dans ma voiture, sur des routes dangereuses et dans le froid, pour venir soigner les *domestiques* de monsieur le baron, lâche-t-il, d'une voix nasillarde. Montrez-moi ma chambre et faites-moi monter du thé.

Abbie redresse les épaules et, mue par une petite pointe de vice qu'elle ne se connaissait pas, crie du plus fort qu'elle peut :

— ARUN !!

Monroe sursaute violemment, une main sur son cœur, et la dévisage comme si elle était tout bonnement folle à lier.

— Abbie ? fait la voix d'Arun, qui sort de l'ombre à la seconde.

Elle se demande depuis combien de temps il est là.

— Pourriez-vous demander à Kishan de s'occuper du cheval

du docteur ? demande-t-elle en souriant. Puisque Bill est parti pour Londres, il devra le remplacer aux écuries.

— Évidemment, Abbie, sourit Arun. Dois-je également demander à Shanti et Nanda de préparer un thé ?

Le sourire d'Arun se fait soudain presque cruel, et elle se surprend à lui répondre en étirant les lèvres.

— Bien sûr, susurre-t-elle. Qu'elles le fassent porter dans la chambre verte d'ici… disons une demi-heure.

Arun hoche la tête, avant de retourner dans l'ombre.

— Dieu tout-puissant ! entend-elle Monroe chuchoter dans son dos.

— Suivez-moi, dit-elle seulement, en l'entraînant vers le grand escalier.

Elle le précède dans le labyrinthe des couloirs, sa lampe à la main, songeant qu'elle devrait lutter contre son aversion instinctive envers le médecin. Mais elle supporte difficilement la condescendance de son regard.

Elle s'arrête devant une porte, y frappe brièvement avant de l'ouvrir et se pousse pour inviter Monroe à entrer.

— Qu'est-ce que… ? commence ce dernier.

Il se raidit en voyant Lin perdue au milieu des couvertures et se tourne vers Abbie pour la fusiller du regard.

— Qui donc croyez-vous être pour vous permettre de… ? grince-t-il méchamment.

— Je suis la gouvernante de Blackson House, le coupe-t-elle froidement. Nos malades sont à l'heure actuelle ma seule priorité. Voici Lin. La fièvre a empiré toute la journée. Elle est enceinte de presque trois mois et…

— Vierge Marie ! s'exclame Monroe en s'approchant.

L'horreur et le dégoût qu'Abbie lit sur le visage poupin du médecin, lorsqu'il saisit avoir affaire à une étrangère, lui donne envie de le frapper. Elle s'oblige pourtant à lui lister les soins que Lin a déjà reçus, contenant de moins en moins son envie de le secouer avec violence. Monroe l'écoute à peine et n'esquisse pas le moindre geste vers la malade.

— J'exige de parler au baron, l'interrompt-il soudain, d'une voix furieuse.

— Mais bien sûr, parvient-elle à répondre. Suivez-moi.

Elle tourne les talons, précède à nouveau Monroe au fil des couloirs. Elle marche vite, de plus en plus furieuse. Lorsqu'elle frappe à la porte de Lord Keir, elle bouillonne littéralement.

— Milord, commence-t-elle en ouvrant la porte.

— Foutez le camp, Cross ! crache aussitôt Lord Keir.

— Dans un moment, milord, réplique-t-elle, en avançant d'un pas martial jusqu'à lui. Le docteur Monroe est arrivé et souhaite s'entretenir avec vous.

— Nom de Dieu, Cross, rage Lord Keir face à elle. Je suis à poil !

— Je le vois bien, milord, mais le docteur Monroe exige de...

— MONROE ! hurle Lord Keir, en repoussant Abbie d'un geste, avant de marcher totalement nu jusqu'au médecin, qui s'est figé sur le pas de la porte. Qu'est-ce que c'est que cette foutue histoire ?

Les paupières closes, Abbie entend le médecin bégayer lamentablement. Elle-même se sent balbutiante de partout.

D'une oreille excessivement inattentive, elle entend vaguement Monroe tenter d'expliquer combien il est choqué d'avoir à soigner une *Asiatique*, son mécontentement qu'une *simple* gouvernante ait refusé de lui faire servir un thé avant toute chose, combien il...

Totalement nu. Intégralement nu.

Abbie déglutit, rouvre les yeux, voit la baignoire sabot devant la cheminée qui ronfle. Il a fallu que Lord Keir soit sur le point de prendre son bain. Bien sûr. Évidemment.

— Bordel de Dieu ! fulmine Lord Keir. Vous êtes médecin, vous allez soigner Lin et Ashmi, et plus vite que ça ! Cross va vous ramener auprès de ceux qui ont besoin de vos services, et si j'entends encore le moindre mot déplaisant à votre propos, Monroe, je vous arrache la tête et la renvoie à Leeds avant le matin ! Est-ce clair ?

Le médecin se remet à bredouiller. Abbie inspire profondément, carre les épaules, fait demi-tour en conservant le regard fixé sur un point lointain droit devant elle, puis retraverse la chambre pour en sortir.

— Cross ! crie Lord Keir, alors qu'elle passe à son niveau.

— Milord ? s'arrête-t-elle sans le regarder, se maudissant de sentir son visage rougir brutalement.

— Si ce *nikrsht vyakti* vous donne encore une seule bonne

raison de venir m'emmerder, voyez d'abord avec Arun si je porte au moins un caleçon, avant de débouler dans ma chambre !

— *Nikrsht vyakti* ? répète-t-elle de son mieux en parvenant à ne pas le regarder.

— Cela veut dire « connard », Cross, grogne-t-il contre son oreille. Maintenant, dégagez.

— Oui, milord.

Elle incline vaguement la tête dans sa direction et attend que Monroe ait quitté la chambre pour sortir à son tour. Au moment où elle pivote sur elle-même pour récupérer la poignée et fermer le battant, c'est plus fort qu'elle. Elle lève les yeux et le cherche du regard.

Déjà reparti dans le fond de la chambre, comme s'il avait oublié jusqu'à leur présence, il se penche pour enjamber la baignoire, offrant à l'œil curieux d'Abbie une parfaite vue de son anatomie. Elle en perd le souffle.

Épaules larges, torse puissant, bras forts, taille et hanches minces, buisson de poils noirs et virilité conséquente, jambes longues et robustes. Le tout bardé d'une musculature athlétique et recouvert d'une peau presque uniformément bronzée parcourue de cicatrices.

Lord Keir relève la tête et plante ses yeux dans ceux d'Abbie. Elle devient écarlate, prise en flagrant délit, mais n'est pas pour autant capable de se détourner. Au contraire, quelque chose la pousse même à relever un sourcil orgueilleux.

— Et demandez à Arun de me ramener un whisky ! lance-t-il sèchement, en s'assoyant dans le bac.

Elle hoche machinalement la tête et ne peut détacher les yeux de lui que lorsqu'il détourne les siens. La porte claque quand elle la referme. Dans sa main, la lampe tremble un peu, tandis qu'elle repart vers la chambre de Lin et elle ne se rappelle la présence de Monroe qu'en l'entendant se racler la gorge derrière elle.

— Il fait malheureusement déjà nuit, sans quoi je quitterais cet asile d'aliénés ! s'insurge-t-il.

— Je croyais que le serment d'Hippocrate vous donnait pour obligation de traiter quiconque a besoin de vos soins, rétorque-t-elle, d'un ton acrimonieux.

— Je suis un médecin réputé ! se récrie Monroe, en allongeant le pas pour rester à sa hauteur. J'ai pour patient le duc de Chester ! Si vous ou ce sauvage qui se fait passer pour le baron Blackson croyez que…

— Milord Keir n'apprécierait guère vos paroles, le coupe-t-elle.

Monroe se le tient pour dit et garde le silence jusqu'à ce qu'ils soient à nouveau dans la chambre de Lin.

— Donc, comme je vous le disais, reprend alors Abbie, Lin est enceinte de presque trois mois, et…

Elle répète une nouvelle fois les soins qu'on lui a dispensés et tend la main à Lin.

— Où est Heng ? demande-t-elle, tandis qu'un Monroe récalcitrant ouvre finalement sa trousse médicale pour en sortir quelques instruments.

— Avec Daniel, murmure Lin d'une voix faible.

Abbie hoche la tête, serre les doigts brûlants de la jeune Cantonaise et réprime un geste de protection, lorsque Monroe rejette brutalement les couvertures et remonte sa chemise de nuit sans faire montre d'une quelconque délicatesse. Il écarte sèchement les jambes de la jeune femme, puis la touche, Abbie sent une nouvelle fureur brûler dans ses veines.

— Cela saigne, finit-il par dire du bout des lèvres. Mais le bébé est encore accroché.

— Pardon ? s'exclame Abbie.

— Elle n'a pas perdu le bébé, répète-t-il, en la regardant froidement. Il faut croire que ses dieux païens les protègent, elle et son engeance.

Abbie serre le poing, contient son envie de le frapper.

— Contre le flu, je ne peux rien faire de plus que ce vous faites déjà, grince-t-il en rejetant les couvertures d'une main négligente. Du repos, beaucoup d'eau à boire, éviter le froid. Le reste n'est pas entre mes mains, mais entre celles du Seigneur. Qu'elle apprenne donc à prier.

Abbie inspire profondément par le nez, serre doucement la main de Lin.

— Il est toujours là ? chuchote la jeune femme. Vraiment ?

Abbie s'agenouille devant le lit, sourit à Lin en lui caressant la joue.

— N'est-ce pas merveilleux ? ne peut-elle s'empêcher de chevroter d'émotion. Oh ! Lin...

— Bah, intervient Monroe, d'une voix cassante. Le bébé est encore là *pour l'instant*. Rien ne dit qu'il survivra à la maladie de la mère.

— Sortez de cette chambre, jette froidement Abbie, en tournant un regard meurtrier vers le médecin.

Avec un reniflement hautain, il obtempère, et Abbie attend que la porte se referme derrière lui pour regarder Lin à nouveau.

— Il n'a pas tort, tu sais, murmure-t-elle. Le flu n'est pas une maladie bénigne.

— C'est un miracle, sourit Lin, malgré tout. Je le croyais déjà parti et... il est toujours là, et...

— Lin, je sais combien cette nouvelle te transporte, et elle me soulage, moi aussi. Mais s'il te plaît, n'aie pas trop d'espoirs. Je sais comme toi combien l'espoir peut faire mal lorsqu'il se brise.

Lin sourit à nouveau, presse les doigts d'Abbie.

— J'en ai déjà tellement perdu, Abbie, tellement... Et sans espoir, que nous reste-t-il ?

La gouvernante fait la moue, soupire.

— Si je croise Heng, je te le renvoie. Repose-toi.

10

Elle rejoint le médecin dans le couloir. Monroe ne lui jette pas un regard, tandis qu'elle le mène à la chambre d'Ashmi, où il se montre plus désagréable et irrespectueux encore.

Abbie espérait tant de cette visite, de ce médecin, qu'elle a un goût de cendres dans la bouche lorsqu'ils quittent Ashmi. Elle renonce même à faire ausculter Ranjit. Monroe est si ouvertement hostile au peuple de Blackson House ! Il transpire la méchanceté, l'orgueil et l'incompétence ! Aussi l'abandonne-t-elle au plus vite dans la chambre verte.

— Nous vous monterons un plateau, se contente-t-elle de dire, en tournant les talons.

— Et mes émoluments ? intervient-il.

Elle se tourne vers lui, hausse le sourcil avec morgue. Il lui annonce un tarif si exorbitant qu'elle manque lâcher un juron, mais hoche la tête avec dégoût. En pénétrant dans la cuisine, elle se sent des envies de meurtre.

— Alors ? s'inquiète Ranjit, assis à table.

Abbie se laisse choir sur sa chaise, remercie d'un bref sourire Nanda, qui lui tend une assiette de rasam et soupire lourdement.

— Cet homme est un âne, fait Arun.

— Pire que cela, le corrige Abbie. Les ânes sont gentils, eux ! Oh ! Arun… J'ai failli oublier. Milord voulait un verre de son pur malt.

— Keir attendra que je finisse de manger, marmonne l'interpellé, en levant sa fourchette.

Abbie lui lance un regard choqué qu'il ignore avec désinvolture.

— Où est Heng ? Lin aurait aimé l'avoir près d'elle, demande-t-elle aux autres.

— Il n'avait pas le cœur à manger, répond Daniel, en posant ses couverts. Je crois qu'il est reparti dans la bibliothèque. Veux-tu que... ?

— Non, mange Daniel, j'y vais.

Abbie se relève. Elle n'a de toute façon pas faim. Monroe et Lord Keir lui ont coupé l'appétit.

Elle traverse les couloirs dans l'obscurité, ayant encore oublié de se munir d'une lampe ou d'une chandelle. Face à Heng, elle tait la « bonne » nouvelle que Lin lui annoncera bientôt et regarde l'époux inquiet quitter la pièce. Puis elle s'abandonne sur le canapé, fixe le feu sans vraiment le voir.

Il est superbe. Solidement bâti, musclé comme seul peut l'être un homme actif et sportif. Son bronzage laisse clairement entendre qu'il a passé du temps à demi nu, voire entièrement nu sous le soleil indien. Quant aux cicatrices... Eh bien, il a été soldat toute sa vie ou presque.

Elle sent le moment où son esprit folâtre et enclin aux élucubrations bat la campagne. Dans sa tête se rejoue soudain la scène, à la différence notable que Monroe n'y apparaît pas et que Lord Keir n'est pas du tout agacé par son arrivée.

« Cross, venez me savonner ! »

Les images subites qui naissent dans son esprit lui donnent très chaud. Ses joues se mettent à lui cuire.

— Arrête, arrête, arrête ! s'admoneste-t-elle en fermant les yeux.

C'est encore pire les paupières closes. Elle revoit le moindre détail de son corps, la façon dont la lueur du feu accrochait les ronds et les méplats de ses muscles et se souvient avec une précision diabolique de son membre masculin.

— Oh bon sang ! s'exclame-t-elle.

Elle a beaucoup, beaucoup trop chaud ! Elle rouvre les yeux, le cœur palpitant et le souffle un peu court. D'ailleurs, il n'y a pas que son cœur qui palpite, s'aperçoit-elle, avec un effarement un peu honteux. Oh ! Seigneur ! Avec stupeur, elle sent son propre corps s'alourdir d'un désir qu'elle n'a plus ressenti depuis... depuis des années !

— La situation devient critique, chuchote-t-elle, la voix un peu rauque.

Désirer physiquement et aussi intensément l'homme pour qui elle travaille va bien au-delà de ses émois précédents. Mais il a un corps sublime… Certes, il ne la supporte pas, voire la déteste carrément et, à dire vrai, elle ne peut pas dire qu'elle l'apprécie beaucoup. Mais son corps, ce traître, se moque que l'homme soit arrogant et mal élevé.

— De toute façon, marmonne-t-elle, je n'ai pas à juger de ce qu'il est.

Elle travaille pour lui, pour Blackson House, pour le domaine. Les domestiques n'ont pas à émettre un jugement vis-à-vis de leurs employeurs, a fortiori si ces derniers sont de noble extraction. N'empêche… Avec un froncement de sourcils, elle repense rapidement à leurs « conversations » et ne peut s'empêcher de le trouver particulièrement… butor.

— Abigail ?

Elle sursaute et se tourne en rougissant vers la porte où s'encadre Arun.

— Vous allez bien ? s'étonne le Birman, sans entrer dans la bibliothèque.

— Je… Oui.

— Vous n'avez pas l'air si en forme que cela, souligne-t-il en l'observant avec attention.

Elle rougit encore plus fort.

— J'espère que vous n'allez pas tomber malade, vous aussi, s'inquiète-t-il, avant de poursuivre : Shanti a monté un plateau à Monroe. Kishan a apporté de nouvelles herbes que Nanda est en train de préparer en décoctions. Si vous n'avez plus besoin de moi, je vais aller voir Keir avant de me retirer.

Elle rougit encore, au point d'avoir du mal à respirer, et sent son regard coupable dévier loin d'Arun dès qu'il prononce le nom du maître.

— Non, non, balbutie-t-elle. C'est bon, allez-y. Je…

— Ranjit a mis votre assiette au chaud avant de se retirer, lui aussi, poursuit Arun. Vous devriez aller manger et vous reposer. La journée a été longue pour nous tous.

— Oui, je… Oui. Bonne nuit, Arun.

— À vous aussi, Abigail.

Il disparaît dans l'ombre, et Abbie reste un moment à fixer le vide avant de se redresser, les jambes encore tremblantes.

— Tu as quarante-neuf ans, murmure-t-elle. Tu es trop vieille pour avoir envie de…

Elle pince les lèvres sans achever sa phrase, soupire et repart vers la cuisine, tentant d'oublier Lord Keir, ses yeux de braise bleue, son corps de dieu grec, son membre…

— Stop !

Elle s'agace elle-même.

Daniel et Sanjay sont encore à table, buvant un dernier thé, tandis que Nanda achève de préparer les potions pour les malades. Abbie s'installe à sa place et se force à manger, en dépit de son manque d'appétit. En silence, elle écoute Sanjay discourir sur une quelconque théorie mathématique, pendant que Daniel admire sans fard une Nanda rougissante et souriante.

— Attends ! fait ce dernier en se levant, quand Nanda soulève un lourd plateau de bols fumants. Je vais t'aider.

La jeune femme accepte son aide. Abbie les suit du regard lorsqu'ils quittent la cuisine ensemble, retient un soupir entre exaspération et nostalgie, puis reporte son attention sur Sanjay.

— Tu devrais aller te coucher, lui dit-elle gentiment.

— Bah, il n'est pas si tard, réplique le garçon en lui souriant. Crois-tu que je pourrai aller au village demain ?

La lueur d'espoir qui brille dans ses yeux noirs l'amuse en l'agaçant. Abbie n'ignore pas ce qui attire Sanjay là-bas : une jeune fille d'à peine seize ans, blonde comme les blés, une petite demoiselle prénommée Chloe, qui a malheureusement tendance à faire du charme à tout ce qui porte pantalon et que Sanjay s'imagine aimer.

— Non, Sanjay, répond-elle doucement, mais avec fermeté.

— Bon, je vais aller attendre le retour de Daniel devant l'échiquier, soupire-t-il.

Abbie retient une réponse trop équivoque. Parce qu'il est clair que personne ne reverra le précepteur avant le lendemain.

— Oh ! je pense qu'il se rendra directement dans sa chambre, lui aussi. Va donc te coucher. Nous sommes tous fatigués, ce soir.

Seule dans la cuisine après le départ de Sanjay, Abbie se sert une tasse de thé qu'elle sirote en silence, perdue dans ses pensées. Elle se sent soudain très lasse, mais se force à débarrasser, puis à faire la vaisselle. Shanti la rejoint, alors qu'elle achève de nettoyer la table.

— Ashmi me semble moins fiévreuse, dit-elle à Abbie. Et Lin m'a appris la nouvelle pour le bébé.

— Espérons que Monroe se trompe et qu'elle ne le perdra pas malgré tout, soupire Abbie.

— Oui. Va te reposer, tu as mauvaise mine, Abbie.

— Je n'aime pas ces journées où l'on a l'impression d'être épuisé sans avoir rien accompli.

— Demain est un autre jour.

— Oui. Un autre jour. Bonne nuit, Shanti.

Elle oublie une fois de plus de prendre une chandelle et marche dans le noir jusqu'à ses appartements, où le feu est presque mort. Elle peine à le raviver, puis profite de ce que la chaleur de l'âtre repousse le froid de l'hiver pour lister et annoter les tâches prévues le lendemain.

Elle devine la journée à venir aussi chargée, voire plus encore, que celle qui vient de s'écouler, craint de manquer de temps libre. Aussi prend-elle feuilles et plume, malgré la fatigue qui pèse sur ses épaules, et rédige des courriers pour l'évêché et le docteur Vanger. Trouver un pasteur et un médecin pour le domaine est essentiel.

Enfin, positivement épuisée, elle passe dans sa chambre trop froide, se déshabille en vitesse et se couche.

11

Elle ouvre les yeux à six heures vingt, mais grogne en repoussant les couvertures, avant de se laver, se vêtir et se coiffer. Elle se sent aussi épuisée qu'en se couchant.

Sa faute à lui.

Elle a rêvé de lui.

Plusieurs fois.

En fait, chaque fois qu'elle s'éveillait en sursaut d'un rêve érotique, c'était pour replonger dans un autre. Parce que ses songes étaient sans la moindre équivoque ! Lord Keir, allongé sur elle... Elle, à genoux devant Lord Keir... Elle, en train de laver Lord Keir pendant son bain...

— Stupide femme !

Elle n'a plus fait ce genre de rêves osés depuis... Elle fronce les sourcils, s'efforce de remonter ses souvenirs. Oh ! depuis au moins douze ans. Depuis l'époque où elle a cessé d'être amoureuse de son époux. Mais elle ne se souvient pas que ces rêveries aient été aussi puissantes, voire dévastatrices. Parce qu'au réveil, elle s'est sentie presque nauséeuse de désir. Elle était même très moite entre les cuisses quand elle s'est lavée. Trop sensible, aussi.

— Il ne pouvait pas être laid et bedonnant ? ronchonne-t-elle soudain.

Elle relève rapidement ses cheveux, les torsade et plante les aiguilles en grimaçant. Enfin, elle va chercher son trousseau de clés, revient prendre dans son bureau les pièces nécessaires pour payer Monroe et quitte son appartement, les lettres écrites la veille à la main.

Elle les dépose sur la table de la cuisine, se prépare son plateau de thé du matin et le savoure dans l'orangerie, à sa place habituelle. Derrière la vitre, tout est blanc. Elle termine sa tasse sans être dérangée par quiconque, retourne en cuisine et y salue Nanda et Shanti, déjà à pied d'œuvre.

— J'ai entendu Monroe en venant, indique Nanda.

— Et Arun se sent fiévreux, ajoute Shanti, le front plissé d'inquiétude.

— Oh non ! s'exclame Abbie.

Elle soupire, passe une main sur son front.

— Bon... Nanda, vois Kishan. Il va nous falloir préparer pas mal de décoctions. Shanti, est-ce que le petit déjeuner est prêt ? Très bien, je vais monter son plateau à Monroe et le mettre dehors au plus vite. Il m'insupporte... Si Arun tombe malade lui aussi, nous allons devoir nous organiser un peu... Dites à Heng de rester auprès de Lin. Il faudrait que l'une de vous se dévoue pour s'occuper d'Ashmi, tandis que l'autre restera en cuisine avec moi pour pourvoir chacun en tisanes et en nourriture.

— Je prépare le plateau de Monroe tout de suite, dit Shanti.

— Il faudrait aussi que Ranjit passe la journée auprès d'Arun pour le soigner. Et quelque chose me dit que nous allons devoir faire une lessive.

Shanti et Nanda grognent de concert.

— Je sais, sourit Abbie. Cela ne m'enchante pas non plus, mais avec les fièvres, il va nous falloir changer les draps plusieurs fois par jour, et notre stock est malheureusement au plus bas pour le moment.

— Abbie ? fait alors Shanti.

— Oui ?

— Si Arun est malade et que Ranjit s'occupe de lui, qui va s'occuper de Keir ?

Son cœur bat plus vite à la simple mention du nom, et elle déglutit.

— Milord est adulte, répond-elle. Je le pense capable de s'habiller seul, non ?

— Oh oui, dit-elle. Mais il faudra que l'une d'entre nous aille faire sa chambre. C'est le minimum.

Abbie ouvre la bouche pour y déléguer Shanti, mais celle-ci ne lui laisse pas le temps de parler.

— Je m'occupe d'Ashmi, dit-elle, et Nanda va rester aux cuisines.

— Dans ce cas, peut-être que Sanjay… commence Abbie.

— Sanjay ne sait même pas comment enfiler une taie sur un oreiller ! fait Nanda, en levant les yeux au ciel.

— Daniel alors ? espère Abbie.

Mère et fille lui lancent un regard torve.

— C'est bon, j'ai compris, soupire-t-elle, en se détournant pour leur cacher ses joues rouges.

Nanda détale vers l'orangerie, Shanti vers la chambre d'Ashmi, et Abbie prend le temps de glisser les courriers dans la poche de sa jupe, avant de soulever le plateau de petit déjeuner destiné à Monroe.

Le médecin l'accueille froidement et esquisse une grimace de profond dégoût en soulevant le linge qui protège le pot de thé et les naans.

— Qu'est-ce que c'est que *cela ?* s'insurge-t-il, en la foudroyant du regard.

— Voici vos honoraires, dit-elle stoïquement, en déposant les pièces sur le couvre-lit. Nous apprécierions tous que vous repreniez la route sitôt votre repas avalé, Monsieur.

Il lui tourne ostensiblement le dos, et elle claque la porte en sortant. Ceci étant fait…

Elle essuie ses mains sur sa jupe et s'efforce d'aller d'un bon pas jusqu'à la réserve de linge propre, avant de se diriger vers la suite de Lord Keir. Là, elle reste figée de longs instants, luttant contre l'envie subite de s'enfuir.

— Idiote !

Elle frappe deux coups secs à la porte et ouvre dès qu'elle entend la voix grondante de Lord Keir.

— Bonjour, milord.

— Demi-tour, Cross, réplique-t-il aussitôt.

Elle prend le temps de refermer la porte derrière elle, inspire profondément et lui fait face. Il n'est pas rasé, ne porte qu'un pantalon noir et une chemise blanche, qu'il n'a même pas pris la peine de boutonner. Un seul regard, et elle est submergée d'une vague brûlante. Il lui suffit de voir son torse sous le tissu, la ligne de poils noirs qui court sur son ventre, ses pieds nus, ses joues ombrées de barbe, et elle se sent devenir aussi bécasse qu'une gamine.

— Cross, dehors ! répète-t-il, en se détournant d'elle.

Elle baisse les yeux pour regarder le tapis un peu élimé. Son cerveau se remet à fonctionner presque normalement.

— Arun est également tombé malade, milord, annonce-t-elle rapidement.

— Depuis quand ?

— Cette nuit.

— Où est Monroe ?

— Dans la chambre verte, en train de prendre son petit déjeuner. Je lui ai demandé de quitter Blackson House sitôt qu'il aurait fini.

— Je vais voir Arun, marmonne Lord Keir, en passant près d'elle.

Il n'a même pas pris le temps de mettre des chaussures ou de boutonner sa chemise ! Elle se retourne pour le voir quitter la chambre, avale sa salive et pose une main sur son cœur emballé.

— Bon sang de bois !

Autant mettre son absence à profit ! D'un pas décidé, elle va tirer les rideaux et ouvre grand les deux hautes fenêtres de la pièce, avant de ramasser les vêtements de la veille qui traînent négligemment par terre. Enfin, elle va tisonner le feu, le recharge rapidement et, frissonnant légèrement sous le froid qui l'enveloppe depuis le dehors, s'en va défaire les couvertures du lit.

C'est en retirant les draps du matelas pour les changer que les choses prennent une tournure gênante. Son odeur virile lui monte au nez, l'envahit tout entière. Son cœur s'affole, ses reins se tendent brutalement. Elle doit soudain lutter contre elle-même pour ne pas enfouir le visage dans le drap roulé en boule qu'elle tient dans les bras.

— Mais ce n'est pas possible ! s'exclame-t-elle, choquée.

Elle jette les draps sur le matelas, recule de plusieurs pas jusqu'à l'une des fenêtres et inspire plusieurs fois l'air glacial. Après une longue minute, ayant presque recouvré ses sens, elle retourne au lit, bien décidée à garder toute sa tête. Et voit les taches. Sans doute était-elle trop perdue dans ses sens, pour les remarquer avant. Mais ce sont bien des traces de semence séchée qui maculent le drap.

— Pourquoi est-ce à moi que cela arrive ?

Elle ferme les yeux, écarlate.

— Bouge-toi, Abbie !

Elle ignore combien de temps il va rester auprès d'Arun et, s'il est une chose dont elle est certaine, c'est qu'elle refuse d'être surprise, les bras chargés des draps qu'il a tachés de son sperme ! Elle roule les linges en boule et va les poser dans le couloir avant de refaire le lit aussi rapidement que possible.

— Qu'est-ce que vous foutez encore là ?

Elle se raidit, termine sa tâche en silence sans le regarder, puis va fermer les fenêtres.

— Cross, je vous parle.

— Oui, milord. Je suis désolée, milord, mais tous les autres étaient occupés.

— Sortez, maintenant.

Elle est sur le point d'obtempérer avec célérité, lorsqu'elle se souvient des courriers. D'un geste maladroit, elle sort les lettres de sa poche et les tend à Lord Keir en s'obligeant à regarder le sol.

— Les courriers dont je vous ai parlé hier, explique-t-elle.

Inquiète du silence qui s'étire alors, elle relève les yeux, le voit en train de lire les documents. Comment un homme aussi négligé peut-il dégager une telle virilité ? Ses joues durcies de barbe naissante confèrent à son visage un air plus austère encore, et pourtant, Abbie a soudain envie de tendre la main pour les caresser de la paume. Quant à la mince bande de peau brunie qu'elle distingue entre les pans ouverts de la chemise, eh bien... elle a juste envie de la toucher. Voire de l'embrasser et...

— Restez là, grogne-t-il, en allant jusqu'à son secrétaire.

Il tire un porte-plume portable d'un des tiroirs et se penche sur les courriers pour les signer. Le regard d'Abbie est désespérément attiré par le tissu plaqué sur son postérieur ferme, et elle sent son souffle devenir dangereusement court.

— Ceci étant fait, dit-il en se redressant, j'espère ne plus vous voir pendant au moins trois mois.

Il lui tend les feuillets d'un geste brusque, qu'elle prend d'une main qui tremble à peine. Elle le salue du menton et retourne vers la porte.

— Cross ? fait-il avant qu'elle sorte.

— Oui, milord ? répond-elle sans le regarder.

— Demandez à quelqu'un d'autre de s'occuper de ma chambre, désormais.

Ses joues se remettent à la cuire. Elle hoche la tête.

— Bien, milord.

Elle attend d'avoir refermé la porte derrière elle pour lâcher le long soupir qu'elle retient depuis un moment et sent ses épaules s'affaisser. Elle ramasse d'une main un peu tremblante la literie sale de Lord Keir et s'en va vers la buanderie. Tenir son imagination en laisse n'est pas aisé. Éviter d'imaginer Lord Keir dans ses draps, en train de se caresser jusqu'à déposer sa semence, tient presque de l'impossible. Les joues rouges, elle lâche enfin les fameux draps sur le tas déjà important dans la buanderie. Avec un soupir, elle porte une main tremblante à son front.

— Arrête ! s'ordonne-t-elle, pour ne plus imaginer le grand corps bronzé se tordre de plaisir.

Sachant combien un travail harassant peut éradiquer toute pensée plaisante, donc gênante, elle met à bouillir les lourds faitouts emplis d'eau pour la lessive. Un écho d'éclats de voix en provenance de l'entrée principale la tire de ses pensées, l'amenant à aller voir de quoi il s'agit.

Dans le grand hall, Monroe, dressé sur ses ergots, vitupère face à Lord Keir. Elle marque le pas, prête à faire demi-tour.

— Cross ! crie Lord Keir, dès qu'il la voit.

— Flûte ! marmonne-t-elle avant de dire plus haut : Oui, milord ?

— Ce crétin diplômé sous-entend que vous ne lui avez pas payé ce que nous lui devons.

— Pardon ! s'exclame-t-elle, outrée, en marchant à grands pas vers Monroe. Monsieur, je vous ai versé ce matin la somme que vous m'aviez indiquée hier au soir !

Les lèvres de Monroe se pincent, et son regard va rapidement d'Abbie à Lord Keir, avant de s'arrêter sur le baron.

— Je ne saurais trop vous conseiller de penser à changer votre personnel, milord, dit-il, d'une voix glaciale. Votre *gouvernante*, pas plus que vos autres *domestiques* n'ont eu le moindre égard envers moi, et le mensonge éhonté de cette *femme* n'est pas...

— Fermez-la, Monroe ! grince Lord Keir, en fronçant les sourcils d'un air féroce. Cross ?

— Oui, milord ?

— Vous maintenez vos dires ?

Il se tourne vers elle, et elle redresse les épaules par habitude. Sous les sourcils noirs, les yeux bleus sont moins agressifs qu'attentifs, et Abbie se sent remuée.

— Oui, milord, répond-elle, d'une voix un peu rauque.

Il la regarde pendant une longue seconde en silence, ses pupilles fixées dans les yeux d'Abbie. Puis sa bouche se crispe en une espèce de grimace, alors qu'il se tourne vers le médecin.

— Monroe, que vous utilisiez le terme de *domestique* pour parler de ma famille m'agace prodigieusement. Que vous sous-entendiez que Cross vous vole de façon délibérée me contrarie, malgré moi. Mais que vous vous permettiez de vous ingérer dans la façon dont je choisis de vivre me donne envie de vous égorger. Aussi je ne saurais trop *vous conseiller* de ramasser votre arrogance et votre fatuité avant de déguerpir de *ma* maison et de *mon* domaine au plus vite.

— Jamais je n'ai été aussi mal... s'exclame Monroe en levant les yeux au ciel.

— DÉGAGEZ ! hurle Lord Keir.

Monroe sursaute et recule précipitamment, sa mallette médicale nerveusement serrée contre lui en un vain bouclier.

— Vous pouvez compter sur moi pour ne pas faire vos éloges à Leeds ! lâche-t-il, malgré tout. Je suis le médecin personnel du duc de Chester, et croyez-moi...

— Rien à foutre de Chester ! crache Lord Keir, en avançant soudain sur Monroe d'un pas offensif.

Le médecin recule à nouveau devant Lord Keir jusqu'à l'immense porte d'entrée. Là, le baron ouvre grand les lourds battants ouvragés et adresse un bref signe de menton au médecin pour qu'il sorte.

— Si je vous revois ici, grogne Lord Keir, d'une voix de basse particulièrement menaçante, ou si j'entends dire que vous avez médit des miens, je vous assure que vous trouverez difficilement à travailler à Leeds ou ailleurs, duc de Chester ou pas.

Abbie sursaute violemment lorsque Lord Keir claque le battant d'un geste presque nonchalant. Comme si la double porte ne pesait rien.

— La peste soit des crétins, grommelle-t-il tout bas. Cross ?

— Oui, milord ?

— Vous avez raison. Il nous faut un médecin au village.

Sa voix est si revêche, presque rétive, qu'Abbie ignore s'il est bon qu'elle se réjouisse de ses mots. Il semble parler malgré lui, mais avec un souci d'honnêteté à porter à son crédit.

— J'aurais sans doute dû confier les courriers à Monroe afin qu'il puisse les poster, s'entend-elle dire. Mais…

— Ce crétin les aurait probablement brûlés, tranche Lord Keir en revenant vers elle.

Elle remarque, malgré elle, qu'il boite un peu plus bas qu'à l'ordinaire et se demande soudain s'il n'a pas réveillé sa blessure.

— Vous les avez sur vous ? grogne Lord Keir, en tendant la main.

Elle baisse les yeux pour ne plus voir son visage ni même sa main et fouille nerveusement dans sa poche pour en tirer les lettres.

— Je vais aller au village, annonce-t-il. Les routes étaient presque dégagées hier, la malle-poste devrait donc passer.

— Bien, milord.

Elle le salue du menton et vire sur les talons pour regagner les cuisines. Jusqu'à ce qu'elle disparaisse dans les couloirs, elle sent peser sur son dos les yeux perçants de Lord Keir et s'efforce d'adopter une démarche calme et sereine, à des lieues de son envie subite de courir se réfugier ailleurs.

12

L'eau bout lorsqu'elle revient en cuisine, le souffle un peu court et les mains tremblantes. Elle empoigne des torchons pour soulever le premier baquet et manque de s'ébouillanter plusieurs fois, avant de parvenir à le vider dans la cuve de la lessiveuse. Vu la masse de draps à laver, elle sait qu'elle devra répéter plusieurs fois l'opération. Elle retire son châle, empoigne les paillettes de savon noir et remue son « chaudron de sorcière » jusqu'à ce qu'il mousse à peine. Puis se débarrasse de sa veste de laine et plonge les draps, l'un après l'autre, dans la cuve d'eau savonneuse avant d'attraper la longue perche de bois. Elle remonte ses manches jusqu'au coude et commence à tourner le linge, le visage bientôt trempé de sueur.

Elle tourne, tourne, jusqu'à en avoir mal aux bras, puis aux épaules, et enfin, dans le dos. Ouvre les quatre premiers boutons de son chemisier pour avoir un peu d'air. La pièce est une étuve.

Au moins ne pense-t-elle pas. C'est toujours cela.

— Abigail ! s'exclame soudain Daniel, depuis le pas de la porte.

Elle se tourne vers lui, souffle pour rejeter une mèche frisottante que les mouvements ont fait tomber de son chignon.

— Comment... vont les... malades ? demande-t-elle.

— Mieux que toi ! fait-il, en ôtant sa veste à son tour. Pourquoi n'es-tu pas venue demander de l'aide ?

Elle lui jette un regard amusé.

— Daniel, ce n'est certainement pas au précepteur de faire cela !

— Pas plus qu'à la gouvernante, réplique-t-il, en lui prenant la perche des mains. Sors de là avant de t'écrouler.

Elle soupire, essuie son front moite et grimace en croisant les bras.

— De toute façon, j'avais presque terminé, bougonne-t-elle, avec mauvaise foi. Merci, Daniel.

Elle retourne en cuisine pour chauffer d'autres brocs. Nanda est en train de préparer le repas, et Abbie comprend soudain ce que Daniel fait dans les parages.

— Oh ! Abbie, s'exclame la jeune fille. Tu es dans un état ! Pourquoi n'es-tu pas venue me demander de l'aide ?

— Tu as assez à faire.

— Et toi, non ? s'écrie Nanda en remuant son plat.

Abbie est heureuse de la présence de Daniel qui l'aide à frotter, rincer, puis à tordre le linge avant qu'ils aillent l'étendre devant l'immense cheminée de la cuisine. Lorsque vient l'heure du repas, l'épuisement lui coupe toute envie de manger, mais elle aide Nanda à préparer les plateaux pour les malades, avant que chacun d'eux s'en aille les porter ; Nanda à sa mère et Ashmi, Daniel à Ranjit et Arun, elle-même à Heng et Lin.

Lorsqu'ils se retrouvent à nouveau autour de la table pour manger, Abbie est lasse au point de s'octroyer une petite sieste. Tant pis pour ce qu'elle avait inscrit sur sa liste !

Sanjay et Daniel font la conversation, Kishan se lève de table et débarrasse ses couverts sitôt qu'il a vidé son assiette, et Nanda fait de son mieux pour ne pas croiser trop souvent le regard de Daniel. Quant à Abbie, elle chipote un peu, soupire, finit par se lever et faire sa vaisselle.

— Oh ! mon Dieu ! s'exclame soudain Nanda.

— Quoi ? demande Abbie en se tournant vers elle.

— Nous avons oublié Keir !

Abbie grogne dans sa barbe.

— Vas-y, dit-elle à Nanda.

— Mais je...

— Non, Nanda. Il a expressément dit qu'il ne voulait plus avoir affaire à moi, tranche Abbie, d'une voix que la fatigue durcit.

Le silence se fait autour de la table, et elle sent leurs yeux dans son dos.

— Oh ! s'exclame Nanda.

— Keir a dit ça ? s'étonne Sanjay.

Abbie soupire longuement, se tourne vers eux en s'essuyant les mains.

— Je crois que Lord Keir et moi ne nous entendrons jamais, explique-t-elle. Il serait plus judicieux que quelqu'un d'autre que moi se charge de sa chambre et de ses repas. Jusqu'à ce qu'Arun ou Ranjit puissent reprendre leurs rôles, s'entend.

— Je vais lui monter un plateau, dit alors Daniel, en se levant. Sanjay, quand tu auras fini ta vaisselle, retourne travailler sur les algorithmes que nous avons commencé à voir ce matin, tu veux ?

— Oui, Daniel, bien sûr. Abbie, tu as besoin que je t'aide en quelque chose ?

— Fais ta vaisselle, ce sera bien suffisant, sourit-elle au garçon.

Elle met de l'eau à chauffer pour le thé.

— Tu as l'air fatiguée, dit doucement Nanda.

— Je le suis, sourit Abbie. Dieu, comme je le suis ! Nanda... Daniel et toi vous montrez trop... familiers. Puisque vous semblez incapables de rester loin l'un de l'autre, essayez au moins d'être discrets.

Elle coule un œil vers la jeune fille, la trouve écarlate. Comme elle est jolie, la jeune Nanda, avec ses cheveux noirs, son teint de métisse, son visage en forme de cœur très britannique et ses yeux verts.

Comme elle a pu croire, un jour, que Sanjay ou Kishan étaient des bâtards de Lord Keir, elle s'est posé bien des questions sur la filiation de Nanda. Jusqu'au moment où elle a découvert les yeux du baron. Les prunelles de Nanda, d'un vert profond, ne peuvent être que le fruit d'un amour entre Shanti et Lord Keir, c'est une évidence. Parfois, elle se demande si elle connaîtra leurs histoires à tous, un jour. Jusqu'à ce qu'elle se dise que, pour cela, il faudrait qu'elle livre la sienne aux autres. Et elle ne s'y sent pas prête.

— Nous essayons, murmure Nanda. Mais... Ce n'est pas facile, tu sais.

— Je sais, soupire Abbie en servant le thé. Je sais, oui.

Elle le sait d'autant mieux qu'elle-même doit désormais lutter contre la puissante attraction physique qu'elle ressent pour Lord Keir.

— Si seulement ses parents voulaient bien… commence Nanda, avant de se mordre la lèvre.

— Ils ne changeront pas d'avis, tu le sais, n'est-ce pas ? dit doucement Abbie, en s'assoyant près d'elle.

— Pourquoi ne sont-ils pas comme toi ou Bill ou Keir ? se lamente Nanda, en levant ses yeux baignés de larmes.

— Les gens sont souvent trop ancrés dans leurs certitudes pour pouvoir en changer, soupire Abbie. Ou bien trop bêtes.

Elle a envie de tendre la main, de serrer celle de Nanda, mais se retient. La jeune fille essuie rapidement ses larmes en entendant le pas de Daniel et se compose un visage souriant au moment où il entre dans la cuisine. Nanda et lui échangent un bref regard, avant qu'il esquisse un sourire.

— Bon, je… Sanjay m'attend. À plus tard.

Elles le suivent des yeux tandis qu'il repart, soupirent en chœur.

— Je suis incapable de m'atteler à une tâche physique, dit alors Abbie. Je vais aller m'occuper des comptes.

— Très bien. Je pense que Kishan va bientôt revenir avec les herbes nécessaires pour les tisanes de l'après-midi, réplique Nanda. Quand j'aurai un peu de temps, j'irai m'occuper dans la chambre rose.

— Tu es courageuse, sourit Abbie en se levant.

Le sourire de Nanda se fait mélancolique.

— Pas si courageuse que cela, non. Mais si je ne m'occupe pas, je vais devenir folle.

Abbie ferme la main sur les doigts de Nanda, les serre doucement et quitte la cuisine pour retourner dans ses appartements.

Là, après avoir relancé le feu et allumé la lampe, elle s'installe devant les cahiers de comptes et entreprend de lutter contre la fatigue.

13

Elle s'éveille en sursaut, lorsqu'on frappe à la porte de son appartement et met trois bonnes secondes à se souvenir où elle est.

— Oui ?

Elle s'est endormie sur sa chaise, en plein milieu d'un calcul.

— Abbie ? fait Nanda en entrant. Est-ce que ça va ?

— Euh... oui, répond Abbie, après s'être raclé la gorge. Qu'y a-t-il ?

— C'est l'heure du souper, sourit Nanda.

— Oh ! Je... Je n'ai pas vu le temps passer, ment-elle avec aplomb.

En compagnie d'une Nanda visiblement peu dupe, Abbie rejoint les autres à la cuisine, s'y inquiète de l'état des absents.

— Ashmi va mieux, dit Ranjit. La fièvre commence à tomber.

— Quant à Arun, il ne doit pas être trop mal, puisqu'il parvient encore à râler, plaisante Shanti.

— Lin se repose beaucoup et a moins de frissons. Elle... Elle ne saigne plus, termine Heng, en souriant.

— Que de bonnes nouvelles ! s'exclame Abbie en s'assoyant à sa place.

— Flame est malade, intervient alors Kishan, de sa voix basse.

— Depuis quand ? s'étonne Daniel.

— Keir est allé au village cet après-midi, explique le jardinier de sa voix trop douce. Flame toussait quand ils sont rentrés. Il a pris froid. Je vais passer la nuit aux écuries.

— As-tu besoin que je prépare des emplâtres avec tes plantes ? propose Nanda.

Kishan hoche simplement la tête, le front soucieux. C'est la première fois qu'Abbie l'entend prononcer autant de mots à la suite. Kishan semble plus inquiet pour le cheval que pour les malades à l'étage.

Elle écoute ensuite d'une oreille inattentive le flux des discussions qui suivent, déguste les beignets de légumes de Nanda, se régale du riz parfumé, puis sirote son thé, pendant que Shanti s'occupe de la vaisselle et que Daniel et Sanjay entreprennent de plier les draps propres enfin secs.

La cuisine se vide peu à peu, la maison retrouve son calme. Ne restent bientôt plus qu'Abbie et Shanti, chacune devant un thé sucré.

— Il paraît que Keir ne veut plus que tu t'occupes de sa chambre ? plaisante Shanti.

— Ann m'avait prévenue qu'il n'aimait pas les gouvernantes, maugrée Abbie. Mais je ne pensais pas qu'il nourrirait une telle antipathie à mon égard. Bah… Cela ne change rien. Je vais juste faire de mon mieux pour ne plus croiser sa route.

— Tu as accompli un excellent travail sur le domaine et dans la maison. Il pourrait au moins te reconnaître cela.

Abbie hausse les épaules, le regard rivé sur sa tasse. Autant éviter que Shanti puisse déceler le frisson qui l'a parcourue en entendant *son* nom.

— J'aurais aimé être là quand Keir a mis ce malotru de Monroe à la porte, glousse soudain Shanti.

Abbie sourit largement à ce souvenir.

— Oh ! c'était quelque chose, s'amuse-t-elle à dire. Ça oui ! Tu aurais vu la tête de Monroe ! Il a sûrement cru que milord allait le frapper !

— Bah, il a été sage de filer, avant que Keir ne le cogne, c'est certain !

— Tu crois que milord l'aurait réellement frappé ? s'effare Abbie.

Shanti lui rend son regard, garde le silence quelques instants.

— S'il est une chose que Keir ne supporte pas, c'est qu'on s'en prenne aux siens. Il est très protecteur. Ann est exactement comme lui. Et nous sommes sa famille. Donc, oui, il l'aurait frappé, si cet idiot s'était entêté.

— Oh…

— Tu sais, murmure Shanti en fixant sa tasse presque vide, il…

Enfin… Keir n'est pas quelqu'un de violent à la base. Il… Il a juste baigné dans la violence pendant si longtemps qu'il a sans doute un peu de mal à… comment dire… ?

— Se contrôler ? propose Abbie, reprenant là l'un des jeux favoris de Sanjay. Se maîtriser ? Faire la part des choses ?

Shanti éclate de rire.

— Oui, aux trois, sourit-elle, en se resservant du thé avant d'emplir à nouveau la tasse d'Abbie. Il a fait la guerre pendant tellement longtemps, a vu tellement d'horreurs que… La bêtise et l'injustice l'insupportent tout simplement.

Abbie prend sa tasse à deux mains pour cacher à la bonne qu'elles tremblent. Elle devrait se lever, quitter la pièce, sauf que c'est la première fois que Shanti ou une autre des personnes de cette étrange maison lui parle réellement de Lord Keir. Elle a beau faire, elle est totalement incapable de ne pas écouter. Sa curiosité est plus forte que tout.

— Shanti, je… Je ne veux pas connaître les détails de votre passé ou… Mais… Je… J'ai parfois un peu de mal à saisir comment vous tous êtes arrivés ici. Je veux dire…

La jeune femme sourit, un sourire doux-amer qu'Abbie ne lui avait jamais vu.

— Keir a simplement été là pour nous aider, alors que nous en avions besoin, murmure l'Indienne. S'il nous a ramenés avec lui en Angleterre, c'est parce qu'il nous était impossible de rester dans notre pays. Nous ne sommes que la goutte d'eau dans son océan.

Abbie reste silencieuse, le temps d'absorber ses paroles.

— Tu veux dire… ?

— Nous ne sommes pas les seuls à qui il est venu en aide, sourit à nouveau Shanti. Il y en a eu des dizaines. Peut-être même des centaines, au cours des vingt et un ans qu'il a passés aux Indes. Si tu voyais les courriers qu'il reçoit ! Enfin, je suis bête, tu les vois, c'est toi qui tries le courrier. Tu vois combien de lettres il reçoit des Indes, des gens qu'il a autrefois aidés. Nous qui vivons à Blackson House risquions la mort dans notre pays. Voilà pourquoi il nous a offert son toit.

Abbie n'a plus soif, pourtant, elle se force à avaler une gorgée, désirant poursuivre la conversation.

— Nous avons tous fait de notre mieux pour prendre soin de ses terres et des petits, poursuit doucement Shanti. Mais... Enfin, tu sais comment sont tes compatriotes...

— Oui. Je comprends que les autres domestiques aient décidé de partir.

— De tous ceux qui étaient en place lorsque nous sommes arrivés, explique Shanti, ne sont finalement restés que Bill, Cosmo et Horton. Quand Cosmo est mort, Ranjit a bien essayé de recruter un nouveau majordome et des femmes de chambre supplémentaires, mais...

Shanti hausse les épaules en baissant les yeux.

— Cela ne doit pas être facile, murmure Abbie en la regardant. D'être loin de sa terre natale et de se sentir si jugés, juste parce que vous êtes différents.

Shanti laisse éclater un petit rire amusé.

— Ça l'était beaucoup moins, au début. À l'époque, avant que les domestiques britanniques ne fuient la maison, nous n'étions que trois adultes, et Nanda qui était bébé. Nous nous sentions très isolés, c'est vrai. Et puis... Chaque fois que Keir revenait au pays, il ramenait quelqu'un, et nous avons fini par être plus nombreux que les Britanniques en place.

Elle coule un regard malicieux à Abbie.

— Jusqu'à ton arrivée, nous étions persuadés qu'aucune femme anglaise n'aurait assez de cran ni d'intelligence pour s'adapter à cette maison.

Abbie se sent rougir et, gênée, reprend une gorgée de thé.

— J'avais surtout besoin de cet emploi, s'entend-elle avouer, avant de se reprendre : et puis, vous n'êtes pas si différents de nous autres Anglais, tu sais.

Shanti éclate de rire.

— À d'autres ! Je me souviens encore de ta tête lorsque nous t'avons été présentés le lendemain de ton arrivée !

Abbie sourit à son tour. Ce matin-là, lorsque Arun était venu la chercher dans ses appartements poussiéreux pour la conduire en cuisine, elle était encore toute confite des responsabilités qu'elle pensait inhérentes à son rôle de gouvernante. Elle réfléchissait encore en bonne Britannique pure souche, et le choc avait été rude. Abbie avait manqué de défaillir en les rencontrant : ils se tenaient tous face à la porte, chacun portant la tenue traditionnelle de son pays.

— Avoue, s'amuse Abbie en regardant son amie, vous vous êtes bien moqués de moi ce jour-là !

Le rire de Shanti se fait plus profond, tandis qu'elle hoche la tête.

Abbie ne s'était pas évanouie, n'était pas partie en hurlant. Un peu choquée, presque effarée, elle les avait regardés la saluer à leurs manières, mains jointes et buste en avant, avait entendu leur « namaste ». Et avant d'avoir pris le temps de réfléchir, elle le leur avait rendu en les imitant. Dès le lendemain, chacun d'eux était vêtu à l'anglaise, et elle avait compris qu'elle venait de passer et de réussir une sorte d'examen sans le savoir.

— Si tu savais comme cela nous amusait, reprend Shanti. Toutes ces gouvernantes qu'Ann embauchait et que nous effrayions… Tu es la seule à avoir compris ce qu'était réellement Blackson House.

Un foyer, autant qu'un havre. Dans le fond, il n'est pas si surprenant qu'elle se sente si bien à Blackson House. Elle avait, autant que chacun d'eux, besoin de ce havre et de ce foyer.

— Je te l'ai dit, préfère-t-elle simplement répondre à Shanti. J'avais *vraiment* besoin de ce poste.

— Nous sommes contents de te compter parmi nous. Toi, et Daniel aussi. Pour un Anglais, il a une largeur d'esprit particulièrement rafraîchissante, et sa manière de canaliser Sanjay est miraculeuse !

Voilà qu'Abbie se sent à nouveau en terrain mouvant. Être dans le secret de la liaison que Daniel entretient avec la fille unique de Shanti ne lui plaît pas, mais après avoir de temps à autre, très discrètement, tâté le terrain, elle a fini par comprendre que Shanti s'opposait à une union entre Nanda et un Anglais. Elle garde donc le silence, en dépit de ses propres convictions.

— Nous te sommes reconnaissants d'avoir demandé à Ann de trouver Daniel pour Sanjay. Ce garnement est trop…

— Intelligent ? Savant ? Malin ? plaisante Abbie.

— Il a trop de potentiel pour qu'on laisse son esprit s'empêtrer dans cette vieille bâtisse, mais nous savons tous qu'il n'aura jamais la chance d'étudier dans les grandes écoles anglaises.

— C'est bien dommage, soupire Abbie.

— Oui. La présence de Daniel est donc une bénédiction que nous te devons. Aucun de nous n'avait même conçu cette idée. Pas même Ann. Pas même Keir.

Abbie avale une nouvelle gorgée.

— C'est avec vous qu'Ann et Gus ont grandi, n'est-ce pas ? demande-t-elle, après une hésitation.

Shanti garde le silence puis soupire et hoche lentement la tête.

— Oui. Keir était…

Elle se tait à nouveau, s'ébroue.

— Allons, assez du passé, lance-t-elle d'une voix plus forte. Tu as l'air épuisée, Abigail. Va donc te coucher, je vais finir de nettoyer. Et cette nuit, ne te relève pas pour aller voir les malades, je le ferai. J'ai passé l'après-midi à somnoler sur un livre tout en veillant… Ashmi.

Abbie lui coule un bref regard en notant la légère hésitation de Shanti.

— J'ai tellement mal aux bras, finit-elle par soupirer. Dieu, comme je déteste la lessive !

— Comme nous toutes, plaisante à demi Shanti. Bonne nuit, Abigail.

Abbie la salue et quitte la cuisine, consciente d'avoir été gentiment renvoyée à ses pénates. C'est toujours ainsi que les choses se passent avec Shanti, mais Abbie ne lui en veut pas. L'Indienne a été la « maîtresse » de maison pendant tant d'années, elle a dû gérer Blackson House et ses habitants, en manquant de tout ou presque pendant si longtemps qu'Abbie lui pardonne aisément quelques manquements à la bienséance ou à la politesse.

Dans le noir, parce qu'elle a encore une fois omis de prendre une chandelle, elle retourne à ses appartements, relance la cheminée et se prépare pour la nuit avec des gestes las.

Allongée dans son lit, claquant des dents en attendant que ses draps se réchauffent, elle se remémore les paroles de Shanti pour mieux éviter de repenser au corps nu de Lord Keir ou à ses draps. Elle peine à faire concorder ce que Shanti dit de lui avec l'espèce d'ours mal léché qu'elle a côtoyé ces derniers jours.

— Encore que tu devrais t'en ficher.

Surtout, elle se demande pourquoi un baron anglais avec deux enfants en bas âge a préféré partir au loin participer à des guerres coloniales plutôt que de prendre soin de son domaine. Parce que peu importe, finalement, ce qu'en dit Shanti. Aux yeux d'Abbie, le comportement de Lord Keir vis-à-vis de Blackson House, du domaine et des jeunes Ann et Gus a été tout sauf exemplaire.

— C'était même presque criminel.

Qu'il est difficile d'ignorer la conclusion qu'il a abandonné son fils, sa nièce et ses responsabilités de baron ! Et cette façon de faire cadre nettement mieux avec l'homme qu'elle a croisé au cours des derniers jours.

Mieux vaut qu'elle garde ces idées-là en tête, si, d'aventure, elle le croise à nouveau. Penser du mal de lui reste le meilleur remède à l'attirance physique qu'elle ressent pour lui, et donc la solution pour lui éviter de commettre une bêtise. Le genre de bêtise dans laquelle une femme de quarante-neuf ans se doit de ne pas se compromettre… Comme tomber sous le charme de son employeur. Ou se faire renvoyer. Ou tomber amoureuse. Ou…

— Stop !

Elle se retourne sur le dos.

— Contente-toi de faire ton travail. Ne pense plus à lui.

Comme si c'était la chose la plus évidente qui soit…

Elle se tourne sur le côté, soupire, ferme les yeux. Revoit son torse. Ses épaules. Ses yeux.

— Seigneur ! La nuit va être longue !

14

Février 1837, Blackson House, Yorkshire

Abbie termine son thé du matin, le regard perdu sur la prairie qui s'étend derrière la vitre de l'orangerie. Le soleil commence tout juste à poindre, allumant des feux orangés sur l'herbe rabougrie par le froid. La neige s'en est allée. Puis il a gelé à pierre fendre. Janvier est parti, février arrivé. Le soleil a commencé à percer le froid, et les températures sont redevenues supportables. Bill devrait rentrer de Londres aujourd'hui, demain au plus tard. Abbie a hâte de lire le courrier qu'Ann n'aura pas manqué de lui écrire.

Ranjit semble aller mieux. Ashmi et Arun sont totalement remis du flu. Seule, Lin reste éprouvée par la maladie conjuguée à sa grossesse. De son propre chef, Abbie a interdit à la jeune femme de se lever jusqu'à la naissance du bébé, aussi Heng passe-t-il son temps à promener son épouse d'une pièce à l'autre en la portant dans ses bras.

Abbie avale les dernières gouttes de sa tasse, retourne aux cuisines. Elle est plutôt contente d'elle. Non seulement elle a réussi à éviter de croiser Lord Keir depuis la fois où il a jeté le docteur Monroe à la porte de Blackson House, mais surtout elle a reçu une réponse favorable du diocèse, et le nouveau pasteur du domaine arrivera début mars. À peine la neige avait-elle commencé à fondre qu'en compagnie de Ranjit, elle a fait l'état des lieux de l'église et du petit presbytère. Délaissés depuis des années, ils avaient bien besoin de réparations et, partant du principe qu'il s'agissait là d'une urgence, Abbie a pris sur elle d'y faire travailler la presque totalité des nouveaux métayers. Aujourd'hui, elle doit se rendre sur place pour vérifier l'avancement des travaux.

Surtout, songe-t-elle en lavant sa tasse, elle doit écrire à Ann au sujet de la chapelle de Blackson House. Lors de son premier tour du domaine avec Ranjit, elle avait à peine prêté attention à cette chapelle familiale très ancienne, légèrement excentrée du domaine. Or la dernière fonte des neiges a causé de gros dégâts, la toiture s'est effondrée. De lourdes réparations sont à envisager, mais n'étant pas d'une nécessité absolue, elle veut d'abord en référer à Ann.

Quant au docteur Vanger, le courrier qu'il lui a envoyé en réponse à sa demande, l'a beaucoup amusée. Il semblerait que, de retour à Leeds, Monroe se soit malencontreusement exprimé contre Lord Keir au point de se faire réprimander publiquement par le duc de Chester. Abbie ignorait même que Chester connaissait Lord Keir.

— Mais il ne le connaît pas ! s'était exclamée Shanti en riant, quand Abbie avait lu ce passage à voix haute après le repas. Chester est réputé très conservateur. Je pense plutôt qu'il n'a pas toléré que Monroe dégoise sur un lord !

Le docteur Vanger a assuré se mettre à la recherche d'un médecin compétent et « apte à assurer aux habitants de Blackson House les soins auxquels ils ont droit ».

— *Namaste*, Abigail.

Elle se retourne, sourit et salue Shanti et Nanda.

— Comment se présente la journée ? demande Ranjit, qui les rejoint peu après.

— Je vais me rendre compte des travaux de l'église, ce matin, programme Abbie. Je devrais être de retour assez tôt pour faire des lessives avec vous.

— Oh non ! soupire Nanda en grimaçant.

— Je vais aller prévenir Kishan de nous seller nos chevaux, dit Ranjit en sortant alors qu'entre Heng, Lin dans les bras.

— Souhaites-tu que nous poursuivions le nettoyage du cabinet chinois en ton absence ? demande Shanti, tout en cuisant les naans.

— Oui, ce serait une bonne chose, dit Abbie. Quant à Sanjay et Daniel, ce serait bien s'ils pouvaient commencer à vider les meubles qui encombrent le salon bleu. Je pense que ce sera la prochaine pièce à laquelle nous nous attaquerons.

— Bonjour, salue Daniel en entrant à son tour. Pas de souci, Abigail, nous le ferons sitôt le déjeuner terminé. *Namaste*.

Le repas se déroule comme à l'habitude, bruyant, puis Abbie va enfiler ses bottes, s'emmitoufle dans son manteau, cale son chapeau de peau retournée sur sa tête et va rejoindre Ranjit aux écuries. Kishan tient déjà leurs montures harnachées à la main, et elle se met en selle rapidement. Tout en trottant vers le village, elle écoute Ranjit lui raconter ce qu'il sait de l'histoire de la chapelle de Blackson House.

Les travaux de l'église sont presque achevés, mais le presbytère est déjà entièrement refait à neuf, et Abbie félicite chaleureusement les métayers pour leur travail.

— Notre nouveau pasteur sera heureux de vivre dans un si joli endroit, s'exclame-t-elle en souriant à Samuel Kingston, nommé par ses soins « chef de chantier ». Vous avez fait un travail extraordinaire ! Milord vous félicite à travers moi.

Kingston la salue d'un geste en souriant. Sur le chemin du retour, Abbie s'arrête rapidement pour frapper à la porte de la vieille Mrs Stand, doyenne du domaine, une personnalité si ancrée dans la vie du village que c'est à elle que la malle-poste délivre les courriers en l'absence de commerces.

— Bonjour, Mrs Cross, la salue la vieille dame de sa voix chevrotante. Vous avez bien fait de passer, il y a un plein sac de lettres pour Blackson House !

Abbie soulage la brave femme des courriers, prend un moment pour discuter avec elle, avant de se remettre en selle pour rentrer. Elle sourit et salue chacun, essaie d'avoir un mot pour tous. Elle a conscience que changer l'idée que les habitants se font du petit peuple de Blackson House est utopique, mais elle ne voit aucune raison de ne pas essayer malgré tout.

— Souriez donc un peu, Ranjit, plaisante-t-elle.

— Ils risquent de penser que je veux les mordre ! se moque gentiment son vieil ami.

Elle retient un éclat de rire, et ils reprennent le chemin de la maison au trot. Elle est heureuse de voir la voiture garée devant les écuries lorsqu'ils arrivent, signe que Bill est effectivement rentré de Londres. Après avoir confié les chevaux aux soins conjoints de Bill et Kishan, elle laisse Ranjit rejoindre Arun et Lord Keir, puis se rend rapidement à ses appartements pour se débarrasser de ses bottes, manteau et chapeau.

Assise à son petit bureau, elle ouvre le sac de courriers et entreprend d'en trier le contenu avec une rapidité née de l'habitude. Un tas pour Lord Keir, un tas pour Daniel, un tas pour Blackson House. Il n'y a jamais de courrier pour les autres habitants de la maison. Et… Tiens, une lourde enveloppe pour elle. Avec un sourire ravi, elle la met de côté avec le courrier qui porte l'écriture d'Ann.

— Ma lecture attendra.

Elle termine sa tâche, ressort de son appartement avec, en main, les lettres pour Lord Keir à gauche, celles pour Daniel à droite, se dirige directement vers la bibliothèque, où Lin arbitre en riant une partie d'échecs échevelée entre Daniel et Sanjay.

— Déjà de retour, Abbie ? s'étonne ce dernier, avant de mettre Daniel en échec.

— Ton courrier, Daniel, répond Abbie. Et le salon bleu ?

— Merci, répond le précepteur, en prenant les deux lettres qui proviennent sans nul doute de ses parents et de sa sœur aînée. Pour répondre à ta question, nous l'avons vidé. Les meubles sont entreposés au fond de la salle de bal.

Elle hoche la tête.

— Échec et mat, ponctue Daniel avec un sourire fin pour Sanjay.

— Rhaa !

Abbie va en cuisine, n'y trouve qu'Ashmi qui prépare le repas.

— Sais-tu où sont Arun ou Ranjit ? lui demande-t-elle.

— Avec Keir, il me semble, répond Ashmi. Si tu cherches Shanti ou Nanda, elles sont dans le salon chinois.

Abbie hoche la tête.

— Pourras-tu monter son courrier à Lord Keir, s'il te plaît ?

Ashmi lui lance un bref regard.

— Bien sûr, Abbie, acquiesce-t-elle paisiblement.

Ashmi s'essuie les mains, vient prendre le tas de lettres et les passe en revue. Abbie s'amuse toujours de voir les autres habitants vérifier ainsi qui écrit à leur « maître ».

— Oh ! une lettre de Rahul, s'exclame Ashmi en souriant. Ah... Keir va être heureux, il y a un courrier d'Anjali !

Anjali ?

Voilà un nom qu'Abbie entend pour la première fois. Un nom à consonance féminine. Elle sait qui est Rahul. Les autres lui ont rapidement expliqué qu'il a été l'enseigne de Lord Keir pendant une dizaine d'années, après que le baron lui a sauvé la vie au cours d'une bataille. En fait, les autres lui ont toujours expliqué qui étaient les personnes qui écrivent à Lord Keir.

— Anjali ? s'entend-elle demander, malgré elle.

Ashmi lui coule un autre regard, ouvre la bouche, mais la referme sans répondre, soudain sur la réserve. Voilà qui est surprenant !

— J'y vais, fait-elle.

Abbie a tout juste le temps de lancer un regard curieux sur la fameuse lettre où le nom de Lord Keir a été annoté d'une main indubitablement féminine. Parmi les nombreux cachets qui la tamponnent, Abbie est presque certaine de reconnaître des mots de français.

Anjali, en France ?

Après qu'Ashmi a fui la cuisine, Abbie fronce les sourcils. Oh ! elle n'aime pas la tension sourde qui lui noue soudain le ventre ! Elle reconnaît sans peine le venin de la jalousie pour l'avoir plus souvent qu'à son tour ressenti pendant son mariage.

Qu'elle ait réussi à éviter Lord Keir depuis presque un mois ne signifie pas qu'elle a cessé de penser à lui. Ou de rêver de lui. Ou de fantasmer à son propos. Ses nuits ont cessé d'être calmes et reposantes, le jour où elle l'a vu nu. Elle rêve de lui tous les soirs. De son corps, du goût de sa bouche qu'elle imagine. De la façon dont il la caresserait, dont il la prendrait. Du plaisir qu'il lui donnerait, de celui qu'elle ressentirait à lui en donner en retour. Des images de son torse, de ses cuisses, de son membre même, surgissent sans cesse à tout bout de champ quand elle s'y attend le moins, la plongeant dans un désarroi qu'elle ne parvient pas toujours à masquer aux autres. L'entendre boiter à l'étage la fige en retenant son souffle pour mieux l'écouter. Quand lui parviennent des bribes de sa voix, son ventre se tend d'une envie inconvenante, l'obligeant à quitter la pièce où elle se trouve pour s'exiler dans un autre recoin du château.

Elle a essayé de s'abrutir de lectures. Puis dans les comptes du domaine. Puis dans la réfection de l'église. Puis dans la rénovation accélérée des pièces de Blackson House.

— Rien n'y fait.

Elle a quarante-neuf ans et tremble de désir comme une gamine de seize pour un homme qui, non seulement est intouchable, mais, qui plus est, la méprise.

Au cours du mois écoulé, elle s'est parfois demandé s'il ne valait pas mieux quitter Blackson House. Ses nuits trop courtes l'épuisent, sa fatigue devient usante, et elle se sent moins performante dans son travail. Sans compter qu'elle a réellement peur que l'un ou l'autre des habitants ne finisse par se rendre compte de quelque chose.

— J'en mourrais de honte.

Mais quitter Blackson House, implique de quitter ses habitants, cette nouvelle famille qu'elle aime profondément. Quitter une maison, un domaine, qu'elle apprécie de plus en plus au point que, parfois, il lui semble les sentir vibrer dans ses veines. Quitter un poste stable, un travail qu'elle aime énormément, replonger dans l'inconnu et l'insécurité.

N'empêche que la voilà jalouse.

15

Anjali.

Mais qui est cette Anjali qui vit en France !?

— Rhaa !

— Cela me fait le même effet quand je pense à la lessive, plaisante Shanti en entrant.

Abbie sursaute et rougit brutalement.

— Eh bien, allons-y, avant de manquer de courage, s'exclame-t-elle, en se hâtant d'aller chercher les brocs pour les remplir.

Tout pour s'éloigner de l'œil perspicace de Shanti !

— Ton énergie m'effraie parfois, s'amuse Shanti en la rejoignant. Nanda achève sa tâche avant de venir nous aider.

Abbie hoche la tête sans la regarder.

— Et l'église ?

— Oh ! tout sera prêt à temps pour la venue du pasteur, répond Abbie.

— C'est une bonne chose. Bill t'a-t-il remis une lettre de la part d'Ann ?

— Oui, mais je lirai mon courrier après la lessive et le repas. Si nous ne nous y mettons pas tout de suite…

— Nous manquerons de courage, achève Shanti en riant.

Tandis qu'elles emplissent la cuve d'eau chaude, Abbie doit se retenir pour ne pas poser brutalement la question qui tourne, telle une litanie, dans sa tête.

Qui est Anjali ?

Plusieurs fois, elle ouvre la bouche, prête à se lancer, mais la referme précipitamment avant que les mots n'en jaillissent. Elle n'a aucun droit à une telle curiosité. Mais elle brûle de le savoir. Elle est à ce point obnubilée par cette lettre de France qu'elle remue le linge sans y penser, sans même sentir la douleur pénible s'installer dans son corps. Elle frotte, rince, tord, puis étend sans plus de concentration et mange ensuite mécaniquement, sans vraiment prendre part aux conversations.

Après le repas, tandis qu'Ashmi, Shanti et Nanda retournent au salon chinois, que les garçons vont étudier et tenir compagnie à Lin, que les hommes vaquent à leurs occupations, elle retourne dans ses appartements et prend ses lettres en main.

— Arrête de penser à lui !

Elle commence par ouvrir les courriers qui concernent Blackson House. Quelques factures à régler pour l'achat des nouveaux matelas ou des denrées que Bill a ramenées dernièrement de Leeds. Une lettre du docteur Vanger, s'excusant de ne pas encore avoir trouvé de médecin pour officier au village. Une autre du diocèse confirmant l'arrivée du pasteur. Enfin, ne restent que la lettre d'Ann et la grosse enveloppe portant son nom – Mrs Abigail Cross.

S'étant présentée à ce poste sous un nom que peu lui connaissent, elle a demandé l'aide de sa sœur cadette, Eleanore qui lui fait mensuellement suivre son courrier à Blackson House.

Elle est curieuse de lire Ann, mais c'est la hâte d'avoir des nouvelles de sa famille qui l'emporte, et elle déchire joyeusement la dernière enveloppe.

Une lettre d'Elie, bien sûr. Et une de presque chacun de ses frères et sœurs. Elle passe deux longues heures à prendre les nouvelles de chacun en souriant, puis, enfin, les repose, le cœur en joie.

La lettre d'Ann Blackson est bien plus courte que ses précédentes, et c'est avec un froncement de sourcils qu'Abbie la déplie.

Londres, le 15 février 1837

Ma très chère Abigail,

Je n'ai pas eu le temps de me pencher sur la question des nouveaux commerces pour le village.

Ce courrier pour vous prévenir avant toute chose que je quitte l'Angleterre pour quelques semaines. Peut-être aurais-je dû vous avertir plus tôt de la disparition de mon cousin, l'honorable et agaçant Gus, mais, pour tout vous dire, j'escomptais avoir de ses nouvelles. Il a quitté le sol britannique depuis le mois d'août dernier, et je n'ai à ce jour reçu aucune indication me permettant de savoir où il se trouve ni même s'il va bien. Six mois de silence sont inquiétants, même de sa part, et j'ai pris la décision d'aller à sa recherche, à New York, là où il devait se rendre.

J'ai fait le nécessaire pour que Blackson House et vous-même n'ayez à manquer de rien pendant mon absence, mais s'il vous arrivait d'avoir un problème particulier ou un besoin supplémentaire, n'hésitez pas à prendre contact avec mon homme d'affaires dont je vous joins l'adresse ci-dessous.

Je ne pense pas rester loin de Londres plus de trois, voire quatre semaines. J'espère que vous, ainsi que tout le « petit peuple » de Blackson House vous portez bien et que mon oncle ne vous mène pas la vie trop dure.

Pour ce qui est de Keir, je laisse à votre jugement éclairé la décision de le prévenir ou non de la disparition de Gus et de mon départ. Vous êtes l'une des personnes les plus sensées et raisonnables que je connaisse, aussi suis-je certaine que si vous finissiez par avouer la vérité à Keir, ce ne sera pas sans bonne raison.

Avec mon respect, ma confiance et ma considération,

Votre Ann

Abbie cligne des yeux. Relit la lettre. Une fois encore. Le cœur battant, elle finit par la replier et regarde le vide devant elle, tandis que la réalité et ses implications se déroulent dans sa tête.

Gus, disparu.

Ann, partie.

— Flûte de flûte de zut ! s'exclame-t-elle.

Les mains un peu tremblantes, elle glisse la lettre dans la poche de sa jupe et se retrouve debout sans savoir que faire. Elle devrait aller prévenir Lord Keir. Oui, elle le doit. Mais à lire entre les lignes d'Ann, il est clair que la jeune femme ne souhaite pas que son oncle soit informé.

Son premier réflexe est d'aller en parler à Shanti, Arun et Ranjit. Mais elle craint qu'une fois en possession de la nouvelle, ils se sentent tenus d'en référer à Lord Keir.

— Oh flûte de flûte !

Que faire ?

Et pourquoi Ann Blackson ne lui a-t-elle pas tout simplement et très clairement dit ce qu'elle voulait qu'Abbie fasse ? Laisser une telle décision à son « jugement éclairé » n'est pas une bonne chose. Car, quoi que puisse en penser ou en dire Ann, Abbie ne se sent absolument pas une personne « sensée et raisonnable ». Elle se met à marcher de long en large, tandis qu'à son dilemme s'ajoute maintenant une sourde inquiétude. Elle ne connaît de Gus Blackson que les anecdotes de son enfance que les autres habitants lui ont racontées. Tout juste l'a-t-elle croisé quelques minutes à Londres, le jour où Ann l'a embauchée.

Le portrait de son père. C'est surtout de cela qu'elle se souvient : à quel point l'honorable Gus Blackson ressemble physiquement à Lord Keir. Même haute taille, même chevelure noire brillante, même visage à la beauté austère. Peut-être Gus est-il d'une corpulence un peu plus solide que Lord Keir.

Mais bien qu'elle ne connaisse pas l'homme que le jeune Gus est devenu, elle ne peut s'empêcher de se sentir inquiète de sa disparition et de son long silence. Connaissant Ann comme elle a fini par la connaître, Abbie s'étonne même que la jeune femme ait attendu aussi longtemps avant de se lancer à sa recherche.

Et Ann ? s'inquiète soudain Abbie, en tournant en rond de plus belle. Elle en est venue à énormément apprécier la nièce du baron. Traverser un océan en bateau n'est pas une affaire anodine. Tant de choses peuvent arriver et…

Abbie sursaute quand on frappe à sa porte et porte une main tremblante à son cœur en allant ouvrir.

— Oui, Arun ? s'étonne-t-elle.

— Les femmes ont décidé de faire journée calme, sourit ce dernier.

Abbie se sent sourire en retour, en dépit de ses angoisses. Faire

« journée calme », c'est décider d'arrêter le travail et de passer le reste du jour à se reposer ou s'amuser.

— Je les comprends, dit-elle. La lessive, c'est la lessive…

Arun lui lance un regard complice.

— Que diriez-vous d'un petit entraînement au lethwei[1] dans la salle de bal ? propose-t-il.

Abbie prend le temps de la réflexion. Il est vrai que, ces derniers temps, elle n'a guère eu d'occasion pour s'exercer aux arts martiaux dont Heng et Arun l'instruisent régulièrement depuis son arrivée à Blackson House.

— Pourquoi pas ? fait-elle.

Après la lettre d'Ann, le lethwei lui fera du bien. Peut-être même qu'une bonne et épuisante séance de boxe birmane finira par apporter une réponse à ses hésitations et à cette décision qu'elle doit prendre malgré elle.

— Je me change et je vous rejoins dans la salle de bal.

Arun hoche la tête et s'éloigne. Lentement, Abbie va chercher le vieux pantalon offert par Bill et le passe.

Bien sûr, elle sait qu'outre la fatigue, il y aura la douleur.

Arun retient ses coups, elle le sent sans que quiconque ait besoin de le lui dire. Il n'empêche que, même ainsi, elle finit en règle générale couverte de bleus.

— Bah, c'est pire quand il me fait pratiquer le banshay[2], plaisante-t-elle, en repensant aux nombreuses fois où elle n'a pu éviter ou contrer les coups de sabre en bois.

Elle prise par-dessus tout les leçons de Ranjit sur sa science yogiste. Même si elle aime la façon dont Heng s'efforce de lui enseigner le taiji ou qu'il se désespère à lui montrer le maniement du bâton en shaolin quan.

Se remémorant avec à-propos que Gus et Ann ont grandi avec ces maîtres, qu'ils ont été formés par ces hommes à toutes ces disciplines guerrières, Abbie sent un peu de ses inquiétudes s'estomper.

1. Art martial birman, aux techniques de combat très agressives.

2. Art martial birman, basé sur l'utilisation des armes (bâton, poignard, sabre).

— S'il y a, de par le monde, des personnes aptes à se défendre elles-mêmes, ce sont bien Gus et Ann, murmure-t-elle, en enfilant de grosses chaussettes de laine en lieu et place de ses chaussures.

Elle jette un dernier regard à sa jupe où repose la lettre d'Ann Blackson, puis quitte ses appartements pour couper court à ses réflexions.

Arun n'aime pas attendre.

16

Abbie passe une très mauvaise nuit.

Entre les images crues du corps de Lord Keir, l'incertitude de savoir si elle doit ou non annoncer le départ d'Ann et la disparition de Gus, et les bleus qui marbrent ses jambes à la suite des heures passées à se battre contre Arun, puis Heng… Au matin, elle quitte son lit totalement épuisée. Elle se lave et s'habille avec des gestes lents et se presse, une fois coiffée et chaussée, à se préparer son thé du matin.

Elle est surprise de trouver Kishan déjà à pied d'œuvre dans l'orangerie, s'installe à sa table et regarde le jour émerger lentement sur la plaine du domaine, bercée par la voix douce du jardinier qui chante à ses plantes. Un peu mal à l'aise malgré elle, si fatiguée qu'elle peine à mettre ses idées en ordre, elle sirote son thé chaud en silence.

Encore une rude journée qui s'annonce. Terminer la réfection du salon chinois. Il ne reste plus grand-chose, juste à cirer le plancher, pendre les nouveaux rideaux et remettre les meubles en place. Ensuite, s'attaquer au salon bleu. Là, il y a du travail ! De ce qu'elle a pu en voir, une partie du plancher devra être changée. Une chose dont elle a oublié de parler à Samuel Kingston, quand elle était au village hier… Elle doit également sérieusement réfléchir au problème des commerces. Elle avait placé de grands espoirs en Ann, mais il semble qu'elle doive se débrouiller seule. Cette simple idée lui voûte les épaules.

Le manque de sommeil commence à lui faire éprouver

physiquement son âge, elle qui, auparavant, débordait toujours d'énergie, se sent depuis quelques semaines, au contraire, usée. Ses muscles protestent chaque matin, quand elle s'extirpe de son lit, et crient chaque soir, quand elle s'allonge.

— Tellement de choses à faire, soupire-t-elle.

Et ses pensées reviennent de façon fort inappropriée au postérieur de Lord Keir, moulé dans son pantalon, quand il s'était penché pour signer les courriers, le mois dernier. Les joues d'Abbie deviennent brûlantes, elle ferme les yeux en soupirant, agacée.

— Bon sang ! grommelle-t-elle.

Derrière elle, le chant de Kishan s'interrompt brièvement à son imprécation, lui rappelant soudain qu'elle n'est pas seule. Sa rougeur devient brûlure, et elle grogne entre ses dents.

Tandis qu'elle s'efforce de refouler l'image licencieuse, c'est le nom d'Anjali de France qui vient lui frapper l'esprit avec force, la faisant se dandiner nerveusement sur sa chaise.

— Oh ! bon sang ! martèle-t-elle en soupirant.

— Quelque chose ne va pas, Abigail ? demande doucement Kishan.

— Je… Non, non.

Elle soupire encore, achève son thé et s'efforce de garder une allure décidée en quittant l'orangerie, son plateau à la main.

— *Namaste*, salue-t-elle Shanti, Nanda et Ashmi en arrivant aux cuisines.

— *Namaste*, Abigail, répondent-elles presque en chœur.

Elle se dépêche de laver sa tasse, tandis que les autres femmes préparent le déjeuner en discutant, les écoute d'une oreille insouciante, notant mentalement qu'elle va devoir discuter sérieusement avec Sanjay. Aux dires de Nanda, ce jeune idiot serait parti au village, la veille au soir, sans en référer à personne.

— Quand donc comprendra-t-il que cette Chloe se sert de lui ? s'inquiète Ashmi.

— Bah, il est jeune, soupire Shanti en posant les naans sur la table.

— Je n'aime pas du tout cette fille, intervient Nanda, en fronçant les sourcils. Elle lui fait croire qu'elle a des sentiments pour lui, alors que, tout ce qu'elle veut, c'est attirer l'attention du jeune Sullivan.

— Peuh, je ne pense pas que ce soient les sentiments de Chloe qui intéressent Sanjay ! siffle sèchement Shanti.

— Il se croit amoureux d'elle ! s'insurge Ashmi, en foudroyant Shanti du regard.

— Je lui parlerai, fait Abbie en aidant Nanda à mettre la table.

— Parler à qui ? demande Ranjit en entrant, suivi d'Arun.

— Au petit, explique Shanti.

— Ah, souffle Arun, en allant chercher l'eau chaude pour la verser dans la théière. Laissez-le donc s'amuser un peu.

Une réflexion qui lui vaut un regard sombre de la part de toutes les femmes présentes.

— Je ne pense pas qu'il s'amusera, quand il comprendra qu'elle se joue de lui, fait amèrement Ashmi en posant brutalement le sucre sur la table.

— C'est un garçon, insiste Arun, en souriant benoîtement. Les jeunes gens de cet âge n'accordent pas tant d'importance que cela aux sentiments.

— Vraiment ? grogne Shanti, en lui coulant un œil noir.

Un bref silence tombe sur la table, et Abbie les regarde l'un après l'autre, perplexe.

— Abigail lui parlera, finit par dire Arun dans ce que tous comprennent comme une tentative pour alléger l'atmosphère.

— D'ailleurs, où sont les garçons ? s'étonne Nanda en servant le thé.

— Ici, répond Daniel en entrant, Sanjay et Kishan sur les talons.

Heng et Lin les rejoignent moins d'une minute plus tard, et le repas se déroule, comme à l'accoutumée, dans un flot permanent de discussions et de réflexions en tout genre. Tandis qu'ensuite chacun vaque au débarrassage et à la vaisselle, Abbie s'approche de Shanti.

— Dis-moi, commence-t-elle, tu vis ici depuis suffisamment de temps pour pouvoir m'aider sans doute…

— Bien sûr, Abbie. De quoi s'agit-il ?

En quelques mots et sans prononcer le nom d'Ann Blackson, Abbie expose à Shanti son projet de faire rouvrir des commerces au village.

— Mais autant je sais comment gérer une maison, voire un

domaine, autant j'avoue être perdue pour ce qui est du village, poursuit-elle en terminant d'essuyer les tasses. De quoi *notre* village peut-il bien avoir besoin ?

Shanti prend une longue minute de réflexion.

— Il faut un nouveau moulin, intervient alors Ranjit. Le vieux est si abîmé que la farine qu'il moud est immangeable. Avez-vous de quoi noter, Abigail ?

— Dans mes appartements, oui.

— Alors, allons-y, sourit Ranjit.

Tandis que Ranjit et elle traversent les couloirs vers sa chambre, elle se traite mentalement d'idiote.

— C'est à vous que j'aurais dû m'adresser dès le départ. Vous connaissez le domaine mieux que quiconque. Je ne comprends pas que milord ne vous ait pas laissé la charge d'intendant à la place de Horton.

Ranjit hausse les épaules avec sa philosophie habituelle.

— Le savoir n'est pas tout, pas plus que la compétence, et vous le savez bien, Abigail, sourit-il. Aucun métayer n'aurait accepté de rendre des comptes à un homme de ma couleur ou de mon origine, quand bien même Keir le leur aurait ordonné.

— Ils m'en rendent à moi, et je suis pourtant une femme, s'exclame Abbie en ouvrant la porte de son appartement.

— Le fait que vous soyez anglaise pèse plus que votre sexe, ironise gentiment Ranjit, en allant directement relancer le feu.

— Et pourtant, Dieu sait qu'accepter une femme comme intendante ne doit pas leur être aisé, marmonne-t-elle en s'assoyant à son bureau.

Elle tire une feuille vierge, trempe sa plume.

— Un nouveau moulin donc, fait-elle en écrivant. J'irai voir Samuel Kingston dans la journée. Il faudra en reconstruire un, je pense, si l'ancien est ruiné.

Ranjit hoche la tête, tire une chaise et s'assoit face à elle.

— Il faudrait aussi un boulanger, énumère le vieil Indien. Et pourquoi pas un boucher ? Ainsi qu'un magasin général, où les gens du village pourront se procurer les produits de première nécessité sans avoir besoin d'aller jusqu'à Leeds. Un magasin où l'on pourrait trouver du tissu, des grains, des vêtements, pourquoi pas ?

— Pourquoi ne pas essayer de faire venir une couturière ou un tailleur ? propose Abbie.

— Cela serait utile, bien que pas forcément nécessaire, acquiesce Ranjit. Nous pourrions peut-être aussi rénover la vieille distillerie.

— Il y a une distillerie ? s'étonne Abbie, en relevant la tête de son papier.

— Oui. Au nord de Cristal Ground. Le père de Keir y tenait. Il y faisait distiller de l'eau-de-vie et de l'alcool de poire.

— Aurions-nous assez de fruits et de grain pour cela ? demande-t-elle, tandis que, mentalement, elle fait le compte des biens qu'ils ont entreposés.

— Je suppose que oui, dit Ranjit. L'alcool n'est pas une nécessité, mais cela pourrait être…

— Profitable, termine Abbie en lui souriant.

— Tout à fait.

— Ranjit, depuis que je suis dans le Yorkshire, je n'ai pas vu une seule foire ni même un seul marché s'arrêter au village…

— Parce que cela fait dix ans au moins qu'aucun camelot ne passe plus sur le domaine, répond Ranjit.

— Il faut que cela change… Je verrai cela avec le docteur Vanger. Je suppose qu'il saura m'adresser à la bonne personne à Leeds.

Elle annote rapidement.

— Maintenant que nous avons reformé nos cheptels et avons de nouveaux métayers, poursuit Ranjit, il faudrait construire une fromagerie. Voilà un bien dont nous manquons depuis des années. Devoir nous fournir à Leeds coûte très cher.

— Excellente idée, approuve Abbie en écrivant.

— Puis-je également vous soumettre une idée un peu plus… exotique ?

Elle lui sourit pour l'encourager.

— Je sais que certains de nos voisins ont des ruches, explique-t-il.

— Oh ! du miel ! Je sais déjà où nous pourrions les installer. Sur la grande prairie fleurie derrière Rubber's Wood. Il faudrait juste voir avec Kishan ce qu'il pense de cet emplacement.

— Parvenir à faire ouvrir ces commerces sera déjà une bonne chose, dit Ranjit.

— Et rien ne nous empêchera, par la suite, de faire venir d'autres officines. Une pharmacie ou un barbier, par exemple. Oh ! et il faudrait aussi une auberge. Le village est certes un peu reculé et hors des grandes routes, mais une auberge serait une bonne idée, ne trouvez-vous pas ?

— Un endroit où les gens du village pourraient boire un verre à la fin de la journée est toujours une bonne idée, s'amuse Ranjit. Vos compatriotes semblent apprécier ce genre de choses.

Ils échangent un regard amusé.

— Bien, soupire Abbie en se redressant. Encore du travail... Sans oublier la chapelle de Blackson House qui doit être réparée. Samuel Kingston risque de me maudire. Il travaille très bien. Je crois que j'ai été bien avisée de le nommer à la tête des travailleurs.

La gouvernante reporte son attention sur la liste qu'elle vient de rédiger, soupire lourdement en se demandant soudain comment elle réussira à mener tous ces projets à bien. Surtout, à qui elle va bien pouvoir s'adresser pour y parvenir. En temps ordinaire, c'est à Ann qu'elle en aurait parlé, et cette dernière aurait su quoi faire. Or, Ann n'est déjà plus en Angleterre. Pour la première fois depuis qu'elle a pris ses fonctions à Blackson House, Abbie se sent isolée avec l'impression dérangeante de devoir porter à bout de bras un fardeau bien trop lourd.

— Ranjit ? murmure-t-elle doucement. Si... Si vous aviez connaissance de quelque chose de potentiellement... grave, mais qu'on vous a plus ou moins demandé de le taire, que... ? Est-ce que... ?

— Ann vous a dit quelque chose ? comprend aussitôt le vieil homme.

Elle lève les yeux vers lui, le dévisage un instant. Bien qu'ayant l'air moins fatigué que le mois passé, il reste marqué par l'âge et la maladie. Elle se souvient comme il a refusé en souriant la proposition d'Ann de lui octroyer une petite maison sur le domaine, afin qu'il puisse couler une retraite paisible.

— Pourquoi irais-je m'installer loin de ma famille ? s'était-il exclamé en souriant. Blackson House est ma demeure.

Abbie hésite longuement puis hoche la tête.

— Oui, dit-elle. Dans son dernier courrier, elle...

— Cela a-t-il une incidence sur notre vie quotidienne ? coupe doucement Ranjit. Annonce-t-elle son mariage avec Gus ?

— Quoi ? s'exclame Abbie en ouvrant de grands yeux.

Ranjit a un petit sourire amusé.

— Oh ! ce n'est pas vraiment un secret, dit-il. Tout le monde sait, ici, qu'Ann et Gus ont conclu un pacte lorsqu'ils étaient plus jeunes. Enfin, tout le monde, sauf Keir, bien entendu.

Abbie se rappelle soudain l'entretien qu'elle a passé en août dernier, dans la maison londonienne des Blackson. Elle se souvient surtout du moment où Gus est entré dans le bureau d'Ann et que la jeune femme lui avait donné à lire l'annonce de leurs fiançailles. Comment diable a-t-elle pu oublier cela jusqu'à maintenant ?! Surtout… Comment diantre une telle idée a-t-elle pu naître dans la tête pourtant intelligente d'Ann Blackson !?

— Mais, Gus et elle sont… commence-t-elle, perplexe.

— Cousins. Et comme frère et sœur, oui, sourit Ranjit. Mais Ann est Ann. Je conclus de votre réaction que son dernier courrier n'annonce pas leurs noces.

— Non. Non. Non, c'est… autre chose. Mais… Pourquoi dites-vous que tout le monde est au courant de leur pacte, *sauf* milord ?

— Parce qu'aucun de nous n'aurait l'idée d'aller raconter cela à Keir ! s'exclame Ranjit en riant. Heureusement pour lui, Keir n'est pas au courant de tout ce qui se passe ici.

Abbie plisse le front en regardant Ranjit.

— Vous ne lui dites pas tout ? insiste-t-elle soudain.

— Par Krishna, sûrement pas ! s'amuse-t-il. Si Keir était au courant de *tout* ce qui se passe ici, il repartirait aux Indes ! Que vous a annoncé Ann, si je puis me permettre ?

— Elle ne m'a pas expressément demandé de n'en rien dire à milord, commence-t-elle. Mais je ne pense pas qu'elle souhaite que son oncle soit mis au courant et… À dire vrai, je ne sais quoi faire. Ce qu'elle m'annonce est tellement… et je… enfin…

— Si Ann ne souhaite pas que Keir le sache, alors nous ne lui dirons rien. Mais nous autres ne sommes pas Keir, lui rappelle-t-il. Et si nous voulons être capables de l'aider, peut-être serait-il bon que les autres et moi-même sachions de quoi il retourne.

Elle soupire, tire la fameuse lettre de sa poche et la tend à Ranjit. Voir le courrier changer de main, voir Ranjit le lire lui ôte un énorme poids des épaules.

17

Sa lecture achevée, il relève les yeux vers elle, l'air au moins aussi soucieux qu'elle.

— Nous garderons le silence, murmure-t-il. Effectivement, Ann ne souhaite pas que Keir sache ce qui se passe. Il n'est pas nécessaire que les plus jeunes soient au courant, mais il nous faut prévenir Arun, Shanti, Ashmi et Bill.

Abbie hoche la tête. Le soulagement la pousse à s'avachir contre le dossier de sa chaise. Ne plus être seule dans le secret et ne plus avoir à en endosser le fardeau sont de véritables cadeaux.

— J'aurais presque préféré qu'elle annonce ses fiançailles avec Gus, murmure Ranjit, en lui rendant le courrier qu'elle range aussitôt dans sa poche.

Elle hausse le sourcil en le dévisageant.

— Quelle idée saugrenue ! ne peut-elle s'empêcher de marmonner.

— Elle ne vous paraîtrait peut-être plus aussi saugrenue, si vous saviez comment ces deux enfants ont grandi, sourit Ranjit.

— Expliquez-moi, ose-t-elle demander en se redressant.

Ranjit garde le silence un moment comme pour peser ses mots.

— Ils... Ils ont grandi sans leurs parents, commence-t-il. Leur famille, c'était nous. Shanti comme mère, Nanda comme sœur. Arun et moi comme pères. À l'époque où Keir nous a ramenés ici, cela faisait presque trois ans qu'Ann et Gus vivaient seuls au milieu des domestiques. Ann se montrait... très protectrice envers Gus. Elle avait six ans quand il est né et l'a pris en charge dès le départ.

Abbie fronce les sourcils, essaie de démêler ce qu'elle apprend.

— Pardonnez-moi, Ranjit, mais j'ai du mal à tout saisir.

— Sans doute devrais-je remonter plus loin et raconter l'histoire dès le début. L'épouse de Keir est morte en mettant Gus au monde, et il ne l'a pas supporté. Il s'est engagé dans l'armée et est parti aux Indes.

— En laissant seuls un bébé tout juste né et une fillette de six ans ! s'horrifie Abbie. Seigneur, j'avais plus ou moins déjà compris que milord n'avait pas été très présent pour les enfants, mais je ne pensais pas que… que c'était à ce point !

— Ceci est son histoire, pas la mienne, il ne m'appartient pas d'en dire plus sur le sujet, fait doucement remarquer Ranjit, en la regardant d'un air serein. Lorsqu'il a quitté le sol britannique, il y avait encore une bonne vingtaine de domestiques à Blackson House, et Horton maîtrisait très bien la situation.

— Malgré tout…

— Lorsqu'il est revenu pour la première fois, trois ans plus tard, nous étions avec lui. La maison ne comptait plus qu'une dizaine de domestiques, dont Horton, Cosmo et Bill. La plupart étaient simplement partis. Et Ann élevait Gus. Elle avait neuf ans, mais vous l'auriez vue à l'époque…

Il se fend soudain d'un sourire aussi triste que doux, empreint de nostalgie.

— Une vraie petite femme, sourit-il doucement. Elle veillait si jalousement sur Gus ! Il était presque davantage son enfant que son cousin. Croyez-moi, Shanti, Arun et moi avons eu bien du mal à les séparer un peu, à briser la relation trop fusionnelle qu'ils avaient développée. Arun a fait de son mieux pour gérer Ann, tandis que Shanti et moi avons pris Gus sous notre aile et l'avons élevé avec Nanda.

Il soupire, secoue doucement la tête.

— Malgré notre présence, ils ont grandi seuls, l'un avec l'autre. Non, il serait plus juste de dire qu'ils ont grandi l'un pour l'autre. Avec, dans la tête, des idées farfelues.

— Quel genre d'idées ? s'étonne Abbie, qui essaie de faire correspondre l'image qu'elle a d'Ann Blackson avec le portrait de l'enfant solitaire dépeinte par Ranjit.

— Que s'ils se mariaient, une fois adultes, et que si l'un d'eux venait à mourir, le survivant ne souffrirait pas au point d'abandonner leurs enfants hypothétiques.

— Oh…

Abbie réfléchit un instant en silence.

— Sans doute devrais-je ajouter que la mère d'Ann est, elle aussi, morte en lui donnant naissance et que son père n'a pas mieux supporté cette perte que Keir…

— Oh !

Effectivement, elle comprend mieux.

— Pauvres enfants, murmure-t-elle, tandis que son cœur se serre.

— Nous avons fait de notre mieux, poursuit doucement Ranjit. Mais Ann et Gus ont conservé un lien… particulier et, à ma connaissance, ils ne sont pas revenus sur leur décision de se marier.

— Mais quelle étrange famille ! marmonne-t-elle pour elle-même.

Ranjit hoche la tête.

— Je ne trahis pas là de grands secrets, dit-il. Mais…

— Mais milord n'est pas au courant, conclut-elle.

— Non. Aucun de nous n'en a jamais parlé à Keir. Pas plus à chaque fois qu'il venait pour quelques mois en Angleterre pendant ses brefs temps de repos que depuis qu'il est rentré définitivement, l'année dernière.

— Ranjit ?

— Oui, Abigail ?

— Il est évident que je ne parlerai pas de ce que vous m'avez confié. Mais… combien de temps *exactement* milord a-t-il passé à Blackson House ?

Ranjit prend le temps de réfléchir.

— Il a quitté l'Angleterre quelques semaines après la naissance de Gus, commence-t-il. Est revenu pour trois mois en 1818. C'est l'époque où il nous a ramenés ici. Puis il est rentré pour cinq mois en 21. C'est alors qu'il a amené Heng et Lin. Il est resté deux mois à peine en 23 quand il est revenu avec Ashmi et Kishan. Puis encore trois mois en 25, et c'est là qu'il nous a laissé Sanjay.

Elle calcule rapidement et se sent prise de vertiges.

— Il… Milord a passé plus de vingt et un ans aux Indes, s'effare-t-elle, alors qu'une bouffée de colère l'envahit. Et, en vingt et un ans, il n'a passé que treize mois dans sa maison avec son fils et sa nièce !

— Oui, c'est cela.

— Oh ! mais quel crétin ! s'exclame-t-elle tout de go.

— C'est également en ces termes qu'Arun l'entreprend régulièrement, sourit Ranjit.

— Il n'a pas mis les pieds en Angleterre entre 1825 et l'année dernière ! poursuit-elle, de plus en plus énervée. Onze ans sans voir les siens ! Mais... Oh ! mais...

Sa colère s'estompe brutalement ; Abbie se sent envahie d'une infinie tristesse pour les enfants qu'ont un jour été Ann et Gus Blackson. Elle regarde Ranjit, et tout a changé dans sa manière de le voir, désormais.

— Vous avez réellement été leur famille, murmure-t-elle.

— Oui. Quand Heng et Lin sont arrivés, il ne restait pas d'autres domestiques britanniques que Cosmo, Bill et Horton.

Blackson House est plus qu'un havre ou un foyer. Blackson House est... un berceau. Et, bien qu'elle ait déjà senti combien les habitants de cette maison sont liés les uns aux autres, combien ils forment un clan, elle comprend réellement, profondément qu'ils sont une famille, une *vraie* famille.

— Il est évident que vous ne pourriez aller vivre dans un cottage au bord de Rubber's Wood ou au village, marmonne-t-elle. Votre place est ici. Pardonnez-moi, Ranjit, c'est moi-même qui avais suggéré à Ann de vous proposer une retraite... J'ignorais alors que... Enfin...

Ranjit sourit en secouant la main.

— Allons, Abbie, il n'y a pas de mal. Je ne vous ai pas raconté tout cela pour que...

— Non, non, je comprends bien, le coupe-t-elle. Mais surtout, je comprends *enfin*.

Elle retient essentiellement que Lord Keir s'est conduit de manière inqualifiable envers les enfants dont il avait la charge, en plus d'abandonner son domaine et son titre. Tout ce qu'il y a de maternel en elle se cabre violemment à cette idée, et elle sent un goût amer envahir sa bouche quand elle imagine Gus et Ann seuls dans cet immense château sans vie. Elle comprend pourquoi il n'y a plus de domestiques à Blackson House depuis si longtemps, pourquoi la maison et le domaine sont ainsi partis à vau-l'eau. Elle comprend beaucoup de choses.

Elle comprend surtout qu'elle ferait mieux d'éradiquer totalement les images du corps de Lord Keir, car désirer un homme de cette trempe et de ce genre n'est définitivement pas une bonne chose.

— Mais je ne veux pas que vous pensiez en mal de Keir, reprend soudain Ranjit. C'est un homme de bien, il a juste fait de mauvais choix à certains moments de sa vie.

De toute évidence, pense-t-elle sévèrement. Lord Keir avait la chance d'avoir un fils, une nièce à aimer comme une fille, une maison, des métayers qui comptaient sur lui. Mais il a fait le choix de partir guerroyer aux Indes ! C'était là, effectivement, un mauvais choix, ne peut-elle s'empêcher de songer avec acrimonie.

— Allons, soupire Ranjit en se levant. Laissons là le passé et allons voir les autres pour leur parler du courrier d'Ann.

— D'autant que nous avons encore bien du travail, murmure-t-elle en l'imitant.

Ils retrouvent les femmes dans le cabinet chinois dont elles achèvent de cirer le parquet. Tandis que Ranjit part annoncer les dernières nouvelles à Arun, Abbie saisit le premier prétexte venu – à savoir s'inquiéter si Lin a besoin de quelque chose… ce qui offre à Nanda une merveilleuse occasion de voir Daniel – pour que la plus jeune d'entre elles quitte la pièce.

Annoncer à Shanti et Ashmi la disparition de Gus et le départ d'Ann est moins facile qu'Abbie l'imaginait. Maintenant qu'elle connaît exactement les liens qui unissent ses nouvelles amies aux jeunes Britanniques, elle peine à leur avouer que nul ne sait vraiment où ils sont, mais ne peut cependant leur cacher plus longtemps la vérité.

— Il ne faut rien dire à Keir, tranche Shanti.

— Surtout pas ! renchérit Ashmi. Il en serait malade…

Peuh ! songe Abbie, avec colère.

— Il prendrait le premier bateau pour les Amériques, oui, souligne Shanti, en fronçant les sourcils. Et sans les soins d'Arun, il finirait par perdre sa jambe.

— Pardon ? s'exclame Abbie malgré elle.

— Et Arun ne remontera jamais sur un bateau, dit Shanti sans relever. Bon… ceci dit, nous ne pouvons malheureusement rien faire pour Ann ou Gus. Le salon chinois est terminé, Abbie, passons-nous au salon bleu ?

L'interpellée bat plusieurs fois des cils, puis hoche la tête, un peu perdue.

Elle finit par se laisser engloutir dans la rénovation de la pièce, au point de ne plus penser qu'aux commerces à faire ouvrir, à se demander à qui elle va bien pouvoir s'adresser et comment faire et…

Il y a des moments, comme celui-ci précisément, où elle se sent l'âme d'un escroc. Car si elle n'a pas menti à Ann Blackson quant à ses capacités à entretenir une maison ou à en remettre une sur pied, elle était inexpérimentée quant à la gestion d'un domaine.

Seigneur, elle a proféré tant de mensonges à Ann pour se faire embaucher ! Voilà des semaines qu'elle évite de s'appesantir sur la pointe de plus en plus acérée que la culpabilité enfonce dans son cœur. Elle n'a jamais appris à tenir un domaine. Ses seules compétences dans le passé l'ont amenée à tenir une maison, et encore disposait-elle d'une vraie domesticité sous ses ordres. Une vraie gouvernante. Un vrai intendant. Par moments, elle se sent submergée par son manque de savoir, d'expérience et de connaissances. Tant qu'Ann était à Londres pour pallier ses manquements, elle pouvait encore, elle, Abbie, faire illusion. Mais sans Ann Blackson, comment va-t-elle faire ? Comment faire venir des boulangers, bouchers et autres artisans au village ? À qui s'adresser pour reconstruire le moulin ? Et comment doit-elle s'y prendre pour relancer la distillerie ? Ou créer une fromagerie ? Elle en ignore tout, ne sait même pas à qui demander conseil ou assistance !

— Maudit soit-il, marmonne-t-elle, en arrachant les rideaux moisis.

Si Lord Keir avait assumé ses fonctions de lord et seigneur, le domaine n'en serait pas là, et elle ne serait pas confrontée à ses propres mensonges.

— Pardon, Abbie ? fait Ashmi.

— Non, rien.

Comment a-t-il pu abandonner son bébé pour aller faire la

guerre ? Comment peut-on laisser derrière soi deux enfants ! Surtout si ces petits n'ont personne d'autre au monde, si ces bébés sont tout ce qui reste de son passé, de son épouse, de... Cela lui paraît tellement inconcevable, elle qui...

— Stop ! grince-t-elle pour arrêter ses pensées.

— Abbie ?

— Non, ce n'est rien.

— Abbie ?

— Hum, quoi ?

— Est-ce que tu as toujours parlé toute seule ? s'amuse Shanti, tandis que Nanda les rejoint dans le salon bleu.

— Malheureusement, oui, soupire-t-elle. Je suis désolée...

Les trois autres femmes la regardent en souriant et, malgré la colère qui couve toujours dans son cœur à l'encontre de Lord Keir, elle se sent soudain bien dans sa maison avec cette nouvelle famille.

18

Début mars 1837, Blackson House, Yorkshire

Il lui a fallu près d'une semaine de réflexion pour savoir comment opérer.

Puis, elle s'est lancée, et cela aussi a pris du temps.

Une visite au village et une longue discussion avec Samuel Kingston lui ont ensuite suffi pour établir son programme de rénovation. L'église et le presbytère étant enfin achevés, Samuel et elle ont décidé que le prochain chantier serait le nouveau moulin. Lui a pris le temps d'aller étudier le vieux bâtiment en ruines aux côtés de Ranjit et Bill, avant de décider de plans sommaires, mais qui ont paru tout à fait sains et raisonnables à Abbie. Aussi a-t-elle fait le nécessaire avec les entreprises de Leeds qui les avaient déjà fournis en matériaux pour la reconstruction des maisons du domaine et de l'église, afin que soit livré au village tout ce dont les travailleurs auraient besoin pour le moulin.

— Bah, on devrait commencer d'ici la semaine prochaine, lui a promis Samuel Kingston, en souriant. Mieux vaut travailler au moulin avant le temps des semailles.

Elle a acquiescé.

En parallèle, aidée de la vieille Mrs Stand, elle a établi la liste des maisons du village toujours inoccupées, les a rapidement visitées et en a choisi deux, les plus grandes, pour les transformer, l'une en auberge, l'autre en magasin général.

— On attaquera la transformation des maisons en magasin

dès qu'on aura fini le moulin, a souri Samuel Kingston. Enfin, sauf si c'est le temps des semailles.

Elle a acquiescé.

Elle a visité la vieille distillerie, au bord de la nausée, tant l'endroit est infesté de poussière et de vermine, et a décrété qu'il faudrait d'abord nettoyer tout cela pour y voir plus clair.

— On va envoyer des femmes du village pour faire le ménage, a souri Samuel Kingston. À l'exception de celles qui travaillent sur les métiers à tisser, la plupart ont assez de temps libre pour cette tâche.

Elle a acquiescé.

Enfin, un peu en dehors du village, elle a trouvé l'endroit idéal pour établir une fromagerie et en a discuté avec Ranjit et Samuel Kingston, qui a souri et promis qu'ils s'y atteleraient dès que les magasins seraient terminés.

— D'ici là, ce sera peut-être le moment des moissons, mais on trouvera le temps.

Elle a encore acquiescé.

En dernier lieu, elle est allée se rendre compte sur place si l'endroit où elle envisageait d'installer des ruches conviendrait réellement, et Kishan, tout comme Ranjit et Samuel Kingston ont été d'accord avec elle.

Elle a en conséquence écrit quantité de lettres, qu'Arun a fait signer à Lord Keir, destinées aux dirigeants des corporations de boulangers, de bouchers, de couturiers, de fromagers et de distillateurs de Leeds. Non seulement pour leur demander le maximum d'indications quant à la façon de mener à bien ces constructions, mais surtout pour leur signifier que le domaine Blackson serait bientôt en mesure d'offrir du travail à certains de leurs apprentis, voire de leurs maîtres.

Enfin, profitant que Bill et Heng étaient allés faire quelques emplettes à Leeds, elle leur a demandé d'en ramener tous les livres possibles sur le miel et l'apiculture. Elle s'y est plongée chaque soir pendant plusieurs jours, afin d'établir si ce projet était ou non réalisable, voire rentable financièrement. Après quoi, elle a écrit un courrier à l'un de leurs voisins, réputé pour ses ruches. Le vicomte Barring lui a répondu qu'il serait très heureux de négocier avec Blackson House pour leur vendre une ruche.

Ceci fait, elle s'est enfin penchée sur le problème des marchés itinérants, aidée dans cette tâche par le docteur Vanger. Elle attend certaines réponses, mais est presque assurée qu'au début de l'été se tiendra bien une petite foire au village.

Bien qu'il n'y ait toujours pas de médecin, l'arrivée du nouveau pasteur, Iperius Webster, et de sa famille fut l'une des rares occasions où Lord Keir accepta de quitter Blackson House. La venue de milord au village a donné lieu à une curiosité du peuple aussi incroyable que si la venue du souverain en personne avait été annoncée.

Pour si peu… Lord Keir est descendu de Flame, a salué le nouveau pasteur, assez fraîchement d'ailleurs, bu une tasse de thé et est reparti sans parler à quiconque. Restée sur le pas de la porte du presbytère, Abbie s'est sentie fulminer devant le manque flagrant d'efforts que milord a consentis. Elle a eu une bonne envie de lui botter les fesses. Mais au moins est-il resté poli et a-t-il même fait l'effort de se coiffer et de se vêtir décemment.

Et Seigneur, qu'il était beau !

Iperius Webster a laissé une excellente impression à Abbie. La quarantaine dynamique et souriante, dégarni, mais affublé de petites lunettes rondes, il parle d'une voix chaleureuse, et sa diction dénote une grande érudition autant qu'une excellente éducation. Son épouse, une bien jolie dame aux manières parfaites, a le sourire facile, elle aussi et, chose qu'Abbie a particulièrement appréciée, n'hésite jamais à intervenir dans les conversations de son époux, dès lors qu'elle a quelque chose d'intéressant à y apporter. Ils ont quatre enfants, deux de chaque sexe dont les âges s'étalent de sept à dix-huit ans. L'aîné, un garçon, porte les mêmes cheveux blonds que sa mère et une silhouette gracile d'intellectuel qui préfère les livres au sport. En le regardant penché sur une grammaire latine, tandis qu'elle-même discutait avec Mrs Webster et que Lord Keir faisait mine d'écouter le pasteur, Abbie s'est demandé si Sanjay et ce garçon ne s'entendraient pas.

Elle est restée encore un moment après le départ de Lord Keir et, alors qu'elle reprenait elle-même le chemin du retour, l'idée d'inviter les Webster pour un repas à Blackson House s'est imposée à elle.

— Il ne sera pas d'accord, tranche Shanti, lorsqu'elle lui en parle, pendant qu'elles remuent la lessive.

— Pourquoi Lord Keir serait-il contre ? bougonne Abbie.

— Il déteste ce genre d'événement, intervient Ashmi, en passant la tête par la porte de la buanderie.

— Mais pourquoi ? insiste la gouvernante.

— Ne me demandez pas pourquoi, fait Ranjit qui épluche des pommes de terre, assis non loin d'elles. Mais je sais qu'il ne porte pas particulièrement les pasteurs dans son cœur. Je crois que cela a à voir avec feue son épouse.

Abbie lève les yeux au ciel, agacée.

— Oh ! mais quel ours ! marmonne-t-elle entre ses dents.

Shanti éclate de rire en l'entendant.

— Je suis désolée, s'excuse à moitié Abbie. Mais cela fait partie des attributions de milord de recevoir le nouveau pasteur et sa famille.

— Alors tu dois organiser ce dîner, dit Ashmi en repassant par la porte.

— Fais-le, renchérit Shanti.

— Oui, j'en ai l'intention, tranche Abbie en soufflant, en sueur. Seigneur, quelle plaie que la lessive !

— Je propose de faire journée calme sitôt que nous avons fini, lance Shanti.

— Proposition adoptée ! s'écrie Abbie avec un rire dans la voix.

Ainsi est fait. Sitôt le repas de midi avalé, Abbie rejoint les autres dans la salle de bal et souffre sous les coups de Heng.

— Tu t'améliores, lui dit le Cantonais en souriant lorsqu'ils posent les sabres de bois.

— Ce n'est pas ce que me disent mes bleus, réplique-t-elle avec humour. J'ai besoin d'un thé !

La cérémonie du thé se déroule dans l'orangerie, et Abbie savoure ce moment de calme relatif. Derrière les vitres, le domaine reprend vie, tandis que le printemps approche. Il fait bon depuis quelques jours, et c'est tout juste s'il a plu au cours de la dernière semaine. Tous les matins, elle voit Lord Keir galoper sur Flame.

Il a repris ses habitudes d'avant l'hiver, et elle ne l'entend presque plus à son étage. Elle aimerait bien ne plus du tout penser à lui.

Même sachant ce qu'elle sait désormais de lui, combien il s'est montré négligent envers Ann, Gus, la maison et le domaine, elle ne parvient pas à ne plus rêver de lui. Au moment de jeter les draps dans la lessiveuse, elle a senti son cœur battre fort, vite, en reconnaissant son odeur. S'en est maudite. D'autant que, malgré elle, ses yeux ont cherché sur le lin jusqu'à trouver les traces de semence. Heureusement que Shanti n'était pas encore dans la pièce à ce moment-là, car elle était vermeille et à bout de souffle. Tenir le drap a suffi pour déclencher dans son esprit des images osées. Plus qu'osées. Se remémorer une époque où il a abandonné les enfants, repenser à cette Anjali dont il a reçu une autre lettre, se souvenir de la façon lamentable dont il s'est comporté chez le pasteur ou avec elle au cours de leurs rares rencontres... Rien n'y a fait.

Son corps a continué à la brûler, son entrejambe à palpiter. Oh ! elle peut essayer de lutter, elle sait combien elle est faible, elle qui, chaque matin, surveille par la fenêtre jusqu'à le voir galoper à cru sur son étalon. Le regarder enserrer les flancs du cheval avec ses grandes jambes solides. Voir son bassin épouser les mouvements de balancier du galop. Jusqu'à en avoir des bouffées de désir.

— Stupide, stupide !

Il y a un bref silence autour de la table, elle bat des paupières, regarde les autres, s'excuse d'un sourire.

Sanjay est morose. Il s'est rendu au village contre l'avis d'Abbie et des autres, la semaine passée, et y a croisé sa Chloe au bras d'un autre jeune homme. Depuis, il déprime, au point que ni le tandoori de Shanti ni les échecs ne parviennent plus à lui tirer de sourires. C'est aussi pour cette raison qu'Abbie espère que Sanjay et le fils aîné des Webster s'entendront. Le garçon est trop jeune et trop plein de vie pour rester plus longtemps sans la compagnie de jeunes gens de son âge. Kishan a une bonne dizaine d'années de plus que lui, et Nanda est si pleine de son amour interdit avec Daniel qu'elle en oublie un peu celui qu'elle appelle son « petit frère ».

Quant à Daniel et Nanda, eh bien... Abbie soupire, leur coule un regard. Le précepteur a plusieurs fois plaidé leur cause auprès de ses propres parents, mais seule sa sœur aînée semble avoir fini par accepter l'idée d'une union avec Nanda. Les parents du jeune homme sont toujours totalement réfractaires à une telle possibilité, et Abbie n'a pas l'impression que Ranjit ou Shanti ont changé leur façon de voir les choses. Abbie en vient même à se demander si Shanti n'aurait pas dans l'espoir que Nanda épouse Kishan. Après tout, puisqu'elle refuse que sa fille épouse un Britannique et que les ressortissants indiens ne courent pas spécialement les rues du village… Abbie ne voit pas très bien ce que Shanti espère pour son enfant.

La pauvre petite a maigri, ces dernières semaines, et même Daniel commence à accuser physiquement le coup. Il a les traits plus creux qu'à son arrivée et, au fond de ses yeux bruns, brille une forme de désespoir. Malgré cela, Abbie sait de source sûre (plutôt deux sources, puisque Nanda et Daniel la prennent souvent en confidence) que les Roméo et Juliette de Blackson House passent secrètement toutes leurs nuits ensemble.

Cela fait un bon mois qu'Abbie surveille aussi, sans en avoir l'air, Ranjit et Ashmi. La conclusion semble s'imposer d'elle-même, et elle est finalement persuadée qu'eux aussi entretiennent une liaison. Elle ne posera bien évidemment jamais la moindre question, mais ne peut s'empêcher de se demander pourquoi ces deux-là ne font pas chambre commune. Après tout, Abbie estime qu'ils ont passé l'âge de faire des cachotteries, et même si Ashmi n'est pas indienne, mais népalaise, Abbie ne pense pas que leurs origines ethniques différentes soient un réel frein à une relation au grand jour.

Elle se demande sans cesse qui est cette Anjali qui vit en France. Et se demande de plus en plus souvent comment était l'épouse de Lord Keir, cette baronne dont il n'a pas supporté la mort au point d'abandonner leur enfant.

Le ventre de Lin commence tout juste à s'arrondir, et la jeune femme est à ce point surveillée par tout le monde qu'elle passe son temps à se plaindre d'être étouffée. Abbie sait combien une grossesse aussi difficile, passée allongée sans bouger, représente un calvaire. Pourtant, chaque fois que Lin se confie à elle, Abbie lui rappelle gentiment pourquoi elle se doit de supporter cette immobilité forcée et l'inquiétude permanente des autres membres de la famille.

— Pour le bébé, Lin. Pense au bébé.

Parfois, quand elle ouvre les yeux à six heures vingt, juste avant de repousser ses couvertures, Abbie essaie de se souvenir à quoi ressemblait sa vie d'avant. Avant d'être à Blackson House. Avant la mort de Geoffrey. Avant tout. Mais les souvenirs de l'ancien temps s'estompent bizarrement. Ne restent que les réminiscences cauchemardesques des derniers instants de Geoffrey. Et le sentiment diffus de ne jamais avoir été pleinement à sa place avant d'arriver dans le Yorkshire.

Bien sûr, elle se pose des questions sur l'histoire des membres de la famille.

Bien sûr, Shanti a plusieurs fois essayé, à mots couverts, de l'interroger sur la sienne, sur son mari, sur son veuvage.

Viscéralement, Abbie a compris que, le jour où elle-même serait prête à parler de son histoire, eux seraient prêts à parler de la leur.

19

Parfois, lorsqu'elle se penche sur les affaires de Blackson House – et Dieu sait que ces affaires lui prennent du temps ! -elle imagine comment les choses se passeraient dans une maison normale et se met à glousser toute seule. Parce que rien ne saurait être plus éloigné de la normalité que la façon dont on vit à Blackson House.

Une fois leur thé achevé, on instaure un tournoi d'échecs, et la petite troupe se transporte jusqu'à la bibliothèque, à l'exception de Kishan qui reste dans l'orangerie et de Bill qui doit s'en retourner aux écuries. Assise sur le divan près de Lin et Ashmi, elle regarde Arun se faire battre par Ranjit, puis Daniel et Sanjay entamer une partie ardue.

— Je sais que je suis loin d'avoir lu ne serait-ce qu'un dixième des livres qu'on trouve ici, fait soudain Abbie, mais je ne serais pas contre une petite visite dans une librairie, histoire d'avoir quelques romans un peu modernes à me mettre sous les yeux...

— C'est vrai que la plupart datent d'au moins cinq ans, relève Daniel, sans lever les yeux de l'échiquier.

— C'est Ann qui commandait les livres, dit Ashmi. Quand elle est partie s'installer à Londres, aucun de nous ne s'y connaissait suffisamment pour savoir qu'acheter.

— Eh bien, je dresserai une petite liste, sourit Abbie. Il me semble qu'une visite à Leeds s'impose d'ici la semaine prochaine, de toute façon. Nous n'avons bientôt plus de riz.

Elle surprend un échange de regards amusés entre Ashmi et Shanti, hausse le sourcil en les regardant l'une après l'autre.

— Quoi ? fait-elle.

Lin se met à rire et hoche la tête en direction des deux autres.

— Eh bien, commence Shanti en se rapprochant, de façon que les femmes forment un petit cercle. Il y a *un livre*, ici, que tu n'as pas lu, mais qui pourrait peut-être... Comment dire... ?

— Te distraire ? propose Nanda, soudain écarlate.

— Me distraire ? répète Abbie, rendue perplexe par ces messes basses.

Shanti, Ashmi, Nanda et Lin hochent la tête de concert, arborant toutes le même sourire mi-amusé, mi-coquin.

— De quoi parlez-vous ? chuchote Abbie.

Shanti jette un bref coup d'œil aux hommes, se tourne vers la gouvernante.

— Eh bien, c'est... Le mieux, c'est encore que tu le prennes pour le lire dans ta chambre, ce soir.

— Mais...

— Il ne se trouve pas dans la bibliothèque, intervient soudain Nanda tout bas. Je crois que Sanjay l'a emprunté.

— Flûte de flûte ! fait Ashmi, volant là l'un des jurons favoris d'Abbie.

— J'irai le lui demander, sourit Nanda.

— Mais de quel livre s'agit-il ? insiste Abbie.

— Tu verras, sourit Lin. Tu verras.

— Mais, bien sûr, tu pourras faire une petite liste de romans à acheter, dit Shanti, un ton plus haut.

Abbie les observe l'une après l'autre, finit par hausser les épaules. *Bah...*

— Échec, annonce Daniel.

Sanjay lâche un mot en hindi.

— J'ai envie de crêpes, dit soudain Lin.

— Des naans ? demande Ashmi.

— Non. Des crêpes.

— Alors, nous mangerons des crêpes ce soir, plaisante Shanti. Abbie ?

— Bien sûr !

— Je propose que chaque journée de lessive soit une journée calme, dit alors Nanda.

Elles éclatent de rire.

Abbie finit par se lever pour aller en cuisine, préparer les crêpes, aidée de Nanda et Ashmi, et lorsque le soir tombe enfin et que chacun regagne ses chambres après le souper, elle allume la lampe dans son appartement, ôte ses épingles en grognant et se gratte un peu le cuir chevelu, avant de s'asseoir à son petit bureau.

Encore tant de choses à faire. Les comptes de la semaine. Le courrier pour inviter les Webster. Le menu du dîner. De fil en aiguille, elle en vient à se demander si le fait d'inviter uniquement le pasteur ne risque pas de blesser quelques susceptibilités. Leurs voisins, dont le vicomte Barring, n'ont jamais été invités à Blackson House depuis le retour de Lord Keir... Elle grimace, se dit que, dans une maison normale, Lord Keir aurait déjà dû recevoir ses voisins de la petite et grande noblesse à dîner.

— Oui, mais ce n'est pas à toi de le faire !

Non, ce n'est pas à elle de penser à ce genre de chose. En temps ordinaire, c'est à la dame du seigneur de s'occuper des relations de voisinage.

— Mais il n'y a pas de dame, se souvient-elle.

Voilà sans doute un point qu'elle devrait soulever avec Shanti... Sauf qu'elle ne le fera pas. Si Lord Keir refuse de recevoir le pasteur, ce n'est certainement pas pour accepter tous les nobliaux des environs à sa table. N'empêche...

— Tiens...

C'est en prenant une feuille vierge pour écrire un courrier qu'elle remarque le petit livre noir posé sur son bureau. Elle le ramasse, se souvient de l'étrange discussion des femmes dans la bibliothèque et sourit en comprenant que Nanda a fini par récupérer le fameux ouvrage chez Sanjay. Il a l'air ancien. Le cuir noir qui le relie est craquelé et sent fort. Amusée et curieuse, elle l'ouvre vers le milieu pour se faire une idée, et le livre lui tombe des mains.

— Dieu tout-puissant ! s'exclame-t-elle, soudain écarlate.

Elle le reprend, le rouvre au hasard et écarquille les yeux, presque choquée. Ce sont des gravures... osées. Non, plus qu'osées, car très explicites. Ce sont des gravures pornographiques !

— Jésus Marie Joseph ! souffle-t-elle en le refermant.

Puis, avec des yeux ronds, elle revoit les femmes autour d'elle en train de chuchoter. Et Nanda avouer implicitement *devant sa propre mère* qu'elle l'a lu !

Elle l'ouvre, tourne les premières pages et, après un bref coup d'œil gêné sur sa porte close, examine les dessins. La plupart des feuillets sont marginés avec des encres plus ou moins pâlies par le temps. Elle fronce les sourcils, lit quelques-unes des réflexions inscrites et se met à rire, en comprenant que ce livre-là doit être dans la famille Blackson depuis des générations… et que des générations de Blackson l'ont lu et annoté.

Mais Seigneur, que les dessins sont…

Elle tourne une page, ouvre de grands yeux devant la position particulièrement… Oh ! quand même ! Est-il possible de faire cela ?

Elle n'a jamais été particulièrement pudibonde. Pas moyen de l'être avec une famille aussi nombreuse que la sienne. Étant l'aînée, elle a dû prendre en charge certains de ses plus jeunes frères afin de soulager un peu leur mère. L'anatomie masculine n'avait plus guère de secrets pour elle bien avant son mariage. Et son époux était un homme sensuel. Au moins pendant les quinze premières années de leur union. Leur vie intime avait toujours paru plutôt riche à Abbie. Plus que riche même, si elle se souvient des deux premières années où ils avaient sans cesse envie l'un de l'autre et mettaient à profit la moindre occasion de faire l'amour. Mais à mesure qu'elle tourne les pages en s'esclaffant devant la difformité dont l'auteur a affublé le membre masculin du héros, elle en vient à se dire qu'elle était encore fort ignorante sur… la question.

Insidieusement, le corps de Lord Keir se substitue dans son esprit aux courbes masculines des dessins. Son imagination s'envole dans le fantasme au point que fermer le livre licencieux ne suffit pas à apaiser ses sens.

— Bon sang de bois !

Mais quelle idée d'avoir si bonne mémoire ! se lamente-t-elle. Elle se souvient avec trop de précision des moindres détails de l'anatomie parfaite de Lord Keir ! Elle claque le livre noir sur le bureau, comme s'il lui brûlait les mains, pose les paumes sur ses joues, les trouve trop chaudes.

— Ne ferme pas les yeux !

Baisser les paupières reviendrait à lâcher la bride à son

imaginaire ! Lord Keir, splendide de nudité, en train d'enchaîner allègrement les diverses positions détaillées dans le livre… avec elle-même pour partenaire.

— Rhaaaaa !

Elle se lève. Se rassoit. Se relève. Incapable de se remémorer ce qu'elle avait à faire avant d'ouvrir ce maudit livre. Oh ! comme soudain, elle les déteste, les autres femmes de la maison, de lui avoir confié cet objet ! Mais quelle idée ! Le souffle court, elle pose un regard sombre sur le petit livre. Tend la main malgré elle, l'ouvre, gémit à moitié, le referme.

Si elle n'était pas tant obnubilée par Lord Keir, nul doute qu'elle aurait trouvé très amusante la petite farce des filles. Elle aurait même pris un certain plaisir à feuilleter les gravures, plaisir certes un peu coupable, mais après tout, à son âge, on peut se permettre des lectures de ce style.

— Comment vais-je dormir, moi, maintenant ? gémit-elle en fermant les yeux.

Lord Keir derrière elle. Lord Keir, la tête entre ses cuisses. Lord Keir…

Elle rouvre brutalement les paupières, à bout de souffle, le cœur tambourinant.

Elle se lève, attrape le livre du bout des doigts comme s'il était empoisonné, prend une chandelle de l'autre main et sort rapidement de sa chambre, enfile les couloirs jusqu'à la bibliothèque. Le silence de la maison ne l'effraie plus depuis longtemps, malgré le vent qui gémit et les craquements divers. Elle pose le livre sur le bureau, soupire et, alors qu'elle compte regagner ses appartements, se retrouve pourtant dans la cuisine.

Elle s'assoit sur sa chaise, la chandelle devant elle, pose le menton sur sa main accoudée et soupire longuement. Sa respiration est moins hachée déjà, et son cœur s'apaise, lui aussi. Allons, un bon thé, et peut-être qu'elle finira par recouvrer suffisamment de calme pour espérer dormir un peu.

Elle met de l'eau à chauffer et prépare une tasse, puis sa chandelle à la main, va s'installer dans l'orangerie à sa place habituelle. La nuit est si obscure, dehors, qu'elle n'est percée que par la lueur de sa bougie et son reflet dans la vitre. Enveloppée par l'orange pâle de la flamme, elle a l'impression d'être coupée du monde, isolée dans une petite bulle, en dehors de tout. Ce n'est pas désagréable. Au contraire, cela fait refluer l'excitation sensuelle qui la maintenait prisonnière et, enfin, elle sent ses seins, puis ses reins retrouver leur sensibilité normale. Elle soupire longuement.

— J'aurais dû opter pour un thé nocturne depuis longtemps, sourit-elle.

— Non.

Elle crie et sursaute si fort qu'elle en renverse une partie de sa tasse sur la table. Dans sa poitrine, son cœur martèle à lui faire mal, et le sang court si vite dans ses veines qu'elle se sent prise de vertiges. Une main sur le ventre, elle fait de son mieux pour reprendre son souffle et se tourne vers l'ombre profonde qui baigne le fond de l'orangerie.

— J'aimerais autant que vous évitiez de revenir ici pendant la nuit, reprend la voix peu amène de Lord Keir.

— Je... bredouille-t-elle, en essayant de se lever malgré ses jambes flageolantes.

— Et j'aimerais encore mieux que vous alliez finir votre foutu thé ailleurs.

Elle pince les lèvres. La panique cède devant une soudaine colère. Oh ! elle sait bien que c'est surtout contre elle-même et sa faiblesse coupable qu'elle s'emporte. Bon, d'accord, elle est aussi un peu en colère contre lui... Mais aussi, que fait-il dans le noir, en pleine nuit, dans l'orangerie !

Ah oui... C'est vrai... C'est *son* orangerie, quand même...

Elle souffle, agacée contre elle-même, contre lui, contre le thé qui goutte sur sa jupe depuis la table, contre le livre, contre...

— Vous avez perdu votre langue, Cross ? fait la voix ironique derrière elle.

Ses épaules se redressent d'elles-mêmes, en une réponse instinctive au sarcasme.

Elle devrait se lever, s'excuser de son intrusion involontaire et quitter la serre. Mais ses genoux tremblent si fort qu'elle doute pouvoir faire deux pas. Et elle craint qu'ils ne retrouvent pas leur stabilité tant qu'il sera dans l'ombre. Voilà des semaines qu'elle ne l'a ni vu ni entendu, et le son de sa voix, même froide, même moqueuse, lui retourne les sangs. Sans compter que le savoir là, dans le noir, si proche, lui remet en tête tout ce qu'elle essayait d'oublier en venant ici. Elle avale sa salive, lève une main tremblotante pour boire une gorgée de thé et cherche en vain une réplique.

— Les Webster viendront dîner à Blackson House, samedi prochain.

Elle ferme les yeux, alors que les mots prononcés d'une voix un peu faible quittent ses lèvres. À croire qu'elle a la cervelle d'une enfant de quatorze ans ! Comme si Lord Keir n'était pas suffisamment remonté comme ça contre elle ! La voilà qui lance un sujet qui fâche !

— Non.

Elle se force à boire une autre gorgée, tout en sermonnant ses genoux pour qu'ils recouvrent un minimum de solidité.

— Votre présence serait assurément souhaitée, s'entend-elle poursuivre. Mais pas nécessaire.

— Pardon ? s'exclame-t-il.

— Je n'ai pas eu le sentiment que notre nouveau pasteur vous a plu, milord, dit-elle. Il est malgré tout de votre devoir de le recevoir à demeure. D'autant qu'Iperius Webster et sa famille m'ont donné l'impression d'avoir l'esprit suffisamment large pour supporter un repas à la table familiale.

— Et vous croyez que ce bon Dieu de pasteur n'en aurait rien à foutre que je sois là ou pas ? s'amuse-t-il, d'une voix sinistre.

— Je crois que ce « bon Dieu de pasteur » serait même « foutrement » content de ne pas avoir à supporter votre grossièreté, milord, réplique-t-elle du tac au tac.

Il éclate de rire, et c'est un son tellement nouveau, tellement... incongru, qu'elle est traversée d'un long frisson, sans parvenir à déterminer s'il s'agit de peur, de surprise ou de plaisir.

Un peu des trois. Oui, un peu des trois.

Il a un rire rauque, chaud, profond. Le genre de rire qu'assurément, elle n'aurait pas imaginé chez une personne aussi rugueuse que lui. Le genre de rire qui la fait frissonner au creux du ventre.

— Je ne lui laisserai assurément pas ce plaisir, je présiderai donc la table, finit-il par dire, d'un ton grinçant.

Elle entend le tintement d'un verre qu'on pose par terre, devine qu'il était sans doute en train de déguster un whisky dans le noir, quand elle l'a dérangé.

Elle hoche la tête pour lui signifier qu'elle prend note de ses paroles. Termine le peu qu'il reste de son thé et prend une grande inspiration en faisant en sorte qu'il ne l'entende pas. Enfin, les genoux à peu près stables, elle se lève de sa chaise. La tasse dans une main, la chandelle dans l'autre, elle fait deux pas vers la porte, hésite, s'arrête une infime seconde.

— Bonne nuit, milord, dit-elle à l'obscurité.

Elle n'espère pas de réponse, n'en obtient d'ailleurs pas et, le cœur un peu battant, s'échappe de l'orangerie pour aller laver sa tasse dans la cuisine. Tandis qu'elle se sèche les mains, elle les voit trembler et se laisse aller contre le mur en soupirant.

La lassitude lui tombe dessus avec force, et elle se demande soudain pendant combien de temps encore elle va devoir supporter sa faiblesse coupable. Bon sang de bois, n'y aura-t-il pas un moment où son corps comprendra qu'il doit cesser de soupirer ? Elle reprend sa chandelle et retourne jusqu'à ses appartements, lance un regard maussade à la pile de papiers et de courriers qui l'attend encore, mais souffle la bougie, tisonne le feu et va se coucher, pourtant certaine qu'elle ne parviendra pas à dormir avant plusieurs heures.

20

La maison est en effervescence depuis le petit matin, au point qu'à l'heure du thé, Abbie est fatiguée et n'aspire qu'à aller dormir. La salle à manger ainsi que le fumoir et le grand salon sont cependant impeccables, leurs meubles propres et luisants, leurs sols lavés et encaustiqués. Les coussins et tapis ont été battus, les cheminées vidées et nettoyées. Ashmi, Shanti et Nanda se sont installées aux fourneaux en début d'après-midi sous le regard de Lin, tandis que Kishan s'occupait à cueillir et composer des bouquets frais. Bill, quant à lui, préparait des box pour les chevaux des invités. Heng et Arun finissaient de nettoyer un à un les cristaux du grand lustre de la salle à manger et Ranjit, Daniel et Sanjay achevaient de polir l'argenterie. Abbie, quant à elle, avait les bras dans l'eau de vaisselle pour nettoyer la précieuse porcelaine chinoise dans lesquels les convives mangeraient et le fragile cristal vénitien dans lequel ils boiraient.

Après une discussion collégiale, tous avaient convenu d'un menu mixte de plats indiens et britanniques. De quoi donner le double de travail, mais cela leur avait à tous paru naturel. Alors que, plus tôt dans la semaine, Abbie s'apprêtait à rédiger l'invitation pour les Webster, Arun avait proposé que soit élargi le cercle des convives, aussi ne seraient-ils pas moins d'une vingtaine à être reçus. Tous les invités ayant confirmé, s'était ensuivi un long débat dans la bibliothèque pour savoir quels vêtements ils porteraient pour faire le service. Daniel, Abbie et Bill insistaient pour que leurs amis revêtent leurs habits traditionnels, alors que les concernés s'obstinaient à vouloir porter des tenues anglaises classiques. Après de longues tractations n'ayant abouti à aucune décision, les deux groupes s'étaient séparés sans démordre de leurs arguments.

La soirée est censée débuter dans quelques heures. Tout en lavant avec le plus grand soin la vaisselle si fragile, Abbie passe mentalement en revue tout ce qui reste encore à accomplir. Bientôt viendra son tour de se mettre aux fourneaux : biscuits pour le thé, pudding aux poires et pommes au sirop de fleurs de sureau, agneau à la menthe, haddock aux fruits rouges. Et… Bon sang, qu'a-t-elle oublié ?

— Le vin ! s'exclame-t-elle soudain, interdite. J'ai oublié le vin !

Les femmes se tournent vers elle.

Elle s'essuie les mains à la va-vite et se précipite dans les couloirs jusqu'au petit salon où se sont installés Ranjit, Daniel et Sanjay.

— Ranjit, le vin ! s'écrie-t-elle, paniquée.

Il lève la tête, lui sourit tranquillement.

— Nous nous rendrons à la cave ensemble, Abigail. Je ne suis pas connaisseur.

— Et l'alcool ?

— À la cave également.

Elle soupire, soulagée, et retourne à sa vaisselle.

— Bon sang de bois, grommelle-t-elle, en replongeant les mains dans l'eau.

— Pas de raison de paniquer, Abbie, sourit Nanda. Nous ne recevons pas la reine tout de même !

— Non, mais le vicomte Barring sera là, rappelle Abbie. Et Sir Ferguson ainsi que les Carson. C'est la première fois que Blackson House reçoit, et…

— Et calme-toi, achève Shanti. Tu n'as aucune raison de te mettre dans ces états, d'autant que nous savons tous plus ou moins comment se déroulera cette soirée.

Elles échangent toutes un long regard. Il y a effectivement de fortes chances que le dîner tourne au désastre. Elle est persuadée que Lord Keir se comportera comme le malotru mal élevé qu'il est et que la plupart des invités se sentiront insultés de se voir proposer une nourriture exotique.

— Mais pourquoi me suis-je mis en tête d'organiser ce repas ? se lamente-t-elle soudain.

— Parce que tu es anglaise, sourit Ashmi.

— Parce que tu es bien élevée, dit Nanda.

— Parce que tu es têtue, ajoute Lin.

— Parce que tu es Abbie, finit Shanti.

Elle éclate de rire, et une bonne partie de son angoisse s'évapore.

Ils ont tout juste le temps d'aller se changer avant que ne sonnent huit heures. Elle se lave sommairement, se recoiffe de son mieux et enfile machinalement sa plus jolie tenue, une robe en soie verte bordée de taffetas turquoise. L'une des seules qu'elle a conservées de son ancienne vie. Évidemment, sous les jupons, elle porte toujours ses bonnes vieilles bottines usées à la corde et ses bas de laine. Mettant la touche finale à sa tenue, elle est subitement prise de doute, se demande si cette robe n'est pas trop habillée. Elle n'est pas la dame de la maison, tout juste la gouvernante. Or, à l'époque où elle a fait coudre cette robe, passée de mode depuis au moins cinq ans, elle *était* la dame de *sa* maison.

— Flûte !

D'un coup d'œil, elle jauge le reste de son armoire, songe qu'il aurait mieux valu enfiler sa robe de popeline bleue, moins élégante, mais tellement plus en adéquation avec son rang actuel.

— Abbie ?

Nanda entre après avoir rapidement frappé à sa porte et la gouvernante quitte le dressing pour la rejoindre dans son petit bureau.

— Oh ! Nanda ! s'exclame-t-elle, en découvrant la jeune femme en tenue traditionnelle. Tu es sublime !

— Abbie, tu es superbe ! s'extasie Nanda en retour, avec un grand sourire. Cette couleur te va à ravir, et cette soie... Ta robe est prodigieuse !

— Je savais bien que j'aurais dû mettre la popeline ! grimace Abbie, en retournant au dressing.

— Non, non ! s'exclame Nanda, en la suivant aussi vite que le lui permet son sari rouge. Non, Abbie, tu es très bien !

— Je suis *trop* bien apprêtée. Cela ne se fait pas ! Je ne…

— Tu n'as plus le temps ! la coupe Nanda. Une voiture est déjà en train de passer la grille, c'est pour cela que je suis venue te chercher !

— Flûte de flûte ! Est-ce que Lord Keir est déjà descendu dans le hall pour accueillir les premiers invités ?

Nanda secoue la tête.

— Il te faudrait un collier, s'écrie-t-elle soudain.

Abbie pense aussitôt à sa parure d'émeraude, les seuls bijoux qu'elle n'a jamais pu se résoudre à vendre, même lorsqu'elle n'avait plus assez d'argent pour payer son loyer.

— Je suis gouvernante, dit-elle, autant pour rappeler sa place à Nanda qu'à elle-même. Les gouvernantes n'ont pas à être…

— Tais-toi et viens, sourit Nanda en lui prenant la main.

Elles atteignent le hall au moment même où la voiture s'arrête devant le perron.

— Je vais voir ce qui retient Keir, fait Nanda, avant de soulever le bas de son sari pour courir dans les escaliers, abandonnant Abbie.

Seule, elle prend une profonde inspiration, jette un dernier regard sur le grand hall. Il brille comme si une armée de domestiques était passée par là. Les chandelles à la cire d'abeille embaumant agréablement l'air et les bouquets de fleurs le rendent vivant. Ce hall qui, le jour de son arrivée, lui semblait écrasant et lugubre retrouve enfin sa noblesse.

Avec un sourire qui, espère-t-elle, masque sa nervosité grandissante, elle accueille dans les règles le vicomte Barring, son épouse et leurs deux filles à marier. Alors qu'approche une autre voiture et qu'elle est sur le point d'excuser le retard de Lord Keir, un frisson remonte le long de son dos, et elle sent une brûlure sur sa nuque. Elle se retourne.

Il est en haut du grand escalier, en habit de soirée ; elle en perd le souffle. Les vêtements flattent sa silhouette de manière indécente. Pour une fois, ses cheveux sont coiffés, et son visage rasé de près. Elle s'y reprend à trois fois avant de pouvoir avaler sa salive. Il la balaie rapidement du regard avant de descendre les marches sans se presser, et elle bat des paupières. Quand il passe à côté d'elle pour saluer à son tour le vicomte, elle note qu'il claudique à peine, ce soir. Et surtout qu'il sent extraordinairement bon. Il laisse sur son passage un effluve boisé qui semble parler à tout ce qu'Abbie a de féminin en elle. Dans le flou, elle voit le vicomte et Lord Keir discuter brièvement sans rien entendre de leur échange, puis le vicomte présenter ses filles à Lord Keir ; ces dernières se mettent à glousser en faisant la révérence.

Le flou se déchire lorsque Lord Keir se tourne à peine une seconde vers elle pour la foudroyer de ses yeux bleus. Perplexe, elle bat des paupières. Saisit qu'il est furieux contre elle. Mais pourquoi… ? Oh ! Elle comprend soudain.

Les filles à marier du vicomte. Bien sûr !

Oh ! Seigneur ! Le voilà persuadé qu'elle essaie de lui mettre une future épouse dans les pattes !

Elle sent ses épaules s'affaisser, tandis qu'il se tourne vers la porte où s'encadrent maintenant Sir Ferguson et les siens. Ce dernier, vieux chevalier issu d'une famille voisine des Blackson depuis plusieurs générations, connaît le Baron Noir depuis l'enfance.

Une fois tous les convives arrivés, et rompant avec le protocole, ils prennent tous la direction de la salle à manger sans passer par le grand salon, et Abbie place nerveusement les convives dans le plus strict respect des convenances hiérarchiques. Étant donné la désastreuse réputation de Lord Keir et de Blackson House, un protocole exacerbé aidera à faire taire les mauvaises langues.

— … aux Indes ?

Elle capte la fin d'une question du vicomte et se tourne légèrement vers le petit groupe formé par les hommes. Voit très clairement le front de Lord Keir s'assombrir et s'inquiète de la question exacte qui lui a été posée.

— Les Indiens ne sont pas plus stupides qu'une autre civilisation, réplique Lord Keir assez sèchement. Je ne vois pas pourquoi ils auraient besoin que les Britanniques leur montrent comment gouverner leur pays.

Elle tique intérieurement. Et prie que le vicomte Barring ait l'intelligence de se taire.

— Allons, milord ! s'exclame ce dernier. Vous qui avez combattu ces sauvages pendant tant d'années, vous devez bien être conscient que…

— Cross ? coupe Lord Keir, de la plus impolie des façons, en se tournant vers elle.

— Oui, milord ?

— Qu'est-ce qu'on attend ?

Leurs yeux se croisent une brève seconde. Mais cela suffit à Abbie pour saisir combien il déteste déjà cette soirée et combien il la tient pour responsable.

— Le repas arrive, milord, murmure-t-elle, en inclinant la tête.

Elle sent les regards des épouses sur son dos, tandis qu'elle quitte la salle à manger pour se rendre à la hâte aux cuisines.

— Flûte de flûte !

Tous en tenue traditionnelle, les autres membres de la maisonnée mettent la dernière main aux plateaux.

— C'est parti ! leur lance-t-elle.

Tandis que les hommes prennent les plats et la suivent vers la salle à manger, elle se dit que, peut-être, elle a eu tort. Peut-être la soirée se passera-t-elle mieux qu'elle ne le craint...

Les convives ont pris place, et il règne une ambiance assez fraîche lorsqu'elle entre. Tous les regards se tournent vers elle, alors qu'elle marche jusqu'à Lord Keir qui préside la tablée, les sourcils froncés. À sa gauche, le vicomte continue à espérer lui tirer une parole sur les Indes et la fâcheuse propension de ce peuple à la barbarie.

— Songez qu'ils prient des dieux païens ! s'exclame le vicomte.

— Songez que nous obligeons nos femmes à porter des corsets, réplique ce dernier, d'une voix lasse. Servez-nous, Cross.

Elle se racle la gorge, hésite, coule un bref regard vers l'assemblée curieuse qui les dévisage et se force à annoncer d'une voix claire et ferme les plats. Elle est heureuse qu'Arun, Ranjit, Daniel et Heng soient exactement comme le veut l'étiquette, tandis qu'ils déposent les plats et entreprennent de remplir les verres. Mais pour ce qui est d'Abbie... Oh ! Seigneur, c'est un enfer ! L'odeur de Lord Keir, rehaussée du parfum boisé qu'elle a déjà senti, lui monte à la tête à un point tel qu'elle se sent presque ivre. Sans compter que la chaleur que dégage Lord Keir semble la brûler, alors même qu'elle ne le touche pas ! Si proche de lui, soudain, elle a une vision bien trop claire de sa chevelure noire striée d'argent. Comme ses cheveux ont l'air doux…

Elle recule d'un pas dès qu'elle le peut dans le vain espoir d'échapper à son attraction, geste inutile, hélas. Il tourne la tête vers elle et, lorsque les yeux bleus se fixent dans les siens, elle cesse de respirer, submergée d'émoi. Est-il possible d'être aussi beau ?

— Où sommes-nous, Cross ? fait-il, d'une voix agacée qui porte jusqu'à l'autre bout de la grande salle.

Perplexe et gênée, elle bat des paupières et carre les épaules, alors que tout le monde – invités comme habitants de Blackson House – les regarde en silence.

— À Blackson House, milord, répond-elle, soulagée que sa voix soit ferme.

— Et qui suis-je ? poursuit-il en fronçant les sourcils.

— Lord Keir, Baron Blackson, milord.

— Vous serez donc d'accord avec moi, Cross, pour dire que je suis le maître de cette maison ?

— Oui, milord.

Le regard bleu s'en va courir sur les convives silencieux, s'arrête un instant sur Arun, Ranjit, Heng et Daniel, puis revient se planter dans les yeux d'Abbie, qui frémit intimement.

— Vous irez donc prévenir *ma famille* que je la veux à *ma* table, *maintenant*.

— Oui, milord.

Elle hoche le menton et esquisse un geste vers la porte.

— Cross ?

— Oui, milord ?

— Ramenez le reste des plats en même temps. Pas de service, ce soir. Je n'ai pas noté de manchots dans l'assemblée, je suppose donc que chacun aura les moyens physiques de remplir soi-même son assiette ou son verre.

Une honte toute britannique lui enflamme le visage. Un brouhaha indistinct court autour de la tablée, mais elle se borne à regarder Lord Keir, dont le visage austère semble figé dans la pierre. Seuls ses yeux ont l'air vivants. Puis, il hausse un sourcil moqueur, et elle a subitement envie de rire. Pendant un instant, elle oublie l'ordre scandaleux qu'il vient de donner, oublie qu'en quelques mots, il vient de ruiner définitivement les efforts qu'Abbie a consentis pour réhabiliter sa réputation et qu'il vient surtout d'insulter gravement chacun des convives assis autour de la table.

Il se détourne d'elle, dévisage un à un chacun des invités, et Abbie assiste, effarée, à une levée de sourires hypocrites et de hochements de têtes artificiels de la part de la plupart des invités.

— Je suppose que cela ne dérangera personne, achève Lord Keir, d'un ton si plein de morgue que, pour la première fois, Abbie voit réellement le *baron* Blackson.

Les dames cancanent des « non, pas du tout ! » mielleux. Le vicomte, tout hérissé, lâche un « vous avez entièrement raison, milord » obséquieux et Sir Ferguson retient à grand-peine un éclat de rire.

— Allez, Cross, grommelle Lord Keir.

— Oui, milord.

En marchant vers la porte où se sont regroupés les hommes de Blackson House, elle note enfin le sourire amusé d'Iperius Webster et croise le regard de chaude compréhension de son épouse. De quoi la rassurer sur sa première impression à propos du pasteur et sa famille.

21

Son retour aux cuisines et sa transmission des édits du baron déclenchent une nouvelle bordée de discussions en tout genre, mais elle sait déjà qu'ils abdiqueront.

— Eh bien, allons-y, ordonne Arun, en attrapant des bouteilles.

À l'exception de Kishan et Bill, qui refusent absolument de dîner en compagnie, chacun d'eux prend qui un plat, qui des bouteilles, avant de rejoindre la salle à manger. Abbie, les bras chargés de la vaisselle dont ils auront besoin, se sent malgré tout les jambes un peu tremblantes et ignore de son mieux sa gêne.

— Tais-toi ! marmonne-t-elle à son esprit.

Sur le point de passer la porte de la salle à manger, Abbie se rend soudain compte que tous les autres se sont arrangés pour la laisser en tête et, les yeux au ciel, elle pose rapidement leurs couverts en bout de tablée, au plus loin de Lord Keir.

L'entrée des habitants déclenche une vague de chuchotis plus ou moins audibles, tous choqués, de la part des invités. Chacun garde pourtant un visage serein avant de prendre place. Installée à son tour, Abbie expire entre ses dents, sans se départir de son sourire crispé, et coule un bref regard vers Lord Keir. Tel un roi siégeant sur sa Cour, il est affalé contre le dossier de sa chaise, son verre de cristal vidé entre les doigts, et promène un œil glacé sur l'assemblée, comme pour mettre quiconque au défi de se plaindre de quoi que ce soit. Une nouvelle envie de rire monte en elle. Elle pince les lèvres pour la contenir, mais finit malgré elle par relever la commissure de ses lèvres, lorsque les pupilles bleues croisent les siennes. Il hausse encore un seul sourcil en penchant à peine la tête de côté et, si elle comprend bien qu'il lui envoie un message, elle est bien en peine de deviner lequel.

Sir Ferguson rompt le premier le silence qui s'est abattu sur la salle en se tournant vers Arun et Ranjit.

— Messieurs, fait-il d'une voix plaisante, je suis fort aise de vous revoir.

— Pareillement, Sir, répond Arun en inclinant la tête.

Abbie se prend à espérer que les tensions qu'elle sent vibrer autour d'elle s'estompent, que le dîner se passe mieux qu'elle ne le craint, mais Lord Keir reprend alors la parole et éradique définitivement tout espoir qu'aurait pu nourrir sa gouvernante.

— Arun, mon valet. Ranjit, mon... Tiens, d'ailleurs, Ranjit, qu'es-tu exactement, ici ?

— Pourquoi pas majordome ? plaisante Ranjit, en souriant un peu nerveusement.

— Majordome, très bien, ça, s'amuse un peu Lord Keir. Heng, mon... disons, valet de pied. Shanti, notre cuisinière. Lin, Ashmi et Nanda, nos femmes de chambre. Daniel, le précepteur. Et Sanjay. Où sont Kishan et Bill, Cross ?

— Aux écuries probablement, milord, répond-elle, avant d'avaler sa salive.

Elle lui décoche un regard d'avertissement. Qu'il se taise donc ! Ne voit-il pas qu'il se comporte de la plus choquante des façons en présentant ceux qui, aux yeux britanniques, ne sont que des domestiques étrangers à une assemblée qui compte des membres de la petite noblesse ? Est-il si mal élevé qu'il ne comprenne pas son inconvenance ?

Il esquisse un sourire ironique en réponse au regard d'Abbie qui comprend qu'au contraire. Lord Keir est au fait des us et coutumes de son pays. Et qu'il s'en moque éperdument. Voire qu'il prend plaisir à les fouler aux pieds !

Lord Keir se redresse pour attraper une bouteille de vin et s'en servir un verre avec un naturel confondant qui fait frémir Abbie de gêne. Elle ferme brièvement les yeux, croise ensuite le regard de Shanti, la devine mal à l'aise, mais terriblement amusée aussi. Elle fait les gros yeux à son amie et se détourne. Face à elle,

Daniel et Sanjay ont entamé la discussion avec les fils Webster, et cela seul suffit pour que l'embarras qu'elle ressent s'estompe. Ses épaules se relâchent, son visage s'adoucit d'un sourire, tandis qu'elle observe Sanjay et l'aîné du pasteur discuter ensemble. Ne serait-ce que pour cela, pour offrir à Sanjay une chance de trouver un ami de son âge, elle supportera avec stoïcisme cette soirée qui promet d'être cauchemardesque.

— Allez-y, lance alors Lord Keir, d'une voix agacée, à ses convives en englobant les plats d'un geste large de la main. Attaquez !

Et il se penche lui-même pour remplir son assiette. Le hoquet horrifié de l'épouse du vicomte n'a d'égal que le regard confus de son époux. Leurs deux filles hésitent et ne savent plus à quelle règle se vouer !

Lorsque le pasteur Webster et Sir Ferguson imitent Lord Keir et entreprennent de servir leurs épouses et eux-mêmes, la tension retombe enfin.

— C'est une pièce magnifique que cette salle à manger, lance alors Mrs Carson, d'une voix forte et un peu nerveuse. Vous devez avoir grand plaisir à y prendre vos repas quotidiens, milord.

C'est plus fort qu'elle. Abbie se tourne vers Lord Keir, soudain au bord du fou rire. Depuis qu'elle œuvre à Blackson House, elle n'a jamais vu le baron manger ailleurs que dans ses appartements !

Le sourcil de Lord Keir se hausse, son regard va rapidement jusqu'à Abbie avant de revenir se poser sur Mrs Carson, et il étire les lèvres en un sourire fin, où Abbie est certaine de lire une bonne dose d'ironie.

— Vous n'imaginez pas à quel point ! répond-il.

Avec la verve des anciens gentlemen, Sir Ferguson discute avec Lord Keir ; les Barring et les Carson, quant à eux, étalent une déférence à la limite de l'obséquiosité. Les filles du vicomte, bel exemple des joyaux de la petite noblesse campagnarde en quête d'un mari titré, gloussent à qui mieux mieux, ce qui a le don de peser sur les nerfs d'Abbie, qui se prend à regretter d'avoir cédé à la bienséance en conviant leurs parents à la table de Blackson House. Plus d'une fois, elle surprend des œillades qui se veulent coquettes de la part de ces donzelles un peu trop délurées. Bien sûr, elle n'est pas jalouse. Que ces péronnelles qui n'ont pas même vingt ans puissent battre des cils et gonfler leurs corsages en portant une attention presque vulgaire au moindre mot d'un homme qui pourrait être leur père, uniquement parce que cet homme est titré, veuf et riche… Elle souffle fort par le nez, agacée au-delà de la raison, tranche sévèrement un morceau de viande et pique sauvagement un légume qu'elle mastique ensuite avec fureur.

— Pardonnez-moi, fait soudain la voix de Nanda. Abbie ?

— Oui, Nanda ?

— Je crois que Lin est fatiguée, murmure la jeune femme. Il vaudrait mieux qu'elle se retire, tu ne penses pas ?

Abbie lève la tête et dévisage la future mère. Lin a effectivement les traits tirés, et son sourire ne masque pas complètement sa lassitude. Près d'elle, Heng est en grande discussion avec le pasteur Webster et ne semble pas s'en apercevoir.

— Oui, tu as raison, chuchote-t-elle à Nanda.

Abbie hésite une brève seconde. Son éducation la pousse à demander à Nanda de demander à son voisin de demander au voisin… bref, de faire remonter l'information de personne en personne, afin de ne pas troubler le repas. Mais… Elle ouvre la bouche, inquiète pour Lin, regarde brièvement à l'autre bout de la tablée. Lord Keir, vautré plus qu'il n'est assis, ne fait même pas semblant d'écouter le monologue du vicomte et contemple sombrement le contenu de son verre.

— Au point où nous en sommes, marmonne-t-elle.

Elle esquisse un sourire d'excuse, qui se transforme en grimace d'autodérision pour elle-même, puis en grimace tout court, quand Lord Keir la regarde.

— Heng ? appelle-t-elle finalement aussi doucement qu'elle le peut.

Dès que ce dernier la regarde, elle enchaîne :

— Tout ce tapage doit sans doute fatiguer Lin, il serait plus sage que tu l'aides à regagner vos appartements.

— Non, je… se défend Lin, sans grande conviction.

— Je suis désolé, s'excuse Heng en même temps.

Cette légère digression a malheureusement attiré l'attention sur leur groupe, et les conversations se taisent, tandis que Heng s'excuse poliment auprès du pasteur, se lève et soulève Lin dans ses bras.

— Si vous me permettez, fait Abbie en se levant de table à son tour pour les accompagner.

— Cross ?

— Oui, milord ? s'arrête-t-elle près de la porte.

— Un problème ?

La voix de Lord Keir se fait inquiète, et elle lui adresse un sourire rassurant.

— Non, milord, juste de la fatigue.

Le baron hoche la tête, adresse quelques mots à Heng et Lin en cantonais, deux autres phrases en hindou pour le reste du « petit peuple » et jette un regard glacial à l'une des filles du vicomte, qui a eu le malheur de chuchoter trop fort que « lorsqu'on se trouve dans cet état, il est bien malvenu de se mêler à une bonne compagnie ».

Abbie serre les lèvres et attend d'être assez éloignée de la salle à manger pour laisser filtrer son éclat de rire nerveux.

— C'est un cauchemar ! commente Lin, tandis qu'ils montent les escaliers.

— Pire qu'un cauchemar, oui, grommelle Abbie. Mais quelle idée ai-je eue !

— L'avantage, intervient Heng, tout sourire, c'est que plus personne ne voudra venir dîner à la maison.

Ils éclatent de rire en même temps, et Dieu, que cela fait du bien ! Elle accompagne le couple jusqu'à sa chambre, rallume le feu, tandis que Heng allonge Lin sur le lit.

— Veux-tu que je te monte un thé ? offre-t-elle.

Lin la dévisage en souriant.

— N'espère pas échapper à la fin du repas, plaisante-t-elle. Il faut que tu y retournes, Abbie.

Cette dernière grogne de façon fort peu féminine, soupire, puis redescend lentement jusqu'au rez-de-chaussée. Là, elle reste un moment dans le couloir, près de la porte, à chercher en elle le courage de retourner s'asseoir.

— Allons, ma fille, du cran !

Elle redresse le dos, inspire, entre dans la pièce d'un bon pas. Le pasteur est en pleine discussion avec Ranjit et Arun et, à voir leurs mines réjouies, Abbie se dit que, finalement, elle a peut-être bien fait d'organiser ce cauchemar de dîner. Plus loin, Daniel discute avec Mrs Webster et sa fille d'à peine seize ans. Sanjay, quant à lui, est plongé dans un conciliabule profond avec le fils aîné du pasteur, et Abbie peine à se souvenir qu'avant ce soir, ces deux-là ne se connaissaient pas.

Elle reprend sa place avec un large sourire aux lèvres, définitivement assurée que Sanjay se soit enfin fait un ami. Près d'elle, Nanda parle avec la seconde fille du pasteur, une jeune demoiselle d'une douzaine d'années, tandis que Shanti et Ashmi semblent répondre à la curiosité du plus jeune fils Webster. Que lui importe, soudain, que les Barring, les Carson et les femelles Ferguson se montrent choqués de ce repas si, finalement, le « petit peuple » s'est trouvé, avec la famille du pasteur, des amis de bien qui ne leur battent pas froid ?

Bien sûr, Lord Keir semble ronger son frein et osciller entre un ennui profond et une colère sous-jacente, dès que l'un de ses voisins ouvre la bouche. Certes, la réputation du Baron Noir et de Blackson House sera ternie à la fin du repas... Mais quand elle regarde le sourire que Sanjay partage avec son nouvel ami, lorsqu'elle entend le pasteur éclater de rire avec Ranjit et Arun, alors qu'elle écoute Nanda conseiller à la petite demoiselle Webster de changer de coiffure pour faire ressortir ses yeux, eh bien...

— Tant pis, soupire-t-elle en souriant. Ou tant mieux.

Et tant pis si elle devra, très bientôt, encourir les foudres de Lord Keir.

Elle boit une gorgée de vin, balaie la table des yeux, croise le regard du baron, arrête de respirer. Il relève légèrement un coin de sa bouche, tourne ses pupilles vers Sanjay, puis la regarde à nouveau et lève son verre pour la saluer. La bouche sèche, le cœur battant, elle penche légèrement la tête de côté pour accepter son remerciement et se focalise sur ses couverts pour ne plus avoir à le regarder *lui*.

Il lui fait tourner la tête.

Il est pire qu'un vin capiteux...

22

Le dîner touche à sa fin. Les hommes partent en direction du fumoir, et les femmes prennent celle du salon. Abbie est positivement épuisée et n'aspire qu'à rejoindre sa chambre. Shanti et elle servent thé ou sherry à ces dames dans une ambiance polaire, où se scindent naturellement et très ostensiblement deux groupes. La vicomtesse Barring et ses filles s'installent rapidement sur les sofas en compagnie des épouses Ferguson et Carson, tandis que, près de l'âtre ronflant, les dames du petit peuple, Mrs Webster et ses filles prolongent les discussions commencées à table. Un verre de sherry à la main, Abbie les écoute d'une oreille, tout en regrettant de ne pouvoir se servir quelque chose de plus fort.

— C'est une si agréable surprise, entend-elle Mrs Webster dire.

— La surprise est aussi agréable pour vous que pour nous, l'assure Shanti.

Abbie finit par se décider à entrer dans la conversation.

— Vous savez, poursuit Mrs Webster, nous avons entendu tant de sornettes à propos du baron et de cette maison ! Lorsque nos entourages ont appris qu'Iperius prenait en charge les âmes des terres Blackson, les langues se sont déliées à une vitesse folle ! Je n'aime pas les commérages, croyez-le bien, mais quand les gens se succèdent autour de vous pour vous abreuver d'indiscrétions et de médisances, vous ne pouvez malheureusement pas ne pas entendre...

— Nous sommes au-delà des racontars, ironise légèrement Shanti.

— Je suis si heureuse d'avoir fait votre rencontre à tous, sourit Mrs Webster. Iperius et moi nous sommes rencontrés en Afrique, le saviez-vous ? Il était alors un jeune missionnaire et moi une infirmière des armées. Nous avons malheureusement dû renoncer à notre vie d'aventure et retrouver le sol britannique lorsqu'est né notre aîné, Darius. Et pourtant, soupire-t-elle, le regard vague, comme nous avons aimé l'Afrique… Nous nous y sentions si utiles !

Voilà qui explique tout ! songe Abbie.

— J'espère que ma curiosité quant à la vie dans vos pays d'origine ne vous a pas gênées, poursuit Mrs Webster pour Shanti et Ashmi.

— Pas le moins du monde, sourit la première.

— Au contraire, assure la seconde.

— J'espère également que nous pourrons régulièrement nous voir, continue Mrs Webster. De quelle confession êtes-vous ? D'ailleurs, avez-vous des lieux de culte ici ?

Abbie sait qu'Arun est musulman ; Ranjit, Shanti, Nanda et Sanjay bouddhistes, mais ignore en quels dieux croient Ashmi, Kishan, Heng ou Lin. Aussi est-ce avec un grand intérêt qu'elle écoute Shanti expliquer à leur nouvelle amie comment le « petit peuple » a transformé l'une des pièces de leur aile en « temple multicroyances ».

— Nous avions bien pensé, au départ, assigner une pièce par confession, sourit Ashmi, mais nous aimons malheureusement passer notre temps ensemble.

— D'autant que nous ne sommes pas des pratiquants très… fervents, termine Nanda, avec un de ses sourires malicieux.

— Je reste stupéfaite de l'harmonie que vous avez réussi à instaurer dans cette maison, s'étonne Mrs Webster.

— Nous sommes tous des apatrides, dit doucement Ashmi. Quel intérêt aurions-nous à être en bisbille les uns avec les autres ?

— Oh ! si vous saviez ce qu'Iperius et moi avons pu voir par le passé, soupire tristement Mrs Webster. L'âme humaine recèle, hélas, bien souvent trop de noirceur pour atteindre ce que votre peuple appelle le nirvana. Allons… assez de sombres pensées ! Vous devez être très fière de votre fils, Shanti ? Votre Sanjay m'a l'air d'être un enfant particulièrement intelligent.

Un léger silence salue cette phrase. Abbie et les autres se regardent machinalement, avant qu'elle prenne la parole.

— Sanjay n'est pas le fils de Shanti, sourit-elle.

— Pardonnez-moi ! s'excuse aussitôt Mrs Webster, avec une mine atterrée. Je suis désolée, j'ai cru… Oh ! je suis désolée ! Je ne voulais pas laisser entendre que…

— Il n'y a pas de mal, sourit Shanti. Comme l'a souligné Ashmi, nous sommes des apatrides ici et ne partageons aucun lien de sang, à l'exception de mon frère Ranjit et de ma fille Nanda, s'entend.

— Toujours est-il que je suis terriblement heureuse que Sanjay et Darius semblent si bien s'entendre, poursuit Mrs Webster. Mon aîné est… comment dire… ? Différent. Il ne se lie pas facilement avec les jeunes gens de son âge. Notre cadet, Cassius, n'a pas ce genre de problème. Il a l'exubérance et la prolixité qui manquent à son aîné. Mais Darius… Eh bien, sans doute est-ce un peu notre faute, à Iperius et moi-même, qui l'avons peut-être trop encouragé à lire et s'instruire… Toujours est-il qu'il a un caractère très solitaire.

— Votre joie à les voir si bien s'entendre est à la mesure de la nôtre, souligne Abbie, avec un sourire. Sanjay est un garçon très attachant qui manquait malheureusement de compagnon de son âge, et j'espère autant que vous que Darius et lui développeront une réelle amitié. D'autant qu'ils ont l'air de partager de nombreux points communs.

— Nul doute que Sanjay sortira votre Darius de sa réserve, ne peut s'empêcher de souligner Nanda en riant.

— Cela fait un moment que Darius exprime le désir d'entrer au séminaire, voyez-vous, dit Mrs Webster, avec une mine ennuyée. Iperius et moi ne sommes pas favorables à cette décision. Oh ! je sais bien qu'étant pasteur, mon époux devrait au contraire se réjouir de voir son fils suivre sa voie, mais nous sommes intimement convaincus que ce chemin-là n'est pas celui qui rendra Darius heureux. Je crois qu'il souhaite entrer au séminaire pour ne pas avoir à faire autre chose de sa vie et…

Abbie se sent soudain sourire. D'un bref regard, elle observe l'autre coin du salon où les dames « bien pensantes » tiennent conciliabule, en les observant sournoisement.

Quelle chaleureuse conversation est la leur près de la cheminée !

Et combien Mrs Webster lui paraît une femme selon son cœur ! Il lui suffit d'observer les sourires et les visages détendus des femmes de Blackson House pour être assurée qu'en la femme et la famille du nouveau pasteur, les habitants de Blackson House se sont réellement trouvé des amis sincères.

— Et me voilà en train de vous parler de choses dont je ne discute même pas avec mes sœurs ! s'exclame soudain Mrs Webster, avec un rire amusé et rafraîchissant. Je dois dire qu'il règne un tel sentiment de liberté entre ces murs…

— Personne ne juge personne à Blackson House, dit doucement Shanti, en fixant soudain Abbie.

Celle-ci déglutit avec un sentiment de malaise diffus, à l'idée que ces mots ont été prononcés expressément pour elle. Elle soutient malgré tout le regard de Shanti et repousse autant qu'elle le peut l'impression plus que dérangeante que son amie devine très exactement la nature de ce qu'elle ressent pour Lord Keir.

— J'ai cru comprendre, reprend Mrs Webster, qu'il n'y avait pas d'école au village ?

— Malheureusement non, répond Shanti. L'école a fermé, il y a bien dix ans à présent.

— Flûte, encore une chose que j'ai oubliée ! s'exclame Abbie.

Nanda éclate de rire et se ressert du sherry, avant d'emplir à nouveau tous les verres de leur petite assemblée.

— Combien d'enfants y a-t-il au village ? questionne Mrs Webster.

— Pas plus d'une dizaine, je dirais, répond Abbie. Mais je ne désespère pas que ce chiffre s'accroisse avec les années.

— Abbie a fait un merveilleux travail pour redonner vie au village et y attirer de nouveaux habitants, souligne Ashmi.

Mrs Webster observe la gouvernante de ses yeux bleus pendant un moment.

— C'est donc vous qui gérez le domaine, Mrs Cross ?

— Appelez-moi Abbie, je vous en prie. Et je remplis simplement le rôle de…

— Oui, c'est Abbie qui gère le domaine et la maison, intervient Shanti.

— Fantastique ! s'exclame Mrs Webster. Pour être honnête, je suis soulagée que ce soit à vous que je doive donc m'adresser plutôt qu'au baron. Pensez-vous qu'il soit possible d'ouvrir une école, Abbie ? Oh ! et appelez-moi Sophie. Je crois que nous pouvons effectivement nous passer d'une civilité trop encombrante. Quelque chose me dit que nous allons toutes devenir amies...

La fraîcheur de Sophie Webster est définitivement plaisante, songe Abbie avec un grand sourire. Shanti, Ashmi et Nanda semblent être du même avis.

— Il est non seulement possible, mais souhaitable d'ouvrir une école, dit Abbie. Il faudrait se renseigner auprès de la vieille Mrs Stand pour savoir où l'on pourrait l'établir physiquement, et ensuite écrire à Leeds pour qu'on nous envoie un professeur, mais...

— Oh ! pas besoin de professeur ! intervient Sophie Webster. Si cela vous agrée, je serais plus qu'heureuse de tenir ce poste ! J'ai déjà fait classe par le passé et crois être tout à fait à même d'instruire les enfants du village.

— Eh bien, voilà qui est dit, sourit Abbie. Dès que nous aurons trouvé un local qui vous convient, Sophie, vous pourrez me lister vos besoins en matériel et j'y pourvoirai.

La porte s'ouvre enfin sur les hommes qui viennent les rejoindre. Toutes se tournent avec un bel ensemble vers les arrivants. Bien qu'il soit en conversation avec le pasteur, Abbie croise aussitôt le regard bleuté de Lord Keir et se détourne à la hâte pour surprendre Shanti en train de l'observer, elle. Elle devient vermeille, ouvre la bouche, cherche quelque chose à dire, n'importe quoi...

— Quel dommage qu'il n'y ait pas de piano, se lamente soudain la voix languissante de la vicomtesse. Mes filles jouent extraordinairement bien ; et un peu de musique aurait été, à n'en pas douter, un enchantement pour vous, milord.

— Dieu m'en préserve, marmonne tout bas Lord Keir, alors qu'il passe non loin d'Abbie pour rejoindre Shanti.

Il échange quelques mots en hindi avec la sœur de Ranjit, et Abbie se rend soudain compte de l'absence de Sanjay, de Daniel et des jeunes mâles Webster.

— Où sont les garçons ? s'inquiète-t-elle auprès d'Arun.

— Devant l'échiquier, répond-il en souriant. Où voulez-vous qu'ils soient ?

Abbie lève les yeux au ciel, mais cette réponse lui réchauffe le cœur. Oui, Sanjay et le jeune Darius Webster semblent s'être trouvés.

Sans musique, la soirée devient vite longue et ennuyeuse, et Abbie se prend à espérer que leurs hôtes finissent rapidement par s'esquiver. Malheureusement, la vicomtesse semble avoir décidé de mettre l'une ou l'autre de ses filles sur le chemin de Lord Keir dès que le baron fait un pas, et bien qu'elle s'en défende, Abbie ne peut s'empêcher de surveiller l'affaire du coin de l'œil.

Le front du baron s'assombrit au fil des minutes, ses sourcils se froncent et son regard se fait orageux. Abbie en vient à craindre qu'il ne finisse par laisser exploser sa colère et son agacement. Elle n'aurait pourtant pas le cœur de lui en vouloir : le comportement des demoiselles Barring est à même de pousser le plus saint des hommes à un excès de courroux, voire à un épanchement d'animosité. Ce que n'est définitivement pas Lord Keir. Consciente que cette affaire ne la regarde pourtant pas, elle se surprend à réfléchir à un moyen d'apaiser cette bombe en passe d'exploser.

— Pourquoi nos demoiselles n'iraient-elles pas rejoindre les autres jeunes gens dans la bibliothèque ? s'entend-elle soudain lancer, d'une voix claire et enjouée.

Sa proposition jette un froid et un silence sur l'assemblée. Abbie se sent soudain comme une mouche engluée dans une toile d'araignée, sous le feu brutal des regards qui convergent tous vers elle.

— Excellente idée ! reprend Nanda, avec un enthousiasme feint. Gaia, Evalia, venez-vous avec nous ? poursuit la jeune femme, en se tournant vers les deux filles Webster.

— Oui, excellente idée, grommelle Lord Keir, en avalant son whisky d'un trait.

Ce faisant, il ne laisse d'autre choix aux demoiselles Barring que d'accepter la proposition de suivre Nanda.

— Mais… bafouille soudain la vicomtesse. Les usages… La décence… Milord, vous ne pouvez quand même pas accepter que des demoiselles se retrouvent seules, sans chaperon, en compagnie de ces… de ces messieurs ?

Abbie tique. Shanti, Nanda, Ashmi tiquent. Ranjit et Arun tiquent. Sophie et Iperius Webster tiquent.

Pire… Lord Keir tique.

— Insinuez-vous que vos *délicates* filles risquent d'être sauvagement brutalisées, voire outrageusement déshonorées par les fils du pasteur, mon précepteur ou Sanjay ? gronde-t-il froidement, en durcissant le regard qu'il laisse peser sur la vicomtesse.

Cette dernière se met à bredouiller lamentablement et se tourne vers son époux à la recherche d'un soutien qu'elle ne trouve pas.

— Voyons, très chère, dit le vicomte Barring, avec un sourire forcé. Il est certain que nos filles ne risquent rien en si belle compagnie.

Oh ! comme ces mots ont dû lui arracher la bouche ! ne peut s'empêcher de penser Abbie.

Toujours est-il que la jeunesse s'éclipse enfin vers la bibliothèque, éloignant par là même le risque de faire exploser Lord Keir, et Abbie pousse un bref soupir de soulagement.

— Bien joué, chuchote soudain Sophie Webster à son oreille.

— Pardon ? rougit Abbie, en se tournant vers elle.

— Allons, s'amuse Sophie Webster. Voilà un coup de maître ou je ne m'y connais pas ! Depuis combien d'années êtes-vous au service du baron ?

— Depuis sept mois, intervient Ashmi.

— Seulement sept mois ? s'exclame Sophie, d'une voix un peu trop forte qui attire l'attention de tous.

Abbie se sent redevenir écarlate.

— Alors vous êtes naturellement douée pour éviter les conflits, poursuit Sophie, plus bas.

— Il vaut mieux l'être, avec milord, grommelle Abbie, sans pouvoir s'empêcher. Oh ! Seigneur… Pardonnez-moi, je n'aurais pas dû dire cela !

— Pourquoi pas, puisque c'est la vérité ? s'amuse Shanti. Keir est un ours depuis qu'il est revenu s'établir en Angleterre.

Si Abbie remarque le regard à la fois étonné et un peu choqué de Sophie Webster notant que Shanti n'utilise que le prénom du baron, elle observe aussi que ledit baron ne quitte pas leur groupe du regard tout en écoutant distraitement Sir Ferguson et Mr Carson.

— Vous connaissez donc le baron depuis longtemps ? s'intéresse Sophie Webster.

— Des années, oui, sourit Ashmi.

— Il n'était pas ainsi, autrefois, dit doucement Shanti.

— Oh... murmure Sophie avec compassion. Il a vécu des drames, sans doute.

Abbie focalise son attention sur son verre de sherry encore plein et envisage sérieusement de le vider pour pouvoir le remplir à nouveau. Mais elle sait qu'avec le vin déjà bu pendant le dîner, accroître encore sa consommation d'alcool n'est définitivement pas une bonne idée.

D'un autre côté...

Elle avale son verre en deux gorgées.

— Personne ne fait la guerre pendant vingt ans sans vivre de drames, souligne adroitement Ashmi.

— Pardonnez ma curiosité, s'excuse Sophie Webster. Je vous l'ai dit, je n'aime pas spécialement les ragots, mais j'ai entendu tant de choses au sujet du baron.

— Ce n'est rien, dit Shanti. Abbie, est-ce la carafe de sherry que tu lorgnes ainsi ?

Cette dernière coule un regard peu amène à son amie avant de se resservir.

— Je ne me souviens pas que Keir ait jamais été d'un abord facile, fait remarquer Ashmi, les yeux dans le vague. Même à l'époque où je l'ai connu.

— Encore moins à l'époque où moi, je l'ai connu, renchérit Shanti. Mais, même alors, il n'était pas aussi...

— Agaçant ? marmonne Abbie, malgré elle. Imposant ? Dominateur ?

— Oh non, il a toujours été tout ça, sourit Ashmi.

— Non, il était plus... fragile, réfléchit Shanti. Je crois que c'est le mot qui convient, bien qu'il me semble étrange de parler de Keir en ces termes.

Il n'y a certes rien de fragile en Lord Keir, songe Abbie, en résistant à l'envie de vérifier cela de visu.

— Vous savez, Sophie, dit alors Shanti, tandis qu'Abbie hésite encore à boire son verre. Keir est loin d'être aussi mal élevé ou mal embouché qu'il veut bien le laisser croire.

— C'est juste qu'il n'aime pas les mondanités, assure Ashmi. Il apprécie sa tranquillité.

— Dans ce cas, s'interroge Sophie Webster, pourquoi donc a-t-il organisé ce... ? Oh ! Ce n'était pas *son* idée !

— Non, c'était la mienne, soupire lourdement Abbie, en avalant son verre. Shanti, je crois bien que je suis totalement grise... Et soyez assurées, toutes, que je ne me risquerai plus jamais à inviter quiconque à Blackson House...

— Abbie, tu n'es pas grise, tu es ivre, plaisante Shanti, en lui prenant le verre vide des mains.

— Peu importe de qui c'était l'idée, fait Sophie Webster. Je suis heureuse que l'invitation ait été lancée et le dîner organisé, car cela nous a permis à tous de mieux faire connaissance.

— Oh ! Seigneur, marmonne Abbie en fixant son regard sur le manteau de la cheminée. Mais quand donc vont-ils s'en aller ?

23

Ashmi en avale sa gorgée de travers, et Sophie Webster ouvre de grands yeux.

— Non, se reprend maladroitement Abbie en soupirant. Je ne parlais évidemment pas des vôtres, Sophie ! Mais, sincèrement, plus vite les Ferguson, les Barring et les Carson s'en iront, mieux je me porterai.

— Abbie, tu es totalement ivre !

Ronde comme une queue de pelle, oui !

Elle pince les lèvres, au bord de l'éclat de rire. Oh ! bon sang de bois, elle n'a pas été dans cet état depuis… Depuis quand ? Elle ne parvient même pas à s'en souvenir !

— Si vous le permettez, réussit-elle à dire, en gardant son sérieux, je crois que je vais aller… je ne sais pas où, mais ailleurs, histoire de respirer un peu !

— Va, Abbie, sourit Shanti. Va et respire…

En prenant garde à maintenir une trajectoire aussi rectiligne que possible, elle prend la direction de la porte, traverse le couloir et reste un instant à réfléchir pour déterminer l'endroit qui lui fera le plus de bien.

— Mon lit, marmonne-t-elle.

Oui, mais non. Pas encore, hélas…

— Alors, l'orangerie.

Elle doit juste se souvenir du chemin pour y aller et… Oui, bien sûr, en prenant ce couloir.

Les murs l'aident souvent à redresser une démarche chancelante et l'odeur des agrumes lui monte à la tête, à peine pénètre-t-elle dans l'orangerie sombre. Au-dehors, la lune est haute, et le ciel sans nuages. Il baigne une pénombre paisible dans la serre, et l'ivresse d'Abbie s'effiloche lentement pour laisser place à une impression ouatée de cocon bienheureux. D'un pas lent, elle va jusqu'à la baie vitrée, croise les bras en frissonnant, puis regarde la nuit qui s'étale devant elle. Après le brouhaha persistant des dernières heures, le silence de l'orangerie lui martèle les oreilles au point qu'elle manque ne pas entendre les pas s'approcher derrière elle.

Pendant un instant, elle se demande quoi faire. Qui vient troubler le calme ?

Pitié, Seigneur, prie-t-elle, pas l'un des invités ! Elle n'est définitivement pas en état pour avoir une discussion mondaine.

Puis… Pitié, Seigneur, pas Lord Keir !

— Un problème, Cross ? grogne-t-il dans son dos.

— Je vais devenir bouddhiste, marmonne-t-elle, en levant des yeux désabusés au ciel.

— Si cela vous agrée, pourquoi pas ? réplique-t-il. Vous n'aviez pas l'air bien en quittant le salon, et Ranjit s'inquiétait.

— Bouddhiste, oui, se reprend-elle.

— Cross ?

— Oui, milord, soupire-t-elle, en essayant de se tourner vers lui sans tanguer.

Il est à… quoi ? Deux mètres d'elle ? Oh ! pas plus. Peut-être même moins. Malgré la pénombre, elle voit ses sourcils noirs se froncer, tandis qu'il la dévisage.

— Vous êtes complètement bourrée, fait-il soudain.

— Oui, totalement, milord.

Il semble réfléchir un instant.

— C'est occasionnel ou habituel ? interroge-t-il d'une voix tranquille.

— Plutôt exceptionnel, à dire vrai, ne peut-elle s'empêcher de lâcher, dans un éclat de rire. Oh ! Seigneur… J'ai besoin de… De quoi, déjà ?

Elle plisse le front, essaie de se souvenir. Quel était donc ce remède presque miraculeux contre l'ivresse, que lui vantait sans cesse Geoffrey ?

— Flûte, soupire-t-elle en baissant les yeux.

— Du café ne vous ferait pas de mal, propose Lord Keir, d'une voix étrange.

Perplexe, elle relève la tête pour le regarder et écarquille les yeux. Pas étonnant que sa voix sonne différemment... Il *sourit*. Il sourit même en grand et...

— Ne faites pas ça, lâche-t-elle dans un souffle, hypnotisée.

— Ça quoi, Cross ?

Elle englobe son visage d'un geste large et un peu trop exubérant qui la fait trébucher. Elle lance sa main pour se retenir à un palmier, le rate et atterrit contre un torse solide et délicieusement parfumé.

— Manquait plus que ça, soupire-t-elle, désabusée.

Il sent divinement bon. Son parfum un peu boisé est relevé d'un brin du tabac qu'il a dû fumer avec les autres hommes. Mais, surtout, sous le parfum, c'est son odeur qu'elle sent. Une odeur qu'elle connaît déjà, hélas. L'odeur qui lui a envahi le nez, l'esprit, le corps quand elle a changé ses draps. La tête lui tourne brutalement, alors que, la bouche sèche et le cœur tambourinant, elle ne peut que relever les yeux vers lui. Il lui maintient les bras et elle se demande si elle ne devrait pas, quand même, essayer de se redresser.

Pour faire quoi, déjà ?

Peu importe...

— Cross ? murmure-t-il, d'une voix de basse qui la fait frémir.

— Oui, milord ? chuchote-t-elle, happée par son regard.

Il ouvre la bouche, mais reste silencieux, et Abbie sent son souffle s'affoler dans sa poitrine, lorsque Lord Keir pose les yeux sur ses lèvres.

Oh ! bon sang de bois !

Elle essaie d'avaler sa salive, mais sa bouche est pâteuse d'avoir trop bu, et c'est malgré elle, qu'elle humecte ses lèvres de sa langue.

— Ne faites pas ça, murmure-t-il tout bas.

— Pardon, milord, réplique-t-elle, sans vraiment en avoir conscience. Je suis navrée de vous mettre ainsi dans l'embarras.

Son cœur s'affole plus fort, lorsqu'il sourit encore et que son visage se transforme une nouvelle fois, perdant de sa dureté, retrouvant une certaine humanité.

— Même bourrée, vous conservez une diction parfaite, plaisante-t-il.

Abbie sent ses propres lèvres s'étirer et s'épanouir en un large sourire un peu béat d'ivrogne.

— C'est mon flegme britannique, explique-t-elle, d'une voix joyeuse à la limite du gloussement. J'en ai heureusement reçu une bonne dose à la naissance.

Il éclate de rire. Le sourire d'Abbie se fige, tandis que son cœur rate plusieurs battements. Oh ! bon sang ! Si le sourire le transforme, le rire le transfigure totalement ! Ses dents blanches tranchent dans la pénombre ambiante et son visage buriné. Quant à ses yeux, l'éclat de l'amusement les rend tout bonnement...

— Non, ne faites pas ça, gémit-elle, sans pouvoir le quitter du regard.

Il hausse les sourcils sans pour autant reprendre son visage austère habituel. L'effet combiné de l'alcool, de l'ambiance, de son odeur et de *lui* produit sur Abbie un effet dévastateur. Elle peine à recouvrer son souffle et se rend soudain compte qu'elle est toujours affalée contre lui. De tout son corps. En l'espace d'une infime seconde, elle a conscience de la dureté du torse qui s'écrase contre sa poitrine, de la force des mains qui enserrent toujours ses bras. Il est tellement grand que lever les yeux pour le regarder, c'est comme renverser la tête complètement en arrière... À moins qu'elle ne soit effectivement tellement ivre que...

— Qu'est-ce que je ne dois pas faire ? demande-t-il en souriant.

Elle ne comprend pas vraiment les mots, encore moins la question, et met un long moment à réfléchir.

— Arrêtez de sourire ou de rire, soupire-t-elle, en se noyant dans ses yeux. Ce n'est pas juste.

— Je ne me moque pas, rit-il pourtant. Enfin, pas complètement...

— Vous ne devriez pas avoir de cheveux de toute façon, pense-t-elle tout haut. Mais un gros ventre, oui. Et des verrues. Oui, des verrues.

— Je ne comprends rien à ce que vous dites, Cross, mais bon Dieu, vous êtes beaucoup plus marrante bourrée que sobre !

Elle soupire. Enfin, c'est plus une exhalation gémissante qu'un soupir, et Abbie finit par ne plus voir de lui que sa bouche souriante. Il a vraiment des lèvres sublimes, charnues, sensuelles et pleines.

— Je me demande vraiment quel goût elles ont ? pense-t-elle.

Elle fronce les sourcils avec l'impression lointaine d'avoir peut-être marmonné quelque chose à voix haute. L'impression est renforcée par le regard d'abord perplexe, puis plus aigu que Lord Keir pose sur elle.

— Doivent sentir le whisky, songe-t-elle en se rappelant le verre qu'il a bu dans le salon.

Le regard bleu devient plus intense, et le sourire s'estompe rapidement. Abbie plisse le front, réfléchit.

— J'ai parlé à voix haute, n'est-ce pas ? murmure-t-elle.

— Oui, Cross, répond-il, un frémissement dans la voix.

— Flûte. Je suppose que vous ne serez pas disposé à oublier ça...

— Non, Cross, fait-il, et cette fois elle entend très clairement le rire qu'il contient.

— Flûte.

— Cross ?

— Oui, milord ?

— Vérifiez.

Elle fronce les sourcils.

— Vérifier quoi ? marmonne-t-elle.

Il se penche tout en la redressant sur ses pieds, et elle a un choc quand il l'embrasse. Ses yeux s'écarquillent lorsque leurs bouches se touchent, elle arrête de respirer, puis la tête lui tourne violemment, et elle s'agrippe des deux mains aux revers de sa veste de soirée. Sur les siennes, les lèvres de Lord Keir sont fermes, chaudes. Et sentent le whisky. Elle note vaguement qu'à présent qu'elle se tient debout, et non plus à moitié affalée contre lui, il est beaucoup moins grand. À la taille idéale, en vérité. Puis ses paupières se ferment d'elles-mêmes, et elle se laisse aller contre lui. La bouche de Lord Keir bouge doucement sur la sienne, s'entrouvre à peine, et Abbie prend sa lèvre inférieure entre les siennes. Le goût du whisky est plus prononcé. Son goût à lui aussi, et elle le sent frémir contre elle lorsqu'elle passe la langue sur la lèvre qu'elle maintient prisonnière.

Il prend une grande inspiration par le nez, ses doigts la serrent plus fort, presque à s'enfoncer dans la chair de ses bras et il ouvre la bouche. Il n'a pas à forcer, Abbie l'accueille au contraire avec un soupir. Leurs langues se touchent, timidement d'abord, puis, alors qu'Abbie a l'impression qu'un orage éclate dans sa tête et dans son ventre, il l'embrasse plus profondément, couvrant complètement sa bouche de la sienne, l'explorant de sa langue. Elle gémit encore, se hausse sur la pointe des pieds pour se coller plus intimement contre lui.

Il sent le pur malt et le cigare, des odeurs qu'elle détestait sentir chez son époux, mais qui la grisent totalement chez Lord Keir. Et tandis que le baiser s'approfondit encore, que leurs langues se nouent et se caressent avec plus d'assurance, elle se sent redevenir la jeune fille qu'elle a été, celle qui recevait son premier baiser, qui avait l'avenir devant elle et l'espoir insensé de réussir son existence. Le sang se met à pulser dans ses veines avec une force et une vigueur qu'elle avait oubliées avec les années. Elle redécouvre le goût même de la vie après avoir dormi pendant des années. L'odeur, la chaleur, la saveur de Lord Keir l'enveloppent complètement, elle se sent vibrer au plus profond de son être et le sent vibrer lui aussi. Sent son torse dur écraser plus fort ses seins, sa langue l'entraîner, l'emmener. Contre sa joue, le souffle de Lord Keir se fait plus rapide, se réglant sur le rythme de celui d'Abbie.

L'impression de vivre un moment magique, hors du temps, s'estompe à mesure que monte en elle le désir. Un désir qui se fait rapidement brutal, aussi vif que son besoin de le toucher, de le caresser, de sentir ses mains sur elle. Sa tête lui tourne plus violemment encore et, avec un gémissement sourd, elle s'arrache à lui et recule la tête, hors d'haleine.

— Nom de Dieu, souffle-t-il, d'une voix rocailleuse, haletant.

Elle rouvre les yeux, perdue, soudain terrifiée à mesure qu'elle comprend réellement ce qui vient de se passer et relève la tête vers lui. Il la fixe sombrement, sourcils froncés et visage figé. C'est plus fort qu'elle, elle plonge dans ses yeux, y lit un tumulte si semblable au sien que sa peur s'accroît encore. Désir, trouble et quelque chose de sombre, d'obscur. Contre son propre cœur qui bat la chamade, elle sent le torse de Lord Keir se soulever trop vite, tandis que, tout comme elle, il cherche son souffle. Elle ouvre la bouche sans savoir que dire, retient de justesse un gémissement, lorsque le regard de Lord Keir se pose à nouveau sur ses lèvres. Les humecte, les referme. Dieu merci, il la tient solidement par les bras, et elle s'accroche toujours à sa veste. Sa tête lui tourne toujours plus fort, au point que sans lui contre elle, le vertige la ferait sans nul doute tomber et…

— Je vais vomir, souffle-t-elle.

Un bref éclat dans les yeux bleus qui la dévisagent sans qu'elle puisse déterminer si c'est de l'amusement ou de la contrariété. Elle gonfle ses poumons, sent son estomac se retourner, lâche sa veste et recule d'un pas, l'obligeant à la lâcher. Une nausée la secoue, elle plaque une main sur sa bouche et, affolée, tourne les yeux, cherche la porte qui donne sur l'extérieur. Sauf qu'elle est soudain incapable de se repérer dans l'orangerie, incapable de voir où elle est, où est la porte, où… Il lui prend le bras et l'entraîne rapidement. Abbie le suit aveuglément, bien trop occupée à refouler son malaise pour se mortifier encore de ce qui vient de se passer, de ce qui se passe encore.

Le courant d'air froid du dehors qui la balaie ne suffit pas à estomper le roulis qui la secoue. Tandis qu'une nouvelle nausée monte en elle, elle secoue son bras, tente de s'éloigner de lui.

— Ne lutte pas, Cross, murmure-t-il.

Submergée par la nausée, elle se plie en deux et vomit sans pouvoir se contenir plus longtemps. Le bras de Lord Keir s'enroule autour de sa taille pour la soutenir et l'empêcher de tomber. Elle sent sa présence solide derrière elle, sa chaleur autour d'elle, vomit encore.

Tremblante, les jambes en coton et la tête subitement très lourde, elle se redresse, son estomac vidé apaisé, puis lutte pour recouvrer son souffle et son calme.

— Oh ! Seigneur, marmonne-t-elle.

La réalité la frappe avec rudesse, et elle gémit de honte en fermant les yeux.

— Ça va mieux ? demande-t-il d'une voix neutre.

Elle hoche la tête sans oser le regarder. Ils restent immobiles pendant une longue seconde, suffisamment longue pour qu'Abbie sente le poids de son bras autour d'elle, la chaleur solide de son corps derrière elle, son souffle sur sa joue. Elle se sent si mortifiée qu'elle aimerait que la terre s'ouvre et l'engloutisse à jamais !

— Cross ?

Elle se racle la gorge, appelle à elle tout ce fameux flegme britannique dont elle s'enorgueillit et se redresse.

— Oui, milord ? souffle-t-elle, la gorge encore douloureuse de son malaise.

Il la lâche et recule d'un pas avant de l'obliger à lui faire face. Il fait plus clair que dans l'orangerie, et elle lit sans peine le visage fermé qu'il lui présente. Elle est presque soulagée de le voir redevenu aussi austère et froid qu'à l'ordinaire. L'esprit encore embrumé par l'alcool, elle en vient même à douter que ce baiser ait réellement eu lieu. Sauf que Lord Keir baisse fugacement les yeux sur sa bouche, anéantissant aussitôt l'espoir un peu vain qu'avait Abbie d'avoir effectivement rêvé.

— Retirez-vous pour la nuit, grogne-t-il, d'une voix peu amène. Allez cuver votre vin.

Elle bat des paupières. Il la regarde maintenant avec une sorte de colère qu'elle préfère ne pas chercher à comprendre. Dieu sait qu'elle lui a donné, en quelques minutes seulement, suffisamment de raisons d'être courroucé !

— Oui, milord.

Il fait un pas de côté pour la laisser passer, et elle prend juste une bonne seconde pour se souvenir comment on fait pour marcher. Jusqu'à ce qu'elle passe la porte et pénètre à nouveau dans l'orangerie, elle sent peser sur sa nuque le poids des yeux bleus de Lord Keir et doit lutter pour ne pas se retourner. Ne pas le regarder. Ne pas...

Les jambes molles et de nouveau nauséeuse, elle s'empresse de traverser les couloirs jusqu'à ses appartements. Là, elle tourne la clé derrière elle en tremblant, s'adosse au battant et gémit longuement.

— Oh ! Seigneur, Seigneur, Seigneur !

Il fait noir comme dans un four. Et froid. Un reste de lucidité lui ordonne d'aller allumer la cheminée et la lampe, mais elle est incapable de bouger. Dans son dos, le bois de la porte est frais, mais solide. Réel. Vrai.

Aussi vrai et réel que le baiser qu'ils ont échangé.

— Oh ! Dieu tout-puissant ! Mais quelle idiote !

Elle se frappe le front contre la porte, deux, trois fois, arrête quand cela réveille malencontreusement les vertiges dus à l'alcool. Puis songe soudain à l'assemblée qui est toujours dans le salon et gémit à nouveau, encore plus fort.

— Imbécile !

Jésus Marie Joseph ! Comment va-t-elle pouvoir croiser les regards des autres demain ?

Seigneur Dieu, comment va-t-elle pouvoir supporter de simplement *croiser* Lord Keir à l'avenir !

24

Elle ouvre les yeux à six heures vingt. Étendue sous les couvertures dans le noir et le froid du petit matin, elle reste sans bouger pendant de longues minutes. Sa tête tambourine, elle a un goût putride dans la bouche, son crâne la tire désagréablement. Son corps lui paraît si lourd qu'elle se demande si elle aura le courage de se lever. Pourquoi devrait-elle se lever, d'ailleurs ? Est-ce qu'elle ne pourrait pas juste rester dans le creux de son lit pendant deux ou trois semaines ? Peut-être qu'alors, sa honte finirait par disparaître.

Avec un soupir las, elle écarte les couvertures d'un geste lent qui accélère malgré tous les martèlements dans sa tête, puis s'assoit avec précaution au bord de son lit. Là, elle se prend le front entre les mains et comprend pourquoi son crâne la tire si méchamment. Elle s'est couchée avec ses épingles.

Marcher jusqu'à la cheminée de l'autre pièce lui prend du temps. Allumer l'âtre aussi. Assise devant les flammes qui crépitent enfin, elle ôte ce qui reste d'épingles de sa chevelure, puis va s'asseoir à son bureau pour se coiffer avec des gestes machinaux. Encore un peu engourdie par l'alcool et la fatigue, elle ne sent pas vraiment le froid et s'habille lentement, une fois son chignon correctement refait. Enfin, elle pense à allumer sa lampe et va récupérer sa robe de soie, abandonnée au sol, puis la pend tristement dans son dressing.

L'eau dans la cuvette de sa chambre est glaciale, mais y plonger plusieurs fois le visage lui fait du bien et semble déchirer un peu les brumes qui l'engourdissent. Elle se lave deux fois les dents sans parvenir à complètement se débarrasser du mauvais goût qui les baigne. Puis, parce qu'ainsi que le disait sa mère, « comme on fait son lit, on se couche », elle pend le trousseau de clés à sa taille et quitte son petit havre pour rejoindre la cuisine.

La maison lui semble encore plus silencieuse qu'à l'ordinaire. Elle forcit son thé, l'infusant presque noir, et marque un long temps d'arrêt en entrant dans l'orangerie. Tandis que les souvenirs de la veille éclatent dans sa mémoire, ses mains se mettent à trembler, et elle se hâte d'aller poser son plateau sur la table avant de tout faire tomber. Elle choit sur la chaise plus qu'elle ne s'assoit et secoue la tête. Comment diantre cela a-t-il pu arriver ?

Bon… L'alcool, évidemment.

Sa première résolution de ce jour nouveau est donc de ne plus *jamais* toucher une *seule* goutte d'alcool tant qu'elle vivra sous le même toit que Lord Keir. Mais l'alcool n'explique pas tout et elle le sait. Si elle ne s'était pas amourachée de Lord Keir comme une gamine, le baiser n'aurait jamais eu lieu.

À ce sujet, pas de résolutions à prendre… Parce qu'elle connaît assez la vie pour savoir qu'on ne peut malheureusement lutter contre une attirance. Et qu'elle se connaît assez pour savoir qu'elle ne parviendra pas à oublier le contact de ses lèvres, le goût de sa bouche, la sensualité de sa langue. Pas plus que son odeur ou sa chaleur. Tout comme elle se souviendra de la dureté de son corps, de l'impression de force qu'il dégage, de chacune de ses expressions. Du bruit de son rire. De sa voix, quand il a plaisanté et souri. Des mots qu'il a prononcés.

Lord Keir ne se risquera plus à l'approcher après les événements de la veille, ce qui est une bonne nouvelle. Quel homme aurait envie de discuter avec une femme qui vomit quand on l'embrasse ? Abbie en ferme les yeux de honte.

Elle finit par prendre sa tasse à deux mains pour boire de longues gorgées âpres de thé et regarde le jour se lever au-dehors. Lentement, elle reprend pied dans la réalité du quotidien, et enfin, avec soulagement, peut se mettre à réfléchir aux tâches qui l'attendent en ce jour. Les pièces à nettoyer après le dîner de la veille. La vaisselle. Le…

Une fois la théière vide, elle est presque redevenue l'Abbie normale. La cuisine est vide lorsqu'elle y retourne, ce qui n'est pas habituel. Songeant que les autres méritent bien un peu de repos après la soirée tardive, elle attrape un plateau et va débarrasser la longue tablée de la salle à manger laissée en l'état, la veille au soir. Qu'elle se sente soulagée d'être seule n'a évidemment rien à voir avec la gêne qu'elle ressent à l'idée de voir les autres.

Non. Rien à voir du tout.

Au moins a-t-elle de quoi s'occuper longuement. Travailler lui évitera peut-être de trop penser.

Si cela pouvait aussi empêcher son esprit de se rappeler les lèvres de Lord Keir…

Shanti est la première à entrer dans la cuisine, alors que la matinée est bien entamée. Abbie a presque achevé la vaisselle de la veille, son dos et ses reins lui font mal d'avoir passé des heures debout devant l'évier. Quant à sa tête… Eh bien, cela martèle et cogne à qui mieux mieux. Son estomac ne lui semble pas être revenu à sa place normale et, dans sa mémoire, malgré le travail physique, tournent et retournent sans cesse les bribes des événements désastreux de la veille.

— *Namaste*, Abbie, salue Shanti en entrant d'un pas moins décidé que d'ordinaire.

— *Namaste*, Shanti. Comment vas-tu ?

Cette dernière vient s'appuyer contre la pierre à eau près d'Abbie et la dévisage un bref instant.

— Je suis un peu fatiguée, dit-elle. Mais j'ai l'impression d'aller bien mieux que toi. Comment te sens-tu ?

Abbie lui coule un regard ironique.

— Comme une ivrogne au lendemain de ses libations, se moque-t-elle. Je suis navrée de ne pas vous avoir rejoints dans le salon.

— Bah, soupire Shanti, en balayant la remarque d'Abbie d'un geste de la main. Tu n'as pas manqué grand-chose. Keir a réussi à les mettre dehors moins de dix minutes après être revenu de l'orangerie.

Abbie sursaute et se sent rougir.

— L'orangerie ? fait-elle faiblement.

— Oui. C'est bien là que vous étiez, non ? s'étonne Shanti. Keir nous a dit que tu te sentais mal et que tu te retirais pour la nuit.

— Oui... Oui, c'est exact, je... j'étais malade.

Elle baisse le nez vers sa vaisselle, en espérant que Shanti ne notera pas son teint écarlate.

— Malgré tout, poursuit Shanti, c'était une bonne soirée, ne trouves-tu pas ? J'aime beaucoup les Webster et, d'après Nanda, Sanjay et Darius ont l'air de très bien s'entendre.

— C'est formidable, sourit Abbie avec sincérité.

— D'ailleurs, quand les Webster sont partis, Sophie m'a demandé si Darius pourrait venir à Blackson House partager les leçons de Sanjay avec Daniel, cet après-midi.

— Oh ! quelle merveilleuse idée ! s'exclame Abbie, avant de grimacer lorsque sa migraine se fait plus violente.

Shanti se redresse, va mettre une bouilloire à chauffer.

— Je passerai au village cet après-midi, soupire Abbie. J'irai voir Mrs Stand à propos du local pour l'école.

— Au fait, dit Shanti d'un ton plus vif. Est-ce que Keir et toi vous êtes encore chamaillés dans l'orangerie ? Il avait l'air d'assez mauvaise humeur, quand il est revenu au salon.

Abbie grogne malgré elle en fermant les yeux.

Les lèvres de Lord Keir... Son souffle contre sa joue. Son...

— J'étais ivre et j'ai vomi devant lui, explique Abbie, en expurgeant l'histoire au maximum.

Shanti ne dit rien. Pas besoin. Abbie la devine au bord du rire.

— Je ne boirai plus jamais, poursuit-elle. Et je n'organiserai plus jamais de dîner ici.

— Tu as vomi devant lui ? s'exclame la voix de Nanda.

Abbie regarde trop vivement par-dessus son épaule et grimace quand sa tête la martèle furieusement. Debout dans l'encadrement de la porte, Nanda est aussi hilare que sa mère. Shanti commence à servir le thé, Abbie achève sa vaisselle tant bien que mal, alors qu'arrivent au fur et à mesure les autres membres de la maisonnée.

— Abbie ? fait Arun, en préparant une décoction d'herbes qu'il verse dans un petit pot de grès.

— Mm ?

— Keir a demandé à vous voir dans son bureau.

Un grand froid. Puis une vague brûlante. Abbie se raidit, alors que son cœur s'emballe et qu'elle a de nouveau la nausée. Mortifiée, elle n'ose regarder personne et essuie rapidement ses mains sur un torchon.

— Quand ? réussit-elle à demander.

— Maintenant, dit Arun. Il m'a demandé de lui monter ça, vous n'avez qu'à le lui apporter.

Arun lui tend le pot de grès fumant, et elle hésite une longue seconde avant de le prendre.

— Il a la gueule de bois, s'amuse Arun. Ma potion magique devrait le remettre en forme.

Abbie hoche la tête sans y prendre garde, déglutit.

— Bon... J'y vais...

Elle quitte la chaleur de la cuisine et son brouhaha rassurant de discussions pour s'engager dans les couloirs d'un pas lugubre, le pot à la main. Tout en montant les marches de l'escalier de service, elle s'efforce de conserver son calme sans vraiment y parvenir.

Elle est devant la porte du fameux bureau. Elle n'y a encore jamais mis les pieds. Être convoquée est déjà un cauchemar. Dans le bureau, c'est encore pire. Immobile dans le couloir, elle ne parvient pas à trouver le courage de frapper à la porte. Avant de croiser le chemin de Lord Keir, elle ne s'était jamais sentie lâche. Mais là... Où trouver le cran d'affronter l'homme qui la perturbe tant depuis des mois ? Comment oser le regarder, alors qu'elle se souvient trop bien du goût de sa bouche ? Bon sang, elle a failli vomir sur ses pieds ! Il est son employeur et elle... Oh ! flûte ! Il va la renvoyer ! C'est sûr, il va la renvoyer !

— Cross !

Un grondement puissant traverse le bois de la porte close, et elle sursaute, comme prise en faute. Comment diable a-t-il su qu'elle était là ?!

Après une grande inspiration, elle ouvre la porte et entre dans le repaire de la bête.

25

La pièce est sombre. Les lourds rideaux sont tirés et masquent presque complètement les grandes fenêtres. Dans la cheminée, un feu brûle tranquillement. Abbie referme derrière elle, hésite un peu. Du regard, elle fait le tour de la pièce, curieuse malgré elle. Un tapis un peu usé, des boiseries sombres, très masculines. Des murs neutres dont elle est incapable de distinguer la couleur. Une bibliothèque chargée de livres mal rangés, une table recouverte de papiers, un bureau d'acajou imposant derrière lequel il est assis. Au-dessus de la cheminée, un tableau, le seul élément décoratif de cette pièce terriblement fonctionnelle, presque froide. Malgré elle, Abbie jette un coup d'œil à la peinture, reporte son attention sur Lord Keir, puis, alors que son esprit comprend ce qu'il vient de voir, elle regarde à nouveau le tableau et son cœur se serre.

La peinture est un portrait en pied, de très belle facture, bien que datant à l'évidence d'une bonne vingtaine d'années. La femme qui y est représentée porte d'ailleurs des vêtements de l'époque de la guerre de la Péninsule, et Abbie comprend immédiatement de qui il s'agit. Feu la baronne Blackson. La mère de l'honorable Angus, morte en couches.

Aucun des habitants de Blackson House ne s'est montré très prolixe quant à Lady Blackson. Sans doute parce qu'aucun d'eux ne l'a jamais connue. Abbie a toujours senti une profonde réserve de leur part à propos de ce que fut la vie de Lord Keir avant son départ pour les Indes. Abbie ignorait même qu'il existât un portrait de celle qui fut la dame de la maison. Animée par une curiosité dévorante, elle ne peut s'empêcher de regarder une fois encore le portrait du coin de l'œil, sans oser l'observer pleinement ou ostensiblement. Elle n'en voit finalement qu'une silhouette, des cheveux châtains, un sourire.

— Donnez-moi ça, grommelle Lord Keir derrière son bureau, en tendant la main vers le pot de grès qu'elle porte.

Abbie le pose sur le bureau et recule d'un pas, les mains nouées devant elle. Le cœur au bord des lèvres, elle conserve ses yeux fixés sur le bout de tapis devant elle. Pas moyen de le regarder. Elle entend le tintement d'un verre qu'on pose sur le bois, puis le liquide que l'on verse.

— Restez pas debout, grogne-t-il.

Elle voit une chaise à la tapisserie défraîchie, s'y assoit en se disant qu'il serait bon de la faire retapisser.

— Comment va la tête ? demande-t-il, d'une voix un peu rude.

Elle ferme brièvement les yeux, honteuse, et lui en veut soudain avec force d'aborder un sujet que la bienséance et la bonne éducation auraient dû lui faire éviter.

— Bien, milord, je vous remercie, répond-elle sobrement.

— Menteuse, marmonne-t-il. Avalez ça.

Elle relève le front et le voit pousser vers elle, sur le bureau, un verre empli de la mixture d'Arun. Lui-même en tient un gobelet à la main.

— Ça ne vous tuera pas, ajoute-t-il, en vidant son propre verre en quelques gorgées.

Elle le voit grimacer, ce qui ne lui donne pas particulièrement envie d'y goûter à son tour.

— Cross, commence-t-il d'une voix rogue.

— Oui, milord ?

Elle resserre ses mains l'une contre l'autre sur ses genoux et redresse les épaules en attendant les paroles qui, elle n'en doute pas, mettront fin à son engagement à Blackson House.

— D'où tenez-vous la robe que vous portiez hier ?

Perplexe et surprise, elle relève la tête et le regarde franchement, avant de froncer légèrement les sourcils.

— Pardon, milord ?

Elle a dû mal comprendre. Qu'est-ce que sa robe verte vient faire ici ?

— Avalez votre verre, ça vous permettra peut-être de comprendre ce que je dis, grogne-t-il.

Sous le feu du regard qu'il garde planté sur elle, elle se sent rougir et n'a pas d'autre choix que de prendre le verre. Le liquide fume encore, et l'odeur dégagée n'est pas franchement désagréable. Elle hésite, prend une longue inspiration et, avant de manquer de cœur, en avale le contenu d'un seul trait… avant de manquer de s'étouffer, tant le goût en est amer. Une main posée en hâte sur sa bouche, elle repose le verre sur le bureau et se force à déglutir pour avaler la dernière goulée de liquide qui reste coincée dans sa bouche.

— Vous allez encore vomir ? grince-t-il sèchement, les sourcils froncés.

Cela suffit à lui faire avaler sa salive et le breuvage. Elle le foudroie du regard avant même de se souvenir de qui elle est, et surtout de qui *il* est.

— Non, milord, se force-t-elle à répondre.

— Votre robe ?

— Je ne comprends pas bien votre question, milord. J'ai cette robe depuis plusieurs années déjà.

— Ce n'est pas ma question, grogne-t-il, en s'affalant contre le dossier de sa chaise.

Il a les cheveux en bataille et, malgré l'ombre qui règne dans le bureau, Abbie remarque qu'il ne s'est pas rasé. D'ailleurs, à bien y regarder, il lui semble même qu'il a les yeux injectés de sang. La bouche charnue de Lord Keir prend un pli ironique.

— Ce que je veux savoir, Cross, c'est comment une gouvernante peut se promener avec une robe qui vaut, au bas mot, pas loin de deux cents guinées.

Le dos d'Abbie se raidit malgré elle, alors que son menton se redresse. Elle hausse un sourcil hautain, et ses doigts se crispent sur ses genoux.

— Mon époux n'était pas un homme pauvre, réplique-t-elle fraîchement. Bien que cela ne vous regarde en rien, milord.

Il fronce les sourcils un court moment sans la quitter des yeux.

— Depuis quand l'heureux homme a-t-il cassé sa pipe ? interroge-t-il, d'une voix qu'elle devine volontairement ironique.

Elle se raidit plus encore, au point que ses épaules commencent à lui faire mal. Instinctivement, elle se méfie de ce qui ressemble à un interrogatoire. Elle savait qu'elle aurait dû se changer la veille ! Oui, la robe verte était bien trop habillée !

— Je suis veuve depuis trois ans, milord.

C'est un soulagement de noter que sa voix ne tremble pas. Lord Keir plisse légèrement les yeux, tapote des doigts sur l'accoudoir de son fauteuil de cuir. L'attention d'Abbie se fixe malgré elle sur sa grande main, puissante mais élégante. Se souvient comment cette main enserrait son propre bras, la veille.

— D'où venez-vous, Cross ? demande-t-il.

Son cœur bat soudain trop vite. Pourquoi lui pose-t-il toutes ces questions ? Pourquoi aujourd'hui ? Alors qu'elle ouvre la bouche pour répondre, un reste de prudence l'arrête et lui fait plisser les yeux.

— Je ne vois pas où vous voulez en venir, milord, répond-elle, avec toute la dignité dont elle est capable. Si vous souhaitez me signifier mon congé après le comportement lamentable qui a été le mien hier, faites-le sans délai.

Les lèvres de Lord Keir se tordent en une espèce de rictus sombre, et le tambourinement des doigts s'arrête.

— Vous croyez que je devrais vous virer ? ironise-t-il soudain, en fixant sur elle un regard aigu. Pour quelle raison exactement, Cross, dites-moi ? Parce que vous avez organisé un dîner mondain contre mon avis ? Ou peut-être pour avoir vidé une partie de ma cave au profit de pique-assiette et de lèche-culs ? À moins que ce ne soit parce que vous avez failli vomir sur mes bottes ?

Il hausse à son tour un seul sourcil, et son rictus se fait sardonique. Abbie déglutit et s'efforce de conserver son calme. Sa gêne est si profonde, son malaise si violent qu'elle note à peine combien il est familier, voire vulgaire dans ses paroles… à moins qu'elle ne soit tout simplement en train de s'habituer à la crudité de son langage.

— Ou bien à cause du baiser… ?

Le souffle d'Abbie se bloque dans sa gorge, et son visage devient brûlant. Elle pince les lèvres dès qu'elle les sent trembler. Conserver la tête haute, ne pas faiblir sous le regard qui la dévisage intensément, alors qu'elle ne désire plus qu'une chose : disparaître, lui demande de tels efforts qu'elle se sent physiquement épuisée.

Un gentleman n'aurait jamais parlé de cela ! ne peut-elle s'empêcher de songer, effarée du manque d'éducation de Lord Keir.

— Je ne suis pas un gentleman, fait-il froidement.

Elle écarquille les yeux, stupéfaite. Seigneur, a-t-elle encore parlé à voix haute ?!

— Que les choses soient claires, Cross ! fait-il d'une voix agacée. Je ne veux plus de dîner ni de soirées mondaines ici.

— Oui, milord, dit-elle faiblement.

— Si je revois les Carson ou les Barring chez moi, je les flanque dehors à coups de pied. Non, à coups de fusil, en ce qui concerne les Barring... Quel crétin, ce vicomte ! marmonne-t-il pour lui-même.

— Oui, milord, déglutit-elle.

— S'il vous venait l'idée d'inviter une autre foutue personnalité à ma table, je vous jure de la faire manger dans les écuries. C'est clair ?

— Oui, milord.

— Votre mari était chevalier ?

— Non, ba...

Elle ferme la bouche en écarquillant les yeux. Face à elle, le regard de Lord Keir s'étrécit, et il se laisse aller dans le fond de son fauteuil.

— Ba... quoi, Cross ? sourit-il ironiquement.

— En avez-vous fini, milord ? parvient-elle à demander, alors qu'elle se rend compte qu'elle tremble. J'ai encore du travail à abattre et...

— Restez là, Cross.

Il la regarde en silence pendant une très, très longue minute, au point qu'Abbie est sur le point de dire quelque chose, n'importe quoi, pour briser la tension qui monte en elle.

— Veuve depuis trois ans, marmonne-t-il finalement, en plissant les paupières.

C'est bien un filet de sueur qu'elle sent dégouliner dans son dos...

— Vous êtes en manque ? fait-il soudain.

— Pardon ! s'exclame-t-elle, outrée.

Seigneur !

— Si c'est le cas, attaquez-vous à quelqu'un d'autre, poursuit-il, sans paraître même noter qu'elle est écarlate. Quelqu'un qui vous trouvera à son goût.

Il secoue négligemment la main dans le vide, et l'humiliation broie le cœur d'Abbie. L'humiliation et la fureur.

— Je ne… commence-t-elle.

— Et expliquez-moi comment la veuve soi-disant respectable d'un « ba… quelque chose » se retrouve simple gouvernante ? poursuit-il.

— J-je…

— Qu'avez-vous fait, ces trois dernières années ? continue-t-il sans la quitter des yeux.

Elle bredouille. La colère monte en elle au point de l'envahir tout entière, et elle serre brusquement les dents pour retenir une parole malheureuse.

— J'ai du travail, parvient-elle à dire distinctement, d'une voix presque calme. Si vous permettez, milord…

— Je finirai bien par savoir ce que vous cachez, Cross, lance-t-il, alors qu'elle se redresse.

Elle se fige malgré elle, sent le sang quitter son visage.

— Parce que vous cachez quelque chose, poursuit-il d'un ton implacable. Et que je ne permettrai à personne de faire du mal à ma famille.

Le dos d'Abbie devient aussi rigide que du métal, et elle se tourne vers lui. Bien qu'ayant un caractère assez vif, elle ne s'est pourtant jamais considérée comme une femme colérique ou sujette aux emportements. Aussi la bouffée de rage qui la submerge soudain la prend-elle par surprise.

— Votre famille ? feule-t-elle d'une voix cinglante, en marchant jusqu'au bureau, hors d'elle. Vous ne savez pas ce qu'est une famille ! Votre famille, vous l'avez abandonnée il y a vingt ans, milord, et que vous ayez essayé d'en reconstruire une ici, avec Ranjit et les autres, ne vous absout pas de vos manquements passés ! Ne parlez pas de famille, vous ignorez jusqu'au sens de ce mot ! Quant au fait que je puisse constituer un danger pour les habitants de Blackson House, l'idée est si ridicule qu'elle en serait risible, si elle n'était aussi lamentable !

Elle pose les mains à plat sur le bureau et se penche en avant vers lui, furieuse.

— La seule personne qui soit à même de me juger, milord, est votre nièce, et c'est envers elle que je me sens tenue à quelque chose. Elle, et seulement elle ! Vous avez beau être le maître du domaine, vous n'êtes rien pour vos terres ou vos métayers ! Vous les avez abandonnés comme vous avez abandonné votre famille ! Je ne vous permets pas d'insinuer que je puisse menacer le peuple de Blackson House ou les gens du domaine alors que, depuis sept mois, je travaille d'arrache-pied pour réparer ce que votre absence et votre désintérêt ont pu créer comme dégâts !

Elle le voit étirer les lèvres en un sourire déplacé, et la fureur reprend de plus belle en elle.

— Qui donc croyez-vous être, milord, pour vous permettre de me juger de la sorte, vous qui n'avez rien fait pour votre domaine et qui avez laissé d'autres élever vos enfants ? Je n'ai rien à me reprocher, bien au contraire ! Et voilà que vous vous permettez de m'insulter et de mettre en doute non seulement mon honnêteté, mais aussi ma vertu ? Le fait de porter un titre nobiliaire ne vous autorise en aucun cas à vous comporter comme un goujat et un butor !

Elle se redresse à bout de souffle. Lord Keir s'appuie à son bureau sans la quitter des yeux.

— Comment va la tête, Cross ? demande-t-il.

Elle sent ses yeux s'écarquiller sous la colère qu'il refait naître en elle.

— Allez au diable ! grince-t-elle entre ses dents. Bonne journée, milord.

Elle attrape le pot vide, tourne les talons et part au pas de charge vers la porte.

— Cross ? la rappelle-t-il d'une voix inflexible.

Elle se raidit, se tourne à demi pour le regarder. Dans l'ombre, à l'autre bout de la pièce, il s'est redressé dans son fauteuil sans la quitter des yeux.

— Quoi, milord ? rétorque-t-elle, décidée à l'impertinence.

Malgré la distance, elle a l'impression de voir une ombre traverser le regard bleu, et le pli amer qui tire sa bouche se crispe.

— C'était une bonne idée d'inviter les Webster, dit-il comme à contrecœur. Ce sont des gens bien.

Elle hésite, puis penche légèrement la tête de côté pour accepter ses mots avant d'ouvrir la porte avec plus d'énergie que nécessaire. Une fois dans le couloir, elle se retient de claquer le battant derrière elle, fait une douzaine de pas furieux et s'arrête au bord de la nausée. Une main sur l'estomac, elle ferme les yeux, essaie de recouvrer son calme et son emprise sur elle-même.

Jamais, non, jamais, pas même aux heures les plus sombres de son passé, elle n'a ainsi été submergée par le courroux. Et quand son époux la surnommait « la petite tempête », ce n'était pas parce qu'elle avait tendance à s'emporter, mais plutôt parce qu'elle était si énergique et dynamique qu'elle chamboulait tout autour d'elle. Oh ! bien sûr, Abbie sait qu'elle n'a pas non plus un caractère facile... Mais de là à s'emporter comme elle vient de le faire...

Elle reprend sa route vers les cuisines, toujours soulevée de colère. Quelque chose doit se voir sur elle, car dès qu'elle entre dans la pièce, toutes les conversations se taisent brutalement, et tous les regards se fixent sur son visage.

— Qu'y a-t-il ? fait-elle, la voix encore frémissante d'irritation.

— Abbie, tu vas bien ? s'inquiète Nanda en se levant.

— Très bien, merci, répond-elle sèchement.

Elle va laver le pot vide dans l'évier avec des gestes énervés, s'essuie les mains.

— Je vais au village, lance-t-elle. Ne bouge pas, Bill, je sellerai moi-même ma jument. Non, Ranjit, ce n'est pas la peine de m'accompagner. Si vous vous en sentez le courage, vous n'aurez qu'à commencer à entasser dans le grand chariot les coussins qui ont besoin d'être retapissés. Bill, pourras-tu aller à Leeds demain ou après-demain ?

— Pour sûr, fait prudemment l'intéressé, sans la quitter des yeux.

— Dans ce cas, il faudra penser à descendre les chaises du bureau de milord, termine-t-elle avant de quitter la cuisine.

Elle passe par ses appartements pour échanger ses bottines contre des bottes et s'arrête un instant. Ses mains tremblent encore de la confrontation avec Lord Keir, et elle se sent mal. Très mal.

— Il ne t'a pas renvoyée, marmonne-t-elle subitement.

Même alors qu'elle lui assénait ses quatre vérités, il ne l'a pas renvoyée… Le soulagement qu'elle ressent soudain à l'idée de ne pas avoir à quitter Blackson House est intense, et elle s'autorise un sourire.

— Merci, mon Dieu, murmure-t-elle.

Ce n'est que lorsqu'elle entre dans l'écurie pour seller sa monture qu'elle se rend compte que, bien que toujours mal à l'aise, elle n'a plus du tout mal à la tête.

26

Elle retire ses épingles avec des gestes las, les range et va s'asseoir à son bureau. Elle est épuisée, presque plus émotionnellement que physiquement. Et Dieu sait pourtant combien son corps est las !

Si la matinée lui rappelle de mauvais souvenirs qu'elle préfère refouler de son mieux, l'après-midi s'est révélé, quant à lui, très profitable.

Grâce à Mrs Stand, l'école a trouvé où s'établir. En quittant Mrs Stand, Abbie est directement allée chez les Webster pour apprendre la bonne nouvelle à Sophie. Ensemble, elles ont visité la bâtisse, imaginant déjà comment transformer les quelques pièces en salles de classe. De retour au presbytère, Sophie et Abbie ont établi une liste d'une longueur impressionnante des besoins de l'école. Puis, alors qu'Abbie comptait retourner à Blackson House pour le déjeuner, les Webster ont insisté pour qu'elle partageât leur repas.

Ce fut un moment vraiment agréable, songe-t-elle en coiffant ses cheveux. Certes, les Webster sont bien moins nombreux que les Cross l'étaient, et la tablée n'était pas aussi bruyante que dans les souvenirs de jeunesse d'Abbie... Elle a pourtant eu l'agréable sensation de voyager dans le temps et de revivre certains jours heureux de son adolescence. Iperius Webster, surtout, l'a fortement impressionnée, car elle a retrouvé dans le pasteur des traits de caractère de son propre père. Comme ce dernier, Iperius Webster accorde une grande importance à la pensée individuelle de ses enfants et les encourage à les exprimer ou à débattre. Abbie sait combien ce comportement paternel est peu répandu. Les parents de son époux étaient à l'opposé de cette éducation.

Sur le chemin de retour vers Blackson House, peut-être poussée par un besoin de retarder son arrivée, elle a fait bifurquer sa jument vers la chapelle du domaine. Il s'en dégage un vrai sentiment de paix et Abbie en a un urgent besoin ! Les vieilles pierres ont fait leur œuvre en dépit de la toiture effondrée, et elle est restée un long moment assise sur l'un des bancs crasseux de la chapelle détériorée, se remémorant le dîner et la scène de l'orangerie. Puis la scène du matin, dans le bureau de Lord Keir.

Elle a commis des erreurs, elle en est bien consciente. Jamais elle n'aurait dû se laisser aller à boire autant. Elle aurait dû s'éloigner de Lord Keir, se taire, quitter l'orangerie. Le repousser quand il l'a embrassée, au lieu de savourer ses lèvres.

Elle se sent cependant incapable de regretter les mots qu'elle lui a lancés au visage ce matin. Parce qu'ils sont vrais et qu'elle les pense. Oui, il a abandonné Ann et Gus Blackson, abandonné Blackson House et le domaine, comptant sur d'autres pour endosser ses responsabilités.

Derrière la chapelle s'étend le cimetière familial. En temps ordinaire, elle fuit ces endroits comme la peste. Trop de mauvais souvenirs se rattachent aux stèles gravées. Mais aujourd'hui, elle a poussé le petit portillon de fer forgé et s'y est promenée lentement. Des générations de Blackson y passent leur éternité. Elle sait que la famille a été durement touchée, plus de vingt ans auparavant, mais c'est en voyant l'étalage de tombes qu'elle a pleinement mesuré l'étendue des deuils qui ont touché Ann Blackson et son oncle. À mesure qu'elle lisait les noms, les dates, elle a senti son cœur sombrer tristement.

Margaret Sheffield Blackson. La mère d'Ann.

Jacob Blackson. Aileen McLeod Blackson. Les parents de Lord Keir.

Callum Blackson. Le père d'Ann, frère de Lord Keir.

Eilidh Blackson. Sœur de Lord Keir.

Rory Blackson. Frère de Lord Keir.

Agatha Simmons Holter Blackson. Mère de Gus, épouse de Lord Keir.

Recueillie devant les tombes, elle a pris conscience de la soudaine solitude qu'il a forcément éprouvée. Que ressent-on lorsque toute sa famille, ses frères, ses sœurs... quand tout disparaît ainsi ? Elle-même a payé son tribut à la mort, et son cimetière personnel est loin d'être vide. Mais au moins n'a-t-elle pas eu à enterrer ses parents ni aucun de ses nombreux frères et sœurs qui, si Dieu le veut, vivront tous encore longtemps.

Et pourtant, tous ces deuils n'excusent en rien l'abandon des enfants. Aux yeux d'Abbie, c'est là une faute impardonnable. Avant de dire ses quatre vérités à Lord Keir ce matin, elle ne mesurait pas elle-même combien elle lui en voulait pour ce qu'il a fait à Ann et Gus Blackson.

Lorsqu'elle a finalement regagné Blackson House, l'heure du thé était passée depuis longtemps, aussi a-t-elle décidé de s'atteler aux comptes du domaine un temps négligés au profit de la préparation du dîner. Passant devant la bibliothèque, elle a observé Daniel instruisant non plus un élève, mais deux. Le cœur d'Abbie s'est réchauffé en voyant les jeunes têtes penchées sur le même livre. La luxuriante chevelure noire de Sanjay et les boucles blondes de Darius Webster. Voyant les deux garçons discuter ensemble comme s'ils se connaissaient depuis toujours, Abbie s'est dit que, ne serait-ce que pour cela, elle serait prête à revivre la soirée de la veille une bonne centaine de fois. Finalement, peu lui importe ce que Lord Keir peut penser d'elle. Il est persuadé qu'elle cache quelque chose ? Et alors ? Il a raison. Oui, elle cache quelque chose, mais cela ne le regarde en rien et n'aura jamais d'incidence sur le petit peuple de Blackson House.

Plus tard, au cours du repas du soir, elle a bien noté comme les autres habitants la regardaient avec circonspection, mais elle était heureusement revenue à de meilleurs sentiments, aussi les conversations ont-elles fini par retrouver leur exubérance habituelle.

À présent, dans la quiétude de son appartement, sur le point de se coucher, elle se demande avec une petite pointe d'angoisse ce qui se serait passé si Lord Keir avait décidé de la renvoyer. Qu'aurait-elle fait ? Où serait-elle allée ? Que serait-elle devenue ? Et Lord Keir ? Lui aurait-il concédé des références ou bien aurait-elle dû en rédiger de fausses, encore une fois, dans l'espoir de trouver un nouvel employeur peu regardant ?

Seigneur, songe-t-elle en reposant sa brosse pour aller mettre le pare-feu en place, avant de se glisser entre ses couvertures. Serait-elle même capable, désormais, de s'intégrer dans une maison britannique normale, après ces mois passés à Blackson House ? Elle n'en est pas certaine.

— N'y pense pas, marmonne-t-elle dans l'obscurité. Tu restes à la maison.

Elle n'a plus qu'à espérer deux choses. Ne plus croiser Lord Keir. Ne plus mécontenter Lord Keir.

Et elle pourra rester ici, chez elle.

27

Tandis que Sanjay explique à Nanda combien Darius est fort aux échecs, Abbie termine la vaisselle, préoccupée. Ranjit essuie, Arun pose des biscuits sur le plateau avec les tasses. Shanti prépare le thé, Ashmi finit de nettoyer la table. Daniel discute avec Kishan, ce qui signifie que Daniel parle et que Kishan concède parfois un signe de la tête.

Elle s'essuie les mains avec le torchon, accepte la tasse pleine que lui tend Shanti, prend un biscuit, mais se mordille la lèvre avant de le croquer.

Elle attend que chacun ait achevé son thé pour se redresser.

— Arun, Ranjit, pourriez-vous rester un instant ? demande-t-elle.

— Bien sûr, répond Arun, en lui lançant un regard curieux.

Abbie jette un œil à Nanda. La jeune femme croise son regard, hausse les sourcils, semble comprendre en silence ce que souhaite Abbie.

— Je vais… aller ailleurs, sourit Nanda avant de quitter la cuisine.

— Que se passe-t-il ? demande Shanti, tandis qu'Ashmi s'assoit près d'Abbie.

— Je vais devoir m'absenter quelques jours, explique Abbie en regardant les quatre « anciens » de Blackson House.

Elle les voit échanger des œillades entre eux.

— Tu comptes te rendre en ville ? demande Ashmi.

— Est-ce qu'il y a un problème ? s'inquiète Ranjit.

Elle secoue lentement la tête, ouvre la bouche, cherche ses mots.

— C'est… familial, finit-elle par dire doucement. Je prendrai la malle-poste de lundi matin au village : je devrais être de retour le vendredi suivant.

Un bref silence s'installe.

— Bill pourrait t'emmener là où tu dois aller avec la voiture de Keir, intervient Shanti. Ce serait sans doute plus rapide et beaucoup plus confortable pour toi.

Abbie secoue la tête en silence. Comment leur dire qu'elle ne souhaite pas que Blackson House ou ses habitants interviennent dans son pèlerinage ? Elle ne souhaite pas que quiconque sache où elle va ni ce qu'elle doit faire. Pas par manque de confiance, uniquement parce que cela lui fait trop mal encore pour pouvoir en parler à quiconque.

— Ce n'est pas nécessaire, dit-elle. Je prendrai la malle-poste jusqu'à Leeds, puis la diligence. Je...

Elle se racle la gorge et resserre ses mains autour de sa tasse vide.

— Je sais que m'absenter aussi longtemps n'est pas convenable, mais je n'ai pas pris un seul de mes jours de congé depuis que je suis arrivée ici, et...

— Vous n'avez pas à vous justifier, coupe tranquillement Arun.

— Que souhaitez-vous que nous fassions en votre absence ? demande Ranjit en souriant.

Abbie sent une partie de sa tension quitter ses épaules et se détend.

— Rien de plus qu'à l'ordinaire, sourit-elle. Je sais que je ne suis pas indispensable au domaine, d'autant que je ne pars pas bien longtemps. Veillez simplement à ce que Sanjay et Darius ne fassent pas trop de bêtises.

Depuis une semaine qu'ils passent tous leurs après-midi ensemble, ces deux-là sont devenus siamois et enchaînent les fredaines avec insouciance et bonne volonté. Là où Sanjay déborde de fantaisie et d'exubérance, Darius n'est que réflexion et modération. Abbie, qui espérait que côtoyer le sérieux du fils du pasteur apprendrait à Sanjay à maîtriser sa propension naturelle aux bêtises en tout genre, a vite été détrompée par les faits. Il semble, hélas, que ce soit Darius qui, au contact du facétieux Sanjay, apprenne à imaginer de nouvelles idioties. Tous les deux forment un cocktail particulièrement détonnant. Amusant, touchant, charmant, certes.

Mais dangereux. La veille, ils ont essayé de mettre en situation une théorie chimique étudiée avec Daniel et ont bien failli mettre le feu à la bibliothèque...

— Oh ! poursuit Abbie. Et la plupart des cahiers et des plumes que j'avais commandés à Leeds ainsi que les pupitres pour l'école devraient être livrés au village mardi ou mercredi. Il faudrait que quelqu'un s'en occupe avec Sophie.

— Je m'en chargerai, assure Ranjit.

— Bien, achève Abbie en souriant. Le reste des affaires courantes attendra mon retour.

— Peut-être devrais-tu prévenir Keir de... ? commence Shanti.

— Non, tranche froidement Abbie en se rembrunissant.

Au cours de la dernière semaine, Shanti a plusieurs fois tenté de savoir ce qui s'était dit dans le bureau. Arun lui a demandé à diverses reprises de porter des objets à Lord Keir.

— De toute façon, ajoute-t-elle fraîchement, il ne s'apercevra pas de mon absence. À quoi bon l'ennuyer avec ces contingences matérielles ? Bien, si nous allions rejoindre Nanda dans la chambre violette ?

Elle réfléchit tout en travaillant avec les autres femmes. Il lui reste encore trois jours pour préparer un léger bagage avant son départ. La veille, elle a écrit une lettre à sa sœur Ellie pour la prévenir de sa prochaine arrivée. Si elle se réjouit grandement de passer quelques jours dans la famille de sa cadette, elle ne peut cependant empêcher la peine de la gagner lorsqu'elle se souvient des raisons la poussant à y aller.

— N'y pense pas, marmotte-t-elle.

— Le matelas est bon à jeter, constate Ashmi en se redressant.

— Encore un, soupire Nanda.

— Sortons-le dans le couloir, dit-elle. Les garçons iront le brûler comme les autres.

Lorsque le soir tombe et qu'elle regagne sa chambre, Abbie se sent si sale et poussiéreuse qu'un bain lui semble nécessaire. Les autres femmes en ont pris un avant le souper, pendant qu'elle achevait la rédaction de courriers.

— Pas moyen de me coucher en sentant aussi mauvais, soupire-t-elle.

Fatiguée, les muscles alourdis par le ménage, elle sait qu'elle n'aura pas la force de remplir tout le baquet.

— Mais au moins de quoi faire un peu trempette dans de l'eau bien chaude, soupire-t-elle avec envie.

Elle attrape ses affaires, son savon et un bougeoir, puis retourne jusqu'à la cuisine, fait chauffer assez d'eau pour remplir a minima le tub, se déshabille rapidement. Elle laisse échapper un long grognement de plaisir en s'y installant. Dieu que cela fait du bien ! Elle retire ses épingles qu'elle laisse tomber par terre et se tortille, se plie jusqu'à plonger la tête entière sous l'eau. Puis cale sa nuque contre le bord du bac, ferme les yeux et savoure le bain jusqu'à ce que l'eau commence à tiédir. Là, elle se savonne rapidement, se lave les cheveux et se rince avant de se relever pour sortir et s'essuyer. La fatigue de la journée lui tombe brutalement dessus, elle enfile sa chemise de nuit avec des gestes gourds, enturbanne ses cheveux dans un linge. Ne s'en sentant ni l'énergie ni la volonté, elle remet au lendemain le vidage du tub, s'enroule dans son peignoir, ramasse ses affaires, souffle machinalement la bougie… et reprend donc dans le noir le chemin vers ses appartements.

Elle l'entend avant même de voir la lueur de sa chandelle au détour d'un couloir et panique à l'idée de le croiser. Affolée, elle se fige, cherche du regard une pièce où entrer se cacher, mais il n'y a aucune porte dans cette portion de couloir. Elle tourne les talons pour retourner aux cuisines, mais il est déjà là, à quelques mètres.

Éclairé par les lueurs dansantes de la bougie, son visage austère paraît sculpté dans la pierre. En bras de chemise et sans veston, il ralentit, puis s'arrête en la découvrant face à lui. Abbie déglutit, l'esprit vide de tout, sauf de ce besoin irrépressible de l'éviter et de s'enfuir.

— Cross, fait-il d'une voix de basse.

— Milord, répond-elle, après s'être éclairci la gorge.

Elle roule ses vêtements en boule et les tient devant elle comme un bouclier ô combien dérisoire.

— Qu'est-ce que vous foutez là ? marmonne-t-il sombrement.

— Ça n'a pas l'air évident ? réplique-t-elle, acide, avant d'avoir eu le temps de réfléchir.

Elle pince les lèvres pour contenir une autre remarque

désagréable qui pourrait lui échapper. Où donc est passé son légendaire « flegme britannique » ?

Il lève sa chandelle plus haut et la détaille des pieds à la tête en silence, puis esquisse un sourire ironique.

— Vous avez essayé le jus de citron ? fait-il, moqueur.

— Pardon ?

— Pour effacer vos taches de rousseur, explique-t-il d'un geste.

Elle inspire violemment par le nez, serre les dents, bien décidée à ne pas le laisser l'entraîner dans une querelle.

— Bonne nuit, milord, articule-t-elle donc, avec un calme feint.

Elle se remet en route, comptant que sa bonne éducation le fera s'effacer devant elle.

Évidemment, il ne bouge pas d'un pouce, et elle s'arrête à nouveau, à un pas de lui, lève le menton et le fusille du regard. Heureusement, depuis la scène dans le bureau, elle ne se sent plus aussi soumise au fantasme quand elle est en sa présence. Comme si sa colère lui avait permis de remettre Lord Keir à sa juste place. Certes, il est beau, et elle reste sensible au charme qu'il dégage, bien malgré elle, mais ce n'est plus le même affolement total de ses sens, et elle se sent capable de garder l'esprit clair. Tout beau qu'il soit, cet homme a abandonné ses enfants, et Abbie garde ce manquement en tête.

— Pardon, milord, insiste-t-elle en haussant un sourcil.

— Est-ce que vous en avez partout ? demande-t-il en baissant la voix.

— Pardon ?

Flûte, son cœur se remet à battre la chamade.

— Des taches de rousseur, explique-t-il. Vous en avez partout ?

Bon sang de bois ! Oh ! comme elle le hait soudain ! En quelques mots, il affole son corps de désir !

— Vous ne me demandez pas de vérifier ? chuchote-t-il, d'une voix devenue très rauque.

Elle lève les yeux vers lui, éperdue, alors que son souffle s'affole dans sa poitrine. Elle se souvient des mots échangés dans l'orangerie.

« Non, je ne vous demande pas de vérifier. »

Sauf que ses lèvres ne s'ouvrent pas, elle ne peut que penser les mots sans réussir à les prononcer. Les yeux bleus de Lord Keir se font acérés, se posent sur sa bouche, et Abbie oublie aussitôt sa question. Ou la réponse qu'elle doit lui apporter.

Il lève la main, tire légèrement sur le turban humide qui enferme ses cheveux, les mèches s'effondrent autour d'elle.

— Je ne dois pas ! dit-elle en silence.

Il se penche à peine. Elle lève le visage vers lui, malgré elle, et pose les lèvres sur la bouche de Lord Keir. Il n'effleure ni ne caresse, mais prend possession, écarte ses lèvres pour envahir sa bouche avec une sorte de fureur qui la fait fondre et gémir. Elle lâche ses affaires, pose les mains sur son torse, les fait glisser en frémissant jusqu'à sa nuque, les y referme. La langue de Lord Keir entraîne la sienne dans un ballet sensuel, il avance d'un pas, de deux, la faisant reculer jusqu'au mur, puis pèse contre elle en grognant, tandis que son baiser se fait plus profond. Chaud, puissant, charnel.

Le souffle de Lord Keir s'emballe, son torse monte et descend de plus en plus vite contre elle. Elle enfouit les doigts dans la masse de cheveux noirs et argent avec délice, s'y accroche pour amener Lord Keir plus près d'elle. Hissée sur la pointe des pieds, elle se coule de tout son corps contre lui, qui s'appuie plus fort sur elle. Le peu de tissu se dressant entre eux ne suffit ni à masquer la dureté des muscles qui écrasent ses seins soudain lourds ni la protubérance brûlante qu'il vient nicher en se cambrant contre le ventre d'Abbie.

Un gémissement de pur plaisir lui échappe à ce contact, puis un autre, suivi d'un long frisson quand il plonge les doigts dans les cheveux humides d'Abbie. Sa main est si grande qu'il n'a aucun mal à empaumer son crâne pour lui faire pencher la tête en arrière. Il quitte ses lèvres une brève seconde, reprend son souffle avant de s'enfouir à nouveau dans sa bouche, plus voracement encore. Le corps tendu, cambré contre lui, Abbie explore sa bouche en retour, le fait gémir. Hors d'haleine, elle esquisse le geste de reculer un peu les lèvres pour respirer, mais il la suit dans son mouvement, lâche alors ses cheveux et pose sa grande main sur son sein.

Oh ! bon sang ! a-t-elle le temps de penser avant que l'onde de plaisir déclenchée par son geste ne l'embrase tout entière. Il y a si longtemps, tellement longtemps qu'elle n'a pas ressenti cela ! C'est bon, si bon ! Ses reins se creusent d'eux-mêmes pour caresser l'érection de Lord Keir, alors que son dos se cambre pour presser sans pudeur son sein contre sa paume. Avec un nouveau gémissement, sourd et guttural, il effleure son mamelon du pouce, et elle gémit à son tour.

Et soudain, il ne se passe plus rien.

L'instant d'avant, il se pressait contre elle avec vigueur et ardeur, la dévorait de son baiser en lui pinçant le mamelon. Et le voilà, deux pas en arrière, en train de cracher des vitupérations en hindi, fusillant la chandelle du regard.

Chamboulée, Abbie halète, effondrée contre le mur. Sans lui contre elle, elle a froid et ne comprend plus rien. Puis saisit enfin : la chandelle... Lord Keir se frotte le poignet en grognant là où un peu de cire est tombée et l'a brûlé.

Terrassée, elle porte la main à sa bouche, ferme les yeux.

— Oh ! Seigneur, gémit-elle tout bas.

— Le Seigneur n'a rien à foutre là-dedans, Cross, réplique Lord Keir, d'une voix encore haletante, mais indubitablement irritée. Tu as envie de moi.

Elle rouvre les yeux, choquée par son manque de tact, et le dévisage. La honte l'envahit lentement ainsi qu'une colère sourde.

— N'ayez crainte, lance-t-elle en tremblant. Ce n'est pas une maladie dont il est difficile de guérir.

Il fait nerveusement jouer ses mâchoires, alors que son regard bleu devient métallique. Elle ouvre la bouche, prête à lui lancer qu'elle n'est pas la seule à avoir voulu ce baiser, mais la referme soudain, consciente que le silence est plus sûr. Le cœur affolé et l'esprit en déroute, elle tente de recouvrer ses sens, voit ses vêtements par terre, s'accroupit pour les ramasser et tressaille quand il l'imite pour récupérer ses épingles qui jonchent le sol. Elle se redresse, les vêtements roulés en boule, attrape du bout des doigts les épingles et le linge humide qu'il lui tend sans oser le regarder.

— Cross... commence-t-il en prenant une grande inspiration.

— Bonne nuit, milord, tranche-t-elle en s'esquivant.

Elle se hâte dans le couloir sans se retourner et quitte aussi vite qu'elle le peut le halo lumineux de sa chandelle. Retrouver l'obscurité qui mène à ses appartements la soulage, et elle sent son visage se défaire du masque figé qu'elle maintenait en place. Alors qu'elle claque la porte derrière elle, son corps tout entier se met à trembler. Malgré elle, elle passe et repasse la langue sur ses lèvres pour y retrouver son goût à lui. Avec un gémissement torturé, elle va jeter ses vêtements sales dans le panier prévu à cet effet, range ses épingles, puis va se coucher dans le noir. Là, allongée sous ses couvertures, alors que le sommeil la fuit inexorablement, elle s'oblige à un état des lieux aussi sommaire qu'honnête.

Son ventre frémit encore du désir de lui. Ses lèvres portent son goût et elle sent toujours le contact chaud et solide de sa grande main sur son sein. Quelle femme est-elle donc pour le désirer, sachant ce qu'elle sait de lui ? Oui, certes... elle est tombée sous son charme dès le premier jour. Sous le charme de son physique impressionnant. Le corps de Lord Keir est une invite au péché charnel. Mais il n'est pas que cela. Il n'est pas seulement un amas de muscles solides, d'yeux bleus ou de traits agréables... Il est aussi l'homme qui a abandonné les siens pendant vingt ans, sans le moindre regret ni remords. Un ours mal embouché qui parle vulgairement et ignore sciemment toute bonne éducation. Un employeur qui la traite mal et l'insulte régulièrement. Un noble qui a laissé son domaine et ses gens tomber dans le néant sans état d'âme.

— Et tu ne l'as pas repoussé...

Il a osé l'humilier en sous-entendant qu'elle s'était jetée sur lui dans l'orangerie, parce qu'elle « serait en manque » ! Et ce soir, il lance qu'*elle* a envie de lui... Mais bon sang de bois, songe Abbie furibonde, c'est quand même *lui*, dans ce couloir, qui a insisté lourdement sur ses taches de rousseur ! C'est bien *lui* qui a provoqué le baiser ! Non ?

Elle fronce les sourcils, réfléchit, ne peut s'empêcher de revivre encore et encore la brève rencontre du couloir, quitte à faire à nouveau battre son cœur et son corps.

Non, elle ne se trompe pas. Elle veut bien admettre que l'écart de l'orangerie lui est imputable à elle... Mais ce soir, dans le couloir, c'est lui qui a commencé ! Alors oui, elle a envie de lui, elle l'admet. Mais flûte, lui aussi a eu envie d'elle ! Elle n'a pas rêvé sa voix rauque, ni ses gémissements de plaisir, ni... ni son érection !

— Oh ! bon sang de bois de flûte !

Elle plisse le front en se tournant et se retournant dans son lit. Il est déjà mortifiant de savoir que Lord Keir sait qu'elle le désire. Mais encore pouvait-elle s'efforcer de l'éviter et de faire « comme si ». Mais si lui aussi se met à la désirer…

— Les choses vont devenir très compliquées, marmonne-t-elle.

Elle est soudain soulagée de devoir quitter Blackson House dans deux jours. Parce qu'une petite semaine loin de la maison, loin de Lord Keir, ne pourra lui être que profitable et l'aider à surmonter ce béguin de gamine.

28

Elle croise Arun sur le chemin de la bibliothèque.

— Keir veut vous voir dans son bureau, lui annonce-t-il sans sourire. Il a l'air de mauvaise humeur.

Abbie marque le pas, se sent blêmir un peu.

— Maintenant ? fait-elle, d'une voix heureusement posée.

Arun hoche la tête. Elle prend une profonde inspiration, puis s'en va d'un pas à la fois agacé et nerveux vers l'étage de Lord Keir.

— Cette fois, je n'y échapperai pas, marmonne-t-elle.

Il va encore l'insulter, laisser entendre qu'elle a des mœurs légères et la licencier de son poste. C'est évident. Que ce soit *lui* qui ait provoqué leur baiser de la veille n'aura aucune importance. Abbie sait bien comment le monde fonctionne. Dans leur société, ce sont toujours les femmes qui paient. La raison est toujours du côté des hommes, a fortiori lorsqu'ils sont aristocrates.

Le temps de parvenir devant la porte du bureau, elle est plus remontée qu'inquiète et frappe sèchement au battant, qu'elle ouvre sans attendre de réponse.

Les rideaux sont toujours tirés, et la pièce baigne dans la même pénombre que la dernière fois. Elle jette malgré elle un regard au portrait de feu la baronne Blackson, distingue cette fois une paire de jolis yeux noisette et note surtout que l'épouse de Lord Keir n'était pas aussi jeune qu'Abbie le pensait.

— Milord ? attaque-t-elle fraîchement.

Assis derrière son lourd bureau, il la regarde avancer en silence, avachi dans son fauteuil, cerné par les ombres.

— Ne vous promenez plus la nuit dans les couloirs, lance-t-il, dès qu'elle est face à lui.

Elle se raidit et hausse son sourcil avec toute la morgue dont elle est capable. Elle pince les lèvres pour se taire, ne pas rebondir, mais c'est plus fort qu'elle, elle finit par parler.

— Pourquoi ? lâche-t-elle sèchement. Pour vous éviter d'être tenté ?

Lord Keir se redresse légèrement dans son fauteuil, son regard se fait plus aigu. Une vague d'irritation traverse les yeux bleus, puis une légère grimace ironique étire ses lèvres. Il ne s'est pas rasé, ce matin. Comme souvent, de larges cernes sombres lui mangent le visage. Toute furieuse contre lui qu'elle soit, elle ne peut s'empêcher de lui trouver mauvaise mine.

— Oui, évitez donc de me tenter, Cross, ironise-t-il, acerbe. Vous êtes tellement séduisante qu'il m'est impossible de ne pas avoir envie de vous culbuter par terre, quand je vous vois.

Abbie rougit brutalement tout en se gonflant de colère, serre les dents et le foudroie du regard. Inspire, compte jusqu'à dix, expire. Ne pas rebondir. Ne pas lui répondre. Ne pas se défendre. Ne pas...

— Vous vouliez me voir pour autre chose, milord ? se force-t-elle à dire d'une voix glaciale.

Il crispe les mâchoires, sa grimace s'adoucit légèrement, et elle est soudain persuadée qu'il est ennuyé qu'elle refuse d'entrer dans son jeu.

— J'ai réfléchi, finit-il par dire, d'une voix presque normale.

Elle se mord la langue pour contenir une réplique ironique, voit à une brève lueur dans les yeux bleus qu'il devine ce qu'elle a failli dire. Il sourit soudain, et le cœur d'Abbie rate plusieurs battements.

— Je sais, cela doit vous étonner, mais il m'arrive de réfléchir, Cross, fait-il d'une voix amusée.

Il est si rare de ne pas percevoir d'acrimonie ou de sarcasme dans sa voix qu'Abbie en est toute chamboulée.

— Vous aviez raison, poursuit-il.

— P-Pardon, milord ? s'exclame-t-elle, malgré elle.

— La dernière fois que vous étiez ici, explique-t-il avec un geste de la main, vous vous êtes permis des mots qu'une gouvernante aurait dû taire.

Il fronce ses sourcils noirs, et Abbie déglutit, persuadée que, cette fois, il va la congédier.

— Mais vous aviez raison, ajoute-t-il plus doucement.

Pour le coup, elle sent ses genoux devenir mous et cherche une chaise du regard. Sauf qu'évidemment, les sièges ont été retirés du bureau sur son ordre et sont actuellement dans le chariot conduit par Bill, en route pour être retapissés à Leeds.

— À quel propos ? ose-t-elle demander doucement.

— Vous accomplissez des tâches qui devraient être les miennes, explique-t-il, en se redressant pour poser ses coudes sur le bureau. Arun et les autres ne tarissent d'ailleurs pas d'éloges quant à ce que vous avez accompli ici… malgré moi, se moque-t-il un peu.

Perplexe et légèrement gênée, Abbie se sent rougir encore, sans savoir comment réagir ni même où Lord Keir veut en venir.

— C'est mon travail, milord, murmure-t-elle.

Il la dévisage un moment en silence, et elle se sent épinglée par ses yeux trop vifs, comme s'il avait le pouvoir, soudain, de lire en elle.

— Vous faites plus que votre part, finit-il par dire. Les tâches d'une gouvernante s'arrêtent à l'entretien et au bon fonctionnement d'une maison. Celles d'un intendant se bornent à la supervision du domaine et à l'encaissement des impôts et des loyers.

Abbie fronce les sourcils.

— C'est ce que je fais, milord, rappelle-t-elle assez sèchement.

— Non, tranche-t-il. Remettre Blackson House en état ne fait pas partie de vos attributions. Rendre au domaine son éclat d'antan non plus. Pas plus que redonner vie au village ou y établir des commerces et des artisans. Ces choses-là font partie de *mes* attributions.

— Il fallait bien que quelqu'un s'en charge, réplique-t-elle du tac au tac, avant d'ajouter : milord.

Il tique légèrement sans la quitter des yeux.

— Je ne l'ai pas fait, c'est vrai, dit-il. Et vous avez eu raison de le souligner, même si vous l'avez fait d'une façon…

Virulente ? Agressive ? Excessive ? ne peut s'empêcher de penser Abbie.

— Démesurée, choisit Lord Keir. Personne n'aime se faire

remonter les bretelles. Encore moins par quelqu'un qui a raison, grommelle-t-il.

— Pardon, milord, dit-elle.

— Pitié, Cross, soupire-t-il. Pas de servilité entre nous. Vous comme moi savons à quoi nous en tenir…

— Où voulez-vous en venir, My Lord ? articule Abbie, entre ses dents soudain serrées.

— Je veux que vous me mettiez au courant. De tout. Je vais reprendre le domaine en main. Vous avez assez à faire avec Blackson House.

Le sang d'Abbie se fige dans ses veines. Oh flûte de flûte ! pense-t-elle aussitôt. Il va me limoger, mais avant cela, il veut voir où j'en suis dans mon travail ! Elle avale difficilement sa salive.

— Donc j'aimerais qu'à compter de demain, vous passiez chaque jour dans mon bureau, en début d'après-midi, pour m'expliquer ce que vous avez prévu et où en sont les dossiers, termine Lord Keir, sans la quitter des yeux.

Abbie a l'impression de se décomposer de l'intérieur. Lui transmettre les dossiers, c'est le préparer à se passer… à se débarrasser d'elle…

Et tout aussi soudainement, elle saisit le sens de ses paroles et frémit.

Chaque jour. En début d'après-midi. Dans le bureau. Seule avec lui…

— Non, lâche-t-elle malgré elle.

— Non quoi, Cross ? réplique-t-il, dans un grognement.

L'esprit en déroute, Abbie bafouille un peu.

— Non, l'après-midi, je travaille, milord, répond-elle en hâte.

— Alors, après le petit déjeuner, soupire-t-il avec agacement.

Elle secoue la tête. Au fond, elle sait parfaitement qu'elle n'a pas le choix, qu'elle va devoir passer ce temps avec lui, dans le bureau et… Mais bon sang de bois, elle ne veut pas !

— Non plus, finit-elle par dire, tout en réfléchissant. C'est à ce moment-là que les femmes et moi travaillons dans les pièces à rafraîchir.

— Après dîner, alors, tranche-t-il, plus froidement.

Elle ouvre la bouche pour refuser, mais il la fait taire d'un simple mouvement de sourcils.

— Je croyais que vous ne vouliez pas croiser mon chemin avant six mois, ne peut-elle cependant s'empêcher de lancer.

— Parce que vous croyez que j'ai envie de passer mes soirées avec vous ? grogne-t-il aussitôt. Dès que vous m'aurez mis au courant des dossiers en cours, vous et moi passerons par Ranjit ou Arun, rassurez-vous, Cross.

Il se laisse aller contre le dossier du fauteuil, tourne brièvement les yeux vers le portrait au-dessus de la cheminée, et elle voit son visage s'adoucir brutalement, au point qu'elle peine soudain à le reconnaître. Sous ses yeux, pendant quelques secondes, il n'est plus le Lord Keir qu'elle a appris à connaître, mais un autre. Et cet homme-là est encore plus séduisant que celui qui la fait rêver depuis des mois. Elle baisse les yeux vers le tapis pour ne plus avoir à le contempler, ne plus voir son sourire subitement tendre et son regard vague.

— Donc, je vous attends ici après le dîner, poursuit-il. Ainsi que vous l'avez souligné lors de votre dernière… visite, il y a trop longtemps que je laisse mon travail et mes responsabilités à d'autres.

Elle relève les yeux. La voix de Lord Keir est un étrange mélange d'acidité et de rudesse. Nul besoin d'être grand clerc pour deviner que cette situation ne lui plaît pas plus qu'à elle. Et pas besoin non plus d'être très fin pour comprendre que les remarques assénées par Abbie l'ont interpellé. Voire… blessé ?

Elle le dévisage en silence. Oui, elle a bien l'impression qu'elle l'a blessé, la semaine passée. La majeure partie de sa rancœur se met à fondre, en dépit de ses efforts pour l'entretenir. Voilà un moment qu'elle a compris que la colère était le seul moyen de ne pas flancher face à lui, de ne pas se laisser engloutir par son stupide et puéril désir.

— Je suis désolée, dit-elle doucement. Mes mots ont dépassé ma pensée, la semaine dernière.

— Foutre non, réplique-t-il en grimaçant. Vous pensiez chacun des mots que vous avez prononcés, Cross, soyez honnête !

— Je…

— De toute façon, vous aviez raison. Sur tout.

Il hausse les épaules, le front sombre, sans plus la regarder.

— Déguerpissez, maintenant.

Elle tressaille, redresse le menton en représailles.

— Ce soir, après le dîner, lui rappelle-t-il, tandis qu'elle repart vers la porte.

— Oui, milord, fait-elle entre ses dents.

Abbie prend son temps pour marcher vers la cuisine, dans l'espoir de mettre un peu d'ordre dans ses pensées. Pour calmer son cœur qui bat la chamade à l'idée que, ce soir… tous les soirs… elle va le retrouver et…

— Oh ! bon sang ! Mais arrête !

Ce n'est *pas* un rendez-vous, que diable ! Alors, pourquoi son corps réagit-il comme si c'était le cas ?

— Abbie ? fait Nanda en la croisant dans un couloir, les bras chargés de couvertures. Tu nous rejoins ?

— Mmm ? Oui, j'arrive.

Elle emboîte le pas à la jeune femme, toujours perdue dans ses pensées. Elle n'a pas, mais alors, pas du tout, envie de se retrouver enfermée dans le bureau avec Lord Keir !

— Bon, soupire-t-elle.

Le mieux qu'elle puisse faire, puisqu'elle ne peut éviter ces réunions, est d'en limiter le nombre.

— Pourrez-vous vous passer de moi, cet après-midi ? demande-t-elle aux autres. J'ai du travail d'écriture à faire.

— Bien sûr, Abbie, sourit Shanti.

Oui, limiter le nombre de réunions. C'est la seule chose à faire… Aussi s'installe-t-elle après le repas de midi à son bureau pour prendre une feuille. Le temps de coucher sur le papier toutes les informations nécessaires à la gestion du domaine, il est déjà l'heure du souper, et bien qu'elle s'en défende, une tension monte en elle, mélange d'angoisse et d'excitation. À table avec les autres, elle peine à se concentrer sur autre chose que sur sa prochaine visite à Lord Keir.

Elle fait traîner son assiette, puis sa tasse de thé, mais le moment finit par arriver, et elle se sent trembler en repassant dans son appartement pour chercher ses feuillets. Là, elle se surprend à refaire son chignon et s'insulte mentalement. Les jambes un peu flageolantes, la poitrine crispée, elle monte jusqu'au bureau de Lord Keir, hésite, puis frappe.

— Entrez, Cross, fait la voix de Lord Keir, entre le cri et le grondement.

À croire qu'il n'a pas bougé depuis le matin ! Il est derrière son bureau, et les seules différences notables sont la lampe à huile allumée et la chaise installée près du bureau.

Et le fait qu'il s'est rasé.

Elle referme derrière elle, s'approche rapidement, ses feuillets à la main.

— Asseyez-vous, grommelle-t-il, sans la regarder, penché lui aussi sur des papiers.

Elle hésite, ouvre la bouche, mais il ne la regarde pas. Soudain indécise, elle s'apprête à s'asseoir lorsqu'un effluve de son parfum vient jusqu'à elle, ce parfum boisé qu'elle reconnaît intimement et qui affole ses sens. L'instinct de préservation prend le dessus, elle se sent incapable de passer une partie de la soirée assise près de lui, à le respirer, à se rappeler la chaleur de son corps, le goût de sa bouche, le bruit de son souffle rauque, de...

— Ce n'est pas nécessaire, dit-elle, d'une voix assez tranchante.

Il relève la tête, un peu surpris, se cale dans son fauteuil, un sourcil levé.

— Ah bon ?

— Tenez.

Elle pose ses feuillets sur le bureau, assez loin de lui parce qu'elle ne peut tout simplement pas s'approcher plus près.

— Je pense n'avoir rien oublié, poursuit-elle. Si vous avez des questions sur des points spécifiques, j'y répondrai.

Elle recule d'un pas pour échapper à son odeur, mais ne peut éviter son regard qui pèse lourdement sur elle. Les yeux bleus sont légèrement plissés, tandis qu'il la dévisage sans bouger.

— Je vous fais peur, Cross ? demande-t-il abruptement.

— Je... Non, milord, ment-elle, avec autant d'aplomb qu'elle en est capable.

— Alors, c'est de vous que vous avez la trouille ? poursuit-il en se penchant vers elle.

Il ressemble à un prédateur, et elle déglutit en redressant les épaules. Il est malheureusement bien trop proche de la vérité et elle se sent très mal à l'aise.

— Non plus, milord, ment-elle à nouveau.

Il plisse les paupières.

— C'est amusant, je ne vous pensais pas lâche, Cross, se moque-t-il.

Son orgueil la fait se redresser de toute sa hauteur, et elle lève un sourcil arrogant.

— Je ne suis pas lâche, milord, réplique-t-elle entre ses dents, le cœur battant. Mais j'ai autre chose à faire.

— Je ne suis pas certain qu'un autre employeur accepterait qu'on lui parle comme vous le faites, rétorque-t-il sèchement.

— Un autre employeur ne se conduirait pas non plus comme vous le faites, lance-t-elle froidement, en levant son sourcil encore plus haut.

— Oh ? ironise-t-il, en s'affalant à nouveau dans son fauteuil. Vous parlez de quoi, exactement, Cross ? De mon... comment dites-vous ? De mon désintérêt pour le domaine ? Ou du fait que je vous laisse me sauter dessus dans les couloirs ?

Elle rougit violemment, déglutit.

— Je parlais de votre langage, milord, répond-elle, aussi calmement qu'elle le peut.

Conserver une apparence digne lui demande des trésors de volonté et de flegme. Dieu merci, elle a été généreusement pourvue du second et a eu de nombreuses années de mariage pour travailler la première.

— Comment étaient vos anciens employeurs ? questionne-t-il soudain, en dardant sur elle un regard aigu.

— Anciens, réplique-t-elle, du tac au tac, alors que son esprit recommence à s'affoler.

Bon sang, elle pensait pourtant qu'il avait abandonné toute idée de l'interroger... En tout cas, elle l'espérait.

— Je finirai bien par tout savoir, ironise-t-il, en souriant presque méchamment. Vous ne voulez vraiment pas tout m'avouer maintenant ?

— Vous trouverez tout ce dont vous avez besoin dans ces notes. Je vous souhaite une bonne soirée, milord.

Sans attendre une quelconque réaction, elle tourne les talons et s'engage vers la sortie d'un bon pas, le dos droit. Elle est presque étonnée qu'il ne la rappelle pas ni ne lui lance une de ses piques habituelles et se retrouve dans le couloir, plutôt fière d'elle. Cela ne s'est pas trop mal passé, non ? Elle a réussi à conserver son calme presque tout le temps... Elle a été forte ! Abbie esquisse un sourire, revient en cuisine. Elle a bien mérité une autre tasse de thé !

29

Allons, se dit-elle en chauffant de l'eau dans la cuisine désertée, encore une bonne journée à tenir, et ensuite… Eh bien, elle partira chez sa sœur, et cette petite semaine d'éloignement lui sera plus que salutaire !

— Abbie ?

Elle regarde par-dessus son épaule et croise le regard de Nanda.

— Que fais-tu là ? s'étonne-t-elle, en regardant la jeune femme la rejoindre.

Nanda rougit légèrement.

— Rien, je…

— Veux-tu partager une tasse de thé avec moi ? propose Abbie en souriant.

Nanda hoche la tête. Abbie la sent nerveuse et un peu gênée.

— Veux-tu que nous nous installions ici ou préfères-tu l'orangerie… ou ailleurs ? suggère Abbie, en versant l'eau chaude dans les tasses.

La jeune femme lui sourit doucement.

— Que dirais-tu d'aller le boire dans ma chambre ? offre Nanda.

— Excellente idée, sourit Abbie.

Intérieurement, elle ne peut s'empêcher d'être soudain un peu inquiète. Si Nanda souhaite qu'elles s'isolent de la sorte toutes les deux, sans doute est-ce parce qu'elle a besoin de parler à l'écart d'oreilles qui pourraient être indiscrètes. Aussi attend-elle sagement qu'elles soient assises dans la jolie chambre de la jeune femme pour tâter un peu le terrain.

— Où est Daniel ? commence-t-elle, sans regarder la jeune femme.

— Dans la bibliothèque, avec Sanjay, Darius, Ranjit et Arun. Apparemment, ils ont décidé de se mesurer les uns les autres aux échecs.

— Tu n'as pas souhaité rester avec eux ? s'étonne Abbie en levant les yeux. Voilà pourtant un spectacle qui ne manquera pas d'être divertissant.

Nanda sourit, amusée. Abbie, comme les autres, sait qu'Arun adore les échecs, mais s'y débrouille malheureusement très mal.

— Je sais, oui, soupire enfin Nanda, en posant brièvement les yeux sur Abbie. Mais...

Elle hausse les épaules et, soudain, elle semble porter sur ses frêles épaules toute la misère de ce monde.

— Mais ? insiste Abbie, en buvant une gorgée.

— Mais il y a des moments où il est très... difficile... de rester près de Daniel sans pouvoir... sans pouvoir... Enfin, tu me comprends.

Oui, Abbie comprend. Elle soupire doucement. La situation du jeune couple caché l'attriste toujours autant.

— As-tu essayé de parler à ta mère ?

Nanda esquisse une grimace et baisse les yeux sur sa propre tasse.

— Maman est étrange, parfois, soupire-t-elle. Elle témoigne la plupart du temps d'un esprit très large, accepte souvent des idées originales. Mais depuis toujours, elle répète qu'il est hors de question que j'épouse un Britannique. Les rares fois où j'ai essayé d'aborder le sujet de Daniel, à mots couverts, elle... Eh bien, elle m'a simplement rappelé que je devais éviter de me marier avec un Anglais.

Abbie sent et sait qu'elle vient d'atteindre l'une des limites invisibles qui traînent un peu partout à Blackson House, l'une des bornes qui délimitent l'intimité des habitants. Peut-être est-ce dû à la promiscuité feutrée de la chambre ou encore à la tristesse qu'elle ressent pour les « amants maudits », mais toujours est-il qu'elle ouvre la bouche et passe la frontière.

— Nanda... Est-ce que tu sais pourquoi ta mère déteste autant les Britanniques ? murmure-t-elle doucement, d'une voix un peu hésitante.

La jeune fille se tourne vers elle, le visage grave, puis esquisse un pauvre sourire.

— Bien sûr, Abbie, répond-elle tranquillement, une légère fêlure dans la voix. Maman ne m'a jamais rien caché de... Tu ne sais pas, n'est-ce pas ? questionne-t-elle soudain.

Abbie se sent gênée, secoue négativement la tête.

— Et je n'ai pas besoin de savoir, assure-t-elle à la jeune femme. Vos histoires, vos passés vous appartiennent, tout comme les miens sont à moi, et...

Nanda hausse les épaules, sourit doucement.

— C'est mon histoire autant que celle de ma mère, Abbie, tu sais, soupire-t-elle. Si tu la connais, tu comprendras mieux. Je ne pense pas que ma mère m'en voudrait de tout te raconter. Vous vous entendez bien, toutes les deux, et elle t'aime beaucoup.

Mal à l'aise, Abbie boit une autre gorgée.

— Je ne veux pas m'immiscer dans vos secrets, dit-elle.

— Ma mère a été mariée à douze ans, réplique simplement Nanda d'une voix douce. Son époux était un ami de la famille, il avait le double de son âge, mais d'après ma mère et mon oncle, c'était un homme bon et simple. Ensemble, ils ont eu six enfants. Ils vivaient dans le village où ma mère était née et habitaient la même rue que toute sa famille.

Nanda lève les yeux, croise le regard d'Abbie, qui préfère garder le silence, soudain touchée par la confiance que lui témoigne la jeune femme.

— D'après ce qu'ils m'ont raconté, poursuit Nanda, seul Ranjit ne vivait pas au village. Il avait rejoint le temple bouddhiste le plus proche, alors qu'il n'était encore qu'un enfant.

— Ranjit était moine ? ne peut s'empêcher de répéter Abbie.

Nanda hoche la tête.

— Le village était proche du Népal, haut dans le pays, et, lorsque les troubles ont commencé là-bas contre les Britanniques, beaucoup de Népalais sont venus se réfugier dans les villages avoisinants. Et dans les temples. Les Anglais les ont pourchassés. Partout où ils passaient, ils massacraient. Le temple de Ranjit a été rasé, mon oncle n'a dû sa survie qu'à la chance.

Abbie sent son cœur s'alourdir et se précipiter en même temps.

Oh ! elle se doutait bien que les histoires personnelles des autres habitants n'étaient ni gaies ni faciles. Pourtant, alors que Nanda lève une partie du voile, elle se sent comme une intruse.

— Ranjit a couru au village de sa famille pour les prévenir, mais les soldats sont arrivés avec la tombée de la nuit.

Nanda se tait, serre les lèvres en baissant les yeux sur son thé. Elle finit par prendre une grande inspiration, relève la tête pour dévisager Abbie.

— Ils sont entrés dans chaque maison, dit-elle, d'une voix un peu frémissante. Ils ont violé chaque femme, chaque fille et ont tué tous les hommes avant de brûler les habitations.

Abbie se sent pâlir.

— Ma mère a vu mourir son mari et ses fils. Elle a vu ses filles se faire violer, tandis qu'elle-même était abusée. Ils… Les Anglais… étaient toute une compagnie. Ils ont passé toute la nuit au village. Ma mère ne s'est jamais appesantie sur les détails de cette nuit-là, mais je… je crois que cela a duré des heures.

Nanda prend une grande inspiration, s'essaie à sourire, sans plus de conviction que de réussite.

— Lorsque les Britanniques sont repartis au matin, ils ont laissé les habitants pour morts. La compagnie de Keir est entrée sur place dans l'après-midi de ce jour-là. Ranjit m'a expliqué qu'à l'époque, il n'était que sergent-major, pourtant, il est allé contre les ordres de son capitaine et a fait fouiller les décombres à la recherche de survivants.

Abbie repose sa tasse sur le guéridon. Elle n'a plus soif du tout.

— Le village comptait près de deux cents âmes, poursuit Nanda. Keir et ses hommes n'ont retrouvé que huit survivants. Dont ma mère et mon oncle. Ils étaient grièvement blessés, tous les deux. Arun m'a expliqué que les autres rescapés avaient de la famille dans les villages avoisinants et que les soldats de Keir les y ont transportés. Le capitaine voulait s'y débarrasser aussi de ma mère et d'oncle Ranjit, mais Arun m'a dit que Keir l'en a empêché.

Nanda soupire, repose sa tasse encore pleine, elle aussi, et sourit à Abbie.

— Keir les a gardés avec lui. C'était quelques semaines après qu'il eut sauvé Arun de la pendaison. Ma mère et Ranjit ont été soignés et ont fini par se remettre physiquement. Quand Keir a repris le bateau pour l'Angleterre, au début de 1818, il les a emmenés tous les trois avec lui. Ranjit m'a dit que Keir ne voulait pas les laisser seuls dans un pays où ils seraient en danger. Et puis...

Nanda baisse les yeux, et Abbie voit ses lèvres trembler légèrement.

— Et puis, ma mère était enceinte de moi. Je suis née à bord du bateau, au large des côtes françaises, quelques jours avant d'arriver en Angleterre. Je suppose que mon géniteur avait les yeux verts, puisque c'est de cette couleur que sont les miens. Arun m'a dit, quand j'étais plus jeune, que Keir avait retrouvé l'officier qui avait ordonné la mise à sac du village.

Nanda se redresse et regarde Abbie, de la rage au fond des yeux.

— Il s'appelait Easton. Le colonel Charles Percival Easton. Aux dires d'Arun, Keir voulait le traduire en cour martiale, mais soyons réalistes, un officier britannique n'aurait jamais été inquiété pour avoir massacré des Indiens. Alors, Arun a...

Nanda se tait brusquement en pinçant les lèvres.

— Arun l'a tué, termine Abbie, d'une voix rauque.

— Arun l'a massacré, corrige Nanda, avant de poursuivre, avec un petit sourire presque amusé : il est loin d'être un enfant de chœur, tu sais. Très loin même. Mais même les assassins ont des principes ou des règles. Arun n'a jamais pu supporter qu'on s'en prenne aux femmes et aux enfants.

Abbie se sent la tête repue d'information, presque au bord de la nausée.

— Est-ce que... ? commence-t-elle.

— Non, la coupe Nanda. J'aurais sans doute pu essayer de savoir lequel des soldats de la compagnie d'Easton était mon géniteur. Les yeux verts ne sont pas si répandus, même en Angleterre.

Avec un petit rire un peu gêné, Nanda fait un geste vers les yeux d'Abbie dont les prunelles sont vertes.

— Je ne veux pas savoir. J'ai été élevée par oncle Ranjit, Arun, et Cosmo et Bill. Je porte le nom de ma mère et de mon oncle. Bulsara. Nanda Bulsara.

— Seigneur... ne peut s'empêcher de murmurer Abbie, tout bas. Est-ce que... ?

— Oui, Daniel est au courant de tout, coupe encore Nanda. Il sait ce que je suis, et il comprend d'autant mieux les réserves de ma mère à l'idée que j'épouse un Britannique.

Abbie retient in extremis les paroles qui lui montent aux lèvres. Nanda n'a pas besoin de sa pitié. Malgré tout, son cœur saigne. Son cœur de Britannique se serre de honte et de colère. Au cours de son mariage, chaque fois que son époux ouvrait les journaux et commentait les nouvelles des guerres indiennes, qu'il se permettait des réflexions contre ces « sauvages indiens », ces « brutes assassines » et ces « barbares assoiffés de sang », elle hochait la tête et acquiesçait ! À l'époque, bien au chaud dans son manoir et dans son quotidien, elle ne voyait pas au-delà des articles des journaux londoniens et priait, comme beaucoup, pour que la couronne britannique parvienne enfin à mater ces rébellions sanglantes. Autant être honnête, jamais elle ne s'était vraiment penchée sur la question ni demandé le pourquoi de ces guerres, ni le comment... encore moins qui avait le plus à en souffrir.

Shanti, son amie, battue, violée, laissée pour morte avec l'enfant de l'infamie dans le ventre. Sa famille massacrée devant ses yeux. Ranjit... ce cher et doux Ranjit, homme de paix et de religion... Seigneur, comme elle comprend soudain les expressions douloureuses qui traversent parfois leurs regards. Nanda, innocente victime d'une guerre, à jamais entre deux mondes, pas complètement indienne, mais pas britannique non plus... Avec tristesse, Abbie songe que la pauvre Nanda cumule en elle les pires tares qui soient aux yeux des Anglais. Métisse, née d'un viol, donc bâtarde... Comment s'étonner que Shanti ne veuille pas entendre parler d'un gendre anglais, quand bien même ce beau-fils serait Daniel, qu'elle apprécie pourtant ?

— Je comprends mieux, moi aussi, murmure-t-elle. Quel courage il vous a fallu, à tous...

Nanda sourit, se penche et prend les mains glacées d'Abbie dans les siennes.

— Les autres sont forts, oui. Moi... je ne suis pas si forte que cela. Je n'ai jamais eu à l'être. Tu sais, j'ai grandi ici, à Blackson House. Je n'ai jamais senti que ma mère m'en voulait de quoi que ce soit, et, avec le recul, je me dis que je suis bien chanceuse. Ce ne doit pas être facile d'aimer l'enfant que des brutes t'imposent dans la souffrance. Surtout après avoir vu mourir tous tes autres enfants dans d'infâmes douleurs. Pourtant, je me suis toujours sentie aimée, entourée. Jamais haïe ou méprisée. Par mon oncle et Arun, par ma mère. Puis par les autres que Keir a ramenés ici.

Nanda sourit encore, presse les mains d'Abbie.

— Gus avait trois ans, lorsque nous sommes arrivés. Ann neuf. J'ai grandi avec eux, puis avec Kishan... enfin, une fois qu'il n'a plus été attaché et qu'il a cessé de vouloir nous tuer, bien sûr. Je suis quelqu'un qui a beaucoup de chance. Malgré ce que je suis, j'ai été aimée par ma famille, je suis éduquée et je vis dans un endroit où je suis bien plus libre que la plupart des femmes de par le monde.

Elle hausse les épaules.

— Évidemment, je rêve d'épouser Daniel, mais... Après tout, il n'est là que depuis quelques mois. Peut-être que l'année prochaine ou l'année suivante... Peut-être qu'avec le temps, s'il ne se lasse pas d'attendre... Eh bien, peut-être que maman finira par se laisser convaincre.

Connaissant les hommes comme elle les connaît, Abbie sait, hélas, que Daniel n'attendra jamais aussi longtemps. Les hommes ont beau offrir leur cœur et promettre à leur belle tout ce qu'elle souhaite entendre... ils restent des hommes et finissent tous, toujours, par se laisser mener par leur pantalon. Sa propre expérience lui a appris que ce vêtement les entraîne souvent bien loin de celle qu'ils disent aimer. Elle apprécie et estime beaucoup Daniel, espère se tromper à son sujet et qu'il sera différent...

— Je te remercie de m'avoir raconté votre histoire, murmure-t-elle à la jeune femme.

— Je crois que je dirai à maman que je t'en ai parlé, réfléchit Nanda.

— Oui, acquiesce Abbie, bien qu'elle eût préféré que Shanti ne sache pas qu'elle était désormais au courant de son passé. Est-ce que ta mère sait que Daniel sait ?

Nanda secoue la tête.

— Oh non, et je ne risque pas de lui avouer que j'ai tout raconté à Dany ! Si elle n'était pas aussi réfractaire à notre union, je ne lui cacherais rien, mais là... Dany et moi sommes condamnés à nous voir en secret, alors...

— D'ailleurs, à ce sujet… commence prudemment Abbie.

— Oui ?

— Vraiment, vous prenez de gros risques, s'inquiète Abbie. Il est très difficile, presque impossible de cacher quoi que ce soit dans cette maison et…

Nanda éclate de rire.

— Oh ! Abbie, si tu savais tout ce qui se passe ici, et tous les secrets qui y sont gardés !

— Malgré tout, vous risquez gros, si quelqu'un vous voit, insiste Abbie, le front soucieux. Et je ne parle pas seulement du fait d'être découverts, Nanda ! Je parle aussi de… d'une grossesse.

La jeune femme rosit joliment, lâche les mains d'Abbie et secoue légèrement la tête.

— Kishan me fournit en plantes, explique-t-elle.

— Pardon ? s'exclame Abbie, les yeux ronds.

— Des plantes. Kishan les fait pousser dans sa serre. Si tu mélanges certaines plantes dans la bonne quantité, eh bien… cela empêche de tomber enceinte.

Abbie est presque choquée, sans bien savoir si c'est le fait que Nanda soit autant au fait d'une forme de contraception ou parce que c'est Kishan, le sauvage, silencieux et froid Kishan qui la lui fournit.

— Et puis, poursuit Nanda, plus sérieusement, si jamais cela arrivait malgré tout, j'enlèverais Dany pour aller l'épouser à Gretna Green, et tant pis pour ma mère ou ses parents.

Abbie éclate de rire.

— De toute façon, poursuit la jeune femme, si jamais j'attendais un bébé ou que la situation se complique, j'irais voir Keir, et il interviendrait.

Abbie se raidit un peu.

— En quoi donc pourrait-il intervenir ? marmonne-t-elle, malgré elle.

— Oh ! Abbie, soupire gentiment Nanda. Je sais que tu ne l'apprécies pas, et c'est vrai qu'il n'est pas vraiment d'un caractère facile depuis quelques années, mais… Mais Keir est le meilleur des hommes qui soit. Il ne s'est pas contenté de sauver ma mère et mon oncle ni de nous offrir un toit et une nouvelle patrie… Il nous a donné une nouvelle famille, et jamais nous n'avons été des domestiques. Chaque fois qu'il repassait en Angleterre, même s'il ne restait jamais très longtemps, il passait du temps avec moi, pour jouer. Il s'arrêtait toujours à Londres pour nous acheter à tous des cadeaux, il nous ramenait toujours des tissus ou des objets des Indes. À chacune de ses visites, il me ramenait un jouet.

Abbie ne peut s'empêcher de se demander s'il se montrait aussi généreux envers son fils et sa nièce. Ramenait-il quelque chose à Ann et Angus Blackson ou bien ses largesses s'arrêtaient-elles à Nanda ? Passait-il aussi du temps avec son fils, avec sa nièce, ou ne jouait-il qu'avec la fille de Shanti ?

— Peut-être que si vous passiez plus de temps ensemble, lui et toi, poursuit Nanda, vous pourriez mieux vous connaître et...

— Certainement pas, tranche Abbie, plus sèchement qu'elle ne le souhaite.

Nanda garde le silence une longue seconde sans quitter Abbie des yeux, puis son visage de madone s'adoucit légèrement.

— Écoute, commence-t-elle. Quand j'étais plus jeune, j'avoue qu'il me troublait un peu. Il était si grand, si bourru que, même lorsqu'il se montrait gentil avec moi, je n'étais pas complètement à l'aise. Il a toujours eu ce côté...

— Froid ? Mordant ? Agressif ?

— Oui, sourit Nanda. Et quand j'ai eu quinze ans, je suis tombée sur le livre des Blackson.

— Le quoi ? s'étonne Abbie.

Mentalement, elle revoit le livre noir orné de gravures osées et se sent rougir un peu.

— Non, Abbie, pas *ce* livre-là, s'amuse Nanda. Sais-tu ce qu'on dit des Blackson ? Je l'ai appris par Cosmo et Bill.

— Non, que dit-on ?

— Ils sont beaux, intelligents... et ils ne se marient que par amour, explique-t-elle avec un sourire. Il semblerait que ce soit ainsi depuis des générations, peut-être même depuis les premiers Blackson. Cosmo m'a appris que la baronnie remonte au roi Guillaume et que les barons se sont toujours appelés Blackson. Le titre n'a jamais quitté la lignée principale de la famille, ce qui est assez rare, d'après ce que j'ai compris.

— Oui, c'est même exceptionnel, marmonne Abbie, impressionnée malgré elle.

— Et au cours des dernières générations, chaque Blackson avait pris l'habitude de raconter, par écrit, son histoire d'amour avec son conjoint. Ces histoires sont rassemblées dans le livre des Blackson, et je suis tombée dessus quand j'avais quinze ans. C'est Gus qui me l'avait montré.

Intriguée, autant l'avouer, elle attend que Nanda poursuive.

— Lorsque j'ai lu les mots de Keir… Oh ! Abbie, si tu pouvais lire ce qu'il a écrit sur son Agatha… Jamais je n'aurais cru qu'un homme à l'allure aussi sévère, aussi stricte que la sienne puisse former de telles phrases. Il l'aimait plus que tout, son Agatha, plus que sa vie même. La mort de sa femme ne lui a pas seulement brisé le cœur, elle lui a broyé l'âme et l'esprit aussi.

Abbie serre les lèvres, baisse les yeux sur ses mains jointes pour éviter le regard de Nanda.

— Cela excuse-t-il le fait qu'il ait abandonné Angus et Ann ? ne peut-elle s'empêcher de répliquer, tranchante.

— Ce n'est pas à moi de le dire, souligne doucement Nanda. Je crois qu'il est mort, lui aussi, cette nuit-là. En tout cas, une partie de lui est partie avec elle, et l'homme que nous connaissons aujourd'hui n'a plus rien à voir avec celui qu'il était alors. En lisant ses mots dans le livre des Blackson, j'ai cessé de le voir comme cette espèce de géant dur et austère.

La gouvernante soupire, croise le regard vert de Nanda.

— Abbie, murmure cette dernière. Si Keir n'avait pas quitté l'Angleterre, aucun des habitants de Blackson House ne serait encore vivant. Sans compter tous ceux qu'il a aidés et laissés aux Indes. Oui, il a fui son domaine, Ann et Gus. Mais il n'est pas le monstre égoïste que tu sembles imaginer. Si seulement tu pouvais lire le livre des Blackson, tu comprendrais à quel point il…

Abbie secoue la tête. Elle se sent très mal à l'aise. Elle ne veut surtout pas apprendre quoi que ce soit sur Lord Keir qui pourrait l'adoucir. Au contraire !

— Où est-il, ce livre ? s'entend-elle demander, malgré elle.

— Oh ! tu ne pourras pas le lire, soupire Nanda en se redressant. Keir l'a fait transporter dans le boudoir d'Agatha dès qu'il est rentré définitivement des Indes, l'année dernière. Et personne n'a le droit d'entrer dans les pièces d'Agatha. Tu…

Elles sursautent dans un bel ensemble lorsqu'on frappe doucement à la porte. Le visage de Nanda s'épanouit aussitôt, et Abbie devine que Daniel vient la rejoindre. Elle se lève et s'apprête à ramasser les tasses encore pleines, mais froides, pour les descendre aux cuisines.

— Non, intervient la jeune Indienne, laisse cela, ça attendra demain.

— Je te remercie pour… pour tout, sourit Abbie.

Elle va ouvrir la porte, s'amuse de voir le mouvement de recul instinctif de Daniel, puis retient un rire lorsqu'il rougit très fort.

— Bonne nuit, dit-elle.

Elle sourit une dernière fois à Nanda avant de refermer la porte sur le jeune couple.

— Abbie ! la rappelle doucement la jeune femme. Prends une chandelle !

Abbie lève les yeux au ciel en souriant.

— Merci, Nanda, je passe mon temps à me promener dans le noir ! Bonne nuit à vous.

— Et à toi aussi, dit Daniel.

30

Elle referme lentement la porte, attend que la flamme de sa chandelle se stabilise après avoir dansé dans le courant d'air, puis marche vers l'escalier de service. S'arrête, réfléchit rapidement. Il est très tard, pas loin de minuit, si elle en croit les tensions dans ses épaules et, sans le moindre doute, tout le monde est couché et dort. Ce qui signifie que *lui* dort.

Donc…

Elle hésite un bref instant.

— Je suis fatiguée, marmonne-t-elle.

Elle pivote sur ses talons. Pour être assurée de ne pas croiser Lord Keir dans un couloir et ne pas avoir à répéter la scène qui a suivi son bain nocturne, elle devrait traverser tout l'étage jusqu'à l'escalier de service, l'emprunter pour rejoindre le rez-de-chaussée, et ensuite, retraverser toute l'aile en passant devant les cuisines, puis le hall avant d'atteindre ses appartements. Sauf qu'il y a un chemin bien plus court… À trois couloirs de là où elle se trouve, elle n'aurait qu'à traverser l'étage du maître, descendre le grand escalier d'apparat et enfiler deux petits couloirs.

— Plus court…

Oui, mais…

— Plus risqué aussi.

Elle soupire, vérifie l'heure sur sa montre. Minuit est passé.

Il dort. Forcément, il dort.

— Je suis fatiguée, c'est plus court, et c'est tout !

Elle redresse les épaules, inspire, rehausse le menton d'un air martial et s'en va d'un pas assuré vers l'étage du maître.

— De toute façon, il n'en saura rien.

Elle est sans doute la seule à Blackson House à craindre autant de passer devant les appartements de Lord Keir… Mais elle est sans doute aussi la seule qu'il s'est permis d'embrasser.

Alors que ses bottines foulent les tapis un peu usés de l'étage du maître, Abbie hésite et ralentit. Ne devrait-elle pas souffler sa bougie, pour être sûre que Lord Keir, si jamais il ne dort pas, ne puisse en voir la lumière ?

— Mais arrête !

Elle souffle, agacée, raffermit la main qui tient la chandelle et repart d'un pas plus que décidé. Du coin de l'œil, elle surveille l'enfilade de portes sur sa gauche, les inventoriant mentalement au fur et à mesure qu'elle les dépasse.

Dressing de la baronne.

Antichambre de la baronne.

Boudoir de la baronne.

Chambre de la baronne.

Chambre du baron.

Dressing du baron.

Bureau du baron.

Et enfin, l'esca…

Abbie s'arrête, tourne la tête, le cœur battant. Le sang pulse soudain si fort dans ses veines qu'elle n'entend plus rien d'autre et doit prendre quelques instants pour se calmer, avant de recouvrer l'ouïe. Autour d'elle et de sa bougie, les ténèbres sont profondes, lourdes, mais ce n'est pas l'angoisse d'être seule au milieu de la nuit dans cet immense château qui la fait frissonner. Elle connaît trop bien Blackson House désormais pour y avoir peur.

Non. Ce qui lui donne la chair de poule et la fige sur le tapis, ce sont les gémissements.

Elle ferme les yeux, alors qu'un long frisson rampe dans son dos. Ce sont des gémissements de mal, de douleur. Pas ceux que l'on pousse lorsqu'on cauchemarde, mais ceux qu'on ne peut contenir lorsqu'on souffre trop.

Il a mal.

Sans comprendre comment, elle se retrouve à hésiter devant la porte de la chambre de Lord Keir. Un nouveau gémissement traverse le battant, elle ne prend pas le temps de réfléchir plus longtemps. C'est plus fort qu'elle.

Elle tourne la poignée, pousse la porte, se glisse rapidement dans la chambre et repousse le battant derrière elle sans le refermer complètement.

Il fait froid dans la grande chambre de maître. D'un coup d'œil, elle note le feu presque éteint dans la cheminée de marbre. À peine si quelques braises rougeoient encore. Elle pose rapidement sa chandelle sur le guéridon près de la porte, va tisonner l'âtre et y lancer plusieurs bûches. Puis, tout en se frottant les mains pour contenir à la fois la fraîcheur de l'air, son angoisse et sa soudaine timidité, elle se tourne vers le grand lit et s'en approche d'un pas.

Un pas, cela suffit amplement. Pas question qu'elle s'approche plus. Elle sait combien elle est faible.

Elle tend le cou et observe de loin la forme endormie sous les draps.

Des draps, pas de couvertures ! Mais comment peut-il ne pas mourir de froid ?

Elle attend, juste une minute.

Après tout, peut-être qu'il cauchemardait. Peut-être s'est-elle trompée. Peut-être a-t-elle mal interprété… Avec un bref et brutal coup au cœur, elle se rend compte qu'elle a réagi aux gémissements de Lord Keir comme elle réagissait à l'époque à ceux de Geoffrey. Un bond instinctif jusqu'à la chambre de douleur, à espérer pouvoir l'apaiser…

Elle repousse les souvenirs, se force à rester immobile dans la lueur de plus en plus vive de la cheminée et écoute attentivement les bruits de la chambre. Elle finit par distinguer le souffle de Lord Keir des autres sons nocturnes. Il respire vite, de façon assez irrégulière, hachée.

Un cauchemar.

Abbie sent ses épaules se dénouer, esquisse un sourire railleur. Et prend soudain conscience d'où elle est et de ce qu'elle fait.

Elle se tient au pied du lit de milord, en pleine nuit, en train de le regarder dormir…

Bon sang de bois !

Dans un sursaut, elle entreprend de marcher silencieusement jusqu'à la porte pour s'esquiver aussi rapidement et discrètement que possible. Bon sang, pourvu qu'il n'ouvre pas les yeux !

Un long gémissement sourd, lancinant, la fige, et elle le regarde par-dessus son épaule, tétanisée par le son.

Il rêve. Et le rêve doit être particulièrement désagréable. Le cœur d'Abbie se serre malgré elle. Elle sait combien est détestable la vulnérabilité que donne le sommeil, quand on ne peut lutter contre le cercle amer du chagrin, de la douleur, de l'affliction et de la peine.

Elle sait qu'elle doit sortir. Elle n'a rien à faire là. Rien du tout.

Sauf qu'elle repense à Geoffrey et se trouve soudain incapable de laisser Lord Keir en proie aux tourments du cauchemar.

— Et tant pis s'il me crie dessus, marmonne-t-elle.

De toute façon, il la déteste et la méprise déjà, alors…

Elle fait demi-tour, fait trois pas vers le lit, s'arrête, hésite, à mesure que la raison lui revient. Pivote, repart de quatre pas. S'arrête, se retourne, marche jusqu'au lit. Recule de trois pas. Avance encore de quatre. Soupire, hésite, bougonne.

Heureusement, la lumière combinée de la chandelle et du feu qui reprend lui permet de distinguer presque clairement la forme endormie du grand corps de Lord Keir.

Allongé sur le dos, un bras replié sur les yeux, l'autre perdu sur le second oreiller, près de lui, il bouge à peine.

Oh ! elle savait bien qu'elle n'aurait pas dû s'approcher !

Parce qu'il dort torse nu. Pas de chemise de nuit, pas de… rien… Rien du tout.

Le souffle d'Abbie s'accélère. Ses paumes se font moites, alors que sa bouche s'assèche. Bien sûr. Quelle idée… Mais quelle idée ! Qu'est-ce qui peut bien lui être passé par la tête !? se morigène-t-elle, sans pour autant parvenir à bouger. Sa tête lui ordonne de partir en courant, de s'enfuir, de se mettre en sécurité loin de lui. Mais la femme en elle, qui ne supporte pas la souffrance d'autrui, l'en empêche.

Elle ne voit de lui que son torse qui se soulève de façon irrégulière, les poils noirs qui ombrent sa peau bronzée et courent sur son ventre, les muscles de ses bras qui frissonnent sous le rêve. Son ventre plat et même le début de ses hanches. Elle déglutit. Le drap commence là. Au niveau des hanches et…

Oh ! Seigneur !

Elle ferme précipitamment les yeux, le souffle court. À en juger par l'élévation du drap à un endroit fort stratégique, Lord Keir n'est pas en proie à un cauchemar, mais à une rêverie autrement plus agréable.

Son visage la cuit, elle se rappelle soudain les draps tachés de Lord Keir, ce que Nanda lui a raconté sur l'épouse morte, sur… Il gémit encore, un son épouvantablement lugubre. Elle rouvre les yeux pour observer ce qu'elle aperçoit de son visage. Ses lèvres sont tirées vers le bas en une tragique grimace de douleur et d'affliction.

Elle comprend soudain. Il rêve d'elle, de son épouse. Agatha. La gorge d'Abbie s'obstrue de chagrin pour lui. Elle aussi a cherché, espéré dans le sommeil un corps qui n'était plus là.

Alors qu'elle esquisse un geste de repli pour le laisser, il gémit plus douloureusement encore, et ses hanches se cambrent, ondulent contre le drap.

Abbie a soudain envie de pleurer.

— Va-t'en.

Elle se sent mal. Mal pour lui, pour ce qu'il vit. Le voir ainsi éclaire d'une lumière différente l'agressivité dont il fait preuve à son égard. Soudain, elle se moque pas mal qu'il ne l'apprécie pas. Il souffre. Depuis plus de vingt ans. Rêve-t-il d'elle toutes les nuits ? Tache-t-il ses draps chaque nuit pour un fantôme ? La boule gonfle dans la gorge d'Abbie. Elle aimerait tellement pouvoir l'aider. Elle pense à Geoffrey. À toutes les fois où elle s'est sentie impuissante à le soulager, à l'aider, à apaiser ses douleurs. Jusqu'à le voir mourir.

Lord Keir ondule plus fort des hanches, et elle avale sa salive.

— Sors.

Sa propre voix résonne dans la chambre, la fait sursauter. Elle sait que c'est la chose à faire, mais s'en découvre incapable. C'est plus fort qu'elle. Hésitante, elle s'approche encore, lève une main incertaine pour secouer l'épaule de Lord Keir et le tirer de son sommeil. Pourtant, elle ne peut achever son geste et demeure immobile près du lit, le souffle court, les doigts frémissants dans le vide.

Troublée. La faute à cette imagination trop fertile qui est la sienne, qui lui envoie des images de caresses interdites et surtout volées. Elle secoue la tête pour les chasser, honteuse. Si la raison lui hurle de quitter cette chambre, le chagrin et la compassion qui écrasent son torse l'en empêchent. Abbie ne peut simplement envisager de partir sans éveiller Lord Keir, sans l'extirper de ce cauchemar érotique qui le fait souffrir. Advienne que pourra ! Tant pis pour la gêne. Tant pis pour la colère que milord ne manquera pas de ressentir. Tant pis pour les conséquences qu'elle aura à assumer.

Sur une inspiration tremblante, Abbie carre les épaules et avance les doigts. La perspective de toucher la peau nue de cette épaule virile et solide l'angoisse autant qu'elle affole ses sens.

Cependant, avant même de pouvoir secouer Lord Keir, Abbie se fige à nouveau. Sous ses yeux stupéfaits d'abord, gênés ensuite, puis finalement fascinés, le drap est repoussé d'un coup de pied rageur.

— Oh bon sang de bois ! bredouille-t-elle devant la nudité dévoilée.

Un brin de décence la fait enfin se détourner, les joues brûlantes. S'il était éveillé, probablement oserait-elle l'admirer. Mais la sensation de profiter de son sommeil douloureux la met définitivement mal à l'aise et…

Oh ! Seigneur ! manque-t-elle soudain de s'écrier.

D'un geste presque brutal, une des mains de Lord Keir s'est fermée sur son érection. Choquée, elle ne peut que regarder la scène.

Jusqu'à ce qu'un long frisson glacé rampe sur sa peau. Abbie relève brusquement les yeux vers le visage du dormeur.

Il a ouvert les paupières et la regarde en silence, les pupilles luisantes d'une étincelle qu'elle ne parvient pas à interpréter.

Le cœur d'Abbie s'arrête avant de repartir, complètement affolé. Des mots d'excuse, des paroles désolées s'écrasent contre ses lèvres closes. Statufiée, elle ne peut que soutenir ce regard brûlant.

— Qu'est-ce que vous foutez là ? Sortez, Cross, chuchote-t-il d'une voix rauque.

Tout au fond d'elle frémit un semblant d'obéissance à l'ordre, mais il est si vite étouffé ! Abbie devrait être horrifiée, n'est-ce pas ? Horrifiée de ne pouvoir bouger. Horrifiée et honteuse…

Le voir ainsi ne devrait pas éveiller ses sens à elle, n'est-ce pas ? N'est-ce pas ?! Et pourtant…

— Je ne peux pas, s'entend-elle lui répondre d'une voix tremblante.

Pire : elle ne peut contrôler le mouvement instinctif de son propre corps qui se tend vers celui de Lord Keir. Le geste est léger, frémissant ; à peine un pas en avant, son buste qui se penche, sa main qui se lève à nouveau avant de retomber.

Il étrécit les paupières, brièvement, puis exhale un brutal soupir empli d'un grognement rocailleux.

— Bon Dieu, grince-t-il. Si ça vous amuse de reluquer…

Abbie ne saisit la portée de ces mots qu'au moment où, sans la quitter du regard, Lord Keir imprime un mouvement de va-et-vient à sa main. Le sang monte brutalement au visage d'Abbie, son souffle se bloque dans sa gorge. Dans un geste incontrôlé, elle tente d'échapper aux pupilles de Lord Keir, se détourne… et demeure figée devant le spectacle de cette main solide s'affairant.

Oh ! Seigneur !

Lord Keir a été plus généreusement doté par la nature que son époux. Surtout, Abbie a rarement vu son mari arborer une érection aussi puissante… hormis, peut-être, dans les premiers mois de leur mariage.

La main qu'il a fermée autour de lui-même n'est pas hésitante, mais directive, âpre même. Chaque coup de poignet déclenche un choc en plein plexus d'Abbie. Chaque aller-retour lui échauffe le sang, réveillant de leur long sommeil des sens qu'elle pensait éteints à jamais. Elle humecte machinalement ses lèvres et tressaille tandis que s'élève un bref grognement masculin.

— Bordel, Cross, ne me regarde pas comme ça ! Quitte à rester pour me bouffer des yeux, participe !

La respiration d'Abbie s'étrangle dans sa gorge en un hoquet stupéfait. Sur les draps en désordre, la main a cessé tout mouvement ; le silence de la chambre n'est déchiré que par les sons de leurs souffles heurtés et irréguliers.

Ai-je bien entendu ? Ai-je bien compris ? Ai-je… ?

— Bon Dieu, Cross, grommelle-t-il. Si tu en as envie, fais-le !

Le mélange d'irritation, d'urgence et de nervosité dans la voix de Lord Keir semble briser les dernières retenues d'Abbie.

Elle s'assoit sur le lit en repliant les jambes sous elle, nerveuse, intimidée même. Mais excitée. Et menée par une impulsion qu'elle sait impossible à refréner. D'un geste un peu malhabile, elle s'avance sur le matelas jusqu'à presque toucher le corps nu étendu, et s'humecte une nouvelle fois les lèvres, le cœur tambourinant, entre anticipation et confusion. Un léger ondoiement des hanches de Lord Keir la tire de sa transe, elle bat des paupières, déglutit, lève une main encore hésitante.

Par le Christ ! Vais-je vraiment le faire ?

Oui. Elle sait bien que oui. Elle en meurt d'envie, s'en désespère même. Qu'importe la raison, la décence ou la sagesse... Demain viendra bien assez tôt, apportant son corollaire de conséquences.

Elle parvient à prendre une profonde inspiration, redresse machinalement les épaules, et relève les yeux vers le visage de Lord Keir. Les pupilles bleues, assombries de désir, sont plantées sur elle, sa bouche entrouverte laisse passer un souffle raccourci qui fait écho à celui d'Abbie. Alors que leurs regards se croisent, Lord Keir esquisse une ombre de grimace impatiente ; un sourcil se hausse, invitation muette appuyée aussitôt par un nouveau balancement impatient de son bassin, près d'elle.

C'est naturellement qu'Abbie reporte son attention sur cette part de lui qu'il lui abandonne ; tout aussi naturellement qu'elle achève son geste et ferme la main autour de lui.

Il est doux, tellement doux, dur, chaud. Presque fiévreux. Il se cambre en gémissant. Abbie frissonne tandis que le membre raidi va et vient entre ses doigts.

Tellement longtemps ! C'est autant un soupir nostalgique qu'une exhalaison de désir qui soulève sa poitrine.

Cela fait tellement longtemps qu'elle n'avait touché une autre chair que la sienne, une chair mâle ! Son cœur bat une chamade qui lui donne le vertige, elle se sent trembler, frémir, et son souffle lui manque un peu plus à chaque grognement ou soupir d'encouragement de Lord Keir. Son propre corps, traître, ne demeure pas indifférent au désir ou au plaisir dégagés par celui de Lord Keir. Cette impression d'avoir à nouveau vingt ans, de revenir à la vie, la remue profondément. Au moins autant que son envie croissante de faire plus. De toucher plus. De ressentir plus.

Lentement, douloureusement, elle s'arrache à la vision de sa main pâle caressant la hampe solide, laisse filer son regard troublé le long du torse couturé de cicatrices, jusqu'à rencontrer et plonger dans les yeux bleus de Lord Keir, plantés sur elle.

— Serre plus fort, Cross, halète-t-il.

Elle retient à grand-peine un gémissement de plaisir et contracte les doigts, le caressant encore et encore, consciente de sentir ses seins gonfler impudiquement. Sa main s'active de haut en bas, ses doigts l'enlacent et se contractent. Elle le sent vibrer dans sa paume, frissonner quand elle effleure son gland du pouce, frémir quand elle serre plus fort.

— Comme ça, oui, murmure-t-il, en ondulant des hanches pour aller et venir dans sa main. Oui, Cross...

Elle pince les lèvres pour ne pas les lui tendre, soudain. Elle aimerait... Elle aimerait qu'il la déshabille, qu'il la touche, qu'il l'embrasse... Elle aimerait poser la langue sur lui, le prendre en bouche... Le visage qui la regarde se fait plus tendu, à mesure qu'il ondoie de plus en plus fermement dans sa main.

— Plus vite, gémit-il en posant sa main sur celle d'Abbie. Plus vite, Cross, oui... Oh oui, comme ça, oui, oui...

Il gémit longuement en fermant les yeux, tandis que leurs mains combinées le caressent de plus en plus fort, vite, jusqu'à ce qu'elle sente sa chair se contracter brutalement et qu'il jouisse, les reins cambrés, dans un bref gémissement douloureux. Le souffle court, le corps perdu dans une torpeur d'envie, elle enserre et comprime son membre à chacune des convulsions de l'orgasme, accompagne chaque jet de plaisir, jusqu'à ce que, dans un long frisson, il s'affaisse sur le lit en grognant.

Pantelante, elle immobilise sa main sans oser le regarder. Au creux de sa paume, il perd enfin un peu de sa rigidité et, malgré elle, elle effleure son gland humide du doigt, se maculant le pouce de semence. Il est secoué d'un frisson violent, et elle sent le poids de ses yeux sur elle. Mais elle se découvre incapable de lever la tête pour le regarder. La réalité perce lentement la bulle onirique où ils étaient plongés.

« Seigneur, mais qu'est-ce qui t'a pris !?! »

Elle est incapable de répondre à cette question. Tout comme elle est incapable de le regarder ou de parler.

La respiration de Lord Keir est la seule chose qu'elle entend. Une respiration rapide, rauque. Du coin de l'œil, elle voit son torse se soulever, puis il éloigne la main qu'il avait posée sur la sienne, la laisse retomber sur le lit près de lui, et elle finit par oser lever les yeux vers son visage.

Les prunelles bleues la dévisagent en silence, avec une expression qu'elle ne peut comprendre ou reconnaître.

Elle aimerait faire preuve d'esprit, là, maintenant. Avoir quelque chose à dire... Sauf que sa tête reste désespérément vide. D'ailleurs, que pourrait-elle bien dire ? Qu'est supposée dire une dame qui se trouve dans cette situation et... et rien. Une dame n'est pas censée se retrouver dans une telle situation.

Pourquoi ne lui crie-t-il pas quelques mots grossiers comme à son habitude ? Tout lui paraît soudain préférable que ce silence oppressant qui s'étire de part et d'autre. Au point qu'à bout de nerfs, elle finit par trouver en elle un peu de sens commun. Elle lâche le sexe de Lord Keir, recule à genoux jusqu'au bord du lit, se met debout en dépit de ses jambes tremblantes, sans plus oser le regarder. Et comme chaque fois qu'elle perd pied, elle se raccroche au cadre rassurant des usages.

— Bonne nuit, milord, murmure-t-elle, en le saluant du menton.

Elle tourne les talons, traverse rapidement la chambre et sort de la pièce sans s'arrêter. Une fois le battant refermé derrière elle, elle s'autorise enfin à haleter et paniquer. Les genoux flageolants, elle tâtonne une main au mur pour longer le couloir et descendre l'escalier d'apparat dans le noir, puisqu'elle n'a évidemment pas eu la présence d'esprit de récupérer son bougeoir. Elle a l'impression que son souffle rauque s'entend dans tout le château et, lorsqu'elle arrive enfin dans la relative sécurité de ses appartements, elle s'adosse à la porte et sent des larmes perler sous ses paupières.

— Idiote ! Imbécile ! Seigneur, mais qu'est-ce qui t'a pris !?

Elle frappe sa tête contre le bois de la porte, plusieurs fois, de plus en plus fort.

— Oh ! Seigneur, ce n'est pas possible ! Je n'ai pas fait ça !

Elle lève sa main, la main fautive. L'odeur de Lord Keir imprègne si puissamment sa peau qu'elle en est enivrée, quand elle l'approche de son visage. Quant aux gouttes de sperme, elles commencent seulement à sécher sur ses doigts.

Elle lâche un long gémissement de détresse. Frappe plus fort sa tête contre la porte.

— Idiote ! Idiote !

Elle doit bien passer une bonne heure à se flageller de la sorte avant que le froid la fasse bouger. Elle se dit qu'elle devrait commencer à faire ses bagages, parce qu'il est évident que, dès demain, milord le Baron Noir se fera un plaisir de la jeter dehors...

Elle ne prend même pas la peine de se déshabiller avant de se rouler en boule sous sa couverture, même s'il est évident qu'elle ne fermera pas l'œil de la nuit.

31

Il n'y a pas de réveil à six heures vingt, car Abbie n'a pas fermé l'œil de la nuit. Après une toilette à l'eau froide, autant pour se mortifier que recouvrer quelque énergie, elle se coiffe d'un chignon plus serré qu'à l'ordinaire, puis va se préparer son thé du matin à la cuisine. Une fois installée dans l'orangerie, elle ne parvient cependant pas à en avaler la moindre goutte, tant sa gorge est nouée. Elle se sent nauséeuse, et le poids de son âge pèse lourd sur ses épaules. Elle se sent vieille. Fatiguée. Et bonne à rien.

Même le lever du soleil derrière les baies vitrées ne parvient pas à repousser sa morosité et son mal-être. Chaque fois que ses pensées s'égarent vers les souvenirs de ce qui s'est passé dans la chambre de Lord Keir, elle ne peut retenir un gémissement douloureux de honte et d'épouvante mêlées. À quarante-neuf ans, elle pensait pourtant avoir définitivement maté ses penchants naturels à l'impétuosité et l'exubérance. Qu'importe le plaisir qu'elle a ressenti ?

Que va-t-elle devenir ? songe-t-elle tristement.

— Oh ! vous êtes là, Abigail.

Elle sursaute à peine, s'aperçoit avec stupeur qu'il fait grand jour et se tourne vers Ranjit, qui lui sourit depuis le pas de la porte.

— Nous vous cherchions. Keir demande à vous voir dans son bureau. Vous ne devriez pas le faire attendre, il a l'air plutôt grincheux, ce matin.

— Quel matin ne l'est-il pas ? marmonne-t-elle doucement, en rougissant. J'y vais, Ranjit, merci, ajoute-t-elle plus fort.

Pourtant, elle manque d'énergie pour se lever. Elle n'a aucune envie d'affronter Lord Keir dans son antre. Aucune envie de le regarder, de le voir la condamner pour ce qu'elle a fait. Aucune envie de l'entendre la jeter dehors.

Elle ne veut pas quitter Blackson House. Elle ne peut tout simplement pas imaginer vivre ailleurs que dans cette maison.

Sa maison.

Les larmes qui lui montent aux yeux la surprennent, et elle peine à les refouler. Elle monte lentement à l'étage du maître, l'estomac retourné et les nerfs à vif. Comme elle aimerait pouvoir effacer ce qui s'est passé la veille ! Une femme d'honneur donnerait elle-même sa démission à Lord Keir avant qu'il ne la congédie. Mais l'honneur pèse peu au regard de sa survie. Car hors de Blackson House, de quoi vivra-t-elle ?

Devant la porte du bureau, elle avale sa salive, inspire profondément, carre ses épaules et se prépare à l'une des plus grandes humiliations de sa vie. Elle frappe à la porte, en appelle à tout son flegme pour obéir à l'ordre d'entrer qu'il lui grogne, puis pousse le battant.

Rien ne change dans cette pièce, pense-t-elle, en refermant l'huis derrière elle. Les rideaux sont fermés, le feu brûle, pas de lampe à huile, juste la pénombre habituelle. Elle coule un regard d'excuse au portrait de Lady Agatha Blackson et se sent plus nauséeuse encore à l'idée de ne pas seulement affronter Lord Keir, mais aussi le fantôme de sa défunte épouse.

Il est complètement avachi dans son fauteuil et a très mauvaise mine, ce qui ne laisse rien présager de bon. Les traits tirés, des cernes mauves sous ses yeux rougis, les joues assombries d'une barbe dure, il a l'air d'un homme qui n'a pas dormi de la nuit.

— Milord, commence-t-elle.

Il lève une main sèche pour la faire taire, et elle voit ses mâchoires jouer nerveusement, tandis qu'il la dévisage.

— Je pourrais commencer par vous rappeler que je ne voulais pas que vous traîniez dans les couloirs la nuit, lance-t-il rudement. Je pourrais continuer en vous demandant ce que vous foutiez dans ma chambre en pleine nuit. Ou même vous enjoindre à me rappeler à quel moment je vous ai demandé de m'y rejoindre... Parce que je n'en ai, personnellement, aucun foutu souvenir.

Elle ouvre la bouche, prête à répliquer, mais il lève à nouveau la main, et elle se tait.

— Mais la seule chose qui m'intéresse vraiment, Cross... gronde-t-il, en s'accoudant au bureau pour la foudroyer du regard. La seule question qui vaille vraiment d'être posée est la suivante : c'est une habitude, chez vous, d'aller branler vos employeurs ?

Elle retient un cri choqué, se sent rougir, puis blêmir.

— Je me renseigne, poursuit-il d'une voix durcie. Parce que cela faisait peut-être partie de vos attributions chez vos employeurs précédents, mais je ne me souviens pas que vous ayez mentionné cette tâche particulière, lorsque nous avons discuté de vos fonctions.

Le silence qui suit vibre encore de la colère de sa voix, et Abbie tente en vain de déglutir, attendant la suite, qui ne vient pas. Elle ouvre la bouche, mais aucun son n'en sort. Le courage lui manque soudain.

Serre plus fort, Cross.

Une bouffée de chaleur lui embrase le visage et les reins, et elle se sent devenir stupide, la tête vide.

— Nom de Dieu, gronde-t-il, en se penchant vers elle. Vous n'avez rien à dire ?

Comme ça, oui. Oui, Cross...

Oh ! Seigneur ! Elle ferme les paupières, incapable de le regarder, alors que résonne dans sa tête l'écho de ses chuchotements, de ses gémissements.

Quand elle trouve enfin le courage de rouvrir les yeux, il la dévisage toujours, les pupilles brillantes d'une colère brute et les épaules tendues.

— Dégagez de cette maison, lâche-t-il soudain sèchement. Je ne veux plus vous voir.

Elle a un vertige violent, et sa nausée devient si forte qu'elle craint de vomir sur le tapis. Un reste de dignité l'empêche de s'appuyer au bureau, alors que sa tête tourne au point qu'elle ne sait plus vraiment où est le sol ou le plafond. Pour ne pas défaillir, elle fixe les prunelles bleues qui la haïssent si fort, ouvre la bouche pour s'excuser. Oh ! elle sait bien que des excuses, même sincères, ne changeront rien à ce qui s'est passé et ne le feront pas non plus revenir sur sa décision de la renvoyer. Pas plus qu'un rappel du fait qu'il l'a *invitée* à le toucher, le caresser.

Plus vite. Plus vite, Cross, oui... Oh oui, comme ça, oui, oui...

Doux Jésus ! La nausée lui retourne l'estomac, alors qu'une faiblesse lui coupe presque les jambes et que ses tempes se mettent à bourdonner. Paniquée, elle reconnaît les prémices d'un évanouissement. Non pas qu'elle soit, d'ordinaire, sujette à ce genre de malaise. Mais elle en a, hélas, fait l'expérience, quelques années auparavant. L'idée de s'effondrer par terre devant le bureau devient pour Abbie la pire des choses qui puisse lui arriver, et elle inspire profondément en essayant de lutter, de surmonter le malaise.

Il se lève, repousse son fauteuil et s'appuie des deux mains sur le bureau, se penche vers elle, les mâchoires verrouillées et l'air mauvais.

— Je veux que vous foutiez le camp avant ce soir, gronde-t-il.

Le bourdonnement dans ses oreilles étouffe un peu sa voix rugueuse, l'adoucit presque. Et alors qu'elle avale sa salive et s'efforce de rassembler les mots d'excuse qui se pressent dans sa gorge, elle est la première surprise de ceux qui filtrent finalement de ses lèvres.

— Vous ne pouvez pas me renvoyer, milord, je travaille pour votre nièce, pas pour vous.

Il se fige, elle aussi. Bon sang de bois ! Mais d'où lui viennent ces mots, cette hargne à ne pas accepter une punition méritée ?

Soudain, son besoin de rester ici, chez elle, malgré lui, malgré tout, devient si fort, si viscéral, qu'elle comprend qu'elle ne partira pas sans se battre. Et tant pis si les moyens employés ne sont ni justes ni honorables !

Le vertige s'estompe, son malaise aussi, et ils se dévisagent en silence pendant une longue seconde, avant qu'un grondement sourd ne fuse de la gorge de Lord Keir.

— Commencez vos bagages malgré tout, Cross, fait-il d'une voix mortellement calme. Parce que dès qu'Annys recevra le courrier que je vais lui écrire, elle...

— Ann n'est plus en Angleterre, l'interrompt-elle.

Il bat des paupières, surpris, et le masque de colère qui fige son visage se fendille légèrement.

— Quoi ? s'étonne-t-il, d'une voix rauque.

La main d'Abbie se pose malgré elle sur la poche de sa jupe. Depuis qu'elle a reçu le fameux courrier d'Ann Blackson, l'enveloppe n'a pas quitté sa poche, Abbie ne sachant vraiment quoi en faire.

— Qu'est-ce que c'est que cette foutue histoire ? insiste-t-il.

Elle a l'impression de nager dans un marécage. Oppressée, presque étourdie, elle peine à respirer, à rassembler ses idées. Elle s'en veut d'avoir parlé du départ d'Ann, s'en veut de ne pas avoir la force d'agir dignement et de partir, s'en veut de...

Comme ça, oui. Oui, Cross...

Dieu tout-puissant, si, au moins, elle pouvait arrêter de se rappeler !

— Où est-elle ? demande-t-il.

Dans sa voix basse, Abbie entend une fêlure, une angoisse sourde, qui se reflète aussi dans ses yeux bleus. Il s'inquiète pour sa nièce, et cette soudaine humanité aide Abbie à recouvrer une partie de son bon sens et de son calme. La panique reflue, la laissant physiquement épuisée.

Elle se racle la gorge et, soudain très lasse, soupire en sortant l'enveloppe de sa poche.

— Elle m'a envoyé ce courrier, le mois dernier. Elle ne souhaitait pas spécialement que je vous en informe et...

Il quitte l'abri de son bureau, en fait le tour en claudiquant sévèrement et lui arrache l'enveloppe de la main pour en tirer la lettre. Il est proche, bien trop proche d'elle. Elle le respire, sent même sa chaleur l'envelopper, mais elle ne peut pas bouger. Ses pieds sont rivés au tapis, et elle le regarde déplier le feuillet, le lire en dépit de la pénombre ambiante, voit ses doigts trembler. C'est léger, et il se reprend vite, mais elle l'a vu malgré tout, et quelque chose se noue et se dénoue en elle en même temps. Elle ne saisit pas très bien pourquoi d'un seul coup, son angoisse de quitter Blackson House s'estompe ainsi que sa honte. Enfin, pas *toute* sa honte, mais une grande partie.

Il relève la tête, la regarde, et elle a le temps de voir l'éclat d'une peur douloureuse traverser ses yeux, avant qu'il remue la lettre devant elle.

— Et vous comptiez finir par me le dire un jour, Cross ? grommelle-t-il.

— Je suis désolée, murmure-t-elle. Je... Je ne savais pas quoi faire.

Avec un grognement de frustration, il passe une main nerveuse dans ses cheveux, fronce les sourcils. Lui aussi a l'air las. Il est si proche qu'elle pourrait presque compter les fines cicatrices qui parcourent son visage dur et, peut-être pour la première fois, elle parvient à le regarder sans se sentir tourneboulée de l'intérieur. Elle voit les marques que le temps et les épreuves ont gravées sur sa peau, et même si cela n'enlève rien à sa beauté, elle prend conscience qu'il n'est plus si jeune, lui non plus, qu'il a dépassé la cinquantaine et que son existence passée n'a été ni facile ni simple.

Sortez, Cross.

Je ne peux pas.

La gorge d'Abbie s'obstrue brutalement, et la peine qui monte en elle la surprend presque.

— Vous souffriez, murmure-t-elle malgré elle.

Il baisse les yeux vers elle et, pendant une brève seconde, elle plonge en lui au travers de ses yeux. Elle sait qu'il comprend qu'elle ne parle pas d'Ann, mais de ce qu'elle a fait la veille. Il abaisse les paupières, comme pour se cacher. Si elle ne le connaissait pas mieux, elle pourrait presque croire que ses hautes pommettes hâlées viennent de rougir.

— Je suis désolée de ce que j'ai fait, poursuit-elle, les jambes tremblantes. Sincèrement. Je ne sais même pas ce qui m'a poussée à... Mais... vous souffriez.

Elle s'oblige à serrer les lèvres, de peur de bafouiller encore. Conserver le menton levé vers lui demande un effort considérable. Il relève les paupières, la regarde en silence, tandis que ses mains replient machinalement la lettre.

— Vous cumulez les conneries, Cross, marmonne-t-il d'une voix rauque. Je me fous que vous ayez été embauchée par Ann ou que vous soyez son employée. Vous êtes ici, et ici, c'est chez moi, pas chez Ann. Même si c'est elle qui paie vos gages, l'argent qui vous est versé sort de mes coffres. En conséquence, c'est bel et bien pour moi que vous travaillez.

Elle se sent pâlir à nouveau, essaie d'ordonner à ses pieds de reculer. Au moins d'un pas. Mais ces andouilles chaussées de bottines refusent de lui obéir, et elle ne peut que rester là, plantée devant lui, si proche qu'elle sent son souffle lui balayer le visage quand il parle.

Serre plus fort, Cross.

— La seule raison qui me retient de vous balancer dehors dans la minute, c'est ce foutu courrier (il secoue la lettre devant elle), parce que ma nièce vous y appelle par votre prénom et que, la connaissant, si je vous renvoie en son absence, elle me le fera payer très cher.

Elle déglutit et redresse le menton, alors qu'il se penche au contraire sur elle comme pour l'écraser. Leurs visages sont si proches qu'elle sent son cerveau se liquéfier. Ne pas regarder sa bouche, si près de la sienne qu'elle n'aurait qu'à se dresser un peu sur la pointe des pieds pour l'embrasser, lui demande de gros efforts.

— Alors, ouvrez bien ce qui vous sert d'oreilles, Cross, parce que je ne me répéterai pas. À compter de maintenant, je ne veux plus rien avoir à faire avec vous. Je ne veux même pas vous croiser ou vous voir. Par respect pour Ann, j'attendrai son retour pour vous virer, mais son absence ne devrait plus durer très longtemps, aussi je vous suggère de commencer vos foutus bagages. D'ici là, vous ne vous occuperez plus du domaine ni des comptes. Contentez-vous de boire du thé et de faire le ménage, loin de moi et de mon étage. Suis-je clair ?

Elle tressaille, hoche le menton, la gorge si serrée qu'elle respire à peine. En elle s'entremêlent la colère de le voir balayer si aisément tout ce qu'elle a accompli, la peur de devoir partir, l'envie de le toucher.

Plus vite. Plus vite, Cross, oui... Oh oui, comme ça, oui, oui...

Bon sang de bon sang, mais pourquoi a-t-elle cette furieuse envie de tendre la main vers lui ? D'effacer les plis soucieux et rageurs de son front ? D'apaiser l'angoisse qu'elle lit dans ses prunelles sous la colère ?

— Vous pouvez évidemment vous asseoir sur une lettre de

recommandation de ma part, poursuit-il durement. Mais je ne m'inquiète pas pour vous. Avec vos *qualifications* particulières et votre façon très *personnelle* d'effectuer votre travail, vous ne devriez avoir aucun mal à trouver un autre *employeur* très rapidement.

Les lèvres d'Abbie tremblent sous les insinuations graveleuses et sa voix sarcastique. Le choc est rude, même si elle le sait mérité. Elle hoche le menton, en dépit du sentiment d'injustice qui lui mange le cœur et de la sensation nauséabonde que ses mots laissent en elle.

Quelle importance qu'elle n'ait jamais connu qu'un seul homme dans toute son existence, son époux ? Que Lord Keir, qui la foudroie maintenant de son regard glacial, soit le seul autre homme, le premier depuis la fin de son mariage, à faire battre son cœur et son corps ? Cette pensée racornit un pan de son âme au fond d'elle.

— Autre chose, milord ? parvient-elle à demander, d'une voix presque calme.

— J'aurais dû vous foutre dehors dès votre arrivée, crache-t-il, les yeux plissés. Je le sais, pourtant, que les femmes comme vous sont des fouteuses de merde et des carnes autoritaires, qui s'imaginent pouvoir tout gouverner comme elles l'entendent ! Nom de Dieu, je n'en reviens pas que vous m'ayez caché le courrier d'Ann !

32

Le menton d'Abbie se redresse malgré elle, et elle sent avec un certain soulagement une nouvelle pointe belliqueuse naître dans son cœur.

— Les femmes comme moi ? reprend-elle lentement.

Oh ! comme elle l'accueille avec bonheur, cette pugnacité enfin de retour ! C'est comme retrouver ses vêtements préférés après avoir porté une tenue trop terne et trop étroite.

— Mais quel genre de femme croyez-vous donc que je sois, milord ? insiste-t-elle, sans tenir compte du fait qu'il étrécit dangereusement les yeux.

Elle hausse le menton, arque son sourcil.

— Peu importe quel genre de femme vous pensez que je suis, continue-t-elle, sans lui laisser l'opportunité d'ouvrir la bouche. Parce que c'est ce genre de femme qui a remis votre domaine sur pied et ramené la vie au village ! C'est même ce genre de femme qui veille à ce que votre maison soit de nouveau habitable et que vous ne manquiez de rien ! Cette femme qui a trié vos papiers et mis à jour vos livres de comptes que personne n'avait touchés depuis plus de trois ans ! Cette femme qui a stupidement espéré faire oublier la lamentable réputation qui ternit votre maison et votre famille par votre faute !

Abbie ne s'arrête que pour reprendre son souffle.

— Vous voulez savoir ce que *moi*, je pense de ce genre de femme ? grimace-t-elle, en lui plantant un index furieux au milieu du torse. Je pense qu'elle est stupide d'avoir fait plus qu'elle ne devait, surtout pour un homme comme vous ! Je pense qu'elle est naïve d'avoir cru pouvoir au moins mériter le respect de son employeur, au regard du travail qu'elle a abattu ! Je pense surtout qu'elle serait bien bête de se laisser intimider ou renvoyer par un mufle mal embouché aussi vulgaire qu'ordurier et qui n'est même pas capable de…

Lord Keir laisse échapper un bref mugissement de rage, tout en empoignant durement sa main pour l'éloigner de lui. Abbie perd le souffle et se tait brutalement, l'esprit vidé de sa colère ou des mots qu'elle avait encore en bouche. Elle ne peut que gémir lorsqu'il écrase ses lèvres sur les siennes. Il force sa bouche, y plonge une langue âpre qui n'est pas là pour caresser, mais pour soumettre, pour faire taire. Abbie ne s'y trompe pas et, malgré la brusque tension charnelle qui alourdit son corps en quelques instants, elle se redresse et lance sa langue dans la bataille.

Sans cesser de l'embrasser sévèrement, Lord Keir l'enferme entre ses bras, la plaque contre lui, la force à reculer jusqu'à ce qu'elle sente le plateau du bureau lui blesser les reins. Le cœur battant, mais heureusement loin d'être submergée par le plaisir des situations précédentes, Abbie ne se dérobe pas, fait au contraire glisser ses paumes sur son torse, remonte jusqu'à sa nuque, plonge les doigts dans ses cheveux. Un brin de raison lui crie bien de le repousser, mais elle ne l'écoute pas. Il lui a manqué, songe-t-elle, entre bonheur et épouvante. Dieu, comme il lui a manqué ! Comme le contact de son corps, sa chaleur, son goût lui ont manqué !

Avec un bref gémissement, elle soupire contre lui, amollit ses lèvres, va caresser sa langue, l'invite à s'apaiser. Dans son dos, le bois du bureau s'imprime de plus en plus méchamment, tandis qu'il pèse contre elle, la fait ployer en arrière, et elle se raccroche à lui, à sa nuque, ses épaules pour ne pas tomber. En équilibre précaire, elle réussit malgré tout à écarter légèrement les pieds pour se stabiliser. Les hanches de Lord Keir viennent se nicher au creux de son bassin. Avec un bref râle rauque, ses lèvres cessent de punir pour se faire affamées, il caresse sa langue, la noue à la sienne, et Abbie perd la tête.

Il la soulève à peine pour l'asseoir sur le bureau, elle écarte complaisamment les jambes, l'accueille contre elle, se cambre. Il quitte ses lèvres pour embrasser sa joue, puis sa gorge, elle renverse la tête, s'offre. Il remonte ses jupes avec des gestes saccadés, elle descend ses mains jusqu'à son pantalon et en déboucle la ceinture.

Lord Keir redresse la tête, la regarde, et elle frissonne en plongeant dans ses yeux. Ses prunelles brillent d'un désir brutal, un écho troublant de ce qu'elle ressent. Le souffle aussi court l'un que l'autre, ils s'observent en silence, tandis qu'il glisse les doigts entre ses cuisses pour la toucher et qu'elle le déboutonne pour le prendre dans sa main. Elle voit son regard vaciller quand elle l'empaume, et se liquéfie elle-même quand il pose les doigts sur elle. Un gémissement trouble le silence, elle est incapable de savoir qui l'a poussé, creuse ses reins pour se caresser à sa main, alors qu'il se cambre pour bouger dans la sienne. Au creux de ses reins gonfle un désir, un plaisir, qu'elle avait presque oublié. Depuis tant d'années ! Seigneur, elle pensait même être trop vieille pour pouvoir encore ressentir cela, cette faim viscérale, ce besoin d'être prise, cette envie d'être emplie ! Par lui. Par personne d'autre, juste par lui. Avec lui.

Il entrouvre la bouche. Elle a soudain peur de ce qu'il pourrait dire, serre les doigts autour de sa chair dure et brûlante, l'amène vers elle, vers sa propre chair moite et ouverte qui n'attend que lui. Les yeux de Lord Keir se fixent dans les siens, il se penche, prend ses lèvres dans un baiser presque râpeux et se positionne pour entrer en elle. Étourdie de désir autant que de plaisir, transpercée par une troublante sensation d'irréalité, elle se laisse emporter par son baiser et soupire en le sentant presser son gland contre elle.

Oui, se retient-elle de gémir. *Oui, viens !*

Elle lâche ses lèvres, haletante, creuse ses reins pour venir vers lui, et...

... croise le doux regard noisette de Lady Agatha Blackson, par-dessus l'épaule de son époux.

Un éclair lui tombant dessus en plein orage ne serait pas plus violent.

En une seconde, elle passe de la passion brûlante au froid polaire. Son corps, par réflexe, se ferme, se replie, repousse brutalement celui de Lord Keir. Sans pouvoir quitter des yeux le portrait de la défunte, elle lâche son sexe et pose les mains sur son torse pour le garder à distance.

— Nom de Dieu, Cross, fait-il d'une voix rauque, ne m'arrête pas maintenant, j'en crève d'envie, et toi aussi !

— Non ! dit-elle, entre douleur et désespoir.

Ses paumes quittent son torse, encadrent les joues mal rasées, elle lui tord presque le visage sur le côté, lui met le portrait de son épouse sous les yeux.

La réaction de Lord Keir est aussi violente que celle d'Abbie. En une seconde, il a reculé de trois pas et s'est reboutonné prestement. Le visage qu'il tourne et fixe sur sa lady témoigne d'une telle douleur qu'Abbie comprend qu'il a presque oublié sa présence à elle, sur le bureau.

Écarlate de gêne autant que de frustration, elle se remet debout en arrangeant ses jupes d'une main tremblante. Elle lui jette un regard, ignore quoi dire. Elle ne peut que s'interroger sur sa propre réaction. Bon sang de bois, ne pouvait-elle fermer les yeux, faire comme si ce portrait n'était pas là ? Oh ! Seigneur, comme elle a encore envie de lui, c'en est douloureux ! Au moins aussi douloureux que le vide grandissant qui s'étale en elle, non loin de son cœur.

La tête vide, à nouveau nauséeuse, elle se sent coupable sans même savoir pourquoi. Il est veuf ! se rappelle-t-elle avec une espèce de rage. Pas marié, *veuf* ! Ils ne font rien de mal, ne trompent personne !

Et pourtant, elle a un goût amer en bouche en comprenant qu'elle n'est pas capable de faire l'amour devant feu la baronne ! Le goût devient acide, à l'idée que Lord Keir s'apprêtait à la prendre sur le bureau comme une vulgaire cocotte, car en vérité, il la hait et la méprise.

Elle redresse les épaules pour masquer le maelstrom de sentiments diffus et confus qui la secoue, se tourne vers lui. Il n'a pas bougé. Dressé debout à trois pas d'elle, les cheveux ébouriffés et les vêtements froissés, il fixe le portrait de celle qu'il a aimée, une expression de souffrance si vive gravée sur le visage que le cœur d'Abbie se meurtrit avec violence. Elle comprend qu'il aime toujours cette épouse décédée trop tôt. Que ce qui a failli se passer sur le bureau n'aurait finalement été qu'un défoulement sexuel.

Une chose sordide, un échange purement physique. Une réponse logique à leurs colères réciproques.

Abbie serre les lèvres de son mieux dans le vain espoir de contenir la douleur de plus en plus vive qui lui dévore le cœur et entreprend de marcher vers la porte.

— Cross ?

Il a une voix étrange, comme abasourdie. Elle frémit, se tourne vers lui, se maudissant du brutal espoir qu'elle sent renaître en elle.

— Oui, milord ? murmure-t-elle, d'une voix éraillée.

Il se détourne du portrait pour la regarder, et l'expression de ses yeux qu'elle croise éradique aussitôt son espoir. Le bleu des pupilles est douloureux. Empli de haine, de dégoût et de honte.

— Évite-moi, se contente-t-il de lui dire, avant de regarder le portrait à nouveau.

Abbie presse sa main sur son ventre. Comme si ce geste pouvait empêcher la peine et la douleur ! Elle quitte la pièce aussi rapidement et silencieusement que possible, descend l'escalier d'apparat dans un brouillard amer et va s'enfermer dans ses appartements, où elle se roule en boule sur le lit, les yeux grands ouverts.

Elle a juste besoin de se reprendre... Oui, juste besoin d'un peu de temps pour que cesse cette douleur et que ses émotions deviennent à nouveau gérables.

33

Elle a l'impression de reposer sur son lit pendant des heures et s'étonne qu'il soit si tôt, quand elle finit par sortir de sa torpeur pour jeter un œil à sa montre. La matinée est à peine entamée, c'est pourtant comme si une vie s'était écoulée depuis son réveil.

Elle se lève, va se baigner le visage dans la bassine, s'essuie consciencieusement, puis, d'un geste d'automate, refait son chignon malmené par les mains excitées de Lord Keir. Il lui manque des épingles, et l'idée qu'elles gisent sur le tapis du bureau lui pince le cœur. Elle secoue ses jupes pour en effacer les plis, redresse les épaules, essaie de plaquer sur son visage l'expression habituelle, puis rejoint la cuisine où les autres achèvent à peine leur déjeuner.

— Où étais-tu, Abbie ? s'étonne Shanti, en se levant pour lui verser un thé, alors que Daniel pose quelques naans devant sa chaise.

Abbie s'installe, réussit à esquisser un sourire de remerciement, puis fixe sa tasse fumante, tout en cherchant ses mots. Et flûte, va-t-elle seulement réussir à parler, sans que sa voix la trahisse ?

— J'ai dit à milord qu'Ann n'était plus en Angleterre, lâche-t-elle.

Il y a un bref silence général. Puis Arun lâche ce qu'elle devine être une grossièreté en birman et se lève.

— Je vais essayer de le dissuader d'embarquer pour New York, explique-t-il, avant de quitter la pièce.

— Je suis désolée, souffle Abbie sans oser les regarder.

Elle devine le haussement d'épaules de Shanti et le regard soucieux de Ranjit.

— Ce n'est pas ta faute, dit doucement Ashmi.

— De toute façon, Keir aurait fini par l'apprendre, approuve Ranjit. Si ce n'était pas par vous, cela aurait été par l'un de nous.

— Reste à espérer qu'il ne va pas tenter de les retrouver, s'inquiète Heng.

— S'il se met cette idée folle en tête, grommelle Shanti, Arun ne le suivra pas en mer. Il a juré de ne plus jamais monter sur un bateau. Et si Arun ne le suit pas...

Abbie relève la tête, les observe autour de la table. Même Kishan a l'air soucieux. Quant à Bill, il marmonne en silence dans sa barbe.

— Arun est le seul à soigner Keir, explique Nanda à Abbie. Pour sa jambe. Et sans ces soins, il risque de la perdre.

— C'est bien pour ça qu'il ne partira pas, n'est-ce pas ? fait Lin, une main protectrice sur son ventre.

— Espérons, oui, soupire Ashmi.

Abbie tente de trouver en elle assez d'appétit pour au moins boire sa tasse de thé, mais finit par renoncer.

— Tu n'as pas l'air bien... s'inquiète Shanti, en s'assoyant près d'elle.

Abbie bat des paupières, s'aperçoit, stupéfaite, qu'elles sont seules dans la cuisine. Flûte de flûte, elle n'a même pas vu les autres sortir !

— Non, on ne peut pas dire que je sois très en forme, soupire-t-elle, en évitant le regard trop perspicace de son amie.

— Ah... fait Shanti en croisant les bras sur la table. Vous vous êtes encore disputés.

Si seulement ils s'étaient contentés de se disputer ! pense Abbie. Si seulement ils ne s'étaient pas touchés, embrassés. Si seulement...

— Je sais bien que je devrais partir, murmure-t-elle, malgré elle. Mais je ne peux pas... Je... Shanti, je suis tellement bien ici, avec vous tous, je n'ai aucune envie de chercher un autre poste !

— Pourquoi donc devrais-tu chercher un nouveau poste ? s'inquiète Shanti, dont les yeux sombres se durcissent soudain. Est-ce que... Keir a voulu se débarrasser de toi ?

Abbie soupire, finit par hocher la tête. Ah, pourtant elle sait bien qu'elle ne doit pas mêler les autres habitants de Blackson House à ce qui se passe entre Lord Keir et elle !

— Oublie cela, murmure-t-elle en souriant à Shanti. Ma semaine de congé me fera le plus grand bien, je pense.

Shanti la dévisage sans mot dire, et Abbie bénit l'arrivée subite de Nanda, qui empêche la première de poser davantage de questions.

— Abbie, tu vas être en retard pour l'office !

— Oh ! mon Dieu, oui, tu as raison, s'empresse-t-elle de répondre, en se levant. À plus tard.

Elle se hâte de quitter la cuisine pour aller passer ses bottes d'équitation. Aux écuries, Bill l'attend déjà, leurs deux chevaux sellés. Ils sont les seuls de la maison à assister à la messe dominicale depuis l'arrivée du pasteur Webster et rejoignent rapidement l'église.

Assise sur le banc de bois, Abbie suit l'office sans l'écouter, joint sa voix et ses prières aux autres villageois, mécaniquement, puis se sent soulagée de rejoindre Sophie Webster, une fois la messe dite.

— Je vais déjeuner ici, indique-t-elle à Bill. Rentre donc, je risque de rester tard au village.

— Fais attention à toi sur l'retour, Abbie, acquiesce Bill en se mettant en selle pour rentrer.

Elle le rassure d'un sourire. Si Iperius et Sophie Webster remarquent qu'elle est moins vive ou enjouée qu'à l'ordinaire, ils ont la sagesse et la discrétion de ne pas en faire mention, et le repas se déroule dans une ambiance bon enfant qui apaise un peu le malaise d'Abbie.

Tandis que Sophie et elle boivent un thé dans le salon, la jeune Gaia se met au piano, et Darius les salue avant de partir rejoindre Blackson House et son ami Sanjay. Abbie en profite pour prévenir son amie de son absence de quelques jours. Elles reparlent de l'ouverture prochaine de l'école, du fait que Sophie soit en relation quotidienne avec Samuel Kingston, de l'état d'avancement des travaux du nouveau moulin, de la réfection de la vieille distillerie, de la façon dont les femmes du village apprécient leur ouvrage sur le métier à tisser.

— Tu as vraiment fait un excellent travail, sourit la femme du pasteur. Je n'en reviens toujours pas que tu aies accompli tant de miracles ici en si peu de temps, Abbie !

La gouvernante hausse les épaules, gênée, puis inspire profondément, avant de se lancer.

— Dorénavant, pour tout ce qui concerne le domaine et le village, il faudra que Samuel Kingston et toi vous mettiez en relation avec Lord Blackson. Je ne m'occupe plus désormais que de Blackson House.

Sophie s'assombrit un peu, puis hoche la tête.

— Tu as même réussi à ce que milord s'intéresse à nouveau à ses terres ? fait-elle.

Et j'ai payé de ma personne pour cela, s'abstient de dire Abbie.

— Que dirais-tu d'une petite promenade ? propose Sophie en se levant. Veux-tu que je te prête un châle ?

En compagnie d'Evalia, la plus jeune fille des Webster, elles marchent lentement dans les bois environnants. Abbie écoute Sophie évoquer ses souvenirs d'Afrique d'une oreille distraite, perdue dans ses pensées.

Il aime toujours son épouse. Quels étaient les mots de Nanda ? Que les Blackson ne se mariaient que par amour. Qu'une partie de lui était morte avec son épouse.

De tous les hommes sur cette Terre, pourquoi a-t-il fallu qu'elle s'amourache de celui-ci en particulier ! Elle voudrait se détacher de lui, se défaire de ses sentiments… Or, il n'est pas le seul à s'être creusé un chemin dans son cœur. Il y a aussi les autres, le « petit peuple ». Et la maison. Blackson House, sa maison désormais, celle où elle se sent chez elle.

Elle regagne Blackson House après le thé. Le « petit peuple » est dans la salle de bal. Mal à l'aise, Abbie se souvient soudain qu'il y avait lessive au programme du jour et qu'elle l'a oubliée. Elle a laissé les autres travailler seuls, sans elle, et se sent coupable.

— Un peu de taiji ? lui propose Heng.

— Pourquoi pas ? fait Abbie. Je vais me changer.

Peut-être que se défouler avec un de leurs arts martiaux lui fera du bien…

— Où est Arun ? demande-t-elle, en revenant dans la salle de bal, vêtue de son pantalon.

— Avec Keir, répond Shanti, interrompant sa méditation près de Lin.

Abbie frissonne.

— Rassure-toi, sourit Nanda, il semblerait que Keir ait renoncé à l'idée de prendre un bateau pour chercher Gus et Ann.

Abbie n'est pas certaine que ce soit une vraie bonne nouvelle. Elle relève la tête en entendant l'éclat de rire de Sanjay et l'observe tendre la main à Darius étalé par terre.

— Darius a rejoint les entraînements ? s'amuse-t-elle.

— Oui, sourit Daniel en s'arrêtant près d'elle, hors d'haleine, un bâton de combat à la main. Il ne se débrouille pas si mal, mais contre Sanjay, il n'a aucune chance !

Abbie n'a que le temps de saluer Heng, que celui-ci passe à l'attaque, lui décochant un coup de pied vers le visage. Elle l'esquive et réplique.

Quand vient l'heure du dîner, elle est couverte de bleus, mais plus calme et sereine. Elle sait que cet état ne durera pas, aussi en profite-t-elle, tandis qu'ils quittent tous la salle de bal. Non loin d'elle, Darius arbore plusieurs hématomes sur le visage et les bras ; elle espère que Sophie ne lui tiendra pas rigueur des blessures superficielles infligées à son fils par Sanjay.

Elle se lave rapidement à sa cuvette, se change, refait son chignon. Le repas se déroule dans une humeur légère qui éloigne encore un peu ses idées sombres. Puis Darius, Sanjay et Daniel s'adonnent à la vaisselle, et tout le monde se retrouve dans la bibliothèque, où Ranjit bat tous ses adversaires aux échecs avec une facilité déconcertante. L'heure du coucher finit par sonner ; Bill raccompagne Darius au village. Abbie attend que le vieux cocher soit rentré dans sa chambre au-dessus des écuries, pour rejoindre à son tour ses appartements.

Elle se couche seule dans le calme lourd et écrasant de sa chambre, et ne peut, hélas, repousser plus longtemps les pensées nauséabondes qui l'assaillent depuis le matin.

Elle sait déjà que la nuit s'annonce longue. Lente. Douloureuse.

34

La diligence arrive à Chester en avance sur son horaire. Son bagage à la main, Abbie en descend et regarde autour d'elle, espérant que son beau-frère soit déjà là à l'attendre. Mais elle a beau chercher, elle ne voit pas trace du sourire bon enfant de Charlie.

Le voyage a été moins fatigant qu'elle ne le craignait, pourtant, elle se sent épuisée. Voilà presque deux nuits qu'elle n'a pas dormi. Un instant, elle hésite à traverser la rue pour aller boire un thé ou même une bière à la taverne d'en face. L'endroit a l'air de bon aloi, l'établissement sérieux et bien tenu. Elle soupèse encore l'idée, lorsque son œil accroche l'enseigne d'un apothicaire. Prise d'une idée subite, elle s'y dirige d'un bon pas, pousse la porte et plisse le nez pour ne pas éternuer sous le remugle d'odeurs médicinales et de poussière qui assaille ses narines. La boutique est petite, sombre, encombrée de sachets, de flacons de poudre. Derrière un vieux comptoir au bois ébréché se tient une jeune femme avenante.

— Bonjour, Madame, puis-je vous aider ou vous renseigner ? offre-t-elle.

Abbie marche directement à elle, soulagée d'avoir affaire à une femme, priant que son interlocutrice ne soit pas trop de la vieille école, en dépit de son âge.

— Je voudrais un pessaire, explique Abbie. En auriez-vous ?

Si l'apothicaire note qu'Abbie est sans doute trop âgée pour avoir besoin d'un tel ustensile, elle n'en montre rien. Elle se borne à couler un regard nerveux vers l'arrière-boutique avant de se pencher vers sa cliente pour répondre d'une voix soudain plus basse.

— J'ai plusieurs modèles, explique-t-elle à Abbie, un léger sourire de connivence féminine au coin des lèvres. Certains sont très jolis.

Elle les étale devant Abbie sur son comptoir, et cette dernière prend le temps de les observer avant de se décider. Le prix est un peu élevé, mais n'ayant aucuns frais depuis qu'elle travaille dans le Yorkshire et recevant des gages plus que généreux, elle a largement de quoi le payer et s'empresse de le ranger dans son sac de voyage. Elle quitte la boutique, contente de son achat.

— Abbie !

Elle se tourne vers la voix de son beau-frère et sourit en le voyant venir à elle en fendant la foule dense.

— Charlie ! le salue-t-elle, quand ils se rejoignent. Comment vas-tu ?

— Bien, bien ! Ah ça, ça faisait longtemps qu'on ne t'avait pas vue !

— Presque un an, oui, sourit-elle, en prenant le bras qu'il lui offre. Non, mon sac n'est pas lourd, je te remercie, ajoute-t-elle, lorsqu'il tend la main vers son bagage.

— J'ai laissé le tilbury à côté, aux écuries de louage. Elie est tellement impatiente de te voir !

Abbie aussi a hâte de revoir sa jeune sœur. Une fois montée dans la voiture, elle écoute Charlie lui raconter les dernières facéties de ses neveux et nièces, tandis qu'ils quittent Chester et traversent la campagne du Cheshire. Elie et Charlie habitent un petit village, non loin de Bretton. Elle craignait que revoir ces paysages la rende mélancolique, voire la blesse, et pourtant, c'est tout le contraire : elle s'extasie devant la beauté des collines. À vivre à Blackson House, elle avait presque oublié les images de son pays natal.

Elie les attend sur le pas de la porte, devant leur grande maison, et Abbie n'attend pas que Charlie arrête le tilbury pour sauter en marche. Plus petite qu'Abbie, les cheveux tirant sur le blond chaud plutôt que sur le roux, Elie arbore la même peau laiteuse parsemée de taches de son et les mêmes pupilles vertes que son aînée. Les sœurs se jettent dans les bras l'une de l'autre et s'étreignent un long moment. Cela fait longtemps, oui, trop longtemps !

En embrassant sa sœur, Abbie songe aux autres membres de la famille qu'elle ira visiter les jours prochains, et son cœur se gonfle de joie. Dieu, qu'ils lui ont manqué ! Elle a passé presque toute sa vie ici, dans ce comté, dans cette région, a souffert de devoir s'expatrier, d'abord à Londres, puis, le travail et l'argent venant à manquer, dans le Yorkshire. Même mariée, elle n'a jamais vécu plus loin de sa famille que quelques dizaines de miles, et quitter le Cheshire a aussi impliqué de quitter les siens.

Elle ne prend pas la peine de défaire son bagage avant de rejoindre Elie, Charlie et les enfants au salon pour boire un thé et savoure avec euphorie les discussions qui s'ensuivent. Oui, leurs parents vont bien. Leur plus jeune frère sera à nouveau père dans quelques mois. Leur autre sœur vient d'être nommée chambrière chez son employeuse, et tous se félicitent de sa promotion. Charlie est heureux, son commerce de menuiserie ne désemplit pas de commandes. Leur dernier fils a de très bons résultats à l'école, et Elie est certaine qu'il pourra intégrer Eton à la prochaine rentrée, car il travaille dur pour passer et réussir le fameux examen qui ferait de lui un King's Scholar. Abbie est enchantée et félicite son neveu. Bien que les Cross n'aient jamais été pauvres, ils n'ont jamais été riches non plus, et le fils d'Elie serait le premier de la famille à entrer dans cette prestigieuse école, même si c'est grâce à une bourse.

Le repas du soir se déroule dans la même ambiance et, lorsqu'elle se retrouve seule avec sa sœur auprès du feu, un verre de sherry en main, Abbie se sent très fatiguée, mais ne peut se résoudre à aller se coucher.

— Bien, fait soudain Elie, une fois certaine que Charlie est lui aussi allé se coucher. Maintenant, raconte-moi tout !

— Te raconter quoi ? s'inquiète Abbie. Je t'écris chaque semaine, je ne vois pas ce que tu souhaites que je te raconte de plus !

Le regard d'Elie se fait pétillant, et elle se penche vers son aînée.

— Allons, chérie, pas à moi ! Dans chacun de tes courriers, tu détailles toutes vos activités à tous, tu me parles de chacun des autres membres de la maisonnée... sauf d'un.

Abbie se sent rougir et s'en veut.

— Donc je répète : raconte !

Abbie soupire, avale sa dernière gorgée de sherry, ce qui fait malencontreusement remonter dans sa mémoire les souvenirs du dîner organisé à Blackson House… et la scène de l'orangerie. Elle sent son visage s'empourprer plus fort et remarque le regard entendu de sa sœur.

— Oh ! très bien, lâche-t-elle en posant son verre vide. Si ce n'est à toi, je ne vois pas à qui je pourrais en parler ! Je…

Arrivée là, elle se tait, consciente qu'il y a tant à dire, et en même temps, si peu qu'elle ne sait comment commencer.

— Comment est-il, ce Baron Noir ? questionne Elie, en se pelotonnant dans son fauteuil.

Abbie délace ses bottines et les retire pesamment, avant de glisser ses pieds sous elle.

— Sombre, répond-elle enfin. Mais beau. Grossier et vulgaire, avec un sale caractère. Mais surtout pour me mettre en colère. Il…

— Oh ! Seigneur ! souffle Elie en ouvrant de grands yeux inquiets. Tu es amoureuse !

Abbie ouvre la bouche en secouant la tête.

— Flûte, grogne-t-elle en regardant sa sœur. Tu m'agaces !

— Mais c'est fantastique ! sourit Elie, en lui prenant la main. Oh ! Abbie, si tu savais comme je suis contente pour toi ! Après tout ce que…

— Non, Elie, coupe Abbie. Non, tu n'y es pas du tout ! Il me déteste. Non, c'est pire, il me méprise et… Oh ! bon sang de bois ! Ce n'est pas facile à expliquer, c'est…

Elle souffle, soupire, regarde son verre vide avec un certain cynisme. Sans doute aurait-elle besoin d'un peu plus de sherry… ou pas, en fait. Elle n'est pas certaine de vouloir vraiment tout dire à sa sœur, quand bien même elles sont très proches.

— Il est veuf, reprend-elle d'une voix lente et réfléchie. Mais il l'aime toujours. Il l'aimait tellement qu'à sa mort, il a abandonné leurs enfants pour s'engager comme soldat aux Indes.

— Oh… se renfrogne Elie.

— Il… Nanda dit qu'il l'aimait tellement qu'il est mort avec elle. Et…

Abbie hausse les épaules, morose.

— Ann m'avait prévenue qu'il détestait les gouvernantes, bien que personne ne puisse m'expliquer pourquoi. Et je te jure, j'ai fait de mon mieux pour être la meilleure des gouvernantes… Enfin, la meilleure des gouvernantes pour Blackson House, ce qui n'est pas tout à fait la même chose, mais…

Elle secoue la tête.

— J'ai… agi stupidement, poursuit-elle, en essayant de ne pas rougir. Oh ! quand j'y repense ! J'ai été plus que stupide, mais… Je ne sais pas si je… Je crois que je vais devoir me trouver un autre poste.

— Abbie… Est-ce que tu as *couché* avec lui ? demande Elie, d'une voix blanche.

— Même pas, souffle Abbie en fermant brièvement les yeux.

Hélas ! ne peut-elle s'empêcher d'ajouter *in petto*.

— Oh ! Elie, depuis que je suis là-bas, je me sens aussi stupide et naïve que quand j'avais seize ans ! *Il* me rend idiote et puérile, et j'en perds tout mon bon sens. Je ne suis pourtant pas une évaporée ou… ou…

— Je me souviens d'une Abbie un peu folle, dit doucement Elie. Quand tu avais seize ans, justement, et que tu as rencontré ton époux. Tu étais si exubérante et tête en l'air que je ne te reconnaissais pas, toi, la sage de la famille, celle qui avait la tête sur les épaules et les pieds sur terre. Oh ! je sais bien que tu as toujours eu une imagination débordante, mais, au quotidien, tu as toujours été la plus sérieuse et la plus fiable d'entre nous !

— Eh bien, dis-toi que c'est exactement cela, sauf que j'ai quarante-neuf ans, plus seize, et tu pourras peut-être te faire une idée du désastre.

— Mais… Je veux dire, si vous n'avez rien fait, pourquoi est-ce que… ? Est-ce qu'il te poursuit de ses assiduités ? Pourquoi veux-tu chercher un autre poste ? D'autant que tu sais bien que ce sera difficile d'en trouver un et…

Abbie soupire, fait une grimace un peu ironique.

— Trouver un autre emploi qui soit aussi bien payé sera impossible. Et sans lettres de recommandation, ce n'est même pas la peine d'y penser, marmonne-t-elle à Elie. Et… Et je n'ai pas *envie* de quitter Blackson House, c'est simplement que je vais finir par ne pas avoir le choix.

Elle se tourne vers la cheminée, regarde les flammes danser, avant de reporter son attention sur sa sœur.

— J'y suis bien, murmure-t-elle. Je suis tellement bien, là-bas.

— Je sais, dit doucement Elie. Cela transparaît dans tes lettres. Je devine combien tu aimes les autres, ceux que tu appelles le « petit peuple ».

— Franchement, à mon âge, se moque Abbie, tomber amoureuse de mon employeur, c'est du dernier ridicule…

— Il est dommage que ton inclination ne se soit pas portée vers quelqu'un d'autre, oui, renchérit Elie, avec un sourire. Mais pour ce qui est de tomber amoureuse… Abbie, nous espérions tous cela pour toi. Aucun d'entre nous ne veut te voir finir ta vie seule.

La gouvernante se détourne en haussant les épaules, soudain rattrapée par le chagrin. Elie laisse le silence s'installer puis, doucement, se redresse.

— Allons nous coucher, nous aurons une journée chargée demain avec le grand repas familial chez papa et maman. Abbie ?

— Oui ? fait-elle en se rechaussant rapidement.

— Promets-moi que si jamais tu n'as pas d'autre choix que quitter le Yorkshire, tu viendras ici. Je t'en prie, ne repars pas pour Londres ou ailleurs. Si cela se passe mal avec le baron, reviens à la maison, avec nous.

Sauf que la maison, pour Abbie, s'appelle désormais Blackson House. Elle a passé plus de quarante-cinq ans dans le Cheshire, mais en moins de huit mois, c'est dans le Yorkshire qu'elle se sent chez elle !

— Oh ! Elie, soupire-t-elle.

— J'insiste, fait Eleanor en lui prenant le poignet. Je sais que nous en avons déjà parlé, il y a trois ans, puis l'année dernière, mais vraiment, Abbie, promets-moi que tu reviendras chez nous si jamais les choses se passent mal là-bas.

Elle finit par hocher la tête ; elle sait pourtant que c'est une fausse promesse.

35

Le mercredi soir, Blackson House lui manque tellement qu'elle a du mal à s'intégrer aux discussions familiales. Pendant trois jours, elle a visité les siens, frères, sœurs, oncles, tantes, cousins, parents. Elle a redécouvert les petits chemins de son enfance, reconnu le goût unique du pudding de sa mère, s'est réinstallée sans aucun problème dans le rôle qui lui était dévolu pendant plus de quatre décennies. Et bien qu'elle soit heureuse au-delà des mots de revoir ses proches, qu'elle soit contente de se promener dans la campagne où elle a grandi et vécu, le Yorkshire lui manque. Parfois, elle se tourne, prête à dire un mot à Shanti. Elle s'inquiète malgré elle pour Lin et le bébé, espère que tout va bien pour Nanda et Daniel, se demande si Sanjay et Darius n'ont pas commis de grosses bêtises. Même Kishan lui manque !

La nuit, elle guette dans le silence le bruit d'une boiterie. Elle s'endort pourtant bien, comme si s'éloigner de *lui* et de Blackson House avait suffi à lui rendre son sommeil d'antan. Mais elle rêve. Tout le temps. Et s'éveille chaque nuit, plusieurs fois, le corps tremblant, frémissant, en nage, pleine d'envie de lui. Savoir quelles visites elle devra rendre le lendemain, jeudi, ne suffit pas à apaiser son désir de lui, son manque.

Entourée des siens, elle se sent pourtant seule. Les Cross, tout envahissants, nombreux et bruyants qu'ils soient, sont plus que chers à son cœur. Ils sont son sang. Pourtant, aucun d'eux ne peut la comprendre vraiment. Aucun d'eux n'a vécu ce qu'elle a vécu ni ne peut deviner les cicatrices de son âme et de son cœur.

Il n'y a que le « petit peuple » de Blackson House pour pouvoir comprendre cela sans même avoir besoin de parler.

Allongée dans le noir, attendant sans vraiment y croire que son corps cesse de pulser douloureusement pour Lord Keir dont elle vient de rêver, le cœur encore battant d'un éveil en sursaut assez violent, elle mesure soudain le chemin qu'elle a parcouru depuis la mort de Geoffrey. Elle n'a pas eu conscience d'avancer, et pourtant… pourtant elle n'est pas restée sur place, les pieds enchaînés près de sa tombe ainsi qu'elle en était persuadée à l'époque. Elle a avancé, grandi peut-être ? Loin de Blackson House et de son « petit peuple », elle se sent pourtant déracinée. Elle ne pensait pas avoir tant besoin d'eux et de sa maison du Yorkshire.

Elle ne pensait pas non plus avoir un jour à nouveau besoin d'un homme.

Elle soupire, se tourne sur le dos et grogne avec agacement, quand, dans le mouvement, les couvertures frottent et pèsent sur ses seins douloureusement gonflés de désir.

— Dors ! s'ordonne-t-elle, sans grand espoir.

La nuit est déjà bien avancée et, ce matin, très tôt, elle empruntera l'un des deux chevaux de Charlie pour ses dernières visites. Davantage des pèlerinages que des visites, à dire vrai. Elle s'angoisse à l'idée de ce qu'elle va affronter. Pourtant, en même temps, elle a hâte. Ce sera douloureux, oui. Très douloureux. Mais en même temps…

— Geoffrey, murmure-t-elle, les yeux soudain bordés de larmes.

Au cours des trois dernières années, elle s'est efforcée de ne pas penser à lui, de ne pas s'avouer combien elle était vide et en partie morte, sans lui. Mais ce soir, alors que l'aube du funeste anniversaire se lèvera bientôt, elle laisse aller la bride de sa douleur la plus intime et sent couler les larmes. Pendant des mois, elle a voulu mourir, le rejoindre, ne pas rester sans lui après lui. Car sans lui, il n'y avait plus rien. Sans lui, elle n'était plus rien…

C'est en voyant la douleur et l'angoisse dans les yeux de ses parents, de sa fratrie, d'Elie, qu'elle a fini par réagir. Sa propre souffrance était abjecte, grouillante, suintante, mais quelque chose en elle s'était pourtant refusé à la faire subir aux autres Cross, aux vivants. De quoi trouver en elle la force d'enfermer ce qu'il y avait de plus insupportable dans sa perte, tout au fond d'elle.

Après un an, Elie et les autres ont cru qu'elle remontait la pente, qu'elle reprenait goût à la vie. Abbie ne pouvait leur avouer qu'elle faisait semblant, pour eux. Au fil de la deuxième année, elle s'est peu à peu rendu compte qu'elle avait de moins en moins à prendre sur elle, que prétendre aller bien ne lui coûtait plus autant qu'avant.

Et aujourd'hui ? se demande-t-elle, en reniflant, avant d'essuyer ses joues mouillées.

Eh bien, aujourd'hui... Elle souffre toujours abominablement dès qu'elle s'autorise à ouvrir la boîte de Pandore enfermée dans son cœur. Cette souffrance, elle le sait, durera jusqu'à son dernier souffle.

Mais quand la boîte est refermée, quand elle la maintient close par sa seule volonté, le quotidien est supportable. Dans le Yorkshire, ce quotidien est même beau. De plus en plus souvent. Geoffrey a emporté une partie d'elle dans sa tombe, mais avant Blackson House, elle ne pensait pas possible que la partie qui restait puisse réapprendre à rire, à savourer un lever de soleil ou à avoir envie de plaisanter.

Ni même à désirer un corps mâle. À vouloir de toute force l'amour d'un homme. Son respect. Son affection. Son sourire.

Elle se tourne sur le côté, mal à l'aise.

— Mais dors, bon sang de bois !

Son corps ne lui obéit que moins d'une heure avant le lever du soleil...

Le cheval s'appelle Érasme. C'est un vieux hongre bai au tempérament placide, à la croisée entre le trait de labour et le fringant hunter. Abbie, le chevauchant à califourchon, aimerait qu'il soit un peu plus vif. Elle a quitté la maison très tôt, mais a mis un temps considérable pour atteindre la première étape de son pèlerinage.

Elle tire doucement les rênes pour arrêter sa monture. Encore qu'il serait plus juste de dire que le pas d'Érasme s'éteint de façon totalement naturelle avant même qu'Abbie ait achevé son mouvement sur les rênes.

Devant elle s'étale la colline qu'elle surnomme *Allt i'r blodau* depuis l'enfance. À la belle saison, les flancs de cette petite colline sont couverts d'une multitude de fleurs des champs. Aux yeux d'Abbie, c'est l'endroit d'où partent les rêves. L'endroit de la vie. Elle y a toujours senti un peu de magie. Enfant, elle venait s'y réfugier pour échapper à la réalité et s'enfuir dans des rêveries peuplées de dragons et de princes. Après ses noces, elle y venait toujours, même si les raisons de ces visites étaient très différentes.

Elle serre les mollets, Érasme se remet en route à contrecœur. La pente est douce, mais le vieux cheval peine pour atteindre le sommet, et quand elle met pied à terre, elle est persuadée de lire le soulagement et un remerciement dans les yeux bruns de l'antique monture.

Elle noue rapidement les rênes aux branches d'un genêt et n'attend pas que le cheval commence à brouter l'herbe encore rase de ce mois de mars pour se diriger lentement vers son petit cimetière.

De ses mains, au fil des années et des pertes, elle a érigé un muret de pierres à l'ombre des arbres. Elle s'arrête devant le rectangle ainsi délimité, où fleurissent de vastes et belles trochées de tulipes blanches.

— Fut un temps, murmure-t-elle, où il n'y avait qu'une tulipe. Fut un temps où les pierres que j'ai amassées n'encerclaient qu'une seule tombe.

Elle s'agenouille avec précaution devant le parterre blanc, joint malgré elle les mains, le cœur lourd.

Ce n'est pas un vrai cimetière. Nul corps ne dort sous la terre fleurie. Mais c'est ici, sur sa colline, qu'elle a symboliquement enterré son premier bébé. Elle avait dix-neuf ans et était enceinte de six mois lorsque la fausse couche a tué son premier fils.

Au fil des années, au fil des grossesses et des enfants perdus, son cimetière personnel s'est, hélas, agrandi. Pour chacun d'entre eux, elle a planté une tulipe blanche. Aujourd'hui, les fleurs sont si luxuriantes qu'elle peine à en reconnaître chaque pied. Mais elle n'a pas besoin de compter. Chacun des huit petits qui n'ont jamais vécu est là, même si leurs dépouilles reposent à plusieurs miles, près de ce qui fut sa maison autrefois.

Abbie ferme les yeux, sent son menton trembler et laisse les souvenirs s'écouler de son cœur. Les espoirs déçus, chaque fois. Puis les angoisses, de plus en plus fortes, au fil des ans. Et les douleurs, les pleurs quand venait le sang qui emportait tout. À chacune de ses pertes, son époux s'éloignait un peu plus. Jusqu'à ne plus devenir qu'un inconnu, un étranger dont elle ne reconnaissait que le visage.

Combien il lui a été difficile de ne pas haïr les femmes qui enfantaient. Combien il a été ardu pour elle de sourire quand ses frères, ses sœurs, mettaient au monde des enfants vigoureux et sains. Vivants. Alors qu'elle…

Elle lâche un sanglot.

Et comme elle hait soudain Lord Keir, lui qui avait la chance d'être père et qui a préféré fuir et abandonner ses petits !

Perdue dans un passé trouble empli de souffrances et de regrets, elle laisse le temps passer et ne reprend contact avec le présent que lorsqu'Érasme secoue la tête, faisant cliqueter son mors. Alors, d'une main un peu tremblante, elle essuie ses joues, se remet debout lentement, les genoux ankylosés. Oh ! elle se sent vieille, si vieille !

Elle pose ses doigts sur ses lèvres, les embrasse doucement en murmurant quelques mots tendres pour ceux qui sont morts sans vivre et, avant de manquer de courage, redresse les épaules, inspire profondément et va détacher Érasme pour se remettre en selle.

Elle jette un dernier regard aux tulipes blanches avant de descendre la colline. Elle a toujours aimé les tulipes blanches, ce sont ses préférées, mais désormais, elle ne supporte plus de les voir dans une serre ni même dans un bouquet. Pour elle, à jamais, ces fleurs signifient la mort, la perte de tout ce qui a fait son cœur, sa jeunesse et ses espoirs.

Toujours engourdie par la peine, elle mène le cheval vers le village de l'autre côté d'*Allt i'r Blodau*. Là-bas non plus, rien ne semble avoir changé. La petite église de pierre grise est toujours la même, et elle est soulagée de ne voir personne, alors qu'elle met pied à terre devant le portail du cimetière. Elle a toujours tellement peur de croiser quelqu'un. Quelqu'un surgi de son passé, quelqu'un qui la reconnaisse et veuille lui parler…

Elle pousse la grille de fer et entre dans le cimetière du village.

Ses pas la conduisent de manière mécanique jusqu'à la tombe. La pierre est un peu plus moussue que l'année passée, et alors qu'elle s'arrête devant la tombe de Geoffrey, ses genoux manquent céder, et elle se hâte de s'agenouiller pour ne pas risquer de tomber.

Se recueillir sur sa colline devant les tulipes est un acte douloureux, mais ce qu'elle ressent maintenant, effondrée à l'endroit où pourrit le corps de Geoffrey, relève d'une souffrance si profonde et abominable qu'elle n'a pas de nom. Un long gémissement sourd écorche sa gorge, et ses mains se crispent sur la terre, la creusent. Des yeux, puis des doigts, elle lit et relit le nom, les dates et se met à sangloter.

Elle essaie de se souvenir des bons moments, pas de sa fin. Pas de ces longues et atroces semaines où il a souffert un martyre devant elle, avant de s'éteindre enfin, hélas. Mais son esprit n'y arrive pas, elle ne parvient qu'à revoir son visage amaigri, déformé par les douleurs. Les odeurs de son corps moribond. Le bruit de son souffle qui s'en va.

Le clocher sonne midi. Les tintements résonnent au travers du brouillard de chagrin qui l'enserre, l'extirpant de son immobilisme. Elle ne veut pas risquer une rencontre malheureuse. Pourtant, quitter la tombe de Geoffrey est un crève-cœur, un supplice.

Elle repart à pas lents et lourds, le corps vide, l'esprit empuanti de souvenirs. Une fois en selle, elle fait volter Érasme et lui fait éviter le village, coupant à travers champs vers la dernière station de son pèlerinage. Elle traverse un petit bosquet de chênes, où elle aimait tant galoper autrefois, puis arrête son cheval à bonne distance du manoir et reste là, sans bouger, sans mettre pied à terre.

Sa maison. Autrefois. Avant la mort de Geoffrey.

Le manoir carré n'est pas une jolie construction élégante, mais elle est de briques et de pierres mélangées, qui lui octroient un cachet unique et délicieux à ses yeux. Cerné de toute part par de grandes étendues de gazon, le manoir lui semble un petit joyau dans un écrin de verdure permanente. Elle y a été heureuse, amoureuse, puis y a perdu son cœur et son âme, avant d'en être chassée.

Comme elle aimait cette maison ! Comme elle en adorait les jardins qu'elle avait dessinés ! Elle en avait redécoré chaque pièce, après son mariage. Un instant, elle se demande si la nouvelle dame du manoir a modifié ses agencements, mais repousse vite l'idée trop douloureuse.

Abbie, immobile en selle, attend que la tristesse cède le pas à la colère. Car la colère finit toujours par revenir. Heureusement. Elle chasse la peine et la douleur jusqu'à la boîte où Abbie les gardera enfermées jusqu'à l'année prochaine.

Lorsqu'elle prend le chemin du retour, c'est la rage qu'elle porte au ventre. Oh ! bien sûr, elle sait que même cette fureur-là finira par se dissoudre, mais en attendant, elle la vit pleinement, la savoure, y croque à pleines dents et laisse l'acidité de l'indignation et du ressentiment se déposer sur sa langue, puis tapisser sa bouche.

Charlie vient l'aider à sauter de la selle, Elie lui sert un sherry en silence.

Ils savent où elle est allée, qu'elle n'est pas en état de parler. Une fois couchée, elle n'espère pas le sommeil, ne l'appelle même pas.

Pourtant, au contraire des années passées, elle se sent soulagée. Car désormais, elle a un endroit où se réfugier. Une maison où elle est bien.

En fermant les yeux, sous ses couvertures, alors qu'elle sent ce sommeil qu'elle n'espère pourtant pas l'engourdir peu à peu, Abbie se jure qu'elle fera tout, absolument tout, pour ne jamais être chassée de Blackson House.

36

La malle-poste la dépose au village en fin d'après-midi. Épuisée, Abbie époussette ses jupes poussiéreuses, soulève son bagage et salue chaque personne qu'elle croise, puis prend le chemin qui mène à Blackson House.

À mesure qu'elle enchaîne les pas qui la rapprochent du château, son cœur se fait plus léger, et elle sent ses lèvres se retrousser.

Lorsqu'elle passe enfin la porte, en sueur et échevelée, elle ne prend pas le temps ni la peine d'aller se rafraîchir, avant de se diriger vers les cuisines.

— Abbie ! s'exclame Nanda, en lâchant les oignons qu'elle épluche pour venir l'enlacer.

La nouvelle venue laisse tomber son bagage et serre la jeune femme contre elle, émue. Ashmi délaisse sa casserole et vient les rejoindre, tandis que Shanti accourt depuis la bibliothèque.

— Abigail ! s'exclame joyeusement Ranjit, suivi de Daniel, Sanjay et Darius.

Le cœur d'Abbie se gonfle, la paix revient en elle. Elle est rentrée à la maison.

C'est au cours du dîner du samedi, le lendemain soir, qu'Abbie apprend le départ de Lord Keir pour Londres, le lendemain de son propre voyage.

— Il a décidé d'aller vérifier dans la maison londonienne, s'il y avait des nouvelles d'Ann ou de Gus, explique Heng.

— L'a pas voulu que j'l'emmène avec l'voiture, bougonne Bill. L'a pris Flame et l'est parti au galop.

— J'espère qu'il aura eu l'intelligence de se reposer en route, soupire Ashmi.

— Oui et qu'il n'aura pas fait de trop longues étapes. Surtout avec sa jambe, renchérit sombrement Shanti.

La curiosité d'Abbie est si titillée qu'elle contient à grand-peine ses questions sur cette fameuse jambe qui le fait boiter et qui nécessite tant de soins.

— Heureusement, il a pris mon liniment avec lui, soupire Arun.

— Encore faut-il qu'il prenne le temps de l'utiliser, réplique Lin.

Abbie aimerait se sentir plus soulagée qu'inquiète en sachant Lord Keir absent. Mais elle n'y parvient pas vraiment.

Malgré tout, elle retrouve avec délice le train-train un peu particulier de Blackson House, la joie de la lessive du dimanche, suivie des entraînements martiaux qui occupent souvent les « journées calmes ». Pour le thé du lundi, Sophie vient, accompagnée de Darius, et tandis que Sanjay et son ami s'en vont discuter avec Daniel, les femmes et l'épouse du pasteur donnent à Abbie les dernières nouvelles du village et du domaine. Oui, les pupitres et les fournitures pour l'école sont bien arrivés, et Ranjit a aidé Sophie et Darius à tout installer. L'école devrait pouvoir ouvrir ses portes d'ici le début du mois prochain. La vieille Mrs Stand a eu un petit refroidissement, mais va mieux.

Abbie, elle, se retient de demander comment allait Lord Keir. S'est-il aperçu de son absence ? A-t-il dit quand il comptait rentrer ? Que… ?

— Arrête !

Nanda lui sourit.

Ah, Nanda… Abbie a été moins gênée qu'elle le craignait de lui expliquer le fonctionnement du pessaire. Elle espère que l'objet sera au moins aussi efficace, si ce n'est plus, que le cocktail de plantes séchées préparé par Kishan.

Une fois la soirée achevée, après que chacun a rejoint sa chambre, Abbie s'assoit au bureau dans son appartement, défait son chignon en grognant de bien-être, range ses épingles et sort les livres de comptes. Plus d'une semaine sans s'en charger, il y a de quoi l'occuper pendant une bonne partie de la soirée.

Concentrée sur sa tâche, elle laisse le temps passer et sursaute violemment quand la porte de ses appartements s'ouvre brutalement. Avec un bref cri de surprise, elle redresse la tête, la plume en l'air et se fige net en avisant Lord Keir.

Encadré dans la porte, il la regarde en retour, le visage perplexe, comme s'il était surpris de la voir. Puis il bat des paupières, son visage se renfrogne, il esquisse un geste pour partir, hésite et fait finalement un pas en avant.

— Vous êtes revenue, grommelle-t-il sombrement.

— Bonsoir, milord, parvient-elle à dire, le cœur battant.

Depuis quand est-il de retour ? s'étonne-t-elle avant de remarquer les vêtements chiffonnés et sales, les mèches noires en bataille qui retombent sur son front et sa nuque. Sous ses yeux se creusent des cernes sombres. Et comprend qu'il rentre à l'instant.

— Un problème, milord ? s'inquiète-t-elle alors.

Seul un problème a pu le pousser à venir ici, sitôt revenu à la maison ! Lin et le bébé ? De mauvaises nouvelles d'Ann ou Gus ?

Il secoue légèrement la tête, en dénégation, sans la quitter des yeux.

— Qu'est-ce que vous foutez ? grogne-t-il soudain, en montrant son bureau du menton.

— Les comptes, milord.

Elle se souvient alors qu'il lui avait expressément interdit de continuer à s'en charger et sent ses pommettes chauffer.

— Je vous les ferai porter par Arun dès qu'ils seront à jour, balbutie-t-elle.

— Où étiez-vous ? réplique-t-il, en pénétrant enfin dans la pièce sans refermer la porte.

Abbie ouvre la bouche, mais retient la réponse honnête qui lui vient. Si elle veut avoir une chance de rester à Blackson House, mieux vaut en dire le moins possible.

Il a l'air tellement fatigué ! songe-t-elle, avec un coup au cœur. Le pas qu'il a fait pour avancer était lourd et pesant, elle a bien vu qu'il claudiquait très fort. Ses mains se mettent à trembler, et elle repose sa plume avant de salir le livre de comptes.

— Avez-vous eu le temps de dîner ? s'inquiète-t-elle.

Il grogne sans qu'elle puisse interpréter sa réponse.

— Vous étiez où, Cross ? répète-t-il, en aiguisant le regard.

— En visite dans ma famille, répond-elle finalement avant d'ajouter : Shanti et les autres sont déjà couchés. Souhaitez-vous que je vous prépare un plateau ou un thé ?

— Je préférerais savoir qui vous êtes réellement, marmonne-t-il.

Oh...

Abbie se raidit. Quelque chose dans sa voix, dans son regard, dans la façon même dont il se tient, la met en alerte, et si son cœur se remet à battre fort, cette fois, c'est parce qu'elle sent planer une menace diffuse.

— Je ne vois pas ce que vous voulez dire, milord, se force-t-elle à répliquer calmement.

Il grogne encore, semble réfléchir, peser le pour et le contre. Lorsqu'il se détourne pour fermer la porte derrière lui, Abbie s'affole vraiment.

— Je devrais peut-être attendre demain, histoire d'être en forme, lâche-t-il en boitant fort vers elle. Mais je suis curieux...

— Milord ?

Elle pose les mains à plat sur le bureau et le regarde avancer sur elle. Oh ! elle n'aime pas du tout l'étincelle rageuse qu'elle voit briller dans ses yeux bleus ! Le pli amer de sa bouche ne laisse rien présager de bon. Abbie déglutit et carre les épaules, comme dans l'attente d'un coup.

— Je suis allé à Londres, grince-t-il. En mettant mon nez dans les affaires d'Ann, je suis tombé sur votre lettre de recommandation.

Quelque chose sombre en Abbie, tandis que son cerveau s'engourdit méchamment.

— Vous voyez de quel courrier je parle, Cross, pas vrai ? grince-t-il, en s'arrêtant face à elle. Celui que vous avez présenté à ma nièce pour qu'elle vous engage.

Elle hoche lentement la tête. Un désastre. Elle pressent un vrai désastre...

— Celui où vos soi-disant précédents employeurs complimentent avec force détails vos qualités de gouvernante...

— Eh bien, milord ? parvient-elle à dire, d'un air bravache, en relevant son sourcil.

Il plisse les yeux et esquisse un sourire terrible, presque cruel, qui la fait trembler.

— Je suis curieux de nature, explique-t-il froidement. Aussi suis-je allé dans le Cheshire pour rendre visite à ces fameux employeurs.

Le souffle d'Abbie se bloque, et avec un vertige, elle comprend que c'est pire qu'un désastre. C'est une catastrophe.

— Sir Parker-Strew était absent, poursuit Lord Keir en se penchant un peu, comme pour mieux observer ses réactions. Mais j'ai discuté avec son épouse qui m'a assuré qu'aucune Mrs Cross n'avait jamais officié comme gouvernante chez eux. Par égard pour sa situation délicate, je ne l'ai pas pressée de trop de questions, mais il n'en demeure pas moins que votre lettre de recommandation est un faux et que vous avez réussi à tromper Ann.

Abbie sent son cœur lui monter au bord des lèvres, littéralement. En quelques phrases, il a broyé le peu d'espoir qui lui restait de parvenir encore à cacher la vérité. Qu'il n'ait pas découvert toute cette vérité ne change rien à l'affaire. Elle le devine pugnace, sait que ce n'est qu'une question de temps.

— Vous avez quelque chose à répondre à cela, Cross, si tant est que ce soit votre vrai nom ?

Dans sa pauvre tête, Abbie entend tourner en boucle une suite de mots illogiques et dénués de sens, incapable de la moindre réplique. Elle tente de respirer, mais ne parvient pas à gonfler ses poumons. L'étau qui l'enferme soudain est trop puissant.

— Répondez ! crie-t-il, en frappant des mains sur le bureau.

Elle sursaute violemment, rentre instinctivement la tête dans les épaules. La paralysie qui affectait son esprit se disloque enfin, et elle lui rend son regard par-dessus le bureau.

— Que voulez-vous entendre ? murmure-t-elle, d'une voix sourde. Que j'ai moi-même rédigé cette lettre de références ? Oui, c'est la vérité. Que j'ai trompé votre nièce dans le but d'être engagée ? C'est vrai également, mais Ann a deviné que je lui mentais, et je crois qu'elle s'en moquait.

— Oh ! vraiment ? grince-t-il en étrécissant les yeux.

— Mais que pouvez-vous vous imaginer ?! s'entend-elle soudain s'agacer, alors que l'étau d'angoisse se desserre lentement autour d'elle. Que c'est facile pour une femme seule de trouver une place pour survivre ? Peut-être aurais-je dû demander à ma propre famille d'écrire quelques courriers afin d'établir que je suis une personne digne de confiance, dure à la tâche et intelligente !?

— Cela aurait peut-être été plus honnête ! crache-t-il sourdement.

— Dans quel monde croyez-vous vivre, milord le baron ? se moque-t-elle. Sans mari, sans relations ni biens, une femme n'est *rien*, absolument rien ! Alors, s'il faut tricher un peu pour pouvoir manger, je ne vois pas, moi, où est le mal ! En quoi avez-vous eu à vous plaindre de mon travail ?

— Il ne s'agit pas de votre travail ! rugit-il, en se penchant comme pour l'écraser de sa haute silhouette.

— Alors, c'est bien moi et moi seule qui vous pose souci, rétorque-t-elle, en se levant à son tour pour lui faire face.

— Bon Dieu, oui !

Qu'il l'admette lui fait l'effet d'un coup dans le ventre, et elle se laisse surprendre par la douleur que ses mots provoquent en elle. Sa propre colère retombe immédiatement, ne laissant derrière elle qu'un vaste champ de peine et de solitude.

— Peu importe la façon dont je me suis fait engager par votre nièce, murmure-t-elle. Je fais du bon travail. Cela seul devrait importer. Et cela devrait pouvoir faire oublier que j'ai triché pour être embauchée. J'ai fait mes preuves. Je me suis attachée aux gens de Blackson House et ne leur porterai jamais préjudice. La seule personne qui ne supporte pas ma présence, c'est vous, milord, et juste vous.

— Foutre oui ! grogne-t-il en se redressant.

— J'en suis désolée, mais il va vous falloir faire avec parce qu'il n'est pas question que je me laisse intimider ni que je quitte mon poste pour vous complaire !

Il ouvre la bouche, prêt à répliquer, mais la referme soudain, et elle voit une étincelle de calcul dans ses yeux.

— Vous les connaissez, pas vrai ?

— Pardon ?

— Les Parker-Strew. Vous les connaissez.

Elle se raidit.

— Vous êtes devenue blême quand j'ai mentionné la visite que je leur ai faite, poursuit-il, entre ses dents serrées. D'où les connaissez-vous, Cross ?

« Ils vivent dans ma maison », pense-t-elle en se mordant la langue pour ne pas parler à haute voix. « La femme en "situation délicate" que vous avez mentionnée occupe la place que j'avais autrefois. Oui, je les connais, tout comme ils me connaissent ! Cette femme aussi vous a menti, Lord Keir, quand elle a assuré ne pas savoir qui j'étais ! »

Elle lève le menton.

— Mais qu'avez-vous contre les gouvernantes ? rumine-t-elle soudain. À moins que ce soit seulement moi ? Mais j'ai du mal à le croire, puisqu'en m'embauchant, Ann m'a prévenue du défilé des employées précédentes !

— Ah ! lâche-t-il. J'aurais mieux fait de garder celle qui était là avant vous ! Celle-là au moins, je n...

Il se tait brusquement et recule d'un pas. Elle le voit se fermer totalement, son regard devient métallique et froid.

— Je hais les menteurs, grogne-t-il.

— Vous devez préférer les lâches qui abandonnent leurs enfants, réplique-t-elle aussitôt.

Il découvre les dents comme s'il avait envie de mordre, et Abbie sent une chape de fatigue lui tomber sur les épaules. Elle soupire, passe une main sur son front, espérant que Lord Keir ne verra pas combien elle tremble.

— Écoutez, milord, soupire-t-elle en haussant un sourcil. Nous ne nous entendons pas et je doute sincèrement que cela change. Mais je fais du bon travail, ici, vous pourriez le reconnaître. Nous ne devrions pas laisser notre animosité mutuelle prendre le pas sur notre raison. Nous sommes adultes, nous devrions réussir à vivre en nous évitant. Blackson House est assez grande pour nous deux, vous ne croyez pas ?

Il crispe les mâchoires, reste immobile pendant de longues secondes, au point qu'Abbie commence à souffrir d'arquer son sourcil bien haut, puis, en silence, il fait demi-tour et sort à grandes enjambées claudicantes. La porte claque derrière lui, et Abbie s'effondre sur sa chaise. Elle referme machinalement le livre de comptes, range ses plumes et son encre. Puis, les mains tremblantes, elle va tisonner son feu, éteint sa lampe et passe dans sa chambre pour se dévêtir sans hâte.

— Et flûte !

Comme elle aimerait le haïr ! Les choses seraient tellement plus simples ! Il lui donne envie de le frapper, mais bon sang de bois, il avait l'air tellement fatigué ! Au creux du ventre, la boule d'angoisse est revenue, menaçante. Elle se remémore la « situation délicate » de Mrs Parker-Strew, et un flot de bile envahit sa bouche. La nouvelle dame de son manoir est une fois de plus enceinte.

— Arrête ! Arrête tout de suite de penser à ça !

Allongée sous les couvertures, elle fixe le noir et se prend à espérer que Lord Keir se calmera, qu'avec l'apaisement et le repos, il comprendra qu'elle a raison, que la perche de paix relative qu'elle lui a tendue est la meilleure option pour tous les deux. Oui, ils peuvent cohabiter sans se croiser, n'est-ce pas ?

En attendant, elle espère qu'il aura pris le temps de passer par les cuisines pour manger quelque chose avant d'aller dormir. D'ailleurs, dort-il toujours nu ?

— Oh zut !

Elle soupire, plaque un bras sur ses yeux comme pour les empêcher de revoir la scène qui s'est jouée dans la chambre du maître... ou la scène de l'orangerie... ou celle du couloir... ou celle du bureau.

Si seulement elle n'était pas si attachée à Blackson House ! Si seulement elle le détestait !

Si seulement elle dormait...

37

La table du petit déjeuner bruisse du retour nocturne de Lord Keir. Arun se plaint qu'il n'a pas pris soin de sa jambe. Ranjit déplore le manque de nouvelles à propos d'Ann ou Gus. Shanti grommelle contre l'état des vêtements de milord. Kishan émet un reproche quant à l'état déplorable de Flame. Nanda s'inquiète de la fatigue de Lord Keir.

Tout en travaillant avec les femmes dans le dressing de la chambre verte, Abbie les écoute discuter entre elles d'une oreille plus qu'inattentive. L'angoisse est toujours là, en elle, et elle a beau se raisonner, se répéter que milord n'est pas un imbécile, qu'il finira bien par comprendre que les qualités d'Abbie en font une gouvernante efficace, plus les heures passent, plus elle est persuadée qu'il va malgré tout la renvoyer.

Après le déjeuner, elle s'enferme dans son appartement, achève enfin les comptes et va les remettre à Arun pour qu'il les transmette à Lord Keir.

Dans la bibliothèque, Lin somnole sur le divan, une couverture sur les jambes, pendant que Daniel explique à Sanjay et Darius une autre de ces théories scientifiques qui les passionnent. Avec un petit pincement d'espoir, les yeux d'Abbie se posent sur le ventre de Lin qui s'arrondit, et elle prie avec ferveur pour que cet enfant-là s'accroche et vive.

Après le thé, elle se joint à Shanti et Nanda aux cuisines, tandis qu'Ashmi va tenir compagnie à Lin. Elle se sent morose, abattue et a bien du mal à retrouver son allant habituel. Au point que

Shanti finit par trouver un prétexte pour éloigner Nanda. Une fois seules, elle se lance à l'assaut d'Abbie qui finit par raconter, sans entrer dans les détails, la dernière entrevue qu'elle a eue avec Lord Keir la veille.

— Oh ! fait Shanti.

— Trouves-tu cela si terrible que j'aie menti à propos de la lettre de références ? s'inquiète Abbie en remuant le garam sur le poêle.

— Non, mais vous autres, Anglais, avez des règles si strictes pour tout et n'importe quoi que… Bah, il finira par se calmer.

— Je l'espère, je…

Elle soupire, regarde l'intérieur de sa gamelle.

— Aurais-je dû essayer de trouver un emploi dans une de ces usines ? murmure-t-elle. Tu sais, j'ai cherché pendant des semaines, des mois, avant de me résoudre à écrire ce faux. Chaque jour, j'étudiais les offres d'emploi dans les journaux, je battais le pavé près des boutiques londoniennes pour surveiller si une modiste ou un pâtissier n'aurait pas eu besoin de quelqu'un. Mais au fil des jours, mes économies diminuaient et, quand j'ai lu l'annonce pour ce poste, je n'ai pas hésité un instant. J'ai rédigé le faux et je me suis présentée devant Ann. À ce moment-là, il ne me restait même pas de quoi payer le loyer de ma petite chambre pendant deux semaines supplémentaires. Si Ann m'avait refusée, je me serais retrouvée à la rue, je…

Elle soupire, agite plus vite sa cuiller.

— J'aurais été obligée d'aller vivre chez ma sœur, marmonne-t-elle.

— Aurait-ce été un mal ? demande doucement Shanti.

— Je me serais perdue, avoue Abbie. J'adore Elie, ne t'y trompe pas, et j'étais heureuse de la revoir, la semaine dernière, mais… retourner là-bas, c'était replonger dans le passé et m'y enliser de façon définitive. Le chagrin m'aurait rendue folle.

Shanti soupire, s'approche, prend la cuiller des mains d'Abbie, ôte la gamelle du feu.

— Viens, dit-elle d'une voix décidée.

— Où cela ? s'étonne Abbie.

— Dehors. Viens, allons marcher un peu.

Perplexe, Abbie la suit. Elle apprécie l'idée de se promener, il fait beau en dépit de la fraîcheur.

Shanti entraîne Abbie loin de Blackson House, puis, dès qu'elles sont hors de portée d'oreilles indiscrètes, elle ralentit et se tourne vers la gouvernante.

— Je crois que tu devrais tout me dire, murmure-t-elle, avec douceur.

Abbie sent ses épaules se raidir et essaie de masquer son malaise.

— À quel propos ? essaie-t-elle de temporiser.

L'œil de Shanti s'aiguise.

— Je sais que Nanda t'a raconté notre histoire, commence-t-elle.

— Oh... Oh ! je suis désolée, s'excuse Abbie. Ne lui en veux pas, elle... et je ne...

L'Indienne balaie ses mots de la main.

— Je suis soulagée que ma fille l'ait fait, je ne crois pas que j'en aurais été capable, soupire Shanti. On pourrait croire qu'avec les années, la douleur et la haine s'estompent et qu'en parler soit plus facile, mais...

— Mais non, murmure Abbie. Non, n'est-ce pas ?

Shanti secoue doucement la tête.

— Abbie, comme moi et les autres, tu caches des plaies profondes dans le cœur et dans l'âme. Voilà pourquoi tu t'es si bien mêlée à notre clan. Chacun de nous, à sa façon, est un rescapé de la vie. Pour les autres, comme pour moi, tu fais partie intégrante de la famille, et aucun de nous ne veut te voir partir.

Ces mots la touchent profondément et, émue, elle prend la main de l'Indienne pour la serrer.

— Arun était un assassin, commence Shanti.

Perplexe et un peu choquée, Abbie dévisage son amie et comprend lentement ce que son amie est en train de faire. Une nouvelle vague d'émotion gonfle en elle.

— Asseyons-nous là, murmure-t-elle, en montrant à Shanti un tronc tombé à terre.

— Kishan appelle Arun le « maître tueur », poursuit-elle, une fois qu'elles ont pris place. Et c'est ce qu'il était, aux Indes. Il est Birman de naissance, mais a été fait prisonnier par son rajah quand il n'était qu'un enfant. En plus d'être un assassin, il était aussi espion contre la Couronne britannique. La seule chose qui amenait du soleil dans sa vie, c'était sa jeune épouse. Il paraît qu'elle était d'une beauté absolue, et ils s'aimaient follement.

Shanti soupire, grimace sous le soleil trop direct qui lui baigne le visage.

— Le rajah est tombé sous le charme de l'épouse d'Arun et l'a fait enlever pour en faire sa concubine. Quand Arun a tenté d'aller la chercher, le rajah a fait tuer l'épouse et condamner Arun à mort. C'est Keir qui a empêché le bourreau d'accomplir sa tâche. Voilà pourquoi Arun ne pourra jamais y retourner. S'il pose un pied aux Indes, il sera exécuté.

Shanti se tait, regarde Abbie, puis esquisse un bref sourire.

— Lorsque nous sommes arrivés à Blackson House, Arun n'était qu'un corps vide. Une machine à tuer qui n'avait plus de fonction. Je crois qu'il n'avait plus de raison d'être, tout simplement. Et puis, il a vu Ann et...

Le sourire de Shanti se fait à la fois amusé et tendre.

— Tu as pu te faire une idée du caractère d'Ann, c'est une femme de tête. Enfant, c'était pire, car, pendant les trois années d'absence de Keir, les domestiques l'ont laissée décider de tout ou presque. À neuf ans à peine, elle régnait en maîtresse absolue sur la maison et sur Gus.

Abbie hoche la tête. Oh ! comme elle imagine bien la petite fille que devait être Ann Blackson à l'époque !

— Ann a éveillé un écho en Arun, je pense, poursuit Shanti. En tout cas, elle l'a interpellé dès le départ. Elle avait un visage grave, un regard si froid, déterminé ! Lui qui n'avait plus rien, pas même de rôle dans la vie, il a trouvé en Ann une raison d'être. Il l'a entraînée, durement, très, très durement. Ranjit et moi souffrions de le voir la martyriser, l'épuiser, la mener au bout de ses forces. La seule fois où je suis intervenue, c'est lorsqu'il a sciemment blessé Gus pour pousser Ann au-delà de ses limites.

Abbie frissonne, ouvre la bouche, mais préfère finalement garder le silence.

— Sais-tu ce qu'Arun m'a dit, alors ?

— Non.

— Il m'a dit : « Ann a besoin de retrouver sa place. Elle n'est pas la mère de Gus ni la maîtresse du domaine. Si je ne fais rien, elle détruira Gus comme elle se détruit elle-même. Laisse-moi lui montrer une voie où elle pourra être elle, une voie qui lui donnera un autre but que l'existence de Gus ».

— Et tu l'as laissé faire, dit Abbie, qui comprend soudain beaucoup de choses.

— Oui, acquiesce Shanti. Ann a souffert sous la férule d'Arun, c'est un fait, mais il avait raison. Sans lui, elle serait devenue un despote domestique, elle aurait empêché Gus de se développer et de devenir un homme. Arun l'aime comme sa propre fille et était toujours très fier de raconter ses progrès dans les courriers qu'il écrivait à Keir.

— Vous… commence Abbie, surprise. Oh ! je ne devrais pas être si étonnée que vous ayez tenu milord au courant de tout, même quand il était à l'étranger.

Shanti sourit plus largement.

— Chaque semaine, oui, assure-t-elle. Keir ne manquait rien de ce qui se passait ici, et même s'il était à des milliers de miles de Blackson House, il a vu Gus et Ann grandir.

Abbie se sent un peu mal à l'aise. Qu'elle n'ait même pas envisagé cette possibilité la rend honteuse.

— Quand Keir est revenu en Angleterre, en 1821, il était monté en grade et portait des galons de lieutenant, continue Shanti. Avec lui, il a ramené Heng et Lin. Ils sont Chinois, Cantonais pour être précise, et sont nés esclaves. Keir les a croisés lors de la visite que leur maître, Ping, rendait au rajah que Keir devait espionner. Il n'est jamais bon pour des esclaves de tomber amoureux, tu sais. Lin n'avait pas dix-huit ans, à l'époque, mais était la concubine de Ping depuis ses douze ans. Quand Ping s'est aperçu de la romance entre elle et Heng, il a vendu ce dernier, puis a frappé si fort le ventre plein de Lin qu'elle en a perdu son enfant. Keir a racheté Heng et s'est arrangé pour que Rahul, son enseigne et ami, soit envoyé au chevet de Lin. Ils l'ont fait passer pour morte afin de pouvoir lui faire quitter le palais, puis le pays. Tu n'as jamais vu le dos de Heng, n'est-ce pas ? Il ne se découvre jamais.

Abbie secoue la tête.

— Ping l'a marqué au fer, des épaules à la taille, avant de le vendre. Il a bien failli ne jamais arriver en vie en Angleterre.

Abbie déglutit. La main de Shanti serre la sienne.

— Ashmi est népalaise et, au cours des combats, toutes les femmes et les filles de son village natal ont été raflées pour être vendues à des bordels aux Indes. Elle avait déjà plus de vingt ans alors, était mariée, avait des enfants. Ses filles aussi ont été vendues, elle ne les a plus jamais revues, malgré le mal que s'est donné Keir pour les retrouver. Elle-même est passée de bordel en bordel jusqu'à atterrir dans le rang des concubines d'un rajah qui l'a offerte un soir à Keir. Cet idiot a refusé le cadeau, et a mis plusieurs semaines avant de la retrouver dans l'un des pires bouges portuaires qui soit. Quand elle est arrivée ici, Ashmi ne supportait même pas qu'on la regarde. Encore moins qu'on la touche.

À mesure que Shanti égrène les mots, les histoires, les vies de ceux qui sont devenus sa famille, la gorge d'Abbie se serre, s'écrase à lui faire mal.

— Elle partageait cela avec Kishan, qui est arrivé ici en même temps qu'elle. Keir l'a trouvé sur un marché aux esclaves, alors qu'il essayait de retrouver Ashmi. Kishan avait une douzaine d'années. Dans ton pays, ce qu'on a fait de Kishan est jugé barbare, mais dans certaines contrées du mien, c'est une tradition très ancienne.

— Comment cela ? s'inquiète Abbie.

— Il a été dressé au combat. On le jetait dans une fosse pour des combats à mort contre d'autres enfants, ou des hommes, ou des animaux. Il était doué, puisqu'il a vécu vieux. Son dernier adversaire était un tigre qu'il a tué, mais qui l'a tellement blessé qu'il en est presque mort. Keir n'était pas certain qu'il vive. Une fois à Blackson House, nous avons dû l'attacher pour qu'il ne nous tue pas, il n'était pas humain.

Oh ! voilà qui explique bien des choses, se dit Abbie, le cœur au bord des lèvres. Dans sa tête se mêlent toutes les horreurs qu'ils ont vécues, lui donnant la nausée et le sentiment d'appartenir à une espèce particulièrement abjecte.

— Étrangement, Ann et Kishan se sont trouvés. C'est elle qui l'a humanisé et lui a appris à lire et à écrire, puis à avoir le dessus sur les pulsions meurtrières qu'on lui avait inculquées.

Évidemment, il vaut mieux ne pas poser la main sur lui, il te tuerait, mais, la plupart du temps, il réussit à maîtriser ce qu'il y a de plus sauvage en lui.

Shanti se tait un moment, Abbie tente de digérer ce qu'elle a appris.

— Et Sanjay ? finit-elle par oser demander, le cœur au bord des lèvres.

— Notre rayon de soleil, sourit Shanti. Keir nous l'a ramené, alors qu'il n'avait que cinq ans. Sanjay faisait partie du lot qu'un soldat britannique voulait vendre à un bordel. Keir était tout juste major, à l'époque, et enquêtait pour le compte de la Couronne sur les trafics de jeunes enfants que des Anglais volaient dans les villages.

— Oh ! Seigneur !

— Keir a remonté la piste, a réussi à arrêter les trafiquants et a ramené les enfants chez eux. Même Sanjay. L'histoire aurait dû s'arrêter là. Chaque semaine, Rahul faisait la tournée des bordels et des lieux de perdition. C'est peut-être difficile pour toi de l'imaginer, mais, quand il était aux Indes, Keir passait tout son temps libre à racheter des gens ou à les aider pour les ramener chez eux. Rahul l'assistait, bien qu'il n'ait pas été le seul. Et lors d'une de ces tournées, Rahul a été stupéfait de voir Sanjay entraîné dans une chambre par un caporal anglais. Il n'a pas pris le temps de réfléchir, il est intervenu et Keir a dû le faire sortir de prison après que le Britannique l'eut fait arrêter.

Abbie fixe le sol un peu boueux entre ses bottines, au bord de vomir, en imaginant le jeune Sanjay aux prises avec un sodomite.

— Les parents de Sanjay l'avaient eux-mêmes vendu, murmure Shanti. Il n'avait pas cinq ans. Keir est presque devenu fou, tu sais. Ce n'était pas la première fois qu'il était confronté à ce type de prostitution ou d'atrocités, mais savoir que c'étaient les propres parents de Sanjay qui l'avaient jeté dans ce bouge… ! Il nous l'a ramené. Que pouvait-il faire d'autre ?

Abbie soupire lourdement. Elle aussi a appris que le monde n'est pas ce qu'il devrait être et que les ombres règnent trop souvent dans le cœur des hommes, mais le passé du « petit peuple » la heurte violemment de plein fouet.

38

— Je suis tombée amoureuse de lui à l'instant où je l'ai vu, murmure-t-elle soudain sans regarder Shanti. J'avais seize ans. Au premier regard, j'ai su que je l'épouserais et finirai ma vie avec lui. Je ne lui ai pas laissé le choix. Il m'aimait, lui aussi. Peu importe ce qui s'est passé par la suite, il m'aimait quand nous nous sommes mariés. Il...

Les mots coulent de sa bouche, et elle raconte tout, absolument tout, bien consciente que son histoire est d'une déplorable banalité au regard des tragédies que Shanti et les autres ont vécues.

Lorsqu'elle se tait enfin, les yeux humides et les mains tremblantes, son amie garde le silence un long moment, le regard perdu dans le vague.

— J'ai honte, murmure Abbie sans la regarder.

— De quoi ? s'étonne doucement Shanti, en se tournant vers elle.

— Vous avez tous tellement souffert, chuchote-t-elle. Et moi, je...

— Abbie, dit l'Indienne, chaque fois que l'on perd un être aimé, notre cœur se fait trancher à vie. Perdre des enfants est la pire des abominations qu'une femme ait à vivre, chacune de nous le sait, hélas. Tout comme je sais, sans que tu aies besoin de le dire, que tu as souhaité mourir. Tous, à Blackson House, nous avons souhaité mourir un jour. Même Keir.

Abbie se renferme un peu. Elle n'a pas envie de penser à lui maintenant. Surtout pas.

— Nous devrions rentrer, préfère-t-elle dire en se levant.

— M'autorises-tu à raconter ton histoire à Ranjit et Arun ? demande Shanti.

Abbie hésite un peu, pas par pudeur, mais par crainte.

— Je n'ai rien à leur cacher, lâche-t-elle enfin. À aucun d'entre vous. Mais...

— Keir n'en saura rien, assure Shanti, en la dévisageant gravement.

Abbie hoche la tête, et elles reprennent lentement le chemin de la maison. Le soir est presque tombé, et leurs ombres s'allongent loin devant elles.

— Je comprends que tu ne puisses envisager d'aller habiter dans ta famille, exprime soudain Shanti. Vivre là-bas, au milieu de tes souvenirs...

Elle secoue la tête.

— Je suis redevable à Keir de nous avoir offert cette nouvelle vie, si loin de chez nous, poursuit-elle. Je ne crois pas que l'un de nous aurait pu se reconstruire comme nous l'avons fait, si nous étions restés là-bas.

Abbie hoche pensivement la tête, alors qu'elles atteignent la porte de derrière.

— Abbie ? fait Shanti, tandis qu'elle ouvre la porte pour entrer.

— Oui ?

— Nous ne laisserons pas Keir te chasser de la maison. Tu appartiens à Blackson House autant que chacun d'entre nous.

Les yeux d'Abbie se gonflent de larmes et, dans un geste de pur réflexe, elle serre Shanti dans ses bras.

— Merci, souffle-t-elle.

Shanti lui rend son étreinte, puis recule d'un pas.

— Bien, et maintenant, allons constater quelles bêtises Sanjay et Darius ont pu inventer pendant notre absence.

Abbie éclate de rire malgré ses larmes et s'essuie énergiquement les joues.

Consciente que ni Shanti ni aucun des autres membres du « petit peuple » n'a le pouvoir d'empêcher son renvoi de Blackson House, Abbie se sent malgré tout incroyablement sereine. Ne plus être seule face aux ombres du passé fait une énorme différence, elle n'a plus rien à cacher aux anciens de la maison. Connaître leurs douleurs les lui rend plus intimes. Elle les aime. Profondément.

Sa famille. Tous, ils sont sa famille. Un mot simple, qui prend pourtant une valeur qu'elle n'attribuait autrefois qu'à ceux de son sang.

En regardant Nanda et Daniel, elle comprend que Shanti puisse refuser leur relation. En observant Heng et le ventre rond de Lin, c'est à l'espoir et à la vie qu'elle songe. Lorsqu'elle surprend un bref regard entre Ranjit et Ashmi, elle saisit que l'amour peut venir à bout de tout, même du pire, si on lui laisse une chance.

Que Kishan ait pu devenir humain, que Sanjay puisse être ce garçon plein de vie et d'exubérance, malgré ce que des monstres leur ont fait…

Si Arun a réussi à redevenir quelqu'un après n'avoir été plus rien, alors, elle-même peut être à nouveau.

À la table du repas du soir, Abbie comprend que Blackson House et son « petit peuple » sont davantage qu'une famille ou une maison. Ils représentent la vie, celle qui fleurit sur le désespoir et naît du refus de baisser les bras. La vie qui s'impose, malgré le mal et la mort.

Qu'importe que le voyage de Lord Keir chez les Parker-Strew la terrifie, qu'il ait le pouvoir de la renvoyer ! Que pèsent ses angoisses et ses affres sentimentales envers son seigneur, face aux passés du « petit peuple » et au sien ?

— J'y arriverai, murmure-t-elle.

Elle surprend le regard de Nanda, le fin sourire complice de Shanti.

— Oui, Abbie, acquiesce doucement cette dernière. Tu y arriveras.

Abbie sourit plus largement en levant sa tasse.

39

Les jours passent étrangement vite.

À mesure qu'ils s'écoulent naît en Abbie une nouvelle angoisse qu'elle n'imaginait même pas ressentir !

Elle s'en tient aux ordres de Lord Keir, ne s'occupe plus *que* de Blackson House… mais se trouve incapable d'oublier le village et le domaine. Alors même qu'elle travaille aussi dur que les autres femmes pour remettre en état et nettoyer les pièces du château, son esprit bat la campagne, pense à l'école, aux commerces, au médecin qui ne vient pas s'installer, aux bêtes à abattre ou aux semailles. Elle n'a eu charge du domaine que pendant quelques mois, pourtant, le soir, dans son appartement, cela lui manque autant que si elle y avait passé sa vie.

Elle se sent comme… amputée.

Se demande si Lord Keir pense à tout, comment il se débrouille avec les métayers et Samuel Kingston. S'interroge. S'inquiète.

Elle ne peut questionner son employeur sur le sujet, aussi interroge-t-elle Arun, Sophie et Ranjit aussi discrètement que possible. Rien de ce qu'ils répondent ne l'apaise pourtant. La nuit, allongée dans son lit, attendant que le sommeil finisse par l'emporter, elle liste malgré elle, encore et encore, les tâches restant à accomplir pour rendre au domaine son éclat et sa richesse d'antan.

Ultime conséquence de la perte de sa fonction d'intendante, les soirées d'Abbie sont longues. Très longues. Avant Blackson House, elle ignorait son besoin de s'accomplir en quelque chose.

En gérant le domaine, elle s'est trouvée. Sans le domaine, elle se sent incomplète. Elle s'ennuie. Lire ne suffit pas.

Depuis deux jours, elle s'essaie aux travaux d'aiguille, elle qui les a toujours abhorrés. Par la force des choses, elle s'est résolue à percher ses lunettes sur son nez. Pas moyen que son coton trouve le chas de l'aiguille sans ces verres ! Elle tire sur son fil en grommelant, soupire, puis pique. Assise dans son seul fauteuil, devant sa cheminée, la lampe posée près d'elle pour y voir clair et les maudites lunettes au bout du nez, elle raccommode comme elle peut ses vieux jupons.

Il est tard, minuit est passé, mais elle sait qu'elle ne trouvera pas le sommeil. Depuis plusieurs semaines, dormir une nuit complète est un véritable luxe.

Depuis Lord Keir.

Depuis l'orangerie.

Depuis...

— Oh ! arrête ça !

Comme cela l'agace de perdre sans cesse le contrôle sur ses pensées intimes !

Il lui manque.

Elle sait bien qu'elle ne devrait même pas formuler ce genre de pensées, mais... il lui manque. Même ses grognements et ses froncements de sourcils lui manquent. Il ne la supporte pas, la méprise, l'a plusieurs fois profondément blessée. Il est rugueux, malpoli. Il pourrait détruire ce qu'elle a aujourd'hui.

Mais il lui manque.

Ils se sont évités depuis leur retour et leur âpre discussion nocturne. Les autres lui ont appris qu'il a mis deux bons jours à se remettre de sa sortie à Londres et dans le Cheshire. Arun s'est longuement plaint de l'état de sa jambe. De quoi l'inquiéter malgré elle.

Elle a beau faire, elle ne peut pas oublier. Elle l'a embrassé, tenu au creux de sa main. Elle a senti le plaisir le submerger, a goûté à sa bouche, à son désir. Seigneur, ils ont failli faire l'amour sur un bureau !

— Il l'aime toujours, se marmonne-t-elle à elle-même. N'oublie jamais cela.

Elle sent son regard se perdre dans les flammes qui dansent devant elle, se demande soudain comment on peut continuer à aimer une personne après tant d'années, malgré la mort… Puis esquisse une grimace de dérision. Comme si elle-même ne le savait pas ! Elle qui continue d'aimer Geoffrey malgré ses années de deuil.

— Non, la bonne question serait plutôt : comment faire pour cesser d'aimer quelqu'un ?

Elle reporte son attention sur le bas qu'elle reprise, très mal d'ailleurs, plante son aiguille, tire le fil. Plante. Tire.

La porte s'ouvre si brutalement dans son dos qu'elle sursaute et se plante l'aiguille dans la cuisse. Elle tourne la tête en étouffant un cri et se fige face à Lord Keir, qui entre comme une furie dans son petit salon.

À peine vêtu d'un pantalon chiffonné, les pans de sa chemise déboutonnée flottant autour de lui, les cheveux en bataille et le regard noir, il marche sur elle d'un pas agressif. Abbie se lève d'un bond pour lui faire face, soulagée que le fauteuil qu'elle vient de quitter se dresse entre eux. Il lui fait peur, il est même terrifiant.

— M-My M… milord ? balbutie-t-elle, en serrant son bas et son aiguille contre elle.

— Vous l'avez fait partir, gronde-t-il d'une voix démente. Bordel, vous l'avez fait fuir !

Abbie ouvre la bouche sans savoir quoi dire ou même penser.

— Qui ? ose-t-elle finalement demander, hésitante.

— Elle ne vient plus, poursuit-il, et Abbie se demande s'il l'a entendue. À cause de vous !

— Pardon, milord, mais…, essaie-t-elle encore.

— Rendez-la-moi, Cross ! feule-t-il, en s'arrêtant de l'autre côté du fauteuil pour la foudroyer du regard.

— Vous rendre quoi, milord ? s'oblige-t-elle à murmurer, tétanisée.

Mais à l'instant où les mots tombent de sa bouche, elle croise les yeux bleus de Lord Keir, et ce qu'elle y lit lui retourne le cœur. Il y a tant de douleur, de rage, de haine dans les prunelles azur qu'il darde sur elle qu'elle esquisse un geste de recul.

Ce regard suffit. Les souvenirs lui reviennent, s'imbriquent comme un puzzle mental, et elle comprend. Comprend que chaque nuit, il rêvait de sa baronne. Chaque nuit, il l'aimait dans ses rêves jusqu'à tacher ses draps. Elle. Sa baronne.

— Faites-la revenir, Cross, gronde-t-il, en crispant les mains sur le dossier du fauteuil.

Sa peur se mêle à une violente tristesse, au point qu'elle a envie de pleurer.

— Pardon, murmure-t-elle. Pardon, je ne voulais pas... Je...

Comme elle s'en veut d'être entrée dans sa chambre, cette nuit-là ! De l'avoir pris dans sa main, amené au plaisir... Ses yeux s'écarquillent, tandis qu'elle mesure la portée de son geste, qu'elle saisit le mal qu'elle a causé malgré elle.

Elle l'a effacée. En le tirant de son rêve, cette nuit-là, en lui donnant du plaisir, Abbie a effacé quelque chose de la défunte.

— Oh ! mon Dieu ! gémit-elle. Pardon, je... je ne savais pas !

— C'est votre faute ! souligne-t-il au même instant, en déchar-nant les dents.

Elle voit les jointures de ses mains blanchir sur le dossier du fauteuil, devine qu'il contient un geste brutal.

— Je vous hais, Cross, chuchote-t-il.

— Je vous comprends, My Lord, s'entend-elle murmurer en retour.

Une brève étincelle de surprise éclaire les yeux bleus, avant qu'il recule d'un pas.

— Je... Je... Si je pouvais, je... je réparerais, mais...

— Faites-le, tranche-t-il durement.

Elle reste coite un moment, sans comprendre ce qu'il veut dire. Il avance d'un pas, s'appuie au dossier du fauteuil pour se pencher vers elle, le regard sombre et la mâchoire dure.

— Réparez, Cross, gronde-t-il tout bas, entre ses dents.

— Mais je...

— Vous ne pouvez pas, l'interrompt-il, de cette même voix basse, inquiétante. Non, vous ne pouvez pas !

Pourquoi, n'a-t-elle soudain qu'une envie, un besoin ? Pourquoi la seule chose qui vienne à l'esprit d'Abbie est de tendre la main pour caresser sa joue, dans l'espoir de l'apaiser ?

— Dans la chambre, gronde-t-il alors.

Abbie met une bonne seconde à comprendre ses mots, et son cœur s'arrête littéralement de battre.

— P-p-pardon ? bégaie-t-elle, en se sentant blêmir.

— Dans la chambre, Cross, répète-t-il en se penchant plus près. Peut-être qu'une fois que je vous aurai baisée, je pourrai vous sortir de ma tête. Et elle reviendra.

Son cœur tressaute douloureusement, tandis qu'un vertige la fait vaciller. Sa bouche s'ouvre sur un refus muet, sa tête esquisse un « non » embrumé,

— Je *souffre*, ajoute-t-il alors, une lueur assassine dans le regard.

Elle saisit aussitôt le message, reçoit la pique pour ce qu'elle est : un rappel vulgaire et volontairement blessant aux propres mots d'Abbie.

— Je souffre, Cross, répète-t-il, fielleux.

Abbie recule d'un pas, puis d'un autre encore, pour lui échapper. Échapper à son regard haineux et à son rictus aigri. Échapper à sa propre peur et sa culpabilité.

C'est la chaleur de l'âtre derrière elle, trop près, qui lui rappelle où elle est : dans son appartement, à moins d'un pas d'une cheminée dont elle a retiré le pare-feu pour bénéficier de plus de chaleur.

Elle sent la brûlure à l'instant où monte vers ses oreilles le chuintement d'une flamme rongeant le tissu. Elle tourne sur elle-même en criant, tente de regarder l'arrière de ses jupes, essaie de frapper le tissu de ses mains, d'éteindre les flammes, de…

Un grondement sourd résonne, le fauteuil vole au loin, avant que deux larges mains n'enserrent sa taille pour la retourner en la soulevant. Paniquée, Abbie n'entend que sa propre respiration sifflante. Sa peur est telle qu'elle ne ressent aucune douleur, alors que Lord Keir la jette presque par terre quelques pas plus loin, sur le tapis. Un sanglot de terreur dans la gorge, elle roule sur le dos, se redresse assise, tape des jambes par terre, essaie de tirer le tissu enflammé loin de sa peau.

— Non, non, *non* !

Lord Keir se laisse tomber près d'elle, la repousse brutalement sur le ventre ; elle l'entend déchirer, lacérer ses jupes.

— Ne bouge pas, halète-t-il. Nom de Dieu, ne bouge pas, Cross !

Abbie se mord la lèvre au sang. Lutter contre le réflexe de fuir les flammes lui demande un effort considérable. Considérable, mais salutaire, car se concentrer sur les mots de Lord Keir, s'obliger à lui obéir l'aide à museler sa propre panique. Oppressée, elle se redresse sur un coude, tourne la tête pour l'observer par-dessus son épaule. Dressé à genoux de part et d'autre de ses jambes, Lord Keir achève de réduire ses jupes en charpies fumeuses, et elle s'autorise un bref sanglot de soulagement. En forçant un peu sur sa nuque, elle distingue quelques fragments de tissu qui se consument et des braises rougeoyantes sur le sol devant la cheminée. Secouée d'un long frisson de terreur rétrospective, elle lève les yeux vers Lord Keir et frissonne en croisant son regard tourmenté.

— Tu ne brûles pas, murmure-t-il, le souffle court. Tu ne brûles pas.

— Mon oncle Gregory est mort comme ça, balbutie-t-elle, soudain au bord des larmes.

— Cross...

Le visage de Lord Keir se contracte rudement, leurs yeux se croisent à nouveau. Elle se détourne en hâte, elle refuse qu'il voie les larmes déborder de ses paupières.

— Tes jambes, chuchote-t-il soudain. Comment vont tes jambes ? Tu es brûlée ? Tu as mal ?

Elle sursaute quand deux paumes rugueuses se posent sur ses mollets dénudés, et tourne de nouveau les yeux vers lui.

— Tu ne portais pas de bas, observe-t-il, d'une voix soulagée. Bon Dieu, tu ne portais pas de bas...

Il relève la tête pour la regarder, et les larmes qui baignaient les paupières d'Abbie se tarissent, alors qu'il se met à rire en silence. Stupéfaite et remuée, elle voit ses larges épaules se secouer, et son visage austère se fendre en deux d'hilarité. Sur ses mollets nus, ses grandes mains effacent presque la morsure que les flammes ont imprimée par endroits.

— Pas de bas, répète-t-il tout bas. Oh bon sang, Cross...

Sans cesser de rire en silence, il avance à genoux, remonte le long d'Abbie, ses paumes quittent ses mollets pour venir se planter de part et d'autre de ses épaules.

Son cœur, qui commençait tout juste à recouvrer son calme, repart en battements erratiques. Toujours secoué de rire, il se penche. Elle ferme machinalement les yeux pour ne plus voir son visage soulagé ni ses yeux soudain éclaircis. Soulagée, elle l'est aussi, terriblement. C'est pourtant la peur de voir sur le visage de Lord Keir une illusion qui lui habite le cœur.

Il pose la joue contre la sienne. Il a beau se maintenir en équilibre, sa présence écrase Abbie, et elle crispe les lèvres, elle aimerait qu'il se lève et s'éloigne.

Il fait le contraire.

Il pèse sur elle, s'imprime dans son dos tout en frottant sa joue durcie de barbe contre celle d'Abbie, son souffle un peu rauque venant lui effleurer la peau.

— Cross ne porte pas de bas, murmure-t-il tout bas près de son oreille, envoyant une décharge le long du dos d'Abbie.

— Je... commence-t-elle, en rouvrant les paupières.

Il se redresse légèrement, la retourne sur le dos entre ses bras, comme si elle ne pesait guère plus qu'un fétu de paille.

— Si tu avais porté des bas...

Elle ouvre la bouche pour le faire taire, mais aucun son ne passe ses lèvres. Il est trop près, trop lourd sur elle, trop chaud, trop... trop lui. À court de mots et de raison, elle voit le rire s'estomper dans les yeux. Son sourire hilare disparaît lentement, le visage hâlé retrouve une certaine gravité, et elle le voit déglutir.

Il ouvre la bouche, et Abbie ouvre la sienne en réaction malgré elle. Sur elle, le grand corps de Lord Keir devient étrangement plus lourd en une seconde, laissant son empreinte sur elle.

Elle lève le visage vers lui au moment où il se baisse vers elle et gémit doucement lorsque leurs bouches se trouvent. Leurs yeux se croisent brièvement, Abbie baisse les paupières pour lui masquer l'émotion qui la submerge. Les lèvres de Lord Keir pressent, effleurent. Elle le sent respirer dans sa bouche et gémit encore, longuement, quand il vient chercher sa langue. Doucement, lentement, il explore sa bouche. Cette fois, il ne la dévore pas, ne l'envahit pas. Elle se sent goûtée, cajolée, caressée.

Les larmes reviennent sous ses paupières. C'est le baiser le plus doux, le plus... *tendre*.

Elle rouvre les yeux sur un cri rauque, glisse les mains entre eux pour les poser sur son torse et le repousser de toutes ses forces.

Il s'arrache à sa bouche avec un grognement, bat des paupières, fronce les sourcils.

— Qu'est-ce qu'il y a ? chuchote-t-il, d'une voix inquiète. Est-ce que tu as mal ? Je...

Incapable de parler, Abbie le voit se redresser, s'agenouiller près d'elle pour palper à nouveau ses mollets. L'inquiétude qu'elle lit dans le plissement de son front lui est soudain insupportable. Avec un hoquet, elle le repousse brutalement et se met debout en tremblant.

— Arrêtez, murmure-t-elle, la gorge nouée. Pas ça... Je peux supporter le reste, mais pas ça !

Il se relève lentement en grimaçant, une main pressée sur sa mauvaise jambe, fronce encore les sourcils. Elle recule d'un pas, et le vague courant d'air sur ses jambes nues lui rappelle ce qui a failli arriver. *Tout* ce qui a failli arriver.

— Bon Dieu, de quoi est-ce que tu parles ? demande-t-il.

— Je peux supporter les cris, murmure-t-elle d'une voix blanche. Je peux même supporter les insultes et... et... et les grossièretés, mais p-pas ça... *Ça*, c'est un mensonge, ce n'est pas vrai et... Je peux supporter que vous disiez ces mots... que vous ayez envie d-d-de me *baiser* pour passer à autre chose ou... ou que vous me culbutiez sur un bureau, m-m-mais... n-ne faites pas semblant d'éprouver autre chose que du m-mépris ou...

— Tais-toi, Cross ! lance-t-il, d'une voix dure, en approchant d'un pas. Bon Dieu, tais-toi !

Elle recule d'autant, entre colère et peur qu'il la touche. Il esquisse un autre pas, elle lève la main, et il se fige, soudain pâle. Abbie prend une profonde inspiration pour recouvrer un semblant de contrôle.

— Je... Merci pour les flammes, parvient-elle à articuler. Maintenant, sortez, milord.

Il fronce les sourcils, ouvre la bouche.

— S'il vous plaît, insiste-t-elle d'une voix dure.

Il bronche, se redresse à son tour et, sur un dernier regard qu'elle ne parvient pas à interpréter, il tourne les talons et sort de la pièce en boitant fort.

À peine le battant claque-t-il derrière lui qu'Abbie s'effondre contre son bureau. Tremblante, elle passe une main vacillante sur son visage, sans s'étonner d'y sentir des larmes.

— Flûte de flûte de flûte.

Elle a l'impression d'être faite de gelée inconsistante.

— À la framboise, marmonne-t-elle.

Les flammes l'ont touchée à quelques endroits, elle sent la douleur des brûlures mordre sa chair. Elle doit se soigner. Une fois qu'elle réussira à se tenir debout.

La porte se rouvre brusquement. Elle tressaille, tandis qu'il la referme d'un mouvement du talon avant de boiter jusqu'à elle, les pans de sa chemise flottant autour de son torse nu. Stupéfaite, elle ouvre de grands yeux, tente de se redresser, mais son corps ne lui obéit pas.

Il plaque ses paumes sur les joues d'Abbie, l'embrasse farouchement. Elle hoquette quand il glisse la langue entre ses lèvres et explore sa bouche. Sur sa peau, les doigts de Lord Keir se crispent, ses pouces appuient légèrement sur son menton, lui ouvrant un passage plus large. Avec un soupir, elle s'abandonne, s'amollit contre lui, répond à son baiser et gémit une protestation, quand il y met fin pour reculer d'un pas.

— *Maintenant*, je sors, marmonne-t-il, d'une voix à la fois furieuse et sourde.

Elle écarquille les yeux, le regarde tourner les talons, repartir en boitant vers la porte, s'arrêter au passage devant l'âtre pour replacer le pare-feu, puis sortir en claquant le battant.

Abbie fixe la porte close pendant un long moment, interdite.

Finalement, elle éclate de rire, sans être sûre de savoir pourquoi.

40

C'est un miracle qu'elle ait réussi à dormir quelques heures avant l'aube. Ses jambes raides et douloureuses, là où les flammes l'ont malheureusement touchée, ne sont pourtant pas ce qui l'a gardée éveillée. Les mots de Lord Keir tournent encore en boucle dans sa mémoire.

— Comment pouvais-je savoir ? grommelle-t-elle en se levant.

Comment deviner que son geste malheureux aurait de telles conséquences ?

— Que cela te serve de leçon ! se reproche-t-elle en s'habillant.

Bien que ce souvenir lui laisse un goût amer de culpabilité et de remords, ce sont les réminiscences de la suite des événements qui l'ont tenue vraiment éveillée.

Quand il l'a embrassée. Doucement, si doucement. Presque avec tendresse.

Un frisson lui secoue l'échine.

— Il ne t'apprécie même pas, grogne-t-elle en se coiffant.

Qu'il ait envie d'elle, c'est un fait. Pas si étonnant ou surprenant que cela. Lord Keir est un homme très viril, en pleine possession de ses moyens et, si elle en juge par l'état de ses draps, il semble avoir une vie intime plus qu'active. Sans faire preuve d'un narcissisme exacerbé, Abbie se sait encore séduisante pour son âge. Elle veut bien admettre qu'elle a pu, malencontreusement, lui laisser croire qu'elle était disponible et…

— Oh ! mais arrête un peu !

Elle *est* disponible, flûte de flûte ! S'il ne la méprisait pas tant, elle serait plus que consentante à partager son lit.

— Voilà, c'est dit...

Elle *adorerait* partager son lit.

— Ma pauvre fille, soupire-t-elle en chaussant ses bottines.

Mais elle a déjà partagé le lit d'un homme qui la méprisait et se souvient comme les étreintes deviennent grises et ternes dans des bras sans affection ni estime.

Avec un soupir, elle attache le trousseau de clés à sa taille, vérifie que le pare-feu est bien en place et va prendre son thé du matin.

Le ciel est bas sur le Yorkshire, elle regarde les nuages griser la campagne derrière la vitre de l'orangerie. Le thé fume dans la tasse oubliée qu'elle tient à la main, tandis qu'elle se perd encore dans ses pensées.

Cette impression de tendresse, dans son baiser, était forcément une illusion. Parce qu'il est tout bonnement impossible que Lord Keir ait pu changer d'idée ou de sentiments à son égard... N'est-ce pas ?

— Évidemment que non.

Il a toujours l'air tellement en colère contre elle, soupire-t-elle.

— Et je ne le mérite pas toujours.

Elle est incapable de mettre ses sentiments à plat et d'y voir clair. Elle lui en veut pour ses actes passés. Toutefois, en dépit de tout, de son langage cru et choquant, de son caractère emporté, il n'en est pas moins un homme bon. Les choses seraient plus faciles pour elle, si Lord Keir n'était qu'un goujat mal élevé. Mais il est aussi un homme qui aime le « petit peuple », un cœur brisé qui pleure sa femme. Un être qui souffre autant dans sa chair que dans son âme. Abbie est sensible à cet aspect de la personnalité de Lord Keir, s'y reconnaît.

Il l'a empêchée de brûler vive, a jeté le docteur Monroe dehors, pris le parti d'Abbie contre ce maudit médecin. A présidé la table lors du repas qu'elle a organisé malgré lui. Et il a repris les rênes du domaine.

Elle soupire, retourne en cuisine, salue les femmes, qui sont en train de préparer le petit déjeuner, mais ne se sent pas totalement présente. Shanti lui jette un regard interrogateur, elle lui répond d'un sourire qui n'engage à rien et va aider Nanda à mettre les couverts.

L'a-t-elle vraiment remercié, d'ailleurs, pour l'avoir sauvée des flammes ?

Son cœur palpite un peu, tandis qu'elle se dit que non, elle n'a pas franchement exprimé ses remerciements. L'idée qui lui trotte en tête n'a rien à voir avec son envie de le voir, n'est-ce pas ?

Aucun lien. Aucun. Du tout, du tout...

Il n'y a donc aucune raison à ce qu'elle pose un pichet de thé brûlant, une assiette de naans frais, un pot de lait, du sucre et deux tasses sur un plateau.

— Abbie ?

La voix de Shanti la tire de ses réflexions, et elle redresse la tête en battant des paupières. Puis se sent rosir, en constatant que toute la tablée la dévisage en silence.

— Oui ?

— Pour qui est ce plateau ? questionne doucement Ashmi.

Le rose devient rouge. Elle se redresse, priant qu'une allure assurée fasse oublier son teint rubicond.

— Pour milord, répond-elle, aussi calmement qu'elle le peut.

— Oh... dit simplement Nanda.

Pourquoi diantre se sent-elle tenue de leur fournir une explication !

— Il y a des... affaires dont nous devons parler ensemble, réussit-elle à dire, sans trop bafouiller. Je vous rejoins juste après, Shanti.

Elle soulève le plateau sans s'attarder, fuit la cuisine et les mines perplexes qui l'observent en silence. Tout en enfilant les couloirs, son plateau à bout de bras, elle s'inquiète malgré tout de la sagesse de se jeter volontairement dans l'antre de la bête... Elle n'est pas certaine que Lord Keir et elle se soient quittés en bons termes, la veille.

La veille... il s'est passé quelque chose, au-delà de ce drôle de baiser et des jupes en flammes. Quelque chose qu'elle a ressenti et qui l'a remuée. Une certaine forme d'intimité, peut-être.

— Idiote...

Parvenue devant la porte de la chambre du maître, elle gonfle ses poumons dans l'espoir que cela lui donnera le courage nécessaire.

— Je dois être un peu folle.

Elle toque de l'index avant de changer d'avis, n'attend pas de réponse pour pénétrer dans la pièce.

Il y fait sombre. Les rideaux n'ont pas été ouverts, seuls quelques rais du jour percent entre leurs pans. Malgré le feu mourant, il y règne une certaine douceur et, tout en refermant la porte du talon, Abbie laisse courir ses yeux dans la chambre sans y repérer son occupant. Le cœur battant, elle s'arrête au milieu de la pièce, se sent rougir en jetant un regard au lit. Les draps sont rejetés en boule et froissés, signe d'une nuit agitée. Le plateau sur un bras, elle marche jusqu'aux rideaux qu'elle tire légèrement pour amener un peu de lumière, puis se tourne vers la chambre.

La pièce vide la trouble. Sans doute aurait-elle dû demander à Arun si le maître était déjà sorti.

Avec un soupir las, elle tourne les talons, tend la main vers la poignée pour rouvrir la porte lorsqu'elle *le* sent. Un bref frisson court le long de sa colonne, avant de venir mourir au creux de son ventre. La respiration subitement plus courte, elle tourne vivement la tête vers le fond de la chambre.

Lord Keir s'encadre dans la porte entrouverte du dressing, torse nu, une chemise propre à la main et la regarde en silence.

— Je comptais vous faire demander par Arun de venir dans mon bureau, marmonne-t-il, sans bouger.

— Vous n'aurez pas à le faire, puisque me voilà, répond-elle, en se fustigeant mentalement pour son manque de repartie.

Il garde le silence un instant et elle se sent terriblement mal à l'aise.

— C'est mon déjeuner ? finit-il par grommeler, en montrant le plateau d'un bref coup du menton.

— Oh… oui.

Elle avait oublié le plateau.

Elle revient vers le centre de la chambre, puis cherche des yeux un endroit où le poser

— Sur le secrétaire, Cross, fait-il d'une voix basse. Posez ça sur le secrétaire.

Flûte de flûte ! Voilà qu'elle rougit encore, s'agace-t-elle, en obtempérant avec célérité. Une fois les mains libres, elle se trouve empruntée et ne sait plus quoi en faire.

— Deux tasses ? s'étonne-t-il soudain.

Elle frémit, se redresse, trouve soudain une occupation à ses mains et sert le thé.

— Lait, sucre ? demande-t-elle.

Elle entend le froufrou du tissu, devine qu'il enfile sa chemise et voit ses propres mains trembler.

— Ni l'un ni l'autre, murmure-t-il.

Elle repose la théière, verse un peu de lait dans sa tasse, prend une longue inspiration et se tourne vers lui.

Il ne la quitte pas des yeux, le visage impassible. Il achève de boutonner sa chemise et en enfile les pans dans son pantalon, la faisant rougir à nouveau. Il n'est pas encore rasé, et ses cheveux coiffés en arrière lui découvrent le front.

— Cross ? fait-il soudain.

— Oui, milord ?

— Vous m'expliquez ?

Elle contient son réflexe de se tordre les mains de nervosité et cherche comment aborder une discussion qu'elle devine par avance délicate.

— Je...

Il s'approche en boitant, et elle en perd le peu de moyens qui lui restait. Elle recule d'un pas, attrape sa tasse de thé pour se donner une contenance.

— Je voulais vous remercier pour hier soir, dit-elle enfin.

Il hausse un sourcil un peu railleur et elle pince les lèvres. Il s'arrête de l'autre côté du secrétaire, prend un naan qu'il tourne entre ses doigts sans le porter à la bouche.

— Ne me remerciez pas, finit-il par grommeler. Je n'allais quand même pas vous laisser brûler.

— Malgré tout, je...

Elle fronce les sourcils, perdue dans les nébuleuses du flou chaotique qui règne dans sa tête. Pourquoi donc est-elle venue ici, déjà ? De quoi voulait-elle discuter avec lui ?

— Vous comptiez me voir dans la matinée ? enchaîne-t-elle plutôt, soulagée d'avoir une échappatoire à sa disposition.

Il grogne un assentiment en soulevant sa tasse de thé noir. Il la porte à ses lèvres puis la remet sur le plateau sans y avoir bu.

— Nom de Dieu, où sont passées mes chaises ?

Il se tourne en tous sens, les sourcils froncés, et la nervosité d'Abbie est brutalement en passe de se transformer en fou rire.

— À Leeds, milord, répond-elle, en contenant un éclat de rire.

Il plante ses yeux dans ceux d'Abbie.

— Qu'est-ce que mes chaises foutent à Leeds, Cross ?

— Elles se font retapisser, milord, dit-elle sobrement. Elles en avaient grand besoin.

— Ah... Et où est-ce qu'on s'assoit ?

Le regard d'Abbie se pose aussitôt, et bien malgré elle, sur le lit.

— Si nous nous installons là, Cross, nous ne resterons pas assis bien longtemps, lance-t-il, assez sèchement.

Elle se raidit et fronce les sourcils en le voyant sourire.

— À moins que vous soyez venue pour cela ?

41

Abbie ouvre la bouche, sur le point de s'énerver, mais parvient à se taire. L'époque où elle sentait le besoin de nourrir sa colère pour lutter contre son attirance semble révolue. Il ne sert à rien de dégrader plus encore des relations qui sont déjà bien loin d'être faciles. Elle *doit* rester à Blackson House, ils *doivent* se montrer sensés et matures et faire l'effort d'apaiser leurs tensions en dépit du mépris qu'elle lui inspire.

— C'est bon, ne bougez pas, soupire-t-il soudain, en reposant le naan intact sur le plateau.

Il fait demi-tour et boite jusqu'au coin opposé de la chambre pour ouvrir une porte qu'Abbie n'avait même pas vue. Troublée, elle devine que cette porte donne sur les appartements de la défunte baronne. Il revient quelques instants plus tard, portant deux chaises un peu poussiéreuses qu'il pose de part et d'autre du secrétaire.

— Asseyez-vous, grommelle-t-il, en prenant place lui-même.

Ce sont indubitablement des chaises de dame, songe Abbie en s'assoyant lentement. Le bois est délicieusement arrondi et délicat, les tissus imprimés tout en motifs floraux aux teintes pastel. Elle gigote sur sa chaise, très mal à l'aise, et enserre sa tasse de ses deux mains, dans l'espoir de retrouver une contenance.

— Si vous m'expliquiez ce que vous faites là ? lance-t-il en reprenant son naan sans le manger pour autant.

— Je… Eh bien, je vous l'ai dit, je voulais vous remercier et… je… Mais vous-même, de quoi souhaitiez-vous m'entretenir ?

— Pardon ? fait-il, en découpant son naan en deux.

— Oui, je… Vous comptiez demander à Arun de me faire venir dans votre bureau, non ?

— Oh… Oui.

Elle le regarde couper chaque moitié de son pain en deux, puis en quatre, et fronce légèrement les sourcils. Perplexe, elle ouvre la bouche, sur le point de lui demander s'il voulait encore une fois la renvoyer, mais n'en a pas l'occasion.

— Je voulais m'excuser, grommelle-t-il.

— Oh ! s'exclame-t-elle, malgré elle, stupéfaite.

Il lui lance un bref coup d'œil agacé, et elle note soudain que si elle est nerveuse, lui semble très mal à l'aise. Il termine de réduire le naan en miettes, soupire.

— C'est ma faute pour vos jupes, grogne-t-il en grimaçant. Si je ne vous avais pas agressée de la sorte, vous n'auriez pas reculé jusqu'à l'âtre et…

Elle balaie ses mots de la main. Il a l'air plus qu'embarrassé ! Elle est prête à parier que Lord Keir ne doit pas s'excuser souvent. Ce n'est visiblement pas un exercice dont il est coutumier !

— Vous aviez des raisons d'être en colère, murmure-t-elle, en baissant les yeux sur sa tasse encore pleine. Je sais qu'elles ne valent pas grand-chose, mais je tiens malgré tout à vous présenter encore une fois mes excuses à ce propos.

Elle lui jette un regard rapide, se préparant mentalement à recevoir en retour un grognement, une pique, voire des cris. Or, le visage fermé, il attaque silencieusement un deuxième naan, qu'il dépiaute en morceaux. Il lui paraît soudain bien loin de Blackson House, et elle se dandine sur sa chaise, gênée et incertaine de la conduite à tenir. Sans doute ferait-elle mieux de se lever et de s'en aller.

— Cela vous arrive aussi ? murmure-t-il soudain, d'une voix hésitante.

Surprise, elle lève les yeux vers lui. Tristesse, douleur et gêne se mêlent dans les pupilles bleutées qui l'observent. Abbie déglutit, comprenant d'instinct le sens de sa question.

— Autrefois, oui, répond-elle doucement sans entrer dans les détails.

Il esquisse un bref sourire amer.

— Mais plus maintenant ? insiste-t-il.

— Non. Plus maintenant.

— Cela ne vous manque pas ? Il ne vous manque pas ?

Elle ouvre la bouche, puis la referme. Comment en sont-ils venus à parler de cela ?! Surtout, pourquoi éprouve-t-elle le besoin d'être sincère ? Diantre, ne peut-elle pas simplement formuler une réponse de politesse ?

— Il m'a manqué, finit-elle par dire, avec honnêteté. Mais il ne me manquait plus depuis plusieurs années, quand je l'ai perdu.

Il fronce les sourcils, et Abbie se penche sur sa tasse pour éviter son regard. Bien malgré elle, elle se sent obligée de se justifier, de s'expliquer.

— Je... Disons que j'ai cessé de l'aimer il y a longtemps, finit-elle par avouer, étonnée de la note d'amertume qu'elle entend vibrer dans sa voix. Et cela fait des années que je ne rêve plus de lui, non. Peut-être...

Elle hausse les épaules, lui jette un regard rapide, surprise qu'il l'observe en silence avec une telle attention.

— Peut-être... ? relance-t-il.

— Peut-être que si je l'avais perdu après quelques années de mariage seulement... avant les désillusions et trop d'années de quotidien, me manquerait-il plus fort. Je ne sais pas.

Elle se redresse sur sa chaise, les mains toujours serrées autour de sa tasse, sans avoir même envie d'y boire. Lord Keir fronce les sourcils en la regardant.

— Cross ? grommelle-t-il.

— Oui, milord ?

Il ouvre la bouche sans parler, elle le voit grimacer légèrement, avant qu'il referme les lèvres. Le deuxième naan est en miettes, et il s'en sert un troisième. Il paraît vraiment très soucieux, songe Abbie, sans vraiment comprendre pourquoi.

— Croyez-vous que nous pourrions... je ne sais pas... établir une trêve ? finit-elle par oser demander, sans le quitter des yeux.

Il lui rend son regard en se raidissant légèrement, puis elle le voit retrousser ironiquement les lèvres.

— À quel genre de *trêve* pensez-vous, Cross ?

Elle fronce les sourcils, agacée de son sous-entendu grivois dans un mot pourtant anodin.

— Je sais bien que vous ne m'aimez pas beaucoup, milord, se force-t-elle à poursuivre, en jugulant son irritation. Mais ne pourrions-nous pas essayer de nous entendre un minimum ?

Il la regarde en silence. Elle resserre les doigts sur sa tasse.

— Milord, je suis fatiguée de tout cela, soupire-t-elle. J'aime ma vie à Blackson House et je n'aspire qu'à un peu de calme et...

— Je ne crois pas, Cross, la coupe-t-il, d'un ton acéré.

Ces paroles ne la soulagent pas, au contraire. En fait, cela fait même mal à entendre.

— Pourquoi me détestez-vous autant ? finit-elle par demander, en contenant au mieux les tremblements de sa voix.

Il ne répond rien, le visage fermé. Le silence devient pesant. Abbie finit par soupirer.

De mémoire, jamais personne ne l'a détestée. Elle n'a jamais eu un caractère facile, pourtant, les gens ont toujours eu tendance à l'apprécier. Elle est bien élevée, avec une solide éducation et un grand sens des convenances et de la politesse à son actif. Elle a toujours eu à cœur de mettre les autres à l'aise et d'être de bonne compagnie. Elle est intelligente, aussi. Et a de l'humour, n'est-ce pas ? Certes, en dehors de sa famille, elle n'a jamais eu de véritables amis, peut-être parce qu'elle n'en avait jamais eu l'occasion ni ressenti le besoin avant d'arriver à Blackson House.

Pourquoi Lord Keir la déteste-t-il à ce point ? Elle fronce les sourcils, relève la tête pour le fixer. Il la dévisage en silence, mais elle a l'impression que, tout comme elle, il est perdu dans ses propres pensées.

Elle ne peut concevoir que cette inimitié provienne uniquement de son statut de *gouvernante*. Il doit y avoir autre chose, quelque chose qui lui est propre. Mais quoi ? Certes, chaque fois qu'ils se sont croisés, eh bien... Bon, d'accord, elle n'a pas été un modèle de retenue et de docilité. Mais comment rester stoïque face à quelqu'un comme Lord Keir ? Abbie essaie un bref instant d'imaginer sa sœur Elie, ou même leur mère, face à ce géant sombre, mal embouché et bat sa coulpe. Oui, une autre, à sa place, aurait mieux tenu sa langue et conservé son calme.

Le moyen de continuer à vivre à Blackson House en sachant que l'homme qu'elle ai... pour qui elle travaille la déteste franchement, en plus de la mépriser ?

— Pas facile, soupire-t-elle, avant de rougir.

— Pas facile de quoi, Cross ? grogne-t-il aussitôt.

Elle repose sa tasse encore pleine, tandis qu'il termine d'effriter le troisième naan.

— Je vais vous laisser, dit-elle en se levant parce qu'il n'y a rien d'autre à dire.

— Je ne vous déteste pas, Cross, lance-t-il, alors qu'elle fait un pas vers la porte.

— Pardon ?

Elle se retourne pour lui faire face. Il n'a pas bougé et ne la regarde même pas. Affalé sur la délicate chaise, il secoue ses doigts des miettes de pain et soupire.

— Je ne vous déteste pas, répète-t-il d'un ton rogue. Ce serait foutrement plus facile si je vous détestais, croyez-moi.

— Plus facile pour quoi ? questionne-t-elle en croisant les bras.

Au moins, ce geste masquera-t-il le tremblement de ses mains.

Il relève la tête pour lui lancer un regard goguenard avant d'esquisser une grimace ironique.

— J'ai envie de vous, Cross, grogne-t-il soudain. Et vous aussi, vous avez envie de moi.

Elle déglutit, aphone.

— Honnêtement, ça ne me fait pas plaisir, poursuit-il. Ça m'emmerde même, très franchement.

— Ça ne me plaît pas spécialement non plus, parvient-elle à répliquer, en raidissant les épaules.

Elle aimerait s'asseoir, car elle ignore combien de temps ses jambes vont la porter, si la conversation s'éternise sur ce sujet. Bon sang de bois, mais quelle idée d'aborder une telle discussion en plein milieu du petit déjeuner ! C'est tout lui de braver ainsi toutes les règles de bienséance pour aborder cette discussion maintenant !

— Vous ne niez pas ? fait-il mine de s'étonner, en arquant des sourcils moqueurs.

Elle fronce les sourcils, se force à ne pas détourner le regard et se redresse de toute sa taille.

— J'ai quarante-neuf ans, milord. J'ai été mariée pendant vingt-huit ans. Je crois que j'ai passé depuis longtemps l'âge de minauder ou de jouer les effarouchées.

Il laisse échapper un bruit, entre le rire et le grognement, se redresse à son tour sur sa chaise.

— Je préférerais vous haïr, poursuit-il d'une voix amère. Bon Dieu, oui, je préférerais vous haïr.

— Moi aussi, pense-t-elle.

Il hausse les sourcils, et elle rougit en comprenant qu'elle a parlé à voix haute. Terriblement gênée, elle cherche désespérément un moyen de faire oublier ses derniers mots. Sauf qu'il ne lui en laisse pas le temps.

— Il va falloir qu'on couche ensemble, Cross, grogne-t-il.

Oh ! Seigneur ! Elle sent ses genoux s'entrechoquer avant de se mettre à trembler. Le souffle bloqué et le cœur battant, elle ne peut que le fixer, les yeux ronds. Doux Jésus ! Mais qu'espère-t-il d'elle, avec ce genre de phrase ? Qu'elle va courir jusqu'au lit en le remerciant !

Une fois le choc passé, c'est avec un goût de fiel dans la bouche et une colère sourde au creux du ventre qu'Abbie marche vers le secrétaire pour le foudroyer des yeux.

— J'aimerais mieux éviter cela, milord, ment-elle tout bas. Vraiment.

Il plisse les yeux.

— Foutaises, marmonne-t-il.

Elle pince les lèvres, espérant que la colère qui monte lentement finira par repousser la peine qu'il lui cause autant que son désir stupide.

— À dire vrai, moi aussi, je préférerais éviter, reprend-il, avec une certaine muflerie. Mais vous éviter pendant des jours ou vous mettre en rogne quand je vous vois ne suffit pas à me faire débander.

Elle cesse de respirer, choquée, alors qu'il lève enfin sa tasse pour boire une longue gorgée de thé sans la quitter des yeux. Puis, alors qu'elle serre les dents pour contenir une réplique acerbe, elle perçoit simultanément trois choses.

D'abord, les doigts de Lord Keir tremblent sur la tasse, quand il la repose sur le secrétaire.

Ensuite, ce bref éclat dans ses yeux, comme une déchirure, une fragilité.

Enfin, la vulgarité de ses mots, autant que leur sens.

Effarée, Abbie comprend qu'il est loin d'être aussi insensible ou goguenard qu'il souhaite le lui faire croire. Mieux, elle est presque persuadée qu'il se sent aussi perdu et mal à l'aise qu'elle-même l'est. Pire, elle se demande soudain si…

— Vous le faites exprès, n'est-ce pas ? lance-t-elle, en penchant la tête sur le côté.

Il hausse un sourcil inquisiteur.

— De parler aussi crûment, explique-t-elle. Vous le faites exprès.

— Bien sûr, sourit-il.

— Mais vous ne le faites pas tout le temps, insiste-t-elle. Vous ne le faites que lorsque vous êtes vous-même déstabilisé.

Pour le coup, elle le voit se troubler. Cela ne dure pas, car il se cache rapidement derrière une grimace sarcastique, mais il s'est bel et bien décomposé pendant un bref instant.

Avec un vertige, Abbie sent son esprit reconsidérer toutes leurs rencontres passées, et ce qu'elle vient de comprendre les éclairent d'une lumière radicalement différente.

— Oh ! lâche-t-elle soudain en rougissant.

C'est étrange comme toute cette scène lui semble à la fois totalement irréelle et en même temps abominablement vraie. Comme un rêve qu'on arracherait au monde des fantasmes pour l'imprimer dans la réalité…

En l'espace d'un instant, Abbie sent son monde vaciller sur son axe et cligne des yeux. « Étrange impression que celle-là ! », ne peut-elle s'empêcher de songer. Rien ne change, et pourtant, rien n'est plus pareil. Le même genre de sensation que lorsqu'elle a croisé le regard de Geoffrey pour la première fois.

Il plisse les yeux à son tour, tout en la dévisageant.

— Couchons ensemble une bonne fois pour toutes, grogne-t-il brutalement.

— Et ensuite ? réplique-t-elle sans réfléchir, totalement perdue.

— Nom de Dieu, Cross…

— Nom de Dieu vous-même, milord, s'agace-t-elle en fronçant les sourcils. Vous croyez que cela m'amuse de vous désirer ? Parce que, soit dit entre nous, vous êtes loin, très loin même, d'être le genre d'homme qu'il est plaisant de désirer ! En fait, vous êtes le...

— Cross... menace-t-il en se levant, les sourcils froncés.

Elle décroise les bras, pose les mains sur ses hanches et pince les lèvres.

— Je n'en reviens pas que nous soyons en train de parler de cela ! s'exclame-t-elle.

— Et de quoi parlons-nous, exactement ? insiste-t-il, en contournant le secrétaire. Sommes-nous en train de négocier vos émoluments pour service rendu ?

Elle blêmit et le gifle à la volée. La tête de Lord Keir part à la renverse, alors que le coup brûle la paume d'Abbie. Le souffle court, aussi furieuse que blessée, elle recule d'un pas quand il se redresse pour la fusiller des yeux.

— Je la méritais, grommelle-t-il, en tendant la main pour l'attraper.

— Bon sang de bois, oui ! rétorque-t-elle en reculant encore.

Il avance à mesure qu'elle recule. La raison lui souffle de tourner les talons et de claquer violemment la porte en sortant. Mais même avec la meilleure volonté du monde, elle est incapable de quitter ses prunelles bleues des yeux. Son regard intense lui coupe le souffle.

— Oh !

Son dos bute contre une paroi dure, et elle reconnaît la porte quand la poignée heurte douloureusement contre ses reins. Il plaque une main sur le battant près de son épaule, comme pour lui couper toute retraite. Comme si elle avait réellement envie de fuir.

— Tu n'as pas envie de sortir, grogne-t-il tout bas, en s'approchant à la toucher.

Non.

Oh ! Seigneur !

Ça va arriver, comprend Abbie. Pas dans le secret feutré d'une nuit, mais en plein jour, ici et maintenant.

42

Sans la quitter des yeux, il baisse la main jusqu'à la clé qu'il fait tourner dans la serrure, et le léger bruit du loquet se fermant déverrouille quelque chose en Abbie.

Ça y est donc.

Elle aurait préféré que ça se passe sur le bureau, comme la dernière fois ! Au moins, emportée par la folie des sens, elle n'aurait pas eu cette impression de se tenir au bord d'un abîme sans fond ni cette terrifiante conscience de prendre une décision qu'elle sait lourde de conséquences.

— Je ne veux pas avoir envie de toi, bon Dieu ! murmure-t-il, en se penchant vers elle.

Elle ouvre la bouche pour répliquer, mais il l'embrasse avec une sorte de fureur et, dans un long gémissement, elle ferme les yeux, se coule contre lui, tout en posant les mains sur ses épaules. Elle n'a même pas le temps de répondre à son baiser qu'il recule le visage pour la regarder, le souffle court. Elle bat des paupières, lui rend son regard.

— Mais nom de Dieu, qu'est-ce que c'est bon d'avoir envie de toi, Cross ! chuchote-t-il.

Elle glisse les paumes jusqu'à sa nuque, le corps tremblant à la fois d'impatience et de timidité subite. Sous ses doigts, les mèches noires sont encore un peu humides de sa toilette. Elle appuie sur la nuque, lui fait baisser la tête, entrouvre les lèvres en une invite qu'il accepte avec un bref soupir rauque. Moins de fureur, cette fois-ci. Ses lèvres sont fermes, gourmandes, elle expire de soulagement quand il lance sa langue en elle. C'est bon, aussi bon que les autres fois.

Il approfondit le baiser, pèse sur elle, la coince contre la porte, et ce qui reste de raison à Abbie s'effrite rapidement. Il y a trop longtemps qu'elle le désire, qu'elle n'a pas goûté à ses lèvres. Son corps se coule contre celui de Lord Keir, en reconnaît chaque rond, chaque creux avec délice, et elle se cambre en gémissant pour se plaquer contre son érection croissante. Il enfouit les mains dans son chignon. De très loin lui parvient le tintement des épingles tombant à terre, avant que ses mèches s'effondrent sur ses épaules. Il quitte ses lèvres pour plonger le visage dans le creux de son cou, elle sursaute, puis frémit de plaisir, alors qu'il lèche sa gorge, remonte jusqu'à son oreille, en mordille le lobe. La bouche ouverte sur une respiration de plus en plus difficile, elle glisse les doigts dans ses cheveux, le presse contre elle, puis le libère complaisamment, quand il commence à déboutonner son chemisier.

— Déshabille-moi, murmure-t-il tout contre son oreille.

Son souffle la fait frémir, et elle s'exécute aussitôt. Dans sa hâte à le débarrasser de sa chemise, elle tire trop fort, arrache un bouton et le sent rire contre son cou. Elle-même esquisse un sourire, tourne la tête, pose les lèvres contre sa gorge. Sa peau est chaude, salée, un peu rugueuse de barbe et, avec un gémissement, elle le mordille, tire les pans de la chemise hors du pantalon, la rejette sur ses épaules pour le dénuder. Un souffle plus frais sur sa peau lui indique que Lord Keir en a fini avec son chemisier et, quand il pose les mains sur ses seins, les prenant à pleines paumes, elle gémit longuement. Des années ! Des années sans cette brûlure, ce plaisir brut !

— Oh ! Seigneur, oui, halète-t-elle, en se cambrant vers lui.

Il se redresse à peine, retire les bras de ses manches, avant de débarrasser Abbie de son chemisier et de sa camisole, ses yeux perçants ne quittant jamais son visage. Il jette les vêtements au loin, reprend ses seins au creux des mains et baisse le regard vers sa poitrine. Abbie déglutit, soudain nerveuse.

Elle n'a plus vingt ans.

Elle...

— Tu en as partout, murmure-t-il en souriant.

— Qu… ?

Il relève la tête vers elle, et son sourire un peu canaille la fait fondre.

— Des taches de rousseur, explique-t-il. Tu en as partout. Même là…

Ses pouces effleurent ses mamelons qui se dressent aussitôt, durcis, et elle retient son souffle.

— Viens.

Il recule d'un pas en la lâchant, et ses mains manquent à son corps. Il recule encore, l'englobe d'un long regard excité. Abbie frémit intimement, déglutit encore et profite qu'il se déplace encore vers le lit pour le regarder à son tour. Il est splendide, vraiment splendide. Bien davantage qu'un homme plus jeune, songe-t-elle. Il a une silhouette parfaite. Le manque de lumière l'empêche de distinguer toutes ses cicatrices, mais elle peut malgré tout se repaître de la teinte chaude et dorée de sa peau.

Le temps qu'il atteigne le lit, il a ôté ses bottes, ouvert son pantalon et commencé à s'en débarrasser. La gorge serrée, elle le regarde dévoiler ses grandes jambes musculeuses, ses fesses fermes et, quand il se redresse pour se tourner vers elle, entièrement nu, elle se sent soudain affreusement gênée. Les mains tremblantes, elle délace sa jupe, puis ses jupons sans le quitter des yeux, sans oser baisser le regard jusqu'à sa virilité. Elle a beau l'avoir déjà vue et tenue entre ses doigts, leur nudité mutuelle lui donne une impression de nouveauté.

— Nom de Dieu, Cross ! exhale-t-il, d'une voix rauque, en regardant son corps.

Elle retire ses culottes, enjambe les tissus, se débarrasse de ses bottines, puis, à la fois confuse et excitée par le regard lourd de désir qu'il promène sur elle, se hâte de le rejoindre pour se soustraire à ses yeux trop affamés. Il tend la main vers elle, la fait s'allonger sur le lit en silence, avant de se coucher contre elle. Le drap est frais, et elle a l'impression d'en sentir le moindre pli, tant sa conscience de ce qui se passe lui paraît accrue. Il s'accoude au-dessus d'elle et ses cheveux sombres lui tombent sur le front, exacerbant sa virilité. Il se penche sur elle, prend ses lèvres un peu brutalement, le souffle rauque, rude, et elle ouvre la bouche en gémissant, en se creusant vers lui.

Perdue dans son baiser, elle sent ses doigts sur ses seins qui palpent, pressent, effleurent, pincent. Elle glisse les mains sur ses épaules, le long de son dos, goûte enfin sa peau, gémit en sentant ses muscles fermes frémir sous ses doigts, alors qu'il roule pour s'allonger sur elle. Il est lourd, très lourd et pèse de tout son poids sur elle, sans cesser de caresser, pincer ses mamelons, lui délivrant des étincelles de plaisir violentes. À la recherche de son souffle, elle parvient à écarter les jambes, plie les genoux, noue les chevilles derrière ses hanches et soupire dans sa bouche en sentant son membre dur et puissant tressaillir contre elle.

Avec un grognement, il relève la tête et, malgré la pénombre qui les baigne, elle voit luire ses yeux bleus quand il la dévisage avec intensité. Il s'appuie sur un coude, la délivrant d'une partie de son poids. Abbie gonfle ses poumons, frissonne quand, dans ce mouvement, ses seins sensibles effleurent la toison noire qui orne son torse solide, puis gémit longuement alors qu'il glisse une main entre leurs corps pour caresser son sexe des doigts.

— Déjà prête, chuchote-t-il, un sourire dans la voix.

— Oui ! gémit-elle, autant pour acquiescer que parce qu'il la pénètre lentement d'un doigt. Oh oui !

Le souffle rauque, il fait aller et venir son doigt, le visage tendu au-dessus d'elle. Elle crispe les mains sur son dos, ferme les ongles sur sa chair musclée, alors que son bassin monte vers lui, puis se met à bouger au rythme de sa caresse intime.

— Oh ! Seigneur ! oui, halète-t-elle en se pressant contre lui, alors qu'elle sent gonfler le plaisir au creux de ses reins. Oui ! Viens, viens maintenant, viens !

Il prend une profonde respiration, pèse un peu plus sur elle, et elle ouvre les lèvres sur un gémissement silencieux quand il retire son doigt pour le remplacer par son membre. Alors qu'il se presse contre elle, elle s'offre, cambrée, à bout de souffle. Il creuse les reins, se faufile en elle, écarte ses chairs, la pénètre lentement, s'enfonce en elle jusqu'à la garde et reste immobile. Noyée dans les éclats bleus qui la fixent, Abbie s'aperçoit qu'elle a cessé de respirer. L'air lui manque, elle se force à prendre une inspiration brutale qui résonne dans la pièce, comme si c'était le seul son qui soit au monde. C'est effectivement le seul son. Lui aussi a cessé de respirer et la fixe toujours, avec une intensité violente. Étourdie, elle lui rend son regard avec la certitude viscérale, intime, que ce qui se passe va au-delà du corps ou du désir, pour lui comme pour elle.

— Respire, parvient-elle à dire, d'une voix hachée.

Il exhale brusquement dans un bref et unique éclat de rire, son halètement tinte au rythme de celui d'Abbie. Puis ses hanches se meuvent lentement, et elle glisse vers le plaisir.

— Oh ! bon Dieu ! gémit-il en fermant les yeux.

D'abord lent, presque hésitant, son va-et-vient prend rapidement de l'ampleur et de la puissance. Après quelques coups de reins mesurés qui liquéfient Abbie, il grogne avant de plonger, replonger brutalement. Elle-même au bord de la jouissance, elle écarquille les yeux pour les empêcher de se fermer, pour continuer à le regarder, s'agrippe à lui de toutes ses forces, des bras et des jambes, et happe sa bouche avec une sorte de fureur. En grondant, il la pénètre plus profondément, ouvre les yeux sur un regard de noyé et l'embrasse en retour, empli d'une sorte de frénésie. Dans un frémissement sauvage, Abbie se laisse engloutir par le plaisir en criant dans sa bouche. Son orgasme est d'une rare violence, elle se sent secouée au plus intime d'elle-même, de son corps et de son âme. Les vagues explosent en elle, chacune plus virulente que la précédente, pour finir par la laisser dériver dans un vertige exalté.

Sans souffle, le corps encore parcouru de frissons, elle bat des paupières, trouve ses yeux, peine à reconnaître le visage qu'elle croyait connaître dans ce masque de désir dur et de plaisir intense qui lui fait face. Elle resserre l'étreinte de ses cuisses autour des hanches qui la prennent, et, dans un grognement, il se dresse à bout de bras, s'arrache à sa bouche, sort presque d'elle, s'enfonce puissamment encore et encore une fois, avant qu'elle ne voie son regard bleu se liquéfier et que, dans un raidissement de tout son corps, il jouisse à son tour. Paupières closes, avec un bref gémissement douloureux, il s'enfouit en elle et se laisse retomber sur elle de tout son poids.

Haletante, palpitante, couverte de cette sueur qui ne naît que des étreintes passionnées qu'elle pensait ne jamais plus sentir couvrir son corps, Abbie referme les bras autour de son amant, alors que leurs muscles se détendent et que la chambre ne résonne plus que du bruit de leurs respirations saccadées. Il pèse vraiment très lourd sur elle, mais elle s'en moque totalement. Il est chaud, vivant, réel et Seigneur ! Oh ! Seigneur !

Il grogne légèrement, frotte le visage contre sa joue, l'effleure des lèvres avant de poser la bouche contre son oreille.

— Bordel de Dieu !

Elle retient un éclat de rire, enfouit le visage dans le creux de son cou, le respire à pleins poumons, se gorge de son odeur, tout en caressant son dos. Elle se sent le corps lourd, mais l'âme rajeunie, pleine de bulles légères. Avec tendresse, elle embrasse doucement son cou, goûte le sel de sa transpiration et soupire quand il frémit contre elle.

Abbie aimerait rester ainsi pendant… une ou deux années, peut-être. Oui, des années à baigner dans cet état de bienheureuse béatitude dans la chaleur de ses bras, avec le sentiment d'être protégée par le rempart de sa force. Alors qu'il reprend peu à peu son souffle, elle resserre les bras autour de lui, car bien qu'il soit toujours enfoncé en elle, elle le sent… s'éloigner, et que l'angoisse sourde qui se distille lentement en elle lui fait peur. Alors qu'elle ouvre la bouche pour murmurer n'importe quoi, une parole tendre, quelque chose qui pourrait estomper la désagréable sensation de solitude qui l'envahit, elle se rend compte, avec un profond désarroi, qu'elle ne sait pas *comment* l'appeler.

Milord ? Lord ? Monsieur ?

Keir ?

Seigneur ! Peut-elle seulement se permettre d'utiliser son prénom ?

Elle essaie de retrouver l'état bienheureux qui la quitte déjà, mais sait pourtant qu'il est trop tard. Le « moment de grâce » est passé.

La réalité recouvre tout, déjà. Subitement gênée, nerveuse, elle tente de repousser l'inéluctable et referme les yeux, inspire encore pour le sentir.

Quand il esquisse un geste pour se redresser, elle a le réflexe de le retenir contre elle, mais, après une brève hésitation, la raison lui fait dénouer les jambes et ouvrir les bras pour le libérer. Il se soulève, se retire et roule sur le côté. Abbie a froid, très froid sans sa chaleur. D'un même mouvement, elle referme les cuisses et se tourne sur le côté pour le regarder. Elle aimerait qu'il lui sourie, qu'il tende la main pour lui coucher la tête sur son épaule. Elle aimerait…

Malgré la pénombre, elle voit bien qu'il n'est déjà plus vraiment là. L'homme dont elle observe le profil n'est plus celui qui vient de lui faire l'amour. Il est redevenu Lord Keir. Un regard au pli amer qui tire sa bouche suffit à le constater.

Elle se barricade instinctivement, enferme précieusement les émotions et les sensations qui s'estompent déjà, les enfouit en hâte au fond de son cœur.

Quand il tourne la tête vers elle pour la regarder, elle frissonne à peine sous le regard neutre et lointain. Comme s'ils n'avaient rien partagé, songe-t-elle lugubrement.

Mais après tout, peut-être est-ce le cas, non ? Peut-être a-t-elle imaginé cette espèce de connivence entre eux ? Son mari l'a clairement affranchie sur les habitudes amoureuses des hommes. Elle sait combien il est facile pour eux d'user physiquement d'une femme, sans engager autre chose que leur chair.

Elle a déjà vécu cela, se souvient son cœur dans un brutal éclat de douleur. Avec son mari. Elle n'est pas certaine de pouvoir le supporter à nouveau.

— Cross, murmure-t-il, d'une voix vide de timbre et d'émotion.

Elle n'a pas envie d'entendre ce qu'il pourrait dire. Quelque chose lui dit que, quoi que ce puisse être, cela la blessera.

Et tout comme, enfant, elle préférait attaquer son jeune frère avant qu'il ne la frappe, lorsqu'ils se chamaillaient, elle se dresse sur son séant sans le quitter des yeux, le cœur lourd, mais soucieuse de n'en rien laisser paraître.

— Y aura-t-il autre chose pour votre service, milord ? fait-elle en coiffant ses cheveux en arrière.

Il fronce brièvement les sourcils, s'assoit à son tour. Bon sang de bois, il est tellement beau ! Son cœur se serre, tandis qu'elle effleure du regard ce corps qui l'a aimée, et elle va en hâte s'asseoir sur le bord du lit, lui tourne le dos pour ne plus le voir. Quand elle l'entend bouger derrière elle, elle se maudit pour le sursaut d'espoir qui la remue, alors qu'elle attend, souhaite tellement se tromper.

— Il y a une cuvette d'eau propre dans mon dressing, se contente-t-il de dire.

Avec un bref hochement de tête, elle se lève, va ramasser ses vêtements près de la porte, avant de marcher, aussi dignement que possible en dépit de sa nudité, jusqu'au dressing.

Tandis qu'elle se lave en vitesse, comme pour effacer toute trace de leur étreinte, elle sent ses yeux se gonfler de larmes amères et les refoule avec aigreur. Elle ne pensait pas plus retomber amoureuse un jour qu'elle n'imaginait en souffrir presque autant que la première fois. Elle se rhabille avec des gestes tremblants.

— Ne pense pas, murmure-t-elle tout bas. Ne pense surtout pas.

Elle pensera plus tard, bien plus tard…

À son retour dans la chambre, après s'être passé le visage sous l'eau, elle le voit debout devant le secrétaire, habillé à nouveau. Il tourne la tête vers elle, leurs regards se croisent fugacement, avant qu'il ne se détourne, et Abbie redresse les épaules pour passer près de lui. Elle s'accroupit devant la porte, ramasse autant d'épingles qu'elle le peut, mais ses doigts tremblent, et elle finit par en abandonner quelques-unes, trop pressée de sortir.

— Besoin d'aide pour vous coiffer ? demande-t-il abruptement.

— Merci, non, répond-elle, plutôt satisfaite du calme de sa voix.

Sans le regarder, elle torsade rapidement ses mèches, plante les épingles. Le chignon est loin d'être parfait, mais tant pis. Elle lisse machinalement ses jupes, faisant tinter le trousseau de clés, qui lui rappelle qui elle est ici.

Juste la gouvernante.

Rien de plus.

Elle inspire longuement par le nez, carre les épaules et marche jusqu'au secrétaire. Être soudain si proche de lui est une torture.

— Cross ? marmonne-t-il.

— Oui, milord ? répond-elle, en parvenant à le regarder, le sourcil arqué très haut.

Il hésite visiblement pendant une seconde, les sourcils froncés. Et ce maudit espoir revient en force. Le cœur battant, Abbie attend, aspire, escompte. Quelques mots, juste quelques mots ou un geste… Quelque chose qui effacera les dernières minutes et ne réduira pas leur étreinte à un simple échange animal, une pulsion mutuelle sans raison ni sentiment.

— Demandez à Arun de me monter du thé chaud, finit-il par grommeler, en se détournant.

— Bien, milord, réussit-elle à articuler.

Avec des gestes nerveux, elle rassemble les tasses et les miettes de naan sur le plateau, le soulève et se dirige jusqu'à la sortie.

— Je vais ouvrir la porte, grogne-t-il.

Elle l'entend boiter dans son dos et se raidit.

— Ce n'est pas nécessaire, merci, tranche-t-elle, meurtrie.

Elle pose le plateau en équilibre sur son bras, tourne la clé, baisse la poignée, penche un peu la tête, avant de le regarder par-dessus son épaule.

— Milord ?

— Cross ?

Il boite d'un pas supplémentaire vers elle, le visage inexpressif.

— J'espère vous avoir satisfait, commence-t-elle.

Il crispe les mâchoires et lui lance un regard mauvais.

— Parce que cela ne se reproduira plus, finit-elle.

— Dégagez, Cross, gronde-t-il.

— Avec plaisir, murmure-t-elle, bravache, avant de le saluer de la tête et de quitter la pièce avec, espère-t-elle, un peu de panache, à défaut d'honneur.

43

Le plateau tremble au bout de ses bras, la rappelant à l'ordre, et elle se hâte autant qu'elle le peut, malgré ses jambes flageolantes. Le cœur battant, elle tend l'oreille, terrifiée à l'idée de croiser quelqu'un, mais la cuisine est silencieuse. Elle y jette un œil prudent, soupire de soulagement en la trouvant vide, et lâche le plateau sur la table, avant de filer à toutes jambes jusqu'à ses appartements.

Là, elle claque la porte, tourne la clé et arrache presque ses vêtements. Avec un sanglot, elle les jette sur le tas de linge sale, file jusqu'à sa chambre pour se laver à nouveau. Elle le sent sur elle, sent toujours son odeur sur sa peau et se frotte longuement, avec le vain espoir de réussir à effacer le souvenir de ses mains sur elle, de son membre en elle. Ses joues la brûlent encore de la douce morsure de sa barbe naissante, et ses lèvres sont toujours marquées de ses baisers. Elle enfile des vêtements propres qui ne portent ni son odeur ni ses souvenirs, passe longuement la brosse dans ses cheveux pour en gommer toute trace de ses caresses et refait un chignon serré.

Elle se sent les mains glacées. Le corps glacé. Les fois où elle s'autorisait à imaginer ce qui vient d'arriver entre eux, elle se délectait de « l'après », ces moments complices avec l'autre, une fois que le plaisir a balayé la tension. Ces instants où, plus encore que pendant l'étreinte, on est réellement proche de l'autre. Son cœur se racornit, lorsqu'elle comprend que, plus que du corps de Lord Keir, c'étaient ces moments-là qu'elle désirait tant. Ce sentiment de communion. Cette impression de ne plus être seule, mais d'avoir trouvé, à nouveau, une partie d'elle-même. Le partage. La connivence.

Elle refoule une nouvelle bordée de larmes. Faut-il être stupide d'avoir cru, imaginé, pouvoir vivre cela avec lui. Surtout avec lui. Elle sait bien, pourtant, qu'il reste attaché à sa défunte épouse. La seule chose qu'elle pourra partager avec lui n'est rien de plus que ce qu'ils ont effectivement partagé : un moment de plaisir, certes délectable et ravageur, mais vide de sens et d'émotion.

— Idiote !

Satisfaite de son allure générale, elle prend une grande inspiration et quitte ses appartements avec l'impression de se jeter dans l'arène.

— Pas moyen de cacher cela, souffle-t-elle, un début de panique dans la voix.

Quelqu'un va forcément se rendre compte de ce qui s'est passé ! Shanti, pour le moins ! Oh ! bon sang de bois !

Lâchement, elle évite la pièce où les femmes travaillent en l'attendant et retourne dans la cuisine vide. Rapidement, avec des gestes mécaniques, elle nettoie le plateau avec l'impression dérangeante d'effacer les traces d'un crime. Tout en lavant les tasses auxquelles ils n'ont pas touché, elle lutte pour repousser les souvenirs qui lui remontent en mémoire. Elle met de l'eau à chauffer, prépare une nouvelle théière, un nouveau plateau, en ignorant délibérément ses mains tremblantes.

— Reprends-toi, s'ordonne-t-elle.

Mais, Dieu, qu'il est dur de garder la tête haute et le visage lisse, alors qu'elle a l'impression d'être dévastée à l'intérieur !

— Tu l'as déjà fait, s'oblige-t-elle à se rappeler.

La situation présente n'a certes rien à voir avec la mort de Geoffrey, mais cela fait mal quand même ! Elle soulève le nouveau plateau, sort de la cuisine et se met à la recherche d'Arun. Ou de Ranjit ou de quelqu'un qui puisse l'en débarrasser.

— Et ensuite ? marmonne-t-elle en longeant les couloirs.

Ensuite… rien.

Apprendre à faire comme s'il ne s'était rien passé. L'éviter au mieux.

Entendant des éclats de rire, elle bifurque vers la bibliothèque, s'arrête dans l'encadrement de la porte ouverte et se sent sourire malgré elle. Lin, allongée sur le sofa, une couverture sur les jambes, encourage simultanément Sanjay et Darius qui s'affrontent aux échecs, tandis que Daniel, un livre sur les genoux, les regarde en souriant.

— Abbie ? fait ce dernier en la voyant.

— Quelqu'un sait où est Arun ? demande-t-elle, après s'être éclairci la gorge.

Elle devine que ses joues rougissent sous leurs regards. Savoir qu'aucun d'eux ne peut réellement deviner ce qui s'est passé entre elle et Lord Keir n'efface pourtant pas l'impression atroce qu'ils lisent en elle, que cela se voit sur son visage.

— Dans la salle de bal, avec Ranjit et Heng, lui répond Lin en souriant. Ils réparent certains des meubles qui y sont entreposés.

Abbie hoche le menton, tourne les talons. Le plateau lui est un rappel permanent de ce qui s'est joué dans la chambre du maître. Un rappel amer à sa propre stupidité.

— Arun ? lance-t-elle, d'une voix heureusement claire, en entrant dans la grande salle de bal.

— Abigail ?

— Pourriez-vous monter ce plateau à milord ?

Arun avance vers elle en fronçant légèrement les sourcils.

— Bien sûr, répond-il en prenant le plateau.

Elle baisse les yeux, incapable de soutenir son regard perplexe, et lui est profondément reconnaissante de ne pas souligner qu'elle en a déjà monté un, presque identique, plus tôt dans la matinée.

Elle attend qu'il ait disparu et se tourne vers Ranjit et Heng, qui l'observent depuis l'autre bout de la grande salle.

— Nous devrions pouvoir retaper la plupart des meubles, fait soudain Heng.

— Cela prendra du temps, ajoute Ranjit.

Elle hoche la tête à nouveau, plusieurs fois, de plus en plus embarrassée à mesure que monte encore cette maudite impression de porter, gravée dans sa chair, une quelconque marque visible de ce qui s'est passé.

— Je vais rejoindre les femmes, finit-elle par dire, avant de s'esquiver.

Mais une fois aux abords de la pièce d'où proviennent les discussions de Shanti, Nanda et Ashmi, elle se sent flancher et doit s'immobiliser, le souffle court et les yeux humides. Bon sang de bois, comment ne pas se trahir devant elles ? Devant Shanti !

— Abbie ? C'est toi ? fait la voix de Nanda.

— Oui, j'arrive, réplique-t-elle.

Elle n'a pas le choix. Non.

Elle prend une grande inspiration qui ne remplit pas ses poumons, plaque un sourire qu'elle espère naturel sur son visage et les rejoint.

— Alors, où en êtes-vous ? demande-t-elle.

44

Le soir venu, perplexe, elle referme la porte de ses appartements et, après un moment d'immobilité pensive, va raviver le feu dans sa cheminée, en prenant soin de replacer le pare-feu, puis s'assoit à son bureau, les sourcils froncés.

Shanti sait. Arun aussi.

Non qu'ils aient dit ou fait quoi que ce soit. Mais ils ont eu une étincelle particulière dans le regard.

Elle a été mal à l'aise toute la journée. Non, c'était pire qu'un simple mal-être. C'était comme replonger dans le passé, à l'époque où elle a compris que son mariage était mort. Au fil des heures qui se sont étirées à l'envi, abominablement lentes, l'impression de s'être perdue, de ne plus savoir qui elle était s'est exacerbée jusqu'à manquer de l'engloutir. Exactement comme à l'époque où elle a saisi que son mariage se bornait à un nom commun et des souvenirs partagés.

Oh ! comme elle a détesté cette période ! Basculer dans un univers inconnu, froid, terne, empli de solitude et de chagrin était épouvantable. Les semaines, les mois où elle avait dû faire le deuil du « nous » pour s'apercevoir que « je » était une femme vieillissante qui ne savait même plus qui elle était. Comme cela avait été long et douloureux de cesser de réfléchir en tant que moitié d'un tout, pour redécouvrir qui elle était devenue.

Qu'elle puisse à nouveau ressentir cela la stupéfie en la terrifiant. Parce qu'elle n'a pas partagé quoi que ce soit avec Lord Keir. En tout cas, rien de comparable avec les années de mariage passées auprès de son époux. Qu'elle se sente amputée d'une partie d'elle-même sans la moindre raison lui fait une peur terrible. Assise à son bureau, elle essaie d'arrêter le fil de ses pensées, mais n'y arrive pas. Avec un gémissement douloureux, elle finit par admettre une certaine vérité, désagréable.

Elle a aimé son époux, ô combien ! Mais elle l'a aimé avec son cœur de seize ans, avec cette fougue juvénile faite de l'espoir et de la certitude naïve qu'ensemble, ils formeraient un tout que rien ne pourrait arrêter. En quoi elle a eu tort, n'est-ce pas ? La déliquescence des sentiments s'est faite si progressivement qu'Abbie ne l'a pas vue avant des années. Alors qu'elle quittait l'enfance et son monde manichéen pour devenir une femme, dans la douleur et les fausses couches, son jeune époux tendrement aimant se transformait lui aussi en un homme de plus en plus amer. Ils se sont éloignés sans le voir jusqu'à se retrouver des étrangers qui n'avaient plus rien en commun, pas même l'amour. L'amour…

L'amour de la jeune fille de seize ans qu'elle était n'a pas été assez solide, pas assez nourri pour survivre aux épreuves. Si elle avait eu, à l'époque, l'expérience qu'elle a aujourd'hui, les choses auraient-elles été différentes ? Si, à chaque perte, à chaque deuil, elle s'était ouverte à son époux pour partager avec lui émotions, chagrin et souffrance, au lieu de demeurer prostrée dans ses douleurs, les choses auraient-elles été différentes ? Oui, peut-être… Sûrement.

« Pourquoi n'apprend-on pas aux jeunes filles ce qu'est réellement le mariage ? » se chagrine-t-elle. Qu'au-delà de l'exaltation du cœur et d'une cérémonie, le mariage n'est rien d'autre qu'une longue et difficile entreprise, un partenariat, où chacun doit composer avec ses propres faiblesses en plus de celles de l'autre ? Au souvenir de son époux, le cœur d'Abbie ne bat pas plus vite, ne se serre même plus. Non. Des sentiments puissants qu'elle nourrissait autrefois pour lui, ne reste qu'un vide grisâtre et morne, tout juste parcouru d'une colère sourde, lorsqu'elle repense aux derniers mois passés ensemble.

— Je ne lui en veux même plus, murmure-t-elle.

Alors qu'elle nourrissait encore une telle rancœur, lorsqu'elle est arrivée à Blackson House. Alors qu'elle était encore en rage contre lui, lorsqu'elle s'est arrêtée devant le manoir qui fut le leur dans le Cheshire.

Mais plus maintenant.

Plus maintenant, non.

Ce qu'elle ressent pour Lord Keir a définitivement relégué son époux dans les limbes du passé.

L'amour d'une fille de seize ans n'est rien face à celui d'une femme de quarante-neuf ans, semble-t-il. La maturité et l'expérience donnent une autre saveur aux sentiments, aux émotions. Aux espoirs.

Remplir son devoir conjugal avec son époux n'a jamais été un souci, au contraire. Ensemble, ils avaient une vie intime épanouissante et libérée, chaque étreinte était suivie de discussions complices sur l'oreiller. Même alors que leurs relations se dégradaient en silence, leurs accouplements étaient plus que satisfaisants. Car ce sont leurs relations intimes qui se sont dégradées en dernier. Jusqu'à la fin de leur couple, ils partageaient le même lit avec un relatif enthousiasme. C'est en cessant de faire l'amour qu'ils ont compris, l'un et l'autre, que leur couple était mort depuis longtemps.

Abbie avait mis du temps, cependant, à comprendre que quelque chose avait changé dans leur lit. Le plaisir était moins intense, plus impersonnel. Il n'y avait plus de discussions sur l'oreiller après. Même au cœur de l'acte, elle le sentait ailleurs, loin d'elle. Comprendre qu'il avait une maîtresse avait sonné le glas de leur union. Pas parce qu'il la trompait. Mais parce que s'il aimait ailleurs, c'est parce qu'il n'aimait plus chez lui. Et qu'elle-même ne l'aimait plus depuis un long moment déjà. Avec un recul assez inquiétant, elle s'était aperçue que ce qui lui manquerait le plus de ces années de mariage serait les discussions sur l'oreiller, après l'amour.

— Terrible, non ? ironise-t-elle, dans le vide de la pièce.

Pas lui, pas son mari ni des souvenirs précis d'événements heureux, mais simplement ce magma confus d'une multitude d'instants fugaces, dont elle serait bien en peine de se rappeler précisément un seul. C'est en perdant ces instants qu'elle s'était réellement retrouvée seule, amputée, déchirée en deux, et qu'avait commencé le long et douloureux processus de reconstruction.

Redevenir une personne, et non une moitié d'entité. Apprendre à dormir seule dans un lit uniquement réchauffé par son propre corps. Ne plus se retourner pour chercher l'autre lorsqu'on a une réflexion à partager. Se retrouver au matin à la table du déjeuner face à un inconnu, dont on connaît pourtant intimement le corps et le visage. Redécouvrir ce qu'elle aimait, elle, et non « eux ». Ce qu'elle voulait, elle.

« Je », pas « Nous ».

Elle a presque autant vécu mariée et deux, que célibataire et unique, pense-t-elle, morose. Et pourtant, comme elle était fière d'elle-même, ces dernières années, heureuse de s'être trouvée à nouveau, d'être juste Abbie et non *l'épouse de*.

Et il a suffi de quelques semaines à regarder un homme sombre sur un cheval pour balayer tout cela. Elle était amoureuse de Lord Keir bien avant de lui parler pour la première fois. Comment diable peut-on être si stupide ? Les femmes sont-elles si bêtes qu'elles ressentent le besoin d'unir leur âme à celle d'un homme ?

Le sexe était bon. Il était même merveilleux. Abbie peine à se souvenir d'étreintes aussi passionnées avec son mari. Mais le plaisir qu'il lui a donné ne vaut rien. Il a même laissé un goût de bile en elle. Parce que sans le reste, ce n'était rien de plus qu'un mélange physique tronqué, comme ce que son époux et elle ont fini par vivre.

Avoir le coup de foudre lorsqu'on a seize ans pour un garçon dont on ne connaît rien, passe encore. Mais à quarante-neuf ans ! N'aurait-elle pas dû posséder suffisamment de maturité pour ne pas pécher de la même façon ? Comment est-il possible d'aimer un homme dont on ne sait rien ? Surtout, pourquoi ces sentiments ne disparaissent-ils pas lorsque l'homme en question se révèle un butor et un mufle ? Un père absent, indigne ? Le coup de foudre initial n'aurait-il pas dû laisser la place à certaines désillusions, dès lors qu'Abbie a appris à le voir tel qu'il est ? N'aurait-elle pas dû cesser de l'aimer, cet homme trop grinçant et âpre ? Cet homme qui en aime une autre.

Abbie ferme brièvement les yeux parce que cette pensée fait mal, aussi mal que lorsqu'elle a vu son mari lui échapper. Tout comme pour son époux, elle sait hélas qu'il n'y a rien à faire. On ne peut forcer quelqu'un à vous aimer. Pas plus qu'elle n'a réussi à conserver l'amour de son mari, elle ne pourra faire oublier à Lord Keir sa chère baronne défunte. Elle se demande s'il n'est pas plus douloureux encore de jalouser une morte, auréolée de la perfection des souvenirs, qu'une maîtresse de chair et de sang.

Car, que Dieu lui pardonne, elle est jalouse. Mortellement, viscéralement jalouse de cette baronne au sourire doux dont le portrait trône dans le bureau. Quelle femme extraordinaire devait-elle être pour provoquer en Lord Keir une telle dévotion par-delà la mort, par-delà les années ! Elle refoule un sanglot en songeant comme il doit être doux et bon d'être aimée comme cette femme l'a été. Et comme elle aurait aimé ressentir cela. Son époux l'a aimée, mais jamais avec cette passion entière. Serait-elle morte en même temps qu'un de leurs bébés, son mari l'aurait-il pleurée comme Lord Keir pleure sa baronne ?

— Bien sûr que non, murmure-t-elle.

Il aurait porté son deuil pour le temps convenu, avant d'épouser une nouvelle jeune fille. Parce que peu de choses ont jamais été plus importantes, pour lui, qu'avoir un fils. Un héritier.

— Bon, secoue-toi. Demain est un nouveau jour.

Elle soupire, ignore délibérément les courriers d'Elie et de sa famille. Pas moyen de trouver l'énergie ou l'envie de leur répondre ce soir. Elle passe dans la chambre, se déshabille, mouche sa chandelle et se glisse entre les draps. Dans le noir, le silence nocturne tout juste dérangé par le craquement des bûches depuis la grande pièce, Abbie reste allongée dans son lit, fixant l'obscurité dans l'attente. Elle attend le sommeil.

Elle l'attend, *lui*.

Elle sait pourtant qu'il ne viendra pas. Qu'il ne la rejoindra pas. Mais la stupide gamine de seize ans qui semble toujours vivante en elle l'attend malgré tout.

Elle attend toute la nuit.

45

Si Shanti ou Arun ne disent rien, Abbie reste sur ses gardes. À la fin de la journée suivante, elle se rend compte que quelque chose a changé dans Blackson House. C'est infime, et elle peine à mettre le doigt ou un mot dessus, mais l'ambiance n'est plus la même. Il semble régner une certaine tension. Et elle ne peut s'empêcher de s'en sentir responsable.

Cela a commencé dès le matin, alors que Nanda préparait le plateau du petit déjeuner pour Lord Keir et qu'Arun a décrété qu'il n'avait pas envie de le monter. Soudain très tendue, Abbie a fait de son mieux pour conserver un visage neutre, tandis que Nanda et Ashmi se tournaient vers elle, visiblement dans l'espoir qu'elle pallierait le refus d'Arun. Shanti, d'une voix sèche qu'Abbie ne lui avait jamais entendue, a asséné que si Lord Keir souhaitait manger, il n'avait qu'à se déplacer. Une réplique qui a jeté un grand froid sur la tablée, pourtant joyeuse jusque-là. Bien que ni Shanti ni Arun ne l'aient regardée expressément, Abbie est pourtant persuadée que leurs étranges façons d'agir ont un lien avec ce qui s'est passé la veille entre son employeur et elle.

Plus tard, alors qu'avec les autres femmes, elle travaillait au nettoyage d'une nouvelle pièce, Abbie n'a pu manquer d'entendre les éclats de voix émanant des appartements du maître. Les cris d'Arun, Ranjit et Lord Keir l'ont terriblement perturbée, d'autant qu'elle sentait peser sur elle le regard silencieux de Shanti. Et lorsqu'à midi, Arun a de nouveau décrété qu'il en avait assez de servir Lord Keir à demeure, les conversations se sont définitivement tues à table. De plus en plus mal à l'aise, avec la certitude diffuse d'être responsable de quelque monstre tentaculaire échappant à son contrôle, Abbie a gardé un silence prudent et travaillé d'autant plus dur pendant tout l'après-midi.

Au soir, l'air de Blackson House semblait crépiter d'électricité, et personne n'a dit grand-chose au dîner dont, selon toute vraisemblance, Lord Keir a aussi été privé.

Il n'y a pas eu de disputes aux échecs. Ni d'éclats de rire dans la bibliothèque. Darius est rentré chez lui très tôt, raccompagné par Sanjay et Ranjit. Même Nanda et Daniel semblaient moroses.

Assise à son bureau, ses épingles à la main, Abbie ajoute la culpabilité à la liste de tous ses reproches des derniers jours. Tout en se préparant pour la nuit, elle s'inquiète de comment, en une seule journée, Blackson House peut ne plus se ressembler. D'autant plus à cause d'un événement dont personne n'est censé avoir connaissance ! Enfin, elle aimerait savoir ce qui a pu se passer entre Ranjit, Arun et Lord Keir pour qu'ils hurlent aussi fort pendant aussi longtemps.

Allongée dans le noir, elle se demande tristement si coucher avec Lord Keir valait tout cela.

— Non. Bien sûr que non.

Cette étreinte ne valait certes pas le risque de devoir quitter Blackson House. Et pourtant, alors que les heures passent et que, malgré l'épuisement et le manque de sommeil des jours passés, Abbie ne parvient pas à dormir, elle finit par s'avouer que c'est ce qui va arriver.

Quitter Blackson House.

Car même si elle ne le voit pas, il est là. Toute la journée, elle a guetté son boitement, sa voix.

Bien que personne n'en dise rien, c'est à cause d'elle que l'ambiance a changé à la maison.

Elle ferme inutilement les yeux pour empêcher quelques larmes amères de couler. Des larmes qui coulent malgré tout.

— Finalement, il y a pire que l'aimer sans espoir.

Il y a détruire la famille de Blackson House. Et devoir la quitter.

Elle rouvre les yeux dans le noir, fait appel à cette force qu'elle a dû trouver pendant l'agonie de Geoffrey et après sa mort. Finit par prendre la seule vraie bonne décision, celle qui fait mal, mais qui s'impose.

Sans doute le docteur Vanger pourra-t-il l'aider à trouver un nouvel emploi à Leeds. Ou plus loin.

Oui, plus loin. Demain, elle écrira au vieux médecin.

Lorsqu'elle referme les yeux, le sommeil finit enfin par la cueillir.

Elle s'éveille à six heures vingt, le corps las, mais l'esprit étrangement clair. Elle se prépare comme à l'accoutumée, quand bien même elle se sent creuse à l'intérieur, mais solide à l'extérieur. Les bonnes décisions ne sont jamais faciles à prendre, mais apportent la paix.

Tout en buvant son thé dans l'orangerie, fixant sans le voir le paysage déjà ensoleillé du Yorkshire, elle prépare mentalement le courrier qu'elle va écrire au docteur Vanger.

Quand elle entre dans la cuisine, Shanti et Nanda sont déjà en pleine préparation du déjeuner.

— *Namaste*, les salue-t-elle, avant d'aller laver sa tasse.

— *Namaste*, Abbie, répondent-elles en chœur.

— Jour de lessive, n'est-ce pas ? lance Shanti, en posant un regard vif sur elle.

— Encore ? s'exclame Nanda. Pourquoi ai-je l'impression que nous passons notre temps à faire la lessive !

— Parce que c'est le cas, réplique Abbie avec un sourire, soulagée de pouvoir encore plaisanter. Sois heureuse, Nanda, jour de lessive signifie aussi « journée calme » !

Elle sourit toujours en dressant le couvert pour le petit déjeuner. Dans le bruyant brouhaha habituel, le petit peuple de Blackson House finit par se retrouver dans son ensemble autour de la table et bien qu'elle ne prenne pas part aux discussions, Abbie est heureuse de les écouter. Le malaise qui pesait la veille comme une chape de plomb sur la maison semble heureusement s'être dissipé, même si elle ressent toujours une certaine tension ambiante.

Alors qu'elle vient de réussir à manger un naan complet en dépit de son estomac noué et qu'elle tend la main vers la théière pour remplir à nouveau sa tasse, un long frisson lui secoue l'échine. Elle tourne brutalement la tête, regarde par-dessus son épaule, et le bruit des discussions semble s'évanouir, tandis qu'elle croise le regard bleu de Lord Keir. Debout dans l'embrasure de la porte, il lui rend son regard sans montrer la moindre émotion. Malgré les longues heures de réflexion, malgré les résolutions et sa décision, son cœur fait une culbute joyeuse, son souffle se raccourcit, et elle entrouvre les lèvres.

Bon sang de bois !

Il n'a donc qu'à apparaître pour que s'efface le cauchemar des dernières heures ?! Elle se raidit, pince la bouche, mais frémit quand le regard bleu se pose sur ses lèvres. Il a une sale tête, songe Abbie, en fronçant les sourcils. Il s'est rasé, coiffé pour une fois, mais, sous ses yeux, se creusent de larges cernes sombres.

— Keir ? s'exclame Ashmi en se levant.

Le silence est tombé dans la cuisine.

— J'ai faim, grogne-t-il soudain, en entrant dans la pièce. Et puisqu'on refuse de me monter des plateaux…

— Prends place, sourit Nanda, en allant chercher une tasse vide.

Sans un regard pour Abbie, il boite jusqu'à l'autre bout de la table, s'assoit. Rougissante, la gouvernante baisse les yeux sur sa tasse pleine. Le silence s'étire désagréablement autour de la table, tandis que chacun reprend son repas sans un mot. Abbie se force à porter la tasse à ses lèvres, alors qu'elle n'a qu'une envie : sortir au plus vite de la pièce ! Mais s'il lui arrive parfois de céder à quelques accès de couardise, il n'est pas dans sa nature d'être lâche. Elle reste donc assise, face à Lord Keir et boit son thé jusqu'à la dernière goutte. Elle repose sa tasse vide, se racle la gorge et se tourne vers Shanti.

— Nous nous mettrons à la lessive tout de suite, lui dit-elle.

— Bien sûr, Abbie, sourit Shanti.

— Et si vous n'avez rien de plus pressant à faire, poursuit-elle, en se tournant vers Arun, Ranjit et Heng, vous pourriez poursuivre la réfection des meubles.

Les trois hommes hochent la tête. Elle repousse sa chaise et assiste alors à une envolée d'habitants.

— J'emmène Lin au salon.

— Je vais attendre Darius sur le chemin.

— Je vais préparer les cours dans la bibliothèque.

— Je vais dans...
— ... la salle de bal.
— ... le dressing de la chambre.
— ... le jardin.
— ... aux écuries.

Avec un vertige, elle les regarde tous disparaître en un clin d'œil et bat des paupières, stupéfaite. Puis, notant qu'elle est seule avec *lui*, elle rougit brusquement et esquisse un geste pour se lever.

— On ne peut pas dire qu'ils soient très discrets, grommelle-t-il soudain.

Et flûte !

Ne pouvait-il se taire ? soupire intérieurement Abbie en se rassoyant. Elle-même ne pourrait-elle pas outrepasser les règles de sa bonne éducation et quitter la pièce, même s'il lui a adressé la parole ?

Apparemment pas. Raide sur sa chaise, elle garde le silence, incertaine que la réflexion de Lord Keir attende une réponse. Elle n'ose le regarder, aussi focalise-t-elle son attention sur sa tasse vide.

— Cross ? grogne-t-il soudain.
— Milord ?
— Levez les yeux, bordel.

Elle inspire par le nez, redresse les épaules, lève la tête et croise son regard. Il a les sourcils froncés et l'observe en tapotant des doigts sur la table. Il ouvre la bouche, hésite, la referme. Des yeux, et malgré elle, elle suit les lignes de son visage austère, cherchant à y retrouver celui qui l'a aimée avec une telle passion. Le silence s'étire désagréablement, sans qu'aucun d'eux n'ose bouger ou ne trouve quoi que ce soit à dire. Les nerfs d'Abbie, à force de se tendre, sont sur le point de craquer. Lorsque rester immobile sous son regard devient insupportable, elle se détourne, attrape les tasses vides laissées sur la table par les autres habitants. Tandis qu'elle se lève pour terminer de débarrasser, elle l'entend soupirer lourdement, lui tourne ostensiblement le dos et va jusqu'à l'évier pour commencer la vaisselle.

Elle a une conscience bien trop aiguë de sa présence, aussi apporte-t-elle un soin excessif au nettoyage des tasses. Si excessif qu'elle sursaute violemment en se tournant à moitié pour poser une tasse propre sur la pierre à eau. Lord Keir se tient juste à côté d'elle, silencieux. Avec un petit cri, elle lâche la tasse qui se fracasse sur le sol dans un bruit sec.

— Flûte !

— Bon Dieu !

Elle fait un petit bond en arrière pour éviter les éclats et sent ses épaules s'affaisser en regardant la porcelaine brisée. Soupire lourdement.

— Laisse, murmure-t-il, en s'accroupissant pour ramasser les morceaux.

Les yeux d'Abbie se brouillent soudain de larmes, et elle inspire profondément pour les chasser, bat des paupières, les ravale comme elle le peut. Il va jeter les éclats, et elle replonge aussitôt les mains dans l'eau de vaisselle, bien déterminée à rester stoïque jusqu'à ce qu'il se décide à quitter la pièce.

— Nom de Dieu, Cross, grogne-t-il en revenant derrière elle.

Elle se raidit, la gorge nouée. Il vient se poster près d'elle, prend la tasse qu'elle vient de laver et commence à l'essuyer avec des mouvements brusques. Elle ouvre des yeux ronds.

— Bon sang de bois ! s'exclame-t-elle.

Il croise son regard, hausse les sourcils et esquisse un sourire un peu railleur.

— Eh oui, le Baron Noir sait faire la vaisselle, ironise-t-il. Incroyable, non ?

Elle cligne les paupières, retournée intérieurement par son sourire, par l'étincelle rieuse dans ses yeux.

— Je pensais que les aristocrates ignoraient les tâches ménagères, parvient-elle à presque plaisanter.

— Pas les soldats, répond-il, avant de cesser lentement de sourire. Cross, il faut qu'on parle.

Elle se referme et le voit s'assombrir en réaction.

— Il faut qu'on discute de ce qui s'est passé, continue-t-il. Et qu'on mette les choses à plat.

— Je ne vois pas de quoi nous pourrions discuter, réussit-elle à articuler, alors que son cœur bat si vite qu'elle en a du mal à respirer. Ce qui est fait est fait et ne peut être défait.

Il va poser la tasse essuyée sur la table, revient lentement jusqu'à l'évier, lui prend des mains la tasse qu'elle lave depuis une bonne minute. Elle tressaille lorsque leurs doigts s'effleurent.

— Je t'ai cherchée dans mon lit, murmure-t-il alors, d'une voix rauque.

46

Elle laisse tomber la tasse qu'elle avait en main, mais, heureusement, la porcelaine ne se brise pas et tombe avec un gros « plouf » dans l'eau. Elle est à bout de souffle, écarlate, incapable de le regarder.

— Toute la nuit, continue-t-il. Et la nuit d'avant aussi.

Elle ferme les paupières avec un gémissement lancinant.

— Arrêtez, chuchote-t-elle, d'une voix sourde. Arrêtez !

Elle l'entend déglutir. Deviner qu'il est mal à l'aise ne l'aide, hélas, pas particulièrement. Elle rouvre les yeux, cherche à tâtons sous l'eau, attrape une tasse qu'elle se met à frotter avec vigueur.

— Je suis sûr que toi aussi, tu m'as cherché dans le tien, insiste-t-il d'une voix basse.

Qu'il ait raison lui brouille la tête et le cœur, mais, par-delà le flux d'émotions multiples qu'il éveille en elle, Abbie réussit à s'accrocher à un brin de colère, à le nourrir. Elle soupire, redresse les épaules et tourne la tête vers lui. Il la fixe sans cesser d'essuyer cette maudite tasse, ses yeux bleus traversés d'ondes troubles.

— Cessez, milord, fait-elle, d'une voix plus sèche. Je ne sais pas ce que vous cherchez, mais...

— Je ne sais pas, coupe-t-il en fronçant le front. Bordel, je ne sais pas ce que je cherche. Mais nom de Dieu, Cross, je...

Il se tait abruptement, elle voit ses lèvres se pincer méchamment, s'étirer en une grimace douloureuse. L'éclat de colère qui brûle en elle ne s'éteint pas, mais s'estompe cependant peu à peu, la laissant lasse.

— Vous allez l'user, à force de la frotter, murmure-t-elle, en indiquant la tasse du menton.

Il frémit, ses lèvres sourient à peine, et le regard qu'il pose sur Abbie s'éclaire un peu. Il va poser la tasse sur la table, revient, s'appuie de la hanche contre l'évier pour lui faire face, proche à la toucher, puis croise les bras sans la quitter des yeux.

— Arun a menacé de me trancher les coui... les... enfin, bref, marmonne-t-il.

Elle ouvre de grands yeux entre choc, surprise et amusement.

— Vous l'avez pris au sérieux, j'imagine ? ne peut-elle s'empêcher de se moquer.

— Évidemment, grogne-t-il. Je l'ai déjà vu faire, et il n'est pas homme à menacer en l'air.

— Je n'en ai parlé à personne, tient-elle à préciser.

— Je sais, soupire-t-il, en lui lançant un coup d'œil goguenard. Pas besoin d'avouer quoi que ce soit : dans cette maison, tout se sait.

Pas tout, non, songe Abbie. Il y a bien des secrets encore qui rôdent dans les couloirs sans que quiconque puisse les voir ou les pressentir.

— Souhaitez-vous que j'aille parler à Arun et Shanti ? ose-t-elle demander.

— Certainement pas ! réplique-t-il.

Elle est soulagée de sa réponse parce qu'en formulant son offre, elle n'était absolument pas prête à le faire !

— Quoi qu'en pensent ces vieux *kapi*, nos affaires ne les regardent pas.

— Kapi ? s'étonne-t-elle pour éviter de s'attarder sur ce « nos » qu'il vient de prononcer.

— Singes, traduit-il, en souriant finement.

— Oh ! s'indigne-t-elle à moitié.

— Cross ?

— Milord ?

Il semble réfléchir un instant, sans la quitter des yeux, et Abbie a l'impression de se liquéfier. Il est si près d'elle qu'il suffirait qu'elle se penche pour l'embrasser.

— Si vous posiez la question à Arun, paraît-il réfléchir à voix haute, il vous dirait sans doute que je suis l'un des plus grands crétins qu'il ait rencontrés.

Elle hausse le sourcil, en pinçant les lèvres pour retenir une réplique. Pourtant, Dieu sait que c'est tentant !

— Mais, à ma décharge, il faut dire que j'ai… disons, certaines excuses.

— Je ne comprends pas de quoi il est question, My Lord, intervient-elle, nerveuse.

— J'ai beaucoup réfléchi depuis que… enfin, reprend-il d'un ton bougon. Et comme Arun et Ranjit me l'ont fait remarquer hier, d'une façon très…

— Brutale ? Bruyante ? Cinglante ?

— Si vous voulez, grommelle-t-il. En fait, même si ça m'arrache la gueu… bouche, autant avouer que je me suis effectivement conduit comme un crétin, ces derniers temps.

La gorge nouée, Abbie ne peut que hausser à nouveau son sourcil, dubitative.

— J'éprouve du respect pour vous, Cross, marmonne-t-il d'une voix contrainte. Je n'ai pas rencontré beaucoup d'hommes qui aient votre honnêteté ou votre franchise. Même si vous ne vous êtes pas gênée pour me dire mes quatre vérités et que vos paroles n'ont pas toujours été faciles ou agréables à entendre, elles étaient très souvent justes. Je vous respecte pour cela. Pour cela et le travail que vous avez accompli ici. Je m'en rends bien mieux compte, maintenant que j'ai repris la charge du domaine et je… je ne vous hais pas.

La boule dans la gorge d'Abbie prend des proportions effrayantes, au point de la faire suffoquer.

— Je te l'ai déjà dit, poursuit-il, en repassant au tutoiement. Cela serait bien plus facile pour moi si je te haïssais. Mais ce n'est pas le cas, et les choses sont…

— Compliquées, murmure-t-elle.

— Oui, répète-t-il. Compliquées.

Il garde le silence un instant, et elle réussit enfin à se détourner de lui, trouve une autre tasse sous l'eau, commence à frotter.

— Cross ?

— Milord ?

— Cela fait plusieurs minutes que nous parlons sans nous engueuler.

Elle retient un petit rire, secoue la tête.

— Oui, milord, sourit-elle presque.

Oui, se rend-elle compte. Ils *parlent*. Comme des êtres civilisés. Si son cœur ne battait pas si vite, si son corps n'était pas aussi tourneboulé par sa proximité, Abbie pourrait presque croire possible cette trêve qu'elle rêvait.

— Viens dans ma chambre cette nuit, murmure-t-il d'une voix rauque.

Elle a un long frisson, délicieux et pourtant atroce.

— Non, répond-elle tout bas, avec un léger tremblement.

— Pourquoi ? grogne-t-il avec un certain agacement. Tu en as autant envie que moi.

Nie, s'adjure-t-elle. Nie ! Mens !

— Je...

— Nom de Dieu, souffle-t-il. Tu as tellement envie de moi que tes mains tremblent, Cross ! Pose cette tasse, tu vas la casser aussi !

Elle se trouble, déglutit, pose la tasse en question. Il a raison. Au moins sur ce point.

— Je ne suis pas une femme légère, murmure-t-elle soudain. Vous êtes sans doute persuadé du contraire, mais ce n'est pas le cas. Je n'ai...

— Ça n'a aucune foutue importance, coupe-t-il, en se penchant légèrement vers elle.

— Si, ça en a, contre-t-elle, en regardant obstinément l'eau de vaisselle. Peut-être pas pour vous, mais cela en a pour moi.

Du coin de l'œil, elle le voit ouvrir la bouche, la refermer, l'entend soupirer, tandis qu'il se redresse, remettant une légère distance entre eux.

— Bon Dieu, ce n'est pas facile. Vous comprenez, n'est-ce pas ? demande-t-il, repassant soudain au vouvoiement. Oui, vous comprenez. Vous aussi, vous avez perdu l'autre moitié de votre cœur. Je le vois dans vos yeux. Alors, vous comprenez, vous savez comme c'est abominable de tromper celui qui n'est plus là, mais de ne pas pouvoir s'en empêcher.

Elle se sent broyée par ses mots. Tremblante, elle ferme les yeux, serre fort les paupières et cherche le courage de répondre. Être reléguée à la place de l'autre, de la maîtresse avec qui il a trompé son épouse, même défunte, est insoutenable.

Elle se voudrait capable de mensonge, mais s'en découvre soudain incapable. Qu'importe ce qu'il pense ou ressent pour elle, il est en train de se livrer à elle, et même si ses mots broient son cœur, elle est incapable de traiter sa souffrance avec légèreté.

— Je comprends, milord, dit-elle tristement. Mais ce n'est pas ce que je ressens. Mon époux et moi sommes restés mariés pendant vingt-huit ans, mais nous avions cessé d'être un couple, il y a douze ans maintenant. Ce n'est pas parce que j'aurais l'impression de lui être infidèle que je… que je…

— Que vous ne voulez plus baiser avec moi ? termine-t-il froidement.

Si la vulgarité est de retour, songe Abbie en reprenant une tasse, c'est qu'il est blessé ou… touché. Maintenant qu'elle a compris cet aspect de sa personnalité, il est étrange de noter comme elle se moque de ses grossièretés…

— Que je ne veux plus coucher avec vous, le reprend-elle, un peu froidement. La vérité, c'est que je ne peux simplement pas envisager de… Je ne veux pas me perdre. Vous êtes un homme, vous ne voyez sans doute pas de quoi je parle, mais…

— Cross, tranche-t-il en fronçant les yeux, un pli amer à la bouche. Vous n'espérez quand même pas vous trouver un autre foutu mari ?

— Seigneur, non !! s'écrie-t-elle avec horreur, en se tournant vers lui. Je… Oh ! bon sang de bois, je savais bien que vous ne comprendriez pas… Ce que les hommes peuvent être…

Ne finissez pas cette phrase, cela vaut foutrement mieux, grogne-t-il, en tendant la main vers la tasse pour l'essuyer.

— Milord, je ne cherche ni mari ni amant de convenance. Est-ce suffisamment clair, en ces termes ? Ce qui est arrivé est arrivé, mais ne se reproduira plus.

Il va poser la tasse, revient en tendant la main, et elle hésite un peu avant de lui donner la tasse qu'elle vient de laver.

— Qu'est-ce que vous cherchez, dans ce cas ? peste-t-il, en frottant sauvagement la vaisselle.

Abbie ouvre la bouche, mais se rend compte qu'elle n'a aucune réponse. Parce qu'elle ne sait pas du tout. A-t-elle même seulement réfléchi à cela ? Non... Épouse, maîtresse, aventure d'un soir... Elle ne sait pas, ne sait plus rien.

Enfin, ce n'est pas tout à fait vrai... Elle le veut, lui. En dépit de tout, malgré tout, elle le veut encore. Toujours.

— Parce que si vous cherchez juste un étalon pour une nuit, persifle-t-il en se penchant, je veux bien encore rendre service, mais ça ne sera foutrement pas suffisant. Ni pour vous ni pour moi. La fois dernière était loin de nous suffire.

Elle réussit à grand-peine à soutenir son regard.

— Si je le faisais, murmure-t-elle soudain en lui tendant la tasse, si je vous rejoignais cette nuit...

— Oui ? insiste-t-il en se rapprochant.

— Si je le faisais, reprend-elle, en plongeant les mains dans l'eau et en se détournant de lui, que se passerait-il demain ?

Son cœur bat la chamade, sa vision se brouille, et ses oreilles bourdonnent. Elle mesure soudain combien cette question lui coûte, combien elle est essentielle. Oh ! stupide femme qui espère encore ! Elle prie qu'il réponde ce qu'elle veut entendre de toutes ses forces.

« Dis-moi que je ne quitterai pas ma maison, même quand tu ne voudras plus de moi. Dis-moi que demain ne sera pas différent d'hier. »

— Demain ? finit-il par murmurer. Demain, Cross, nous recommencerons. Le jour suivant aussi. Et le jour d'après.

Elle serre les lèvres sur un gémissement, déglutit. Il lui met le feu.

— Arrête de laver ces foutues tasses, Cross, poursuit-il.

Elle a la tête qui tourne.

— Vous me proposez d'être votre maîtresse sur le long terme ? a-t-elle besoin d'énoncer clairement, le cœur lourd.

— Je sais que ça fait cliché, réplique-t-il d'une voix dure. Le baron qui baise sa gouvernante, mais je...

— Taisez-vous ! s'exclame-t-elle, en le foudroyant du regard. Mais taisez-vous donc ! Je ne veux pas de ça !

— Bon Dieu si, tu le veux ! rétorque-t-il en montrant les dents, proche d'elle à la toucher. Même là, maintenant, il suffirait que je te touche ou que je t'embrasse pour que…

— Oui, et alors ? crie-t-elle presque en frappant des deux mains devant elle, faisant violemment gicler l'eau. Bon sang de bois, oui, j'ai envie de vous, mais je vous le répète… Et alors ? Nom de nom, vous ne comprenez rien !

— Cross…

— Il est hors de question que je couche à nouveau avec vous, milord, gronde-t-elle. Peu importe que j'en meure d'envie ou pas, c'est juste hors de question ! Et je… et je…

— Pourquoi, bordel !

— Parce que quelques nuits avec vous ne vaudront jamais que je doive quitter Blackson House ! crie-t-elle, au bord des larmes. Parce que j'ai enfin trouvé un endroit où je suis bien et que je… que je… et que si nous recommençons, je devrai partir et que… et que je devrais sans doute déjà chercher une autre place et…

Elle se force à se taire, prend une inspiration tremblante, refoule ses larmes, lui arrache le torchon des mains, y essuie les siennes pour se recomposer une certaine dignité. Enfin, avec un soupir lourd, elle revient se planter devant lui et soutient son regard. Mâchoires serrées, il la fixe en silence et, malgré les émotions qui affleurent trop vivement sous sa peau, Abbie devine qu'il est lui-même profondément troublé.

— J'ai déjà beaucoup perdu, explique-t-elle, d'un ton qu'elle aimerait plus ferme. Ne me forcez pas à perdre Blackson House aussi. Vous, plus que quiconque, vous devriez comprendre cela.

Il la scrute intensément pendant un long instant, puis hoche à peine le menton.

En une seconde, il a quitté la cuisine, et le silence vrille les tympans d'Abbie. Le douloureux sentiment de solitude qui l'étreint après son brusque départ la terrifie. Elle se laisse aller contre l'évier encore plein, soupire lourdement, passe une main tremblante sur son front.

Et parce que ressasser ce qui s'est dit serait vain et destructeur, elle termine la vaisselle. Nettoie la table. Met à chauffer l'eau pour la lessive.

— Les pieds sur terre, murmure-t-elle. Garde bien les pieds sur terre.

Lorsque les autres femmes finissent par la rejoindre, son visage est tellement moite de la vapeur dégagée par la lessiveuse qu'elle remue, que ses larmes peuvent sans doute passer pour de la transpiration.

PARTIE 2

1

Crétin.

Imbécile.

Il a beau parler plusieurs langues, les insultes lui manquent.

Parce qu'il a encore fait foirer leur discussion. Nom de Dieu, il avait pourtant préparé son discours avant de descendre dans la cuisine ! Quand tous les autres sont sortis, il avait encore en tête tous ses arguments, point par point. Pourquoi il était raisonnable qu'elle partage sa chambre. Combien ce serait plus simple pour tous les deux, si elle quittait son appartement du rez-de-chaussée pour s'installer dans le sien avec lui. Qu'elle reprenne aussi la charge du domaine. Qu'ils y gagneraient tous les deux.

Il s'est même rasé.

Sauf qu'elle le rend débile. Il suffit qu'elle le regarde et il devient débile.

— Merde, grogne-t-il en hindi.

Il claque violemment la porte du bureau derrière lui et cesse de prendre sur lui pour aller s'asseoir en boitant sévèrement. Sa jambe lui fait un mal de chien, aujourd'hui. En fait, elle lui fait un mal de chien depuis deux jours, depuis qu'ils ont fait l'amour. Il avait tellement envie d'elle qu'il n'a pas fait attention à son genou, et voilà le résultat. Il se laisse aller contre le dossier du fauteuil, les doigts crispés sur son genou, le masse lentement en grimaçant.

— Abruti !

Il jette un coup d'œil sombre vers Aggie, et la vague habituelle le submerge. Douleur, peine, solitude, culpabilité, envie.

Elle ne lui parle plus. Elle lui manque.

Mais pas autant qu'elle le devrait. Pas autant qu'il le pensait. Pas autant qu'il le voudrait.

Il soupire, fatigué, se penche en avant, s'appuie sur le plateau du bureau sans quitter le portrait des yeux.

— Dis-moi ce que je dois faire, ma dame, murmure-t-il, cherchant une réponse dans les yeux peints.

Elle ne répond pas. Elle ne répond plus depuis quelque temps déjà. Se retrouver seul, complètement seul, est une expérience foutrement désagréable. Il a détesté la rouquine, pour ça, pendant un moment. Avant qu'elle n'arrive, tout allait bien à Blackson House.

Il a l'impression que le portrait fronce les sourcils.

Bon, d'accord. Tout n'allait pas bien à Blackson House, mais tout allait bien pour *lui*. Il vivait comme il a vécu pendant ces vingt dernières années, et tout se passait bien pour lui. Sa dame était à ses côtés, penchée sur son épaule chaque seconde du jour et contre lui chaque nuit.

Cette foutue rouquine...

Il marmonne une insulte en birman, se détourne d'Agatha, attrape une pile de feuillets, y jette un regard morne. Il y est question du moulin, de fromagerie, d'école.

Sauf qu'il s'en contrefout.

Il a cru, pourtant, que s'occuper du village et du domaine suffirait à le détourner de la rouquine. Raté. Il a même cru que cela lui donnerait un but, une raison de se lever, de faire quelque chose pour attendre le soir. Encore raté. Ça le gonfle. Ça l'emmerde.

Il est soldat. Il l'a été toute sa vie. Il ne sait rien faire d'autre. Qu'il ait pu imaginer réussir autre chose était foncièrement crétin. Mais elle le rend crétin. Bon Dieu, il était pourtant content de son petit plan : l'obliger à passer dans son bureau chaque jour pour discuter du domaine. Passer du temps près d'elle, à la titiller, à l'agacer. Juste pour la voir s'empourprer et pincer les lèvres. Avec l'espoir qu'ils finissent par rouler par terre tous les deux.

Sauf qu'elle est maligne, cette rouquine, elle l'a contrecarré sur ce coup-là comme sur les autres. Si Arun était au courant, il se plierait de rire. Et voilà qu'il se retrouve seul à s'occuper du domaine, alors qu'il n'y connaît rien.

Il repose les papiers. C'est du chinois pour lui. Non, pire, parce qu'il sait lire le cantonais. Il se tourne encore vers Aggie, plein d'espoir, mais elle reste muette. Sur le mur, elle n'est rien de plus qu'une peinture, désormais.

Elle n'est plus là.

Il ne la sent plus près de lui. C'est horrible. Atroce.

La perdre de corps a été abominable. La perdre d'esprit est aussi violent et douloureux. Même paumé en pleine jungle birmane pendant la pire de ses missions, il ne s'était pas senti aussi foutrement seul que maintenant. Parce qu'Aggie était avec lui, alors, comme elle est restée près de lui, avec lui, depuis sa mort.

Jusqu'à ce qu'il tombe sur la rouquine ivre dans l'orangerie. Jusqu'à ce qu'il l'embrasse.

— Crétin. Sombre idiot.

— Je ne te le fais pas dire, acquiesce Arun en birman.

Keir étrécit les yeux en se tournant vers son vieil ami, qui entre sans bruit dans le bureau.

— Tu viens pour me trancher les couilles ou tu as une autre bonne raison d'être là ? marmonne-t-il dans la même langue.

— Juste te prévenir que nous sommes tous dans la salle de bal, sourit Arun, en allant servir deux verres de whisky.

— Qu'est-ce que vous foutez là-bas ?

— Si tu sortais de ton antre de temps en temps, tu saurais que c'est là que nous nous entraînons, les jours de lessive.

Keir grogne, tend la main vers le verre qu'Arun lui tend.

— J'étais juste passé te demander si les choses s'arrangeaient entre Abbie et toi ?

Il grogne encore et avale son verre d'une seule longue gorgée.

— J'en déduis que non, fait Arun sans cesser de sourire.

— Foutue bonne femme, marmonne-t-il, en évitant le regard de son vieux complice.

— Crétin, lui répond Arun.

Keir arque un sourcil en le fusillant du regard.

— Nous te verrons à table, ce soir, je suppose, finit Arun, en posant son verre encore plein sur le bureau. Je me dépêche de rejoindre les autres, Abbie avait envie que je l'entraîne au lethwei.

À mon avis, elle a besoin de se défouler. J'ai dans l'idée qu'un imbécile l'a encore énervée.

Il regarde Arun quitter la pièce sans répliquer, mais attrape le verre abandonné dès que la porte est fermée et l'avale aussi rapidement que le précédent. Le pur malt lui brûle le ventre. Et Aggie reste muette.

Avant la rouquine et l'orangerie, Aggie lui aurait chuchoté de sa voix douce qu'il devrait ralentir le whisky. Parce que, nom de Dieu, il a sacrément augmenté sa consommation depuis que la rouquine est à Blackson House. Mais Aggie ne dit rien du tout. Bah, au moins, après quelques verres, sa jambe lui fait moins mal. C'est déjà ça.

Les yeux rivés sur le visage inexpressif d'Aggie, il se répète qu'il n'a aucune raison de descendre dans la salle de bal. Aucune. De toute façon, il doit s'occuper d'un truc... du moulin ou de la fromagerie... d'un truc, quoi.

— Abruti.

Un mot qu'il doit malheureusement souvent s'accoler à lui-même, depuis la mort d'Aggie. Et elle sait bien pourquoi. Depuis qu'elle est partie, il a cumulé les conneries. Avant de s'engager contre Napoléon, il était déjà un imbécile. Jeune, un poil prétentieux et foutrement orgueilleux. Aggie l'avait rendu... adulte, mature, réfléchi. Aggie morte, il a replongé plus profondément encore dans ses pires travers.

Il fait mine de farfouiller encore dans les papiers avant de se demander pourquoi il le fait, repousse les documents, regarde son verre vide.

Est-ce qu'elle se met en pantalons pour s'entraîner ?

Son rythme cardiaque s'accélère à cette idée, et il essaie d'imaginer à quoi elle ressemble. Elle doit être sacrément excitante en pantalons... Depuis qu'il l'a vue nue, il n'a plus aucun mal à se représenter son adorable fessier tendre la toile d'un falzar. Ça, et ses jambes. Elle a des jambes interminables. Est-ce que le pantalon moule ses cuisses ou bien est-il trop large pour modeler ses formes ? Non, le pantalon doit forcément être moulant.

— Bon Dieu !

Il grimace, alors que le sien, de pantalon, commence à devenir étroit. Foutue rouquine. Il pianote nerveusement sur le bureau, regarde encore Aggie, attend, espère. Mais elle n'est toujours pas revenue. Dieu sait pourtant qu'il aurait bien besoin d'elle ! De ses conseils. La seule fois où il a pris une décision sans l'écouter… eh bien…

— Pense pas à ça.

Non, vaut mieux ne pas penser à la pire connerie de sa vie.

Ce qui le ramène malgré lui à son autre angoisse permanente. Il ouvre son tiroir, en tire le courrier d'Ann, l'étale devant lui. Il l'a déjà lu si souvent qu'il en connaît les mots par cœur, mais ne peut s'empêcher de les relire encore, encore, encore. Et comme à chacune des lectures précédentes, chacun des mots est une dague qui s'enfonce dans son cœur.

— Crétin.

Ann le hait. Dans le fond, il s'en était toujours douté. Mais prendre son mépris et sa haine en pleine face à chacune des phrases qu'elle a tracées n'en reste pas moins abominable.

Il n'ose même pas se demander en quels termes Gus pense à lui.

— Bougre de crétin.

Et la rouquine… Bah, comme Ann et Gus, elle le hait probablement. Et le méprise. Elle a envie de lui, ça, il en est certain. Mais ça ne va pas au-delà du physique, elle a été plutôt claire à ce sujet, le matin même dans la cuisine. Il grimace malgré lui.

« Quelques nuits avec vous ne vaudront jamais que je doive quitter Blackson House. »

C'est on ne peut plus clair. Et s'il avait encore quelques doutes sur ce qu'elle pense de lui, il n'a qu'à se souvenir de l'air horrifié qu'elle a eu quand il a mentionné le mariage.

— Imbécile.

Il sait bien qu'il est loin d'être un premier prix, mais se faire rembarrer de la sorte a quelque chose de franchement… douloureux. Non, se reprend-il. Pas douloureux, mais vexant. Oui, vexant. Vexant est mieux que douloureux. Oui. Il peut gérer un « vexant », bien mieux qu'un « douloureux ».

Est-ce qu'Arun retient ses coups, au moins ?

Il fronce les sourcils. Arun peut être une foutue brute, quand il cogne sans se retenir.

Au moins, il n'a pas à s'inquiéter qu'Arun les reluque, elle et son pantalon. Ni Arun ni Ranjit. Pas plus que Heng ou Daniel.

Et Sanjay est trop jeune pour…

Les sourcils se froncent plus fort.

Non, Sanjay est trop jeune pour avoir l'idée de… Bon, d'accord, pas trop jeune, mais si Sanjay reluque quelqu'un, ce ne sera sûrement pas sa rouquine.

Non ?

Et le blondinet, là ? Le copain de Sanjay… Darius.

Non.

Non. Pas vrai ?

Il devrait quand même aller vérifier que tout se passe bien. Juste pour être sûr qu'Arun ne frappe pas trop fort et que ce Darius ne l'ennuie pas.

Ou pas.

Il plisse la bouche, regarde Aggie, la supplie de lui parler, de lui dire que faire. De l'empêcher de descendre à la salle de bal. De lui dire d'y aller.

« Quelques nuits avec vous ne vaudront jamais que je doive quitter Blackson House. »

Ce n'est pas ce qu'il espérait entendre. Se faire préférer un poste, une maison, c'est…

— Crétin. Crétin !

Bordel, il n'a pourtant pas eu l'impression d'être si mauvais, quand ils ont fait l'amour ! Merde, même s'il n'a pas été aussi bon amant qu'il l'avait imaginé les semaines précédentes quand il pensait à elle, il n'a quand même pas été médiocre au point de… Quand elle a joui si bruyamment, il a failli devenir fou. Mais qu'elle préfère Blackson House à *ça*, à ce qu'il a eu l'impression qu'ils partageaient, c'est…

Humiliant.

Et ça fait foutrement mal aussi.

Il lui faut un autre whisky.

Il se lève en grimaçant, boite jusqu'à la bouteille, néglige le verre et porte directement le goulot à ses lèvres. Après trois longues gorgées, la douleur qui irradie depuis sa jambe s'estompe un peu, et la vie lui paraît presque aussi simple que lorsqu'il était aux Indes.

Bon sang, ce que sa vie là-bas lui manque ! Tout y était facile. On lui donnait des ordres, il exécutait. Il passait son temps à risquer sa vie, mais nom de Dieu, tout était tellement simple. Pas de rouquine qui l'obsédait, juste son Aggie. Il ne se sentait pas le dernier des crétins, il avait même parfois l'impression d'être quelqu'un de bien. Quelqu'un qui savait où le menait sa vie. Quelqu'un qui prenait parfois de bonnes décisions.

En Angleterre, tout est gris, fade. La musique du quotidien des Indes lui manque. Les odeurs, les couleurs. L'Inde est devenue sa maison. Avec ce sentiment que chaque nouveau jour n'est qu'un jour de plus avant la fin, inéluctable. En Angleterre, chaque nouveau jour est une torture vaine, vide de sens. Et il fait froid. Il a l'impression que sa moelle ne s'est pas réchauffée depuis son retour. Sauf pendant les moments où il l'a serrée contre lui, où il était enfoui en elle.

Les premiers temps après son retour, il est resté cloîtré dans sa chambre à guetter malgré lui le bruit des fusils, à ne dormir que d'un œil pour qu'aucun assassin ne vienne jusqu'à son chevet pendant son sommeil. Mais en Angleterre, il n'est plus en guerre, il n'a plus à protéger sa misérable vie. Et sans guerre, il n'a rien. Il n'est rien. Il s'est rappelé le malaise d'Arun, à l'époque où ce dernier avait quitté son pays. Tout comme son vieil ami, Keir n'est qu'un soldat, un espion. Sans guerre à mener, il n'a plus de raison d'être. Plus de raison qui vaille de se lever le matin. Arun a eu la chance de se trouver Ann, songe Keir, en allant se rasseoir avec la bouteille. Mais lui... Lui n'a trouvé que chevaucher Flame à bride abattue. À peine mieux qu'un pis-aller.

Jusqu'à ce que la rouquine arrive.

Il l'a vue descendre de la voiture et lever les yeux vers la façade imposante de Blackson House, bien planqué derrière son rideau. Quelque chose a alors frémi au fond de lui, et contre son oreille, Aggie a ri. Comme si l'arrivée de la nouvelle gouvernante était une bonne blague que seuls les morts pouvaient comprendre.

Ça, c'était en août. Et le mois d'avril vient de commencer. Huit mois. Cela fait huit putains de mois que la rouquine est là. En huit mois, elle a fracassé sa vie. Elle a fait taire Aggie et lui a fait fuir ses rêves. Désormais, ce n'est plus le corps d'Aggie qu'il cherche dans ses draps, mais celui de la rouquine. Bon Dieu, comme il la déteste pour ça ! Pour ça et pour le reste. Pour les paroles qu'elle lui a balancées au visage plusieurs fois. Pour lui avoir caché la disparition de Gus, le départ d'Ann. Pour avoir versé du sel sur ses plaies à vif, lui rappelant qu'il avait abandonné les siens. Comme s'il pouvait l'oublier, bordel ! Il la hait. Nom de Dieu, comme il a envie d'elle ! Il crève d'envie de savoir qui elle est réellement. De savoir ce qu'elle cache, parce qu'indéniablement, elle cache quelque chose. Il n'a pas passé plus de vingt ans dans les renseignements sans être incapable de voir quand quelqu'un a un secret ! Et elle n'est définitivement pas ce qu'elle prétend être. Une gouvernante ? Peuh !

Elle est éduquée comme une lady, se tient comme une duchesse, est plus capable que la plupart des hommes qu'il a rencontrés dans sa vie. Et elle a cette fêlure dans le regard… la même fêlure que celle qu'il voit dans ses propres yeux, quand il se regarde dans un miroir. Elle a réussi à se fondre parmi les habitants de Blackson House, à ce qu'Ann l'appelle par son prénom, à révolutionner le village et le domaine. Un travail de titan, soit dit en passant. Et elle possède une robe de soie hors de prix. Nom de Dieu, qui était son mari ? Et qui est-elle ? Ah, ce goût amer qu'il a eu en bouche, quand Mrs Parker-Strew, enceinte jusqu'aux yeux, lui a dit qu'elle ne connaissait pas de Mrs Cross… Il était pourtant persuadé qu'il découvrirait enfin le pot aux roses de sa foutue rouquine !

— Bougre de crétin.

Et comme un parfait crétin, au lieu d'user d'un minimum de subtilité, il lui est rentré dans le lard aussitôt, lui balançant sa fausse lettre de recommandation sous le nez comme un torero une cape rouge devant un taureau. Qu'il ait réussi pendant vingt ans à mener les missions les plus délicates de la Couronne aux Indes dépasse l'entendement, quand il songe à la façon dont il s'est lamentablement conduit avec elle chaque fois.

Sa seule excuse, c'est que dès qu'il se trouve en sa présence, il devient complètement idiot.

Il lui suffit de la voir pour que son cerveau arrête de fonctionner. Même avant de l'embrasser dans l'orangerie, en fait. Il a beaucoup entendu le rire d'Aggie, avant qu'il cesse définitivement de résonner.

Il a bien essayé de comprendre pourquoi sa femme riait. Est-ce qu'Aggie se moquait de lui ? De la rouquine ?

Elle doit être en sueur dans la salle de bal. Le lethwei est physique. Sûr qu'elle doit transpirer.

— Merde.

Penser à sa peau parsemée de taches de rousseur, couverte de sueur en prime… pas une bonne idée ! Voilà qui lui rappelle trop à quoi elle ressemblait, allongée sous lui. Autour de lui.

— Oh bordel !

Il ferme brièvement les yeux pour ne plus repenser au plaisir qu'il a éprouvé à la toucher, à l'embrasser. Le bonheur de ne plus se sentir seul, pendant un instant.

Il rouvre les yeux, reprend une gorgée de whisky pour combattre son érection subite. Ça ne marche pas des masses. Il faudrait quand même qu'il descende à la salle de bal. Juste pour vérifier que tout va bien.

Non ?

Si.

Il repousse la bouteille, se lève et tangue légèrement.

Peut-être que non, finalement.

Entre l'alcool, sa jambe qui le soutient mal en ce moment et la bosse qui déforme son pantalon, il devrait peut-être éviter de…

Il boite jusqu'à la porte, la claque derrière lui et prend un certain temps pour descendre le grand escalier en serrant les dents.

L'avantage de la douleur dans son genou est qu'en arrivant en bas, il ne bande plus et a recouvré une certaine sobriété.

C'est déjà ça.

Il claudique jusqu'à la salle de bal, soudain nerveux. À mesure qu'il s'approche, il sent son cœur accélérer et déglutit. Il les entend bien avant de parvenir sur le seuil. Des rires, le bruit sourd des coups, quelques ahanements. Son pas ralentit, et une brutale timidité l'arrête bien avant la porte largement ouverte. Dans l'ombre du couloir, il a vue sur une partie de la grande salle, mais on ne doit sans doute pas l'apercevoir, lui.

Tant mieux. Autant rester dans l'ombre.

Il ne voit pas Nanda et Ashmi au corps à corps. Ni Daniel, Sanjay et Darius. Pas plus que Ranjit et Shanti en pleine méditation. Ni Lin, allongée par terre, ou Heng et Bill qui s'entraînent au bâton.

Il ne voit que sa rouquine, en *pantalons*, qui se défend face aux coups brutalement portés par Arun. Tous ses muscles se tétanisent, quand ce dernier jette un coup de pied assez vicieux, et il se retient pour ne pas intervenir. Cross évite souplement le coup avant de répliquer. Ses cheveux sont nattés, elle porte une vieille chemise d'homme en plus de son pantalon qui la serre un peu aux hanches, et elle est désespérément désirable. Au point qu'il en a mal, rien qu'à la regarder.

« Quelques nuits avec vous ne vaudront jamais que je doive quitter Blackson House. »

Ça vaut un bon coup de poing dans la poitrine.

Il la regarde tourner sur elle-même, balancer le pied vers Arun et la revoit nue, face à lui dans sa chambre, tout juste enveloppée par ses cheveux.

— Et merde.

Il fait demi-tour, fuit aussi vite qu'il le peut, sort de Blackson House et va seller Flame.

2

Il hésite longuement avant de sortir de sa chambre. Entre crever de faim et supporter un repas face à elle... il a failli choisir « crever de faim ». Comme la veille. Hier, il a patienté, que tout le monde soit couché pour descendre en douce aux cuisines et se gaver de garam masala froid. C'est le regard narquois d'Arun, passé quelques instants plus tôt, qui l'a décidé à descendre à la cuisine aujourd'hui. Il a beau nourrir un profond respect pour Arun, il n'aime pas particulièrement que son vieil ami se foute aussi ouvertement de lui.

Il a affronté des assassins, des armées entières. Mais il a rarement eu aussi peur que là, dans le couloir, devant la porte de la cuisine. Il va se retrouver face à *elle*, devant tout le monde. Et *tout le monde* sait qu'il s'est passé quelque chose entre eux.

Il entend un éclat de rire de Sanjay, une réplique de Darius, un murmure de Shanti, une réponse...

D'elle.

Sa voix.

Il frissonne, grogne et entre. Un bref silence salue son arrivée, et il foudroie la tablée du regard, les mettant tous au défi de faire la moindre réflexion, puis gagne sa place, s'efforçant de ne pas boiter trop fort. N'empêche qu'une fois assis, il lâche un bref soupir entre douleur et soulagement, avant de lui couler un bref regard. Elle préside l'autre bout de la table, toute raide, et il voit bien qu'elle évite de se tourner vers lui.

Bon Dieu, ce qu'elle est belle ! Malgré ce foutu chignon qu'elle s'obstine à porter.

Il se détourne, accepte l'assiette pleine que lui tend Daniel et commence à manger. Autour de lui, les discussions reprennent peu à peu. Il apprend que Darius et Sanjay aimeraient étudier certaines théories, mais qu'il faudrait pour cela acheter de nouveaux livres.

— Je les ajouterai sur la liste, dit-elle.

Il apprend qu'il manque certaines herbes à la collection de Kishan.

— Je demanderai à Sophie de te les acheter. Elle va à Leeds demain, dit-elle.

Il apprend que Ranjit, Heng et Arun ont besoin de certains matériaux pour remettre en état de vieilles chaises.

— J'avais envoyé une commande à Leeds, il y a quelques jours. Le produit qui vous manque devrait nous être livré avant la fin de la semaine, dit-elle.

Il apprend que leur stock de riz et d'épices est au plus bas, qu'ils vont bientôt manquer de viande salée.

— J'enverrai une note à Samuel Kingston pour la viande, et Bill ramènera du riz de Leeds, dit-elle.

Il relève à peine la tête, croise son regard, voit ses joues rougir légèrement et sourit. Elle rougit plus fort, se détourne vers Shanti. Il surprend le regard de Nanda, se tourne vers elle. Malgré son jeune âge, il a toujours trouvé qu'elle avait une étrange gravité dans le regard, comme si, dès bébé, elle avait conscience de ce que signifiait son existence. Le même genre de regard dérangeant de maturité qu'avait Ann, petite. Près de lui, Sanjay et Darius utilisent de petits tas de riz pour mettre en pratique la théorie d'un physicien, sous les regards intéressés de Daniel et Ranjit.

Une fois les assiettes vides, il espère et craint en même temps que les autres habitants ne les laissent seuls, comme ce matin. Sauf que non. Arun se met à la vaisselle, Ashmi essuie, Shanti nettoie la table, sa rouquine fait le thé, les garçons rangent la vaisselle propre.

Il se sent soudain stupide et inutile.

Chacun sait ce qu'il a à faire dans cette cuisine. Sauf lui.

Parce que tous vivent en communauté ici. Sauf lui.

Lui est resté retranché dans sa chambre ou son bureau. Lui ne s'est jamais vraiment mélangé. Très mal à l'aise, il hésite à se lever et partir, mais Daniel pose une tasse devant lui, et il interprète ce geste comme une invitation à rester, appuyée par la main de Ranjit lui tendant un sablé, avant que sa rouquine n'emplisse sa tasse.

— Merci, Cross, se force-t-il à grogner, sans la regarder.

Il voit ses doigts trembler brièvement, avant qu'elle carre les épaules en s'éloignant. Il aime quand elle fait ça. Presque autant que lorsqu'elle hausse un seul de ses sourcils.

Elle est la première à quitter la cuisine après le thé, et il s'ennuie aussitôt. Les garçons s'en vont raccompagner Darius, Heng et Lin partent vers leur chambre, les femmes vers la bibliothèque, et il se demande ce qu'il doit faire.

— Tu veux bien m'aider à laver les tasses, Keir ? fait soudain Nanda.

Il grogne un assentiment, se lève en retenant une grimace de douleur et boite jusqu'à l'évier. Les souvenirs de la scène qui s'y est déroulée le matin même le heurtent presque de plein fouet, et il évite le regard scrutateur de la jeune femme.

« Quelques nuits avec vous ne vaudront jamais que je doive quitter Blackson House. »

— Tu t'y prends vraiment très mal, lance-t-elle, en lavant une tasse.

Il lâche un autre grognement qui ne l'engage à rien, elle lui jette un regard agacé.

— Tu crois vraiment que personne ne remarque rien ? continue-t-elle.

Il attrape un torchon, commence à essuyer en silence. Il devrait peut-être lui faire une réflexion sur la discrétion que Daniel et elle mettent à leur propre histoire, non ?

— Aucun de nous ne veut qu'Abbie s'en aille, poursuit Nanda.

Lui non plus, nom de Dieu !

— Mais c'est ce qui finira par arriver, si tu ne changes pas de comportement envers elle. Et crois-moi, si ça arrive, tu souffriras.

Oh ! il le sait.

— Parce que chacun de nous te le fera payer.

Il grogne.

— Qu'est-ce que tu veux, Keir ?

Il va ranger la tasse, histoire de gagner un peu de temps. Parce que c'est une question qu'il se pose depuis plusieurs semaines déjà et qu'il n'a toujours pas été foutu d'y trouver une réponse.

Il ne sait pas ce qu'il veut. Enfin, il la veut, elle. C'est déjà ça. Pour le reste…

C'est compliqué.

Quand il revient vers l'évier, Nanda fronce les sourcils, soupire en le dévisageant assez sévèrement.

— Il va bien falloir que tu me répondes.

— Je n'en sais rien, finit-il par grommeler.

— Alors, décide-toi rapidement. Abbie est une bonne personne, elle mérite mieux que ce que tu es en train de faire.

— Et qu'est-ce que je suis en train de faire ? marmonne-t-il, en prenant une autre tasse pour l'essuyer.

— Oh ! je t'en prie ! soupire Nanda, en levant les yeux au ciel. Tu sais bien qu'il est impossible de garder un secret, dans cette maison ! Nous savons tous qu'il se passe quelque chose entre vous deux ! Mais ça n'a pas l'air de vous rendre très heureux, pas plus elle que toi. Il serait peut-être temps que tu changes ta façon de t'y prendre, non ?

Il sent sa gorge se serrer, ce qui le surprend. Presque autant que d'entendre une gamine de même pas vingt ans lui faire la leçon.

De toute façon, que peut bien savoir Nanda de ce qu'il vit ou ressent ? Bon Dieu, comment est-ce qu'elle pourrait comprendre ce sentiment de trahir Aggie en désirant Cross, hein ? Elle a tout à offrir à son Daniel, lui n'a plus rien. Il va avoir cinquante-trois ans, bordel. À cet âge-là, la vie n'est pas censée reprendre. À cet âge-là, il est juste censé continuer de rêver à sa Dame et attendre de mourir pour la rejoindre. Pas que son cœur se remette à battre comme s'il avait vingt ans. Et certainement pas qu'il se prenne à imaginer pouvoir vivre à nouveau.

— Ce que tu es agaçant, quand tu ne dis rien, soupire Nanda, en lavant la dernière tasse.

Une réflexion qui ne semble pas appeler de réponse, il se contente donc de grogner.

— Tu sais, dit-elle en s'essuyant les mains, la plupart des gens prennent le temps de parler entre eux. Cela te paraît peut-être étrange, mais parler permet de communiquer, et la communication, c'est essentiel… Grogner, c'est bon pour les animaux.

Pour le coup, il grogne un bon coup.

— Si tu ne veux pas me parler à moi, va donc lui parler à elle, fronce-t-elle les sourcils en croisant les bras. Sinon, c'est ma mère et Arun qui risquent de venir te parler…

Il grimace, et Nanda esquisse un petit sourire.

— Bonne nuit, Keir, finit-elle par dire, d'une voix plus douce.

Il est surpris et touché quand elle se dresse sur la pointe des pieds pour embrasser sa joue. Il y a bien longtemps qu'elle ne l'a plus embrassé de la sorte. Plus depuis qu'elle est sortie de l'enfance, en tout cas.

— Ça fait plaisir de te revoir parmi nous, tu sais, dit-elle en allant vers la porte. Nous nous inquiétions tous de te voir t'isoler à ton étage.

Il reste seul dans la cuisine, troublé.

Bon Dieu, ce que ça peut l'énerver quand des gamins ont raison.

Il finit par boiter hors de la pièce, hésite un instant. Mieux vaudrait qu'il remonte dans sa chambre. Mais il sait qu'il n'arrivera pas à dormir. Il fait trop sombre pour ressortir avec Flame. Et il n'a toujours pas envie de foutre son nez dans les papiers ou les affaires du domaine. De toute façon, s'il va dans son bureau, il se contentera de finir sa bouteille de whisky en regardant Aggie.

Il pourrait sûrement rejoindre les autres dans la bibliothèque.

Mais il n'en a pas envie.

Il a envie de la voir, *elle*.

« Quelques nuits avec vous ne vaudront jamais que je doive quitter Blackson House. »

Mais *elle* n'a certainement pas envie de le voir.

Et merde.

Crétin.

Il remonte jusqu'à son bureau, ne prend pas la peine d'allumer un feu, même s'il fait frais. Il laisse la lampe éteinte, va chercher sa bouteille dans la pénombre et s'installe derrière son bureau.

— Tu pourrais me dire quoi faire, jolie dame, murmure-t-il,

en direction du portrait invisible dans le noir. Ou au moins, m'expliquer ce qui te faisait rire.

Il débouche la bouteille, étend sa jambe, masse sa cuisse d'un geste machinal, avale une gorgée.

Elle lui manque, sa dame. Tellement. Avec elle, tout était facile et naturel. De l'instant où il a posé les yeux sur Aggie, il ne s'est jamais demandé quoi faire ou quoi dire. Pas besoin. Elle était sa dame, et tout s'est fait tout seul. Il n'était pas préparé à sa mort. Nom de Dieu, non.

Il aimerait que la rouquine soit là pour pouvoir lui expliquer, peut-être. Il ne comprend pas forcément pourquoi c'est soudain important pour lui que Cross comprenne. Mais ça l'est. Parce que lui ne comprend franchement pas. Il pensait que, tout comme lui, elle pleurait son mari, qu'elle ressentait les mêmes angoisses que lui, qu'elle aussi avait l'impression de trahir le défunt en le désirant, lui. Elle lui a affirmé que non. Et il est prêt à la croire. Elle avait l'air gênée, en lui expliquant que son mari et elle ne formaient plus un couple depuis longtemps. On n'est pas gêné de la sorte lorsque l'on ment.

Mais, bon Dieu, il aurait préféré que, comme lui, elle regrette son mari et le pleure encore. Non seulement il se serait senti moins con sur le moment, mais surtout, il l'aurait mieux comprise. Parce que là... Il ne la comprend pas. Mais pas du tout.

Bon, c'est vrai, il peine déjà à se comprendre lui-même. Depuis qu'il est revenu en Angleterre, il a du mal à se reconnaître ou à savoir qui il est. Loin de ses missions et des habitudes prises aux Indes, il a passé ces derniers mois à tenter de découvrir qui était réellement Keir Blackson. Il n'a toujours pas trouvé. Et ça le bouffe de l'intérieur.

Il regrette le major Blackson, soldat des services de renseignements de Sa Majesté.

Il regrette le jeune Keir Blackson d'il y a plus de vingt ans, jeune marié, amoureux, plein d'espoirs pour l'avenir.

Bon Dieu, il regrette même le sergent Blackson de même pas trente ans, qui s'est battu contre Napoléon !

Au moins, alors, il savait qui il était, ce qu'il était.

Aujourd'hui...

Il reprend une gorgée.

Aujourd'hui, il a cinquante-trois ans, il n'est plus soldat. Il est censé être baron, mais ne sait pas comment faire. Il est père sans l'être. Veuf.

Un mot qui fait toujours aussi mal à entendre ou même à penser.

Mais en dehors de ça… il n'a pas idée de qui il est, de ce qu'il est. La seule chose dont il est certain, c'est qu'il aimerait être encore le mari d'Aggie. Il aimerait que sa vie ait pris un autre chemin en août 1815, qu'Aggie ne soit pas morte en donnant la vie à Gus. Si les choses avaient été différentes…

— Arrête, crétin.

Pour le coup, il reprend une gorgée.

Les choses ne sont pas différentes. Aggie est morte, il a fait la connerie de partir aux Indes, il a perdu Gus et Ann en plus de sa Dame. Point. Peu importent les vies qu'il a pu aider par la suite, peu importent ceux qu'il a ramenés à Blackson House. Parce que rien, jamais, ne pourra effacer ce qu'il a fait autrefois.

Et Cross ?

Eh bien… Cross est une épine dans son flanc. Une complication imprévue. Le grain de sable qui vient foutre le bordel dans sa vie morne, répétitive et vaine, mais qu'il avait l'impression de contrôler.

Et maintenant ?

Maintenant, Cross menace de quitter Blackson House. Elle aime tellement sa place qu'elle… Qu'elle quoi ? Qu'elle préfère le refuser, *lui*.

S'il savait qui elle est, ce qu'elle a vécu, d'où elle vient… Oui, s'il savait tout cela, il comprendrait peut-être pourquoi elle fait passer son existence à Blackson House avant une quelconque relation entre eux. Non ?

Il fronce les sourcils. Il a l'impression d'avoir raté quelque chose dans sa réflexion, mais il a sûrement bu un poil trop de pur malt, parce qu'il n'arrive pas à mettre le doigt dessus. Il lève la bouteille, elle est vide.

Oui, il a trop picolé.

Il envisage plus ou moins sérieusement l'idée de se lever pour aller se traîner jusqu'à sa chambre. Finit par abandonner. Trop ivre pour éviter de se cogner dans le noir. Il a déjà tellement mal à la jambe qu'il préfère éviter un coup supplémentaire.

Tant pis.

Pas la première fois qu'il dormira dans le fauteuil du bureau, près d'Aggie.

3

Il émerge brutalement d'un cauchemar, le souffle court, couvert d'une sueur nauséabonde. Il lui semble qu'un cri reste coincé dans la gorge. Dans un sursaut, il se redresse vivement dans le fauteuil, et son genou cogne contre le bureau.

— Nom de...

La flèche de douleur est brute, rouge derrière ses yeux, et il grogne en posant la main sur sa jambe. Le silence qu'il entend résonner sur la maison est typiquement celui de la nuit profonde. Il attend, les dents serrées, que les pulsations de souffrance s'égrènent depuis sa chair meurtrie, jusqu'à s'espacer, puis se faire lancinantes. Enfin, complètement réveillé, un poil nauséeux, il se lève en s'appuyant au bureau. À tâtons, il finit par en faire le tour, puis traverse la pièce vers ce qui doit être la porte donnant sur le couloir. Une fois le battant refermé derrière lui, il veut aller jusqu'à sa chambre, s'allonger et se masser la jambe avec l'onguent préparé par Arun.

Mais ses pieds prennent la direction du grand escalier, comme mus par une volonté propre. Une à une, il descend les marches dans l'obscurité, lourdement appuyé sur la rambarde. Dans un bref éclair d'humour noir, il se demande ce qui se passerait s'il venait à tomber, là, maintenant. Ah, la tête des autres quand ils le retrouveraient par terre, au matin ! Il esquisse un sourire grimaçant. Prend un moment pour respirer calmement une fois au rez-de-chaussée, histoire de repousser la douleur qui pulse.

Il sait qu'il est *encore* en train de faire une connerie.

Il est abonné aux conneries. Depuis le temps qu'il les accumule, il devrait être capable de les éviter. Non ?

Bah, non.

Son corps connaît le chemin jusqu'à sa porte. Combien de fois s'est-il planté devant ce battant sans trouver le cran d'y entrer ? Il n'a pas compté, et cela vaut sans doute mieux. Quelque chose lui dit qu'il n'est pas flatteur de se tenir comme une andouille pendant des heures debout devant une porte close.

Aucune lumière ne filtre sous le battant. Elle doit dormir. L'idée suffit à balayer les dernières brumes du whisky que la souffrance n'avait pas éradiquées.

Et s'il la convoquait dans son bureau, demain matin ? Juste pour la voir. La titiller un peu. La regarder dresser les épaules et lever son sourcil. La faire rougir.

Ou alors, il pourrait la rejoindre dans son lit, là, maintenant. Cette idée-là lui plaît beaucoup plus, en fait.

Hormis le fait que sa jambe lui fait tellement mal, qu'il ne serait bon à rien dans un lit.

— Crétin.

Il finit par tourner les talons et boite dans le couloir pour s'éloigner de la tentation. Il sait qu'il ne réussira pas à remonter les escaliers. Mais vu le nombre de pièces que compte Blackson House, il devrait réussir à se trouver un endroit où dormir quelques heures.

Il est réveillé depuis une bonne demi-heure, quand elle entre enfin dans l'orangerie. Il s'est assis dans le fond, caché derrière les bambous, sa mauvaise jambe allongée sur une chaise devant lui. Il n'a presque pas fermé l'œil, a admiré l'aube émergente par-delà les vitres de la serre. Un sacré spectacle. Après quoi, il s'est demandé depuis combien de temps il n'avait pas pris le temps de regarder un lever de soleil. Trop longtemps, sans doute.

La rouquine se dirige directement à sa petite table de fer forgé, y pose son habituel plateau, et il salive malgré lui. Il crève d'envie d'un thé chaud. Mais il la laisse s'installer en silence, à la limite de retenir son souffle pour éviter qu'elle sente sa présence.

Bordel, voilà à quoi il en est réduit ! À se planquer derrière des plantes pour la reluquer pendant qu'elle boit une tasse de thé !

Pitoyable.

Il est agacé de sentir une bouffée de colère le soulever. Comme chaque fois ou presque. Elle a cet effet-là sur lui. Non seulement elle le rend stupide et débile, mais elle le fout en rogne. Elle reste presque toujours si maîtresse d'elle-même, ça l'insupporte.

— Vous m'en servez un, Cross ? lance-t-il soudain, d'une voix forte, presque malgré lui.

Il la voit sursauter violemment, presque à jeter sa tasse au loin. Avec un bref petit cri qui l'électrise, elle se tourne à demi sur sa chaise, avant de se reprendre. Il le voit toujours quand elle se reprend : ses épaules se redressent et elle hausse le menton.

— Milord ?

Keir, nom de Dieu ! Il s'appelle Keir, pas milord !

— Un thé, Cross, grogne-t-il. Je parle d'un thé.

— Je... Il n'y a qu'une tasse, milord. Souhaitez-vous que j'aille...

... en chercher une autre aux cuisines et en profiter pour vous fuir ? achève-t-il mentalement.

— Vous me donnerez la vôtre quand vous aurez fini, coupe-t-il ironiquement.

Elle se raidit un peu plus, et il sourit largement. Bon sang, ça lui a manqué de la titiller. Il voit presque cliqueter les rouages du cerveau sous le chignon roux, tandis qu'elle réfléchit au moyen de s'échapper sans contrevenir aux règles de la bienséance.

Fut une époque où, bien élevé, il ne se serait jamais imposé de la sorte à quiconque. Mais cette époque-là est révolue. Surtout, il ne peut la laisser tranquille, *elle*.

Du coup, il se force à se lever. Il retient de justesse un grognement de douleur, quand il prend appui sur sa mauvaise jambe et boite bravement jusqu'à elle. À mesure qu'il s'approche, il voit son dos devenir de plus en plus rigide, puis finit par entendre son souffle, trop rapide, un peu rauque, de quoi réveiller son bas-ventre. Elle a un effet détonnant sur sa libido. Il tire une chaise et s'assoit juste à côté d'elle.

— Joli lever de soleil, grogne-t-il. Vous permettez, Cross ?

Il n'attend pas sa réponse pour prendre la tasse presque vide qu'elle a abandonnée sur le plateau et la remplir. Elle a un léger mouvement qu'il capte du coin de l'œil. Devinant qu'elle va se lever et fuir, il cherche désespérément quelque chose à dire pour la retenir.

— Cross ?

— Milord ?

Merde, il a la tête vide.

Chaque fois, il se prépare pour avoir une conversation sensée, voire profonde. Une discussion, même ! Et chaque fois, il se retrouve l'esprit complètement vide. Avant de se mettre à balancer des idioties qui la mettent en colère, et l'entrevue se passe mal.

Crétin.

Il se tourne vers elle, avec l'espoir qu'il finira par trouver quelque chose à dire. Elle ne le regarde pas, et il observe son profil racé, s'en délecte. Son chignon serré, elle se tient droite, le menton à peine relevé. Dans la lueur du jour naissant, ses taches de rousseur semblent plus pâles. Elle est tellement belle qu'il en a du mal à respirer.

Cherche, bordel !

Vous êtes belle.

J'ai envie de vous.

Je vous déteste.

Merde.

— Vous avez reçu une réponse du Dr Vanger, à propos du médecin pour le village ? finit-il par grommeler.

— Non, milord, répond-elle calmement. Je lui ai stipulé que c'est désormais à vous qu'il devra s'adresser à ce sujet.

Crétin.

Il prend une gorgée de thé, hausse les sourcils surpris par le goût.

— Il vient d'où, ce thé ? marmonne-t-il.

— De ma réserve personnelle, My Lord.

— Foutrement bon.

Mais quel crétin !

Cross, je veux que vous repreniez le domaine en charge.

Cross, je veux que vous passiez vos nuits avec moi.

Cross, j'ai envie que vous me souriiez.

Cross, dites-moi qui vous êtes.

Cross, aimez-moi.

— Bordel.

Il repose sa tasse brutalement, envoyant une giclée de thé sur la table. Il se lève un peu maladroitement, surprend le regard étonné qu'elle pose sur lui, se sent rougir de confusion. Il se blinde contre la douleur autant qu'il le peut, mais lâche malgré tout un grognement, quand il pèse sur sa jambe droite, réussit à effectuer un demi-tour acceptable avant de s'enfuir loin d'elle.

— Votre jambe, milord...

— Elle est à sa place et elle touche le sol, réplique-t-il sombrement, sans s'arrêter.

Il quitte l'orangerie, comme s'il avait le diable à ses trousses. Une fois dans le couloir, il cesse de faire semblant et grimace en boitant très fort. Il devrait monter dans sa chambre, sonner Arun et se soumettre à ses soins. Même s'il a avant tout besoin de s'éloigner d'elle, de la fuir, et vite.

Cross, aimez-moi.

Il n'arrive pas à croire qu'il ait même *pensé* ça ! Nom de nom ! Il doit être sacrément crevé pour imaginer des trucs pareils !

Les nuits blanches ne lui réussissent pas.

Il finit par boiter jusqu'à l'écurie. Bill le salue avec précautions.

— Pas la peine de le seller, grogne-t-il au palefrenier, en désignant Flame. Je vais le monter à cru.

— Pas avec vot' boiterie de c'matin, m'lord, rétorque le bonhomme en plissant le front. Devriez pas monter.

Il grogne méchamment ; Bill abdique en marmonnant dans sa barbe, avant de donner un rapide coup de brosse sur le dos de Flame, de lui passer un mors et le sortir du box.

Il a trop mal pour sauter sur le dos du cheval comme à son habitude et profite de ce que Bill regarde ailleurs pour utiliser une botte de paille comme montoir. À peine a-t-il posé les fesses sur Flame que l'étalon frémit sous lui. Il le retient sur quelques pas, le temps d'ajuster sa position, puis desserre les doigts, le laisse prendre le galop. La douleur dans sa jambe est intolérable après à peine quelques foulées, mais il serre les dents et accélère encore.

Avoir mal sert à quelque chose, s'oblige-t-il à se souvenir. Il souffre tellement qu'il ne lui vient plus la moindre envie d'être aimé par la rouquine.

N'empêche, il aurait dû prendre une selle.

4

Il a mérité son sort.

Fièvre de cheval. Jambe gonflée. Arun furieux. Ranjit inquiet.

Oui, il l'a mérité.

Il a même mérité les infâmes décoctions de plantes préparées par Kishan et Nanda.

Ça doit faire quatre ou cinq jours qu'il est cloué au lit à cause de sa foutue jambe et qu'il doit supporter les réflexions désagréables d'Arun.

— Si tu espères toucher une pension de guerre en te transformant en cul-de-jatte, ce sera sans moi, dit ce dernier, d'une voix tranchante, en terminant de masser sa mauvaise jambe. Crétin.

Keir ne relève pas, tandis qu'Arun referme le pot d'onguent et va se laver les mains. Il en profite pour regarder cette saleté de jambe, tordue, boursouflée. Un nid à douleurs. Le temps qu'Arun s'essuie les mains, il l'a remise sous le drap et suit son vieil ami des yeux.

La fièvre a commencé à baisser dans la nuit et, même s'il se sent presque lucide, il est aussi faible qu'un chaton, une impression qu'il déteste particulièrement et qui le met en rogne.

— Tu m'excuseras auprès des autres pour le travail supplémentaire que je leur ai causé, ronchonne-t-il.

— Je devrais t'envoyer Shanti, tu verrais ce qu'elle en fait de tes excuses, réplique Arun, en s'arrêtant près de lui.

Keir grimace malgré lui. Autant être honnête : il y a toujours eu quelque chose de terrifiant en Shanti.

— Nanda va te monter un peu de bouillon, poursuit Arun.

— Et tu sais où tu peux te le caler, le bouillon, rétorque Keir, d'un air sombre.

— Tu n'as presque rien avalé depuis quatre jours.

— C'est pour ça que j'ai faim. Fais-moi monter un vrai repas.

— Imbécile, soupire Arun en birman.

Oui, oui, il sait.

Il regarde son ami quitter la pièce en claquant la porte, puis sourit brièvement, conscient qu'au travers des noms d'oiseaux et des réprimandes, c'est son affection et ses inquiétudes qu'il exprime. Seul dans sa chambre, il s'adosse à ses oreillers et regarde par la fenêtre. La matinée semble bien entamée.

Il s'oblige à bouger la jambe, gigote ses orteils, plie la cheville, soulagé de sentir ses muscles lui obéir malgré la douleur. Arun a raison, il faut vraiment qu'il arrête de faire le con, sans quoi il la perdra. Et quoi qu'en dise Arun, Keir n'a aucune envie de se faire amputer.

Il a déliré. Un bon moment qu'il n'avait pas été aussi mal en point. Pas depuis son retour en Angleterre, en tout cas. Il n'a pas franchement eu conscience des jours qui passaient. En revanche, il a compris quelque chose qui n'a rien à voir avec sa jambe.

La fièvre l'a jeté pêle-mêle dans un assemblage d'images, de souvenirs, de sensations. Il a eu l'impression que ce magma brouillon tournait en rond dans sa tête pendant des siècles. Mais, finalement, il a fini par y trouver une certaine logique, une raison d'être.

Il a revu le sourire d'Aggie à leur arrivée à Blackson House, Ann à leurs côtés, vingt ans plus tôt. Puis le masque mortuaire de son épouse, quand la vie l'a quittée. Il s'est souvenu du bruit qu'a fait son cœur quand il s'est brisé, s'est rappelé la douleur de la déchirure qui a scindé son âme à jamais.

Aggie détesterait ce qu'il est devenu. Bon Dieu, elle haïrait ce qu'il est aujourd'hui.

Il n'avait jamais envisagé cette perspective. Parce qu'Aggie était toujours avec lui, qu'il la portait en lui, même après vingt ans. Mais elle n'est plus là aujourd'hui, chassée par la rouquine. Il a pris conscience que son épouse n'aurait jamais pu aimer l'homme qu'il est à présent.

Et il n'est pas certain que l'homme d'aujourd'hui aurait pu aimer l'Aggie dont il se souvient.

Poser des mots sur cette certitude née de la fièvre le blesse étrangement moins qu'il le pensait. Il s'en sent coupable, foutre oui, mais ce n'est pas vraiment douloureux. Parce que c'est sans doute vrai. Il a changé. Salement changé, même. Il se souvient à peine de celui qu'il était quand il a rencontré Aggie. Dévasté par la mort de toute sa famille, broyé par la guerre de la Péninsule, le jeune homme de l'époque avait malgré tout foi en l'avenir et en l'amour. Il avait de l'espoir.

L'homme d'aujourd'hui ne croit plus en grand-chose, il a vu trop d'atrocités, il a souffert tant dans sa chair que dans son âme, a frôlé la folie et espéré sa propre mort bien trop souvent. Il a vu ce que l'espèce humaine recelait de pire. Cet homme-là a été faible, beaucoup trop, a commis bien des péchés et des erreurs. Il a trahi, trompé, tué. Aggie l'aurait détesté.

En toute honnêteté, il n'est pas certain qu'il serait tombé amoureux d'elle, s'il l'avait connue aujourd'hui. Aggie était si... Aggie. Douce, pleine de réserves, avec une droiture d'âme et une fraîcheur telles qu'elle vivait toute nouvelle expérience avec l'émerveillement d'une enfant. L'Aggie d'avant leur mariage était une femme docile, naïve, étouffée par la vie, un territoire vierge. Il a toujours été stupéfait qu'elle n'en soit pas devenue aigrie ou frustrée. Elle avait une âme magnifique, une beauté intérieure riche. Il s'était toujours senti humble et petit devant elle. Aggie a toujours été bien meilleure que lui, et son contact lui avait donné l'illusion que sa propre âme se rachetait une pureté. Elle avait été sa meilleure amie, la plus proche de toutes, en sus d'être son âme sœur, sa femme, son autre. Elle était la meilleure part de lui.

S'il l'avait rencontrée aujourd'hui... S'il avait rencontré Aggie aujourd'hui, il n'aurait pas été capable de l'aimer comme elle le méritait. Il l'aurait terrifiée, écrasée. Il promène désormais tellement d'ombres en lui...

Alors que, malgré la fièvre, il réussissait à aligner ces pensées, lui en est venue une autre, aussi dérangeante. Un peu folle.

S'il avait encore un cœur aujourd'hui, c'est d'une femme comme Cross qu'il tomberait amoureux. Parce que c'est d'une femme comme Cross qu'il a besoin. Une femme forte qui aurait vécu des pertes et des drames, comme lui. Une femme capable de lui tenir tête. Pas une femme qui l'apaiserait, mais une compagne, une égale.

S'il n'avait pas perdu Aggie, il ne serait pas devenu celui qu'il est aujourd'hui. Il serait encore marié à sa dame, ils auraient élevé Ann, Gus et peut-être d'autres enfants ensemble. Il aurait réussi à devenir un baron, aurait oublié le soldat qu'il avait été pendant quelques années. Il serait en paix, dans une vie paisible et sereine. À l'image d'Aggie. Et à l'époque, nom de Dieu, il n'aspirait qu'à cela.

Mais il n'est pas devenu cet homme-là. Pas un mari ni un père, encore moins un baron. Juste un soldat.

Une femme comme Cross, oui.

Sous l'emprise de la fièvre, il l'a revue se tordre par terre, les jupes en flammes et s'est souvenu de sa propre terreur. Il l'a revue marcher droit sur lui, alors qu'il était complètement nu et sur le point de prendre son bain, juste parce que ce maudit médecin refusait de soigner Ashmi et Lin. Dans son délire, il a goûté à ses lèvres, et encore, encore, en boucle. A revu son visage quand elle a joui sous lui. S'est remémoré ses mots après qu'elle fut entrée dans sa chambre, la nuit. Elle l'a soulagé parce qu'il souffrait. Bordel, y repenser lui tord quelque chose à l'intérieur.

« Quelques nuits avec vous ne vaudront jamais que je doive quitter Blackson House. »

« Je ne veux pas me perdre. »

Ces phrases-là ont tourné en rond dans sa tête. Lui aussi s'est perdu, longtemps. Et c'est sous la fièvre qu'il a compris ce qui manquait. Ce truc qu'il avait sur le bout de la langue sans réussir à y mettre le doigt.

Il ne lui a rien proposé. Juste de coucher avec lui. Même quand il a sous-entendu que cela durerait... il n'a rien proposé. Pire, il croit bien se souvenir avoir balancé une connerie graveleuse sur les barons qui baisaient leur gouvernante.

Un vrai crétin, oui.

Parce qu'il faut être d'une stupidité sans nom pour non seulement insulter une femme comme il l'a fait, a fortiori une femme qu'on aime, mais en plus, ne pas comprendre ce qu'on désire profondément.

Et ce qu'il désire, maintenant, il le sait. Oui, il a mis un peu de temps. Mais il a quand même été plus rapide que Ranjit ou Arun. Il esquisse un sourire presque amusé.

Il a hâte de pouvoir se lever. Cela fait une bonne semaine qu'il n'a pas visité la tombe d'Aggie et, puisqu'elle ne lui parle plus, il va devoir se déplacer pour discuter avec elle.

Et ensuite…

Bah, ensuite, il va devoir commencer sa cour.

Il grimace. Parce qu'il ne sait foutrement pas comment s'y prendre.

5

Il ne pleut pas, même si les nuages sont bas. Les températures ont chuté, ces derniers jours, et bien que sa jambe folle soit redevenue à peu près solide, il boite bas après avoir attaché Flame à la grille qui cerne le cimetière Blackson. Une vague de culpabilité le secoue quand il passe devant les tombes de sa famille, et il leur adresse une pensée douloureuse. Les années atténuent peut-être la peine et le vide, mais ne les effacent jamais complètement. Ses parents lui manquent toujours autant. Ses frères, sa sœur aussi. Et Aggie. Il soupire devant la stèle de son épouse, réussit à s'asseoir par terre sans raviver les douleurs de son genou et arrache machinalement quelques mauvaises herbes au pied du rosier vermillon qu'il a planté, des années auparavant. Les fleurs préférées d'Aggie. Roses rouges et myosotis.

— Bonjour, ma Dame, murmure-t-il, en rejetant les herbes au loin. Quand je te rejoindrai, il faudra que tu m'expliques ce qui te faisait rire. Mais ce n'est pas pour cela que je suis là.

Il esquisse un petit sourire amusé, imaginant sans peine la moue que ferait Aggie à ces mots.

— Tu sais déjà ce que je suis venu te dire, de toute façon, pas vrai, ma douce ?

Il pince un peu les lèvres, parce qu'il a du mal à prononcer les mots qu'il n'a pourtant guère eu de peine à penser, ces jours derniers.

— Tu ne m'as pas connu bien longtemps, à peine neuf mois, dit-il doucement. Mais tu m'as connu comme personne avant toi, et personne depuis. Et ces neuf mois-là ont été magiques. J'aurais voulu qu'ils durent toute une vie, mais…

Il hausse les épaules.

— Je t'aimerai jusqu'à mon dernier souffle. C'est ainsi qu'aiment les Blackson. On ne sait pas faire autrement.

Il ouvre la bouche, la referme, soudain intimidé. Si elle était toujours là, elle pencherait la tête sur le côté, lui caresserait la joue avec douceur avant de lui sourire, de ce sourire unique qui n'appartenait qu'à elle et qui suffisait à faire fuir ses angoisses. Le sourire d'Aggie rendait tout facile, rendait la vie plus belle.

— Mais tu n'es plus là. Et moi, si. Ça m'a pris du temps, mais je crois que je viens enfin d'accepter ta mort.

Il effleure les myosotis des doigts, cherche un peu ses mots.

— Je suis désolé d'avoir manqué à ma parole, ma douce. Je t'avais promis de prendre soin d'Ann et Gus et je ne l'ai pas fait. Oh ! tu sais combien je m'en suis voulu, toutes ces années, pas besoin d'y revenir. Mais je te promets de m'excuser auprès d'eux. Enfin, dès qu'ils seront revenus. Et…

Il regarde un moment les mots gravés dans la pierre. Le nom de son épouse. Les dates. Son cœur se serre, et il s'en veut malgré lui. Parce que ce serrement de cœur est bien éloigné de la déchirure qu'il ressentait, il y a peu encore.

— Je vais me remarier.

Bon Dieu que ces mots sonnent bizarrement.

— Enfin, si je réussis à la convaincre, et ce n'est pas gagné. Non, je crois que je devrais plutôt dire que je *veux* me remarier, mais elle… Enfin, tu la connais, pas vrai ? C'est peut-être bien pour ça que tu riais…

Il se prend à sourire aussi.

— J'espère que tu comprends. Oui, je sais que tu comprends, jolie dame. Tu me comprenais toujours. J'aurais aimé vivre avec toi toutes ces années, et même au-delà, mais j'ai juste réussi à te tuer. Oh ! je sais bien ce que tu vas dire !

Qu'il ne l'avait pas tuée, juste aimée. Elle était tellement heureuse de porter leur enfant !

Il balaie les mots d'un geste de la main.

— Bref… Je suis juste venu t'annoncer mes intentions. Je tenais à ce que tu sois la première au courant. Même si je suis presque sûr que tu le savais bien avant moi. Mais tu me connais, pas vrai, ma douce ? Tu sais bien que je peux être sacrément obtus parfois. Et ça ne doit pas beaucoup t'étonner que j'aie mis aussi longtemps à comprendre que tu n'aurais jamais souhaité que je reste seul. Tu m'aimais bien trop pour ça.

Il soupire.

— Et j'aurais détesté que tu finisses ta vie seule, si c'était moi qui étais parti le premier.

Il fronce à peine les sourcils.

— J'espère juste que tu aurais mieux choisi après moi, ma Dame.

Il se redresse lentement et, une fois debout, pèse sur sa jambe gauche pour soulager la droite.

— Si tu pouvais juste me donner un petit coup de main, de là où tu es, j'avoue que ça m'arrangerait. Parce que je vais en avoir besoin. Ça ne va pas être facile de réparer les conneries que j'ai faites avec elle.

Le vent se lève, et il frissonne. Il a beau avoir enfilé un lourd manteau avant de sortir, il n'a pas l'impression d'être assez couvert.

— Cela me manquera de discuter avec toi comme je le faisais ces dernières années. Tu me manqueras toujours. Mais il est temps que je te dise au revoir.

Il est surpris quand les larmes lui montent aux yeux.

— Au revoir, jolie dame.

Il reste un moment sans bouger, comme s'il espérait encore une réponse, mais il n'y a que le vent et le froid. Alors, il finit par tourner les talons, remonte sur Flame et prend le chemin de retour vers Blackson House, le cœur lourd et frétillant en même temps.

La fin de quelque chose. Le début d'autre chose.

Le temps qu'il arrive aux écuries et confie son étalon à Bill, il est gelé et boite fort. Il entre par la porte arrière, hésite un instant, se laisse attirer par des éclats de rire dans la bibliothèque. Il déboutonne son manteau, s'arrête dans l'embrasure de la pièce. Ils sont tous là, même sa rouquine ; ils lui jettent un regard, sauf elle, qui rosit à peine en se raidissant les épaules.

— Qui gagne ? demande-t-il en montrant du menton l'échiquier, où s'affrontent Ranjit et Darius.

— Ranjit, bien sûr, sourit Ashmi.

S'ils sont tous là, c'est qu'il a raté le repas du soir, comprend-il. Et il a faim. Sacrément faim, même. En fait... il a l'impression de ne pas avoir ressenti une telle faim depuis des années. Il file à la cuisine, fouille dans la réserve et revient vers la table, les bras chargés de victuailles. Il ôte son manteau, tisonne le petit poêle pour mettre de l'eau à chauffer, puis attaque son repas solitaire. Étrange comme il se sent soudain le cœur... en paix.

Il a dormi toute la nuit. Pas de cauchemars. Pas de réminiscences violentes de batailles. Pas de réveil en sursaut couvert de sueur.

En ouvrant les yeux, presque étonné de se sentir en forme, il a jeté un regard à sa chambre et s'est enfin senti de retour chez lui. Il s'est levé, la jambe raide, et sans même prendre le temps de s'habiller, il est allé dans son bureau. Là, il a ouvert les tentures en grand et s'est planté, complètement nu, devant le portrait d'Aggie. Il a répondu à son sourire. Puis a décroché le tableau poussiéreux et l'a posé en équilibre contre le bureau.

Ensuite seulement, il est allé se laver, se raser et s'habiller.

Il a l'impression de commencer une nouvelle vie. Impression assez inquiétante, car il n'a aucune idée de quoi elle sera faite. Et parce qu'il a peur de ne pas réussir à en faire ce qu'il désire. Il quitte sa chambre, pour aller frapper à la porte de Shanti.

— Oui ? s'étonne-t-elle.

— Je te souhaite une belle journée, fait-il en hindi. Demande à Arun de me rejoindre dans mon bureau, s'il te plaît.

Elle plisse les yeux, un peu perplexe, et il retient à grand-peine un large sourire avant de repartir vers son étage.

— Il est un peu tôt pour donner des ordres, non ? lui lance Arun en birman, quand il le rejoint enfin dans le bureau.

Keir grogne et montre le tableau du menton.

— Aide-moi plutôt à transporter Aggie dans la galerie des portraits.

Arun reste figé un bref instant, puis lève un regard perspicace vers Keir.

— Un autre que moi dirait qu'il était temps.

— Un autre que toi saurait rester à sa place, maugrée Keir d'une voix bourrue.

Il se tourne vers Aggie, lui sourit doucement. Déplacer le tableau équivaut à une déclaration d'intention, il en est bien conscient. Il espère juste qu'Arun et les autres sauront rester discrets. Il n'a foutrement pas envie de les entendre discuter dans son dos plus qu'ils ne le font déjà.

Ils empoignent chacun un montant du grand tableau et traversent les couloirs jusqu'à la longue galerie qui surplombe la salle de bal. C'est là que reposent tous les Blackson passés. Il n'hésite pas un instant. Il y a des années qu'il sait où doit trôner son Aggie. Près du portrait de sa mère. Non loin du tableau peint quand il avait quatorze ans et qui les représente tous. Lui, ses parents, ses frères, sa sœur. Juste à côté du portrait d'Ann qu'il a fait peindre quand elle avait seize ans et de celui représentant Gus à ses dix-huit ans. C'est là qu'est la place d'Aggie, au sein de sa famille, et non dans son bureau, comme la cristallisation devenue inutile d'un passé auquel il s'accrochait.

Arun et lui pendent le tableau, et Keir recule de quelques pas, satisfait.

— Un autre que moi te demanderait ce qui t'a fait mûrir ainsi, murmure Arun en birman.

— Et un autre que moi te répondrait de t'occuper de tes fesses, sourit Keir. Descendons aux cuisines, je meurs de faim.

Il évite le regard scrutateur de son vieux complice et claudique jusqu'au rez-de-chaussée. Elle est la première personne qu'il voit en entrant, et c'est comme si la lumière était plus brillante. La plupart des habitants sont déjà autour de la table ou en train de s'affairer devant les fourneaux, mais il ne voit qu'elle. Elle porte une des habituelles tenues de travail. Rien que ses vêtements l'ont toujours étonné. Même si ses jupes et ses chemisiers sont simples et sans fioritures, ils sont taillés dans des tissus d'excellente qualité et démontrent une certaine aisance passée. Elle a tiré ses cheveux en cet horrible chignon. Quand il le voit, il n'a qu'une envie : en ôter les épingles une à une.

Elle se raidit à son entrée, mais le salue malgré tout. Son cœur se met à battre plus vite, et il réussit à aller s'asseoir sans proférer la moindre connerie. Ce qui est déjà un exploit. Il prête à peine attention aux discussions autour de la table, pas plus qu'à ce qu'il mange. Il a juste du mal à ne pas la dévisager.

Il voit bien qu'elle est mal à l'aise. Elle sait qu'il la regarde, et cela ne lui plaît pas. Mais le moyen de faire autrement ? Il ne peut s'en empêcher.

Tout en mâchant ce qui doit être un naan, il se demande comment s'y prendre avec elle. Il n'a jamais fait la cour à personne. Aggie et lui se sont juste rencontrés et aimés. Et avant Aggie... Eh bien, il est un Blackson. Il savait depuis le berceau qu'il rencontrerait un jour la femme de sa vie, aussi ne s'est-il jamais donné la peine de courtiser qui que ce soit. Il se contentait d'attendre que son âme sœur et lui se trouvent, point. Sauf qu'avec Cross... Il a un lourd passif à faire oublier. Si tant est qu'elle ait, un jour, envie de développer pour lui les sentiments qu'il a compris ressentir pour elle.

Il est un Blackson, se rassure-t-il. Et même s'il ignorait qu'un Blackson pouvait tomber amoureux deux fois dans sa vie, eh bien... il est un Blackson et, quand un Blackson aime, il ne peut échouer.

Non ?

Ce qui ne l'aide pas à savoir comment s'y prendre avec sa rouquine. Il ne sait quand même pas grand-chose d'elle. Ce qu'elle aime ou déteste. À quoi elle rêve. Ce qu'elle craint. Qui elle a été. Qui elle souhaite être.

Si seulement il en savait un peu plus sur son passé, il pourrait trouver le bon angle d'attaque, non ? Savoir quoi dire et quoi éviter... Quoique, pour ce qui est d'éviter... Il a une petite idée de ce qu'il devrait ne pas dire. Tout ce qu'il lui a déjà dit, en fait. Ce serait déjà un bon début. Et arrêter de la mettre en rogne, cela pourrait aider. Concéder un effort sur la politesse, oui, aussi. Il sait bien qu'il n'a plus le langage châtié d'un aristocrate depuis longtemps. Trop de temps passé parmi les troufions et à baigner parmi la lie de l'humanité. Mais, oui, il va faire un foutu effort pour limiter les grossièretés.

Il devrait sans doute aussi arrêter d'essayer de l'attirer dans son lit. Non qu'il n'en crève pas d'envie. Et il reste persuadé que c'est réciproque. Mais ces invitations n'ont pas franchement eu de résultat positif. Il l'a même sans doute un peu blessée. Il fronce un peu les sourcils, termine son naan et finit sa tasse de thé. La regarde encore. Leurs regards se croisent brièvement, et il frissonne. Elle a des yeux à tomber par terre. Verts, profonds, intelligents. Ils lui rappellent la teinte des arbres, aux Indes. Selon son humeur, ils foncent ou s'éclaircissent, comme le vent faisant bruisser les feuilles de curry des caloupilés.

N'empêche qu'il faudrait déjà qu'il lui parle, non ? Et s'exercer à ne pas lui dire trop de conneries. Quand les habitants commencent à se lever pour débarrasser la table, il hésite pourtant. Il sent un regard peser sur lui, tourne la tête, rencontre les yeux sombres d'Arun. Le Birman hausse les sourcils avec une mimique qui serait presque comique et que Keir n'a aucun mal à interpréter. Il lève les yeux au ciel, grogne un peu, s'attire un regard mauvais de Shanti.

Ce serait quand même plus simple s'ils n'essayaient pas tous de s'en mêler.

6

Au moment où il se lève de table pour aller poser sa tasse dans l'évier, la rouquine s'esquive et quitte la pièce. Il serre un peu les dents, grogne encore.

— Qu'est-ce que tu attends ? lui lance Sanjay.

Il plisse les yeux, mais le jeune homme n'a pas franchement l'air inquiet ni même repentant. Maudite jeunesse.

— Allez, insiste Nanda, en le fusillant du regard.

Il a bien envie de rester planté là juste pour les emmerder. Sauf que sa rouquine risque d'aller s'enfermer quelque part et que, maintenant qu'il a compris ce qu'il voulait, eh bien…

Il sort de la cuisine, enfile le couloir vers les appartements de Cross aussi rapidement que sa boiterie le lui permet. À mesure qu'il approche, il sent monter en lui une tension assez désagréable, mêlée d'une certaine excitation, comme les veilles de combat. Il ne sait toujours pas comment s'y prendre ni ce qu'il va bien pouvoir lui dire. Pendant une seconde, il se demande même s'il ne devrait pas la demander directement en mariage. Jusqu'à ce qu'il se souvienne de sa réaction quand il a prononcé ce mot. Elle n'avait pas franchement l'air ravie par cette idée. Il revoit son air horrifié. Et cela aussi, il a du mal à le comprendre. Elle ne pleure pas vraiment son défunt époux. Et il n'a pas non plus eu l'impression qu'elle avait été mal mariée. Alors ? Qu'est-ce qui la fait souffrir autant ? Qu'est-ce qui lui a fait pousser cette exclamation horrifiée, quand il a demandé si elle voudrait l'épouser ?

Bordel, il espère bien que ce n'est pas l'idée de l'épouser, *lui*, qui l'a mise dans cet état !

Il s'arrête devant sa porte, les mains un peu moites. Derrière le battant, il l'entend marcher à travers la pièce. La porte s'ouvre au moment où il lève la main pour frapper, et ils se figent tous les deux. Les quelques mots qu'il avait préparés se dissolvent aussitôt dans sa tête, et il reste bête, la main levée. Elle écarquille ses beaux yeux, avant de les plisser. Il voit ses épaules se redresser et ses lèvres se pincer.

— Milord ?

— Cross, trouve-t-il seulement à répondre.

Le silence retombe, lourd, il finit par baisser sa main. Elle reste immobile, attendant, et il comprend bien qu'il doit dire quelque chose, mais ne trouve rien.

— Vous souhaitiez quelque chose ? finit-elle par lancer, d'une voix irritée.

« Toi. »

Crétin !

— Vous voir, grogne-t-il enfin.

Un nouveau silence s'étire.

— À propos d'un sujet en particulier ?

Il est presque sûr qu'elle tape du pied sous sa jupe.

— Je suis assez pressée, milord, souffle-t-elle, après une autre minute de silence.

— Shanti et les autres vous attendront, grogne-t-il.

— Nous sommes dimanche, milord, je me rends à l'office, contre-t-elle, en levant le menton.

Crétin !

— Tant mieux, nous pourrons faire route ensemble, dans ce cas, grommelle-t-il.

— Pardon ?

Au moins son visage a-t-il perdu sa rigidité. Bon, il exprime maintenant la plus grande stupéfaction, et honnêtement, il ne peut pas lui en vouloir.

— Dépêchez-vous, Cross, vous allez nous mettre en retard, poursuit-il, avec sa plus belle mauvaise foi.

Imbécile.

Elle souffle lentement, il est sûr qu'elle serre les dents. Ah, si seulement elle n'était pas aussi belle en colère... Il essaierait peut-être moins de la mettre en rogne.

Il esquisse un sourire amusé, avance d'un pas et lui tend son bras. Elle hésite longuement, il entend presque les rouages cliqueter dans sa tête. Mais sa bonne éducation finit par l'emporter sur son envie de l'envoyer paître, et elle glisse la main dans le creux de son coude. Elle ne porte pas de gants et, malgré le tissu des vêtements, il sent sa petite paume le brûler intensément. Incapable d'ajouter un mot, il la laisse refermer la porte, puis l'entraîne dans le couloir.

Elle reste silencieuse et rigide jusqu'aux écuries. Là, elle lui arrache presque sa main et s'éloigne d'un pas martial jusqu'à la jument sellée que vient de sortir Bill.

— M'lord ? s'étonne ce dernier.

Il fronce un peu les sourcils. Il aurait préféré se rendre au village en voiture. Avec elle assise à ses côtés. Mais ils manquent visiblement de temps, il ne veut pas prendre le risque de la mettre en retard à l'office. Lui-même s'en fout, quelque chose lui dit qu'en revanche, elle détesterait ça. De toute façon, voilà un moment que le tilbury n'a pas été sorti, et il serait sans doute dangereux de l'utiliser sans une petite vérification préalable.

Tant pis, ils iront côte à côte à cheval.

— Donnez-moi une minute, grogne-t-il à sa rouquine, alors qu'elle va se mettre en selle.

Il selle Flame aussi vite qu'il le peut, évite de s'appesantir sur le regard perplexe de Bill et la rejoint dans la cour. Elle termine tout juste de positionner ses jupes pour masquer ses chevilles qu'il est prêt. Elle ne l'attend pas pour se mettre en route ; il sourit en la voyant directement prendre le petit trot. Si elle croit que cela l'empêchera de faire la conversation !

— Belle journée, pas vrai ? lance-t-il, à défaut d'une réflexion plus intelligente.

D'autant que le ciel est bas et nuageux...

— Oui, milord, répond-elle, sans le regarder.

Il doit contenir Flame pour pouvoir rester à sa hauteur, alors qu'ils s'éloignent de Blackson House. Il laisse passer quelques secondes, cherche autre chose à dire, la regarde du coin de l'œil.

Il l'a souvent regardée partir à cheval, à l'époque bénie où elle s'occupait encore du domaine, et sait déjà combien elle est bonne cavalière. De près, son assiette semble encore meilleure, elle se tient bien droite sur sa selle, et il aurait bien envie de faire une petite course avec elle. Bon Dieu, elle doit être superbe, lancée au grand galop, couchée sur l'encolure de sa monture, son foutu chignon décoiffé par le vent !

— Au fait, Cross, commence-t-il, sans bien savoir comment il va finir sa phrase.

— Oui, milord ?

— Comment avance la rénovation de Blackson House ?

À défaut d'un sujet plus personnel…

— Bien, milord.

Elle n'a pas l'air de vouloir coopérer. Il grogne tout bas. Bon Dieu, le village est déjà en vue…

— Mais encore ? insiste-t-il, en la regardant brièvement.

Elle se tourne à peine vers lui, lui jette un regard qu'il est en mal d'interpréter.

— Il ne reste que quelques pièces de l'aile gauche où travailler.

— Et l'aile droite ?

— En dehors de quelques salons et de la grande salle à manger, tout y reste à faire, milord.

Il grogne à nouveau. Se souvenant qu'elle n'est là que depuis huit mois, le travail qu'elle a abattu lui paraît soudain fou.

Ils atteindront bientôt les premières maisons, et il se sent pris d'une soudaine urgence. Il sait qu'au moment où ils seront dans le village, la discussion cessera.

— Cross, si vous en aviez le pouvoir, qu'est-ce que vous changeriez dans la maison ?

Elle arrête sa jument et se tourne vers lui.

— Vraiment ? s'étonne-t-elle. Cela vous intéresse ?

Il serre les doigts sur les rênes de Flame, l'arrête aussi et grogne un assentiment.

— Blackson House est une vieille bâtisse qui date d'un autre temps. Elle nécessiterait de lourds travaux de réaménagement et de modernisation.

— De quel genre ?

— Nous sommes encore obligés d'utiliser des pots d'aisance, milord, soupire-t-elle, en rosissant soudain. Vous pourriez commencer par-là, si vous aviez effectivement le projet de rendre votre château familial un peu plus dans l'air du temps.

Il fronce les sourcils, puis grogne pour qu'elle poursuive.

— Nous allons être en retard à l'office, milord.

D'ailleurs, les cloches de l'église se mettent à sonner avec un agaçant à-propos. Il se renfrogne.

Ils se fondent dans le flot des autres villageois, et les regards qui pèsent sur lui à mesure qu'ils approchent le mettent mal à l'aise. Il a une sainte horreur des bondieuseries... Cela fait des années qu'il n'est pas entré dans une église. Même lors de la petite fête organisée pour l'arrivée du pasteur, il a pris grand soin de rester au large du lieu saint. Il met pied à terre, attache Flame et va pour aider la rouquine à descendre, mais elle a déjà sauté de sa selle. Il attend qu'elle ait secoué ses jupes et lui tend le bras. À nouveau, elle hésite, mais finit par y poser la main et, avec un frisson de plaisir, il la mène jusqu'à la porte.

En fait, il n'a pas dû pénétrer dans une église depuis l'enterrement d'Aggie. Son dos se hérisse quand ils passent le seuil. Il aimerait s'asseoir dans le fond, près de la sortie, histoire de pouvoir s'échapper rapidement, mais la main sur son bras le tire malgré lui vers le premier rang.

C'est bien pour elle qu'il accepte ça.

Si le regard du pasteur – bon Dieu, il ne se rappelle plus son nom – brille d'une légère surprise, il le salue cependant avec un sourire auquel Keir répond d'un bref signe de tête. Il attend que la rouquine soit assise pour prendre place près d'elle, la serre un peu plus que ne le veut la bienséance et sourit quand elle se tortille pour s'éloigner de lui.

Il n'écoute évidemment pas un mot de l'office, son attention toute tournée vers elle. Elle est nerveuse. Cela se voit aux gestes un peu brusques de ses doigts sur le livre de prières, à la façon dont elle se lève brutalement pour chanter. D'ailleurs, elle a une très jolie voix, ronde, chaude, un peu voilée. Alors qu'ils s'assoient après un cantique vibrant, que Keir n'a même pas pris la peine de suivre, il profite d'un mouvement de jupes pour lui prendre la main. Elle sursaute brutalement, se raidit de tout son corps. Il resserre ses doigts sur elle quand elle essaie de se libérer sèchement, enfouit leurs mains jointes sous le tissu entre eux.

Il l'entend reprendre son souffle, sourit malgré lui et, du pouce, caresse doucement le creux de sa paume. Elle prend une inspiration un peu haletante. Elle a la main moite, au moins autant que la sienne. Il est soulagé de ne pas être le seul à s'émouvoir de leur contact. Son pouce passe, repasse, caresse, et son pantalon devient rapidement étroit. Gêné, il se retient de gigoter sur le banc, se demande s'il ne ferait pas mieux de la lâcher.

Sauf qu'il ne peut pas. Ils sont en public, face au pasteur, et elle est dans l'incapacité de se soustraire à sa caresse. En bon soldat, il sait qu'il ne faut jamais négliger son avantage. Il étire les doigts, les entremêle aux siens, presse leurs paumes l'une contre l'autre, déglutit quand le souffle de Cross s'accélère. Le sien aussi, d'ailleurs. Son pouce se remet en mouvement, effleure le dos de la main prisonnière. Elle frémit sous son doigt, le dos raide. Il lui coule un regard en coin. Elle est écarlate, au point qu'il ne parvient plus à distinguer ses taches de rousseur. La bouche entrouverte, elle semble chercher de l'air tout en remuant les lèvres au rythme de la prière en cours. Toute l'église tourne une page, il se penche donc contre elle, tourne la page de sa main libre, en profite pour humer discrètement son odeur, l'entend retenir son souffle.

— Tu vas me faire aimer l'office.

Juste pour le plaisir de la sentir tressaillir. Juste pour qu'elle tourne vers lui les émeraudes furieuses de ses yeux.

Bon, il aurait peut-être dû éviter. Il bande de plus en plus fort.

Elle essaie à nouveau de libérer sa main, et il hésite encore une fois à la laisser aller. Mais non, pas moyen de la lâcher. Il resserre ses doigts, frotte leurs paumes l'une contre l'autre. Ah, il lui semble bien qu'elle a retenu un gémissement. Bon Dieu, qu'elle puisse refuser qu'ils fassent à nouveau l'amour le dépasse.

— Arrêtez, murmure-t-elle entre ses dents, les yeux fixés sur son livre pieux.

Il devrait. Vraiment. L'office va bientôt s'achever, et il voit mal comment il pourra masquer la monstrueuse érection qui déforme son pantalon, quand il va falloir se lever.

— Heureusement, tu ne portes pas de gants, lui répond-il, sur le même ton.

Du coin de l'œil, il voit ses épaules se redresser, son menton se lever, vindicatif, et il sourit largement. Ah, il adore ça ! Et parce qu'il sait qu'il ne pourra pas la toucher de nouveau avant un bon moment, il caresse encore sa paume de la sienne, les glissant l'une contre l'autre, mimant de sa main ce qu'il aimerait qu'ils fassent ensemble.

Il ne la lâche que lorsque le pasteur – mais quel est son foutu nom, déjà ? – égrène les derniers mots. Alors que toute l'assemblée se lève, tous deux restent assis, l'un à côté de l'autre, sans bouger. Elle a enfoui sa main libérée dans son giron, loin de lui, le souffle un peu court et les pommettes joliment rougies. Il referme son propre livre avec une tranquillité feinte, s'efforce de calmer ses sens. Il aimerait quand même pouvoir se lever sans que tout le monde le prenne pour un satyre.

— Abbie ! fait le pasteur souriant en venant vers eux.

7

La rouquine bondit sur ses pieds, et il se lève à son tour. Il a encore quelques restes de la bonne éducation que ses parents se sont efforcés de lui inculquer. Il se tourne un peu, essaie de cacher son érection en tendant la main au pasteur.

— Milord. C'est un honneur que vous soyez venu.

Il grogne.

— Ipérius, salue la rouquine, avec un sourire un peu contraint. C'était un bel office. J'ai particulièrement aimé le passage de...

— Sortons de là, grommelle Keir, sans plus s'occuper d'être malpoli.

Maintenant qu'il ne peut plus la toucher, franchement, il ne voit aucun intérêt à rester plantés là. Il n'aime vraiment pas les églises.

Cross passe devant lui, le menton levé, les lèvres pincées, et il attend un instant avant de se mettre en marche vers la sortie, lui aussi. C'est la meilleure place. Il peut sans réserve admirer le balancement de ses hanches et la façon dont ses jupes ondulent. Elle discute avec le pasteur-sans-nom. Elle a un port de tête digne d'une reine, alors qu'elle ne porte pas de corset. Le temps d'arriver sur le parvis, le teint de Cross a retrouvé son blanc laiteux, et il ne peut s'empêcher de regarder ses taches de rousseur. Savoir qu'elle en a partout le rend fou et suffit, malheureusement, à faire redurcir ce qui commençait à se ramollir.

— Merde.

— Pardon ? fait le pasteur, en se tournant vers lui.

Il secoue vaguement la main, s'approche d'eux, s'apprête à

tendre le bras à Cross. Il a hâte qu'ils repartent à Blackson House, même s'il se doute qu'il aura droit à un silence glacial de sa part tout le long du chemin.

— ... t'attend, dit le pasteur.

— Eh bien, je..., balbutie un peu la rouquine, en regardant brièvement Keir. Bien sûr, oui... Mais...

— Oh ! mais il est évident que milord est également invité,

Keir émet un grognement interrogatif, en les dévisageant l'un après l'autre.

— Ipérius nous invite à partager leur repas de midi, milord.

Elle le connaît bien quand même, songe-t-il en retenant un sourire amusé. Elle a bien compris qu'il n'avait pas écouté un traître mot de la conversation. Et voilà qu'elle le foudroie du regard en fronçant les sourcils. Pas besoin d'être devin pour deviner qu'elle souhaite qu'il refuse la fameuse invitation.

Elle aimerait pouvoir y aller seule. Pas question.

— Avec plaisir.

Il attend que le pasteur se détourne pour décocher à la rouquine une œillade et un sourire narquois. Elle se raidit de la tête aux pieds avant de se détourner. Il retient un petit gloussement amusé. Vraiment, ce n'est pas charitable de la mettre dans l'embarras ou en colère... mais nom de Dieu, qu'est-ce que c'est bon !

Ils vont récupérer leurs chevaux, et il les suit, un peu à la traîne, jusqu'au presbytère. Un petit coup d'œil à ses jupes, ce n'est pas ce qui lui vaudra l'Enfer.

À peine ont-ils poussé le portique qu'un gamin sort de la maison en courant. Il ressemble comme deux gouttes d'eau à Darius, avec quelques années de moins. Keir se souvient l'avoir vu au cours du repas donné à Blackson House, mais n'est pas fichu de se rappeler son nom, à lui non plus.

— Cassius, dit alors le pasteur avec à-propos, va donc t'occuper des chevaux de milord et Abbie.

Débarrassé de Flame, ses sens enfin apaisés, il suit sa rouquine et le pasteur à l'intérieur. Malgré lui, il sent une certaine tension lui nouer les épaules. Pour lui, la notion de presbytère restera à jamais liée au passé d'Aggie.

Pourtant, la maison en elle-même est charmante. Fleurie.

Décorée dans des teintes chaudes et avec goût, elle renferme surtout des bibelots africains. La femme du pasteur – comment s'appelle-t-elle, celle-là ? – vient les accueillir. Il voit bien qu'elle marque un peu le pas en le voyant, mais elle ne se démonte pas et envoie sa fille aînée Gaia rajouter un couvert pour milord.

S'ensuit un brouhaha qui se généralise, alors que tout le monde s'installe autour de la table. Un peu noyé par le bruit et la masse de gens qui l'entoure, mal à l'aise, il s'assoit là où on le lui dit. C'est-à-dire en bout de table. Il a beau savoir que c'est une place d'honneur, la seule chose qu'il constate, c'est que la rouquine est assise à l'autre bout, trop loin de lui.

Il pianote nerveusement sur la nappe brodée pendant le bénédicité, frissonne en sentant le regard de Cross peser sur lui, se tourne vers elle. La tête pieusement penchée, elle le foudroie pourtant du coin de l'œil, et il esquisse un sourire, pas contrit pour un sou. Il hausse même un sourcil, histoire de la voir rougir un peu avant qu'elle ne se détourne.

— Êtes-vous satisfait de l'avancée des travaux, milord ? lance le pasteur, peu après.

Au moins a-t-il attendu qu'ils aient tous commencé à manger avant de lui adresser la parole, songe Keir, la bouche pleine. En fait, il est même en pleine dégustation de son agneau à la menthe.

— Quels travaux ?

— Eh bien, tous ceux qui ont lieu au village, sourit le pasteur.

— Le nouveau moulin fonctionne magnifiquement, intervient son épouse. La farine qu'il donne est bien meilleure qu'auparavant.

— Et qu'en est-il de la distillerie ? interroge Cross.

— Samuel Kingston dit que l'on devrait pouvoir mettre les alambics en route d'ici le mois prochain, répond le pasteur. C'est un homme de valeur que Samuel.

L'épouse hoche la tête, Cross sourit. La discussion se développe, inclut maintenant la nouvelle fromagerie, qui commence à produire.

— J'étais étonné de ne pas vous avoir vu à l'église auparavant, fait alors le pasteur.

Keir fronce les sourcils, mâche sa bouchée en regardant l'homme de Dieu sans grande aménité. Il sait bien que, sur ce coup-là, il manque clairement d'objectivité, mais il lui est difficile de passer outre. Il surprend une brève supplique dans les yeux verts de sa rouquine, soupire.

Pour elle, il veut bien faire un effort.

— Ça n'a rien de personnel. Je ne porte simplement pas les gens de votre profession dans mon cœur.

Sa remarque jette un léger froid sur la table.

— Je sais que hélas, certains pasteurs sont loin de se conduire comme ils le prêchent, sourit le pasteur.

— On peut le dire, marmonne-t-il en prenant son verre.

— Une mauvaise expérience passée, donc ? insiste l'épouse, en le regardant fixement.

Lui préfère regarder Cross. Elle se tient rigide, les mains sagement posées sur ses couverts, et cisaille son agneau avec acharnement, les joues rouges. Il hésite un peu, se demande ce qu'il doit dire.

Puis comprend soudain que ce repas est une occasion en or de pouvoir lui parler indirectement.

— Le premier mari de ma première femme était pasteur. Et c'était un véritable salopard.

Cross redresse violemment la tête et le foudroie des yeux.

— Que les dames excusent mon langage, grogne-t-il.

Il évite Cross, un peu mal à l'aise, et croise le regard étrangement compréhensif du pasteur.

Webster. C'est son nom, oui.

— Nous ne sommes heureusement pas tous ainsi, sourit ce dernier.

Keir reçoit la réflexion pour ce qu'elle est, même bien formulée, et hoche le menton en réponse. Oui, d'accord, c'est vrai… Il a toujours eu tendance à mettre tous les hommes d'Église dans le même panier. Mais à sa décharge, il faut dire qu'il n'en a que rarement rencontré qui soient différents de l'image noire qu'il a d'eux. Le premier mari d'Aggie restant quand même le pire.

« Un peu comme pour les gouvernantes », songe-t-il soudain.

Quoique, concernant les gouvernantes, il ait depuis peu changé d'idée à leur propos.

Mrs Webster relance une conversation légère, à laquelle il ne prête guère attention. Il croise plusieurs fois le regard pensif du pasteur Webster, de temps en temps celui de Cross, énigmatique.

Finalement, le sujet dérive et atteint les Indes, où on le met à contribution. Un peu gêné, il répond d'abord sobrement aux questions sur la vie des autochtones que le pasteur ou sa femme posent, mais finit par se détendre, lorsque Darius, son frère et ses sœurs le questionnent à leur tour.

Prenant soin de châtier au mieux son langage et d'édulcorer ses récits, il raconte les paysages, les odeurs, puis les différentes villes et nombreux villages qu'il a traversés, où il a vécu. Il parle des rajahs, passe sous silence le peuple qui crève de faim ou se fait massacrer par les soldats ; parle des animaux, explique comment sont utilisés les éléphants, préfère taire comment les tigres et les serpents tuent ; évoque la nourriture, passe sous silence les maladies ; décrit les religions et les castes, omet l'esclavage, le racisme et la prostitution.

Finalement, il a parlé sans presque discontinuer pendant tout le repas et est soulagé de voir arriver le thé, parce qu'il meurt de soif.

Cross l'a souvent regardé, toujours aussi énigmatique, et il a préféré focaliser son attention sur Darius ou ses parents. La regarder a franchement tendance à le déconcentrer.

— Que diriez-vous d'un cigare et d'un whisky, milord ? propose le pasteur, en se levant de table.

Il hoche la tête, bien conscient qu'il n'a pas le choix, l'invitation relevant surtout de l'ordre, et quitte la pièce derrière Webster, en laissant sa rouquine derrière lui.

Le pasteur le mène jusqu'à une petite bibliothèque très masculine, dont le bureau est jonché de papiers et de livres. Une magnifique mappemonde est accrochée au mur, et il s'en approche, tandis que le pasteur leur sert des verres.

— C'est une Oronce Fine[1] ? s'étonne Keir en se tournant vers le pasteur.

— Vous avez l'œil, sourit ce dernier en lui tendant le verre, avant de s'arrêter à ses côtés. Une reproduction, évidemment, mais oui, c'est une Oronce Fine.

— Mon frère cadet était amoureux des sciences, explique

1. Du nom du cartographe, mathématicien et astronome français du XVIe siècle, auteur de cartes du monde.

Keir, presque malgré lui. Il avait une assez belle collection de mappemondes. La plupart étaient dans la famille depuis plusieurs générations, mais Rory en a acheté lui-même de nombreuses autres. Cependant, je ne me rappelle pas qu'il ait possédé celle-ci.

— J'ai malheureusement appris vos deuils avant de prendre mes fonctions, milord. Je vous présente mes condoléances.

— C'était il y a longtemps.

— Le temps n'efface pas la douleur des pertes. Il la rend seulement supportable.

Le pasteur lui tend un cigare, que Keir prend machinalement avant de se détourner de la mappemonde.

— Êtes-vous complètement retourné à votre vie britannique, milord ? demande le pasteur, en lui tendant un brandon enflammé.

Il se penche pour allumer son cigare, tout en se tendant intérieurement.

— Je me permets cette question parce qu'en ce qui me concerne, il m'a fallu presque une année complète pour oublier l'Afrique, sourit Webster, avant d'allumer son propre cigare. Et encore n'y avais-je pas vécu autant d'années que vous avez passées aux Indes.

Keir tire une bouffée, agréablement surpris par la qualité du tabac, tourne quelques formules de politesse convenues dans sa tête, puis croise les yeux bleus du pasteur et comprend qu'il n'a définitivement pas affaire à un crétin superficiel.

— Je ne cherche plus le bruit des fusils dans la nuit, finit-il par dire, un peu amèrement. Je dois donc être sur la bonne voie.

— L'un de mes nombreux cousins a servi aux Indes, lui aussi. Il en est revenu comme… malade. Presque incapable de se mêler aux gens. Sans cesse sur le qui-vive, jamais en paix.

— C'est ce qui reste aux soldats, quand les guerres sont finies. Enfin, à ceux qui ont la chance d'être encore entiers de corps.

Et que Webster en tire les conclusions qu'il veut.

Comme s'il avait compris que poursuivre dans cette voie n'était pas souhaitable, Webster change radicalement de sujet.

— J'ai été assez surpris d'apprendre combien cela faisait peu de temps qu'Abbie était à votre service, milord. Elle a accompli de vrais miracles sur le domaine. Bien sûr, je n'y suis moi-même que depuis peu, mais les anciens du village ne tarissent pas d'éloges sur elle et ce qu'elle a fait pour améliorer leur existence.

Il estime qu'un simple grognement devrait suffire pour répondre à cela.

Étonnant comme, depuis son retour des Indes, son esprit vif et son verbe facile ont disparu ! Dire que, fut une époque pas si lointaine, il circonvenait le plus habile des espions sans le moindre souci… et le voilà réduit à grogner pour éviter de parler.

— Vous avez été bien inspiré de l'engager.

Il ne prend pas la peine de rétablir la vérité. Grogne encore une fois, tire une nouvelle bouffée.

— Et peu importe ce qu'ont bien pu dire d'elle le vicomte Barring ou même les Carson, après le fameux repas organisé par vos soins.

Il se raidit, étrécit les yeux.

— Qu'est-ce qui a été dit ?

Webster secoue la main en allant tapoter son cigare contre le cendrier. Keir avale une gorgée de whisky, agacé de se laisser ainsi prendre dans le filet, bien grossier en plus, du pasteur.

Mais incapable d'y résister.

— Oh ! les choses habituelles, je suppose. Je préfère passer sur les bruits fort désagréables qui courent depuis, quant à la façon dont les habitants de Blackson House semblent vivre et…

— Qu'ont-ils dit sur Cross ?

— Vous voulez dire, en dehors du fait qu'elle semblait plus être la maîtresse de la maison que la gouvernante ?

Il se détend un peu, car lui aussi l'a pensé, ce soir-là.

— Il y a bien sûr les bruits qui courent sur votre relation à tous les deux. Évidemment, ce genre de ragots n'aurait pas cours dans une maison plus… traditionnelle que la vôtre, mais hélas, votre famille est loin des traditions.

Il broie presque le cigare entre ses dents.

— D'autant que tous les convives de ce soir-là ont pu attester que vous, comme elle, ne vous comportiez pas comme vous l'auriez dû.

Il vide son verre.

— Sans oublier le coup de grâce, lorsque vous avez tous les deux disparu en même temps dans l'orangerie.

Leur premier baiser.

Il va tuer Barring. Et Carson aussi. Et peut-être même pocher les yeux de Webster pour faire bonne mesure. Furibond, il foudroie le pasteur du regard en serrant les dents.

— Je vous en sers un autre ? offre ce dernier, terriblement affable en montrant son verre vide.

Il grogne un assentiment sans parvenir à décolérer. Une partie de lui comprend très bien – trop bien – le message du pasteur. Mais le reste de son esprit a juste envie de tout fracasser dans la pièce, de cogner du poing sur sa poitrine pour revendiquer la rouquine comme sienne, avant d'envoyer paître le reste du monde.

— Je me doute que vous-même n'avez cure de l'image qu'autrui a de vous. Mais Abbie, c'est différent. Et je sais que vous êtes suffisamment gentleman pour comprendre ce que je veux dire.

Foutre oui, il comprend. Et il n'apprécie pas de se faire remonter les bretelles par un fichu *pasteur*.

— Et bien que j'aie été heureux de vous voir à l'office, si jamais vous comptiez y assister de façon régulière, je serais enclin à vous demander de ne plus tenir en public la main d'une femme qui n'est pas votre épouse. D'autant qu'étant votre employée, ce geste met Abbie dans une situation plus que délicate.

Il se sent blêmir, autant sous la remontrance que pour ce que le pasteur sous-entend. Il plonge les yeux dans le regard brusquement déterminé de Webster, et ils s'affrontent en silence pendant un instant.

— Le droit de cuissage n'a jamais été de mise chez les Blackson, finit-il par gronder, furieux.

— Ce qui n'empêche pas la réputation d'Abbie d'être ternie par votre faute, milord.

Il gronde encore, écrase le cigare dans le cendrier.

— C'est avant tout à Abbie que je pense, insiste Webster. J'en suis venu à la considérer comme une amie. Ma femme et elle sont proches, et mon fils passe toutes ses journées chez vous. Ce sont là les raisons qui me poussent à vous parler aussi franchement. Et pour reprendre vos propres termes, milord... n'y voyez rien de personnel.

Il achève son verre d'une grosse lampée, fait claquer le verre vide sur le bureau et expire par le nez, dans l'espoir de calmer un peu les remous qui le secouent.

— Mais comme je vous le disais, continue Webster, d'une voix soudain bien plus joviale, je sais que les années passées à guerroyer aux Indes n'ont pas fait disparaître le gentleman et que vous savez très exactement quel comportement il convient d'adopter.

Il a juste envie de lui envoyer son poing au visage, pour le moment.

Peut-être que, dans quelque temps, il rira de ces mises en garde. Peut-être même que, d'ici quelques années, il s'estimera l'ami de ce pasteur qui, s'il fait abstraction de son engagement envers l'Église, lui paraît être un homme comme il les apprécie. Mais pour l'instant, il a juste envie de lui balancer son poing quelque part et de lui intimer de se taire. Il n'a sacrément pas besoin qu'on lui rappelle qu'il se conduit comme un crétin fini. Ce n'est pas comme s'il l'ignorait, nom de Dieu !

— Je pense que nous nous sommes suffisamment isolés, sourit Webster en éteignant à son tour son cigare. Si nous allions rejoindre ces dames ?

Il va surtout récupérer sa rouquine et quitter cette foutue baraque sur-le-champ !

8

Ils reviennent dans le salon pour trouver Cross, Mrs Webster et les filles de la maison en grande discussion sur les mérites du velours, et il doit patienter près d'une demi-heure, coincé dans un fauteuil trop petit, une tasse de thé à la main, avant que sa rouquine ne finisse par se lever pour saluer tout le monde.

— Puis-je vous accompagner ? fait Darius, alors que le plus jeune des frères ramène Flame et la jument.

Cross lance un sourcil interrogateur à Mrs Webster, qui hoche la tête en souriant.

— Mais pas de sports de combat aujourd'hui !

— Promis, maman ! lance Darius avec un grand sourire. Juste de la chimie.

— Dieu nous vienne en aide, entend-il Cross marmonner près de lui.

La fille aînée soulève alors un simple problème d'arithmétique. Trois personnes, deux chevaux.

Il a bien une solution à proposer, mais un simple coup d'œil à Webster le dissuade d'ouvrir seulement la bouche. Il serre les dents, gratte machinalement le chanfrein de Flame, tandis que chacun donne son avis. C'est finalement Mrs Webster qui tranche en donnant l'ordre à Darius de monter la jument et à milord le baron de prendre Abbie sur Flame avec lui.

Pour un peu, il croirait que la femme du pasteur cherche à jouer les entremetteuses. Non pas qu'il veuille s'en plaindre !

Il note le coup d'œil courroucé que Cross lance à son amie, avant de marcher jusqu'à l'étalon dont il tient les rênes. Il attend qu'elle se soit installée sur l'avant de la selle avant de monter à son tour et lutte pour conserver un visage neutre quand les fesses de sa rouquine viennent tout naturellement se lover entre ses cuisses.

Louée soit Mrs Webster ! songe-t-il, en serrant les dents pour conserver un peu de sang-froid. Le trajet du retour va être une torture. Une délicieuse torture. Cross salue les Webster de la main tandis qu'ils prennent le pas pour quitter le presbytère, et il se concentre au mieux sur ses rênes pour ne pas penser à la chair moelleuse qui se presse sporadiquement contre une partie ouvertement sensible et réceptive de sa propre anatomie.

Elle a beau se tenir aussi droite et éloignée de lui qu'elle le peut, elle est quand même entre ses cuisses, et bon Dieu ce que c'est bon ! Il y a trop longtemps qu'ils n'ont pas été aussi physiquement proches, et ça lui a sacrément manqué. Elle lui a manqué.

Darius se met de lui-même à la tête de leur petit convoi, et ils traversent le village en silence. De temps à autre, sa rouquine salue un villageois, il arrête même Flame deux fois pour que Cross puisse discuter un instant avec quelqu'un. Puis, dès qu'ils dépassent la dernière maison, Darius se tourne sur sa selle vers eux.

— Puis-je galoper un peu, milord ?

Il hoche la tête, alors que Cross secoue la sienne, et il sourit largement quand le garçon lance la jument au galop et s'éloigne.

— Détends-toi, Cross.

— Je préférerais marcher, milord.

Il prend ses deux rênes dans une main, glisse son bras libéré autour d'elle et la ramène d'un seul geste contre lui. Il retient un soupir de bien-être quand elle pèse contre sa poitrine. Elle lutte un peu, il resserre son bras et l'entend souffler, agacée, avant qu'elle cesse tout mouvement. Il n'aurait qu'à se pencher un peu pour pouvoir embrasser sa nuque ou sentir son odeur. Cuisses contre cuisses, ils ondulent au rythme de Flame, et il referme à peine les doigts sur les rênes pour que son étalon ralentisse un peu son pas. Il n'a pas du tout envie que s'arrête trop vite cette promenade impromptue. D'autant que son charmant fessier lui procure des caresses radicalement délicieuses.

— Je vais descendre, milord.

— Pourquoi, Cross ?

Elle se trémousse un peu sans oser utiliser ses mains pour repousser le bras dont il l'enlace, et il retient de justesse un grognement de plaisir. Mais pas moyen de contenir le mouvement instinctif qui le fait se cambrer un peu pour se frotter contre elle. Sous son bras, il la sent prendre une inspiration entrecoupée.

— Bon sang de bois, arrêtez de faire cela ! s'exclame-t-elle, d'une voix un peu trop aiguë.

Il sourit encore plus largement. Quoi que puisse penser ce foutu pasteur et, même s'il oblige Cross à supporter sa présence, elle n'est pas rétive à son contact. Au contraire. S'il en juge par la rapidité avec laquelle se soulève sa somptueuse poitrine et la chaleur qu'elle dégage, elle aime au contraire beaucoup leur proximité physique.

— Essaie donc de détourner mon attention, plaisante-t-il à moitié, en se demandant s'il va ou non poser les lèvres sur sa nuque.

Superbe nuque, soit dit en passant. Elle…

— Si vous n'aimez pas les pasteurs à cause d'un seul, pourriez-vous m'expliquer d'où vous vient votre aversion des gouvernantes ?

Merde.

Il aurait mieux fait de se taire. Il recule la tête, sombre. Elle tourne un peu le visage, lui présente un profil au sourire narquois. Il plisse les yeux. Oh ! il voit bien où elle veut en venir. Le mettre en rogne. L'éloigner d'elle et de ses pensées lubriques.

Ça marche presque.

Presque.

— Mrs Huntington était la gouvernante des Blackson, quand j'étais plus jeune. Elle faisait partie de la maison depuis que j'étais gosse, et nous avions tous tendance à la traiter comme faisant partie de la famille.

Il ferme brutalement la bouche. Face à lui, le profil aux taches de rousseur recouvre son sérieux. Peut-être a-t-elle noté le côté tranchant de sa voix.

— Que vous a-t-elle fait ?

— Elle a laissé mourir Aggie.

— Oh !

Il déglutit, sent son bras se desserrer autour d'elle, sans pour autant qu'elle remette de distance entre eux. Il pince les lèvres.

— Elle l'a laissée se vider de son sang une fois Gus né. Elle n'a même pas essayé de lui venir en aide ou... ou de la soigner.

— Je suis désolée.

— Et tout ce qu'elle a trouvé à me dire, ricane-t-il sèchement, c'est que je devais m'estimer heureux qu'elle m'ait donné un héritier avant de trépasser.

— Garce !

Il en esquisse un sourire presque amusé.

— Et si cela ne suffisait pas, elle m'a volé les derniers instants d'Aggie. Je n'ai...

Sa gorge s'enroue violemment, les larmes lui montent aux yeux. Bordel, même après toutes ces années, la rage qui l'a pris alors, l'abominable douleur, sont toujours là. Il essaie d'avaler sa salive, cherche quelque chose de léger à dire, histoire de changer ce foutu sujet de conversation et...

Elle pose une main sur la sienne, et il ferme les yeux, submergé de chaleur.

— Le temps que je chasse Huntington de la chambre, Aggie était morte. Je n'ai pas pu lui dire au revoir. J'aurais pu la tuer pour cela.

Elle entrelace leurs doigts, les presse.

— C'est atroce, n'est-ce pas ? murmure-t-elle soudain. La perte est plus douloureuse encore, quand on n'a même pas pu dire une dernière fois son amour.

La boule dans sa gorge semble à la fois grossir et diminuer, et il la serre plus fort contre lui. À nouveau, il a du mal à comprendre. Était-elle retombée amoureuse de son époux, peu avant sa mort ? Pourquoi, sinon, comprendrait-elle si bien ce qu'il peut ressentir ? Elle aussi semble avoir perdu son amour sans lui dire adieu. Il devrait lui poser la question, essayer de savoir.

Sauf qu'il a peur qu'elle ne se referme. Ne s'éloigne.

Sauf qu'il a peur des réponses qu'elle pourrait donner.

Et si ce n'était pas son époux qu'elle pleurait ? Et si c'était un amant ? Quelqu'un qu'elle aime toujours ?

Il préfère se concentrer sur la jolie nuque qui lui fait face. Quelques mèches frisottées s'échappent de son chignon.

— Je n'aurais sans doute pas dû juger toutes les gouvernantes à l'aune de Huntington.

— Maintenant que je connais l'histoire, je me sens personnellement insultée.

Il sourit, parce qu'elle a mis juste ce qu'il fallait d'humour dans sa réponse. Surtout, elle n'essaie pas de séparer leurs mains ni de s'éloigner physiquement de lui.

— Le pasteur dont vous parliez, reprend-elle.

— Holter.

— Il était si abominable que ça ?

Il ferme à demi les paupières, cesse de résister et pose les lèvres sur sa peau, juste là où l'un des frisottis le nargue depuis deux bonnes minutes. Elle se raidit un peu, retient son souffle, et il referme les doigts sur sa main avant de bouger doucement la bouche sur sa nuque.

— Pire encore, murmure-t-il contre elle. Bien pire.

Elle prend une inspiration toute tremblante, et son érection prend des proportions gênantes. Pourtant, elle ne bouge pas.

— Je ne devrais sans doute pas non plus juger tous les pasteurs selon cette pourriture, chuchote-t-il, en glissant les lèvres jusqu'à son oreille.

— Non, vous ne devriez pas.

Elle tourne légèrement la tête en la penchant, et il gémit devant la peau qu'elle lui offre ainsi. Il prend le lobe entre ses lèvres et la devine fermer les yeux.

— Mais je n'ai jamais aimé les hommes qui s'en prennent aux femmes ou aux enfants, reprend-il au creux de son oreille.

Il la sent frissonner et s'abandonner peu à peu contre lui. Son cœur bat sourdement, et il se demande si, au lieu de rentrer à Blackson House, il ne devrait pas plutôt mettre le cap sur la vieille cabane de chasse, au milieu de Rubber's Wood.

— Ni les garces sans cœur, dit-elle en se cambrant légèrement.

— Non, ni les garces sans cœur, répète-t-il sans bien savoir ce qu'il dit. Cross ?

— Mm ?

— Tourne la tête.

Il arrête Flame d'un mouvement sec, alors qu'elle tourne le

buste vers lui. Il dénoue leurs doigts, pose la paume sur sa joue et se penche pour l'embrasser.

Il réussit à peine à se dire d'y aller doucement, de ne pas se montrer trop pressant. Elle soupire contre ses lèvres et, avec un grognement, il les écarte et plonge la langue en elle. Elle gémit sourdement, le rend presque fou de désir, et il la dévore d'un baiser affamé. Sa bouche est chaude, brûlante, encore parfumée de la cannelle qui saupoudrait la tarte aux pommes qu'ils ont mangée en dessert. Un goût envoûtant. Sa paume glisse de sa joue à son épaule, puis vient prendre un sein en coupe. Il sent à peine qu'il lâche les rênes, pose son autre main sur sa hanche, son ventre, effleure un mamelon du pouce. Elle se cambre vers lui, achève de lui faire perdre la tête. Il déboutonne son chemisier d'une main tout en tirant sur la jupe de l'autre, submergé par le besoin viscéral de la toucher. Il frémit violemment quand elle glisse une de ses mains dans ses cheveux, se tourne encore un peu sur la selle pour pouvoir l'enlacer de son autre bras, pose sa main encore libre au creux de son dos, se presse contre lui. Ils s'écartent l'un de l'autre en même temps, reprennent à peine leur souffle avant qu'elle ne l'embrasse, elle. Il gronde doucement, écarte ce foutu chemisier enfin ouvert et ferme les doigts sur son sein encore couvert d'une chemise de batiste. La jupe résiste, plus bas, il n'arrive pas à la monter au-delà du genou et, agacé, il finit par abandonner tout espoir de toucher sa peau nue pour plaquer la paume entre ses cuisses ouvertes.

— Oui, oui, halète-t-elle contre sa bouche. Oui.

— Touche-moi !

Elle serre les doigts sur ses cheveux, fait glisser son autre main depuis son dos jusqu'entre eux, et la pose enfin sur son érection. Il en ferme les yeux de plaisir et n'attend pas qu'elle commence à le caresser pour frotter sa propre paume contre l'entrecuisse de sa Cross. Il tire sur la chemise, parvient à y passer la main, et elle a un soupir rauque quand, enfin, il touche son sein nu. Bon Dieu, ce que c'est bon ! Il avait des souvenirs fous de leurs ébats, mais ils étaient encore loin de la réalité. Elle se cambre avec un cri quand il pince son mamelon durci, échappant au baiser, et il recule un peu pour la regarder. Le souffle court, le visage rosi, elle le fixe sous ses paupières alourdies. L'image même du désir. Il a envie...

Flame se remet à marcher et, dans un éclat de lucidité, il se rend compte de ce qui se passe. Il voit une lueur dans les yeux verts, au moment où, elle aussi, se rappelle où ils sont.

— Merde.

Elle se raidit un peu, éloigne la main de son pantalon trop serré. Il sait bien qu'ils doivent arrêter, mais il est franchement trop excité pour pouvoir penser avec plus d'un dixième de son cerveau. Aussi, il pince à nouveau son mamelon, presse sa paume contre la chaleur entre ses jambes et se sent stupidement béat, quand elle ferme les yeux de plaisir.

— Arrêtez...

Il grogne de dépit et de frustration, mais sort la main de la chemise, écarte l'autre d'elle. Il reprend quand même sa bouche, juste une fois. Encore une fois. Une autre fois. Encore une...

Elle pose sa main sur son torse pour l'arrêter. Il rouvre les yeux, assez proche d'elle pour lire dans ses yeux combien elle aussi aimerait continuer.

— Laisse-moi te faire l'amour, murmure-t-il contre ses lèvres.

Elle se raidit un peu, et il panique à l'idée qu'en dépit de la preuve flagrante de son désir, elle puisse refuser.

— Dès que nous serons rentrés, reprend-il contre son oreille, viens dans ma chambre.

— Les autres le sauront ! s'exclame-t-elle à mi-voix, en se reculant pour lui jeter un regard à la fois tenté et horrifié.

— Je m'en fous.

— Pas moi !

Crétin. Crétin. Crétin.

Évidemment qu'elle ne s'en fout pas ! Elle est une femme ! À croire qu'il n'a jamais rien appris sur l'engeance féminine au cours de sa foutue vie !

Il lâche une bonne bordée de grossièretés en hindi, recule un peu et commence à reboutonner son chemisier. D'une petite tape sur les mains, elle le chasse et achève de se rhabiller seule, puis lui tourne à nouveau complètement le dos et remet ses jupes en place. Parce qu'il n'ose pas lui demander de le rejoindre cette nuit, il reprend les rênes, serre les jambes, et Flame reprend un pas actif. Il bande toujours comme un âne, frustré au possible.

Crétin.

Faire ça sur un cheval.

Crétin.

Il a beau utiliser toutes les techniques yogistes de Ranjit, il ne parvient pas à se calmer. Le reste du trajet se fait dans un silence pesant. Il cherche, mais ne trouve rien à dire. À peine arrivent-ils aux écuries qu'elle passe la jambe par-dessus l'encolure de Flame et saute à terre. Elle secoue ses jupes sans le regarder, prête à s'esquiver.

— Cross !

— Milord ?

Nom de Dieu, elle ne le regarde toujours pas.

— Et ce soir ? ose-t-il enfin demander, la gorge nouée d'angoisse.

Elle hésite un bon moment, finit par lever les yeux vers lui et hoche à peine le menton avant de tourner les talons et de filer vers Blackson House.

Le soulagement qui déferle dans ses veines lui donne le vertige. Et quand Bill vient récupérer Flame, Keir a un sourire béat aux lèvres, même si son pantalon est toujours trop étroit.

9

Quel est le sombre abruti qui a décidé que chaque heure devait comporter soixante minutes ? Surtout, quel est l'imbécile qui a décrété que chaque minute comptait soixante secondes ?

Il pianote sur le bras de son fauteuil. D'après l'horloge, cela fait deux heures qu'il attend le soir. Deux heures qu'il est assis dans son bureau à ne rien faire d'autre qu'attendre, en se remémorant la promenade à cheval.

Elle a hoché le menton.

Nom de Dieu, elle a dit oui !

Et voilà, il arbore encore le même sourire stupide que les cinquante ou soixante fois précédentes.

S'il avait une tendance à la piété, il se dirait que c'est le miracle de l'office dominical.

À mesure que les minutes s'égrènent avec une lenteur désespérante, il oscille entre l'euphorie, l'attente et l'angoisse sourde qu'elle change d'avis. Sans compter que les paroles de ce foutu pasteur reviennent de temps à autre dans sa mémoire, le rendant nerveux.

À force d'attendre vient l'heure du dîner, mais il reste assis sans bouger. Il préfère ne pas se joindre aux autres dans la cuisine. Bon Dieu, il a tellement envie d'elle qu'il n'est pas certain de pouvoir éviter de la regarder. Et s'il la regarde… Bah, tout le monde saura ce qu'il a en tête. Et vu qu'elle accorde beaucoup d'importance à ce que le « petit peuple » de Blackson House pense…

Il est plus sage de rester là et d'attendre encore. De toute façon, il n'a pas spécialement faim.

Alors que le soir commence à tomber, il se demande soudain pourquoi elle a changé d'avis. Pourquoi elle a accepté. Il fronce les sourcils, essaie de réfléchir.

Peut-être parce que refuser, alors qu'elle s'est laissé dépoitrailler en plein chemin sur un cheval, aurait semblé totalement stupide ? Elle ne pouvait pas nier son désir, pas après ça. Mais lorsqu'ils se sont disputés dans la cuisine, elle n'a pas nié son désir pour lui, même alors qu'elle refusait toute relation avec lui.

Alors... Qu'est-ce qui a changé ?

Merde, il n'en peut plus d'attendre.

Il se lève, nerveux, finit par sortir du bureau pour gagner sa chambre, y relance le feu. Il passe ensuite dans son dressing, se rase, se lave, hésite à se changer. Bordel, il se sent plus nerveux qu'une pucelle le soir de ses noces.

Finalement, il attrape le livre entamé depuis plusieurs jours, une édition originale de Rabelais, et va s'asseoir dans son vieux fauteuil devant la cheminée. Mais il est incapable de fixer son attention sur les mots, encore moins sur les idées ou l'histoire.

Après un moment qui lui semble un siècle, n'y tenant plus, il referme le livre, se lève, sort de sa chambre et va jusqu'aux appartements de Cross. La nuit est tombée depuis longtemps, maintenant, et si elle a changé d'avis, eh bien... qu'elle le lui dise en face. Ensuite, il s'occupera de la faire revenir à de meilleurs sentiments.

Il frappe brièvement à la porte et l'ouvre sans attendre de réponse. La pièce est vide, froide, le feu éteint. Il s'arrête sur le seuil, lève sa lampe par acquit de conscience, va jeter un œil rapide dans la chambre, mais elle ne s'y trouve pas non plus. Il fronce les sourcils, ressort, réfléchit rapidement, puis, avec un petit sourire, boite jusqu'à l'orangerie.

Elle se tient assise à sa place habituelle, dans le noir. Il voit ses épaules se redresser quand il s'approche, mais elle ne se tourne pas vers lui.

— Vous avez changé d'avis, Cross.

Rien dans son attitude figée ne laisse présager qu'elle soit heureuse de sa présence. Elle se raidit un peu plus, redresse le menton.

— Je ne sais pas, milord, finit-elle par répondre sobrement.

— Tu as besoin que je t'aide à prendre une décision ?

Elle se tourne à demi vers lui, esquisse un sourire qui manque de joie. Elle a le regard un peu triste, et il sent son ventre se tordre. Bon Dieu, si seulement elle était aussi facile à lire et comprendre qu'Aggie ! Qu'est-ce qui la rend si morose ? Le fait de coucher avec lui ? Il préfère repousser cette idée, elle ne fait pas franchement plaisir.

— Cross.

— Milord ?

— Tu ne quitteras pas Blackson House. Peu importe ce qui se passera, je ne te foutrai pas dehors.

Elle a un bref rire un peu ironique, se tourne plus franchement vers lui.

— Vraiment ?

— Oui. Si les choses se passent mal entre nous, tu garderas ta place ici quand même.

Puisque Blackson House compte plus qu'une partie de jambes en l'air, cela devrait la rassurer, non ? De toute façon, elle restera définitivement, une fois qu'il l'aura épousée.

Elle soupire, regarde la nuit qui s'étale derrière les vitres de l'orangerie. Soupire encore. Puis se lève lentement, resserre son châle de cachemire autour des épaules et vient vers lui. Chaque pas qu'elle fait accélère son cœur et, le temps qu'elle soit plantée devant lui, il est dans le même état que s'il avait couru comme un fou pendant vingt minutes.

Elle pose les paumes sur son torse, et il est secoué d'un long frisson. Il se penche en grognant, elle se hisse sur la pointe des pieds, et leurs lèvres s'effleurent à peine, avant qu'elle ne recule d'un pas pour glisser la main sous son coude. En silence, parce qu'il n'est pas sûr de pouvoir parler, il l'entraîne hors de l'orangerie, lui fait monter l'escalier de service, puis traverser quelques couloirs. Un bruit de voix, un peu plus loin, le fait s'arrêter un instant pour éteindre sa lampe. Il a juste le temps de voir le regard perplexe qu'elle pose sur lui, avant qu'ils ne soient enveloppés par la nuit.

— Je suppose que tu ne veux pas qu'on nous voie, murmure-t-il, en se penchant vers son oreille.

Il la sent secouer la tête.

— On va devoir attendre un peu ici, poursuit-il en respirant son cou.

— Pourquoi ? chuchote-t-elle, le souffle un peu court.

Il se rapproche d'elle. Étrange comme le fait d'être dans l'obscurité totale peut décupler la conscience qu'il a d'elle, de son odeur, du bruit de son souffle. Des lèvres, il effleure sa gorge, l'entend retenir sa respiration, puis va doucement mordiller le lobe de son oreille.

— Parce que le chassé-croisé nocturne quotidien des autres n'est pas encore fini, murmure-t-il tout contre elle.

Elle hésite, puis penche la tête en arrière, lui offre son cou, et il lèche sa gorge, grogne doucement quand elle pose les mains sur sa taille, avant de l'enlacer pour se serrer contre lui. Un peu plus loin, il entend un murmure, reconnaît la voix d'Ashmi, puis celle de Ranjit. Contre lui, Cross se redresse un peu, il devine qu'elle se tourne vers les chuchotis.

— Je le savais, murmure-t-elle tout bas, un sourire dans la voix.

— Tu savais quoi ? grogne-t-il, en se penchant pour poser sa lampe par terre.

Il a besoin de ses deux mains pour retirer toutes les foutues épingles de son maudit chignon. Elle ne l'en empêche pas, et il se retrouve bientôt avec des épingles plein les mains qu'il enfouit dans sa poche, avant de glisser les doigts dans ses cheveux enfin libres.

— Qu'Ashmi et Ranjit éprouvaient quelque chose l'un pour l'autre, répond-elle, d'une voix un peu rauque.

— Ça dure depuis des années. Bon Dieu, tu sens bon.

Ils entendent une porte se refermer doucement, il recule jusqu'au mur, s'y adosse, l'attire entre ses jambes écartées, et elle résiste à peine une seconde avant de se couler tout contre lui. Il grogne de plaisir, ferme les bras derrière elle.

— Pourquoi restons-nous… ?

Une autre porte s'ouvre doucement, et Cross se tait.

— Ça, c'est Daniel qui rejoint Nanda, murmure-t-il contre la peau de son cou.

— Oh…

— Déboutonne ma chemise.

Elle hésite, et il soupire de soulagement en sentant ses doigts s'activer sur les boutons, jusqu'à la ceinture, avant d'écarter les pans de tissu. Il caresse son dos, ses reins, prend ses fesses en coupe, la presse contre lui et ferme les yeux quand elle bouge doucement son ventre contre son érection. Il grogne quand elle embrasse son torse et maudit l'obscurité lorsqu'elle le lèche. Bon Dieu ce qu'il a envie de la voir. Il tire son chemisier hors de ses jupes, gêné par son châle.

Une porte se ferme, et elle se redresse un peu.

— Ce n'est pas fini, grogne-t-il en la ramenant vers lui.

Avec un grand sourire, il l'imagine sans mal arquer son sourcil.

Comme pour lui donner raison s'ouvre une autre porte, et un pas traverse le couloir. Il déboutonne le chemisier, y glisse les mains, prend ses seins à pleines paumes, et elle se cambre avec un soupir tremblotant. Il se penche vers elle, lèche ses lèvres, avant de poser la bouche sur son oreille.

— Ça, c'est Arun.

Elle se redresse, stupéfaite, et il retient un éclat de rire, la ramène contre lui, caresse ses seins.

— Arun ?

— Touche-moi encore…

Il grogne encore quand elle s'exécute. Les mains de Cross palpent, caressent son torse, son ventre, son dos, puis elle pose les lèvres dans son cou, et il frissonne. Il pince ses mamelons, sourit quand elle geint doucement. Plus loin, dans le couloir, ils entendent un bref échange de voix avant qu'une porte ne se referme.

— Ça alors ! fait Cross contre sa peau.

— Viens.

Il referme hâtivement son chemisier, se redresse et l'entraîne dans le couloir sombre. Quand ils entrent dans sa chambre et qu'il referme le battant derrière elle, il est sacrément heureux que la cheminée brûle toujours, parce qu'il la voit enfin. Le chemisier à moitié ouvert, ses mèches rousses roulant en cascades sur ses épaules et ses yeux verts brillant comme des pierres, elle exsude le désir.

D'un geste un peu brusque, il se débarrasse de sa chemise ouverte, la jette par terre et l'enlace. Elle soupire contre lui, lui tend sa bouche, dont il s'empare avec un grognement de plaisir. Elle s'ouvre à lui, lui offre sa langue, et il l'embrasse sans retenue tout en reculant vers le lit. Il s'y laisse tomber assis, quand il bute sur le bois, quitte ses lèvres et, haletant, déboutonne fiévreusement les poignets de son chemisier, puis s'attaque aux attaches de ses jupes. En simple chemise et culottes, elle est juste divine. Elle ôte elle-même sa chemise. Il aime qu'elle ne soit pas pudique ni n'essaie de cacher son corps. Elle est magnifique.

Il l'attire contre lui, enfouit le visage contre ses seins nus et pleins, soupirant de plaisir. Elle est aussi douce, aussi chaude que dans son souvenir. Il retrouve son odeur, puis son goût avec bonheur, lèche sa peau, la tête, presse et caresse. Elle glisse ses deux mains dans ses cheveux, le serre plus fort contre elle, la tête renversée en arrière. Bon Dieu, il n'en revient pas d'avoir pu attendre aussi longtemps avant de la toucher à nouveau ! Ses paumes quittent sa poitrine, glissent sur sa taille, puis ses hanches, tirent sur la culotte pour l'en débarrasser. D'elle-même, elle écarte les jambes, s'assoit à cheval sur ses cuisses et prend sa bouche. Un peu surpris par cette participation bien plus active que lors de leur première fois, il la laisse faire avec bonheur. Elle creuse le dos, appuie les seins contre lui, puis pose les mains sur son érection, et il grogne une imprécation en hindi. Il est plus raide qu'un bout de bois et il a tellement envie d'elle qu'il n'est pas certain de pouvoir supporter qu'elle le caresse.

Elle le déboutonne, écarte le tissu, le prend dans sa main, et il ferme les yeux, lâche ses lèvres, écarte ses doigts.

— J'ai trop envie de toi.

Face à lui, elle halète, le visage rosi, les pupilles brillantes, baignée par le feu de ses cheveux. Elle esquisse un petit sourire, entre satisfaction féminine et désir brut.

Il glisse une main sur sa nuque, amène sa bouche vers la sienne, l'embrasse. Il essaie d'être plus tendre que vorace, mais c'est raté. Elle ne l'aide pas beaucoup. Elle se met à onduler contre lui avec de petits gémissements. Bon Dieu, il est en feu. Son autre main quitte le sein qu'elle pétrissait, il la glisse sur son ventre, entre ses cuisses, et ses propres reins se mettent à pulser douloureusement, tendus à l'extrême, quand il la touche enfin. Il écarte les boucles humides des doigts, les glisse le long de sa chair trempée, brûlante, et elle émet un bruit de gorge rauque.

— Viens maintenant, halète-t-il contre ses lèvres, sans quitter son visage des yeux.

Elle se hisse à peine, il retire sa main et elle le prend en elle, s'empale lentement, le souffle erratique.

Son cerveau cesse de fonctionner bien avant que son fourreau moite ne se referme complètement sur lui, et il crispe les mains sur ses hanches, autant pour s'empêcher de la pilonner comme un malade que pour la retenir, elle, d'onduler trop vite. La seule chose qui réussit à surnager dans les brumes du plaisir et de l'envie sauvage de jouir, c'est de se contenir encore un peu. Oui, encore un peu. Et encore un peu.

Une torture.

Une abominable, douloureuse, sublime torture.

Elle ondoie sur lui, autour de lui, les bras noués autour de son cou, ses seins aux pointes durcies frottant contre lui. Elle l'embrasse à pleine bouche, et il se retient. Encore un peu. Encore.

La torture devient insoutenable quand elle accélère ses mouvements, cambrée, tendue contre lui. Elle recule le visage, lèvres entrouvertes sur un filet de respiration gémissante, plonge ses yeux verts dans ceux de Keir. Il serre les dents. Tenir encore un peu. Les hanches de Cross dansent de plus en plus vite, elle respire de plus en plus fort et, enfin, il lit dans ses prunelles le moment où elle bascule. Entend le long gémissement qui quitte sa gorge. La sent battre, se contracter spasmodiquement autour de lui. Il l'écrase contre lui, monte les hanches vers elle plus durement, dans l'espoir de prolonger un peu l'orgasme de Cross, mais finit par se laisser emporter. Trop chaude, trop moite. Son plaisir l'enserre trop bien. Dans un grognement sourd, il est submergé à son tour et se perd en elle dans un soulagement, un plaisir brut, violent.

Ça dure. Mais pas assez. Bon Dieu, ce ne sera jamais assez !

Le souffle court, sans la lâcher, il se laisse lentement tomber en arrière sur le lit, l'entraîne avec lui-même et savoure le poids de son corps moelleux sur le sien. Il sent son cœur tambouriner contre son torse, passe une main apaisante le long de son dos moite et sourit, stupidement heureux, quand elle frissonne. Le souffle de Cross, aussi haletant que le sien, résonne contre sa gorge. Il baisse le nez, à peine, embrasse doucement son front trempé de sueur, frotte la joue contre ses cheveux. Ses yeux se ferment, il ne faudrait pas grand-chose pour qu'il glisse dans le sommeil. Il se sent juste… repu d'elle. Pour le moment.

Dire qu'il avait prévu de prendre son temps.

Il a passé l'après-midi à imaginer comment il l'embrasserait, comment il l'aimerait d'abord de la bouche, des mains, avant de plonger en elle. Comment il embrasserait chacune de ses taches de rousseur. Comment il apprendrait à connaître son corps, à force de caresses. Comment il la mènerait au plaisir, sans prendre le sien, juste parce qu'il voulait la voir jouir.

Raté.

Il sent un rire amusé rouler dans sa gorge, est trop épuisé pour le retenir et l'entend résonner dans la chambre. Cross se redresse sur un coude pour le regarder, perplexe, et il secoue légèrement la tête. Elle est belle en temps ordinaire, mais après l'amour, elle est…

Sa femme.

10

Son cœur se serre avant de gonfler douloureusement, et il resserre ses bras autour d'elle quand elle essaie de rouler sur le côté.

— Reste là.

Les reliefs du plaisir s'estompent dans les yeux verts qu'elle pose sur lui, et il la voit hésiter avant de se fermer à lui. Il pince les lèvres. L'empêche à nouveau de séparer leurs corps. Déjà, la dernière fois, elle s'est esquivée tout de suite après. Le temps qu'il digère les émotions violentes que leur union avait fait naître, elle s'était levée. Mais alors, il ne savait pas qu'il l'aimait. Et la vague de sentiments qui l'avait broyé en l'aimant de son corps l'avait pris par surprise. Il n'avait même pas prévu de la toucher ou de lui faire l'amour, ce matin-là. Sauf que le désir avait été le plus fort et qu'il s'était laissé submerger.

Pas ce soir. Non, pas ce soir. Au contraire, il baigne avec soulagement et satisfaction dans cette mer d'émotions. Il pose une paume sur sa joue, effleure sa bouche du pouce, hisse la tête pour l'embrasser. Il sent son hésitation, avant qu'elle ne réponde au baiser et soupire quand elle ouvre les lèvres pour venir caresser sa langue.

Hors de question qu'elle lui dise non.

C'est bien pour ça qu'il ne va pas parler mariage tout de suite. Quelque chose lui dit qu'elle s'enfuirait probablement à toutes jambes.

— Je meurs de faim, murmure-t-il, lorsque leurs bouches se séparent. Ça te dit, une petite visite aux cuisines ?

Visiblement, elle ne sait trop s'il est sérieux ou non. Avec un sourire en coin, il la couche à côté de lui, roule contre elle sans pouvoir s'en empêcher, l'embrasse encore. Elle a le souffle court lorsque leurs lèvres se quittent.

— Je croyais que tu avais faim, chuchote-t-elle, un peu incertaine.

— Tu m'as rendu l'appétit.

Elle rosit légèrement, signe qu'elle a compris les divers sens de sa phrase. Il embrasse rapidement le bout de son nez, se lève, reboutonne son pantalon et se tourne vers elle. Allongée sur le côté, la tête posée au creux d'une main, elle est vraiment...

— Tu es magnifique.

Elle rougit encore un peu, s'assoit, hésite, puis prend sa main. Il la fait lever, l'enlace, l'embrasse encore, et elle se détend un peu entre ses bras, l'enlace en retour. Il frémit encore du plaisir qu'il a ressenti, pourtant, le contact de ses seins sur son torse nu, la façon dont ses hanches rondes se calent contre son bassin, la chaleur qu'elle dégage suffisent à faire frémir son membre. Il grogne en s'éloignant d'elle.

— Je veux manger d'abord.

Elle hausse son sourcil, et il ramasse sa chemise pour qu'elle l'enfile.

— Cache-moi ça, marmonne-t-il. Tu es trop appétissante.

Elle passe sa chemise, et il la voit sourire quand elle revêt rapidement sa jupe. Il cherche sa lampe des yeux, se souvient soudain qu'il l'a laissée dans le couloir, grogne, farfouille dans un tiroir de son secrétaire, trouve enfin une bougie qu'il allume à un brandon de la cheminée. Quand il revient vers elle, elle a redonné un semblant d'ordre à sa tenue et à ses cheveux. Dommage.

Il reprend sa main, entrelace leurs doigts et l'entraîne vers les communs en silence. Le bruit de ses pieds nus, près de lui, l'émeut bizarrement.

Une fois dans la cuisine, il pose la bougie sur la table, ne peut s'empêcher de l'embrasser encore, rapidement, légèrement, puis va rallumer le petit poêle. Tandis qu'il met une bouilloire à chauffer, il l'entend fouiller dans la réserve, et cela éveille un écho du passé en lui. Un écho d'Aggie et lui, à l'époque où ils se sont connus. Il esquisse un bref sourire, qui s'élargit quand elle revient dans la cuisine, les bras chargés de victuailles. Échevelée, pieds nus, débraillée, elle lui fait battre le cœur à en avoir mal.

Il va la décharger d'une partie de la nourriture, étale le tout sur la table, glisse un baiser sur sa joue avant d'aller chercher des tasses, embrasse son front en passant, ramène la boîte de thé, embrasse son épaule en allant chercher le sucre. Elle recule d'un pas, le regard suspicieux, alors qu'il passe près d'elle pour aller récupérer un couteau.

— Qu'est-ce qui vous arrive, milord ?

Merde.

Il aurait peut-être dû limiter les baisers. Ou se montrer moins expansif peut-être.

Crétin.

Sauf que ce n'est pas franchement dans sa nature. Bordel, il avait oublié combien c'était bon d'être amoureux et combien il aimait se sentir dans cet état.

Il grogne, va chercher la bouilloire qui siffle et remplit la théière sans la regarder.

— Qu'est-ce qu'il y a, Cross ?

Elle hésite, s'assoit à table.

— Vous n'êtes pas comme d'habitude, dit-elle, en le couvant d'un regard soupçonneux.

— Non, c'est vrai.

Il s'assoit à côté d'elle, étend sa jambe sous la table, leur verse un thé, puis regarde la nourriture sur la table, se demandant par quoi commencer. Non. Il se demande ce qui lui ferait plaisir, à elle.

Tout en taillant des tartines dans la miche de pain, il sent combien le regard qu'elle pose sur lui est perplexe et suspicieux. Il finit par se tourner vers elle, arque un sourcil en souriant.

— Qu'est-ce qui vous arrive, milord ?

— J'ai faim.

— Ce n'était pas le sens de ma question.

— Je sais.

Elle se referme un peu plus. Il lui tend une tartine beurrée, de nouveau nerveux. Intimidé comme un gamin qui offrirait une fleur à la plus jolie fille du village.

— Je sais enfin ce que je veux, finit-il par marmonner, quand elle se détourne de lui pour tripoter la tartine sans y mordre.

Elle redresse la tête, le regarde avec intensité.

— Ah.

Il attend, espère qu'elle en dira plus. Qu'elle posera une question. Sauf qu'elle garde le silence, continue de tourner et retourner la tartine.

— Je te veux, toi, finit-il par grogner.

Au moins, sa voix n'a pas tremblé. Bordel, il est pourtant mort de trouille.

Elle rougit et évite son regard.

— Je l'avais remarqué.

— Et toi, Cross, tu sais ce que tu veux ?

Ah, il tend vraiment le bâton pour se faire battre !

Elle lui jette un bref regard, empli de craintes et de douleur. Un regard qui lui tord l'intérieur et lui fait peur. Elle ouvre la bouche, la referme, secoue doucement la tête. Il se renfrogne. Et se met à chercher un sujet de conversation plus neutre. N'importe quoi. Bon Dieu, pourquoi est-ce que c'est quand il en a le plus besoin que son cerveau décide d'aller faire un tour ailleurs ?!

— Tu ne m'as pas répondu, ce matin, quand je t'ai demandé ce qu'il faudrait changer à Blackson House, grogne-t-il alors.

Au moins, c'est un sujet de conversation.

Quel crétin.

Elle le regarde un moment, le sourcil à peine relevé, puis il voit son visage se détendre un peu, tandis qu'elle plisse le front.

— Vous voulez vraiment savoir ce que j'en pense ?

— Oui, Cross, sinon je ne poserais pas la question.

Elle boit une gorgée de thé. Il commence à la connaître. Il sait bien qu'elle hésite encore à parler et qu'une gorgée de thé est son moyen préféré pour gagner du temps.

— La plupart des pièces que nous avons refaites sont habitables, finit-elle par dire. Mais habitables ne signifie pas qu'elles sont pour autant confortables ou agréables.

Il grogne sans rien dire.

— Il faudrait renouveler les tentures et rideaux. Les tapis. Remplacer les papiers peints des murs. Et les peintures. Certaines fenêtres ont besoin d'être changées, les cheminées d'être ramonées. Nous avons fait le plus gros des réparations, mais certains planchers et plafonds nécessiteraient quand même quelques travaux.

Il grogne à nouveau.

— Et là, je ne parle que de la réfection, continue-t-elle. Blackson House date d'un autre siècle. Il n'y a aucun confort moderne dans la bâtisse.

— Si tu le pouvais, qu'est-ce que tu améliorerais ?

Ils échangent un regard, il s'y noie.

— Je transformerais une partie des dressings des chambres en salle d'eau privative.

Il a du mal à se concentrer sur ce qu'elle dit. Il la respire, sent son odeur, mélange musqué de son désir de femme, de sa peau, de ses cheveux. Voilà qu'il bande à nouveau.

— Ah, parvient-il à grommeler, en levant sa tasse de thé pour se donner une contenance. Dis-m'en plus…

— Eh bien, il suffirait de…

Il essaie bien de se concentrer sur ce qu'elle dit, devine que le sujet qu'elle aborde n'est pas de ceux que l'on discute en société, mais a foutrement du mal à ne pas se demander comment elle réagirait s'il tendait la main pour effleurer son sein.

Il décroche.

La façon dont ses lèvres bougent quand elle parle lui enflamme les reins, et il bande plus fort sous la table. La lueur de la chandelle est certes bien faible, mais comme elle est plantée sur la table, juste entre eux, il n'a aucun mal à voir ses taches de rousseur ni les petites pattes d'oie qui plissent le coin de ses yeux verts. Et son odeur… Elle flotte toujours autour de lui, le rend fou. Les doigts serrés autour de sa tasse, il la regarde bouger un peu les mains, prise dans son explication. Vraiment, de très jolies mains. Quand il se souvient comment ces mains-là se sont enroulées autour de lui, cette fameuse nuit où elle est entrée dans sa chambre… Il a eu envie de la tuer, sur le moment, avant de se laisser aller au plaisir. Et bon Dieu, quel plaisir !

— Vous ne m'écoutez pas !

Il bat des paupières, esquisse un sourire penaud.

— Non.

Elle se renfrogne et il grimace.

— Désolé, Cross. Reparle-moi de ça demain, quand je ne banderai plus. Là, j'ai juste envie de t'allonger sur la table.

Elle rougit brutalement, et… Bon Dieu, oui, c'est bien une lueur de désir qu'il voit brûler dans les pupilles vertes ! Elle rougit, le souffle court. Pour le coup, il est de nouveau aussi dur que du bois et peine à garder une respiration régulière.

— Ça te dit, sur la table ? À moins que tu préfères qu'on remonte dans ma chambre.

Il ne pensait pas que c'était possible, et pourtant, elle rougit encore plus fort. Pire, il la voit clairement soupeser les options.

— La chambre.

Il se lève, attrape la bougie et l'entraîne derrière lui, boite aussi vite qu'il le peut.

Faudrait pas qu'elle change d'avis en chemin.

11

Il se laisse retomber sur elle, sans force, sans souffle, sans rien. Il se doute bien qu'il l'écrase, mais, nom de Dieu, même la charge d'une armée du rajah ne pourrait pas le forcer à bouger.

Elle resserre les cuisses autour de lui, il grogne un peu, enfouit le visage dans son cou et frémit quand elle caresse son dos moite.

Il a réussi à ne pas se jeter sur elle tout de suite, c'est déjà ça. D'ici à ce que le soleil se lève, peut-être parviendra-t-il à la caresser autant qu'il le souhaite. Enfin, peut-être pas. Elle annihile toute sa retenue.

Bon sang, elle le rend fou et le comble au-delà de tout. Il se sent plus mort que vif, et pourtant, il baigne dans un état de béatitude et de bien-être sans nom.

Peu à peu, il reprend son souffle, ouvre les yeux, embrasse doucement sa gorge. Elle frissonne, il sent ses muscles intimes se contracter autour de lui et grogne doucement. Avec un soupir, il finit par se redresser sur les avant-bras, pour la regarder. Le visage encore rougi par le plaisir, les yeux translucides et les lèvres gonflées, elle lui rend son regard en silence. Le feu de ses cheveux, étalés sur l'oreiller blanc, brise définitivement l'image un peu compassée et stricte qu'elle essaie de se donner quand il fait jour.

Il a le corps lourd, mais le cœur léger, et sourit sans pouvoir s'en empêcher. Il y a tant de choses qu'il aimerait lui dire... Mais il vaut mieux qu'il se taise. Il serait capable de sortir une grosse connerie et de tout gâcher. Il se penche, effleure ses lèvres, soupire quand elle entrouvre la bouche pour répondre à son baiser, puis se redresse encore et roule sur le côté, s'allonge près d'elle. Il passe un bras autour de sa taille, la ramène contre lui pour qu'elle ne s'enfuie pas, et ferme les yeux de contentement, quand elle accepte de coucher la tête sur son épaule.

Peu à peu, à mesure que s'estompe la bienheureuse léthargie qui le baigne, il reprend contact avec la douleur. Il a encore forcé sur sa jambe sans y prêter attention. Bordel, comment aurait-il pu faire attention à son genou, alors qu'il était si profondément enfoui dans le plaisir ? Machinalement, il masse sa cuisse d'une main, tout en caressant doucement l'épaule de Cross de l'autre.

— Votre… ta jambe te fait mal ? murmure-t-elle, d'une voix un peu timide.

Il grogne à peine.

Elle relève la tête pour le regarder dans la pénombre tout juste brisée par l'éclat de l'âtre. Il devrait sûrement se relever, aller tisonner le feu, mais il est trop bien, couché contre elle.

— J'ai tendance à oublier de la ménager quand je te touche, finit-il par dire en baissant les yeux vers elle.

Elle fronce les sourcils, pince les lèvres, échappe au bras qu'il a passé autour d'elle pour s'asseoir. Soudain intimidé, il se redresse sur les coudes, tandis qu'elle pose une main timide sur sa cuisse. Il garde le silence, alors qu'elle observe sa jambe, son genou déformé.

— Comment est-ce arrivé ?

Il retient un sourire, mais son cœur fait une pirouette. Enfin une question personnelle !

— Chute de cheval, grogne-t-il avec un poil d'ironie dans la voix.

Elle arque un sourcil médusé.

— Au cours de mes vingt ans de service aux Indes, je me suis pris quatre balles, des coups de sabre, des éclats d'obus, des coups de couteau, sans même parler de toutes les ecchymoses gagnées au corps à corps. Mais c'est une foutue chute de cheval qui m'a presque tué.

Elle glisse la main de la cuisse à son genou ; il sursaute.

— Tu as mal.

Il grogne un assentiment, puis gémit quand elle masse doucement la chair gonflée au-dessus de l'articulation tordue.

— Mon vieux Titan s'est retourné sur moi. Nous étions en

patrouille et avons été attaqués. Titan s'est pris une balle. Il s'est cabré et est retombé en arrière.

Elle écarquille les yeux, le regard soudain douloureux, masse plus doucement sa cuisse.

— Et ?

— Et rien. Il m'est tombé dessus. Ma jambe était presque broyée et, quand mes soldats m'ont tiré de sous mon cheval, j'avais quatre côtes cassées et je crachais du sang.

— Oh !

— Le médecin voulait m'amputer, mais Rahul l'en a empêché.

Elle garde le silence un bref instant, repousse ses cheveux derrière son épaule. Quelle épaule… Il aimerait bien l'embrasser, cette épaule ronde, duveteuse et parsemée de taches de rousseur.

— Shanti dit qu'Arun te soigne avec un onguent, fait-elle enfin, en plantant ses yeux verts dans les siens.

Il hoche lentement la tête, perdu dans ses yeux.

— Où est-il ?

— Où est quoi ?

— L'onguent, sourit-elle, et il sourit en retour.

— Sur mon secrétaire. Pourquoi ?

Elle se lève, et il la regarde traverser la chambre, nue, tout juste enveloppée de ses cheveux. Elle fouille un peu sur le secrétaire, revient vers le lit, et il se repaît d'elle. Bon Dieu, ce qu'elle est belle ! Elle a des formes pleines, bien plus que ne le laissait supposer sa silhouette habillée. Il adore ses seins lourds aux aréoles et aux mamelons foncés. Et ses hanches… Quant à ses jambes, vraiment, elles sont juste… parfaites. Elle a une peau douce et crémeuse, partout tachée de son. Une véritable invitation à la dévorer.

Il bat des paupières. Elle vient s'agenouiller près de lui, et il se sent sourire, alors qu'il se rappelle cette fameuse nuit où il s'est éveillé d'un mauvais rêve érotique. À la brusque rougeur qui envahit le visage de Cross, il sait qu'elle y pense aussi.

— Ce soir-là, tu avais envie de me prendre dans ta bouche, pas vrai ?

Elle devient vermeille, mais n'esquive pas son regard. Il voit bien que ses doigts tremblent un peu, tandis qu'elle ouvre le pot d'onguent, mais elle n'essaie pas de se détourner.

— Oui, répond-elle, avec une franchise et une honnêteté qui lui donnent un peu le vertige.

— Dommage que tu te sois retenue.

Elle rougit de partout. Pas seulement du visage, mais de tout son corps. Il ne pensait même pas que c'était possible ! Mais, bordel, il adore ça ! Certes, il aimerait aussi avoir un bout de drap pour cacher son membre, vu qu'il recommence à durcir. Il n'a pas spécialement envie qu'elle le prenne pour un dépravé ou un obsédé.

Elle plonge les doigts dans le pot, se détourne enfin de son visage pour regarder son genou, et commence à masser l'articulation. Il grogne en fermant les paupières. Nom de Dieu, ce que ça fait mal. Au moins, il débande.

— Je suis désolée. Je m'y prends mal...

— Non. Ça fait toujours mal, tu n'y es pour rien, Cross.

— Et Titan ?

— Quoi, Titan ?

— Il s'en est remis ?

Il fronce les sourcils. Puis comprend ce qu'elle fait et retient un sourire. Discuter n'est pas forcément le meilleur moyen pour le distraire de la douleur.

— J'ai dû l'abattre.

— Oh !

— Ça n'a pas été facile. Il était le plus fidèle des chevaux, un vrai guerrier.

Elle lève les yeux vers lui, il sent quelque chose remuer au fond de lui.

— Je l'aimais énormément, avoue-t-il tout bas.

— Je suis désolée.

Et il sait qu'elle l'est. Sur sa cuisse et son genou, sa main ralentit, jusqu'à s'arrêter, tandis que leurs yeux se verrouillent ensemble. Il aimerait qu'elle se rallonge contre lui. Il aimerait lui dire qu'il l'aime.

— Et malgré ça, tu galopes à un train d'enfer sur Flame ? reprend-elle, en fronçant les sourcils.

Il étire ses lèvres en un sourire amusé.

— Je suis un soldat, Cross, ironise-t-il. C'est dans ma nature de forcer mes limites.

Elle reporte son attention sur son genou, reprend le massage, et il grogne de douleur.

— Et puis, Flame végétait dans son box depuis deux bonnes années. Il était en train de devenir fou.

Elle ne dit rien, reprend un peu d'onguent, masse encore. Il se rallonge, tend une main vers elle, effleure sa cuisse, pose les doigts sur sa hanche, la caresse doucement. Le frisson qui la secoue à son contact lui fait sacrément plaisir.

— Flame est à Gus, dit-il soudain.

— Ah ?

Elle a une voix neutre, et il l'observe un moment.

— Mm. Ann l'a acheté il y a sept ans, avant que Gus ne décide qu'il voulait entraîner des pur-sang de course.

Le bref regard qu'elle pose sur lui l'étonne un peu, car il y a lu une vraie stupéfaction, même s'il n'est pas foutu de comprendre pourquoi.

— Qu'est-ce qui te surprend ? ose-t-il demander, après une seconde de silence.

— Que tu en saches autant sur ton fils, réplique-t-elle du tac au tac, assez froidement.

Il se tend malgré lui, sent son visage se fermer et lui lance un regard peu amène qu'elle lui rend sans cesser de le masser.

Il la dévisage en silence, pèse le pour et le contre. Bon, pour être honnête, il n'y a pas grand-chose à peser. Il va l'épouser. Il est normal qu'il finisse par lui parler et lui expliquer certaines choses. Sauf qu'il est quand même sacrément remué par la pointe de colère et de hargne qu'il lit dans ses yeux. Et qu'il ne peut nier la trouille subite qu'il ressent à l'idée qu'elle ne comprenne pas.

— Arrête ça, finit-il par murmurer, en montrant l'onguent du menton.

Elle se détourne, referme le pot. Il lui tend le drap pour qu'elle s'essuie les mains, et bien qu'elle n'ait pas bougé, il la sent soudain terriblement loin de lui. Alors qu'elle rampe vers le bord du lit, sans doute pour aller reposer le pot d'onguent sur le secrétaire, il la rattrape, enroule le bras autour de sa taille et la ramène contre lui. Elle se raidit, avant de s'allonger, les mains serrées autour du pot. Comme pour ne pas le toucher, lui.

Bon Dieu, comment est-il supposé parler de ça ? D'ailleurs... est-ce vraiment le bon moment ? Il est peut-être un poil naïf ou stupide, mais il espérait ne pas avoir à aborder ce foutu sujet avant une paire de nuits. Ils ne sont pas encore assez proches, leur intimité ne lui paraît pas encore suffisante pour qu'ils se sentent l'un et l'autre prêts à engager des discussions trop sérieuses, voire intimes.

— Je suis un crétin.

Elle ouvre la bouche, mais la referme précipitamment quand il se tourne vers elle.

— J'ai l'impression qu'on t'a déjà parlé de la façon dont ont grandi Gus et Ann.

Elle hoche à peine la tête, mais tire le drap pour s'en couvrir. Dans le mouvement, elle quitte ses bras. Qu'elle ait besoin de se cacher de lui fait mal autant que cela l'éclaire sur ce qu'elle pense de lui.

— Qu'est-ce qu'on t'a dit ? marmonne-t-il, remontant à son tour le drap sur ses hanches.

Elle prend un long moment pour réfléchir sans le regarder, et il essaie de ne pas la brusquer.

— Que vous les aviez abandonnés à la naissance de Gus.

Il serre les dents malgré lui, heurté qu'elle repasse au vouvoiement, tandis que ce foutu sentiment de culpabilité qu'il connaît bien et qui le ronge depuis toutes ces années, l'envahit à nouveau. Aussitôt suivi par cette vieille amie qu'est la honte.

Il la regarde, elle qui n'a sans doute jamais rien fait dont elle puisse avoir honte de toute sa vie. Elle qui a probablement toujours été une femme, une épouse, une veuve parfaite. Elle qui a, il en est certain, toujours pris les bonnes décisions.

Il se sent terriblement minable. Il n'a pas envie de voir le mépris s'installer dans ses yeux. Déjà qu'elle ne l'apprécie pas énormément. Il se laisse aller à la couardise.

— Cross, qu'est-ce qui t'a fait changer d'avis ? grogne-t-il alors.

Elle bat des cils, perdue, le dévisage en fronçant les sourcils.

— Pardon ?

— Tu jurais tes grands dieux que tu ne coucherais plus avec moi, s'entend-il ironiser, avec dépit.

Nom de Dieu... Si seulement il apprenait à juguler cette foutue tendance à mordre les autres quand il se sent mal ! Sa rouquine se raidit d'un bloc sous le drap, lui lance un regard qu'il aurait préféré ne pas voir.

— Se retrouver à demi nue sur un cheval, en plein jour et à la vue du premier passant venu, aide à reconsidérer l'idée que l'on se faisait de sa propre vertu, milord, réplique-t-elle d'une voix acerbe.

Crétin.

Il se renfrogne malgré lui, réussit à soutenir le regard de Cross, où se lit un mélange de honte et de fatalité.

— J'aurais dû y penser plus tôt, dans ce cas, s'entend-il marmonner.

Crétin !

Elle se referme, se rétracte et resserre le drap autour d'elle.

— Il se fait tard, je vais retourner dans ma chambre.

Double crétin. Non. Triple crétin.

Quand elle se lève, enroulée dans le drap pour se dissimuler à son regard, il tend la main, mais elle lui tourne déjà le dos pour ramasser ses vêtements, et il laisse retomber son bras. Il cherche désespérément quelque chose à dire pour la retenir, essaie de faire passer la barrière de ses lèvres aux excuses qui gonflent sa gorge, des mots d'explication. Mais il n'y arrive pas. Il déteste définitivement l'effet que Cross a sur lui, la plupart du temps. À croire qu'il y a quelque chose en elle qui réveille ce qu'il a de pire en lui.

— Bonne nuit, milord.

— Cross…

Elle redresse les épaules et lui jette un regard hautain, son sourcil orgueilleusement arqué, lui faisant perdre le peu de moyens qu'il avait encore. La tête vide, il ne peut que la regarder, le cœur au bord des lèvres, effrayé par l'idée que si elle quitte sa chambre maintenant, il ne parviendra jamais à la ramener à de meilleurs sentiments.

Merde, réfléchis ! Trouve quelque chose à dire…

— Prends la chandelle avec toi.

Il s'en taperait la tête contre les murs !

Elle pince les lèvres, le dos rigide, va prendre cette foutue bougie et sort en claquant la porte derrière elle. Le bruit semble résonner en lui plus que dans la pièce ou dans la maison, et il grogne une bordée d'injures en se cognant le front du poing.

Crétin. Crétin. Crétin !

12

Il se redresse dans le lit défait, amer, s'assoit en massant sa jambe douloureuse. Maintenant qu'elle n'est plus là, et malgré le goût acide dans sa bouche, il est de nouveau capable de raisonner. Il se lève, boite jusqu'à son dressing, se plonge la tête dans la cuvette d'eau froide. Comme si cela pouvait effacer ses conneries ! Il s'essuie rapidement le visage, revient dans la chambre où flotte encore l'odeur musquée de leurs ébats, et grimace intérieurement.

Il a toujours traîné une réputation de trompe-la-mort, dans l'armée de Sa Majesté. C'était à lui et à son peloton que l'on confiait les missions jugées dangereuses. Parce qu'il n'avait jamais peur de rien et qu'il avait l'intelligence de réfléchir avant d'attaquer. Qu'il n'ait plus lui-même de réelle envie de vivre le poussait paradoxalement à prendre soin de protéger au mieux ses soldats. Même encerclé d'ennemis au fin fond d'une jungle indienne, il ne paniquait pas et trouvait le moyen de mettre à profit la moindre faille des armées qui leur faisaient face, le moindre avantage donné par le terrain. Il se moquait de mourir, ne paniquait jamais en plein combat. Étrange. Il n'était pas ce genre de soldat, à l'époque où il combattait le Corse avant de rencontrer Aggie. Mais la mort d'Aggie lui avait ôté toute envie de vivre, et aux Indes, sans être suicidaire, il se foutait royalement d'être tué. Pendant longtemps, la seule chose importante pour lui avait été de préserver ses hommes.

Et d'aider les autochtones comme le « petit peuple » de Blackson House.

Se retrouver lâche devant Cross, être foutrement incapable de lui expliquer pourquoi il a quitté l'Angleterre après la mort d'Aggie, lui avouer ses crimes et ses faiblesses est une très mauvaise surprise.

Mais elle a pris une telle importance pour lui au fil des mois, sans même qu'il s'en rende compte, qu'il n'est pas certain d'être assez fort pour supporter que la mise à nu de son âme pousse sa rouquine à le mépriser, voire le haïr.

Il s'assoit nu dans son fauteuil devant le feu presque mort. Le front sombre, il regarde les braises rougeoyer.

Pour le coup... Sa lâcheté a eu l'effet qu'il souhaitait éviter. Pire, il a encore réussi à la blesser, voire à l'humilier.

— Merde.

Il se relève, ramasse ses vêtements épars sur le sol, passe son pantalon, le boutonne et enfile sa chemise froissée. Une brusque urgence le pousse à se hâter vers la porte. Il ne peut simplement pas supporter que les choses restent en l'état. Il a causé suffisamment de dégâts comme ça. Il allume une autre chandelle et claudique jusqu'aux appartements de Cross en serrant les dents. Là, il pousse la porte, mais stoppe net en voyant l'endroit aussi vide et froid qu'en début de soirée.

Bon Dieu, où cette satanée rouquine est-elle passée ?

Il fronce les sourcils, réfléchit, sourit amèrement, fait demi-tour et boite jusqu'aux cuisines. La lueur de sa chandelle trahit la présence de Cross avant même qu'il y entre. Elle sursaute à son approche, se détourne de la vaisselle qu'elle fait pour le regarder, tandis qu'il ferme la porte derrière lui.

— J'apprécierais que vous évitiez... commence-t-elle froidement.

— Non, coupe-t-il, en posant sa chandelle sur la table près de celle de Cross.

La lumière a beau être faible, il lui voit les traits tirés et les yeux rougis avant qu'elle ne se détourne pour retourner à la vaisselle. Il s'insulte mentalement, marche jusqu'à elle en notant machinalement qu'elle a déjà débarrassé la table de la nourriture qu'ils y avaient oubliée.

Elle a beau lui tourner le dos, elle doit sentir son approche, parce qu'elle se raidit et ses épaules se redressent. Elle amorce même un geste de fuite, mais n'est pas assez rapide. Il glisse les bras autour d'elle, cale les mains sur le bord de l'évier de pierre, l'emprisonne contre lui. Elle essaie de passer outre l'un de ses bras, et il serre les dents.

— Nom de Dieu, ne me repousse pas.

Lutter contre son besoin de se coller contre elle, contre ce dos qui le rejette, lui demande un effort. Rester loin de sa chaleur, de sa douceur, lui est terriblement difficile, et il ferme un moment les yeux, puis se lance avant de se laisser encore une fois déborder par ses craintes.

— Je les ai abandonnés, et ça me rend malade. Nom de Dieu, Cross, tu… Quand elle est morte, je suis mort aussi. Chaque fois que je voyais Gus, que je l'entendais pleurer, je revoyais le visage d'Aggie et ses yeux éteints. J'en devenais cinglé. Je ne dormais plus. La seule chose qui étouffait la douleur, c'était l'alcool. Je ne supportais ni Gus ni même Ann. Je voulais crever, moi aussi, mais je n'arrivais pas plus à trouver le courage de me suicider que celui de me lever et d'aller m'occuper des enfants.

Il déglutit, essaie de reprendre son souffle, alors que sa propre respiration se heurte violemment et fait trembler sa voix.

— Trois semaines après la mort d'Aggie, mon ancien colonel est venu me voir et m'a proposé une mission de renseignement aux Indes. J'étais complètement ivre, j'ai accepté aussitôt. Tout ce que je voulais, c'était fuir loin de la maison, loin des enfants et du cadavre d'Aggie. Je ne supportais plus rien, je ne me supportais plus moi-même.

— Keir…

— Le bateau n'avait même pas quitté les eaux britanniques que j'avais compris que je venais de faire la plus grosse connerie de ma vie. Le capitaine a refusé de faire demi-tour, il n'a même pas accepté de me déposer dans le premier port français venu. Bon Dieu, si tu savais comme je me suis haï ! J'avais promis à Aggie de prendre soin d'eux, et je n'ai même pas été foutu de rester à leurs côtés ! Je suis parti en moins d'une heure, sans même me demander si les adultes qui restaient à Blackson House étaient aptes à s'occuper d'enfants. Je me suis enfui comme un foutu lâche.

— Keir…

— Le temps que je débarque aux Indes, j'étais complètement imbibé d'alcool et je me détestais tellement que je n'ai pas trouvé le courage de rentrer aussitôt. Je me suis trouvé des excuses, j'ai utilisé la mission que l'armée m'avait donnée pour expliquer que je reste, mais la vérité, c'est que je me sentais bien trop minable. Je me suis dit que Gus et Ann grandiraient bien mieux sans moi. Qu'ils n'avaient pas besoin d'un soûlard incapable de prendre ses responsabilités. Qu'ils méritaient mieux.

Il se tait, le temps d'essayer encore d'avaler la boule qui obstrue sa gorge.

— Quand je suis revenu à Blackson House la première fois, Gus avait trois ans, reprend-il d'une voix rendue rauque par les souvenirs.

Bon Dieu comme cela fait mal, même après tout ce temps !

— Je n'avais même pas envie de revenir. J'étais surpris de ne pas être encore mort. Aux Indes, j'enchaînais les missions les plus dangereuses, je me foutais complètement d'être tué ou pas.

— Keir...

— S'il te plaît, Cross, laisse-moi finir ! Si je suis revenu, à l'époque, c'était uniquement pour ramener Arun, Ranjit et Shanti. Mais quand je suis arrivé ici, quand j'ai vu ma maison... Bordel, si tu savais comme ça m'a fait mal ! Je crevais d'envie de voir mon fils et Ann, et je n'étais même pas entré dans Blackson House que j'avais déjà décidé de donner ma démission et de rester.

Il sent un sourire sarcastique lui tordre le visage. Entre ses bras, Cross s'est relaxée, mais cela ne l'apaise pas particulièrement.

— Que s'est-il passé ? demande-t-elle doucement.

— Le regard d'Ann... Seigneur, si tu avais vu son regard... Elle m'a foudroyé. Elle tenait Gus dans les bras et elle m'a tué du regard. Ensuite, elle m'a tourné le dos et elle a emmené Gus loin de moi. Et toute la haine, toute la culpabilité que je ressentais... cela m'a...

— Submergé.

— Oui. On peut dire ça. Une gamine de neuf ans m'a jaugé, et je me suis senti le plus minable d'entre tous, j'ai compris que je n'avais plus ma place auprès d'eux. Si les choses avaient été différentes, alors... Si moi, j'avais été différent, je serais resté et j'aurais trouvé le moyen d'arranger les choses. Mais je traînais une telle rage contre moi, je me sentais tellement fautif, tellement criminel... Bon Dieu, avec le recul, je me rends bien compte que j'étais un abruti fini, mais à l'époque, je n'arrivais pas à… à surmonter…

— Keir…

— Je suis reparti aussi vite que j'ai pu. Chaque fois que je n'ai pas eu d'autre choix, je suis revenu et chaque fois, Ann me tuait du regard, j'avais l'impression que le gouffre se creusait un peu plus et je repartais dès que je le pouvais. Arun, Shanti et Ranjit m'envoyaient chaque semaine des nouvelles de Gus et Ann et, chaque fois que j'ouvrais une de leurs lettres, ça me broyait à l'intérieur. Bordel, si tu savais comme j'espérais être tué en mission…

— Keir…

— Et chaque fois que je croisais de pauvres gosses vendus ou martyrisés aux Indes, je…

Il hausse les épaules.

— Il fallait bien que quelqu'un les aide. J'espérais peut-être racheter mon âme, je n'en sais rien. De toute façon, ça n'a rien changé. Un lâche reste un lâche. Je les ai abandonnés et rien ne pourra jamais rattraper ça.

— Keir…

— Quand Aggie est morte, celui que j'étais est mort avec elle, articule-t-il tout bas. Ensuite, aux Indes, j'étais un autre homme, quelqu'un que je ne connaissais même pas, mais que je détestais profondément, un homme méprisable et incapable d'agir pour le bien des siens. Quand j'ai été blessé à la jambe et que l'armée m'a renvoyé définitivement ici, je…

Il se tait subitement, parce qu'il vient de comprendre quelque chose. Et qu'il doit se forcer pour continuer à parler.

— Je ne savais plus qui j'étais. Je ne le sais toujours pas, d'ailleurs. Je suis devenu quelqu'un que je ne connais pas et qui ne me plaît pas du tout, la plupart du temps. Comment pourrais-je même espérer le pardon d'Ann et de Gus, franchement ? Je ne le mérite foutre pas, mais, bon Dieu, si tu savais comme j'aimerais que…

Elle se retourne entre ses bras, lui fait face, et les mots qu'il avait dans la bouche s'étranglent, quand elle prend son visage en coupe pour l'embrasser doucement.

— Quand j'ai perdu Geoffrey, murmure-t-elle contre ses lèvres, j'ai perdu ma raison de vivre. J'aurais préféré mourir à sa place. Sans lui, il n'y avait plus rien. Je n'étais plus rien. J'étais vide, juste vide.

Elle plonge ses yeux dans ceux de Keir, et il y lit une telle douleur, un tel écho de ses propres souffrances qu'il referme les bras autour d'elle pour la serrer contre lui, se raccrocher à elle.

— Je sais ce que c'est que de devenir presque folle de douleur. Et de vouloir devenir folle tout court. De ne plus avoir goût à rien. Tout devient gris autour de soi, c'est comme un brouillard qui nous annihile, qui efface la personne que l'on est.

La gorge nouée, il pose le menton sur son crâne et ferme à demi les paupières, quand elle lui frotte doucement le dos de ses mains.

— Je sais que je ne suis pas quelqu'un de bien, murmure-t-il. Je crois que je l'ai été, il y a longtemps. Oui, je l'étais. Sinon, jamais Aggie ne m'aurait aimé comme elle l'a fait. Mais...

Il recule la tête pour la regarder. Les yeux verts sont troubles, humides, mais ne se dérobent pas.

— Je n'aime pas celui que je suis devenu, grommelle-t-il en la fixant. Ce type-là est un connard doublé d'un crétin, un imbécile qui a foutu en l'air ce qu'il avait de meilleur par faiblesse et par lâcheté.

— Alors, deviens quelqu'un d'autre, sourit-elle à peine.

Il ouvre la bouche, fronce les sourcils.

— Je ne sais pas si je peux encore, avoue-t-il. Comment as-tu fait pour ne pas sombrer complètement ?

Elle se détourne, pince les lèvres. Ouvre la bouche pour répondre, fronce les sourcils, puis esquisse un sourire d'autodérision.

— La même chose que toi. J'ai fui. Bon sang de bois, je ne vaux certainement pas mieux que toi.

— Tu n'as abandonné personne derrière toi, la contre-t-il, attristé par l'amertume qu'il voit se peindre sur son visage.

— Il n'y avait personne à abandonner, murmure-t-elle en relevant les yeux vers lui. J'étais seule. Seigneur Dieu, qui suis-je donc pour oser te juger sur les mauvais choix que ta souffrance t'a amené à prendre ?

Ma femme, se retient-il de répondre.

Il préfère baisser la tête vers elle pour l'embrasser doucement et soupire quand elle lui ouvre ses lèvres en se coulant tout contre lui.

Il se sent épuisé, soudain.

— Si tu savais comme ça me manquait, avoue-t-il, lorsque leurs lèvres se séparent.

Elle arque un sourcil interrogateur, et il étire ses lèvres en un sourire presque amusé, caresse ses cheveux.

— Parler.

Il a l'impression que quelque chose chavire dans les yeux verts, elle lui tend à nouveau ses lèvres, il l'embrasse, plus profondément cette fois, plus sensuellement et soupire quand les mains de Cross descendent de ses épaules à ses reins.

— Tu as fini la vaisselle ? demande-t-il quand ils reprennent leur souffle.

— Presque.

Il s'écarte d'un pas ; elle bat des cils, un peu perdue quand il va prendre sa place devant l'évier pour finir de laver les tasses.

— Ce n'est pas à toi de faire cela, milord.

— Keir.

— Ce n'est quand même pas à toi de...

— Tu n'as qu'à essuyer.

Ils achèvent de nettoyer la cuisine en silence. Cela fait longtemps qu'il n'a pas savouré un silence de ce genre ni de cette qualité. Un silence complice, où aucun ne se sent le besoin de dire quelque chose.

— Viens finir la nuit avec moi, murmure-t-il, tandis qu'ils récupèrent les bougies.

— Il fera bientôt jour.

— Raison de plus pour aller dormir un peu.

Elle garde le silence un long moment, au point qu'inquiet, il envisage d'aller l'embrasser pour la décider.

— Je ne veux pas prendre le risque que quelqu'un me croise demain matin, finit-elle par lâcher dans un filet de voix.

Quelque chose se serre en lui. Bon Dieu...

— Personne ne te croisera, Cross. Et quand bien même, ça n'a pas d'importance.

— Si. Ça en a.

— Nom de Dieu, soupire-t-il d'un ton grinçant. Tu ne te souviens pas du début de la soirée ? Ils ont chacun une chambre personnelle, mais dorment ensemble depuis des années. Ne me dis pas que ce qu'ils pourraient penser de toi t'importe foutrement plus que de...

— Ce n'est pas vis-à-vis d'eux, le coupe-t-elle en haussant son sourcil, le dos rigide.

— Vis-à-vis de qui, alors, bordel ?

— De moi.

Perplexe, il plisse le front, essaie de comprendre, mais bon Dieu n'y arrive pas.

— Tu es compliquée, finit-il par marmonner, à bout d'arguments.

— Je sais. Je... Je suis comme toi, je ne sais pas encore très bien qui je suis vraiment devenue. Et... il m'arrive d'avoir des réactions que je ne comprends pas moi-même.

Il ouvre la bouche. Il aimerait savoir qui elle était avant.

— Je crois que je peux gérer une relation clandestine, tant qu'elle reste secrète. Mais je ne veux pas... Je ne veux pas prendre le risque... Je ne veux pas que ça se sache, c'est tout.

Il se renfrogne, hésite à annoncer ses intentions, décide que le moment ne s'y prête définitivement pas. Il n'a pas envie d'aller trop vite et de tout gâcher. Il a déjà ruiné bien trop de choses et de relations par le passé.

— Alors, allons finir la nuit dans ta chambre. Je partirai avant l'aube.

Elle le regarde en silence pendant un instant, et il est incapable de la lire ni même de deviner à quoi elle pense.

— Je pense qu'il vaut mieux que chacun regagne sa propre chambre, finit-elle par dire doucement.

Bon Dieu, il n'a pas envie de dormir seul. Plus maintenant !

Elle hausse son sourcil, quand il grince des dents.

— Milord, dit-elle de sa voix de gouvernante, même si nous avons accompli un certain... rapprochement, je ne me sens pas prête à *dormir* avec toi.

Il grogne en hindi, et elle arque son sourcil plus haut.

— Je te raccompagne, finit-il par marmonner.

Elle lui lance un regard méfiant, auquel il répond d'un coup d'œil aussi innocent que possible. Évidemment qu'il va essayer de la faire changer d'avis.

— Je préfère que tu remontes maintenant, insiste-t-elle, en le couvant toujours de son regard méfiant.

Il ronchonne entre ses dents. Finalement, il doit encore y avoir un fond de gentleman en lui, parce qu'il finit par accéder à sa demande. Ils se séparent près de l'escalier d'apparat, chacun son bougeoir à la main.

— Cross ? la rappelle-t-il à mi-voix, tandis qu'elle tourne les talons pour s'éloigner.

Il prend sa bouche fiévreusement. Il veut qu'elle comprenne qu'ils sont déjà l'un à l'autre. Elle résiste une petite seconde avant de lui rendre le baiser, avec une intensité et une vigueur qui le laissent pantelant. Quand il se redresse, le souffle court, il voit à son regard qu'elle est aussi perdue que lui.

— À demain, marmonne-t-il, à défaut d'une parole plus intelligente ou flamboyante.

Elle hoche un peu la tête, et il regarde le halo de la bougie nimber son départ, avant de remonter lentement jusqu'à sa chambre. Allongé sous les draps qui portent leur odeur, il a froid et se sent seul. Il sent avec surprise son corps dériver rapidement vers le sommeil, songeant que, par son dernier baiser, elle l'a marqué autant que lui a souhaité le faire.

Il se demande juste si elle en a eu conscience.

13

Il rate le petit déjeuner.

Il bougonne tout en achevant de se préparer. Il avait vraiment envie de déjeuner avec eux tous. Avec elle. Mais à son réveil, le soleil était déjà haut dans le ciel. Certes, il se sent en pleine forme et empli d'énergie, mais il aurait vraiment aimé prendre le premier repas de la journée face à elle.

Il a l'impression de ne pas avoir aussi bien dormi depuis des années. Non. Il a l'impression d'avoir des années de sommeil à récupérer. Affamé, il quitte sa chambre en trombe. Seule en cuisine, Shanti le salue d'un grand sourire.

— Tu as l'air en forme, dit-elle en hindi.

— Je le suis, répond-il dans la même langue.

— Il reste des naans dans la réserve. Je te prépare un thé.

— Ne te dérange pas pour moi. Je suis assez grand pour faire le thé moi-même.

Il met l'eau à chauffer et se surprend à siffloter tout en allant chercher quelques naans.

— Où sont les autres ?

— Ils vaquent à leurs occupations, sourit-elle finement. Cela fait du bien de te voir dans d'aussi bonnes dispositions.

Il grogne. Un grognement, c'est pratique. Cela évite d'avoir à répondre trop distinctement. Il se verse un thé, avale un naan. Sa jambe le fait toujours souffrir plus que d'ordinaire, une conséquence de ses ébats nocturnes avec sa rouquine, mais il s'en moque.

— Keir ?

— Mm ?

— Si je puis me permettre...

Il manque de s'étouffer avec son thé et se tourne vers elle avec des yeux ronds. De mémoire, il n'a jamais entendu Shanti prononcer ces mots-là. En fait, il n'a pas souvenir qu'elle ait jamais pris de gants avec quiconque pour exprimer le fond de sa pensée.

— Mm ? grogne-t-il prudemment en la fixant, tandis qu'elle vient s'asseoir près de lui à table.

— Abbie et moi sommes d'avis qu'il faudrait changer les tentures et les tissus des pièces que nous avons déjà nettoyées.

— Et ?

— Et si tu n'as pas trop de travail en cours avec le domaine, ce serait une bonne idée que tu ailles toi-même à Leeds pour en acheter.

— Mm ?

— Il est évident qu'il faut aller sur place pour choisir les teintes et les tissus en personne.

Il prend une seconde pour tenter de voir où elle veut exactement en venir. Mais, avec Shanti, c'est toujours un défi.

— Je suis un soldat. Je ne sais pas comment...

Il se tait à l'instant où il comprend ce que Shanti prépare, réfléchit rapidement et accepte de jouer le jeu. À la brève lueur qui illumine le regard de sa vieille amie, il est clair qu'elle se sait devinée et s'en amuse.

— Il vaut mieux que ce soit une femme qui s'occupe de ces choses-là, reprend-il en retenant un sourire.

— Eh bien...

— En fait, c'est là une tâche qui, dans mon pays, est normalement dévolue à la dame de la maison, pas à son soldat d'époux.

Pour le coup, Shanti ouvre de grands yeux ahuris. Le peuple de Blackson House est toujours un peu sur ses gardes, dès lors qu'il est question d'Aggie. Il sait que la façon douloureuse dont il a vécu son deuil les met mal à l'aise. Ça, et le fait qu'aucun d'eux n'ait connu sa Dame. Il retient un nouveau sourire, cogite rapidement, termine son thé, puis pose un regard qu'il espère neutre sur sa voisine de table.

— Préviens Cross que nous partirons après le repas de midi. Et dis à Bill que nous prendrons la voiture.

Les yeux de Shanti s'écarquillent à s'en exorbiter, avant qu'un large sourire ne lui fende le visage.

— Je vais voir Abbie tout de suite !

Il la regarde quitter la cuisine, puis s'autorise un sourire. Bon Dieu, comme il a hâte, soudain. Il n'est pas retourné à Leeds depuis une éternité. En règle générale, il n'aime plus beaucoup les villes. Trop de monde. Trop de bruit. Mais comment refuser de passer un moment avec sa rouquine, seuls tous les deux, hors de Blackson House ?

Il remonte rapidement jusqu'à son bureau en sifflotant gaiement.

Elle est loin d'avoir un visage épanoui par le plaisir en le rejoignant près de la voiture. Déjà, elle l'a foudroyé du regard pendant tout le repas de midi. Bah, peu importe.

Il la regarde avancer d'un pas martial vers lui et retient un sourire. Elle est habillée comme si elle partait en guerre. Un vieux réticule bat la mesure à son poignet. Elle a enfilé des jupes d'un gris sombre rébarbatives au possible et un chemisier amidonné qui l'enferme jusqu'au menton, sous son lourd manteau de laine. Son chignon est aussi sévère qu'à l'ordinaire, et le fait qu'elle pince les lèvres devrait l'inquiéter pour l'ambiance qui régnera dans la voiture pendant le trajet. Sauf qu'il se fait déjà une joie de la titiller et l'agacer jusqu'à ce qu'elle revienne à de meilleures dispositions. Bon Dieu, cette simple sortie en ville - pour faire des foutues boutiques ! - l'égaie autant que s'il était un gamin à la veille de Noël.

— En voiture, Cross !

Elle arque son sourcil et lui lance un nouveau regard sombre qu'il n'a aucun mal à interpréter. Malgré tout, elle le laisse l'aider à monter dans la voiture. Il la rejoint, claque la porte derrière eux et frappe contre le plafond pour donner à Bill l'ordre de départ. Il s'assoit face à elle, parce qu'il sait qu'elle n'aimerait pas qu'il s'installe près d'elle.

— Comment avez-vous fait ? demande-t-elle, tandis que la voiture se met en branle.

— Je n'ai rien fait. C'est une idée de Shanti.

— Mmpf...

Elle tourne résolument le visage vers la fenêtre, et il observe son profil, le cœur léger. Puis il remarque la façon dont ses doigts se crispent un peu sporadiquement sur son vieux réticule, et cette fois, ne peut retenir son sourire. Elle est nerveuse.

— Cross ?

— Milord ?

— Détends-toi, je ne vais pas te sauter dessus. J'ai passé l'âge de faire des folies dans une voiture.

Elle se tourne vers lui, le sourcil haut levé et le menton pointé, mais il lit un certain amusement dans ses yeux verts.

— Tu as bien dormi ? demande-t-il.

Ses pommettes rosissent légèrement, et il sent une certaine tension s'installer dans son pantalon.

— Oui, merci.

— Menteuse.

Le rose devient rouge sur les joues de sa rouquine, et il sourit plus largement. Un peu bringuebalé par les cahots de la voiture, il étend sa mauvaise jambe pour soulager la douleur sourde qui la malmène et surprend le regard inquiet qu'elle pose sur son genou.

— Vous vous êtes soigné, ce matin ?

Il grogne ce qui peut passer pour un assentiment. La vérité, c'est qu'il a oublié. Il était bien trop occupé à réfléchir à leur sortie. Le silence se réinstalle, et il s'en contente pendant un long moment. La rougeur qui estompe ses taches de rousseur ne diminue pas, il sait bien qu'elle est gênée qu'il la dévisage ainsi, alors qu'elle regarde à nouveau par la fenêtre, mais pas moyen de se détourner d'elle. Elle est définitivement trop belle. Et maintenant qu'il sait à quoi elle ressemble dans le plaisir, bon Dieu, c'est encore plus difficile de détourner le regard.

Alors qu'ils sortent du village et que Bill fait accélérer le cheval, il cherche quelque chose à dire. Comme souvent, il se trouve la tête vide, cependant, cette fois n'est pas comme d'habitude. Il y a une certaine intimité qui s'étend entre eux, rendant sans doute la discussion superflue. Mais il a envie de parler avec elle, envie qu'elle s'ouvre à lui, qu'elle se montre à lui.

— Milord ?

— Mmh ?

Elle hésite légèrement, il la voit plisser le front, puis le regarder en face, prendre une grande inspiration, et s'inquiète légèrement de ce qu'elle va dire.

— Vous... Tu devrais parler à Ann et Gus.

Il sent son visage se fermer légèrement, lutte contre un vieux réflexe qui aimerait la repousser, et déglutit.

— Je devrais, oui.

Elle ouvre la bouche, semble chercher ses mots et, lorsqu'elle reprend la parole, sans le quitter des yeux, c'est avec une prudence certaine.

— Je me doute que ce ne sera pas facile, mais c'est important qu'ils sachent pourquoi ils ont grandi seuls.

— Tu connais Ann. Parler avec elle est...

— Difficile ? Compliqué ? Délicat ?

Il retient un éclat de rire qui le prend par surprise. La voilà qui parle comme Sanjay ! Bordel, elle est tellement à sa place à Blackson House...

— Pire encore. Ann est tellement dure et intransigeante que je me demande parfois s'il lui arrive de faire des erreurs. Déjà toute petite, elle visait la perfection.

— La première fois que je l'ai vue, elle m'a glacée. Quand j'ai postulé pour l'emploi.

— Ann a toujours eu une façon très personnelle de gérer les relations humaines.

— Comment était-elle... avant ? demande sa belle rouquine.

Il comprend de quel « avant » elle parle et prend le temps de réfléchir un peu.

— Étrange. Elle a toujours été étrange. Elle était un bébé presque trop tranquille, comme si elle sentait qu'elle était née dans des circonstances douloureuses. Ma mère s'inquiétait beaucoup pour elle, elle trouvait qu'Ann ne réagissait pas comme elle l'aurait dû. Elle ne pleurait presque jamais et, alors même qu'elle n'avait que quelques jours, elle posait sur nous un œil tellement grave...

Cross garde le silence, tandis qu'ils échangent un long regard.

— Callum, mon frère, le père d'Ann, explique-t-il. Callum ne supportait pas de la regarder. Je crois qu'il cherchait sur son petit visage quelque chose de sa Maggie, sans jamais le trouver. Ann ressemble tellement aux Blackson qu'elle n'a rien pris de sa mère.

Cross fronce les sourcils.

— Elle ne vous… te ressemble pas du tout, fait-elle doucement remarquer.

Il esquisse un bref sourire un peu triste.

— *Je* ne ressemble pas aux Blackson. Si tu as le temps, un de ces jours, je t'emmènerai à la galerie de portraits, et tu t'en rendras compte par toi-même. Voilà bien cinq générations que les Blackson sont de petits blonds élancés.

— Oh !

Il éclate de rire en suivant le cheminement de sa pensée.

— Non. Je ne suis pas un bâtard. Je suis juste le portrait vivant de mon grand-père maternel. Le sang écossais des ancêtres de ma mère a apposé sa marque atavique sur moi. Je porte d'ailleurs le même prénom que lui.

Il aimerait lui prendre la main, mais ils sont trop éloignés l'un de l'autre pour ça. Il se redresse, va s'asseoir sur l'autre banquette, à ses côtés, étale sa jambe devant lui.

— Ça amusait le reste de la famille. J'étais comme un mouton noir dans le troupeau blond.

Le regard qu'elle pose sur lui, un poil grave et réfléchi, le remue.

— Vous étiez très unis, comprend-elle.

— Oui. Très. Bien plus que la plupart des familles.

Elle lui prend la main. Son cœur s'exalte, il serre ses doigts. Et s'entend raconter Callum et Rory et Eilidh. Ses parents. Maggie. Sa famille d'Écosse, sur Skye.

Les souvenirs et leur évocation lui font un drôle d'effet, comme une douleur délicieuse. Il se rend compte qu'il y a bien longtemps qu'il n'avait pas pensé à eux, qu'il s'en empêchait sans doute. Mais se souvenir d'eux, avec elle, pour elle, ne lui broie pas le cœur comme il le craignait, fait au contraire remonter l'affection, l'amour qu'ils avaient les uns pour les autres. Ils lui manquent affreusement, encore maintenant, plus de vingt ans après leur mort. Mais bon Dieu, c'est bon aussi de revivre ça.

Il raconte à sa Cross comment la maladie les a décimés pendant qu'il se battait contre Napoléon, n'épargnant qu'Ann. Comment il a quitté la guerre de la Péninsule pour rentrer en Angleterre, comment il a rencontré Aggie sur son chemin.

— Je n'avais plus rien, murmure-t-il, en caressant la main de Cross du pouce. Je les avais tous perdus, et soudain, il y eut Aggie, et elle…

Il esquisse un sourire contraint, se demande si, vraiment, c'est une bonne idée de parler d'Aggie et des sentiments qu'il avait pour elle à Cross.

— Elle… ? l'invite-t-elle à poursuivre sans le quitter des yeux.

— Elle a comblé le vide. Elle m'a rendu l'espoir. Son amour m'a rendu mon cœur et l'envie d'avoir une vie. Avant que je la rencontre alors que je rentrais chez moi, tout ce à quoi je pensais, c'était que ma maison était vide, que je n'avais plus personne. Il n'y aurait que des tombes pour m'accueillir. Des tombes et Annys.

Il grimace, se penche un peu vers elle.

— Tu n'imagines pas comme ça me foutait la trouille de devoir élever Ann.

— J'imagine très bien, au contraire.

Le silence s'installe à nouveau, il voit son front se plisser, devine qu'elle réfléchit.

— Je comprends, finit-elle par dire en levant les yeux vers lui.

Il grogne.

— Je comprends *vraiment*. Trouver une lumière dans le noir, avoir l'impression de la tenir aux creux des mains et la perdre… C'est encore pire que de ne jamais l'avoir eue.

Sa gorge se serre à lui faire mal, et il entrelace leurs doigts. Elle se tourne vers lui, les yeux graves, et il sait que oui, elle comprend *vraiment*. Quand elle lève son autre main pour la poser sur sa joue, il saisit aussi qu'elle ne lui en veut plus d'avoir laissé Ann et Gus. Qu'elle *comprend*.

Nom de Dieu… Il doit être foutrement béni pour avoir cette chance inouïe, terrifiante, d'avoir rencontré deux fois dans sa vie des femmes aussi exceptionnelles et profondément belles. Il se penche, la chaleur de sa main lui brûlant la joue jusqu'à l'âme et l'embrasse doucement. Elle répond à son baiser, et il en tremble de la tête aux pieds. Parce que c'est la première foutue fois que leurs lèvres se touchent sans qu'aucun d'eux ne veuille plus que cela.

Lorsqu'ils se séparent, elle pose la tête sur son épaule, et il ferme les yeux de joie.

— Ma famille aussi est très unie, murmure-t-elle.

Cette simple phrase est une flèche qu'elle lui décoche en plein cœur. La gorge nouée, il garde le silence, tandis qu'elle lui parle de ses parents et sa fratrie. Des liens particuliers qui l'unissent encore aujourd'hui à sa sœur préférée, Eleanore. À mesure qu'elle raconte, qu'elle se dévoile enfin, il comprend à son tour pourquoi, comment elle a pu trouver si vite et si facilement sa place à Blackson House. Une part de lui aimerait lui poser des questions, sur sa vie d'après, sa vie d'épouse. Sur l'homme qu'elle pleure encore.

Il a beau savoir qu'il n'en a aucun droit, il ne peut s'empêcher de ressentir une foutue jalousie.

Mais elle ne parle pas de lui, et il ne lui pose pas de questions, sourit quand elle raconte les facéties de son enfance, attentif à chacun de ses mots, chacune des expressions de son visage qui s'anime.

Le temps que la voiture parvienne aux faubourgs de Leeds, il a passé un bras autour d'elle et a enfin l'impression de la connaître mieux. En tout cas, de connaître celle qu'elle fut autrefois.

Surtout, il sent que quelque chose se noue, se construit, et il a le cœur apaisé, empli de la certitude qu'ils vieilliront ensemble.

— Milord ? fait-elle alors, en se penchant vers la fenêtre pour regarder les rues.

— Mmh ?

— Je suppose que ce n'est pas par hasard que tu as voulu qu'on vienne en ville aussi tard dans la journée ?

Elle le regarde par-dessus son épaule, et il sourit largement.

— Non, avoue-t-il gaiement.

— Il va falloir que nous passions la nuit ici.

— Oui.

— Il va nous falloir une auberge discrète, dans ce cas.

Il éclate de rire, la ramène contre lui, brutalement exalté à l'idée qu'elle n'essaie même pas de jouer les farouches ou de nier leur attirance. Sans compter qu'il est foutrement soulagé qu'elle admette implicitement qu'ils passeront la nuit ensemble. Elle se laisse aller contre lui et bon Dieu, comme il a hâte d'être au soir, de pouvoir la toucher vraiment, l'embrasser, entrer en elle.

Bill finit par arrêter la voiture dans Briggate, et il s'éloigne à regret de Cross, avant que le vieux cocher ne vienne leur ouvrir la porte. Il descend moins prudemment qu'il n'aurait dû, grimace intérieurement quand sa jambe l'élance violemment, puis tend la main à sa rouquine. Elle jette des regards curieux autour d'elle. Il y a foule dans la rue des commerces.

— Va directement à l'auberge, grogne-t-il à Bill. Nous prendrons un cab quand nous aurons fini ici. Amuse-toi bien.

Il tend une poignée de pièces à Bill, et ils échangent un bref sourire avant que la voiture ne s'éloigne, les laissant seuls.

— Quelle auberge ?

— Celle où descendent les Blackson depuis la nuit des temps, explique-t-il en lui tendant son bras.

Elle pose la main dans le creux de son coude sans même une hésitation, et, alors qu'ils se mettent en marche, il a l'impression irréelle qu'ils sont déjà mariés.

— Par quoi commençons-nous ? grogne-t-il, en se penchant un peu pour lui parler.

— Trouvons un drapier. Si c'est bien Shanti qui a eu cette idée, elle a eu raison. J'aurais dû m'occuper des tissus depuis longtemps.

— Elle m'a dit que vous en aviez discuté ensemble.

Cross lève un regard à la fois surpris et amusé vers lui.

— Oui, nous en avions parlé… il y a au moins deux mois.

— Vieux singe, grommelle-t-il en hindi avant de reprendre en anglais : je ne vais pas me plaindre de sa manie de jouer avec la vérité. Tiens, entrons là.

Il lui tient la porte, et ils pénètrent ensemble dans la première boutique.

14

Elle est fatiguée, il le voit bien. Lui-même est épuisé, et sa jambe lui fait un mal de chien. Mais bon Dieu, il ne changerait rien à leur journée, même s'il en avait le pouvoir. Ils ont passé des heures à passer de boutique en boutique. Dans chaque échoppe, elle ouvrait son réticule pour en sortir un feuillet soigneusement annoté des besoins de Blackson House. Son organisation le laisse pantois. Quand il repense aux miles de tissus en tout genre qu'ils ont choisis et achetés, il en a le vertige. Sans oublier les tapis. Et les papiers peints. Le soir commençait à tomber qu'ils n'avaient pas fini. Selon Cross et sa liste, il reste encore les matelas à choisir, et elle aimerait aussi racheter certaines épices et des plants pour Kishan, des soieries pour les femmes de Blackson House, des livres pour les garçons, des outils pour les hommes. Il a fini par héler un cab pour prendre le chemin de l'auberge avant qu'elle ne décide de passer la nuit au centre-ville.

Le « King's Armor » n'a étrangement pas changé depuis la dernière fois où il y a mis les pieds. Les meubles ont juste l'air un peu plus vieux que dans ses souvenirs. Les tenanciers ont pris quelques rides, mais le reconnaissent dès qu'il passe la porte derrière Cross.

— Lord Keir ! s'exclame le vieil aubergiste par-dessus son comptoir.

— Bonsoir, Anderson.

— J'ai installé votre cocher au-dessus des écuries. Vos chambres sont prêtes, et j'ai déjà fait préparer un salon privé. Souhaitez-vous qu'on vous monte un bain avant le repas ?

Il grommelle, se tourne vers Cross. Elle a vraiment l'air fatiguée.

— Avant ou après le souper ? lui demande-t-il.

— Je meurs de faim.

— Nous mangerons tout de suite, dans ce cas.

Le regard curieux d'Anderson pèse sur Cross, et il se décale instinctivement d'un pas pour se placer devant elle, lui tend à nouveau son bras. Ils suivent l'aubergiste jusqu'au fameux salon privé, à peine plus qu'une pièce borgne meublée d'une table et de chaises, sans guère de décoration. Il attend qu'Anderson soit sorti pour tirer une chaise à Cross, se penche, embrasse sa tempe avant de prendre place face à elle en grognant de soulagement, la jambe étendue.

— Tu as mal.

Il n'ose pas répondre. Elle ôte son manteau, pose son réticule, hésite un peu avant de soupirer.

— Tu n'aurais pas dû rester avec moi toute la journée.

Il ronchonne, se redresse à l'entrée d'Anderson et de sa femme, une plantureuse Écossaise dont il se remémore les redoutables talents de cuisinière. Il cède à la bonne éducation et discute un peu avec eux, mais est foutrement soulagé quand ils s'en vont. Il se dépêche de servir Cross, verse du vin dans leurs verres avant de remplir sa propre assiette.

— Nom de Dieu, je meurs de faim aussi.

— Ce n'est pas étonnant, réplique-t-elle en se redressant. Tu n'as presque rien avalé à midi, et nous avons raté l'heure du thé.

— À midi, j'étais trop excité par la perspective de passer la nuit en ville avec toi.

Elle rosit, et il sourit. Ils mangent en silence pendant un moment.

— Cross ?

— Milord ?

— Demain, me laisseras-tu te faire un cadeau ?

Elle se raidit un peu, évite son regard. Déjà dans l'après-midi, il a essayé de la faire entrer chez une modiste ou dans une bijouterie, mais elle a relevé son sourcil et s'est éloignée d'une démarche royale.

— Non.

Il serre les mâchoires, agacé. Il aurait sans doute mieux fait de ne pas lui demander et d'acheter quelque chose à lui offrir de retour à Blackson House. Alors qu'ils étaient chez le drapier, il lui a demandé comment elle aimerait redécorer ses appartements, elle s'est raidie avant de répliquer que ses appartements lui convenaient comme ils étaient. Sauf que la vraie question qu'il voulait lui poser, c'était de savoir comment elle souhaitait que soient refaites les pièces de la baronne, mais il n'a stupidement pas osé.

— Tu es dure.

— Je reste à ma place.

Il ouvre la bouche, la referme quand elle lui lance un regard d'avertissement.

Ils entament le dessert, et il note avec un certain amusement qu'elle ne termine pas son verre de vin. Les souvenirs de leur premier baiser dans l'orangerie lui reviennent en tête, et il sourit malgré lui. Bon Dieu, ce qu'elle était belle, nimbée par la lumière de la lune, dans sa robe de soie verte, toute souriante. Et qu'est-ce qu'elle l'a diverti !

— J'ai envie de te voir dans une jolie robe.

Ou nue, avec juste un collier d'émeraudes. Une image qui suffit à le faire bander comme un taureau…

— Je n'ai pas l'usage d'une jolie robe.

— Alors, dis-moi ce qui te ferait plaisir.

Elle se renfrogne un peu, redresse le menton.

— Ne me donne pas l'impression d'être une catin, milord, réplique-t-elle d'une voix sèche.

Elle l'aurait frappé en plein visage qu'il n'aurait pas plus mal. Il se redresse sur sa chaise, profondément blessé.

— Je ne comptais pas te payer pour jouir de ton corps, gronde-t-il amèrement, j'avais juste envie de te faire plaisir. Pardonne-moi.

La tarte aux pommes perd toute saveur dans sa bouche, et il repousse son assiette en se levant.

— Tu as fini ?

— Milord…

— Allons-y.

Il lui tend son bras et l'escorte hors du petit salon.

— Montez-nous nos bains, lance-t-il à Anderson en passant devant lui.

Elle se tient un peu raide à ses côtés, tandis qu'ils montent à l'étage. Il s'incline à peine en la laissant devant la porte de sa chambre avant de boiter bas jusqu'à la sienne, voisine de celle de Cross.

La pièce est propre et douillette, à défaut d'être très élégante. Nul doute qu'ils auraient pu descendre dans un endroit plus luxueux, mais les Blackson ont toujours dormi dans cette auberge-ci, et il aime l'idée de perpétuer cette tradition-là aussi. On frappe à sa porte, il ouvre pour laisser les servantes de l'auberge installer devant la cheminée ronflante un tub trop petit, qu'elles remplissent de quelques seaux d'eau chaude.

— Le bain de Mrs Cross lui a déjà été amené ? demande-t-il, avant que la porte ne se referme.

La servante se trouble, secoue la tête.

— Pas encore, milord, nous nous sommes d'abord occupées du vôtre et…

— Montez-le-lui tout de suite, en priorité.

Et tant pis si son insistance attire l'attention sur Cross ou fait naître des rumeurs sur leurs relations. Le principal, c'est qu'elle puisse se relaxer dans un bain chaud.

La servante hoche la tête, fait une révérence hâtive, et il ferme la porte derrière elle, se déshabille rapidement. Il s'engonce comme il peut dans le tub, ses jambes dépassent de part et d'autre, mais l'eau chaude lui fait un bien fou. En grognant, il ferme les yeux, repose la nuque contre le rebord et soupire.

Il devrait envoyer une note à l'homme d'affaires d'Ann, lui demander de faire porter à Blackson House les parures d'émeraudes qui dorment dans les coffres de leur banque. Il sourit, amusé quand il imagine la tête que fera le pauvre homme en recevant les factures de leurs achats du jour. Puis sourit en imaginant la tête de Shanti et des autres, lorsque les chariots livreront à Blackson House tout ce qu'ils ont acheté.

Il aimerait la voir en satin vert. En soie, dans une robe coupée à la mode. Il voudrait l'admirer, parée de pierres vertes. Ou en velours cramoisi. Elle serait superbe en cramoisi. Avec un décolleté plongeant, une coupe qui ferait pigeonner ses seins blancs.

Il lui faudra un trousseau, une fois qu'ils seront mariés. Des robes. Des dessous fins qu'il prendra plaisir à lui retirer. Et des bas. Des chaussures aussi, quelque chose qui remplace ses vieilles bottines usées.

Mais pas de vêtements de nuit. Il sourit. Non, pas de chemises de nuit. Ou juste quelques nuisettes arachnéennes qu'il pourra lui ôter.

Il finit par se laver rapidement, excité à l'idée de la rejoindre, renfile ses vêtements froissés et poussiéreux, puis entrouvre sa porte. Le couloir est désert. Du rez-de-chaussée lui parviennent les bruits habituels d'une taverne à la nuit tombée. Il referme sa porte à clé derrière lui, va frapper doucement à celle de Cross.

Elle ouvre presque aussitôt, et il s'engouffre dans la pièce avant de verrouiller les appartements. Elle a dû se dépêcher de prendre son bain. Ses cheveux sont encore humides et l'enveloppent d'un halo roux, jusqu'aux hanches. Elle ne porte qu'une chemise blanche qui lui tombe sous le genou.

Elle est presque… virginale. Le cœur battant, il la regarde sans pouvoir rien dire, et elle semble peu à peu mal à l'aise.

— Milord ?

— Bon Dieu, Cross, murmure-t-il, la voix rauque et la gorge nouée. Chaque fois que je te regarde, j'ai l'impression de te voir pour la première fois.

Elle rougit brutalement, troublée. Il prend à peine le temps de regarder sa chambre, la copie presque conforme de la sienne en plus petit et va l'enlacer. Elle referme les bras autour de sa taille avec à peine une hésitation. Tout est bien. L'avoir entre ses bras rend des couleurs à la lumière, et sa chaleur contre lui réchauffe ses os. Il frotte sa joue ombrée de barbe contre le sommet de son crâne, l'odeur du savon qu'elle a utilisé pour se laver les cheveux l'envahit. Ce n'est pas son odeur habituelle ; et cela l'agace. Il embrasse doucement son front, puis sa tempe, et elle relève le visage vers lui, l'obligeant à se noyer dans ses yeux.

— Je suis désolée, pour tout à l'heure. Je ne voulais pas insinuer que…

Il grogne pour l'empêcher d'en dire plus. Caresse longuement son dos, des épaules aux reins et la chaleur de sa peau sous la chemise un peu humide le fait durcir. Elle se dresse sur la pointe de ses pieds nus, effleure ses lèvres, et il prend sa bouche. Bon Dieu, ce qu'il a soif d'elle. Il la serre plus fort contre lui, lutte contre le besoin primaire, primal, de la soulever pour la jeter sur le lit avant de s'enfouir en elle. S'oblige à ne pas la dévorer de baisers, ne pas déchirer sa chemise, ne pas lui dire qu'elle est à lui, qu'elle est *sa* femme.

Avec un gémissement sourd, elle se presse contre lui, tire sa chemise hors de son pantalon, glisse les mains sous le tissu pour caresser son dos.

— Déshabille-moi, murmure-t-il contre ses lèvres, le souffle déjà court.

— Va t'asseoir d'abord, réplique-t-elle en levant un sourcil autoritaire.

Elle lui donne envie de rire. Elle lui fait chaud au cœur.

Il traîne la patte jusqu'au lit, s'installe au bord et l'attire à lui entre ses jambes écartées. Levant les yeux vers elle, il la dévisage intensément, tandis qu'elle déboutonne sa chemise, puis la lui retire. Le regard gourmand qu'elle pose sur son torse dénudé lui échauffe le sang, rend son pantalon de plus en plus étroit. Le genre de regard qui pourrait rendre un homme vaniteux, si cet homme-là accordait une quelconque importance à son physique.

Elle se penche pour l'embrasser, et le rideau de ses cheveux roux vient l'envelopper. Il noue leurs langues, le souffle court, tend la main pour l'attirer sur ses genoux, mais elle lui échappe, recule d'un pas.

— Cross...

— Lève-toi.

Il se redresse en retenant un grognement de douleur en prenant appui sur sa jambe droite, puis retient un nouveau gémissement, de plaisir cette fois, quand elle déboutonne son pantalon, libère son membre dur et repousse le tissu sur ses hanches. Elle s'agenouille, achève de lui ôter son pantalon, et il plisse les yeux, furieusement excité. Elle lève la tête pour le regarder, pose une main légère sur son ventre, lui intimant l'ordre de se rasseoir. Il s'exécute. Toujours agenouillée devant lui, elle masse alors doucement sa mauvaise cuisse, et il se dit que s'il ne l'aimait pas déjà, sans doute tomberait-il amoureux d'elle à cet instant précis, alors qu'elle étend sa jambe douloureuse et effleure ses chairs marquées.

— Cross...

Nom de Dieu, ça devient difficile de se taire, de garder les mots d'amour qui le rongent. Elle le regarde en silence, puis sa main quitte sa cuisse et vient s'enrouler autour de son sexe érigé. Il grogne de plaisir.

— Milord ?

— Oui, Cross ?

Il ne sait pas exactement à quoi il acquiesce. Ou plutôt, si. Il dit oui à tout. Tout ce qu'elle veut.

— Je ne veux pas être Cross, quand nous sommes nus.

Interdit, il la dévisage avant de battre des cils. Elle sera toujours Cross. Sa rouquine.

— Gail, chuchote-t-il.

Il voit quelque chose bouger dans les yeux verts qui le fixent. Incertain, il envisage une infime seconde de lui expliquer que, pour lui, elle ne pourra jamais être *Abbie*. Son surnom usuel est trop proche, bien trop proche de celui d'Aggie. Et elle est unique. Il ne veut pas qu'elle puisse douter du prénom qu'il gémit quand il l'aime.

— Keir, répond-elle simplement.

Elle se penche en avant et le prend dans sa bouche.

— Oh ! nom de Dieu, souffle-t-il, soulevé par le plaisir.

Il lève la main, sans savoir s'il veut l'empêcher de continuer ou, au contraire, lui caresser les cheveux pour l'encourager. Baissant les yeux vers elle, il croise son regard vert, qu'elle lève vers lui, et la vision qu'elle offre, la vue de ses lèvres autour de lui l'amènent trop vite, trop près de l'orgasme.

— Arrête, halète-t-il, je ne veux pas jouir trop vite.

Il la fait se relever et ferme un instant les yeux pour se reprendre, refouler les battements sourds qui enflent dans ses reins.

— Bordel, tu me tues, Cr... Gail. Gail.

Il rouvre les yeux, la regarde intensément, répète :

— Gail.

Il se penche, attrape le bas de sa chemise et fait remonter le tissu, savoure chaque once de chair crémeuse et couverte de son qu'il découvre. Les genoux ronds, les cuisses fuselées par les durs travaux quotidiens, les hanches évasées. Il reste un moment à contempler le buisson roux ardent niché au creux de ses jambes, puis remonte encore le tissu sur son ventre un peu bombé strié de fines lignes pâlies par le temps, sa taille marquée.

— Retire-la, murmure-t-il.

Elle fait passer la chemise par-dessus sa tête, s'offre tout entière à admirer, et il grogne d'envie. Non, vraiment, il adore ses seins. Elle jette son vêtement au loin, et il l'attire vers lui, enfouit le visage contre sa poitrine. Il ne reconnaît toujours pas son odeur, mais peu lui importe maintenant, parce qu'elle a toujours aussi bon goût. Il embrasse, lèche son sein, suce doucement un mamelon, frémit de plaisir en l'entendant gémir et lève les yeux pour la regarder. Ses yeux verts brillent, et le souffle qui passe ses lèvres entrouvertes est haché, rapide. Alors qu'il voulait prendre son temps, il ne peut s'empêcher de glisser une main entre ses jambes, écarte le feu humide de sa toison, passe un doigt le long de son sexe, la sent frissonner. Nom de Dieu, elle est tellement chaude et tellement mouillée déjà.

— J'ai envie d'embrasser chacune de tes taches de rousseur. Mais je crois que ça devra attendre un peu. Je vais crever, si tu ne me prends pas très vite en toi.

Il a l'impression qu'elle arrête de respirer pendant une seconde. Elle écarte un peu les cuisses, il en profite pour caresser son clitoris du pouce tout en enfonçant deux doigts en elle et serre les dents lorsqu'elle se cambre en gémissant, les yeux clos.

— Je te veux, souffle-t-elle d'une voix mourante. Seigneur, je te veux tellement.

Il doit… respirer. Oui, déjà, respirer.

Et ne plus la regarder. Sinon il va jouir avant de pouvoir l'amener au plaisir.

— Allonge-toi, halète-t-elle en rouvrant les yeux.

— Tu vas devoir venir sur moi, grogne-t-il en ôtant sa main d'entre ses jambes.

— Je sais.

« Je t'aime », pense-t-il en se couchant sur le lit. Il ne se souvient pas avoir jamais eu autant de mal à taire quelque chose, pas même la fois où les séides du rajah l'ont torturé.

Il lui tend la main, et elle entrelace leurs doigts en s'agenouillant sur le lit, au-dessus de lui. Il l'enlace de son autre bras, la couche sur lui et grogne de plaisir quand ses seins pleins aux pointes durcies s'écrasent sur son torse, gémit encore quand elle l'embrasse à pleine bouche tandis que, du bassin, elle frotte son sexe chaud et mouillé, le long de lui. Il lève les hanches, danse à son tour contre elle, alors que leurs langues se caressent, se cherchent, puis se nouent. Sa main libre court le long de son dos, jusqu'à ses fesses, les presse contre lui. Son autre main, attachée à celle de Cross... de Gail, serre les doigts de sa rouquine, son pouce effleure sa paume.

— Viens.

Elle ouvre la bouche, comme pour dire quelque chose, se ravise. Il sent ses hanches danser différemment, puis enfin, il s'enfonce en elle. Le gémissement qu'elle pousse témoigne d'un plaisir commun. Avec un grondement rauque, il crispe sa main libre sur sa hanche, lève le bassin et la pénètre tout entier. Alors qu'elle se met à ondoyer sur lui, tout autour de lui, mais toujours allongée, elle l'embrasse encore.

Se retenir. Se retenir.

Nom de Dieu, c'est tellement bon !

Se retenir encore.

Lutter pour ne pas laisser ses gémissements, la chaleur de sa bouche, la danse rythmique de ses hanches sur lui, l'emporter.

Se retenir.

Avec un cri sourd, elle prend appui sur son avant-bras libre, creuse les reins tout en le regardant, une avidité émouvante dans le regard et bouge, danse sur lui, l'enserre en elle. Ondule en haletant. Serre sa main de plus en plus fort.

Se retenir. Bon Dieu, se retenir encore !

Enfin, il sent les muscles de son dos, de ses bras, se mettre à trembler, la faim se fait impérieuse dans les yeux verts, elle se redresse sur son bras, cambrée, ses hanches ondulent de plus en plus vite et, dans un grognement presque douloureux à force de se contenir encore, il s'appuie sur son coude pour happer un mamelon érigé entre ses lèvres. Elle gémit, un cri sourd, guttural. Les doigts qui maintiennent sa hanche se serrent brutalement quand il la sent jouir et que son bassin monte. Il la prend, vite, fort, désespérément.

Elle gémit son nom, il grogne le sien en lâchant enfin la bride à son propre soulagement, croise l'éclat vert de son regard et se laisse engloutir par son orgasme.

Le plaisir est au-delà des mots. La chaleur de Gail, son souffle, sa main qui l'étreint, ses lèvres qui murmurent son nom, encore et encore…

Il retombe sur l'oreiller, le visage de Gail contre le sien, vidé, épuisé, mais complet, et ferme les yeux avec un sourire.

En se perdant en elle, c'est son âme qu'il retrouve. Et le monde recouvre enfin son sens.

15

Elle repose entre ses bras, la tête sur son épaule, ses cheveux épars autour d'eux. Elle a posé une jambe sur sa cuisse, une main sur son torse, et il l'enlace de ses deux bras. Leur souffle s'est apaisé, et il a un peu froid, maintenant que la brûlure du désir s'est calmée. Pourtant, il ne bouge pas, n'essaie pas de tirer les couvertures sur eux ; il ne veut pas briser la perfection du moment.

— Personne ne m'a jamais appelée Gail.

— Tant mieux, grogne-t-il sans même essayer de repousser la bouffée possessive qui l'envahit à ses mots.

— Je... J'aime bien.

Il sourit, finit par bouger, roule sur le côté pour lui faire face sans cesser de l'enlacer.

— Gail, dit-il, juste pour le plaisir de sentir le mot rouler dans sa bouche.

Elle sourit à son tour, passe une jambe au-dessus de sa hanche. Il l'embrasse doucement, chastement. Il pourrait sans doute rester comme ça des heures, juste à la regarder et à la sentir contre lui.

Enfin, au moins jusqu'à ce qu'il ait à nouveau envie d'elle.

— Tu as tellement de cicatrices, murmure-t-elle, en suivant l'une d'elles du doigt, le long de son épaule.

— Je suis un soldat.

Elle hausse le sourcil en le regardant, avant de reporter son attention sur une autre marque.

— Tu n'es pas que cela. Tu es aussi baron.

Il grogne, et elle arque son sourcil un peu plus haut.

— Le baron, c'était mon père, marmonne-t-il. Pas moi.

Elle relève le visage pour le dévisager attentivement. Un peu mal à l'aise, il caresse son dos. Elle hausse encore le sourcil, l'invite à s'expliquer et il cherche ses mots, intimidé soudain.

— Je n'ai jamais voulu du titre.

— Je m'en doute, murmure-t-elle.

— Il devait revenir à Callum au décès de notre père. Pas à moi.

Elle fronce brièvement les sourcils, ses doigts s'immobilisent sur la cicatrice.

— C'est aussi cela que tu as voulu fuir ?

Il hausse les épaules.

— Je n'ai jamais voulu prendre la place de personne. Je voulais juste être... moi. Être l'honorable Keir Blackson me satisfaisait pleinement. Je n'ai jamais jalousé Callum d'être l'aîné et l'héritier, au contraire.

Elle pose sa main à plat, juste sur son cœur, et il sent une partie de sa douleur intérieure s'estomper.

— Callum aurait été un baron formidable. Il aimait le domaine et les gens qui y vivaient. Il aimait la terre.

— Pas toi ? s'étonne-t-elle.

— C'est chez moi. Mais... J'ai aimé vivre aux Indes. Je crois que j'ai aimé être un soldat. Je devais être fait pour ça. Mais baron ?

Il secoue la tête, réfléchit un peu, regarde le vert des yeux de Gail.

— Tu es bien plus douée que moi, dit-il avec franchise. Et tu aimes cela. Bien plus que moi. Je... Gail, s'il te plaît, reprends le domaine en main.

Elle écarquille les yeux, mais il y lit combien sa demande la comble au-delà de la surprise. Sans orgueil ni sentiment de revanche, elle est simplement heureuse qu'il lui rende les rênes.

— Je... Vraiment ? balbutie-t-elle.

— Et comment ! Ça me bouffe, je ne suis pas fait pour ça. Tu... Tu aimes cela, non ? s'inquiète-t-il soudain.

Elle hoche la tête, mais il devine à son regard un peu flou qu'elle est déjà perdue dans ses pensées.

— Dans ce cas, il faudra aller visiter d'autres magasins, demain.

Il éclate de rire, l'embrasse un peu fougueusement.

— Tout ce que tu veux, sourit-il.

— Merci.

Il grogne. Il est foutrement soulagé. Elle n'a pas à le remercier, c'est lui qui lui doit de la gratitude. S'il pouvait aussi se débarrasser du titre de baron et le donner à Gus de son vivant, bordel, il le ferait !

Il frotte le visage contre ses cheveux, soupire. Le moment lui paraît peut-être approprié pour aborder une autre question, un mystère qui le démange depuis leurs premiers ébats.

Il caresse sa hanche, fait glisser sa paume jusqu'à son ventre, baisse les yeux pour regarder sa chair et, du doigt, suit le dessin d'une des marques qui strient la peau pâle. Elle se raidit un peu lorsqu'il redresse le visage pour la regarder, paraissant sur la réserve.

— Où est ton enfant ? murmure-t-il d'une voix enrouée.

— Il n'y a pas d'enfant.

Il attend, espère, mais elle baisse les paupières. Il appuie sa paume sur son ventre, la supplie mentalement de s'ouvrir.

— Gail ?

— Je les ai perdus, murmure-t-elle sans le regarder. Tous. Ils sont tous morts.

Il ferme les yeux, refoule la peine qui monte en lui à ces mots, la serre plus fort entre ses bras.

— Je... J'étais le même genre de femme que Lin, explique-t-elle en levant enfin les yeux vers lui.

Il hoche à peine le menton pour lui signifier qu'il comprend. Elle parle de fausses couches.

Et la douleur qui brille encore dans les prunelles vertes, même après ces années, le trucide littéralement. Bon Dieu, comme elle a dû souffrir ! Elle est autant mère que femme. Il le sait. Il l'a toujours senti. Il n'y a qu'à voir comment elle se conduit avec les garçons et Nanda. Observer le regard qu'elle pose sur Sanjay, Daniel ou même Darius. Et qu'elle n'ait jamais eu l'opportunité d'offrir l'amour d'une mère à un enfant lui fait personnellement mal.

— Tu as dû foutrement me haïr, gronde-t-il soudain.

Elle qui n'a jamais pu être mère ; lui qui a fui le père qu'il aurait pu être.

Elle esquisse un petit sourire.

— Oui, répond-elle avec franchise. Je ne pouvais pas comprendre ni accepter qu'on ait la chance d'avoir des enfants à aimer et qu'on les abandonne. Alors que moi… Je n'espérais que cela. Je ne voulais que cela.

— Je suis désolé.

Elle tremble entre ses bras, finit par hausser maladroitement les épaules dans un geste touchant, comme pour minimiser le gouffre que ces pertes ont creusé. Il se souvient comme Aggie était heureuse de porter Gus. Combien elle aussi rêvait d'un enfant.

Pendant des années, il s'est répété que s'il avait eu la chance de connaître l'avenir, il aurait tout fait pour éviter qu'Aggie ne tombe enceinte. Pour ne pas la perdre.

— Ça nous a tués, murmure-t-elle alors.

— Mm ?

— Je… parle de mon couple, balbutie-t-elle, d'une voix un peu tremblante. Ça a tué notre couple.

Il déglutit soudain moins certain de vouloir l'entendre parler de son couple.

— Je voulais tellement un enfant, reprend-elle tristement. Et lui voulait tellement un fils. Chaque fois que j'étais enceinte, j'y croyais. Chaque fois. Même les dernières fois, je voulais tellement y croire.

— Gail…

— Et je saignais. Je me retrouvais vide, tellement vide.

Elle lève les yeux vers lui, il y lit une telle souffrance que son propre cœur saigne pour elle.

— Si tu savais comme ce vide-là est atroce, chuchote-t-elle. Ça et la désillusion dans le regard de l'époux qu'on aime font mal.

— Oh ! Gail…

— J'avais l'impression de n'être bonne à rien. Je n'étais même pas capable de porter ses enfants.

Elle esquisse une grimace ironique.

— Au bout d'un moment, on s'éloigne l'un de l'autre, tu sais. L'amour ne suffit pas toujours. Parce que notre vœu le plus intime ne se réalise pas et qu'on n'arrive même plus à partager la douleur de l'autre, tant on est plongé dans la sienne propre. Et… On se réveille un matin, et il n'y a plus rien. Plus de couple. Plus d'amour. Juste deux personnes qui vivent ensemble sans plus rien partager. Même plus leurs rêves ou leur peine.

Il déglutit, l'enlace fort. Il aimerait trouver des mots pour l'apaiser, même s'il sait qu'aucun ne peut panser les plaies de l'âme ou du cœur.

— Je suis désolé, répète-t-il.

Elle se pelotonne contre lui. Frissonne.

— J'ai froid.

Il tire les couvertures sur eux.

— Tu devrais rejoindre ta chambre, dit-elle tout bas.

— Je le ferai. Tout à l'heure.

Elle embrasse son épaule, soupire, couche la tête sur son torse, et il l'enferme entre ses bras, le cœur alourdi de chagrin pour elle. Il sent l'instant où elle sombre dans le sommeil. La lumière perd en brillance et en intensité.

Lui caressant doucement les cheveux, il se demande qui elle serait devenue, si elle avait porté un seul de ses enfants à terme.

Puis se demande soudain qui Aggie et lui seraient devenus si elle n'avait pas porté Gus, si elle n'était pas morte en donnant le jour à leur fils. Aggie aurait-elle, elle aussi, pleuré son absence de maternité ?

Oui. Évidemment que oui.

Sans enfants, Aggie et lui auraient-ils, comme Gail et son époux, fini par s'éloigner l'un de l'autre ? Il frémit, soudain inconfortable. Il aimerait répondre que non. Mais il a appris certaines choses de la vie, notamment que les contes de fées n'existent que dans les livres et que la réalité s'y connaît foutrement bien pour ruiner le bonheur des hommes.

Il s'empresse de repousser ces considérations vaines et stériles. De toute façon, ce genre de pensées ne changera rien.

Gus est né.

Aggie est morte.

Il ferme les yeux, finit par s'endormir aussi.

16

Ils engloutissent un plantureux petit déjeuner dans le salon privé avant de retourner en ville, et Keir emboîte le pas de Cross vers une nouvelle journée d'emplettes.

Il est fatigué, sa jambe est raide, même si elle est moins douloureuse que la veille. Pourtant, bordel, il est plus en forme qu'il ne l'a été depuis des mois. Ils ont fait une nouvelle fois l'amour, avant qu'il ne regagne sa chambre tôt le matin. Cette fois-là, enfin, il a pu prendre son temps, embrasser la moindre parcelle de son corps, avant de la goûter intimement. Nom de Dieu, rien que de repenser à sa saveur musquée, il durcit dans son pantalon. Ça et les gémissements rauques qu'elle poussait en se tordant sous sa langue avant de jouir violemment. La seule différence avec les fantasmes qu'il en avait, c'est que les braises du feu moribond ne dispensaient pas assez de lumière pour qu'il puisse la voir vraiment. Elle n'était qu'une ombre mouvante, chaude et humide, contre lui.

Il s'accoude à un mur près de la porte, la regarde tandis qu'elle passe d'un rouleau de soie à un autre de satin, une vendeuse zélée sur ses talons. Elle est vêtue comme une gouvernante, mais a le port d'une reine, et la vendeuse ne s'y trompe pas.

Elle se tourne vers lui, son sourcil haut levé, et il se redresse, le cœur soulevé de joie en croisant son regard.

— Mmh ?

— Cela ferait-il plaisir aux femmes si je leur ramenais de quoi se faire de nouveaux saris ?

Elle est chez elle, à Blackson House. Chaque instant qui passe ne fait que renforcer cette certitude viscérale en lui.

— Oui, répond-il, la gorge nouée.

Il s'approche en traînant un peu la jambe, croise les bras pour s'empêcher de la toucher et se met à bander quand elle effleure des doigts une soie verte.

— Vous n'en avez pas, marmonne-t-il en s'obligeant à la vouvoyer.

— Je n'ai pas de quoi ?

— De sari.

Elle se tourne vers lui, surprise, arque son sourcil un peu plus haut, puis il voit l'étincelle dans son regard émeraude et sourit. Elle aimerait en avoir un, comprend-il, et il lui est difficile de retenir le sourire joyeux qui monte sur son visage, difficile de ne pas l'enlacer.

— En vert, insiste-t-il. Vert et rouge.

Elle rosit légèrement, son regard se trouble un peu. Il devine qu'elle s'imagine en sari et se met à prier pour qu'elle accepte. Bordel, il a foutrement envie de la voir en sari. Et lorsqu'elle lui décoche un rapide regard en baissant à peine le menton, il soupire presque de soulagement.

— Cross ?

— Milord ?

— Choisissez pour toutes, je reviens.

Elle l'interroge du regard, il sourit en réponse et quitte la boutique, soulagé que les pans de son manteau long masquent au reste du monde l'érection envahissante qui déforme son pantalon.

À quelques devantures du drapier où il l'a laissée, si ses souvenirs sont bons, s'ouvre l'échoppe d'un joaillier. C'est là qu'il avait acheté la parure d'Aggie pour leur mariage. Là que Callum a choisi la bague offerte à Maggie. Là que son père a fait sertir chacun des bijoux donnés à sa mère en cadeau après la naissance de ses frères, de sa sœur et de lui-même. Là que plusieurs générations de Blackson mâles ont choisi comment déclarer leur amour à leurs femmes.

L'enseigne est toujours là, et il en pousse la porte sans hésiter. La boutique ne semble pas avoir changé depuis sa dernière visite, qui remonte pourtant à plus de vingt ans. Seul l'homme qui se tient derrière le comptoir n'est pas le même. Il est jeune. Enfin, il est plus jeune que lui, et l'accueille d'un sourire commercial.

— Bonjour, monsieur, que puis-je pour vous ?

— Plusieurs choses. Commencez par me montrer vos broches serties.

Il faut bien débuter par quelque chose. Choisir une broche pour Shanti, Ashmi et Lin ne lui prend guère de temps. Il connaît leurs goûts, depuis le temps qu'il leur ramène et leur offre ce genre de babioles précieuses. Il sait qu'elles refusent qu'il leur verse un salaire, aussi, au fil des années, leur a-t-il constitué un petit pécule sous forme de bijoux. Au cas où.

— Avez-vous des perles ?

— Bien sûr ! s'offusque le joaillier en sortant une boîte de merisier.

Il les regarde un peu, réfléchit.

— Montez-moi un collier. Utilisez vos perles les plus grosses. Et en pendentif, un saphir, de belle taille, mais pas trop ostentatoire.

Les yeux du joaillier s'éclairent subitement. Le bijou est plus précieux que ceux qu'il a auparavant offerts à Nanda, mais il veut s'assurer que la jeune femme aura une dot le moment venu, si jamais Shanti refuse qu'il la lui verse en espèces sonnantes.

Puis, alors que le boutiquier inscrit quelques notes dans son carnet de commandes, il sent une brusque tension monter en lui et déglutit.

— Maintenant, je voudrais voir vos plus belles émeraudes et vos rubis.

Il choisit minutieusement chacune des pierres, donne ses instructions précises, va même jusqu'à dessiner ce qu'il veut exactement sur le carnet du joaillier.

— Très bien, milord. Vous aurez cette commande d'ici deux mois.

— Je la veux avant deux semaines.

Pas question d'attendre plus longtemps.

— C'est impossible, milord !

— Trouvez quelqu'un pour travailler avec vous. Je m'en fous. Je veux que la parure complète soit livrée en mains propres, à Blackson House, dans moins de deux semaines.

— Blackson ? s'exclame une voix poussiéreuse depuis l'arrière-boutique.

Il se tourne dans la direction d'où émerge lentement un vieil homme, en qui il reconnaît après quelques secondes, le joaillier d'autrefois.

— Milord Keir ! s'exclame d'ailleurs le vieil homme, en souriant. Cela fait bien longtemps qu'un Blackson n'était pas venu ici.

Il grogne un assentiment avant de saluer celui qui est, sans nul doute, le père du boutiquier actuel. Le vieux ouvre le carnet, lit la commande, regarde les esquisses et sourit à Keir.

— Ce sont de beaux bijoux que vous souhaitez.

— Père, nous ne pourrons jamais…

— Je m'occuperai de cette commande, Lucas, coupe le vieillard. Personnellement, ajoute-t-il en fixant Keir.

— Merci.

— Je me souviens de la parure que vous aviez commandée pour votre épouse, poursuit le vieux bijoutier. Saphirs et grenats sur des fleurs de diamants. Permettez-moi de vous présenter mes condoléances pour votre deuil, milord.

— Merci.

Le vieux regarde à nouveau le dessin, et Keir se sent rougir un peu.

— De très jolis bijoux, radote l'ancien, avant de lever ses yeux un peu délavés vers Keir. Signifient-ils qu'il y aura bientôt une nouvelle baronne Blackson ?

Il a l'impression que son visage le cuit. Mal à l'aise, il aimerait esquiver la question.

— Priez que oui, finit-il par grommeler.

— Dans deux semaines, sourit le vieil homme. Soyez assuré que les délais et vos souhaits seront respectés.

Il hoche la tête.

— Vous n'aurez qu'à livrer toute ma commande à ce moment-là, grogne-t-il en se dirigeant vers la porte.

Il entend à peine les salutations du père et du fils, quitte la boutique comme s'il avait le diable aux trousses pour rejoindre sa rouquine. Cross se raidit et se tourne vers lui, alors qu'il pousse la porte de la boutique, comme si elle avait senti son approche.

Leurs yeux se croisent un court instant, et son malaise s'estompe, se dissout.

Bordel, il ne peut simplement pas imaginer qu'elle puisse refuser de l'épouser.

Hors de question.

Assis à côté d'elle, leurs mains nouées reposant entre eux sur la banquette, il n'a qu'à tourner un peu la tête pour embrasser le sommet de son crâne. Ce qu'il fait, s'attirant un coup d'œil rapide de Cross. Ils ont mangé dans une auberge avant de repartir pour la maison. Après le drapier, ils ont quitté le centre et ont visité une serre (des plantes pour Kishan), puis une quincaillerie (du matériel pour la réfection de la chapelle et des outils pour les hommes), avant qu'il ne réussisse enfin à l'extirper des magasins.

Il aurait aimé que leur sortie dure quelques jours encore, mais sait bien qu'ils doivent rentrer. Voilà des heures qu'ils roulent, ils approchent de la maison. Ils ont peu parlé, il n'y en avait pas besoin. Être près d'elle, tenir sa main, lui suffit pour le moment. La certitude que, cette nuit, ils seront ensemble aide beaucoup, s'avoue-t-il.

Il a hâte de lui offrir les bijoux qu'il a dessinés pour elle, tout en craignant ce moment. Commander la parure rend plus réels sa décision, son désir de l'épouser. Mais bon Dieu, il a tellement peur qu'elle se montre réticente ! Il se souvient trop bien de sa réaction, la fois où il a parlé de mariage. Son expression horrifiée.

Il évite de penser à ce qui se passera, si jamais elle refuse sa demande, s'il ne parvient pas à la décider. Quelque chose lui dit que les ténèbres seraient trop heureuses de l'engloutir à nouveau.

— Milord ? fait-elle, alors qu'ils traversent le village et que, malgré lui, il sent son cœur se soulever de joie à l'idée d'être bientôt à la maison.

— Oui, Cross ?

Elle lève les yeux vers lui, lui sourit.

— Merci pour le sari.

Il sourit en retour, se penche pour l'embrasser. Ce qu'il prévoyait n'être qu'un baiser chaste se transforme malgré lui dès l'instant où leurs lèvres se touchent. Avec un grognement, il plonge la langue dans sa bouche, grogne encore quand elle vient la caresser de la sienne, qu'il sent sa main fraîche se poser sur sa joue râpeuse de barbe. Sa paume va envelopper un de ses seins, son pouce effleure son mamelon, qu'il sent durcir et se dresser malgré les épaisseurs de tissu. Autant pour son grand âge qui l'empêcherait de faire des culbutes dans une voiture ! Bordel, il aurait dû profiter des heures passées pour la prendre sur ses genoux et lui faire l'amour !

Il s'arrache à ses lèvres, un peu haletant, grommelle une imprécation en birman.

— Vivement ce soir.

Les yeux un peu brumeux, elle esquisse un sourire. Elle a les lèvres marquées de leur baiser, le souffle court, elle aussi.

— Je te rejoindrai dans ta chambre.

— Oui, murmure-t-elle.

Elle caresse une dernière fois sa joue, se racle la gorge et s'éloigne vivement de lui, tandis que la voiture arrive en vue de Blackson House. Le temps que Bill vienne leur ouvrir la porte, il a pris soin de refermer les pans de son manteau sur son érection et aide sa rouquine à descendre.

— C'est étrange de revenir les mains vides, alors que nous avons acheté tant de choses, lance-t-elle, en prenant son bras pour qu'il la mène vers la porte.

— Mmh.

— Ils sont là ! s'exclame la voix de Shanti, dès qu'elle les aperçoit dans le couloir.

Cross ôte aussitôt la main qu'elle avait passée sous son coude, redresse les épaules et entre dans la cuisine. Son contact lui manque aussitôt, et il se rembrunit. Il n'aime pas l'idée qu'elle ait honte de leur relation face aux autres.

Il suffit de quelques minutes à peine, pour que la cuisine soit envahie des autres habitants et qu'un brouhaha discordant s'en élève. Il croise le regard d'Arun, mais n'est pas foutu de l'interpréter, puis avise le fin sourire de Ranjit et se renfrogne encore un peu plus.

— Allons ! s'écrie enfin Shanti, en frappant dans ses mains pour ramener un peu de calme. Laissons-les aller se changer ! Ils ont l'air d'avoir roulé dans la poussière.

Cross rougit et redresse le menton ; il retient un sourire amusé.

Il la regarde quitter la pièce, sans doute pour ses appartements. Lui-même a hâte de monter se changer. Et se raser aussi, tiens. Cross a la peau fine, il n'aime pas les rougeurs que sa barbe laisse sur elle quand ils font l'amour.

Bon, et un massage avec l'onguent d'Arun lui fera aussi le plus grand bien.

Bordel, c'est bon d'être à la maison.

17

Les livraisons de leurs folles emplettes se succèdent au cours des jours suivants. Une semaine après leur virée à Leeds, chacune des femmes de Blackson House a coupé et cousu son nouveau sari, ce qui donne l'occasion d'un repas de fête où chacune l'arbore fièrement. Cross est si sublime – elle a même gardé ses cheveux libres, sans la moindre épingle – qu'il en bande douloureusement pendant tout le repas, presque incapable de manger quoi que ce soit. Cette nuit-là, il l'aime trois fois, furieusement, à la lumière de plusieurs bougies.

Ils ont passé toutes leurs nuits ensemble, dans l'appartement de Cross. Mais dès que l'aube pointe, elle lui demande de rejoindre sa propre chambre, et ça commence à l'inquiéter. Ils parlent pendant des heures, une fois leurs sens apaisés. Il connaît son corps autant qu'elle connaît le sien. Ils échangent leurs souvenirs, mais elle ne parle jamais de son mari ni de la façon dont il est mort, encore moins comment elle a vécu son veuvage. Les rares fois où il a osé tâter le terrain de ses sentiments, elle s'est esquivée par une pirouette grossière, et il n'a pas eu le cran d'insister. Il se trouve lâche, mais craint trop qu'elle ne puisse simplement pas l'aimer.

Les jours passent, et il sent une foutue angoisse monter. D'ici une semaine seront livrés les bijoux. Intérieurement, c'était la période qu'il s'était laissée pour la faire tomber amoureuse de lui. Il comptait parler mariage, une fois la parure en main. Mais les jours et les nuits passent, elle n'a pas l'air de développer d'autres sentiments pour lui. Leurs ébats sont passionnés, elle est une amante avertie et sensuelle, dont la fougue et la passion le ravissent ; elle le satisfait physiquement au-delà de tout. Leurs discussions nocturnes sont souvent légères, complices et lui font battre le cœur.

Mais quand le jour vient, elle n'est plus Gail et redevient Cross. Avec son chignon sévère et ses tenues austères, ses épaules rigides et son sourcil orgueilleux. Non qu'il n'aime pas Cross. En fait, il adore Cross autant qu'il adore Gail. Mais il aimerait bien que…

Bordel, il veut qu'elle l'aime. Il veut pouvoir l'enlacer dans la cuisine, même si Shanti ou Ashmi sont là. Il veut pouvoir l'appeler sa femme.

Puis, alors que la seconde semaine qui suit leur visite à Leeds est déjà bien entamée, il se passe deux choses.

La première arrive au cours du repas du soir du mercredi. La seconde pendant le souper du lendemain.

Depuis la simili rébellion d'Arun et Ranjit, il prend désormais tous ses repas à la cuisine avec les autres, assis à un bout de la table, Cross installée à l'autre. Tout en dégustant son korma de poulet, Cross discute avec Ranjit, lui annonçant que la plupart des hommes du village auront assez de temps libre pour venir travailler à la réfection de la toiture de la chapelle endommagée.

— Ce ne sera pas un travail aisé, dit Ranjit.

— Non, hélas, soupire Cross en lui lançant un bref coup d'œil qui lui échauffe l'entrejambe.

— Samuel Kinsgton sera-t-il capable de dessiner les plans de la nouvelle toiture ? s'inquiète Shanti.

— Peut-être, répond-elle. Je l'espère. Je n'ai pas envie de devoir attendre la venue d'un architecte ou d'un ingénieur de la ville. Les matériaux sont là, ils attendent d'être utilisés. J'ai peur qu'ils ne s'abîment, si nous tardons trop.

— Je n'ai jamais visité la chapelle, intervient Daniel. De quelle époque date-t-elle ?

— 1215, répond Keir d'un grognement. La toiture a été entièrement refaite il y a un peu plus de cent ans.

— J'aimerais bien aller la voir, continue Daniel en le regardant. Si je me base sur mes vieux cours d'histoire, la toiture devrait être posée sur une base d'ogives, non ?

Il grogne un assentiment. Puis écarquille les yeux, comme Cross et les autres, lorsque Sanjay et Darius se mettent à discuter entre eux de poussées, de poids, de force, tout en calculant à voix haute ensemble.

— De quoi parlent-ils ? finit par demander Nanda à Daniel.

Le jeune précepteur se met à rire.

— Je crois qu'ils sont en train de déterminer comment reconstruire la toiture de la chapelle.

Cross bat des paupières, repose son couvert et quitte rapidement la pièce. Son premier réflexe est de se lever pour la suivre, et il amorce un mouvement, mais un coup d'œil de Shanti le fait se rasseoir. D'autant que sa rouquine revient vite, les joues un peu rouges d'avoir sans doute couru, des feuilles de papier et des mines à la main. Elle tend le tout aux garçons, se rassoit et regarde Sanjay et Darius griffonner et dessiner sur les feuilles.

— Voilà, il faudrait...

— ... s'y prendre comme ça.

Il baisse les yeux vers les feuillets que lui tendent les garçons, se sent sourire, regarde Sanjay, puis Darius.

De vrais jumeaux.

— Permettez ? fait Daniel, en prenant les feuilles pour les parcourir rapidement.

Keir lève les yeux, regarde Cross, qui lui rend intensément son regard.

— Bravo, les garçons ! s'exclame Daniel.

Cross arque son sourcil, interrogative. Il penche un peu la tête pour acquiescer et, avec une ombre de sourire sur les lèvres, elle se tourne vers Sanjay et Darius.

— Nous suivrons vos plans, si Daniel pense qu'ils ne comportent pas d'erreurs.

— Je n'en vois aucune, réplique l'intéressé. Vous m'épatez. Je n'aurais pas pensé à...

Il cesse de vouloir suivre la conversation mathématique qui s'ensuit, obnubilé par Cross, par ce sentiment qui le gonfle soudain d'espoir. Pour la première fois, vraiment, il a senti quelque chose passer entre eux. Une communication. Il sait à quoi elle a pensé, sait qu'elle a compris à quoi lui pensait.

Quand il pousse la porte de ses appartements, une fois le silence retombé sur la maison, elle l'attend, assise derrière son bureau, plongée dans les courriers et les comptes du domaine. Il referme le battant derrière lui, elle lève la tête et lui sourit chaleureusement, avant de poser sa plume. La lueur d'excitation dans ses yeux verts, pour une fois, n'est pas motivée par la perspective de leurs ébats à venir.

— Tu as vu ça ? s'exclame-t-elle, en lui tendant la feuille où Darius et Sanjay ont dessiné la nouvelle toiture.

— Oui, grogne-t-il, en tirant une chaise pour s'asseoir près d'elle. Ces gamins sont surprenants.

— Plus que surprenants, oui ! Milord, je crois que…

Il se penche, prend sa bouche, savoure qu'elle se laisse aller contre lui et l'embrasse en retour.

— Je sais à quoi tu penses, murmure-t-il lorsque leurs lèvres se quittent.

— Ah ?

Elle hausse son sourcil, un peu inquiète.

— Sanjay est trop brillant pour que nous le laissions végéter ici avec nous, grogne-t-il.

Un soulagement visible détend le visage de sa rouquine, et il fait la moue.

— Qu'est-ce que tu croyais que j'allais dire ?

Elle hausse les épaules en rosissant.

— J'avais peur que tu ne voies pas combien il serait dommage de ne pas lui donner une chance, finit-elle par murmurer.

— Cross… Je ne suis quand même pas un foutu crétin.

Enfin si, il l'a été, l'est encore de temps à autre, surtout avec elle. Mais de moins en moins.

— À ton avis, quelle université serait la plus adaptée ?

Elle ouvre de grands yeux, le souffle coupé.

— Université ? balbutie-t-elle. Je… Je pensais que… que…

— Que quoi ?

— Eh bien, je pensais que tu chercherais un maître plus instruit pour lui et Darius, mais…

— Cross, j'ai croisé pas mal de gens dans ma foutue vie. Notamment des architectes, des ingénieurs, des géomètres, des…

Bref. Ces deux gamins sont faits pour ça. Une de mes angoisses, depuis que j'ai ramené les garçons, est qu'ils ne puissent subvenir à leurs propres besoins quand je disparaîtrai.

Elle se laisse aller contre le dossier de son fauteuil sans le quitter des yeux, et il prend sa main avant de poursuivre.

— Je sais que jamais Ann ni Gus ne mettraient Kishan, Sanjay ou Nanda à la porte de Blackson House. Ils ont grandi ensemble, ils appartiennent à la même famille. Mais...

Il grimace, la regarde sérieusement.

— Je ne me suis jamais inquiété de l'avenir de Gus ni de celui d'Ann. Gus sera baron, Ann est... Ann. Jusqu'à l'arrivée de Daniel, je m'inquiétais pour Nanda, mais je crois que je n'ai plus trop à m'en faire de ce côté-là. Restent Kishan et Sanjay.

— Kishan est fait pour les plantes, murmure-t-elle tout bas.

— Oui. Et c'est à toi que nous devons de nous en être rendu compte. Mais Sanjay...

Il sourit en large.

— Sanjay est d'une autre trempe. Je vais faire le nécessaire pour qu'il aille à l'université. Il sera ce qu'il veut, mais je me dois de lui offrir la chance d'étudier. Reste juste à déterminer dans quelle noble institution il sera le plus à même d'apprendre ce dont il a besoin.

Elle ouvre la bouche. Il l'embrasse pour l'empêcher de parler, parce qu'il n'a pas fini.

— Et j'irai demain parler avec Webster. Je prendrai en charge les frais de scolarité de Darius, si son père accepte ma proposition. Ces deux-là sont siamois. On ne peut pas les séparer.

Les yeux verts s'embuent brutalement et, paniqué, il la voit se mettre à pleurer, avant qu'elle ne se jette contre lui pour l'embrasser à pleine bouche. Inquiet, il referme ses bras autour d'elle, la tire de sa chaise et l'assoit sur genoux.

— Qu'est-ce qu'il y a ?

— Rien, je... Oh ! Keir, c'est...

Elle l'embrasse encore, plus langoureusement, cette fois, et il grogne de plaisir.

— Merci pour eux, souffle-t-elle en le regardant intensément.

Il se sent un peu mal à l'aise. Elle n'a pas à le remercier. Il aurait dû s'occuper de l'avenir des plus jeunes depuis longtemps. Si elle n'avait pas demandé à Ann d'engager Daniel, sans doute n'aurait-il jamais pensé à envoyer Sanjay à l'école.

— Ne me remercie pas. Je fais ce qui est normal.

Il caresse doucement son dos, alors qu'elle reste pelotonnée sur ses genoux.

— Geoffrey t'aurait adoré, murmure-t-elle soudain, les yeux encore humides.

Geoffrey.

C'est comme un coup dans la poitrine. Il sait bien, bon Dieu, qu'il n'a pas le droit de se sentir jaloux de son défunt mari. N'empêche qu'il l'est. Foutrement, même.

— Il y a autre chose dont nous devrions discuter ? demande-t-il plus fermement.

Elle hausse un sourcil inquisiteur.

— Je parle du domaine.

— Oh... ça attendra demain. Allons nous coucher.

D'une phrase, elle le rend dur comme du bois. Il lui retire rapidement ses épingles, les jette sur le bureau avant de l'entraîner dans la chambre.

18

Quand il entre dans la cuisine, le lendemain soir, il est plutôt content de lui. Ils ont passé une nuit sublime, avant qu'il ne regagne sa chambre et son lit froid. Il a passé sa matinée avec Ranjit, Arun, Bill et Heng, à la restauration de vieux meubles. Il y avait bien longtemps qu'il n'avait pas fait quelque chose de ses mains. Enfin, autre chose que manier une arme.

Dans l'après-midi, après une visite au cimetière familial et un rapide coup d'œil à la toiture de la chapelle, il a fait galoper Flame jusqu'au village, où il s'est longuement entretenu avec le pasteur Webster. La discussion a été beaucoup moins houleuse qu'il ne le craignait, et ils sont parvenus à un accord, avant de discuter de choses et d'autres, à propos du village et des métayers.

Enfin, la jambe un peu raide, il a passé un moment dans la bibliothèque avec les garçons, aux côtés de Lin. Ce qui explique qu'il se retrouve assis à la table de la cuisine, le sac de courrier remis par la vieille Stand sur ses genoux. Il n'a pas encore trouvé le temps de l'ouvrir. Tandis que Cross et Shanti achèvent de mettre la table et que les garçons se lavent les mains, il trie rapidement les lettres et les remet à qui de droit, avant de jeter un rapide coup d'œil à celles qui lui sont adressées. Chacun prend place, tandis qu'il ouvre une enveloppe portant l'écriture de Rahul, tend à Arun le feuillet que son vieil enseigne y a glissé pour leur ami commun, lit rapidement les mots, sourit.

— Comment vont Rahul et sa famille ? demande Ashmi, en servant les assiettes.

— Bien, répond-il en rangeant la feuille. Leur aîné va se marier.

Il regarde brièvement Cross, qui passe en revue son propre courrier, à l'autre bout de la table puis sort une autre enveloppe de son paquet. Une lettre d'Anjali. Il devrait peut-être attendre plus tard pour l'ouvrir, mais les courriers d'Anjali le mettent toujours en joie. Il déchire rapidement l'enveloppe, déplie la feuille, lit et écarquille les yeux.

— Bon Dieu !

— Que se passe-t-il ? s'inquiète Shanti.

Il lève la tête. Tous les regards sont fixés sur lui. Cross arque un sourcil intrigué. Les battements de son cœur ont un rythme inquiet ; il comprend qu'il va devoir parler avec elle.

— Quoi ? insiste Shanti en le foudroyant des yeux.

— Anjali va venir passer quelques semaines ici, cet été.

Les yeux de Shanti s'ouvrent grand, puis explose à nouveau le brouhaha de voix, alors qu'ils se mettent tous à parler en même temps. Lui ne regarde que Cross, sa rouquine, sa Gail, qui semble inquiète et un peu pâle. Elle le questionne des yeux, et il plisse les lèvres. *Plus tard.*

— Je suis tellement heureuse de pouvoir enfin la rencontrer ! s'écrie Nanda en posant la main sur son bras. Oh ! Keir, c'est...

Il lui sourit, puis voit la lumière intéressée dans les yeux de Sanjay, alors qu'il parle à l'oreille de Darius, sans doute pour lui expliquer qui est Anjali.

— Elle est Intouchable, lance-t-il en hindi au jeune garçon.

Sanjay se tait au milieu de sa phrase, le regarde, déglutit, hoche la tête.

— Bien sûr.

Il referme la lettre, la pose près de son assiette et se met à manger, mais la nourriture n'a pas grande saveur. Il croise fréquemment le regard de Cross, sans pouvoir le lire, mais l'inquiétude qui enfle en lui a pris des proportions infernales quand il la retrouve enfin chez elle.

Il note le pli qui creuse son front dès qu'il pénètre dans ses appartements. Ce qui n'est pas pour le rassurer. Il laisse la porte se fermer derrière lui, hésite un peu, capte son regard impénétrable. Nerveux, il attend quelques secondes, espère qu'elle parlera la première. Mais elle garde le silence, semble attendre que ce soit lui qui commence. Il ouvre la bouche, hésite, boite jusqu'à la chaise, près d'elle, s'assoit, hésite encore.

— Webster est d'accord pour que Darius suive Sanjay à l'université. Je lui ai demandé de ne pas en parler à son fils pour le moment, mais tout est arrangé.

— C'est bien.

— Il m'a aussi parlé de deux femmes du village, qui aimeraient travailler sur les métiers à tisser.

— Il faudra leur trouver une occupation ailleurs. Nous avons suffisamment d'employées au tissage.

— Tu crois qu'on réussirait à les faire venir ici ? Avoir quelques femmes en plus vous aiderait bien.

Elle fait la moue.

— Si je les paie suffisamment, insiste-t-il.

— Qui est Anjali ?

Elle ne va pas aimer. Pas aimer du tout. Nom de Dieu. D'autant qu'elle est la seule, dans cette maison, à ignorer *qui* est Anjali.

Il la regarde, détaille l'arc de ses sourcils, la courbe de ses joues, l'éclat de ses yeux, le frémissement de ses lèvres. Bordel, pourvu qu'elle ne le haïsse pas...

— Ma fille.

Le bruit qui s'échappe des lèvres de Cross ressemble à un gémissement avorté, et elle le fixe avec des yeux effarés.

— Ta... quoi ?!

— Ma fille, répète-t-il en déglutissant.

— Tu... Ta...

Elle repousse sa chaise, se lève et se met à marcher de long en large, les mains agitées de mouvements incohérents. Inquiet, il se lève à son tour, sans trop savoir quoi faire.

— Bon sang de bois ! Bon sang de bon sang de flûte de zut !

— Gail...

Elle se fige, se tourne d'un bloc vers lui, le front orageux.

— Tu as *une fille* !?

Il hoche la tête, de plus en plus mal à l'aise.

— Elle vit en France. Elle...

— Est-ce qu'ils le savent ? le coupe-t-elle, d'une voix dure, les yeux flous.

— Euh… Oui. Ils le savent tous, je…

— Je te parle d'Ann et Gus ! crie-t-elle, en se plantant devant lui, les traits tendus.

Oh.

Merde.

— Non.

Elle le gifle à la volée. Il le mérite, ce soufflet, sans le moindre doute. D'ailleurs, combien de fois ne s'est-il pas mentalement giflé lui-même, par le passé ?

— Oh ! Seigneur ! souffle-t-elle encore en se tordant les mains, avant de reprendre son va-et-vient nerveux sur le tapis. Quel âge a-t-elle ?

Il déglutit encore, se prépare à recevoir un autre coup, tout aussi mérité.

— Vingt ans.

Elle blêmit.

— Vingt ans ?

Il hoche la tête.

— Vingt ans ?! Tu as une fille de *vingt ans* !?!

Il hoche à nouveau la tête. Le regard qu'elle pose sur lui oscille entre effarement, écœurement et déception. Et lui broie le cœur.

— Tout ce temps à me parler de ta chère Aggie, comment sa mort t'a détruit et… et… Et à peine aux Indes, hop… Tu as une fille de vingt ans ! Seigneur ! Elle a à peine un an de moins que Gus !

La trahison. C'est ce qu'il lit dans ses yeux et c'est ce qui fait le plus mal.

Le goût de fiel qui l'envahit régulièrement, chaque fois qu'il pense à cette époque-là, à ce qu'il y a fait, revient en force, et il recule d'un pas. Comme si un simple pas pouvait effacer ses conneries.

— Mais qui es-tu ?! crie-t-elle, les yeux soudains humides. Je… je croyais te connaître, mais… Comment as-tu pu faire ça ?!

Il recule encore d'un pas, l'esprit vide.

— Je ne sais pas.

— Oh ! vraiment ? s'écrie-t-elle furieusement, en marchant

sur lui. Tu ne sais pas ?! Il a pourtant bien fallu que tu couches avec une femme pour avoir une fille de vingt ans !

— Vidya.

Quelque chose remue au fond de lui, la colère et la rage qu'il ne ressentait plus depuis quelque temps. L'espèce de fauve blessé qu'elle avait apaisé.

— Je me moque de savoir son nom ! s'exclame-t-elle. Bon sang de bois ! Comment as-tu pu ?! Comment peux-tu le cacher à Ann et Gus !?

Il inspire, serre les mâchoires. La colère de Gail sonne au diapason de son propre sentiment de culpabilité. N'empêche qu'il commence lui aussi à avoir les nerfs. Même en la sachant méritée, la violence de la réaction de Gail le blesse profondément, le besoin de mordre en retour le tenaille.

— Je le leur cache parce que je ne sais foutrement pas comment le leur dire !

— Il est temps d'y penser, non ? Elle a *vingt* ans !!

— Nom de Dieu, Gail...

— Cross ! crache-t-elle. Pas de Gail maintenant !

— Bon Dieu !

Il se passe la main dans les cheveux.

— Il vaut mieux que je te laisse te calmer, grogne-t-il.

— Comment ça, me calmer ?!

Crétin.

S'il y a bien une chose qu'il a apprise au contact de sa défunte sœur, c'est bien de ne jamais, jamais, oh non, jamais, dire à une femme de se calmer quand elle est furieuse...

— Tu veux que je te raconte ? Que je t'explique ? tente-t-il.

— Ha ! Que tu m'expliques comment tu as culbuté une femme, à peine quelques mois après la mort de ton grand amour, c'est ça ?!

La phrase est un coup de poignard en plein cœur, et il vacille, blême. Son corps fait demi-tour et boite rapidement jusqu'à la porte, alors que, dans son esprit, tournent en boucle les mots qu'elle lui a lancés.

— Milord !

Il ne s'arrête pas et sort. Ça vaut mieux.

La tête creuse et le cœur déchiré, il passe par la bibliothèque, prend le flacon de brandy qui y dort depuis un moment et ne réfléchit pas. Le meilleur endroit pour se soûler la gueule, c'est encore l'orangerie.

19

Il est étonné de distinguer la lueur d'une chandelle s'approchant depuis la porte. Elle s'y encadre bientôt, nimbée de lumière. Un instant, il espère qu'elle ne le verra pas, planqué derrière les plantes, qu'elle s'en ira. Il n'en est qu'à la moitié de la carafe.

— Keir ?

Il ferme les yeux, grogne et l'entend marcher jusqu'à lui. Quand il rouvre les paupières, elle se tient devant lui, son vieux châle de cachemire jeté sur sa tenue de gouvernante et le dévisage d'un air inquiet.

— Vidya travaillait dans la maison qu'on m'avait assignée. Sans doute parce que j'étais noble, même si je n'avais pas un grade très élevé. Elle était veuve depuis quelques mois, elle aussi. À cette époque, je baignais dans l'alcool autant que dans la douleur. Nous avons couché ensemble pendant deux mois. Jusqu'à ce qu'elle tombe enceinte. C'était un accident. J'étais ivre en permanence, tellement mal dans ma tête que je n'avais même pas pensé à prendre la moindre précaution. Et elle non plus.

Face à lui, Cross ne bouge pas, ne dit rien. La pénombre et l'alcool le rendent incapable de lire son visage.

— Elle ne m'aimait pas plus que je l'aimais. C'était juste... Du réconfort. C'était stupide et vain, mais c'est tout ce qu'on avait trouvé, elle comme moi, sur le moment. Une espèce de leurre, comme si être ensemble pouvait faire fuir nos douleurs. Ça n'a jamais été le cas. Ça n'a fait que nous enfoncer l'un et l'autre plus loin dans notre abattement intime. Quand elle a été enceinte, je me suis effondré. Pas elle.

Il ricane un peu, l'observe, mais elle ne bronche toujours pas.

— Porter Anjali lui a rendu une raison de vivre, et elle a passé les mois suivants à me porter à bout de bras. Elle coupait mon alcool avec de l'eau, me forçait à me lever le matin, pour que je sois à l'heure aux appels.

Il esquisse une grimace.

— La première fois que j'ai ramené quelqu'un à la maison, c'est elle qui a tout pris en charge, les soins et l'intendance. Elle a sauvé la vie de Rahul, celle de Ranjit et de Heng, de Kishan aussi. Vidya n'a jamais été une amante. Je crois que je ne l'ai même jamais vraiment considérée comme une femme. C'est une amie, avant toute chose.

Cross soupire lourdement, pose sa chandelle à terre et s'approche de la chaise où il est vautré.

— Keir, murmure-t-elle en s'agenouillant.

— Cross ?

— Gail...

Il étire les lèvres en une grimace un peu ironique.

— Anjali avait plus d'un an quand j'ai ramené Rahul. Il ne faisait pas partie de mon bataillon, mais quand je l'ai vu, après l'escarmouche, je... je ne pouvais pas le laisser crever là, devant moi, au milieu des cadavres. Il avait perdu une moitié de bras et pissait le sang. J'ai fait un garrot, j'ai cautérisé. Le médecin de mon bataillon ne voulait pas perdre son temps avec lui, il le disait déjà mort. Alors, je l'ai ramené chez moi, et Vidya l'a soigné. Ils se sont mariés six mois plus tard.

Son sourire devient franc, s'élargit à ce souvenir.

— Je suis l'homme qui a engendré Anjali, mais c'est Rahul qui l'a élevée, qui est son père véritable.

— Je... Est-ce qu'Anjali sait qui tu es ? demande-t-elle d'une voix hésitante.

— Bien sûr. Aucun de nous ne lui a jamais rien caché des circonstances de sa naissance. J'ai conscience de mes devoirs envers elle, j'ai toujours pris financièrement soin d'elle et c'est moi, et moi seul, qui assume les frais de son école, à Paris. Sur ma solde de soldat. J'entretiens Anjali sur mes fonds propres, pas avec l'argent des Blackson.

Il se tait, attend, espère une parole, mais elle garde le silence un long moment, le visage énigmatique, les yeux perdus dans le vague.

— Je sais que je suis un idiot, marmonne-t-il en la fixant intensément. Depuis la mort d'Aggie, j'ai l'impression de salir et d'abîmer tout ce que je touche, de n'être bon qu'à blesser ceux qui me sont chers.

— Non, Keir, tu n'es pas un idiot.

— Comment veux-tu que je parle d'Anjali à Gus ou Ann, bordel ?

— Aussi simplement que possible, répond-elle en lui prenant la main. Je suis désolée de m'être emportée. Je... Ça m'a fait un choc.

Il grogne, serre ses doigts. La regarde.

— Je suis content qu'elle vienne. Je ne l'ai pas vue depuis l'année dernière. Je me suis arrêté à Paris avant de rentrer en Angleterre. Ses parents voulaient être sûrs qu'elle allait bien.

— Keir ?

— Mmh ?

— Est-ce que... est-ce que tu as d'autres enfants ?

Il déglutit. Nom de Dieu, il n'imaginait pas que sa question lui fasse aussi mal.

— Non. Entre Vidya et toi, il n'y a eu que deux autres femmes, des courtisanes de métier. Elles comme moi nous sommes conduits avec une grande responsabilité.

Elle marque la surprise, et il la dévisage, peiné.

— Deux femmes en vingt ans, incroyable, non ? ironise-t-il amèrement. On finit par ne même plus avoir envie de toucher une chair vivante, quand baiser quelqu'un qu'on n'aime pas n'apporte rien d'autre que du dégoût de soi. Alors qu'il suffisait d'un peu d'imagination et d'une main entraînée pour avoir l'illusion d'aimer Aggie.

Elle ferme les yeux, prend une grande inspiration.

— Mon mari disait qu'il m'aimait. Mais après ma cinquième fausse couche, il a pris une maîtresse. Je ne l'ai su que bien plus tard. Après vingt ans de mariage, j'ai rencontré par hasard son premier fils illégitime. Il avait douze ans et vivait dans le village voisin.

— Oh ! Gail...

— Il y vivait avec sa mère et ses trois sœurs plus jeunes, poursuit-elle.

Elle lève les yeux vers lui, et il est stupéfait par la dureté de ses traits autant que par la souffrance qu'il lit dans ses yeux.

— En dehors des liens du mariage, mon époux avait engendré pas moins de huit enfants à la fin de notre union. Comment peut-on dire que l'on aime une femme, mais aller coucher avec une autre et lui faire des enfants ?

Il tire doucement sur sa main, l'attire sur ses genoux. Par moments, il se sent vraiment le dernier des crétins. Comprendre que l'existence d'Anjali n'est pas le seul déclencheur de la violente réaction de Gail ne l'apaise pas autant qu'il le souhaiterait.

— Il faut être un homme pour faire ça, chérie. Il suffit d'être un homme.

— Les hommes sont des… des…

— Salauds ? Crétins ? Imbéciles ?

Elle a un rire un peu triste, pose la tête dans le creux de son cou.

— Il reste quelque chose dans ta carafe ?

Il grogne un oui.

— Mais pas question que tu y touches ! ajoute-t-il aussitôt après. Je suis trop fatigué pour t'emmener vomir dehors.

Elle rit à nouveau, plus librement, et l'étau qui le comprimait commence à se dénouer lentement.

— Gail ?

— Mmh ?

— Est-ce que… cela t'ennuie si Anjali vient cet été ?

Elle se raidit, et il se maudit soudain. Crétin. Il a encore mis les pieds dans le plat.

— Je ne vois pas pourquoi j'aurais à y dire quoi que ce soit. Tu devrais plutôt te demander comment tu vas annoncer son existence à Ann et Gus.

Il grimace. Elle se redresse, descend de ses genoux, lisse ses jupes et resserre son châle.

— Il se fait tard, murmure-t-elle en lui tendant la main. Il est temps de se coucher.

Il grogne en se relevant, prend la chandelle, boite à son côté. Alors qu'ils parcourent les couloirs, il se demande avec inquiétude ce qu'elle escompte pour la nuit. S'il se base sur ce qu'il sait des femmes et d'elle, elle va probablement l'envoyer dormir seul dans sa chambre. Il ralentit quand ils approchent du grand escalier, mais elle continue vers ses appartements et il suit le mouvement. Malgré tout, toujours aussi mal à l'aise, il l'arrête devant sa porte sans entrer.

— Gail ?

— Keir ?

— Je ne suis pas d'humeur badine.

— Moi non plus, à dire vrai.

— Bordel, ce que je veux dire, c'est que je ne...

— Viens dormir avec moi.

Il lève la chandelle, incertain de bien comprendre. Elle arque son sourcil, les joues rouges et le regard hésitant.

— S'il te plaît.

Il pousse la porte. Dans la grande pièce, il lui ôte ses épingles, son châle, enfouit le visage dans ses cheveux tout en la déshabillant, puis la couche dans le grand lit, retire ses vêtements en hâte et se coule à ses côtés. Nue, elle se penche au-dessus de lui, souffle la chandelle, couche la tête sur son épaule, embrasse doucement son torse.

— Bonne nuit, murmure-t-elle.

Il n'arrive pas à répondre, sa gorge est trop nouée. Il l'enserre fort entre ses bras, se sent les yeux stupidement humides. Juste parce qu'elle accepte enfin de simplement *dormir* avec lui.

Il attend qu'elle s'endorme, savoure chacune de ses courbes chaudes pressées contre lui, le souffle de ses lèvres contre sa gorge, la douceur de ses cheveux.

Puis, quand il est certain qu'elle est profondément assoupie, il embrasse son front.

— Je t'aime.

Gail est plus forte que lui. Beaucoup plus. Il y a tant de choses qu'il admire en elle qu'il serait incapable de les énumérer toutes. Mais ce qu'il lui envie par-dessus tout, c'est sa capacité à reconnaître ses torts et à s'excuser quand elle se laisse emporter. Lui en est tout bonnement incapable. Bordel, comme il aimerait pouvoir en faire autant ! Pouvoir s'excuser auprès de Gus, d'Ann, d'Anjali même.

Il ne la mérite pas. Il ne méritait pas Aggie non plus.

20

C'est dans la matinée du lendemain que son monde s'effondre.

À peine remis de la crise nocturne, encore souriant de son premier éveil aux côtés de Gail – réveil sensuel et rapidement passionné – et après un petit déjeuner plutôt joyeux, il s'enferme dans son bureau pour terminer de lire son courrier.

La lettre du docteur Vanger est adressée à Cross. Pendant un instant, il se demande comment il a pu se tromper pendant son tri de la veille. Il hausse les épaules, songe qu'ils ont enfin reçu une réponse pour le foutu médecin dont le village a besoin. Aussi ouvre-t-il l'enveloppe en toute bonne foi.

Mais les mots qu'il lit et qu'il n'arrive pas à comprendre à la première lecture, ni même à la seconde le foudroient littéralement. Ce n'est qu'en la lisant pour la cinquième fois qu'il comprend la lettre, et son cœur cesse simplement de battre. Littéralement.

S'ensuit un moment trouble, vide, où il lutte pour respirer et reprendre ses esprits. La première réaction est une dénégation virulente aux mots qu'il a sous les yeux.

Puis vient la douleur, une vague brûlante qui le lamine intérieurement et qui lui fait prendre conscience combien ses sentiments sont profonds, plus encore qu'il ne le pensait.

Enfin vient la rage. Pas de la colère, non, de la rage. Pure et simple. Une rage viscérale, primale, qui donne envie de tout casser, de tuer. Il se retrouve dans le couloir sans se souvenir d'avoir marché.

— CROSS !! hurle-t-il.

Une brève cavalcade dans l'escalier, et Arun arrive, inquiet.

— Que se passe-t-il ?

— Envoie-la dans mon bureau, *tout de suite* !

Il ne se souvient pas non plus être retourné dans la pièce, pourtant, il y est, planté devant la fenêtre sans rien voir du paysage qui s'étend devant lui.

— Milord ? fait la voix un peu inquiète de Gail, alors qu'elle ferme la porte derrière elle. Que se passe-t-il ? Il y a un… Oh ! Où est… Où est le portrait ?

Il se retourne, la regarde. La fureur, autant que la douleur lui brûlent les veines. Elle observe d'un air perplexe l'emplacement vide au-dessus de la cheminée.

— Aggie est avec ma famille, répond-il entre ses dents.

— Oh…

Elle se tourne vers lui, il voit quelque chose bouger dans ses yeux, mais la colère est trop profonde, la peine le mine. Il boite jusqu'à son bureau, attrape la lettre de Vanger entre deux doigts.

— Explique-moi ça.

Il lui jette plus qu'il ne lui tend le feuillet, et elle le ramasse en hâte, son regard inquiet ne quittant pas Keir.

— De quoi veux-tu… ? Oh !

Elle raidit les épaules en lisant. Il voit son dos devenir de plus en plus rigide, l'entend déglutir. Quand elle relève les yeux vers lui, elle essaie visiblement de rester impassible, mais la rougeur qui envahit ses joues la trahit.

— Je…

— Quand as-tu demandé à Vanger de te chercher une autre place ?

Il serre convulsivement les poings et évite surtout de s'approcher d'elle.

— Après notre première fois.

Bon Dieu que ça fait mal. Il se plie légèrement sous la douleur, serre les lèvres. Au moment où lui comprenait qu'il l'aimait, elle ne cherchait donc qu'un moyen de partir ?

— Tu vas le faire ?

— Je…

Elle humecte ses lèvres et chaque seconde qui passe, chaque

instant où elle ne s'écrie pas « bien sûr que non ! Évidemment non, je ne vais pas partir ! » le tue un peu plus.

— Je crois que je devrais, finit-elle par dire, sans le regarder.

Elle garde les yeux fixés sur la lettre, et c'est aussi bien. Il préfère qu'elle ne voie pas son visage se décomposer. Il doit s'obliger à respirer, à bouger et va s'asseoir derrière son bureau, le corps perclus de douleur. Il agrippe les accoudoirs de son fauteuil, y plante les ongles, pour empêcher ses mains de trembler.

Quand elle relève la tête pour le regarder, il prend sur lui, puise dans ce qui lui reste d'énergie et d'amour-propre pour rester stoïque et ne pas lui demander de rester. Non, pas demander. *Supplier.*

— Écoute, je...

— Je vous écrirai une lettre de recommandation, Cross, parvient-il à articuler clairement, sans bien savoir comment. Vous pouvez disposer.

Qu'elle aille au diable !

Qu'elle aille au diable avec son air choqué, ses yeux blessés ! Qu'elle aille au diable ! Parce qu'il a soudain compris pourquoi elle a fini par accepter de faire l'amour avec lui. Parce qu'elle savait qu'elle allait bientôt partir. Parce que coucher avec lui ne portait plus vraiment à conséquence. Pour ça. Juste pour ça. Pas pour *lui.*

Elle tourne les talons, toute raide et compassée, sa lettre à la main, ce foutu courrier où sont notées les coordonnées de la vieille dame qui sera d'ici peu son nouvel employeur.

Il reste assis sans bouger, sans trop savoir pendant combien de temps. Il a simplement l'impression que s'il bouge, il tombera en lambeaux.

Alors, il attend que ça passe. Mais ça ne passe pas. Pas vraiment. La rage diminue, s'estompe et ne reste plus que la douleur, effroyable.

Quand Arun entre dans son bureau, le soir doit être tombé parce qu'il fait sombre et que son visiteur allume la lampe, puis la cheminée.

— Explique-moi.

— Sors.

— Non. Abbie a dit à Shanti qu'elle partait.

Il vaut mieux ne pas parler. Ni même grogner.

— Personne ne veut qu'Abbie parte, insiste sévèrement Arun.

— Sauf *Abbie*, crache-t-il malgré lui.

Les sourcils d'Arun se relèvent, avant qu'il plisse les yeux.

— Quand elle a annoncé son départ à Shanti, elle n'avait pourtant pas l'air très heureuse.

— Qu'elle aille en enfer.

Pour le moment, c'est lui qui y est.

— Keir...

— Sors, Arun.

Il ne se souvient pas qu'il se soit exécuté, mais il a dû, puisqu'il est à présent seul dans son bureau. Dans la nuit, il se retrouve debout dans la galerie des portraits, sa lampe à la main, face au visage peint d'Aggie, sans bien savoir ce qu'il fait là. Bon Dieu, il ne peut même pas imputer ces instants de flottement à l'alcool, il n'a rien bu depuis la veille. Il regarde Aggie, se sent encore plus vide. Aggie est partie, définitivement. Gail avait réussi à lui faire accepter sa mort. Sauf que Gail aussi, il l'a perdue. Sans jamais l'avoir vraiment eue.

S'il s'y était mieux pris... s'il avait été moins crétin... Ou bien s'il lui avait seulement demandé de l'épouser...

Nom de Dieu... À quoi essaie-t-il de se raccrocher ? Elle a décidé de partir, alors qu'ils venaient de faire l'amour pour la première fois ! Faut-il qu'il ait été mauvais pour qu'elle prenne cette décision. Et elle doit vraiment avoir une piètre opinion de lui pour n'avoir même pas envisagé de répondre négativement à l'offre de Vanger.

Je crois que je devrais.

Bon Dieu comme ça fait mal ! Comment a-t-il pu se leurrer à ce point ? Imaginer qu'ils étaient proches, intimes ? Qu'ils partageaient effectivement quelque chose ?

Il a besoin d'aller galoper. Avoir l'illusion qu'il peut laisser sa douleur derrière lui, s'il galope vraiment très vite. Comme autrefois. Comme avant elle.

Sauf qu'il fait nuit. Enfin, il croit.

Il finit par s'asseoir par terre, face à Aggie, Aggie qui ne lui parle plus, Aggie qui n'existe plus. Il éteint la lampe pour ne plus voir son visage si longtemps adoré, mais qui n'est plus rien qu'une image vidée de tout son sens.

Ici ou ailleurs... Le jour se lèvera, de toute façon.

21

Galoper à fond de train, dans le petit matin, ne fait pas fuir le vide. Ça lui rappelle juste son âge, tandis qu'il repasse Flame au trot, hors d'haleine, la jambe terriblement douloureuse et la tête lourde du manque de sommeil. Tandis que l'alezan trottine à travers Rubber's Wood, les rênes abandonnées sur l'encolure, Keir tente de démêler l'écheveau de ses sentiments, de ses émotions.

Il n'y arrive évidemment pas.

Flame repasse au pas de son propre chef, il se dit qu'il devrait peut-être retourner à Blackson House, manger quelque chose. Mais il a perdu son foutu appétit depuis la veille et n'est pas certain d'avoir envie de remanger un jour. Pas plus qu'il n'est sûr de vouloir dormir encore avant sa mort.

Il finit par arrêter Flame au bord de Cristal Ship, la rivière qui traverse Rubber's Wood pour se jeter dans Cristal Ground et le laisse se désaltérer à grands traits. Lorsque l'étalon semble enfin avoir étanché sa soif, Keir lève machinalement les yeux et s'étonne soudain de voir le soleil aussi haut. Bon Dieu, quelle heure peut-il être ? Il n'a pourtant pas l'impression d'être en selle depuis plus de... quoi... une heure ? Le front plissé, il tord le poignet, serre les jambes et Flame reprend le trot. Ils quittent les bois après une bonne dizaine de minutes pour atterrir non loin de la chapelle et du petit cimetière.

Le cœur de Keir se serre. Il sait qu'Aggie ne sera pas plus présente près de sa tombe qu'elle ne l'a été la veille près de son portrait dans la galerie, pourtant, il fait volter son cheval et prend la direction de la bâtisse au toit effondré. Puis fronce les sourcils, ralentit Flame, contourne le cimetière et arrête son étalon, perplexe devant la foule qui s'égaille devant le parvis de la chapelle.

C'est en voyant Samuel Kingston donner des ordres qu'il se souvient et se renfrogne.

Merde.

Puis il voit le trio de garçons, près du chariot empli de poutres de bois et se renfrogne encore plus.

Merde.

Il hésite une seconde de trop avant de faire faire demi-tour à Flame.

— Keir ! l'appelle Sanjay, en quittant Darius et Daniel pour courir jusqu'à lui.

Il grogne un salut au garçon.

— Vous commencez déjà les travaux ?

— Oui, sourit Sanjay, en enfonçant les mains dans les poches de son pantalon. Nous en avons discuté hier soir avec Abbie, Daniel et Samuel, et comme nous avons déjà tous les matériaux, eh bien…

Il grogne encore, hoche la tête, juste parce qu'il faut bien qu'il fasse un geste. Un bref regard vers la foule lui apprend que Daniel le regarde lui aussi et même si Darius fait mine d'être plongé dans un cahier – sans le moindre doute, ce cahier contient les calculs et les dessins que Sanjay et lui ont faits –, Keir sent malgré tout son regard peser sur lui. Un moment, il se demande où sont les autres. Arun, Ranjit, Heng, Bill.

Samuel Kingston vient vers lui avec un grand sourire jovial.

— Lord Keir ! Vous êtes venu vous rendre compte par vous-même ?

Il grogne et serre la main de celui qui œuvre de plus en plus comme un intendant sur les terres Blackson.

— Nous sommes plutôt nombreux, continue Kingston en souriant largement, les yeux posés sur la foule de villageois qui écoute attentivement les explications de Daniel. Je pense que cela ne devrait pas nous prendre plus de quelques jours pour remettre cette vieille toiture en état. Et…

Kingston se tourne vers Sanjay, son sourire semble grandir encore, comme si c'était foutrement possible.

— Et avec les plans que les jeunes messieurs nous ont établis, ce sera même un jeu d'enfant.

Sanjay semble rougir, et Keir ne peut s'empêcher de sourire, malgré le vide dévorant qui continue de s'étendre en lui. Ce qui lui rappelle, soudain, que s'il en a discuté avec Cross et le pasteur, il n'a pas encore abordé la question de l'université avec Sanjay, pas plus qu'avec Darius. Il fronce les sourcils. Puis, alors que sa raison le pousse à s'excuser pour partir, autre chose, quelque chose de plus viscéral, le fait se redresser sur sa selle, les yeux braqués sur le matériel, la toiture, les hommes. Il fronce à nouveau les sourcils, esquisse une sorte de sourire.

— Tu veux bien aller l'entraver plus loin ? demande-t-il en hindi à Sanjay, en mettant pied à terre.

Le garçon hoche la tête et entraîne Flame, tandis que Keir se passe une main lasse sur le visage. Ses joues râpeuses et ses cheveux en bataille lui rappellent soudain qu'il n'a ni mangé ni dormi depuis un bon moment. Et bien qu'il se sente soudain le corps lourd, il se sent étrangement... vivant.

— Par quoi commençons-nous ? grommelle-t-il à Kingston, en roulant ses manches de chemise sur ses avant-bras.

Kingston lui jette un regard effaré. Keir esquisse un sourire, jauge son vis-à-vis, se remémore ce que l'homme a fait pour Blackson House au cours des derniers mois. Et comprend que c'est lui qu'il nommera intendant, quand Cross sera partie...

Crétin.

Il y a des choses qu'il vaut mieux éviter de juste *penser*.

Et si Kingston, puis l'ensemble des villageois, autant que Daniel, Sanjay et Darius, semblent stupéfaits de le voir se mêler aux travailleurs et abattre le même labeur qu'eux, il reste quand même le plus surpris. Pas parce qu'il fait un travail physique. Non, foutre non ! Il a agi de la sorte pendant vingt ans, aux Indes. Non, ce qui le surprend, c'est que le vide devient presque supportable, à mesure qu'il s'épuise et que la charpente de la nouvelle toiture s'érige lentement. Bon Dieu, il avait oublié combien l'oubli offert par la fatigue physique et le sentiment d'avoir accompli une chose juste était lénifiant ! La peine ne disparaît pas, mais se fait distancer par l'épuisement qui tire peu à peu ses muscles et par la douleur lancinante qui s'installe dans sa jambe de façon permanente.

Il avait oublié comme le fait de travailler avec d'autres hommes faisait aussi grandir cet étrange sentiment d'appartenance.

Blackson House.

Sa maison. *Son* domaine. *Chez lui.*

Bordel, depuis combien de temps n'a-t-il pas réellement eu cette sensation ? Il tique un peu à cette pensée, tique encore quand il se rend compte que cela date d'avant son départ pour la guerre de Péninsule, quand il n'était encore qu'un gamin fougueux empli de rêves de gloire. Avant qu'il ne perde ses illusions et sa foi, avant que l'enfant en lui meure pour laisser la place à un homme blessé.

Il est chez lui. Et chaque clou qu'il enfonce à coups de marteau, chaque planche qu'il aide à poser ne fait que renforcer le sentiment d'être enfin de retour. De se réapproprier avec plus de vingt ans de retard, sa maison, sa terre.

Tandis que le soleil monte dans le ciel, que la fatigue brûle ses muscles et que la sueur rend sa chemise collante, il sait qu'il ne quittera plus Blackson House.

Et qu'il ne veut pas non plus que Cross s'en aille.

Foutre, non !

Que Vanger aille au diable ! Que le nouveau poste aille au diable !

Dès ce soir, il va aller la voir, lui parler. La faire rester.

Avec un sourire amusé, à mesure qu'il réfléchit aux mots qu'il va devoir trouver pour la raisonner et la convaincre, il sent un grand calme l'envahir. Et le vide s'emplit en lui.

Jusqu'à ce qu'approche le chariot mené par Bill, tandis qu'une heure sonne à l'église du village. Parce que dans le chariot, il y a Shanti, Nanda… et Cross.

En une fraction de seconde, celle où il voit le chignon de feu de Cross, son calme reflue violemment, ne laissant en lui qu'une traînée rougeoyante de chagrin et de rage.

Il est subitement satisfait d'être perché en équilibre sur une poutre de la structure et pas au sol. Au moins, ça lui évitera d'avoir à faire la conversation. Ou de la regarder. Ou de lui parler. Ou… Parce que, même s'il a prévu de discuter avec elle, il se sent incapable de le faire maintenant. Pas en public. Pas alors qu'il est crevé et poisseux de sueur.

Il regarde tous les autres descendre et reste seul perché, comme le crétin qu'il est. Bill arrête le chariot et, alors que deux des femmes, souriantes, entreprennent de servir à chacun une tasse de thé sucré et chaud, puis une assiette copieuse typiquement hindi, il sent le regard de Cross le brûler et baisse les yeux vers elle.

Elle est toujours assise sur la banquette du conducteur, les mains croisées sur ses genoux. Le menton levé, elle le fixe d'un visage neutre, impassible. Malgré la distance, il lit de la crainte dans les yeux verts et sent son ventre se tordre. Il l'aime et la hait avec une force qui lui fait peur. Bordel, il ne veut plus s'inquiéter pour elle, il...

Elle ouvre à peine la bouche, mais il n'a pas non plus besoin d'être près d'elle pour savoir ce qu'elle veut. Étrange comme soudain, il a l'impression de la lire, de la comprendre, elle qui était une telle énigme pour lui, avant.

Il a beau savoir que c'est une connerie, il fait ce qu'elle n'a pas osé lui demander et descend lentement de son perchoir pour la rejoindre. Tant pis. Il semblerait que cette foutue discussion doive finalement avoir lieu maintenant. Parce que, de toute façon, il ne peut pas refuser ce que les yeux de Cross lui demandent. À mesure qu'il se rapproche du sol – et d'elle –, sa nervosité s'accroît, au point que ses muscles épuisés se mettent à trembler et qu'il en vient à craindre, l'espace d'une seconde, de rater ses prises et de s'étaler quelques mètres plus bas.

Une idée qui ne l'effraie pas. Pas plus que ne l'effrayait une charge ennemie ou le sifflement des balles à ses oreilles. Il a bien plus la trouille de ne pas réussir à la faire changer d'avis que de crever par terre en tombant.

Quand il touche le sol, Cross se tient debout à quelques mètres, le dos rigide et le visage tendu d'une inquiétude mal maîtrisée.

22

— Cross.

— Milord. Avez-vous faim ?

Il se retient de grogner.

— Foutre oui.

Elle relève le menton, et bon Dieu, ça lui fait plaisir. Il regarde ses jupes se balancer quand elle va lui chercher une assiette et une tasse au chariot. C'est quand il sent peser sur lui le regard de Kingston qu'il se détourne des hanches de Cross pour aller se passer rapidement les mains et le visage à l'eau dans un tonnelet ramené à cet effet. Il s'ébroue, se secoue, et lorsqu'il se retourne, elle est de nouveau là, devant lui, le menton et le sourcil levés, le dos bien droit. La voir si près est comme recevoir un coup en plein cœur, et il oublie de respirer pendant deux bonnes secondes, avant de parvenir à se reprendre. Nom de Dieu, c'est juste impensable qu'elle s'en aille. Pas question qu'elle le quitte. Qu'elle les quitte tous.

Maintenant que travailler au grand air lui a remis les idées en place et chassé le gouffre de la peine, il se sent aussi plein d'énergie et de combativité qu'à la veille d'une bataille. Bordel, oui, elle l'a presque tué la veille, mais maintenant… Maintenant, il se sent bouillir de rage à l'idée qu'elle parte, et il va faire ce qu'il faut pour éviter cela. Il plisse les yeux en la dévisageant.

— Tu as mangé ? grommelle-t-il à voix basse.

Elle bat des paupières, rougit assez violemment, et il sent un sourire carnassier s'étaler sur son visage mal rasé.

— Prends une gamelle et viens avec moi.

— Je…

Il se contente d'arquer son sourcil lui aussi, et elle pince les lèvres. Puis hoche à peine le menton. Il la regarde aller se chercher à manger, tout en réfléchissant rapidement. Quand elle revient vers lui les mains pleines, il l'entraîne en silence le long de la chapelle et, à mesure qu'ils s'éloignent, le brouhaha des discussions se fait plus sourd. Elle marque un bref temps d'arrêt quand il finit par s'asseoir à même le sol, près de la grille qui délimite le cimetière familial.

— Donne-moi ça, marmonne-t-il, en lui prenant assiette et tasse des mains.

Il pose le tout par terre, étend sa jambe en grognant de douleur et attend qu'elle se décide à s'asseoir près de lui. Ce qu'elle finit par faire, après un moment d'hésitation. Elle étale ses jupes avec une grâce presque juvénile, les chevilles repliées, puis boit quelques gorgées de thé. Il crève de faim et de soif, mais ne parvient pas à se détourner d'elle, tout en cherchant ses mots.

— Je tenais à m'excuser, commence-t-elle, alors qu'il bute encore sur le moyen de commencer la conversation.

— Mmh ?

Elle relève les yeux pour l'observer, la tasse serrée entre ses mains.

— J'aurais dû vous prévenir que j'avais demandé au docteur Vanger de…

Il serre les dents malgré lui.

— Bordel, Cross…

— Mais cela ne change rien au fait que ce serait la meilleure solution pour…

— Nom de Dieu !

Voilà, il est de nouveau furieux. Elle se raidit et relève le menton sans le quitter des yeux, il grogne tout bas.

— Tu aurais dû m'en parler, foutre oui ! Et tu aurais aussi dû renvoyer une lettre à Vanger pour lui dire que tu avais changé d'avis, bon Dieu !

— Certainement pas !

— Bordel, Cross…

— Pardonnez-moi, milord, le coupe-t-elle, mais vous n'êtes en rien habilité à me dicter ma conduite !

— Oh que si ! crache-t-il malgré lui.

Elle se ferme aussitôt.

Crétin.

— Bon Dieu, Gail, soupire-t-il en essayant de reprendre son calme.

— Milord, je suis navrée, je sais que ma défection va causer des soucis au domaine et à…

— Je me fous du domaine, bordel !

— Parlez plus bas, milord ! lance-t-elle entre ses dents, tout en jetant un regard inquiet derrière elle, en direction des autres.

— Appelle-moi milord encore une fois, et je te culbute ici même !

Elle écarquille les yeux en retenant son souffle, puis pince les lèvres et repose sa tasse par terre. Il voit ses doigts trembler et se demande s'il lui fait peur. Puis il voit l'éclair de colère dans les yeux verts et comprend qu'elle se retient surtout de lui jeter son thé à la figure.

— Il est hors de question que tu quittes Blackson House ! grogne-t-il en soutenant son regard.

Elle ouvre la bouche, la referme, et il distingue quelque chose dans ses yeux, quelque chose de trouble qu'il n'est pas fichu de reconnaître ou d'interpréter.

— Jusqu'à preuve du contraire, finit-elle par répondre, d'une voix posée, je suis encore libre de faire ce que je décide.

— Alors tu vas décider de rester ici, réplique-t-il, en essayant d'endiguer la panique qui le submerge de la voir si assurée et si calme.

Elle arque à nouveau son sourcil, comme pour l'écraser.

— Par égard pour… Je veux bien rester jusqu'à ce que Blackson House ait trouvé une nouvelle gouvernante. Et si je puis me permettre, je pense que vous devriez offrir le poste d'intendant à Samuel Kingston, il…

— Arrête de parler comme une foutue gouvernante.

— Mais c'est ce que je suis !

— Bordel, non ! gronde-t-il en se penchant vers elle. Tu es…

Ma femme.

Il réussit à se taire avant de prononcer les mots. Clairement, ce n'est pas le bon moment…

Il déglutit, elle hausse son sourcil encore plus haut, royale.

— Je suis ? insiste-t-elle.

— Merde, Gail, marmonne-t-il, gêné et complètement à bout de mots.

Elle a un bref hoquet choqué, bat des paupières.

— Tu es de plus en plus vulgaire.

— Parce que je ne sais foutrement pas quoi dire d'autre, grommelle-t-il plus calmement. Bon Dieu, Gail... Je croyais que rester à Blackson House était important pour toi, plus que... le reste.

— Ça l'était.

— Alors, quoi ? manque-t-il de s'emporter à nouveau. Nom de Dieu, qu'est-ce qui t'a fait changer d'avis ?

À nouveau, elle ouvre la bouche, hésite, semble chercher ses mots, rougit et garde le silence. Il passe une main nerveuse dans ses cheveux, se sent perdu. Bon Dieu, pourquoi ne réussit-il pas à la comprendre ? À deviner ce qui se promène dans son crâne ?

— J'ai dit ou fait quelque chose ? tente-t-il.

Elle soupire, il voit ses épaules s'affaisser avant qu'elle ne secoue la tête en marmonnant. Il croit distinguer « idiote » et « gamine », sans en être bien certain.

— Je crois que j'ai fini par comprendre que même si c'est ce je désire, Blackson House ne sera jamais vraiment chez moi.

Oh ! ça aussi, ça fait mal.

Il se raidit, laisse son regard s'évader derrière elle, jusqu'aux tombes des siens, regarde le rosier qui croît près de la stèle d'Aggie.

En une infime seconde, il comprend surtout que ce qui pousse Gail à partir, c'est lui. Pas Blackson House ou le domaine ou... rien d'autre. Non, juste lui. Et il comprend aussi qu'en un autre temps pas si lointain, il aurait certainement décidé de partir. De lui laisser la place et partir. Oui, aussi difficile que ce soit à admettre, il doit le reconnaître. Il y a encore quelques mois, quelques semaines à peine, il aurait choisi la fuite, encore une fois. Après tout, le monde est suffisamment vaste pour qu'un homme au cœur broyé puisse trouver un lieu où se terrer.

Mais plus maintenant.

Non.

Il se tourne à nouveau vers elle, surprend le regard presque mélancolique qu'elle avait posé sur lui et la regarde se détourner en hâte, rougissante.

— J'aimerais presque pouvoir te dire que je vais partir. Histoire que tu restes ici sans avoir à supporter ma présence… Parce que c'est ma présence que tu veux fuir, pas vrai ?

La façon dont elle baisse soudain les yeux est un aveu, et ça fait foutrement mal.

— Mais je ne quitterai plus jamais Blackson House. J'y suis enfin chez moi. Et toi aussi, Gail, tu y es chez toi.

Elle secoue à peine la tête, mais cela suffit à le blesser.

— Gail ?

Elle lève les yeux vers lui et voir le vert de ses pupilles s'embrumer ainsi fait mal, physiquement mal. Savoir qu'il est la cause des tourments qu'il voit passer dans son regard est une torture. Il se demande soudain s'il ne se comporte pas tout simplement comme un fumier en plus d'un crétin. Bon Dieu, elle n'a jamais laissé entendre qu'elle éprouvait un quelconque sentiment pour lui. Il en est presque persuadé, pourtant. La façon dont elle était avec lui, ses baisers, les sourires qu'elle avait… Mais s'il se plantait complètement, finalement ? Si elle n'avait couché avec lui, toutes ces fois, que parce qu'elle craignait de perdre sa place ou…

Arrête, crétin.

— Bon Dieu, dis-moi ce que je dois faire.

Crétin.

Encore une phrase qu'il vaut mieux éviter de dire à une femme… Évidemment, elle secoue à nouveau la tête.

Il se redresse et se compose rapidement un masque neutre en voyant soudain Shanti et Nanda venir vers eux et parvient à les accueillir avec un semblant de sourire.

— Tu n'as rien mangé ? s'exclame Nanda, en s'arrêtant près de lui, les bras croisés.

Ah oui, tiens…

— Au fait, poursuit-elle. Abbie t'a-t-elle prévenu que des paquets avaient été livrés pour toi, ce matin ? Arun les a posés dans ton bureau.

Il prend son assiette et se hâte de la vider, soudain oppressé par l'idée que les bijoux, les foutus bijoux, sont là.

— Nous rentrons, Abbie, dit Shanti en les regardant l'un et l'autre.

— J'arrive.

La vitesse et le soulagement que son geste démontre le blessent, et il boit son thé, maintenant froid, pour se donner une contenance.

— Cross ? la rappelle-t-il, alors qu'elle s'apprête à suivre les autres, les couverts sales à la main.

— Milord ?

Elle lève son sourcil, le dos bien droit.

— Je veux vous voir dans mon bureau avant le dîner.

— Je ne pense pas que ce soit nécessaire, milord.

— Bordel de Dieu, si ça l'est ! gronde-t-il en se levant à son tour. Dans mon bureau. Avant le dîner.

Il serre les dents pour contenir la souffrance qui monte de sa jambe et soutient le regard fier de Cross avec toute la morgue dont il est capable. Ils se mesurent du regard en silence pendant un moment, sous les yeux perplexes de Nanda et Shanti. Puis, d'un infime geste du menton, elle cède et se détourne. Il attend qu'elle se soit éloignée pour pousser un soupir où le soulagement et la douleur se mêlent.

Crétin. Crétin. Crétin !

Il masse pensivement sa cuisse tout en réfléchissant. Bon Dieu, comment va-t-il pouvoir redresser la situation ? Y a-t-il seulement encore un moyen de sauver quelque chose ?

— Keir ? l'appelle Sanjay.

— J'arrive !

Il traîne la jambe jusqu'aux hommes, fait de son mieux pour masquer combien il a mal, regarde le chariot et Gail s'éloigner.

— Tu n'es vraiment pas doué, murmure Sanjay en s'arrêtant près de lui.

Il baisse les yeux vers le garçon, fronce les sourcils en grommelant.

— Je parie que tu n'as même pas pensé à lui demander de rester, poursuit Sanjay en faisant la moue.

Interloqué, il dévisage le garçon.

Crétin.

Bon Dieu de crétin !

Sanjay lève les yeux au ciel, secoue la tête.

— Va donner un coup de main là-bas, soupire le jeune homme, en lui montrant l'endroit où des métayers scient le bois.

— Depuis quand tu donnes des ordres ?

— Depuis que je suis chef du chantier, répond Sanjay, avec un immense sourire.

Il marmonne une imprécation en birman, mais s'exécute, bien conscient que Sanjay le voit boiter et ne veut plus le voir se percher sur la charpente.

Tout en sciant avec les autres, il ne peut empêcher la réflexion de Sanjay de tourner en boucle dans sa tête, aussitôt suivie du seul adjectif qui puisse le qualifier en tant qu'être humain.

Je parie que tu n'as même pas pensé à lui demander de rester.

Crétin.

23

C'est probablement à Arun qu'il doit de trouver un tub d'eau chaude dans sa chambre. Et sans doute à Ranjit le plateau de viandes froides posé sur son secrétaire. Il fait honneur aux deux, avant de masser longuement sa jambe avec l'onguent, puis s'habille de propre. Il prend le temps de se raser et de se coiffer, et réussit l'exploit de ne pas se servir un seul verre de whisky avant d'aller dans son bureau.

L'emplacement vide au-dessus de la cheminée, lui fait toujours un petit quelque chose au niveau du cœur, mais cela ne l'empêche pas d'esquisser un sourire tendre en pensant qu'Aggie repose désormais en compagnie de sa famille.

Installé derrière son bureau, il regarde pensivement les boîtes de bois posées devant lui. Puis, une à une, il les ouvre, en vérifie le contenu, gardant instinctivement la plus grosse pour la fin.

La parure pour Gail est sublime. Plus belle encore que ce qu'il pensait. Il reste un long moment comme hypnotisé devant l'écrin ouvert. Les bijoux réels lui paraissent plus romantiques que lorsqu'il les avait imaginés. Et indubitablement sensuels. Le vieux joaillier a fait un excellent travail. Les opales de Ceylan, d'un blanc laiteux sans le moindre défaut, sont taillées en cœur. Les émeraudes et les rubis, enchâssés d'or, en rehaussent la pureté.

Le blanc de sa peau. Le vert de ses yeux. Le feu de ses cheveux.

Il effleure du doigt le collier, les boucles d'oreilles, le bracelet ; sort la bague de l'écrin et la tient devant lui, à la fois morose et soulevé d'espoirs. Puis referme précipitamment l'écrin pour le glisser dans son tiroir lorsqu'elle frappe à sa porte.

Deux coups secs, comme à son habitude, et son cœur sursaute, frémit, se tord, tandis qu'il lui grogne d'entrer, la bague toujours enfermée dans sa main.

— Milord, dit-elle en entrant, plus digne qu'une reine.

— Arrête ça, soupire-t-il en s'affalant dans son fauteuil. Et assois-toi.

Au moins ont-ils récupéré ses chaises, retapissées de neuf. Elle prend place sans le regarder, croise les mains sur ses genoux, redresse les épaules, puis prend une brève inspiration et lève les yeux vers lui. Il enfouit la bague dans le fond de sa poche, déglutit, voit le rapide regard qu'elle pose sur les écrins qui trônent encore sur son bureau.

— Vous vouliez me voir ?

— Ce sont les cadeaux que j'ai achetés pour les femmes de la maison, quand nous étions à Leeds, explique-t-il soudain.

Et alors qu'il a une brutale envie de lui tendre son propre écrin, il se retient de justesse, essaie de mettre ses pensées à plat. Mais c'est foutrement difficile, étant donné que, dans sa tête, défilent les images de Gail nue, allongée sur leur lit, tout juste couverte de la parure.

— Je...

Il se trouve encore une fois à court de mots et serre les dents, agacé. Nerveusement, il masse sa cuisse sous le bureau et en vient presque à espérer qu'elle dise quelque chose. N'importe quoi. Pour qu'il puisse rebondir. Mais elle ne dit rien, se contente de le regarder.

— Je suis un crétin.

Il soupire. Il a foutrement besoin d'un verre, là, maintenant.

— Un whisky ? propose-t-il en se levant lentement, pour ne pas forcer sur sa jambe.

— Laissez, milord.

— Nom de Dieu, ne m'appelle pas comme ça !

Elle durcit les épaules, se lève et se rend d'un pas martial jusqu'à la petite desserte à alcool, emplit deux verres qu'elle pose sur le bureau avant de se rasseoir. Il crispe les doigts sur sa cuisse douloureuse et avale son verre d'une seule lampée, alors qu'elle sirote une petite gorgée du sien.

— Gail…

— Mi… Oui ?

Bordel… Pourquoi les mots sont-ils si difficiles à prononcer, soudain ?

— Tu ne peux pas partir.

Elle se raidit encore, alors qu'il pensait cela impossible. Il se maudit de ne pas être capable de trouver les mots justes.

— Je le peux, au contraire.

Il ouvre la bouche puis se rend compte qu'elle serre nerveusement ses mains autour de son verre et referme la bouche.

— Tu n'en as pas envie.

— Ce n'est pas la question, c'est…

— Les autres non plus n'ont pas envie que tu partes, la coupe-t-il, en s'accoudant au bureau pour la dévisager.

— Bon sang de bois, ce n'est…

— Et moi non plus, je n'en ai pas envie, réussit-il à dire.

Au moins ne dit-elle plus rien.

Bon Dieu, pourquoi ne dit-elle plus rien ?

Inquiet, il l'observe. Les mains de Gail serrent frénétiquement le verre encore plein, et il la voit déglutir, alors qu'elle conserve un visage serein. Pourtant, les signes de nervosité sont bel et bien là. Il les voit. Un bref frémissement de la commissure des lèvres, un tremblement léger du sourcil qu'elle arque haut, le menton qu'elle redresse de quelques millimètres.

Et quand elle ouvre la bouche, il est persuadé qu'il ne va pas aimer ce qu'elle va dire, aussi l'en empêche-t-il.

— Je *veux* que tu restes, grogne-t-il sans la quitter des yeux.

Elle déglutit encore, puis il voit le vert s'assombrir dans ses yeux, et la panique le reprend.

Je parie que tu n'as même pas pensé à lui demander de rester.

Les mots de Sanjay résonnent encore dans sa tête, et il peste mentalement.

— S'il te plaît, Gail, reste.

Et pendant les quelques secondes troubles, insupportablement longues, où elle le regarde en silence, il se sent si totalement démuni, si nu face à elle, qu'il se sent trembler.

— En tant que quoi ? finit-elle par murmurer, la voix un peu rauque et le regard troublé.

C'est à son tour de déglutir nerveusement. Un court, infime instant, il a l'impulsion de lui tendre l'écrin, la bague, de... Il parvient à se reprendre avant de tout gâcher, encore une fois, et réussit presque à recouvrer sa tête. Bon Dieu, il va falloir jouer serré. Parce qu'il sent, il sait que le moindre faux pas la fera fuir ventre à terre et qu'il la perdra définitivement. Encore une fois, il déplore de ne pas réussir à la comprendre, à la lire. Elle lui reste si impénétrable, si mystérieuse...

— Ce que tu voudras, finit-il pas murmurer.

Un éclat s'éteint dans les prunelles vertes.

Merde. Crétin. Raté.

Elle pose le verre auquel elle a à peine touché, et il sent qu'elle va se lever.

Bordel. La retenir. Vite.

Il envisage de contourner le bureau pour l'embrasser, lui faire l'amour.

Finit par rejeter l'idée, même si elle lui échauffe le sang et le fait gonfler brutalement. Il a beau être certain de réussir à la décider, de la faire trembler de plaisir... Mais à quoi bon, si aussitôt après, elle quitte la pièce et la maison ?

— Reste en tant que baronne, souffle-t-il, paniqué.

Elle se fige sur sa chaise, le regarde, estomaquée, et il grimace intérieurement.

Crétin.

— Quoi ? exhale-t-elle en pâlissant.

Il déglutit, le cœur tambourinant, presque nauséeux. Sa main va s'enfouir en tremblant dans sa poche, s'agrippe à la bague qu'il a dessinée pour elle, s'y accroche.

— Épouse-moi, murmure-t-il.

Elle ouvre de grands yeux, toujours pâle, et le temps semble se distendre, s'arrêter presque. Il cesse de respirer, suspendu dans le vide, à ses lèvres, à ses mots. Des yeux, il détaille le moindre de ses frémissements, la moindre de ses réactions, essaie de deviner, de...

— Je…

Elle s'humecte les lèvres, décochant aussitôt une flèche de désir dans le bas-ventre de Keir. Puis détourne les yeux, comme perdue. Elle se tourne vers l'emplacement vide au-dessus de la cheminée, le regarde à nouveau.

— Je l'ai laissée partir, murmure-t-il sans la quitter des yeux. Il y a longtemps que j'aurais dû la laisser partir. Aggie appartient à mon passé.

Il voit ses lèvres trembler, à peine, avant qu'elle se reprenne. Il sort le poing de sa poche, les doigts si serrés qu'il sent les contours des pierres s'imprimer dans sa chair.

— Ta place est ici avec nous, reprend-il, sans parvenir à se taire.

Voilà que tous ces foutus mots qui le fuyaient se pressent dans sa bouche, au point qu'il ne sait plus lesquels dire, lesquels taire. Au point qu'il se sent bafouiller et trembler d'inquiétude.

— Il faut que… Je veux que tu restes, Gail. Il… Ta place est ici, avec moi et… Je ne veux pas que tu partes, je…

Elle laisse échapper une sorte de couinement douloureux et se dresse d'un bloc, sans le quitter des yeux. La gorge sèche et les mains moites, il se lève à son tour, s'appuie à son bureau parce que ses jambes manquent de solidité.

Il est si attentif à elle, au moindre changement de son visage qu'il voit sans peine le vert de ses yeux basculer, avant qu'elle ne ferme les paupières en serrant les lèvres sur une grimace douloureuse. Lorsqu'elle les rouvre, c'est son cœur à lui qui s'arrête, parce que ce qu'il y lit n'a rien à voir avec ce qu'il espérait.

Pas de plaisir, ni de bonheur, encore moins la moindre acceptation. Juste de la désolation, de la douleur, de la honte.

Bon Dieu, ça fait mal. Si atrocement mal ! Pire, bien pire que ce qu'il a souffert quand il a découvert la lettre de Vanger.

Elle secoue à peine la tête, tourne les talons et quitte la pièce en silence d'un pas rapide.

Figé, il regarde la porte se fermer et laisse le froid l'engourdir. S'étendre. Envahir son corps, puis son âme.

Il se rassoit lentement, les yeux fixés sur le vide. Puis, lentement, ferme les paupières et essaie de rester dans le froid.

S'il réussit à ne plus penser, ne plus réfléchir… Il réussira peut-être à repousser la déchirure. Celle qui va le broyer. Il la connaît. Il la connaît trop. C'est celle-là même qui l'a presque tué, quand Aggie est morte.

Il inspire profondément, rouvre les yeux, et le bienheureux engourdissement commence à s'effriter, laissant passer le début de la douleur. Il avale sa salive, sans parvenir à faire disparaître la boule qui lui obstrue la gorge.

Elle a été on ne peut plus claire.

Sauf...

Il se redresse soudain, le front plissé.

Sauf qu'elle n'a pas dit non.

— Nom de Dieu !

Il se relève en hâte, contourne le bureau, hésite au milieu de la pièce, essaie de réfléchir, mais n'y arrive pas.

Elle n'a pas dit oui. Mais elle n'a pas dit non non plus.

Il y a juste eu ce regard. Et dans ce regard, il n'a lu aucune répulsion, aucune gêne. Il n'a pas lu la réaction d'une femme ennuyée par une proposition malvenue. Ni une réaction de refus.

Il réfléchit encore, repense à ce regard qui lui a fait mal.

Désolation. Douleur. Honte.

Nom de Dieu, de quoi a-t-elle honte ?

D'un geste vif, il range la bague dans sa poche, prend encore un moment pour réfléchir, entend vaguement au loin, la voix de Shanti appeler pour le dîner et se sent esquisser une ébauche de sourire.

Elle n'a pas dit non.

Il retourne au bureau, attrape les écrins, quitte son bureau. Tout le monde doit être à table, maintenant, aussi en profite-t-il pour aller visiter les chambres des autres femmes de la maison et y déposer ses cadeaux. Il n'a jamais pu se résoudre à les leur offrir en face. Il ne supporterait pas qu'elles le remercient.

Enfin, il claudique aussi vite qu'il le peut jusqu'aux appartements de Gail. Il sait qu'elle n'y est pas, bien avant d'y entrer. Il la connaît, elle est forcément assise dans la cuisine avec les autres, à essayer de masquer à tous que quelque chose s'est passé. Parce que, bordel, oui, il s'est passé quelque chose.

Mais elle n'a pas dit non !

Avec un sourire presque réjoui, il pose le dernier écrin sur le bureau de Gail, l'ouvre. La beauté des bijoux le surprend encore une fois, et il les regarde un moment. Bon Dieu, pourvu qu'elle les aime. Il sent son sourire s'agrandir encore, referme la boîte, va relancer le feu moribond de la pièce commune, avant d'aller allumer celui de la chambre. Ensuite, il réfrène son envie de fouiller son bureau. Comme chaque fois qu'il se retrouve seul dans son appartement. L'espion qu'il a été rit. Car même s'il désire savoir qui elle est et connaître ses secrets, il se refuse à les lui voler. Il a besoin qu'elle les lui confie d'elle-même.

Il finit par mettre la main sur un bouquin qui traîne, s'installe devant le feu, ouvre le livre et l'attend.

Elle n'a pas dit non.

24

Il est tard, et il y a un bon moment qu'il a rejeté le livre sur le bureau, incapable de s'y intéresser.

Bon Dieu, mais où est-elle ?

Le front plissé, il envisage, pour la centième fois au moins d'aller à sa recherche. Et pour la centième fois aussi, finit par se résoudre à rester là, à l'attendre. Ce n'est foutrement pas dans ses habitudes, mais, bordel, il n'a pas non plus envie de cavaler avec sa patte folle à travers tout le château.

Lorsque enfin elle passe la porte, il fixe l'âtre, morose, et sursaute en se tournant vers elle. En le voyant, elle pousse un cri de surprise et se fige. Mais c'est bon de voir l'étincelle de plaisir et de soulagement, dans les pupilles vertes.

— Tu me cherchais ?

Il la voit hésiter, mais sait qu'elle finira par être franche.

— Oui, murmure-t-elle, avant de se racler la gorge.

Elle ferme la porte derrière elle, puis reste plantée là. Il aimerait se lever, aller vers elle, mais se doute qu'il vaut mieux ne pas bouger.

— Je... commence-t-elle, avant de se racler encore une fois la gorge. Je voulais m'excuser et...

— Laisse tomber les excuses, grommelle-t-il, en s'appuyant des coudes sur les genoux pour mieux la fixer. Passons directement aux explications et à la discussion, tu veux ?

Elle soupire lourdement, se débarrasse de son châle et marche jusqu'au bureau. Il la suit des yeux, impatient d'entendre ce qu'elle a à dire, tant que ce n'est pas un « non ».

— Je... Qu'est-ce que c'est ?

Elle fronce les sourcils en soulevant l'écrin.

— Merde, grogne-t-il en se levant.

Son premier geste est de lui reprendre la parure. Parce que ce n'est pas le bon moment. Il ne veut pas, surtout pas, qu'elle pense qu'il essaie de l'acheter avec les bijoux. Mais il n'a pas le temps d'approcher qu'elle a ouvert l'écrin. Il entend clairement la respiration de Gail se bloquer et voit ses yeux s'écarquiller, sa mâchoire en tomber, avant qu'elle ne redresse la tête pour le foudroyer du regard.

Crétin.

— Qu'est-ce que c'est que *ça* !? crache-t-elle, en refermant l'écrin pour le jeter sur le bureau.

Un cadeau.

Il vaut mieux qu'il se taise...

— Une assurance.

— Pardon ?! s'écrie-t-elle en le fusillant des yeux. Une assurance pour quoi ? Pour que j'accepte ta proposition ?

— Non. Une assurance pour que tu ne manques de rien, si jamais tu décides de partir.

— Oh ! Je vois. Une petite prime pour services rendus ?

— Nom de Dieu, Gail, s'emporte-t-il en passant la main dans ses cheveux.

Il se force à respirer, reprendre son calme.

— Bordel, ce que tu peux... Ça n'a rien à voir, parvient-il à grommeler plus posément.

— Vraiment ? Pourtant, ça ressemble beaucoup à un pot-de-vin ou au cadeau qu'on ferait à sa...

— Sa maîtresse ? la coupe-t-il. Sa *femme* ?

— À sa catin, plutôt !

— Bon Dieu ! Ne redis jamais ça ! crache-t-il en marchant jusqu'à elle, soudain furieux.

Elle esquisse un pas en arrière ; il s'arrête.

— C'est la seule façon que j'ai trouvée pour mettre les femmes de la maison à l'abri du besoin, gronde-t-il. J'ai déposé les leurs dans leurs chambres, tout à l'heure.

— Oh !

Elle bat des paupières, détourne le regard pour observer l'écrin pendant une seconde et arque son sourcil, en le dévisageant à nouveau.

— Tu offres aussi des émeraudes et des rubis à Shanti ou Ashmi ou…

— Oh ! bon Dieu, soupire-t-il, en passant une main nerveuse sur son visage. Tu as raison, je ne leur offre rien d'aussi extravagant ou précieux. Les tiens sont plus raffinés que les leurs, mais c'est parce que je t'aime et que je voulais quelque chose de spécial pour toi !

Elle recule de deux bons pas à ces mots, et il se sent le dernier des crétins.

Bon… Quitte à être un crétin, autant l'être jusqu'au bout.

— Bordel, tu t'imagines quoi, exactement, Gail ? Je sais que je ne suis pas doué avec les gens et que je suis foutrement brillant pour saboter les choses et blesser les personnes, mais, bon Dieu, tu crois vraiment que je te demanderais de m'épouser si je… ?

— Tais-toi, murmure-t-elle d'une voix apeurée.

— Les bijoux ne sont pas là pour acheter ta réponse ou ton foutu corps, poursuit-il, malgré tout, en avançant jusqu'à elle. Ils sont là parce que je t'aime et que je veux être sûr que tu pourras les vendre si jamais le besoin s'en fait sentir, un jour !

Il l'oblige à lever le visage vers lui et se crispe en voyant les tourments qui nagent follement dans ses yeux.

— Je ne vais pas dire que je me contrefous de ta réponse. Foutre non ! Mais bon Dieu, même si tu me refuses, prends ces putains de bijoux ! Je préfère qu'ils ne représentent pour toi qu'un placement financier plutôt que de t'imaginer un jour dans le besoin.

Il se tait, le souffle un peu court, sans la quitter des yeux, attend, espère.

Son sourcil descend, elle déglutit, regarde à nouveau l'écrin.

— Ils sont beaux, murmure-t-elle.

— Je voulais qu'ils te plaisent, répond-il d'une voix un peu rauque.

Bon Dieu, c'est dur, soudain, de ne pas dire combien ils sont importants pour lui. Combien ils s'inscrivent dans la manière de faire des Blackson.

— Ils valent une fortune, remarque-t-elle en le regardant, inquiète.

— Je ne vois pas leur valeur.

Il a tellement envie de l'embrasser… tellement envie de l'entendre prononcer un « oui ».

— Garde-les, insiste-t-il.

Elle finit par hocher le menton, et le soulagement qui déferle en lui le prend par surprise.

— Milord ?

— Cross ?

— Je…

Elle se racle la gorge, gonfle ses poumons, et il rouvre les yeux pour la fixer intensément. Bon Dieu, elle a intérêt à dire ce qu'il a besoin d'entendre !

— Si tu es d'accord, je… j'aimerais rester à Blackson House.

Merci, mon Dieu !

Il acquiesce sobrement en serrant les dents pour éviter de se jeter sur elle. Il la connaît, et quelque chose lui dit qu'elle n'a pas fini.

— Je… Pour être honnête, j'avais oublié ce courrier au docteur Vanger.

— Pourquoi as-tu voulu partir ? s'inquiète-t-il en luttant pour ne pas la toucher.

— Parce que je ne savais pas comment je pouvais rester.

— Et pourquoi as-tu finalement décidé de rester ? ose-t-il demander.

Elle a un petit sourire en coin, entre mélancolie et amusement.

— Parce que je ne peux pas partir, sourit-elle encore en haussant les épaules. Keir ?

— Gail ? sourit-il, soulagé d'un grand poids.

Si elle reste… Non. *Parce* qu'elle reste, il va pouvoir la décider.

— Je ne…

Elle se tait, et il voit son front s'assombrir un instant, avant qu'elle ne sourie à nouveau, plus franchement. Comme si elle repoussait au loin des pensées désagréables. Il ne peut s'empêcher de s'en sentir inquiet. Enfin, jusqu'à ce qu'elle tende les bras pour l'enlacer. Là, il arrête juste de réfléchir et l'embrasse.

Ensuite, il l'entraîne dans la chambre.

25

Il a trop chaud et repousse les draps du pied, tout en ramenant le corps alangui de Gail contre lui.

— La pièce est trop petite, grogne-t-il.

— Mmh ?

Il baisse les yeux vers elle. Elle a les paupières lourdes de sommeil, mais le visage épanoui d'une femme qui a eu beaucoup de plaisir. Bon Dieu, il sait bien que c'est stupide, mais qu'est-ce que ça le rend heureux de lui voir cet air-là !

— La pièce est trop petite, répète-t-il en agrandissant son sourire, quand elle passe une jambe au-dessus des siennes. Pas besoin de cheminée pour nous tenir chaud.

— Il faut dire que tu es plutôt ardent, plaisante-t-elle en fermant les yeux.

Bah, c'est un peu de sa faute à elle, quand même.

Tout en la sentant se détendre lentement, il essaie de refouler l'angoisse sourde toujours tapie au fond de lui. Elle n'a pas dit oui. Elle reste, mais n'a pas dit oui. Et s'il a fini par lui cracher son amour sous le coup de la peur et de la colère, elle-même n'a rien dit de ses sentiments. Bon Dieu, s'il avait vraiment du courage, il lui poserait à nouveau la question. Mais il n'ose pas.

— Gail ?

— Mmh ?

Est-ce que tu m'aimes ?

Est-ce que tu acceptes de m'épouser ?

— Ce serait plus pratique si tu t'installais dans mes appartements.

Elle lève une paupière, il la sent se tendre un peu contre lui et resserre instinctivement son bras autour d'elle. Elle reste silencieuse un long moment, puis, avec un soupir, ouvre l'autre paupière et pose sur lui un regard grave, mais décidé.

— Si je m'installe dans ta chambre, je serai ta maîtresse aux yeux de tous.

— Alors, passons à l'église et tu seras ma femme aux yeux de tous.

Elle soupire encore, se redresse sur un coude, et il se laisse détourner de son air grave quand les mèches rousses glissent de son épaule pour aller couvrir ses seins.

— Je ne t'épouserai pas, énonce-t-elle finalement d'une voix un peu brusque.

Il s'arrache à la contemplation de ses seins pour relever les yeux vers elle et sent son visage se figer un peu, à mesure que le sens et la portée de ses mots atteignent son cerveau.

— Pourquoi ? gronde-t-il en s'accoudant face à elle.

Elle baisse les yeux, soupire.

— S'il te plaît. Je...

Il s'assoit et pose un regard agacé sur elle. Bon Dieu, même si c'est difficile de rester en colère, alors qu'elle est nue et collée contre lui, il *est* en colère !

— Bordel, Gail. Il va falloir que tu m'expliques, je suis paumé. Tu ne veux pas t'installer dans ma chambre, parce que tu ne veux pas qu'on te prenne pour ma maîtresse, mais tu ne veux pas non plus m'épouser... Nom de Dieu, s'il y a une logique là-dedans, explique-la-moi !

Elle s'assoit à son tour, sourcil arqué, et enlace ses genoux pliés des deux bras.

— Je suis désolée, mais je... Je ne peux pas t'épouser. C'est très gentil de l'avoir proposé, mais...

— Gentil ?! rugit-il. Bordel de Dieu, ma demande est tout sauf gentille ! Je ne sais pas quelle foutue idée tu peux encore avoir de moi, mais elle doit être salement dégueulasse, si tu t'imagines que je suis le genre d'homme à épouser sa maîtresse juste pour être gentil ou parce que c'est pratique !

Elle soupire, souffle et ouvre la bouche.

— Nom de Dieu, grince-t-il de plus en plus blessé et furieux. Je suis un Blackson ! Les Blackson ne se marient que pour une seule raison, depuis la nuit de temps !

— Oh ! je t'en prie, je connais la légende, bougonne-t-elle. Les filles m'en ont suffisamment parlé !

— Je t'aime, Gail, mais tu me donnes des envies de meurtre !

Elle croise les bras en le regardant sans aménité et il a l'impression de se noyer.

— Bon sang de bois, je ne comprends pas non plus pourquoi tu t'entêtes à ce point ! Je reste à Blackson House, je passerai toutes les nuits que tu voudras avec toi et, si je veux que nous restions discrets, c'est autant pour ta réputation que pour la mienne.

— Je me fous de ma réputation !

— Pas moi, le contre-t-elle en dressant le menton. Flûte de zut, n'importe quel homme serait heureux de ce genre d'arrangement !

— Pas moi ! Bon Dieu, tu crois que ça me fait plaisir que la femme que j'aime préfère être traitée comme une fille de l'ombre plutôt que comme mon épouse légitime !? Merde, Cross, je veux...

Elle pose précipitamment une main sur sa bouche pour le faire taire, et il grogne contre sa paume.

— Je ne peux pas. Ne me demande pas plus que ce que je peux donner.

Il chasse sa main, grince des dents.

— Je sais que je suis un crétin dès lors qu'il s'agit de relations humaines. Mais tu t'y connais pour rendre quelqu'un cinglé ! Dis-moi au moins pourquoi ! C'est quelque chose que j'ai fait ? Ou dit ? Ou quelque chose que je suis ?

Elle hésite et son cœur reprend un peu d'espoir.

— Tu es baron.

— Et alors ?

— Tu es baron et je ne suis rien, insiste-t-elle, comme pour expliquer une évidence à un simple d'esprit.

— Je répète : et alors ? D'autant qu'à mes yeux, tu n'es pas rien.

Elle lève les yeux au ciel.

— Je me fous de tes origines, explique-t-il encore, avec cet espoir absurde de parvenir à lui faire dire oui.

— Mais quel besoin as-tu de vouloir m'épouser ? Je suis ta gouvernante ! J'ai quarante-neuf ans. Je ne possède rien, je...

— Tu es ma femme, et je t'aime !

Chacune des raisons qu'elle donne le blesse. Parce qu'il sait qu'aucune de ces raisons n'est la vraie. Pourquoi ne lui explique-t-elle pas clairement et honnêtement ce qui la bloque ?

— Flûte de zut, je…

— Tu veux que je te dise, grogne-t-il en allant s'asseoir au bord du lit. Tu as raison. On va faire comme tu veux. Chacun dans ses appartements et des culbutes pendant la nuit. Dès qu'il fait jour, on se vouvoie et on s'ignore. Apparemment, c'est tout ce que tu veux de moi.

— Je…

Il attrape son pantalon, le passe avec des gestes énervés, de sorte qu'il réveille la douleur de sa jambe. Il enfile sa chemise avec la même hâte.

— Un vrai crétin, marmonne-t-il pour lui-même.

— Bon sang de bois, je…

Il se lève, aussi furieux que blessé, et se tourne pour la regarder. À genoux sur les draps défaits, elle le regarde et semble chercher ses mots.

— Nous nous verrons demain au petit déjeuner, Cross.

Et il se dépêche de sortir avant de craquer et de la reprendre dans ses bras.

26

Le reste de la nuit a été foutrement mauvais, et il est épuisé quand il s'assoit à table avec les autres. Épuisé, furieux, blessé et vexé. Face à lui, Cross se tient droite et évite son regard malgré des joues légèrement colorées de rouge. Tandis qu'il engloutit ses naans et son thé, il soupèse l'idée de passer outre ses scrupules et d'aller fouiller la chambre de Cross. Il y a forcément une raison, qu'elle pense sans doute justifiée, pour qu'elle refuse si catégoriquement de l'épouser.

À moins qu'elle ne l'aime pas et n'ose pas le lui avouer, tout bonnement.

Il repose son naan. Merde, il n'a plus faim, d'un coup.

Il se lève dès le repas terminé, s'attelle à la vaisselle en silence, les muscles perclus de courbatures. Il s'apprête à demander aux garçons à quelle heure ils ont prévu de retourner sur le chantier… et se souvient soudain qu'aujourd'hui est dimanche et que personne n'ira travailler à la chapelle.

— Merde.

Il surprend les regards étonnés de Shanti et Arun, les seuls qui soient encore dans la cuisine.

— Les choses n'ont pas l'air de se dérouler comme tu le souhaites, fait remarquer Shanti en hindi.

— Ces foutues tasses sont ébréchées, grogne-t-il en réponse.

— As-tu fait changer Abbie de décision ? demande Arun.

— Plus têtue qu'une mule, grommelle-t-il, en lâchant les tasses pour s'essuyer les mains.

— Elle veut toujours partir ? s'inquiète Shanti, en le remplaçant devant l'évier.

— Mmh ? Non. Elle reste.

Shanti et Arun échangent un bref regard, et il leur décoche un coup d'œil agacé.

— Dans ce cas, qu'est-ce qui te met de si méchante humeur ? questionne Shanti.

Il ouvre la bouche, la referme. Bordel non, il ne peut pas leur en parler. Même s'il aurait sacrément besoin de conseils. Shanti connaît bien Gail, elle pourrait peut-être...

— Pourquoi êtes-vous si compliquées ? marmonne-t-il.

— Pour que vous nous aimiez, sourit Shanti. Les hommes n'aiment pas les choses faciles.

Arun et lui grognent de concert, en échangeant un regard de connivence.

— Tu devrais te dépêcher, ajoute Shanti en se tournant vers lui. Ou tu seras en retard à l'office.

Pour ce qu'il en a à faire...

N'empêche. Gail est déjà en selle et prête à partir quand il arrive aux écuries. Il est foutrement soulagé de voir briller un éclat de joie dans l'œillade qu'elle lui envoie, va chercher Flame, croise Daniel qui amène leur vieux hongre bai.

— Tu viens ?

— Désolé de vous contrarier, répond Daniel, avec un petit sourire. Mais oui. J'ai trop longtemps oublié de prendre soin de mon âme éternelle.

Il grogne encore, soupire, se dépêche de seller Flame et les rejoint dehors. Même s'il apprécie Daniel, il n'est fichtrement pas satisfait de le savoir avec eux. Sa présence empêchera toute discussion personnelle.

Après un office long où il grommelle contre Daniel qui s'est assis entre Gail et lui, et un repas chez les Webster où il grogne contre tous les autres convives, ils finissent par reprendre le chemin de Blackson House. Le seul point positif, c'est que Darius les accompagne encore cette fois et que Gail a dû lui céder son cheval. Aussi se retrouve-t-elle assise devant lui, ses adorables fesses pressées contre son pantalon gonflé. Il glisse un bras autour de sa taille et laisse les garçons prendre quelques longueurs d'avance sur eux.

— Désolé pour hier soir. Je me suis emporté.

Elle soupire, se laisse aller contre lui, et il grogne doucement avant d'embrasser sa nuque.

— Keir, ce n'est pas le lieu.

Ça le serait s'ils étaient mariés, songe-t-il, en parvenant cependant à se taire.

Il resserre son bras autour d'elle, fait glisser sa main jusqu'à son sein, sans quitter les garçons du regard. Darius et Daniel sont plongés dans leur discussion et ne leur prêtent absolument aucune attention.

— Arrête, souffle-t-elle.

Mais son dos se cambre, son sein s'appuie plus fort contre sa paume, et il grogne tout bas avant d'en pincer le mamelon. Elle soupire, bouge un peu les fesses.

— Bon Dieu. J'ai envie de toi.

— J'en avais bien l'impression, sourit-elle sans se tourner vers lui. Mais je te remercie de le confirmer.

— Ta chambre ou la mienne ?

— Ce soir ? halète-t-elle en lançant une main derrière elle pour le caresser au travers de son pantalon.

— Maintenant. Je ne tiendrai pas jusqu'à ce soir. Bon Dieu oui, comme ça, Gail.

Il se cambre vers sa main, regrette de ne pas pouvoir se débarrasser du tissu pour sentir sa peau sur lui.

— Les autres vont…

Il ferme les yeux, sent son désir refluer. Bon Dieu, elle va le tuer. Il prend une grande inspiration, réfléchit au meilleur moyen de l'amener à de meilleurs sentiments. Puis se penche sur sa nuque, la mordille doucement, avant de poser les lèvres contre son oreille.

— J'ai envie de te lécher partout, Gail. J'ai envie de t'allonger et de lécher toutes tes taches de rousseur. Je veux te sentir contre ma langue et te boire quand tu jouiras. Et ensuite, je te retournerai, et je m'enfoncerai en toi, fort, et je…

— Arrête !

Il sourit, suçote son lobe. Sous sa paume, le sein est dressé, le mamelon durci, et elle halète, le dos creusé.

— Et quand tu auras encore joui, je te rallongerai sur le dos, et je te ferai l'amour lentement, sans cesser de t'embrasser... À moins que je ne te demande de me chevaucher. Oui. Tu me chevaucheras... Je pourrai caresser tes seins, les embrasser, et tu me feras jouir à mon tour, et...

— Ma chambre. S'il te plaît, arrête.

Il ne devrait pas être content d'avoir gagné. Un gentleman ne se conduit pas de la sorte.

Bordel, il est foutrement content de ne plus en être un.

Il a une stratégie.

Ce n'est pas grand-chose. Mais c'est tout ce qu'il a trouvé. Bon Dieu, si ses supérieurs des Renseignements le voyaient maintenant, ils se demanderaient comment il a pu manœuvrer et espionner autant d'ennemis...

D'autant que cette foutue « stratégie » n'a rien d'honorable ni même de révolutionnaire. Non. Sa stratégie s'appelle « patience et plaisir ». On se bat avec ce qu'on peut.

Il passe les journées de la semaine suivante à la chapelle avec les métayers, les garçons et Kingston. Quand viennent les femmes et Gail, pour le repas de midi, il s'isole avec elle à l'écart des autres, et lui explique à mi-voix comment il va l'aimer la nuit suivante. C'est retors. D'autant que ça le met dans le même état qu'elle et qu'il doit passer un moment, la tête dans le baquet d'eau, pour pouvoir débander et retourner travailler. Mais quand Gail regagne Blackson House, elle a les joues rouges et le souffle court. Et lorsqu'il la rejoint, le soir, c'est tout juste si elle ne se jette pas sur lui. Et bordel, c'est foutrement plaisant ! La deuxième nuit, elle l'attendait sur le lit, nue. Ne portant que la parure. Il a failli jouir avant même de la pénétrer. Les pierres sont encore plus belles sur elle qu'il ne l'imaginait dans ses fantasmes.

Et lorsqu'ils gisent l'un près de l'autre ou l'un sur l'autre pour reprendre leur souffle, il la regarde et lui demande de l'épouser.

Elle répond toujours la même phrase.

— Je ne peux pas.

Mais elle se tourne quand même vers lui, couche la tête sur son épaule et s'endort dans ses bras. À force, elle finira bien par dire oui. Il l'aura à l'usure. Elle est têtue, mais il est borné.

Il aimerait qu'elle finisse aussi par avouer ce qu'elle ressent. Il se répète qu'une femme comme elle, une dame de sa trempe et de son caractère, ne peut se livrer aussi intensément ni aussi intimement, sans avoir de foutus sentiments. Mais bon Dieu, il en crève qu'elle ne le dise pas. Lui-même n'ose plus prononcer les mots qu'il attend d'elle.

Et chaque matin, quand elle s'éveille, toujours à la même heure indue, elle le pousse hors du lit, hors de la chambre, et il regagne ses propres appartements, s'affale entre les draps et réfléchit.

Les journées recommencent en se ressemblant, et il attend le soir, se disant que, peut-être, cette fois, elle répondra oui. Car même si sa réponse ne change pas, elle dit « je ne *peux* pas ». Elle ne dit pas « je ne *veux* pas ». Parfois, il se demande si Gail a une idée de combien il peut être patient… Il se fout de devoir attendre six mois ou six ans. Il lui posera cette foutue question chaque jour jusqu'à ce qu'elle lui dise « oui ». Ou jusqu'à ce qu'elle lui explique le pourquoi de son « je ne peux pas ». En attendant, il se promène avec sa bague au fond de la poche. On ne sait jamais. Ça l'emmerderait de s'en trouver démuni si elle venait à accepter sa demande.

Avec un sourire, il regarde le chariot repartir. Gail est vermeille, près de Nanda et Shanti. Il attend que leur silhouette disparaisse au loin pour se tourner vers le chantier. Ils auront fini d'ici une heure. Deux, au maximum. Ils ont abattu un sacré boulot, et la nouvelle toiture est non seulement superbe, mais parfaitement érigée. Ce qui lui fait penser…

— Sanjay, Darius ?

Les garçons relèvent la tête des notes qu'ils étudient avec Daniel. Il leur fait signe d'approcher, hésite à peine avant d'inviter le précepteur aussi.

— Keir ? s'inquiète Sanjay.

— Vous êtes sacrément doués,

— Oui, pas vrai ? s'enorgueillit Sanjay, en échangeant un regard complice avec Darius.

— Dites, Daniel, je me demande…

— Milord ?

Il lance un regard torve au jeune homme, voit les prunelles noisette pétiller d'amusement. Daniel, comme les autres, ne fait pas montre à son endroit d'une humilité ni d'une déférence exacerbées. Bah, en même temps… Nanda n'est peut-être pas sa fille de sang, mais c'est tout comme. Ce qui fait de Daniel… une sorte de gendre, non ?

— Cambridge, Oxford, St Andrews, Durham, l'Imperial ou le King's ?

Les paupières de Daniel battent plusieurs fois, et l'amusement déserte son regard. Il se tourne vers Sanjay et Darius, puis reporte son attention sur Keir, le visage soudain sérieux et… Bordel, c'est du respect qu'il voit là ?

— Cambridge, milord.

— St John ? Queen's ? Clare Hall ? Peter's ? creuse Keir, sous le regard perplexe de Sanjay et Darius.

— Peter's, milord.

— Pourquoi Peter's ? s'étonne-t-il.

— Pour l'Histoire, milord.

— De quoi est-ce que… ? fait Sanjay, perdu.

— Cambridge. Peter's. Très bien, hoche pensivement Keir. Je m'occupe de ça avec Cross.

Il s'éloigne d'un pas, change d'idée.

— Daniel, je vous laisse le soin d'expliquer cela à nos jumeaux.

Cambridge. Bon… La plupart des Blackson sont allés à Oxford, mais si Daniel pense que Cambridge convient mieux… Il a à peine rejoint les autres métayers que retentissent les cris de joie de Sanjay et Darius. Il esquisse un nouveau sourire.

Il y a des jours, comme ça, où il fait bon d'être lui.

27

Il doit reconnaître que la situation, pour énervante qu'elle soit, a son charme.

Même si Gail ne porte pas encore son nom et ne partage pas ses appartements, ils sont ensemble chaque nuit, font l'amour et parlent. Depuis qu'elle a repris les affaires du domaine, il se sent mieux, et l'épisode du toit de la chapelle lui a fait comprendre qu'il peut lui aussi, à sa mesure, être utile au domaine.

S'il n'est pas aussi doué que Gail pour les papiers ou la gestion, ses années passées aux Indes à encadrer des soldats lui ont appris à diriger des troupes, ce qui n'est finalement pas bien différent de diriger une équipe de travailleurs. Après la chapelle, Kingston et lui ont entrepris de s'attaquer à la construction d'un fumoir. Là au moins, il se sent foutrement plus utile que dans son bureau. Il ne s'arrête pas à donner des ordres, mais retrousse les manches et partage le même boulot que les autres hommes. Ces derniers ont peu à peu fini par changer de comportement vis-à-vis de lui… et des habitants de Blackson House.

Déjà, la majorité des métayers ne regarde plus les garçons avec cet œil un poil moqueur qu'ils avaient avant la réfection de la chapelle. Surtout, ils ne lancent plus de regards méfiants ou agressifs vers Arun ou Ranjit, quand ces deux-là se joignent à Keir sur le chantier. Enfin, le fait que les femmes du château viennent quotidiennement nourrir les travailleurs, leur charme incontestable et leurs talents culinaires semble avoir définitivement embelli la façon dont le « petit peuple » est perçu dans le village.

Après les travaux de la chapelle, trois femmes du village se sont proposées par le biais du pasteur, pour venir travailler à Blackson House en tant que femmes de chambre. Ce jour-là, Gail était si heureuse que ses yeux brillaient de larmes contenues. Ces nouvelles recrues ont considérablement accéléré la vitesse de rénovation des pièces. Parfois, quand il boite dans les couloirs, qu'il entend les femmes discuter ou rire en travaillant dans une chambre ou un salon, il ne peut s'empêcher de s'approcher et de les observer sans se faire voir. Et il a beau avoir largement passé l'âge des premières amours, son cœur fait toujours une foutue cabriole quand il voit sa Gail en train de coudre de nouveaux rideaux ou coller un papier peint sur les murs. Bon Dieu, il aimerait vraiment qu'elle s'attaque aux appartements de la baronne… qu'elle les fasse siens.

De mémoire, il ne se souvient pas qu'une seule des baronnes Blackson y ait réellement vécu. Si la plupart utilisaient le boudoir, le dressing ou le petit salon, aucune n'a vraiment habité la chambre en elle-même. Parce que les Blackson sont les Blackson, de tout temps, les baronnes ont dormi dans la chambre du baron, avec le baron. Les seules fois où une baronne Blackson allait s'allonger dans le superbe lit qui lui revenait, c'était pour accoucher.

Ou pour y mourir. Comme Aggie.

Il se rembrunit et se concentre sur son travail physique pour repousser la tristesse qui menace de l'envahir, s'il repense trop à ce jour funeste. Bon Dieu, comme il aimerait se rappeler ce jour comme étant celui de la naissance de Gus, et pas celui de la mort d'Aggie !

Il se secoue, éponge la sueur de son front et tend un seau de mortier à l'un des métayers arrivés sur le domaine grâce à Ann et Gail.

Bordel, il fait une foutue chaleur, depuis quelques jours. Le mois de mai débute, et le soleil cogne fort. Mais travailler sous le soleil en manches de chemise lui fait un bien fou. Peu importe qu'il rentre à Blackson House, le soir, couvert de sueur et de crasse, les muscles lourds et la jambe douloureuse. Il a l'impression de revenir à la vie, de reprendre en main les rênes de son existence. De s'approprier le domaine. De devenir enfin ce foutu baron que la mort des siens, de son père, de son frère aîné ont fait de lui malgré lui.

— M'lord ! l'interpelle un autre des nouveaux métayers.

Il relève la tête, ramène en arrière les mèches sales et moites de sueur qui tombent sur ses yeux.

— Oui ?

— Y a une espèce de m'lord, là-bas, qui d'mande le ch'min pour l'château.

Keir se tourne vers la route en contrebas, plisse les yeux pour observer la voiture à deux chevaux qui y est arrêtée.

— Je m'en occupe. Merci.

À son approche, la porte de la voiture s'ouvre sur un homme un peu fort, au front dégarni couvert d'un chapeau et vêtu à ce qu'il devine être la dernière mode londonienne.

— Monsieur ? grommelle Keir en s'arrêtant à quelques pas.

— Mon cocher s'est probablement perdu, fait l'homme en l'enveloppant d'un regard rapide. Je cherche le chemin de Blackson House.

— Vous êtes dessus, grogne Keir, en accentuant l'accent exotique qu'il a acquis aux Indes.

— La maison est-elle encore loin ?

Keir réfléchit un instant, détaille encore son interlocuteur. Puis la voiture. Ce n'est pas une voiture de louage, mais elle ne porte pas d'armoiries spécifiques. Les chevaux sont de belle qualité sans être exceptionnels. Le bonhomme doit avoir son âge et, malgré un certain embonpoint et un visage marqué par les années, il a clairement dû porter beau dans sa jeunesse. Plus petit que lui. Des mains blanches et lisses. Les mains d'un homme qui n'a sans doute jamais manié autre chose qu'une plume. Des yeux marron, à ce qu'il peut voir de là où il est et les cheveux bien coupés, qui ne sont pas complètement couverts par le chapeau sont d'un blond grisonnant.

Petit nobliau, décrète Keir.

En tout cas, il est certain de n'avoir jamais vu ce foutu bonhomme de sa vie, même dans sa jeunesse. Qu'est-ce que ce type vient faire à la maison ?

— Quelques miles, finit-il par répondre.

— Oh ! très bien. Merci, mon brave.

Keir tique, puis esquisse un sourire. Vu son état de crasse et sa chemise déboutonnée aux manches roulées au-dessus des coudes, pas étonnant qu'on le prenne pour un travailleur du commun.

— Je vais vous ouvrir le chemin, lance-t-il alors, de plus en plus curieux.

Il tourne la tête, siffle pour attirer l'attention de Kingston, lui prévient qu'il part et va chercher Flame qui broute, entravé non loin. Il saute en selle, ramène l'étalon près de la voiture dont l'homme a refermé la porte.

— Le baron vous attend ? demande-t-il en recoiffant ses cheveux trempés en arrière.

L'autre lui jette un regard presque condescendant.

— Le baron est-il à demeure ? questionne le bonhomme, sans lui répondre.

Keir hésite un poil. Puis sourit.

— Oui.

D'une torsion de poignet, il fait volter Flame, salue le cocher du menton et prend le trot. Il profite du trajet jusqu'à Blackson House pour fouiller encore dans sa mémoire, mais ne trouve aucune foutue ressemblance entre ce type et quelqu'un qu'il aurait déjà rencontré. Le temps qu'ils arrivent aux écuries, il a conclu que la discussion à venir promet d'être intéressante. Il saute à terre, confie Flame à Bill et entre dans la maison par la porte arrière.

Il a beau ne plus se sentir un gentleman depuis des années, il a quand même quelques foutus restes de la bonne éducation et des leçons de savoir-vivre que ses parents se sont acharnés à lui inculquer. En temps ordinaire, il prendrait le temps de se laver et de se changer avant de rejoindre l'inconnu dans le salon. Mais l'espion qu'il a été, le soldat en lui, connaît l'importance de l'effet de surprise. Il passe donc simplement par la cuisine pour se laver les mains, n'y croise qu'Ashmi.

— Pourrais-tu préparer un plateau ?

— Pardon ?

— Du thé, des trucs à grignoter, explique-t-il. Deux tasses, du lait, du sucre. Un plateau.

— Oh… Oui. Il reste quelques gulab jamuns[1] que Shanti a préparés hier.

— Magnifique, s'amuse-t-il, pressé de voir la tête de son invité-surprise en découvrant les boules sucrées. Ça fera très bien l'affaire.

Il s'essuie les mains, part vers la porte, s'arrête.

— Oh ! et est-ce que tu pourrais nous amener ce plateau dans le grand salon ?

— Nous ?

— J'ai de la visite, s'amuse-t-il.

— Ann ?

Le ton plein d'espoir d'Ashmi lui fait mal aux tripes, et il grimace en secouant la tête. Le sourire d'Ashmi s'estompe. Ils échangent un bref regard, avant qu'il ne quitte la cuisine pour boiter dans les couloirs jusqu'au fameux salon. C'est l'un de ceux où l'équipe féminine de Blackson House a accompli de vrais miracles. Chaque fois qu'il passe devant ou qu'il y entre, il a l'impression étrange de voyager dans le passé et de retrouver la pièce telle qu'elle était avant qu'il parte combattre le Corse au Portugal. Cette fois encore, dans une sorte d'éblouissement mental, il voit ses parents, ses frères, sa sœur, assis sur les fauteuils et les divans autour de la table basse. Il cille plusieurs fois, les fantômes disparaissent et ne reste plus que le type inconnu, assis sur le bord d'un des divans refait à neuf par Gail et son équipe.

À son entrée, l'homme se lève comme par réflexe, avant de froncer les sourcils en le reconnaissant. Il se rassoit aussitôt.

— Pardonnez-moi. J'aurais souhaité parler à Lord Blackson.

Keir sourit en grand, se laisse tomber dans un fauteuil face au bonhomme.

— Il est devant vous.

Ah, c'est trop drôle… La stupéfaction de l'inconnu vaut vraiment le coup. Finalement, le sale gamin qu'il a été ne doit pas être complètement mort en lui.

1. Dessert indien présenté sous forme de boulette de pâte cuite dans l'huile, parfumée à la cardamome et servie avec un sirop de rose.

— Pardonnez-moi, milord, s'exclame le bonhomme, en se redressant sur son bord de divan. Je… je ne… Je ne pensais pas que…

Il balaie les excuses que l'autre s'apprête à formuler et se penche un peu en avant.

— Je ne vous connais pas.

— Non, milord. Si vous le permettez, je vais me présenter.

— Faites, grogne-t-il, agacé.

— Je suis Sir Georges Parker-Strew, fait l'autre, en gonflant presque la poitrine. J'ai appris par mon épouse que vous nous aviez rendu visite dans notre domaine du Cheshire, voilà plusieurs semaines.

— Parker-Strew.

Dans sa tête, tout se met à vrombir, à cliqueter, tandis qu'il réfléchit activement. Nom de Dieu… Il fronce à peine les sourcils. Alors qu'il ressent une certaine exaltation à l'idée d'être face à quelqu'un qui pourra peut-être, sûrement, lui en apprendre plus sur Gail, il est aussi foutrement mal à l'aise. Dans le fond, il ne veut pas apprendre quoi que ce soit d'une tierce personne. Il veut, il a besoin, que ce soit Gail elle-même qui lui parle, lui raconte, lui explique. Il a brusquement l'impression de la trahir.

— Oui, poursuit l'autre, avec un sourire engageant. Je tiens d'ailleurs à m'excuser de n'avoir pas pu vous recevoir moi-même à l'occasion de cette visite, milord, mais je me trouvais alors à Londres et n'ai regagné mon domaine que la semaine passée.

Il grogne parce qu'il a l'impression que Parker-Strew attend une réponse de sa part. Le grognement, c'est bien, ça n'engage jamais à rien. On peut l'interpréter comme on veut. Oui, le grognement, c'est bien.

— Je serais venu vous voir plus tôt, mais mon épouse ne m'a parlé que tardivement de votre visite et de… son objet.

Ah…

Il plisse les yeux. Parker-Strew semble soudain un poil mal à l'aise. Son propre malaise enfle, et il est soudain à deux doigts de se lever pour mettre fin à l'entrevue.

Il grogne encore, et Parker-Strew se dandine légèrement en face de lui.

— J'ai cru comprendre que vous vous interrogiez sur les références d'une… femme, articule Parker-Strew, d'une voix un peu contrainte.

Il grogne encore, alors que son cœur se met à accélérer douloureusement et que le visage arrondi de l'autre rougit un peu.

— Mon épouse m'a appris que vous auriez engagé une gouvernante du nom de Cross qui se prévaudrait de références que nous lui aurions écrites.

C'est bien de la tension qu'il entend dans sa voix. Bon Dieu, ça lui plaît de moins en moins. Il étend sa mauvaise jambe, pianote nerveusement des doigts sur sa cuisse.

Fous-le dehors.

C'est viscéral. Il ne veut pas entendre ce que Parker-Strew a à dire. Il ne veut pas que…

— Milord, j'ignore exactement ce que mon épouse a pu vous dire, mais le fait est que nous connaissons effectivement une femme qui a porté ce nom et que…

Il se redresse brutalement dans son fauteuil, alarmé, en entendant des pas s'approcher du salon.

Oh ! nom de Dieu !

Le plateau. Le plateau arrive. Mais ce n'est pas Ashmi qui l'apporte, c'est Gail. Il reconnaîtrait son pas n'importe où.

Bordel de merde !

Son dos, son corps entier se couvrent d'une sueur froide, et son cœur se met à battre à lui faire mal. Il n'a que le temps de se lever qu'elle pousse déjà la porte et entre, un large sourire aux lèvres, le lourd plateau à bout de bras.

— Milord, je…

C'est comme un cauchemar. Gail se fige et devient blafarde en une seconde, à l'instant où elle pose les yeux sur Parker-Strew. Nom de Dieu, elle en lâche son plateau et, s'il n'était pas déjà debout, il n'aurait pas été foutu de le rattraper avant qu'il se brise au sol. Il récupère le plateau comme il peut, son genou se tord dans le mouvement, il parvient par miracle à redresser et sa position et son genou… et le plateau. Il pose ce dernier à la va-vite sur la table basse, le regard fixé sur Gail, mais elle ne le voit pas. Elle ne voit que Parker-Strew. La douleur, le choc qu'il lit dans les yeux de sa rouquine lui déchirent le cœur.

— Abbie, souffle Parker-Strew.

28

Keir regarde l'intrus par-dessus son épaule. Ce sale type s'est levé d'un bond et, s'il semble mieux réagir à la rencontre que Gail, il est quand même un poil pâle. Surtout, il la dévore des yeux, et Keir lutte contre une brutale envie de lui ouvrir le ventre. Il regarde à nouveau Gail, *sa* Gail, mais elle n'a pas bougé. Statufiée, blême… et tremblante.

Oh ! bordel !

— Assieds-toi, souffle-t-il, la voix rauque.

Elle bat des cils, puis se tourne enfin vers lui. Fait finalement un pas, deux, et s'assoit lentement, comme au ralenti, sur l'autre fauteuil. Elle noue ses mains ensemble, les serre l'une contre l'autre si fort qu'il voit ses jointures blanchir. Une bouffée de rage, de haine, monte en lui, lui donne envie de tuer Parker-Strew.

— Bien, grogne-t-il à l'intrus. Vous disiez ?

— Je…

Parker-Strew papillote des paupières, déglutit sans quitter Gail des yeux.

— Pardonnez-moi, milord. Je suis surpris.

— Surpris de quoi ? grince soudain la voix de Gail.

Keir s'avachit dans son fauteuil, son regard allant de l'un à l'autre. L'impression de cauchemar perdure, s'étoffe autour de lui, et il essaie de calmer l'angoisse soudaine qui l'enserre pour réfléchir. Que représente donc ce foutu type, pour Gail ? Un parent ? Un parent de son défunt mari ? Un…

— *Je* ne pensais pas *te* trouver… ici, répond Parker-Strew en la dévisageant.

Elle hausse son sourcil, le dos si rigide qu'il semble coulé dans le métal.

— Je ne pensais pas te trouver ici, rétorque-t-elle, un accent de colère brutale dans la voix.

Oh ! bon Dieu… Elle lui glisse un bref coup d'œil de côté, et il est stupéfait par la peur qu'il y lit. La peur et la rage et la douleur… et la honte.

Il se redresse dans son fauteuil, de plus en plus alarmé. Nom de Dieu, qu'est-ce qu'il est censé faire, là ?! Il a juste envie de foutre Parker-Strew dehors, de prendre Gail dans ses bras, de lui jurer qu'il n'est pour rien dans cette visite impromptue, qu'il ne…

Bon, d'accord, c'est un poil sa faute quand même… S'il n'avait pas foutu son nez dans les affaires de Gail, à l'époque où elle n'était encore que Cross… S'il n'était pas allé dans le Cheshire…

— Qu'est-ce que vous êtes venu foutre ici ? grogne-t-il hargneusement à Parker-Strew.

Ce dernier sursaute et se tourne vers lui.

— Je… Je devais vérifier si…

— Si quoi ? coupe-t-elle durement, mais avec un trémolo dans la voix. Si je n'étais pas morte de faim ? Si je n'étais pas devenue une voleuse ou une putain ?

— Nom de Dieu, Gail ! s'exclame Keir, oppressé.

Elle se redresse encore. Comme si c'était possible. Et le regarde. Un regard de noyée, qui le bouffe complètement.

— Doux Jésus ! s'écrie Parker-Strew en les dévisageant encore. Je… J'ignorais, je… Pardonnez-moi, milord, mais je pensais seulement à vous mettre en garde contre une imposture quelconque et…

— Bordel, mais qui êtes-vous ? crache-t-il, en foudroyant l'intrus du regard.

Gail a une sorte de gémissement douloureux. Merde, si seulement il pouvait effacer la dernière heure… Si seulement il avait préféré interroger cet homme sur la route devant le chantier… Si seulement…

— Son époux, milord, répond Parker-Strew.

Son esprit s'éteint. Son cerveau ne fonctionne plus. Figé, il fixe Gail qui reste immobile, blafarde. Une Gail qui pâlit encore, à mesure que Parker-Strew continue de parler. Lui est incapable de comprendre les phrases qui sortent de la bouche de ce type. Il n'entend que des mots, tente de s'y accrocher, de les appréhender.

— … malheur… vous comprenez… des héritiers… ne savais pas… pas le choix… est mort… mariage… mes enfants…

La tête bourdonnante, mais pas foutu de se détourner de Gail qui ne le regarde pas, il essaie de se secouer. Puis, peu à peu, les mots prennent un sens, un drôle de foutu sens, et il tourne la tête vers l'homme face à eux. L'envie de tuer revient, violente, puissante, en même temps qu'un goût acide dans sa bouche.

Oh bordel… Est-ce qu'il entend bien ce que ce connard est en train de bafouiller ! Il fait de son mieux pour se concentrer, pour écouter ce que ce salopard a à dire.

— … vous, mieux que quiconque, pouvez comprendre cela, milord, fait Parker-Strew, sans regarder Gail. Je suis baronnet, je…

— Ma première épouse est morte en couches, gronde-t-il soudain, pris d'une fureur sanguinaire.

— Mes condoléances, milord. J'ose espérer que l'enfant a vécu et que…

— Nom de Dieu, si vous osez me demander si c'est un mâle, je vous égorge, gronde-t-il froidement en serrant les poings.

Ce qui réduit Parker-Strew au silence.

— Par égard pour ma fiancée, je ne vais pas vous tuer, parvient-il à dire en regardant brièvement Gail.

Elle sursaute violemment, se tourne vers lui. Oh ! bon Dieu, quel foutu bordel !

— ARUN ! hurle-t-il en se levant, malgré la douleur fulgurante dans sa jambe.

— Keir ? répond presque aussitôt le Birman en apparaissant.

Évidemment, il ne devait pas être loin. D'ailleurs… Quelque chose lui dit que tous les autres ne sont pas bien loin de la porte.

— Escorte ce fils de pute dehors avant que je change d'avis, gronde-t-il.

Juste pour le plaisir de le voir se décomposer. Quand il se tourne à nouveau vers Parker-Strew, ce dernier sursaute et recule d'un pas.

— Je ne veux plus jamais vous voir. Ni entendre parler de vous. Ni savoir que vous avez prononcé un jour le moindre mot contre ma future femme. Ne prononcez même plus jamais son nom !

Il voit la pomme d'Adam du type monter et descendre plusieurs fois, avant qu'il ne prenne son chapeau et décrive une large courbe autour des meubles pour éviter de passer trop près de lui. Près de la porte, après un coup d'œil inquiet pour Arun, dont le visage est menaçant, il semble hésiter, regarde le dos rigide de Gail, ouvre la bouche.

— Si vous avez dans l'idée de lui parler, crache Keir, vous avez intérêt à lui adresser de foutues excuses.

Parker-Strew ferme la bouche et sort sans un mot. Keir échange un regard avec Arun, comprend qu'Arun était déjà au courant et hoche imperceptiblement le menton. Oui, ce connard est bien celui auquel Arun pense. La mâchoire d'Arun se verrouille.

— Ne le tue pas, grogne-t-il en birman.

— Dommage, répond son vieux complice. Il le mérite.

— Je sais.

— Prends soin d'elle, dit Arun.

Il sort, ferme la porte derrière lui, et le silence brutal qui les enveloppe fait presque retomber sa fureur.

Toujours figée, elle ne le regarde pas, et bon Dieu, ça aussi, ça fait mal.

— Gail ?

Il tire la jambe jusqu'à elle, pose la main sur son épaule, et elle est secouée d'un long frisson, avant de lever les yeux vers lui.

— Je suis sincèrement désolée. Je... Je ne sais pas ce que...

— Viens là.

Il l'oblige à se lever, l'entraîne jusqu'au sofa, l'installe près de lui, hésite avant de glisser un bras autour d'elle pour la serrer contre lui. Elle résiste à peine.

— Je veux être sûr de bien avoir compris.

— Je...

Elle se raidit un peu, détourne le regard et il attend qu'elle finisse par parler.

— Je... J'ai menti, finit-elle par murmurer, en relevant le menton d'un air plus bravache que réellement assuré.

— J'ai vu ça. Donne-moi la version longue et détaillée, s'il te plaît.

Elle coule un coup d'œil vers lui, et il est soulagé de voir quelques couleurs remonter à ses joues.

— J'avais seize ans quand je l'ai rencontré, dix-sept quand nous nous sommes mariés. Ce… C'était un mariage d'amour, nous… Oh ! Seigneur, je ne sais même pas par quel bout commencer !

Elle enfouit son visage dans ses mains, et il se crispe à l'idée qu'elle pleure. Mais elle se contente de frotter ses paumes sur ses yeux, soupire, se redresse, le regarde.

— Je suis désolée, tellement désolée. J'aurais dû… être plus honnête avec toi et tout te dire, mais…

Même si son cœur bat encore trop fort, qu'il a un peu de mal à récupérer une respiration calme et qu'il sent ses doigts trembler, il est quand même capable de réfléchir à nouveau. Gail a l'air tellement paumée, perdue… Elle tremble. Elle a beau presser ses mains l'une contre l'autre, elle tremble.

— Qu'il ait osé se présenter comme étant mon mari, souffle-t-elle en secouant la tête, atterrée. Seigneur…

— Il l'a été pendant vingt-huit ans, non ?

Elle hoche la tête. Et soudain, il prend réellement conscience des mensonges. Elle n'est pas veuve. Elle n'a pas connu la douleur qu'il a connue. Elle… Bon Dieu, ça, ça fait foutrement mal ! Il était tellement persuadé qu'elle le comprenait vraiment, que c'était une chose fondamentale qu'ils avaient en commun. Sauf qu'elle a menti… Elle n'a pas perdu son mari, en tout cas pas de sa façon à lui. Elle n'a pas senti son cœur se déchirer, son âme s'éteindre. Elle…

Il fronce les sourcils, la regarde soudain avec intensité.

— Il s'appelle Georges.

Elle hoche la tête, prend une grande inspiration et se tourne bien droite vers lui.

— Alors qui est ce foutu Geoffrey dont tu me rebattais les oreilles ?

Un amant. Oui… Forcément. Oh ! bon Dieu, comme ça fait mal, ça aussi !

— Mon fils, murmure-t-elle.

29

Il a l'impression que son cerveau s'englue dans la mélasse.

— Tu m'as dit que tu n'avais pas d'enfant, grogne-t-il, avec un brin de colère.

— J'ai dit qu'ils étaient tous morts, réplique-t-elle, les lèvres tremblantes. Je suis tombée enceinte neuf fois, explique-t-elle sans baisser les yeux. Je n'ai réussi à porter qu'un seul enfant à terme. J'avais vingt et un ans, je… J'avais déjà fait quatre fausses couches et… et puis Geoffrey est né et…

Le sourire qui s'étale sur ses lèvres est douleur, tristesse et amour. Il déglutit, et la colère qu'il sentait enfler en lui se dissout aussitôt.

— Il était parfait, reprend-elle d'une voix rauque. Tellement parfait. Et vivant… Georges était aux anges, il avait un fils. Après Geoffrey, j'ai perdu encore quatre autres bébés, et le médecin a fini par m'interdire de retomber enceinte, sous peine d'en mourir. Il… Il n'y a jamais eu que Geoffrey et…

Elle lui lance un regard, un appel, et avec un grognement, il attrape les mains qu'elle a nouées sur ses genoux. Elle a la peau glacée. Il les enferme entre les siennes, les frotte pour les réchauffer.

— Je n'ai pas menti sur mon couple. Il est mort il y a longtemps. Georges m'a manqué, pendant quelque temps, jusqu'à ce que j'apprenne ses infidélités et ses enfants naturels. Dans mon cœur, il n'y avait que Geoffrey. Il était grand et tellement beau, sourit-elle, les yeux humides.

Et merde, voilà qu'il a la gorge complètement obstruée par le chagrin qu'il lit dans son regard.

Il passe un bras derrière elle, la ramène contre lui, sans lâcher ses mains pour autant, et c'est un foutu soulagement quand elle niche la joue contre son épaule.

— Quand Geoffrey a quitté Harrow, il s'est installé à Londres, avec Georges. Quant à moi, je vivais dans le Cheshire. Mon fils me manquait, mais j'étais à peine à quelques miles de mes sœurs et de ma famille et...

Elle hausse les épaules.

— Et puis, il y a presque quatre ans, il...

Elle se tait subitement, et il n'a pas besoin de voir son visage pour savoir qu'il est figé dans la douleur. Il a entendu la fêlure dans sa voix, a senti la rigidité brutale dans ses muscles.

— Comment est-il mort ? demande-t-il tout bas.

Elle a un bref sanglot, déchirant, viscéral, qui lui déchire le ventre à lui aussi. Il ferme les paupières, déglutit, la serre plus fort.

— Avec ses amis, ils... ils ont organisé une course en phaétons, après une soirée sans doute trop arrosée et...

Ses paupières se crispent, avant qu'il ne rouvre les yeux pour la regarder. Elle hausse encore les épaules, un geste tellement dérisoire qu'il en a les larmes aux yeux.

— Il n'est pas mort sur le coup, chuchote-t-elle d'une toute petite voix. Je suis partie pour Londres dès que j'ai su et... et...

Elle est réduite au silence par un sanglot.

— Oh ! Gail, gémit-il en l'enfermant complètement dans ses bras.

— Il a souffert, si tu savais. Tellement souffert... tellement longtemps... Je... je restais à son chevet, et les médecins se succédaient et...

— Ma chérie...

— Il a souffert un martyre pendant presque trois mois, dit-elle en levant les yeux vers lui. Trois mois. C'était horrible. Quand le laudanum n'a plus suffi pour apaiser ses souffrances, les médecins lui ont donné ce qu'ils appelaient de la morphine. Ça l'a calmé pendant quelques jours. À peine quelques jours... Il n'était plus lui-même, à la fin, il...

Il grimace. Embrasse son front et caresse doucement sa joue baignée de larmes.

— À la fin, plus rien ne l'empêchait de souffrir. Je ne le quittais pas, je faisais de mon mieux et… Seigneur, si tu savais combien c'est insoutenable de voir son enfant souffrir au point d'en devenir fou et de ne rien pouvoir faire pour l'aider, le soulager ! J'ai prié, prié si fort, pour qu'il aille mieux, pour qu'il n'ait plus mal, pour que le Seigneur me laisse endurer ces tourments à la place de mon fils… À la fin, je priais pour qu'il meure dans son sommeil, qu'il meure vite, qu'il soit enfin en paix, qu'il cesse de souffrir.

Nom de Dieu, c'est encore pire qu'il ne le pensait, et une honte brûlante l'envahit quand il se souvient des pensées qui l'ont mis en colère à peine quelques minutes plus tôt. Si, Gail sait définitivement ce que c'est que perdre ce qu'on a de plus précieux.

— Et quand il est mort, sanglote-t-elle d'une voix hachée, c'était pendant *mon* sommeil. Je… je n'ai même pas pu lui tenir la main, ni lui dire que je l'aimais, ni lui caresser le front une dernière fois ou… Je me suis endormie à son chevet et, quand j'ai ouvert les yeux, il… il… Oh ! Keir, j'ai tellement mal !

Elle éclate en sanglots et, ravalant sa propre peine, il la serre aussi fort qu'il le peut contre lui, couche son visage contre son torse, soutient ses épaules secouées de chagrin. Y a-t-il pire chose à vivre ?

— Et ton mari ? demande-t-il d'une voix enrouée lorsque les hoquets de Gail s'apaisent un peu.

Elle renifle, se redresse et lève le visage vers lui, le regard soudain empli de rage.

— Georges ne supportait pas de voir son fils dans cet état. Il passait le voir une fois dans la semaine, mais ne parvenait pas à trouver le courage de rester plus de quelques minutes.

— Salopard.

Elle hausse les épaules.

— Il…

Elle esquisse un sourire étrange qui lui tord le visage. Un sourire sans la moindre joie.

— Ce n'est que plus tard que j'ai compris. Je… Geoffrey gisait sur son lit de douleur depuis moins d'un mois, quand les médecins nous ont annoncé qu'il ne s'en remettrait pas et qu'il lui restait à peine quelques jours à vivre.

Encore ce sourire, empli d'amertume et de douleur.

— Geoffrey était solide. Il a tenu bon bien plus longtemps que le pensaient tous ces docteurs. Trop longtemps… Sur le moment, je remerciais le Ciel chaque matin, parce que mon fils vivait encore. Mais avec le recul, je… Il aurait mieux valu qu'il s'éteigne après quelques jours, après…

Nom de Dieu, c'est bien de la culpabilité qu'il lit dans ses yeux ! Estomaqué, il la dévisage, caresse sa joue.

— Gail, je crois qu'aucune mère n'est prête à voir son enfant mourir. Aucune mère ne souhaite perdre son fils. Bordel, ne te sens pas coupable qu'il ait souffert si longtemps. Tu n'y es pour rien.

Elle secoue la tête.

— Il ne voyait que moi à son chevet, chaque fois qu'il ouvrait les yeux, chaque fois qu'il avait des instants de lucidité. C'est parce que j'étais là qu'il s'est battu, je… j'aurais dû…

Il l'embrasse presque durement pour la faire taire. Il ne supporte pas la culpabilité qu'il lit sur son visage.

— Aurais-tu préféré rester hors de sa chambre ? gronde-t-il en fixant ses yeux verts. Aurais-tu préféré le laisser mourir seul, sans la personne qui l'aimait le plus au monde pour lui tenir la main ? Bon Dieu, tu as été à ses côtés jusqu'à la fin, Gail, tu…

Il l'embrasse encore, plus tendrement cette fois, et elle répond à son étreinte, avant de soupirer en redressant les épaules.

— C'est… Geoffrey est mort un jeudi matin, reprend-elle en le regardant. Deux jours plus tard, Georges me demandait de signer des documents de… de…

Il se raidit, tandis que les conclusions qu'il a lui-même tirées des mots de Parker-Strew lui reviennent en mémoire.

— Divorce, souffle-t-il, parce qu'elle n'arrive pas à le dire.

Elle hoche la tête.

— En fait, halète-t-elle, tremblante, il… dès que les médecins lui ont appris que Geoffrey ne vivrait pas, il… il n'est que baronnet, tu sais, mais a étudié à Harrow et à Cambridge. Certains de ses amis sont avocats, et il a pour proches deux comtes et un marquis. Des personnages qui ont une certaine influence à la chambre des Lords et au parlement, quand bien même il n'y siège pas, lui-même, et…

— Il n'a même pas attendu que votre fils meure pour lancer la procédure de divorce ? s'effare-t-il.

Elle secoue la tête, et il regrette soudain de ne pas avoir égorgé

Parker-Strew, finalement. Bon Dieu, il aurait dû laisser Arun s'amuser au couteau sur ce salopard !

— Il a attendu que Geoffrey meure pour me demander de signer les papiers, parvient-elle à articuler. Il… Il n'était même pas encore en terre…

— Je vais le tuer, gronde-t-il malgré lui, en hindi.

— Il était… embêté, gémit-elle, d'une pauvre petite voix qui réveille à la fois ses instincts meurtriers et un besoin viscéral de la protéger. Tellement embêté de me faire ça… Mais…

— Comment a-t-il osé te présenter ça ?! crache-t-il en évitant de la regarder.

S'il la regarde, s'il voit le chagrin dans ses yeux, il ne sera pas capable de rester assis près d'elle. Si jamais il la regarde, il sait qu'il n'aura pas d'autre choix que de se lever, de rattraper la voiture de ce fils de pute et de le tuer.

— Il lui fallait un héritier légitime, souffle-t-elle. Alors, il… J'ai signé.

Elle hausse les épaules.

— De toute façon, je n'avais plus envie de vivre. Ni avec lui ni… vivre tout court. Je suis rentrée dans le Cheshire, je… je n'avais plus rien. Je voulais juste mourir et… et ensuite, il… j'ai reçu un courrier de Georges, me demandant de quitter notre maison, parce qu'il comptait s'y installer avec sa nouvelle épouse et… Il a dit que je pouvais prendre mes robes et certains des bijoux, mais…

Il retient à grand-peine le rugissement de rage, de haine pure qui se presse à ses lèvres.

— Ma sœur Eleanore était tellement furieuse… Je… J'ai réussi à cacher le divorce au reste de ma famille, pendant un temps. Mais pas à Elie… Elie était si… C'est elle qui a fait mes bagages, parce que moi, je… je m'en moquais. Je ne voulais pas des robes, ni des bijoux ni… je voulais juste mon fils.

Sa voix se brise sur le mot, et il l'embrasse encore. Bordel, comme si ça pouvait apaiser sa douleur ! Il se sent si foutrement bon à rien, d'un seul coup, si… inutile. Dans un bref éclair de lucidité, il se dit que c'est sans doute là la triste malédiction des hommes, d'être simplement incapables d'effacer la douleur de leurs femmes, de ne pouvoir que les venger.

— Je n'ai pas pris de bijoux, reprend-elle. Juste… Juste la parure d'émeraudes que Georges m'avait offerte pour la naissance de Geoffrey. Je… Elie disait que je pourrais vendre les pierres, mais je…

— Tu ne le feras jamais. Ce ne sont pas des pierres, elles sont ton fils.

Elle hoche la tête, d'un air si misérable…

— Elie voulait que je m'installe chez elle, et je l'ai fait, mais après quelque temps… je… Je ne pouvais pas rester là, à quelques miles à peine de la maison qui avait été la mienne, à quelques miles d'eux… de Georges et de sa nouvelle épouse. Elle… Elle est tellement jeune !

Il sait. Il l'a vue. Tout juste une vingtaine d'années. Ce qu'il ressent pour Parker-Strew est au-delà de la rage, au-delà de la haine. C'est si violent que ça l'effraie.

— Alors, je suis partie à Londres, j'ai vendu quelques robes, essayé de trouver un travail. Mais…

Elle esquisse un sourire, le regarde avec une moue amère.

— Sans référence, avec mon âge, divorcée de surcroît… Personne ne voulait m'engager. Quand j'ai vu l'annonce passée par Ann, il me restait à peine de quoi payer ma chambre pour quelques jours… ou manger. Je ne pouvais pas vendre les émeraudes de Geoffrey, et il ne me restait que quatre tenues à mettre au clou, dont la robe de soie qui t'avait tellement étonné et…

Elle hausse les épaules.

— Alors, tu as écrit une fausse lettre de recommandation et tu t'es présentée comme veuve, conclut-il à sa place.

Elle hoche la tête.

— Cross est ton nom de jeune fille ?

— Oui.

Il prend quelques secondes pour réfléchir.

— C'est à cause de cela que tu ne veux pas m'épouser ? murmure-t-il enfin.

— Tu n'aurais pas dû me présenter comme ta fiancée.

— Gail, je me fous complètement que tu sois divorcée.

— Tu ne devrais pas.

Alléluia ! Le sourcil commence à s'arquer, le menton se redresse. Il retient un sourire de soulagement à la voir redevenir combative.

— Tu es baron, lui rappelle-t-elle.

— Je suis un homme.

— Oh ! je t'en prie, ne fais pas semblant de ne pas comprendre ! souffle-t-elle, en levant les yeux au ciel. Pour une femme, il n'y a pas pire disgrâce qu'un divorce ! C'est la chose la plus scandaleuse qui soit.

— Et alors ?

Bon Dieu, c'est un foutu soulagement ! Si cette saleté de divorce est la seule et unique raison qui l'a empêchée de dire « oui », alors, bordel, tout va bien !

— Bon sang de bois, Keir, s'agace-t-elle en haussant son sourcil, tu ne peux pas épouser une divorcée ! Qui plus est une divorcée qui a mon âge !

— Rien à foutre du divorce ! Et qu'est-ce que ton âge vient faire dans l'histoire ?

Elle rougit brutalement, et une nouvelle blessure apparaît dans ses yeux.

— Je ne peux pas avoir d'enfants ! Je ne sers à rien.

— Nom de Dieu ! rugit-il sans pouvoir s'en empêcher. Ne dis plus jamais ça !

Elle sursaute et recule, mais il plaque les paumes sur ses joues et prend sa bouche, durement. Qu'elle puisse dire cela, même penser cela, le fout dans une rage folle !

Sous sa bouche, les lèvres de Gail tremblent un peu, avant de s'amollir, de s'entrouvrir, puis, avec un bref gémissement, elle se laisse aller contre lui, enlace sa nuque et darde enfin la langue. Il est lui-même surpris de la bouffée de désir brutal qui brûle soudain dans ses veines. Il bande en quelques secondes et recule le visage pour ne pas se laisser aller à l'allonger sur le sofa.

— Gail, je me contrefous que tu sois divorcée. Je me contrefous de ton âge. Et contrairement à ton enfoiré de premier mari, je me contrefous d'avoir d'autres enfants. Je n'ai pas épousé Aggie pour qu'elle soit la mère de Gus, mais parce que je l'aimais. Et elle était plus âgée que moi. C'est parce que je t'aime que je veux que tu sois ma femme. Le reste n'a aucune foutue importance pour moi.

— Je...

— Depuis le temps que tu traînes ici, tu devrais avoir compris que, pour les Blackson, la seule chose qui compte, c'est… enfin, tu vois.

Un vrai crétin ! Le voilà qui se met à rougir comme un môme. Elle esquisse un petit sourire presque amusé, et ça suffit à le rendre heureux. Il ne réussira jamais à faire taire sa douleur, la perte de Geoffrey, l'horreur qu'elle a vécue. Mais, bon Dieu, s'il parvient à rendre ses prochaines années heureuses, il sera heureux, lui aussi.

— Je n'en reviens pas de ton calme, murmure-t-elle soudain.

Bordel, si elle savait… Il se sent tout, sauf calme.

— J'avais peur que tu me détestes, chuchote-t-elle encore.

— À cause de quoi ?

— Eh bien, je… À cause de tout ça…

Il grogne.

— Je devrais t'en vouloir d'avoir menti, grommelle-t-il, sauf que je comprends pourquoi tu l'as fait. D'autant que, bordel, on ne peut pas dire que j'ai été un foutu modèle du genre, moi non plus. Bon, maintenant, tu vas me dire oui ?

Et voilà qu'il retient son souffle, comme le bon crétin qu'il est. Sauf qu'il se sent moins crétin qu'à l'ordinaire. Terrifié, oui. Bon Dieu, si elle refuse encore, il ne sait pas ce qu'il…

— Oui.

— Oh ! nom de Dieu ! exhale-t-il, en fermant les yeux de soulagement.

Il l'embrasse, rapidement, puis encore une fois, plus lentement.

— Merci, souffle-t-il contre ses lèvres. Je devenais cinglé.

Elle hausse son sourcil pour le dévisager un peu gravement, mais l'œil pétillant.

— Sortons de là avant que je te culbute sur le canapé, grogne-t-il en la repoussant.

Le sourcil s'arque plus haut, et elle redresse les épaules. Il se lève en grognant de douleur, et elle plisse le front.

— Ta jambe…

— Je vais aller la tartiner d'onguent. Et je vais en profiter pour aller me laver. Je pue littéralement.

Elle se lève à son tour, et il la sent soudain un peu… gênée ? Non, pas franchement gênée. Plutôt indécise. Comme si, d'un seul coup, tout avait changé et qu'elle ne savait plus vraiment quoi faire ou quoi dire.

— Peut-être que ma fiancée aimerait venir me frotter le dos ? suggère-t-il en souriant.

Elle hausse le menton, redresse les épaules et le regarde de haut en bas.

— Il faudrait que la gouvernante s'assure effectivement que le bain de milord se passe bien, répond-elle.

Il sourit plus largement et lui tend la main.

30

Il n'en peut plus d'attendre.

Il doit rester encore une bonne dose de crétin, en lui... Sur le moment, l'idée lui avait pourtant paru foutrement bonne. Romantique, même...

Et si, au lieu de conforter Gail dans son « oui », son foutu stratagème la poussait vers un « non » ?

Incapable de tenir en place, il marche de long en large sur le perron de Blackson House, les mains au fond des poches. Le soleil n'est pas encore très haut, mais il fait déjà sacrément chaud.

Il aurait aimé dormir plus longtemps, mais, comme à son habitude, Gail les a réveillés à six heures vingt. Il l'a caressée, l'a pénétrée en l'appelant *Lady Blackson*. Il l'a gardée contre lui ensuite un long moment, béat, sur le point de se rendormir, mais elle a fini par se lever. Il aurait préféré qu'elle reste près de lui, entre ses bras, qu'ils se rendorment ensemble. Histoire de pouvoir se réveiller encore une fois, plus tard. Pour recommencer.

Quand elle a quitté sa chambre pour regagner en hâte ses appartements, se laver et s'habiller, il a fini par faire de même en grommelant. C'est en enfilant son pantalon qu'il s'est souvenu de la bague. Il est resté un moment debout dans sa chambre, la bague dans la main, à se demander comment la lui offrir. Mais aucune des foutues idées qui lui sont venues ne convenait.

Jusqu'à ce qu'il se rappelle la feuille enfermée dans son secrétaire. Il a relu ce qu'il y avait écrit, plusieurs semaines plus tôt, après avoir compris que c'était avec elle qu'il voulait vieillir. Il s'est dit que ces mots-là, même s'ils n'étaient pas franchement bons, auraient leur place dans le Grand Livre Blackson.

Il a profité de ce que Gail était dans sa chambre – il l'entendait chantonner quand il est entré dans l'appartement de la gouvernante – pour déposer la feuille pliée en deux et la bague, bien en évidence sur son bureau, à côté des épingles et de la brosse à cheveux.

Pas moyen qu'elle les rate.

Et comme un crétin énamouré, il est sorti l'attendre sur le perron. Mais ça fait un moment qu'il l'attend, plus nerveux qu'un puceau, à marcher comme un fauve en cage.

Il sursaute lorsqu'elle ouvre la porte. Elle cligne un peu des yeux sous le soleil brillant, puis le voit et sourit. Son cœur s'apaise tout en s'affolant, et il sourit aussi.

Pendant quelques secondes, ils se dévisagent en silence. Un peu intimidé, il ne sait trop quoi dire ni quoi faire, puis elle lui tend une feuille pliée en deux. Il perd le peu d'assurance qui lui restait, terrifié à l'idée qu'elle n'ait pas aimé ses mots. Elle secoue le papier en haussant le sourcil, il finit par le prendre, le déplie d'un geste. Ses propres phrases lui sautent aux yeux, il n'a pas besoin de les relire, il les connaît par cœur.

Je l'ai haïe avant de savoir que je l'aimais.

Elle était ce que je pensais détester. À force de la détester, je l'ai chérie.

Elle m'a rendu ce que j'ignorais avoir perdu. Une âme. M'a rendu ce que je croyais perdu à jamais. Ma terre, mon domaine, ma maison, ma vie. Elle m'a fait redécouvrir mon cœur, m'a offert un avenir. Une foi. M'a ramené à ma famille.

Elle est tout ce que je ne suis pas. Tout ce que j'aspire à être.

Sans elle, mon monde est gris.

Je l'aime pour ce qu'elle est et ce qu'elle n'est pas. Je l'aime pour ce qu'elle fait de moi. Je l'aime parce qu'elle est elle.

Elle est Elle. Et c'est tout.

Il lève les yeux, la regarde, elle arque le sourcil encore plus haut, il retourne donc la feuille et esquisse un sourire en voyant les lettres formées par sa main à elle.

Je l'ai aimé avant même de le voir, avant même de lui parler. J'avais toutes les raisons de le détester, de le fuir, sauf une : il est celui dont j'avais besoin, sans même savoir que j'avais besoin de quelqu'un. Il est le roc sur lequel m'appuyer, l'épaule sur laquelle m'épancher, le guerrier sur qui compter. L'aimer est aussi facile que malaisé, le comprendre aussi naturel que douloureux, l'accepter simplement évident.

Je ne lui ai rien rendu qu'il ne m'ait d'abord offert. Avec lui, c'est mon cœur, mon âme et ma chair qui sont revenus à la vie. Il m'a laissé faire miens sa maison, sa famille et son avenir, alors que je n'avais rien.

Parce qu'il est lui, je suis enfin moi.

Il déglutit.

— Oh ! Gail...

Il relève la tête, la regarde venir jusqu'à lui, le soleil allumant des flammes dans son chignon.

— Je ne suis pas très douée pour exprimer mes sentiments, s'excuse-t-elle.

— Au contraire, grogne-t-il, la gorge nouée, profondément touché.

— Je n'ai jamais osé le dire, mais je t'aime.

Oh ! bon Dieu ! Depuis le temps qu'il l'attendait, qu'il l'espérait... Il l'enlace, ému, la serre contre lui, l'embrasse chastement, du bout des lèvres. À peine un effleurement.

— Je t'aime, Gail.

— Je sais. Je t'aime aussi, Keir.

Il sourit en coin.

— Je sais.

— Elle est magnifique, dit-elle alors, d'un ton moins émotif.

Il grogne interrogativement. Elle s'écarte un peu de lui, lève la main gauche, lui montre la bague enfin passée à son doigt pâle.

— Elle est magnifique sur toi.

Elle lève le sourcil.

— J'étais sûr que ces pierres t'iraient bien.

Il regarde la bague, prend ses doigts, les embrasse doucement, sourit quand il l'entend retenir son souffle.

— Milord ?

— Cross ? plaisante-t-il.

— C'est toi qui as fait tailler les pierres blanches en forme de cœur ?

Il grogne.

— Des opales de Ceylan. Les perles n'étaient pas assez laiteuses pour représenter ta peau.

— Bon sang de bois, ce que je suis chanceuse, marmonne-t-elle tout bas.

— Tu disais quelque chose ? s'amuse-t-il, faisant mine de ne pas l'avoir entendue.

Elle rougit et secoue la tête. Il retient un éclat de rire, l'embrasse, puis encore, plus profondément. Lorsqu'il relève la tête, plus que prêt à la ramener dans leur chambre, il voit la grande porte de Blackson House. Machinalement, ses yeux se posent sur l'inscription qu'il a gravée sur le fronton de pierre, plus de vingt ans auparavant.

De tout mon corps, de toute mon âme.

Les mots gravés pour Aggie.

Il baisse le regard vers Gail qui le dévisage en silence. Lentement, il se penche à nouveau, baise ses lèvres presque solennellement, puis s'écarte, sort sa dague de sa botte et boite jusqu'au fronton de pierre. Avec toutes les générations de Blackson successives, la place commence à se faire rare. Il devrait peut-être songer à faire construire un fronton plus grand...

Il n'a pas besoin de chercher ses mots et commence à gratter la pierre de la pointe de sa dague.

— On dirait que tu y as beaucoup réfléchi, murmure Gail, à son côté.

Il sourit, lui jette un regard en coin.

— Même pas.

— Je crois que j'aime beaucoup vos traditions, à vous autres, Blackson, sourit-elle, tandis qu'il achève sa gravure.

— Tu *es* une Blackson, grogne-t-il, en reculant d'un pas pour voir ce que ça donne.

Mon cœur bat à nouveau.

Elle vient à ses côtés, l'enlace d'un bras, pose la tête sur son épaule.

— Tu aurais dû mettre ta phrase au pluriel, sourit-elle.

Il se contente de grogner.

— Ce qui vaut pour ton cœur vaut aussi pour le mien, insiste-t-elle en levant les yeux vers lui.

Il grogne encore.

— Milord ?

— Cross ?

— Tu comptes continuer à grogner jusqu'à ce que nous soyons vieux ?

— Seulement avec toi, grogne-t-il en souriant, malicieux.

Elle éclate de rire, glisse son bras sous le sien et l'entraîne lentement loin de la porte. Il se laisse conduire, juste heureux d'être près d'elle. À la main de Gail brillent les pierres de sa bague. Il a l'impression, enfin, que tout est redevenu juste, dans sa vie. Enfin, presque. Forcément, il va devoir parler avec Ann et Gus. Dès qu'ils seront revenus. Bon Dieu, ils ont intérêt à revenir !

Sans oublier la venue prochaine d'Anjali...

— Milord ? fait soudain Gail, tandis qu'ils longent la roseraie.

— Cross ?

— Est-ce que nous ne pouvons vraiment rien faire pour Nanda et Daniel ?

Il l'arrête, la fait asseoir sur l'un des bancs de pierre sous une arche de roses, s'assoit près d'elle.

— Tu as envie de te frotter à Shanti ? plaisante-t-il.

— Seigneur, non !

— Demain, nous irons à Leeds, toi et moi. Ce foutu évêque nous donnera une dispense et, si le père de Darius est d'accord...

— Oh ! il le sera.

— Il a sacrément intérêt de toute façon. Bordel, je suis foutrement content que la chapelle soit refaite...

— Nom de Dieu, soupire-t-elle, en coulant un regard amusé vers lui. Je suis sacrément heureuse d'épouser un homme aussi foutrement bien élevé que toi. Ah, bordel, ça fait bougrement plaisir de te voir aussi pressé de me passer cette fichue bague au doigt !

Il éclate de rire.

Épilogue

Debout devant l'une des fenêtres du grand salon de l'aile gauche – leur salon –, Shanti croise les bras et sourit à Ashmi qui vient s'arrêter à ses côtés.

— Regarde-les, dit-elle à son amie en anglais, la seule langue qu'ils ont tous en commun et qu'ils utilisent systématiquement quand ils se regroupent là.

De cette fenêtre, elles ont une vue imprenable sur la roseraie, où Keir et Abbie se promènent lentement en discutant. Ils se tiennent par la main. L'autre fenêtre, elle, donne sur l'avant de la maison.

— Cela a pris moins de temps que je le craignais, fait remarquer Arun depuis le fond de la pièce, où il dispute une partie d'échecs avec Ranjit.

— Tu plaisantes !? se récrie Shanti en le fusillant du regard par-dessus son épaule. Cela va faire quinze ans qu'on...

— Je ne pense pas qu'Arun faisait allusion au nombre d'années où nous espérions cette issue, intervient Heng depuis le fauteuil.

Près de lui, allongée sur une ottomane de soie, une main caressant son ventre arrondi, Lin sourit à son époux avant de se tourner vers Shanti.

— Je pense qu'Arun parlait du temps que Keir et Abbie ont mis à comprendre qu'ils n'avaient pas le choix.

— Merci, Lin, sourit Arun, en inclinant la tête pour saluer la Cantonaise.

— Neuf mois, ce n'est pas si rapide que cela, maugrée Shanti.

— Je peux confirmer, s'amuse Lin.

— Échec et mat, dit doucement Ranjit. Encore.

Ashmi se met à rire et se tourne vers les deux vieux amis.

— À combien le score se monte-t-il ? demande Heng.

— 3865 à 14, répond obligeamment Ranjit en se levant.

— Qu'un aussi fin stratège que toi soit juste incapable de battre un ancien moine aux échecs relève du mystère, plaisante finement Shanti, en regardant Arun.

— Je finirai par y arriver, réplique-t-il paisiblement, en se levant à son tour. Je ne suis plus à une année près.

Cela fait plus de dix ans qu'Arun et Ranjit comptent les points.

Ranjit s'arrête près des femmes devant la fenêtre et sourit en regardant son vieil ami Keir, enfin en paix.

— Et si cela a pris quinze ans, ma sœur, dit-il en regardant Shanti avec affection, c'est parce que le destin a été long à nous envoyer Abbie.

— Je suis tellement heureuse que ce soit Abbie. J'espérais juste qu'Ann dénicherait la perle rare plus tôt, bougonne Shanti. Nous aurions dû lui dire ce que nous attendions d'elle.

— Ann a fait ce qu'elle devait, quand elle le devait, réplique Arun, s'attirant un regard en coin de Shanti, alors qu'il s'accoude au montant de la fenêtre près d'elle. Elle nous a envoyé Abbie quand le moment était venu.

— Accepteras-tu un jour que quiconque dise de ta fille de cœur qu'elle n'est pas parfaite ? plaisante à moitié Ashmi, en s'appuyant contre Ranjit.

— Le jour où elle cessera de l'être, sourit Arun.

— Je crois que cela me manquera, tout ce cirque que nous faisions pour faire fuir les autres gouvernantes, s'amuse Heng.

— Moi aussi, se met à rire Arun.

Dans le jardin, Keir et Abbie s'assoient sous une arche de fleurs.

— À la décharge d'Ann et du destin, sourit Lin, avouons quand même que trouver une femme comme Abbie n'a pas dû être aisé.

— Il n'est jamais aisé pour le destin de faire se rencontrer ceux qui doivent se rencontrer, philosophe doucement Ranjit.

— D'autant qu'il a quand même fallu que nous nous en mêlions un peu, ajoute Shanti. Si nous n'avions pas poussé Keir à venir manger avec nous au lieu de rester enfermé dans sa chambre...

— J'ai cru que Keir allait m'arracher la tête quand je lui ai dit que je ne lui servirais plus ses repas, se souvient Arun, avec une grimace amusée. Et il a bien failli me tuer quand je lui ai demandé s'il avait fait subir les derniers outrages à Abbie.

— Quelle idée, aussi de poser ce genre de question ! soupire Shanti en levant les yeux au ciel.

— Et maintenant ? demande Ashmi, tandis que Ranjit referme ses bras autour d'elle.

— Une revanche ? propose Arun.

Ils lèvent tous les yeux au ciel. Ranjit embrasse la tempe d'Ashmi, avant de retourner s'asseoir en silence à la table d'échecs.

— Est-il permis d'être aussi têtu ? lance Shanti à Arun.

— Maintenant, reprend Lin en échangeant un regard avec Heng, il ne nous reste plus qu'à espérer que, là où ils sont, Ann et Gus finiront par trouver ce dont ils ont besoin.

— Je ne m'inquiète pas trop pour Gus, dit doucement Ashmi. Ann, ce sera une autre histoire.

— Faites-lui donc confiance, réplique Arun en étudiant l'échiquier. Elle a été formée au mieux.

— Nous parlons du cœur, bougre de Birman, pas de ses compétences de soldat, grogne Shanti.

Shanti et Arun échangent un long regard.

— Le cœur n'est jamais très loin de la guerre, réplique-t-il, sans la quitter des yeux.

Elle grimace et se tourne résolument vers la fenêtre.

— Et Nanda ? demande Heng, en s'adressant directement à Shanti. Comptes-tu cesser de les faire souffrir, Daniel et elle ?

Shanti éclate de rire.

— Certainement pas ! répond-elle vigoureusement. Mais Daniel est un jeune homme intelligent, il finira par comprendre ce qu'il a à faire !

— Il est intelligent, oui, dit Heng en fronçant les sourcils. Mais il est aussi et surtout très britannique…

— C'est bien pour cela qu'il n'a pas encore osé l'enlever et l'emmener à Gretna Green, sourit Ashmi.

— Je l'aime vraiment beaucoup, notre Daniel, murmure Shanti, le regard posé sur Keir et Abbie. Vraiment. Mais quel empoté !

— Pourquoi ne pas lui dire toi-même ce que tu attends de lui ? marmonne Arun.

Shanti ne prend pas la peine de le regarder.

— J'ai beau avoir une profonde affection pour Daniel, s'il est trop timoré pour prendre le risque de tout perdre, pour l'amour de Nanda, eh bien, il ne la mérite pas. Ma fille mérite un homme qui l'aime avec assez de passion pour la placer au-delà des considérations étriquées de son éducation.

— Daniel aime trop Nanda pour ne pas finir par l'enlever, sourit Heng.

— Je peux toujours demander à Kishan de se tromper d'herbes ou de dosage, tu sais, propose Lin à Shanti. Daniel ne laissera jamais ta fille dans une situation délicate.

Shanti se retourne, fronce les sourcils.

— Hors de question ! tranche-t-elle. Et puis, Nanda n'utilise plus les herbes de Kishan depuis qu'Abbie lui a acheté un pessaire.

— Bah, un pessaire, ça peut se trouer, non ? souligne Ashmi.

— Je conserve l'idée, sourit Shanti, mais donnons encore quelques semaines à Daniel, avant de provoquer leur fuite vers Gretna Green.

— Qu'il se hâte, alors, plaisante Ranjit. Parce qu'au rythme où il va, nous marierons le petit de Heng et Lin avant Nanda et lui...

Ashmi éclate de rire, et le regard qu'elle pose sur Ranjit brille d'amour.

— Je ne souhaite pas à Nanda d'attendre douze ans, soupire Shanti tout bas.

Ashmi vient coller son front contre la vitre, tout à côté de Shanti, à qui elle coule un bref regard de côté. La bouche de Shanti a pris un pli amer, et son abattement soudain la fait enfin paraître son âge.

— Ne perds pas espoir, chuchote Ashmi. Keir a fini par oublier ses fantômes. Arun le fera aussi, un jour.

— Il pleure toujours son épouse, Ashmi. Il partage ma couche, élève ma fille comme la sienne, me tient contre lui la nuit, mais c'est à elle qu'il pense, et quand vient le jour, il se refuse à tout geste d'intimité avec moi. Je ne sais pas s'il a honte de moi ou de lui.

Shanti ferme brièvement les yeux, soupire lourdement.

— Et toi, Ashmi, chuchote-t-elle en regardant sa voisine. Quand finiras-tu par accepter la demande de mon frère ?

— Quel besoin a-t-il de m'épouser ?

— Il t'aime.

— Celui qui a été un homme saint n'épouse pas une putain, tranche durement Ashmi.

— Il t'aime, répète simplement Shanti. Il t'aime et il ne sera pas éternel. Penses-y bien.

Elles échangent un bref regard.

— J'espère que notre enfant n'aura pas besoin que de vieux manipulateurs dans notre genre se mêlent de ses histoires de cœur, plaisante Heng.

— Oh ! avant que nous ayons à nous occuper de ce petit, il nous en reste encore deux, rappelle Lin.

— Kishan est sans espoir, la contredit Heng. Il finira sa vie ici, dans la serre.

Shanti sent le regard d'Arun peser sur sa nuque et se retourne. Leurs yeux se verrouillent un instant avant qu'elle ne baisse les paupières.

— Ce n'est pas une question d'espoir, dit Arun. C'est une question de rencontre. Kishan n'a simplement pas encore rencontré celle qui apaisera son âme.

De la roseraie leur parvient soudain le rire de Keir, et Shanti se sent sourire. Elle les observe s'esquiver rapidement vers l'entrée de service de Blackson House.

— Vu leur précipitation à rentrer, je pense qu'ils mourront de faim à l'heure du thé, plaisante-t-elle. Je propose que nous évitions l'étage du maître pendant les heures qui viennent.

Lin éclate de rire.

— N'aspirons cependant pas trop vite à voir Kishan heureux et marié, intervient Ranjit. Cela prendra du temps.

— Ne restera plus que Sanjay, dit alors Lin.

Ils soupirent tous en chœur.

— Sanjay, soupire Ashmi.

— Sanjay, marmonne Shanti en secouant la tête.

— Sanjay, sourit Lin.

— Sanjay est le seul à pouvoir faire soupirer autant de femmes sans que nous autres trouvions à y redire, plaisante à moitié Heng.

Les femmes en question éclatent de rire.

— La seule chose qu'on peut souhaiter à Sanjay, intervient Arun, c'est de prendre un peu de cervelle avec les années.

— N'est-ce pas la voiture de Londres, là-bas ? s'étonne Ashmi, face à l'autre fenêtre, en pointant le bout de l'allée qui mène au village. Ann ou Gus seraient donc enfin revenus ?!

Shanti plisse les yeux.

— Il y a deux voitures, explique-t-elle aux autres, trop loin de la vitre. Et oui, la première porte les armes de Keir.

— Alors, c'est Ann, dit Arun, en grimaçant quand Ranjit le met échec. Gus serait venu à cheval.

— Mais pourquoi deux voitures ? s'inquiète Lin en essayant de se redresser.

Ashmi hausse les épaules.

— Je ne reconnais pas les armes qui ornent la seconde voiture, dit Shanti à la cantonade, mais je crois bien qu'on y voit une couronne comtale[1].

— Un comte ! s'exclame Heng en se levant pour les rejoindre.

— Échec et mat, sourit Ranjit.

— Lequel d'entre nous va aller annoncer à Keir qu'il doit remettre son après-midi coquin avec Abbie ? plaisante presque Shanti.

— Je vais aller chercher Nanda et préparer le thé, s'excuse aussitôt Ashmi, en quittant la pièce.

— Je vais porter ma délicieuse épouse et notre petit jusqu'au salon, s'empresse de dire Heng.

— Je vais prévenir Kishan et Bill, dit vaguement Ranjit avant de disparaître.

Shanti évite le regard impassible d'Arun et soupire.

— Je suppose que c'est à moi de le faire, dit-elle. Tu devrais descendre dans le hall et les accueillir. Ann sera heureuse de te voir et…

1. Voir le Tome 1 des Blackson, « En Mer inconnue » aux éditions Emma/ Milady

— J'ai entendu ta conversation avec Ashmi, la coupe-t-il. Ce n'est pas une question de honte ou de fantôme, Shanti.

Il appuie l'épaule sur le mur près d'elle, attend qu'elle se tourne vers lui pour le regarder.

— J'avais tant de dettes envers Keir que, même après toutes ces années, je n'ai pas l'impression d'être quitte. J'ai fait de mon mieux pour défendre ses terres en son absence, pour veiller sur Ann et Gus, essayer d'en faire des adultes bien avec votre aide. Mais il y a une chose que je ne pouvais pas faire pour lui, parce que c'était à Abbie de le faire.

Arun esquisse un léger sourire tendre.

— Tant que Keir ne laissait pas reposer le fantôme de sa première épouse en paix, je ne pouvais pas, moi, me permettre de t'aimer au jour. Est-ce que tu comprends ? Ça n'a jamais été contre toi ou contre ce que nous sommes ensemble. C'était une question de... respect pour Keir.

Shanti fronce les sourcils, le dévisage en silence.

— Il ne t'est pas venu à l'esprit de m'en parler ? lance-t-elle à Arun. Depuis douze ans !

Arun hausse les épaules.

— Quand donc les femmes comprendront-elles l'honneur des hommes ? tente-t-il de se défendre.

— Le jour où les hommes comprendront le cœur des femmes.

Il se permet une petite grimace ironique et lève la main pour lui caresser la joue.

— Ce n'est pas demain la veille, alors, murmure-t-il. Mais ça ne nous empêchera pas de continuer à essayer...

Arun jette un coup d'œil par la fenêtre, son visage s'adoucit en apercevant Ann.

— Viens, murmure-t-il, avant de se pencher pour baiser doucement la nuque de Shanti. Il faut que je présente ma future femme à Ann.

À l'instant où Keir aperçoit les voitures devant la grande entrée de Blackson House, il regrette de ne pas avoir entraîné Gail vers la porte arrière. Son enthousiasme amoureux bascule vers un agacement profond et il se fige. Avec de la chance, les visiteurs ne les auront pas encore vus, sa *fiancée* et lui… et ils pourront s'esquiver !

— Milord ? s'étonne Gail au moment où Keir entame son demi-tour. Qu'est-ce que tu fais ?

— Viens, on file ! grommelle-t-il.

Le froncement de sourcil roux surplombant un regard vert presque choqué arrête finalement la tentative de fuite de Keir. Cet air sur le visage de sa fiancée, il le connaît trop bien : qu'importe que les visiteurs soient imprévus, indésirables ou malvenus, Gail ne lui pardonnera pas l'impolitesse de les renvoyer ou de les ignorer.

Avec un nouveau grommellement, désabusé cette fois, Keir refait face aux voitures, épaules voûtées. Ses doigts se resserrent autour de ceux de sa fiancée puis, sur un soupir fataliste, il entraîne cette dernière vers les véhicules arrêtés.

Il fronce les sourcils et marque brièvement le pas en reconnaissant les armoiries de sa famille sur les portes de la seconde voiture, fronce plus fort tandis que la portière de la première s'ouvre pour laisser descendre…

— Ann…

Le flot d'émotions qui lui écrase la gorge prend Keir de court. Il se fige, physiquement incapable de bouger. Le regard fixé sur la silhouette de sa nièce, il se sent submergé par le mélange de joie, de stupeur, de douleur et de peur qui explose en lui, faisant battre son cœur comme un dératé, amenant de l'humidité dans ses yeux.

— Keir ?

Le murmure doux de Gail perce le brouillard qui l'enserre ; Keir bat des paupières, s'arrache enfin à la vision de sa nièce, baisse les yeux vers sa fiancée, vers cette femme incroyable qui lui rend son regard, une ombre de compréhension faisant briller le vert de ses iris.

— Va l'accueillir, murmure Gail.

— Viens avec moi.

— Évidemment ! Milord pensait se débarrasser de moi ?

La compréhension devient tendresse amusée dans les émeraudes de Gail ; une part de ses craintes glisse des épaules de Keir. La main agrippée à celle de Gail, il avance enfin vers les voitures. Là se joue un ballet que Keir n'avait plus observé depuis longtemps, celui des domestiques s'affairant à entourer les voyageurs ou commencer à descendre les bagages. Au centre de ce tohu-bohu se dresse Ann, majestueuse comme toujours, en dépit de sa petite taille. Elle a coupé ses cheveux, note machinalement Keir avant de frissonner lorsque son regard trouve celui de sa nièce.

En silence, Ann redresse les épaules, colle un masque inexpressif sur son visage avant de le fixer, lui. Comme toujours, comme à chaque fois qu'elle lui offre cette face, Keir sent quelque chose se décomposer en lui. La sensation de ne pas être à la hauteur, de ne l'avoir jamais été avec elle, manque de le submerger. Il ne doit qu'à la présence de Gail à ses côtés, de ne pas tourner les talons pour s'enfuir, comme autrefois, comme toujours.

En lisière de sa vision, Keir note bien la présence d'un homme de haute stature près de sa nièce, entend bien les cris enjoués d'enfants… mais il ne peut s'arracher au regard d'Ann, ne peut s'empêcher d'y lire un jugement, une condamnation.

Comme autrefois, comme toujours.

Sauf que… non. Aujourd'hui est différent. Aujourd'hui, il n'est plus l'homme d'autrefois.

Et aujourd'hui, il n'est plus seul pour lutter contre ses propres démons intimes.

Autour de ses doigts, ceux de Gail se font à la fois plus forts et plus doux, lui insufflant le courage nécessaire pour faire face à Ann. Pour lui sourire, même.

— Keir, le salue sa nièce de son habituelle voix lisse, presque froide.

— Bonjour, Annys, réplique-t-il seulement.

Il est soulagé que sa voix ne tremble pas. Soulagé qu'Ann soit là, devant lui, même s'il a conscience que ses manquements d'autrefois ont creusé entre eux un gouffre qui sera long et délicat à combler. Mais il veut le combler. Il l'a toujours voulu sans savoir comment faire. Grâce à Gail, désormais, il sait… surtout, il est prêt à tous les efforts pour y parvenir. Prêt à tout pour gagner le pardon de sa nièce et de son fils, et…

Son cœur s'écrase dans sa poitrine, l'espace d'une seconde, puis son regard échappe à celui d'Ann, s'égare derrière elle, derrière les voitures, court d'un bout à l'autre du chemin, cavale jusqu'aux premiers arbres bordant Rubber's Wood… et un début de panique enfle dans les veines de Keir en ne voyant pas celui qu'il cherche.

— Gus va bien.

La voix d'Ann. Les mots d'Ann. Le ton calme et paisible d'Ann.

— Où est-il ? murmure Keir, la gorge nouée.

— En Amérique, ironise légèrement Ann, une ombre de sourire craquelant son masque inexpressif. Il va bien. J'ai pris les dispositions nécessaires pour que son retour se passe au mieux. Bonjour, Abigail. Comment allez-vous ?

Le soulagement se noie à une certaine confusion en Keir. Si Ann dit que Gus va bien, c'est qu'il va bien ; pour autant, il ne peut se défaire d'une certaine angoisse latente. Il sait déjà qu'il ne se sentira pleinement rassuré que lorsque son fils se tiendra face à lui… et qu'importent alors les imprécations dont Gus l'agonira ! Keir sait qu'il a encore plus à se faire pardonner par Gus que par Ann.

— Milord ?

Un frisson rampe doucement le long de sa peau à la voix de Gail ; il porte son attention sur elle. Le sourcil levé haut, elle semble contenir un sourire entre amusement et compassion, certainement consciente du trouble qui le secoue, présente pour lui bien qu'il ne le mérite sans doute pas.

— Gail ? murmure-t-il seulement.

— Et si tu laissais ta nièce nous présenter son fiancé et leurs filles ? J'ai l'impression qu'elle a une histoire à nous raconter…

Gail sourit. Pour ce sourire, Keir ferait tout.

— Ça tombe bien, j'en ai aussi une à lui raconter, énonce-t-il en se tournant vers sa nièce. Je suis heureux que tu sois là, avec ta famille. Bienvenue à la maison, Ann.

Remerciements

Merci à ma famille et à mes amies. Votre confiance et votre affection m'ont portée ; votre soutien de tous les instants est ce qu'il y a de plus précieux. Merci pour vos relectures et corrections, pour vos questions et vos critiques. Merci pour vos éclats de rire et de larmes quand vous lisiez ce roman, les plus belles récompenses qu'on puisse imaginer !

Merci aux fidèles lectrices de mon petit cercle privé qui, en dépit de mes doutes et de mes affres, me poussent sans jamais s'agacer de mes atermoiements ; sans vous, je n'aurais jamais tenté l'aventure de l'édition !

Merci à mes deux piliers, Carazachiel et Élodie François. Si vous n'existiez pas, je vous inventerais !! Vous avez l'art de rendre la vie inspirante. Je n'ai qu'une chose à dire : STAY with me !

Merci à vous, lecteur, lectrice, qui êtes arrivés jusqu'ici. J'espère que la promenade au gré de mes mots vous a plu.

Et merci à Ann Blackson d'avoir un oncle si inspirant !

Je suis heureuse que vous fassiez tous partie de ma vie !

